니야

니아
송우들 지음
경 고
주의하세요.
경 고
주의하세요.
타임 쉽으로
복귀 요망
현재 월광량
제타 동시간대
출현 감지!
씨드북

✶ 차례 ✶

프롤로그

"니아야, 일어나. 지금 바로 출발해야 해."

엄마의 목소리였다. 어깨에 커다란 배낭을 멘 엄마가 니아를 흔들어 깨우고 있었다.

"지금?"

"그래, 어서 버거에 타."

엄마가 바닥에 있던 가방 하나를 한쪽 어깨에 더 걸었다. 아직 잠이 덜 깬 니아는 엄마의 말을 곱씹고 있었다. 오늘은 2096년 9월 10일. 시간 이주 사업의 시작일은 아직 일주일이나 남아 있었다.

"엄마, 출발일은 다음 주잖아. 그리고 버거가 아니라 퍼스트 타임 쉽을 타는 거고."

"니아야, 퍼스트 타임 쉽은 조금 전에 출발했어. 시간

이주 사업은 모두 거짓말이야. 그들이 원시티를 지워 버리기 전에 어서 떠나야 해."

창밖으로 원시티의 풍경이 보였다. 아직 해가 뜰 시간이 안 되었는데도 돔 천장 한쪽을 밝히는 빛이 있었다. 니아는 창으로 가까이 다가갔다. 돔 천장을 향해 날아오른 퍼스트 타임 쉽에서 빛이 나고 있었다. 몇 초 후, 그 빛은 사라지고 다시 하늘이 투명해졌다. 그들이 떠난 것이다. 그리고 곧 원시티 중앙부터 거대한 폭발이 시작되었다.

"니아야!"

복도 끝 연구실에서 엄마가 소리쳤다. 엄마는 이미 버거에 올라타 있었다. 엄마가 버거를 작동시키자 연구실 천장이 열렸다. 니아는 버거를 향해 달렸다. 니아가 올라타자 버거가 곧바로 하늘로 날아올랐다. 니아는 화염에 휩싸인 원시티를 보고 소리를 질렀다.

"안 돼!"

버거가 시간 홀로 들어가며 니아의 시야에서 원시티 풍경이 사라졌다. 그리고 잠시 후, 니아는 그것이 지구의 마지막 모습이었다는 것을 알게 되었다. 니아와 엄마가 살던 시간대와 원시티는 더 이상 존재하지 않았다.

니아와 엄마를 태운 버거는 낯선 시간대에 도착했다.

불시착

버거가 고장 난 후 겪는 가장 큰 문제는 어느 시간대에 착륙하게 될지 모른다는 것이다.

최소와 최대의 범위는 있었다. 2046년부터 2095년까지의 시간대였다. 2096년에 만들어진 버거가 할 수 있는 시간 여행의 범위는 50년밖에 되지 않았다. 시간 여행에 소요되는 에너지의 효율 때문에 정한 범위였다. 엄마는 버거의 효율이 좋은 편이라고 말했지만, 니아는 더 멀리 떨어진 시간대에 도착할 수 있다면 어땠을까 생각하곤 했다.

니아는 요란한 소리를 내는 버거의 문을 열고 밖으로 나갔다. 니아와 버거가 불시착한 이곳은 밤이었다. 밤하늘엔 초승달이 떠 있었다. 니아가 한숨을 내쉬었다.

"후…… 충전이 오래 걸리겠네."

버거가 도착한 시간대는 2077년. 장소는 제1 보호 도시에서 한참 떨어진 외곽이었다. 한참 떨어져 있다고 해도 보호 도시 가드들이 퍼스트 타임 쉽의 관리를 받고 있을지 모르니 조심해야 했다. 원시티를 지우고 과거로 간 퍼스트 타임 쉽 지도자들은 보호 도시 곳곳에서 힘을 키워 가고 있었다. 타임 쉽의 존재와 미래인이라는 정체는 숨기고 있었지만, 그들이 가진 기술은 그 자체로 힘이 될 수 있었다. 니아와 엄마가 보호 도시 가까이 접근하는 것은 위험했기 때문에 그들이 언제부터 보호 도시를 장악했지는 알 수 없었다. 버거의 착륙 지점은 늘 보호 도시와 거리를 둔 곳이었다.

다시 버거 안으로 들어온 니아는 심각한 표정으로 계기판을 열었다. 니아가 수리용 인공 지능 장갑을 낀 팔을 계기판 안쪽으로 뻗자 버거가 말했다.

"부속을 교체해야 해. 기내에 여분의 mo27이 없어."

"교체해야 할 부품이 또 늘었네요, 버거 할아버지? 걱정하지 마. 이 시간대에선 찾을 수 있을 거야. 기계 생산이 가장 활발했던 시기니까. 만들어지는 것도 버려지는 것도 많을 테니 부품 찾기도 훨씬 수월할 거야."

니아는 장갑을 벗고 계기판을 닫았다.

버거는 빈티지 마니아였던 엄마가 니아의 열한 살 생일 선물로 만들어 준 타임 쉽이었다. 옛날 음식인 '햄버거'에서 따온 '버거'라는 이름은 니아가 지어 준 것이었다. 니아는 촌스럽고 구식인 버거를 좋아했다. 태양광 대신 월광을 에너지원으로 사용하는 것도, 세상에서 하나뿐인 모델이라는 것도 마음에 들었다. 문제는 부품이었다.

지난 1년간 버거가 고장을 일으킬 때마다 니아는 부품을 구하지 못해 동동거려야 했다. 원시티의 최신형 타임 쉽과 달리, 버거는 옛날 부품들을 사용했기 때문이다.

이미 사라진 소재가 쓰여 재생기로도 재현할 수 없는 것들이 대부분이었다. 게다가 착륙 시간을 지정할 수 없는 지금, 원하는 부품을 찾는 것은 더욱 힘들었다.

니아는 손목에 찬 N키퍼의 타이머를 확인했다. 엄마가 만들어 준 'Nia keeper'는 그 이름처럼 몇 번이고 니아를 지켜 주었다. 니아가 엄마와 함께 있었다면 몇 차례 더 업그레이드되었겠지만, 지금의 N키퍼는 엄마가 사라진 1년 전 버전 그대로였다.

“23시간 40분. 벌써 20분이 지났네.”

제타가 니아와 버거를 찾아내기까지 남은 시간이었다. 니아가 이 시간대에 머물 수 있는 제한 시간이기도 했다.

1년 전, 니아와 엄마는 버거를 업그레이드하기 위해 찾아다니던 마지막 부품을 구했다. 그렇게 만들어진 것이 제타 감지 센서였다.

“됐다! 니아야, 됐어!”

버거의 계기판 아래에서 나온 엄마는 두 팔을 번쩍 들고 소리를 질렀다. 그 전까지 니아와 엄마는 제타가 추적 가능한 시간 범위를 정확히 알 수 없어 불안한 착륙과 초조한 출발을 반복하고 있었다.

“이제 제타가 접근하는 데 필요한 시간을 알아낼 수 있을 거야. 우리도 정보를 하나 갖게 되는 거지. 하하하.”

니아는 엄마가 그렇게 크게 웃는 걸 오랜만에 보았다. 제타를 따돌리기란 그만큼 고단한 일이었다. 기술에 해박한 엄마에게도 버거울 정도로 제타의 추적은 끈

질기고 악착같았다.

“니아야, 정보를 갖게 된다는 건 두려움을 이길 수 있게 된다는 거야.”

새로운 시간에 도착하자마자 엄마가 제타 감지 센서를 켜며 말했다.

“타임 쉽이 시간 홀로 들어가면 흔적이 남는 건 알지?”

“응, 제타는 에너지가 남긴 흔적을 추적해서 버거의 착륙 시간대를 찾아내는 거고.”

엄마가 고개를 끄덕이고 말을 이었다.

“제타 감지 센서는 역으로 제타의 흔적을 수집하는 방식으로 작동하는 거야. 계산해 보니 제타 흔적의 최소 시간은 24시간이었어.”

“그럼 제타가 타임 쉽을 추적하는 최소 시간도 24시간이란 뜻이네.”

니아의 말에 엄마가 활짝 웃으며 니아에게 손바닥을 들어 보였다. 니아와 엄마의 손바닥이 맞부딪쳤다.

그렇게 니아와 엄마는 중요한 정보를 얻게 되었다. 그 뒤로 엄마는 니아의 귀에 딱지가 앉도록 ‘24시간 규칙’을 강조하곤 했다. N키퍼의 가장 큰 기능도 착륙 직후부터 시작하는 24시간 카운트다운이었다. 그러나 엄마가 사라진 그날, 니아는 그 규칙을 지키지 않았다.

그날의 기억을 떠올리자 또 눈물이 쏟아질 것만 같았다. 니아는 기억을 떨쳐 내려 머리를 흔들었다.

"버거, 음성 모드로 전환해. 난 mo27을 찾으러 갔다 올게. 배경 위장 모션 가동하고 제타 감지 센서도 N키퍼와 연결해 줘. 월광 흡수 렌즈는 최대치로 가동해. 오늘 달빛이 너무 약하니까 말이야."

"연결 완료. 알았어. 니아, 미래인 티 내고 다니면 안 돼. N키퍼도 수시로 확인하고."

"하하. 이젠 말하는 것도 할아버지가 다 되셨네. 걱정하지 마, 할아버지. 집 잘 보고 있으라고!"

니아는 생존 배낭을 메고 이동 휠에 올랐다. 가는 달이 땅 위에 어스레한 빛을 비추고 있었다.

고물 성의 사람들

니아는 N키퍼의 금속 탐지 기능을 켰다. 동쪽 외곽 지역에서 강한 신호가 잡혔다. 버거가 착륙한 곳과는 불과 20킬로미터 정도 떨어진 곳이었다.

이동 휠을 타고 그쪽으로 이동하자 한편에 낡고 찌그러진 금속이 쌓여 있었다. 니아는 그 모습이 고물로 이루어진 성 같다고 생각하며 N키퍼에서 입체 지형 지도를 열었다. mo27을 검색하자 N키퍼의 화면이 반짝였다.

"mo27의 구조와 일치하는 금속을 찾았습니다."

지도가 보여 준 mo27의 위치는 고물 성의 한가운데였다. 니아는 배낭을 고쳐 메고 고물 성 안으로 들어갔다.

안쪽으로 들어가면서 본 고물 행렬은 니아의 예상보

다 더 빽빽했다. 로봇 부품부터 도시 건축용 금속, 생활 용품에 쓰이는 작은 부품까지 니아가 아는 거의 모든 종류의 낡은 금속이 모여 있었다.

"박물관이 따로 없네."

그때 N키퍼가 다시 반짝였다. 목표 지점에 근접했다는 신호였다. 니아는 입체 지도를 공중에 띄웠다. 지도가 니아 눈앞의 공간과 겹치며 mo27의 실제 위치를 표시했다. 불빛이 새어 나오고 있는 집 한가운데였다. 지도 옆쪽으로 두 명의 인간과 세 대의 로봇이 인식된다는 메시지가 떴다.

"조용히 가져가는 건 힘들겠어."

니아는 잠시 고민했다. 사람들이 잠들기를 기다렸다가 방어 프로그램을 해킹하고 들어가 mo27을 가지고 나오는 방법이 가장 수월했지만, 그러기엔 니아의 시간이 넉넉하지 않았다.

"정면 돌파."

니아는 엄마의 말을 떠올렸다. 니아가 답을 찾지 못하고 머뭇거릴 때마다 엄마가 하던 말이었다. 어떤 인공 지능도, 데이터도 알려 줄 수 없는 답이 있고, 그것이 미래를 바꿀 인간만의 능력이라고 했다.

"니아야. 정말 필요한 순간엔 말이야, 인공 지능이 말하는 정답과 확률을 믿지 말고 네 판단을 믿어야 해. 두려워하지 말고 정면 돌파하는 거야."

엄마의 말을 떠올리니 가슴 한쪽이 저릿했다. 니아의 기억 속 엄마는 어떤 홀로그램보다 선명했다. 그리고 엄마의 말 하나하나가 니아의 가슴속에 살아 있었다.

니아는 불빛이 새어 나오는 집을 향해 걸어갔다. 가까이 다가설수록 니아의 눈에 낡은 집의 모습이 더 자세히 들어왔다. 단층집의 네 벽은 모두 다른 빛의 금속이었다. 보호 도시에서 폐기한 낡은 자재들을 이어 붙여 만든 집 같았다. 니아는 잔뜩 생채기가 난 노란 금속 문 앞으로 다가섰다.

"그대로 서!"

니아 위로 날아온 드론이 강한 조명을 비췄다. 니아와 집 사이에 투명한 방어막이 쳐졌고, 그 방어막 너머에서 경호 로봇이 방범 총을 겨누고 있었다. 경호 로봇은 보급형 모델이었다. 위협적이진 않겠다는 생각이 들긴 했지만 괜한 문제를 만들 필요도 없었다. 니아는 공격 의사가 없음을 보여 주기 위해 두 팔을 들었다. 경호 로봇은 이미 스캔을 마치고 니아에게 무기가 없다는 사실을 알고 있을 것이다.

"길을 잃었어. 내비게이션을 충전할 동안만 들여보내 줘."

"집 안에 모르는 인간을 들일 순 없어. 그대로 대기해."

니아는 들어 올린 팔의 N키퍼를 보았다. 벌써 한 시간이 넘게 지나 있었다.

'난 이대로 기다릴 시간이 없단 말이야.'

니아가 방어막을 뚫고 들어가기로 결심했을 때였다. 집 안에서 누군가 뛰어나왔다. 니아를 막고 있던 방어막이 걷히고, 은발의 할머니가 니아를 끌어안았다. 뒤따라 뛰어나온 남자아이 하나가 할머니의 양팔을 잡으며 소리쳤다.

"할머니!"

할머니는 니아를 더 꼭 끌어안으며 말했다.

"왜 이제 왔어!"

니아에게서 몸을 뗀 할머니의 두 눈에선 눈물이 흐르고 있었다. 니아는 자신을 비추는 강한 조명에 부신 눈을 비볐다. 처음 보는 두 사람이 니아를 바라보고 있었다.

집 안에 들어와서도 할머니는 니아의 손을 놓지 않았다.

"할머니, 이젠 그 손 좀 놔줘요. 재가 불편해하잖아요."

자신을 은우라고 소개한 남자아이가 할머니에게 말했지만 소용없었다. 키가 큰 은우는 할머니의 눈높이에 맞추기 위해 바닥에 무릎을 꿇고 있었다. 은우가 할머니의 어깨를 잡고 자기 쪽으로 돌리려 했지만, 할머니의 시선은 니아에게 고정되어 있었다.

"왜 이렇게 늦게 왔어. 내가 얼마나 기다렸는데."

"할머니……, 엄마 아니라니까 자꾸 그러네……."

니아는 은발의 할머니가 자기를 기다렸다는 이 상황이 전혀 이해되지 않았다. 여러 시간을 여행했지만 이런 이상한 할머니는 처음 만났기 때문이다. 니아와 눈이 마주친 은우가 어색한 미소를 보냈다. 니아는 그 미소가 조금 슬퍼 보이는 것 같다고 느꼈다. 그건 은우의 긴 속눈썹 때문일지도 몰랐다.

“우리 할머닌…… 기억 인지 장애를 앓고 있어.”

은우는 담담한 표정으로 이야기를 이어 갔다.

“알아, 처음 봤을 거야. 이런 장애를 치료하지 않고 있는 사람을. 할머니의 선택이었어. 치료받는 대가로 지난 기억을 지워 버리고 싶지 않다고.”

“그런 거였구나…….”

니아는 이제야 할머니의 행동이 이해되었다.

“너도 눈치챘겠지만 우린 보호 도시의 의료 혜택을 받지 못해. 그들은 자기네 사람만 보호하니까. 우리처럼 외곽에 사는 사람들이 받을 수 있는 건 자격을 확인할 수 없는 의사들의 2급 치료뿐이야. 보호 도시의 의료 기술처럼 완전하지 않아서 부작용을 감수하고 받을 수밖에 없지. 기억 인지 장애 치료의 부작용은 지난 기억이 모두 지워질 수 있다는 거야.”

은우는 화가 난 것 같은 얼굴로 말했다.

“지금 할머니의 기억은 시간 순서가 뒤바뀌어 있어. 가끔 할머니가 우리와 같은 시간으로 돌아오기도 해. 그때마다 얘기하지. 지난 기억을 잃어버리고 싶지 않다고. 그래서 난 할머니의 바람을 지켜 드리기로 했어.”

니아는 자기 손을 꼭 잡은 할머니를 바라보며 할머니의 기억 순서가 자신의 시간 여행과 비슷할지도 모른다고 생각했다.

"넌 보호 도시의 아이 같은데 어쩌다 도시 밖에서 혼자 다니게 된 거야?"

"아, 그게……. 내가 만든 이동 휠을 몰래 시험해 보다가 내비게이션이 고장 나서 이곳까지 오게 됐어."

니아는 미리 생각해 두었던 가짜 이유를 말했다.

"기계를 직접 만들어?"

은우가 눈빛을 반짝이며 말했다.

"응, 재생기로 만들어진 걸 갖는 것보다 내 손으로 만드는 게 재미있어서."

"나도 그래! 재생기로 찍어 내는 똑같은 것들은 매력이 없지!"

니아는 은우의 표정이 낯익다고 생각했다. 새로 그린 설계도를 니아에게 보여 줄 때 엄마 표정과 비슷했다. 은우도 엄마처럼 손으로 만드는 기계를 자랑스러워한다는 걸 느낄 수 있었다.

"넌 어떤 걸 만드는데?"

니아가 묻자 은우가 기다렸다는 듯 말을 받았다.

“내 방에 지금 만들고 있는 로봇이 있어. 보여 줄까?”

은우가 가리킨 방은 아까 지도에서 mo27이 있다고 표시되었던 곳이었다. mo27을 구하려면 그 방에 들어가야 했다.

“응, 보고 싶어.”

니아는 다시 한번 N키퍼를 확인했다. ‘20시간 10분’. 니아에게 주어진 이곳의 시간이었다.

기억의 무게

니아는 은우의 방이 엄마의 작업실과 비슷하다고 생각했다. 전선과 칩, 금속 조각들로 어지러운 방 한구석에 독특한 모양의 기계들이 있었다. 니아와 엄마가 살았던 시간에선 보기 힘든 투박한 모습의 기계들이었다. 물론 지금 은우가 사는 시간을 기준 삼아도 마찬가지일 것이다.

"실망했지? 아직은 완성 안 된 것들이야."

은우가 니아의 표정을 살피며 말했다.

"아니야, 특별하다고 생각하고 있었어. 투박하지만 같은 모습으로 찍어 내는 것과는 다른 특별함이 있잖아."

"넌 다른 보호 도시의 아이들과는 좀 다른 느낌이다."

'다른 느낌이라고?'

니아는 당황했다. 이 시간의 데이터를 다 파악하지 않고 밖으로 나온 것이 마음에 걸렸다. 혹시 자신이 이 시간의 사람이 아니란 걸 눈치챈 것일까 봐 니아는 긴장한 목소리로 물었다.

"그래? 다른 아이들은 어땠는데?"

"많이 만나 본 건 아니지만…… 그 애들은 보호 도시의 깨끗하고 오류 없는 생산품만 가치 있다고 생각하잖아. 이런 건 그냥 쓰레기라고 생각하지."

은우의 말을 이해한 니아는 그제야 마음이 놓였다.

"우리 엄만 오래된 물건을 모으고 뭐든 손으로 직접 만드는 걸 좋아했어. 나도 그렇고."

니아의 말에 은우의 얼굴이 환해졌다.

"그래? 그럼 너희 엄마도 나처럼 히든 모델을 만드셨겠네? 너희 엄마 한번 만나게 해 주면 안 돼?"

니아도 너무나 만나고 싶은 엄마였다. 니아는 씩씩한 표정을 지으려고 노력하며 말했다.

"엄마가 다른 곳에 있어서 지금은 만나기 힘들어. 그 대신 우리 엄마가 만든 걸 보여 줄까?"

"정말? 나야 좋지."

니아는 배낭을 열고 손바닥 크기의 동그란 휴대용 메모리 팩트를 꺼냈다. 메모리 팩트는 엄마의 빈티지 취향을 담은 디자인이라 은우가 자연스럽게 받아들일 거란 생각에서였다.

엄마는 사라지기 직전까지 니아의 모습이 담긴 영상을 꾸준히 메모리 팩트에 업데이트했다. 그 덕에 팩트 안에는 어린 시절부터 열다섯 살까지 니아의 모습이 담겨 있었다. 원래라면 저장된 영상을 홀로그램으로 재생할 수 있는데, 제타를 피해 급하게 출발하다 떨어뜨린 이후로 작동이 되지 않았다.

니아는 메모리 팩트를 은우 앞에 내밀었다. 은우의 눈이 커졌다.

"와! 내가 좀 봐도 돼?"

은우는 보물을 보는 것 같은 눈으로 조심스럽게 메모리 팩트를 살폈다.

"너희 엄마, 꼭 만나고 싶다. 이런 디자인의 기계를 만들 수 있는 분이라면 밤새 이야기 나눠도 재미있을 것 같아."

니아도 은우와 엄마가 아주 잘 맞는 친구가 될 것

같다는 생각이 들었다. 니아는 두 사람이 부품 더미에 파묻혀 세상에 하나뿐인 기계를 만드는 모습을 상상했다.

'그런 날이 온다면 얼마나 좋을까.'

행복한 상상이었지만 가슴이 저려 왔다. 은우가 니아의 표정을 살폈다. 니아는 억지로 미소를 지어 보였다. 지금은 가슴 아픈 생각에 빠져 있을 때가 아니었다.

"이거, 작동 안 된 지 좀 됐지?"

은우가 물었다. 니아는 겉만 보고도 그걸 알아챈 은우가 신기했다.

"맞아, 고장 난 지 좀 됐어. 어쩌다가 떨어뜨렸는데, 충격 때문에 안쪽 부품이 빠진 것 같아."

"내가 고쳐 봐도 될까?"

"진짜? 고칠 수 있겠어?"

"소중한 물건이니까 최선을 다해 볼게."

"고마워!"

니아는 메모리 팩트에 담긴 엄마와의 추억을 다시 재생할 수 있다는 반가운 마음에 은우의 손을 덥석 잡았다. 그런데 그 마음은 금세 어색함으로 바뀌었다. 니아의 눈에 은우의 새빨개진 귀가 보였기 때문이다. 은우의 긴 속눈썹이 빠르게 깜박이는 것을 본 니아는 잡고 있던 손을 얼른 놓았다. 어색해진 니아는 은우의 방을 둘러보는 척 뒤를 돌았다. 테이블 옆쪽에 있던 로봇을 건드리자 N키퍼가 작은 진동으로 신호를 보냈다.

'이 로봇 안에 mo27이 있구나.'

니아가 그 로봇에 관심을 가지자 은우가 다가와 말했다.

"걔는 기록 로봇 '호시어리' 야. 할머니 이름인 '호시' 와 '다이어리' 를 합해서 만든 이름이고. 할머니를 위해서 만드는 중인데 완성하려면 시간이 좀 더 걸릴 것 같아."

"호시어리, 이름 귀엽다."

"할머니의 말을 듣고 기억을 순서대로 정리하는 거야. 그리고 할머니가 어느 시간의 기억을 꺼내든 함께 이야기 나눠 줄 수 있도록 하는 거지. 호시어리에 할머니의 기억 데이터가 쌓이면 우리가 알지 못하는 할머니 기억 속 시간도 재구성할 거야."

은우에게 호시어리가 어떤 의미를 가지는 것인지

깨닫자 니아는 mo27을 가져갈 수 있을지 걱정이 되었다.

“호시어리는 다 폐품으로 만들어진 거야?”

“응, 너도 들어오면서 봤지? 저 밖에 있는 것들이 다 내 재료야.”

“그럼 같은 부품을 또 찾을 수도 있겠네?”

“그건 불가능해. 너도 흔한 기성품을 싫어한다고 했지? 나도 그래. 난 하나뿐인 부품으로 만드는 게 좋아. 고장 났을 때도 내가 직접 고쳐야 하는 프로그램으로 만들고 싶고.”

니아가 은우의 mo27을 가져가면 호시어리는 완성될 수 없다. 정면 돌파의 주의 사항엔 ‘돌아보지 않기’가 있다.

‘엄마가 이럴 때를 내다보고 덧붙인 걸까?’

니아는 호시어리를 향해 돌아가는 마음을 잡으려고 노력했다. 그러나 호시어리의 기능을 열심히 설명하는 은우의 얼굴을 마주하고 있으려니 그 마음을 잡는 게 쉽지 않았다.

‘으…….’

"니아, 혈압 상승 중. 무언가를 참고 있다면 마음의 평화를 위해 털어놓을 것."

N키퍼에서 경고 메시지가 나왔다. 엄마의 목소리가 입혀진 N키퍼의 건강 관리 시스템이었다.

"하, 진짜!"

니아는 서둘러 N키퍼의 음성을 껐다. 하지만 눈치 없이 끼어든 N키퍼의 메시지는 이미 은우 귀에 들어간 뒤였다.

"뭘 참고 있는데?"

은우야말로 웃음을 참느라 애쓰고 있는 표정이었다.

"아…… 아니야. 하하, 이게 고장이 났나 봐."

니아가 손사래를 치고 있는 그때, 은우의 방을 두드리는 소리가 났다.

"은우야."

할머니의 목소리였다.

"할머니?"

은우의 방문을 연 할머니의 표정은 아까와는 달랐다. 먼 곳을 바라보는 것 같던 시선이 아니었다. 할머니는 정확히 은우를 보고 있었다.

"은우야, 밥 먹자."

"우리 할머니, 타이밍 딱 맞춰서 물어보네. 네, 밥 주세요!"

니아는 은우가 손가락으로 눈가를 찍어 내는 걸 보았다. 할머니를 바라보는 은우의 눈가가 빨갰다.

주방으로 간 니아와 은우는 케어봇과 함께 요리 중인 할머니를 바라봤다. 은우가 할머니에게서 시선을 떼지 않은 채 말했다.

"주로 저녁 시간이야."

"응?"

"우리 할머니 말이야. 지금처럼 기억이 돌아오는 때가 주로 저녁 시간이라고. 해가 지면 집으로 돌아오던 기억이 강렬해서 그런 것 같아. 할머니는 보호 도시 밖으로 나오는 폐기물을 처리하는 트래셔를 몰았는데, 아무리 일이 많아도 꼭 저녁 시간에 맞춰서 돌아오곤 했어. 엄마가 돌아가신 후로 나 혼자 저녁을 먹게 하는 게 싫었대. 그 기억의 힘이 큰가 봐. 항상 저녁 시간을 챙기시는 걸 보면."

'기억에도 무게가 있을까?'

은우의 말을 들으며 니아는 생각했다. 순서가 뒤엉킨 할머니의 시간 속에서도 할머니를 잡아당기는 기억이 있다는 게 신기했다. '같은 시간에 은우를 만나러 오게 하는 것은 그 시간에 담긴 기억의 무게일까?' 니아는 할머니와 은우의 그 기억이 더 묵직했으면, 그래서 할머니가 다른 시간 속을 유영하지 않고 이 시간에 단단히 매여 있으면 좋겠다고 생각했다.

둥근 식탁에 은우와 할머니, 니아가 마주 앉았다. 식탁 위에는 따뜻한 김이 오르는 음식들이 차려져 있었다. 캡슐 형태의 간편식만 먹던 니아에겐 오랜만에 마주한 음식다운 음식이었다.

"참, 할머니한테 니아 소개부터 했어야 하는데. 오늘 저녁에 온 손님이야. 이름은 니아."

"귀한 손님이 왔구나."

니아를 바라보는 할머니의 표정이 복잡했다. 니아의 손을 꼭 잡은 할머니의 눈가에 눈물이 고였다. 은우는 할머니의 기억이 다시 과거로 돌아간 것일까 봐 긴장하고 있었다.

"할머니, 또……."

"아니야……. 걱정하지 마. 그냥 니아가 대견해서 그런 거야."

"처음 봤으면서 잘 아는 사이인 것처럼 말하네."

니아에겐 할머니와의 인사가 두 번째였지만, 할머니에겐 아니었다. 니아에게 왜 이제 왔냐고 말하던 첫 만남의 할머니는 지금의 할머니와 다른 시간 속의 할머니였으니까. 니아는 자신을 바라보는 할머니의 눈을 마주 바라보았다. 왜 자신에게 대견하다고 말하는 것인지 몰랐지만, 그냥 그 따뜻한 눈빛을 보는 것만으로도 좋았다.

따뜻하고 평온한 밤이었다. 니아가 너무 오랜만에 느껴 보는.

니아는 이런 평온함이 그리웠다. 제한 시간도 제타도 잊은 채 이렇게 지낼 수 있으면 좋겠다고 생각했다. 그 생각은 니아의 시선을 N키퍼로 향하게 했다. 남은 시간을 확인한 니아의 표정이 굳어지려고 할 때, 할머니가 니아의 N키퍼 위로 손을 올렸다.

"걱정 말거라."

저녁을 먹는 동안, 호시 할머니는 니아가 N키퍼를 확인할 때마다 니아의 손을 잡아 주었다.

"이렇게 즐거운 시간은 오랜만이구나. 우리 내일을 위해서 이젠 좀 자 둬야 하겠지?"

할머니가 초조해하는 니아의 표정을 읽으며 말했다.

"니아도 힘든 하루였을 텐데 좀 쉬어야지."

니아는 은우와 할머니가 잠들기를 기다려야겠다고 생각했다. 두 사람에겐 미안하지만, 조용히 mo27을 가지고 떠나는 게 은우의 가족을 위해서도 좋은 일이었다.

"니아는 할머니 방에서 같이 자면 어떻겠니?"

"할머니, 니아를 너무 좋아하시는 거 아니에요? 니아야, 괜찮겠어?"

"응, 좋아."

니아도 다정한 할머니가 좋았다. 할머니의 곁에 조금만 더 있고 싶었다.

케어봇이 할머니의 방에 니아의 침대를 마련해 주었다. 은우 엄마가 썼었다는 오래된 침대였다. 침대 시트에서 햇볕 냄새가 났다. 니아는 포근한 이불에 얼굴을 묻고 냄새를 맡았다. 너무 포근해서 이불 속으로 스며드는 듯한 기분이었다. '잠깐만' 하고 생각하며 니아는 눈을 감았다.

타임 노마드

니아의 눈이 번쩍 뜨였다. 황급히 팔을 들어 타이머를 확인해 보니 채 네 시간도 남아 있지 않았다.

'몇 시간을 잔 거야!'

니아는 낯선 곳에서 이렇게 깊이 잠들었다는 사실을 믿을 수 없었다.

'이 이불 때문이야.'

니아는 햇볕 냄새가 남아 있는 이불을 젖히고 침대에서 일어났다. 얼른 mo27을 챙겨 이곳을 떠나야 했다. 그때 어둠 속에서 할머니의 목소리가 들렸다.

"혼자 하는 시간 여행이 고단할 것 같아 잠깐 자게 두었단다."

니아는 그 자리에 멈춰 섰다.

'할머니의 기억이 다시 어딘가로 떠난 걸까? 나에 대해 알 리가 없잖아…….'

니아의 속마음을 듣기라도 한 것처럼 할머니가 말을 이었다.

"너를 보자마자 알았단다. 네 손목의 그 시계, 그 안의 표시는 타임라인사의 것이 맞지?"

니아의 두 눈이 커졌다. N키퍼의 가운데엔 다섯 겹의 작은 동그라미가 그려져 있다. 그건 원시티 산하 타임라인 연구소에서 일했던 엄마가 남긴 흔적이기도 했다. 기억 인지 장애를 앓고 있다는 할머니가 미래의 시간까지 알고 있다는 건 말이 되지 않았다. '그렇다면?'

"니아야, 나도 원시티의 시간 소멸 직전에 탈출한 사람이란다."

니아의 머릿속에 아까 본 할머니의 표정이 떠올랐다. 니아를 바라보던 할머니의 눈빛이 슬펐던 건 그 때문이었다.

"나도 타임 노마드였어. 제타의 추적에 가슴을 졸이며 어느 시간에도 머물지 못했지."

"말도 안 돼……. 제타의 추적을 받았다면…… 어떻

게 떠나지 않고 정착해 살 수 있는 거죠?"

"그래, 궁금한 게 많겠지. 그동안 누구에게도 묻지 못했을 테니까. 마음이 급할 테지만, 얘기를 듣고 가렴."

니아는 N키퍼의 시간을 확인했다. 빨리 버거로 돌아가야 했지만 할머니의 이야기를 듣지 않고 떠날 수는 없었다. 원시티를 탈출한 타임 쉽은 버거뿐이라고 알고 있던 니아에게 할머니의 이야기는 상상하지도 못한 것이었다.

"시간 이주 사업 예정일이 다가오면서부터 지하 시장에서 해적판 타임 쉽 이야기가 돌았단다. 사람들은 시간 이주 사업이 코앞인데 누가 그런 걸 사겠냐고 비웃었지. 그런데 말이다, 그렇기 때문에 더 이상하단 생각이 들더구나. 그 타이밍에 해적판 타임 쉽이라니…….
난 내 촉을 믿기로 했단다. 원시티가 나 같은 하급 노동자까지 챙길 것 같지 않다는 불안감이 있었거든."

퍼스트 타임 쉽 개발의 수석 연구자였던 엄마 덕에 원시티 중심부에서 지냈던 니아로서는 처음 듣는 이야기였다. 할머니 말대로라면 제타에게 쫓기고 있는 타임 노마드가 곳곳에 흩어져 있을 것이었다.

"이곳에 도착했을 때 나는 너무 지쳐 있었단다. 더 이상 낯선 시간 속을 떠돌고 싶지 않았어. 그때 은우와 은우 엄마를 만났지. 보호 도시 시민이 아니라는 이유로 죽어 가고 있더구나. 내가 시간 이주 사업에서 버려진 것처럼 말이야. 난 그들과 함께해야겠다고 결심했단다."

"제타의 추적은요? 어떻게 따돌린 거예요?

"내가 따돌린 게 아니야. 제타가 그만둔 거지. 나는 모든 걸 체념하고 타임 쉽을 자동 운항 기능으로 떠나보냈단다. 그리고 그 후로, 제타는 나를 단 한 번도 찾아오지 않았어."

"그렇다면 제타가 쫓는 게…… 탈출한 사람들이 아니라 타임 쉽이었다는 거예요?"

니아는 직접 말하면서도 그 사실이 믿기지 않았다. 어쩌면 할머니의 시간이 또다시 길을 잃었는지도 몰랐다. 니아는 가만히 할머니의 눈동자를 바라보았다. 할머니의 눈동자는 또렷했다.

"확실하진 않지만, 난 그렇게 추측하고 있단다."

할머니의 목소리에는 걱정과 다정함, 그리고 어떤 확

신이 담겨 있었다.

"니아야, 혹시 계수나무에 대해 알고 있니?"

"계수나무요?"

니아가 되묻자 할머니가 서랍에서 보호 도시 지도를 꺼냈다. 그러고는 지도를 펼쳐 손가락으로 한 군데를 짚었다.

"이쯤, 보호 도시 외곽 시장에 타임 노마드들이 들르는 장소가 있어. 나도 한번 가 본 적이 있는데, 그때 들은 이야기가 있어. 퍼스트 타임 쉽에서 치명적인 결함이 발견됐다는 거야."

"그 결함을 해결할 열쇠가 타임 노마드의 타임 쉽에 있는 건가요?"

"그래. 그런데 아직 손에 넣지 못한 모양이구나, 니아 너도 아직 이렇게 제타를 두려워하고 있는 걸 보면. 퍼스트 타임 쉽이 열쇠를 찾아 결함을 해결했다면 제타가 더 이상 타임 노마드들을 쫓을 필요가 없겠지."

니아는 N키퍼의 남은 시간을 확인했다.

'2시간 25분'.

버거에게 돌아가야 할 시간이었다. 이미 너무 오래 시

간을 지체했다.

“할머니, 전 이제 가야 해요.”

“니아야, 너에게도 선택해야 할 순간이 올 거야. 네가 정착해 살아갈 시간 말이다. 너 혼자 그렇게 쫓기는 삶을 사는 건 힘들어.”

호시 할머니가 니아의 두 손을 꼭 잡았다. 니아는 그 따뜻함을 좀 더 오래 느끼고 싶었다. 그렇지만 버거를 떠나보내는 건 상상도 하기 싫었다. 버거는 엄마의 모든 것이었고, 니아의 가족이었다. 제타의 손에 버거를 내줄 수는 없었다.

“전 버거와 헤어질 수 없어요. 시간 여행을 계속해야만 엄마를 만날 가능성이 있고요.”

시간 교란기를 품에 안고 제타와 충돌한 엄마가 어느 시간을 떠돌고 있는지는 알 수 없었다. 엄마가 시간 교란기의 힘에 매여 영원히 시간 사이를 떠돌아다닐 거란 생각을 하면 심장이 죄어드는 것 같았다. 충돌 시 충격으로 엄마의 숨이 다했을 거라고 생각하는 것이 차라리 나을지도 몰랐다. 니아는 엄마의 편안한 마지막을 빌면서도 혹시 어느 시간에서든 잠깐이라도 엄마를 볼 수 있지 않을까 하는 희망을 놓기 힘들었다.

“그래, 네가 풀어야 할 것이 있다면 어쩔 수 없지. 많이 힘들 거야. 그렇지만 그게 네 희망이라면, 가거라. 그런데 니아야, 넌 이제 떠도는 게 아니야. 네가 돌아오고 싶을 때 돌아올 곳이 있는 거야. 그걸 꼭 기억해 주면 좋겠구나.”

니아는 할머니를 꼭 안았다.

그때 N키퍼가 진동하며 붉은빛이 반짝였다. 버거가 보낸 비상 신호였다. 니아는 버거와 음성 통화를 연결했다. 이제 할머니에게 숨길 것은 없었다.

“버거, 무슨 일이야?”

“니아, 빨리 돌아와야겠어. 제타 감지 센서가 반응하고 있어. 제타가 생각보다 우릴 빨리 찾은 것 같아. mo27은 아직이야?”

버거의 물음에 니아가 할머니를 쳐다보았다.

“부품을 구하러 온 것이었구나. 우리 집 어디에 있는 거니?”

“저 안에 있어요.”

니아는 할머니의 침대 옆에 놓인 호시어리를 가리켰

다. 은우는 할머니의 곁에 호시어리를 가져다 두었다. 아직 미완성이지만, 할머니의 말을 기록하는 기능은 작동되고 있었다.

"가지고 가거라."

니아가 망설이는 사이 할머니가 호시어리 뒤쪽 계기판을 열었다. 니아는 호시어리 안의 mo27을 꺼냈다.

"늦기 전에 가야지."

할머니가 니아의 배낭을 건네주며 말했다. 어떤 인사를 해야 할지 몰라 니아는 고개만 끄덕였다. 그리고 뒤돌아보지 않고 할머니의 방을 나섰다.

새로운 승객

니아가 은우네 집을 떠난 후로도 버거의 재촉은 계속됐다. 니아는 이동 휠의 속도를 올렸다. 이동 휠이 지나는 자리마다 먼지가 일었다.

“거기 너무 오래 있었어…….”

니아는 입술을 깨물며 중얼거렸다.

“니아, 제타 접근이 5분도 남지 않았어.”

니아의 눈앞에 버거가 보였다.

“알아. 버거, 거의 다 왔어. 바로 출발할 준비해.”

버거의 엔진 가동 소리가 들렸다. 니아가 올라타 문을 닫기만 하면 바로 출발할 수 있었다.

“니아야!”

버거에 올라타려던 니아는 귀에 익은 목소리에 뒤를

돌아봤다. 니아를 부른 건 은우였다. 검은 휠을 탄 은우가 달려오고 있었다.

“은우?”

“니아, 이 시간대의 인간과 얽히는 건 피해야 해.”

은우를 발견한 버거가 말했다. 버거와 은우를 번갈아 보며 서 있던 니아를 버거가 재촉했다.

“이제 3분 전이야.”

지금의 우선순위는 제타가 도착하기 전 떠나는 것이었다. 니아는 결심이 선 목소리로 말했다.

“버거, 출발하자.”

버거의 문이 닫히기 시작했다. 은우는 버거의 바로 앞까지 와 있었다.

“자, 잠깐! 니아야, 이거!”

은우가 손에 든 것을 흔들고 있었다. 은우에 손에 든 것은 엄마의 메모리 팩트였다.

“버거, 잠깐! 문 다시 열어.”

“니아, 지금은…….”

“알고 있어. 그래도 저걸 두고 갈 순 없어.”

니아는 버거 문밖으로 손을 내밀었다.

"은우야, 길게 설명할 시간이 없어. 그거 이리 던져 줘."
"제타가 이 시간대에 들어왔어."
버거의 목소리가 다급했다.
"젠장…… 은우야, 어서!"
홀린 듯한 표정으로 버거를 바라보던 은우가 휠을 버리고 버거 안으로 뛰어 들어왔다. 은우가 타자마자 버거의 문이 닫혔다.
"니아, 바로 출발한다."
버거가 움직이기 시작했다. 니아는 예상 못 한 은우의 탑승에 놀랐지만 다른 말을 할 시간이 없었다.
"은우야, 너 빨리 뒷자리에 앉아. 안전벨트 채우고."
니아가 조종석에 앉으며 소리쳤다. 버거가 공중으로 떠올랐다. 버거의 열기로 주변의 공기가 이지러지듯 보였다. 버거는 바로 시간 홀로 들어갔다.
"와!"
은우가 탄성을 질렀다. 빠듯한 출발이었지만 다행히 제타와의 만남은 피했다. 그러나 다른 문제가 있었다. 니아는 뒷자리에 앉아 감탄 중인 은우를 보고는 한숨을 쉬었다.

"니아, 생각해 둔 방법은 있는 거지?"

니아의 머릿속을 들여다보는 것처럼 버거가 물었다. 니아는 우선 은우가 이 상황을 이해할 필요가 있다고 생각했다.

"저기, 은우야."

"와! 니아야, 이거 타임머신이지?"

은우는 버거의 계기판에서 눈을 떼지 못하고 있었다. 니아에겐 낯익은 표정이었다. 엄마도 새로운 기계를 보면 저런 표정을 지었다. 기계 안을 들여다보고 싶어 죽겠다는 표정. 그리고 그건 지금 은우에게 긴 설명을 해 봤자 소용없을 것이란 뜻이기도 했다.

"그래, 버거는 타임 쉽이야. 이 시간대에선 아직 타임머신이 만들어지지 않았을 거야. 타임 쉽은 아직 비밀리에 연구 중인 단계일 거고, 초기 모델이 나오려면 지금 시대에서 10년은 지나야……."

"이게 진짜 만들어지는구나. 그런데 그럼, 네 말은……."

은우의 표정이 급격하게 바뀌었다. 그 표정은 니아의 말이 무슨 뜻인지 이해했다는 것이었다.

"그래, 나는 미래에서 왔어."

"미래?"

은우가 입을 벌린 채 니아와 버거의 계기판, 그리고 허공 어디쯤을 손가락으로 가리켰다. 그러고 나서 은우의 표정은 다시 원래대로 돌아왔다. 니아는 그게 은우의 이해 방식이구나 하고 생각했다.

"기술 발전이 언젠가는 타임머신을 만들어 낼 거라고 믿고 있었어."

"그래서 상황을 빨리 받아들인 거구나."

은우의 말에 버거가 반응했다.

"버거? 만나서 반가워. 그런데 우린 어디로 가고 있는 거야?"

"그건 아직 알 수 없어. 지금은 시간 홀 안이고 정착 시간대를 지정하는 프로그램이 고장 나서 그야말로 랜덤으로 시간 여행을 할 수밖에 없어."

버거가 친절한 목소리로 설명했다. 니아는 버거가 은우를 위험 인물 목록에 넣지 않았다는 게 신기했다. 지금까지 엄마와 니아를 제외하고 버거에 올라탄 사람은 없었다. 버거에겐 처음 맞는 낯선 승객인 셈이다. 그런데도 순순히 현재 상황을 설명하다니. 니아는 버거의 경계 지수를 좀 더 높게 설정해야겠다고 생각했다.

“정착 시간대를 지정할 수 없다고?”

은우의 표정에 당혹스러움이 가득했다. 은우는 할머니를 떠올렸을 것이다. 당혹스러운 건 니아도 마찬가지였다.

“할머니 혼자 괜찮을까? 우리도 착륙 시간 지정 기능을 고치려고 노력 중이야. 그런데 쉽게 해결될 것 같진 않아. 할머니가 얼마나 혼자 계실 수 있어?”

“흠…… 우선은 케어봇이 할머니를 돌보니까 당분간은 괜찮을 거야. 내가 나오면서 집 안팎 보안 단계도 높여 놨으니 할머니가 혼자 집 밖으로 나갈 수도 없을 거고. 그래도…… 빨리 돌아가야 해.”

혼자 있을 호시 할머니를 생각하니 니아도 마음이 급해졌다.

“네가 버거에 올라타지 않았으면 좋았을 텐데 말이야. 어쩌자고 그렇게 앞뒤 생각 없이 뛰어든 거야?”

머리가 복잡해진 니아의 목소리가 뾰족했다.

“너하고 좀 더 시간을 보내고 싶었어……. 네가 떠나는 모습을 보고 있는데 할머니가 어서 따라가 보라고 했거든. 지금 놓치면 다시 만날 수 없을지도 모른다고."

니아는 생각지 못한 은우의 대답에 놀랐다. 은우의 솔직한 대답에 니아의 심장이 쿵쾅대기 시작했다.

"후……. 버거, 우리 숙제가 더 급해졌어. 시간 지정 기능, 더 열심히 고쳐야 한다는 거 알지?"

니아는 버거의 계기판을 톡톡 두드렸다.

숨겨진 설계도

창밖으로부터 달빛이 쏟아져 들어왔다. 오늘 버거가 도착한 시간은 만월의 밤이었다. 버거는 월광 흡수 렌즈를 모두 열었다. 버거의 에너지 게이지가 채워지기 시작했다.

"버거, 오늘은 에너지를 든든히 채울 수 있겠다."

"태양광을 쓰면 더 빠르지 않아?"

어느새 월광 흡수 렌즈에 바짝 붙어 구경 중이던 은우가 물었다.

"버거 전지는 빛이 약한 월광을 최대한 흡수하도록 설계됐어. 원시티에선 태양광 사용을 통제했거든. 모든 에너지를 자신들의 통제 아래 두려고 했던 거지. 그런데 그런 원시티도 월광을 흡수하는 기계에는 관심이 없었어. 그런 비효율적인 기계를 만들 사람이 없을 거라고 생각했겠지. 우리 엄마는 그걸 이용해서 버거를 설계한 거고."

"월광으로 충전하는 기체라……. 너희 엄만 정말 독창적인 분 같아."

그때 두 사람의 대화에 버거가 끼어들었다.

"오늘 충전은 문제없겠어. 그런데 니아, mo27을 더 정확하게 고정해야 해. 이대로 두면 다시 헐거워져서 문제가 생길 거야."

부품을 구하는 데는 성공했지만 급박하게 출발하느라 정교한 수리는 하지 못했다. 월광을 흡수하는 사이 버거의 이곳저곳을 정비할 필요가 있었다.

"알았어요, 버거 할아버지. 곧 쌩쌩하게 만들어 드릴게!"

니아가 엔진실 문을 열었다. 갑작스러운 은우의 탑승으로 머리가 복잡했지만, 지금은 버거의 문제부터 해결해야 했다. 그래야 어떻게 은우를 다시 돌려보낼지도 생각할 수 있을 것 같았다.

"한 번에 하나씩만 생각하자."

니아는 수리용 인공 지능 장갑에 한쪽 팔을 끼며 중

얼거렸다.

“이게 버거의 심장이구나!”

언제 나타났는지 은우가 엔진실에 몸을 반쯤 들이밀었다.

버거의 엔진실은 니아 혼자 들어가도 여유가 거의 없는 공간이었다. 그런데 은우의 눈엔 그런 게 보이지 않는 듯했다. 은우는 엔진실을 살피느라 정신이 없었다.

“야, 들어오지 마.”

“mo27을 여기 연결하는 거였군. 근데 이 옆에 있는 부품도 비뚤어졌는데?”

은우는 니아가 아직 끼지 않은 왼쪽 수리 장갑에 자기 손을 넣었다. 두 사람이 들어서면서 좁은 엔진실이 꽉 찼다. 인공 지능 장갑이 수리가 필요한 곳으로 움직이기 시작했다. 은우가 낀 왼쪽 장갑이 니아 앞쪽으로 움직였고 두 장갑이 mo27의 양옆을 조였다. 니아와 은우의 팔이 한 몸처럼 가까워졌다.

“흡!”

몸을 뒤로 빼려고 해도 공간이 없었다. 어색해진 니아가 헛기침을 했다.

"수리 완료."

수리 장갑의 소리였다. 니아는 그제야 참았던 숨을 내쉬었다. 니아가 손을 빼려는데 다시 수리 장갑이 움직였다.

"좌우 연결 튜브 확인이 필요합니다."

수리 장갑이 위아래로 움직였다. 어색하게 몸을 뒤로 빼고 있던 니아와 은우의 팔이 서로 꼬였다. 키가 큰 은우는 수리 장갑에 끌려 엉거주춤하게 자세를 낮췄다.

"어어……."

이상한 자세를 풀려고 움직이다 은우와 니아의 얼굴이 가까워졌다. 수리 장갑에 갇힌 둘의 손은 아무리 잡아당겨도 빠지지 않았다. 수리 장갑은 부지런히 튜브의 빈틈을 연결하고 있었고, 얼굴을 마주한 니아와 은우는 서로의 눈을 쳐다보지도, 어떤 말을 꺼내지도 못하고 있었다. 니아는 은우의 속눈썹을 쳐다보고 있는 자기 시선을 깨닫고 얼른 고개를 돌렸다.

'그러게 얘는 왜 좁은 엔진실에 따라 들어온 거야…….'

니아는 자기 심장 소리가 너무 큰 것 같다고 생각했다. 쿵쾅대는 심장 소리를 멈추게 할 방법이 없었다.

"수리 완료."

니아와 은우의 손을 쥐고 놓지 않던 수리 장갑의 힘이 풀리면서 아래로 흘러내렸다. 동시에 니아와 은우의 손이 스쳤다.

"버, 버거? 충전이 다 끝났나 보네?"

니아는 버거 핑계를 대고 숨 막힐 것 같은 엔진실을 빠져나왔다.

은우를 돌려보내야 한다는 사실은 니아에게 부담이자 걱정이었다. 은우가 떠난 버거 안을 생각하면 마음이 허전했다. 그렇지만 호시 할머니를 혼자 둘 수는 없었다. 케어봇이 있지만, 할머니의 기억이 다시 엉키는 순간이 되면 할머니가 케어봇에게 다른 명령을 입력할 수도 있었다.

"은우를 떠나온 그날로 돌려보내야 해……."

니아는 버거가 충전되는 내내 매뉴얼을 들여다보고 있었다. 하지만 여전히 답이 보이지 않았다. 니아와 버거의 여행이 시간을 특정하지 못하는 것은 버거의 고장 때문이었다. 제타를 피하기 위해 랜덤 여행이 필요하기도 했지만, 할 수 있어서 하는 것과 어쩔 수 없이 하는 것은 다른 문제였다. 지금은 은우를 돌려보내기 위해서 시간 지정 기능을 '할 수 있게' 만들어야만 했다. 그런데 버거의 시간 지정 기능은 니아가 고칠 수 없었다. 지난 1년 내내 매달렸지만 답을 찾지 못했다. 겉은 촌스러운 디자인이지만, 버거의 내부 설계는 섬세하고 복잡했다. 타임라인사의 연구를 총괄할 만큼 뛰어난 기술자인 엄마가 만든 타임 쉽이니 쉬울 리가 없었다.

"다른 사람도 좀 이해할 수 있게 설계했으면 좋았잖아? 하…… 우리 유 박사님이 그럴 리가 없지. 매뉴얼이라도 좀 이해하기 쉽게 써 두든가."

니아는 한숨을 쉬며 매뉴얼 화면을 껐다.

"니아, 그렇게 한숨을 쉬면서 들여다보는 건 나에 대한 실례야."

인간이 저렇게 말했다면 잘난 척 좀 그만하라고 했을 것이다. 버거는 인간처럼 '자부심' 같은 걸 가지고 있는 것처럼 보였다. 그것도 엄마의 설계였을 것이다. 엄마와 닮은 그 모습은 니아를 자주 웃게 만들었다.

"지금 네가 하는 말도 엄마가 입력해 둔 거지?"

물으나 마나였다. 버거에게 저런 유머가 없었다면 니아는 혼자 떠도는 시간을 버티지 못했을 것이다. 니아는 버거와 썰렁한 농담을 주고받으며 외로움도, 두려움도 잠시 잊을 수 있었다.

"너 그럴 때마다 진짜 맛없는 블루버거 같은 거 알아?"

"블루버거라니! 니아, 정말 너무해!"

"하하하. 그런데 버거, 진짜 너한테 설계도가 저장되어 있지 않다고? 그렇게 철저한 엄마가 설계도 입력을 빼먹었다는 게 이상하잖아."

"유 박사님 머릿속에 모든 설계도가 들어 있으니까."

"그렇지만 그건 엄마만 아는 거잖아. 난 아니라고."

그때였다.

"니아야! 이것 좀 봐!"

은우가 항해실 안으로 뛰어 들어왔다. 오후 내내 수면실에 틀어박혀 있길래 자기 시간으로 돌아가지 못할지도 모른다는 걱정에 빠져 있는 줄 알았는데 그게 아닌 모양이었다. 은우의 손엔 메모리 팩트가 들려 있었다.

"수리한 거야?"

"응, 그런데 이 안에 버거의 설계도가 있어."

은우가 메모리 팩트의 화면을 항해실 가운데 공간에 띄웠다. 엄마가 버거를 완성하기 직전의 영상이었다. 니아에게 전하는 서프라이즈 메시지가 담겨 있었다. 니아는 오랜만에 보는 영상 속 엄마 모습에 집중했다.

"니아야, 이 타임 쉽은 엄마가 만든 최고의 기계야. 니아와 영원히 함께할 가족이자 집이 되어 줄 거야."

그 대목에서 엄마의 목소리가 떨렸다. 엄마의 말대로 지금 니아 곁에 남은 가족은 버거뿐이었다. 니아는 엄마의 홀로그램을 향해 손을 뻗었다.

"저건 엄마가……."

"잠깐!"

은우가 오른편 위쪽의 유리창 부분을 확대했다. 유리에 바닥의 서류가 반사되고 있었다. 은우는 그 부분을 캡처해 버거의 외형을 스캔한 화면 위에 겹쳤다. 버거 내부와 딱 들어맞는 설계도였다.

"어때. 굉장하지?"

영상을 보고 또 봤었는데도 니아의 눈엔 보이지 않았던 것이었다. 은우가 니아를 보며 활짝 웃었다. 니아는 은우의 표정이 처음 만났을 때와 어딘가 달라졌다는 걸 깨달았다. 지금 은우의 눈빛은 반짝거리고 있었다. 니아는 은우에게 그 빛이 더 많아졌으면 좋겠다고 생각했다.

"이제 고칠 수 있겠어!"

시간 교란기

찾아낸 설계도에 필요한 부품 중 하나가 부족했다. 빈티지 모델의 단점은 각 부품의 수명이 짧다는 것이었다. 버거의 부품 구하기는 계속되던 문제였지만 이번 경우는 더 난처했다. 부족한 부품에 대한 정보가 전혀 없었다. 니아는 우선 버거 안에 있는 부품들로 수리를 시작하기로 했다.

버거와 둘만 남게 된 이후로는 니아가 직접 버거를 수리했다. 그래서 니아는 버거에 대해, 버거를 만든 엄마의 스타일에 대해 잘 알고 있다고 생각해 왔다. 게다가 이제 버거의 설계도도 찾았으니 마지막 부품 자리를 제외한 수리는 순조롭게 끝낼 수 있을 거라고 믿었다. 그러나 엄마의 설계도는 여전히 니아를 당황스럽게 만들었다.

“진짜…… 뭐든 이렇게 다 복잡하다니까. 다른 사람은 손도 못 대게 하는 게 엄마 목표였을 거야.”

니아는 설계도에 나타난 부품을 다섯 번째 다시 끼우면서 투덜거렸다.

“이건 복잡한 게 아니라…… 환상적인 거야! 와, 어떻게 이런 생각을 하셨지?”

바닥에 누워 버거의 계기판 아래에 머리를 집어넣은 채로 은우가 연신 감탄을 쏟아 냈다.

“환상적이라고? 도대체 어떤 게?”

니아가 무릎을 꿇고 앉아 은우의 옆으로 고개를 숙였다. 그때 갑자기 버거의 몸체가 크게 흔들렸다.

“앗!”

니아가 중심을 잃고 은우의 옆 바닥에 이마를 찧었다.

“으…….”

이마를 문지르며 고개를 들던 니아는 이번엔 계기판에 뒤통수를 부딪혔다.

“푭! 괜찮아?”

웃음을 참던 은우가 결국 재채기하듯 웃어 버렸다.

"버거, 너 일부러 그런 거지?"

"아니야, 니아. 월광 흡수 렌즈를 접은 건데, 여기 지반이 약해서 흔들린 거야."

"푸…… 하하하하하!"

능청스러운 버거와 티격태격하는 니아를 보며 은우가 배를 잡고 웃었다.

"뭐야, 둘이 짜기라도 한 거 같다? 아!"

머리를 빼내려던 니아가 소리를 질렀다. 계기판의 전선과 니아의 머리카락이 엉켜 버렸기 때문이다. 니아는 계기판에서 떨어지지 못하고 엉거주춤한 자세로 다시 앉았다.

"가만있어 봐. 엄청 엉켰네."

은우가 니아의 뒤에서 엉킨 머리카락을 떼어 내기 시작했다. 은우의 손길은 조심스러웠다. 할머니를 돌보며 몸에 밴 태도인 것 같았다.

"케어봇은 믿을 만한 수준이야?"

은우에게 머리를 맡긴 채 있던 니아가 물었다. 은우는 대답이 없었다.

"외관이 보급형이었던 거 같아서. 보급형은 아무래도

비상 상황이 생길 때 인간의 판단을 필요로 하는 거 아닌가?"

"보급형 모델인 건 맞는데 내가 꽤 많이 업그레이드해 놨어. 할머니에 대한 정보를 세세하게 입력해 두었고, 그 경우마다 대처할 내용도 프로그래밍해 뒀어. 할머니가 이전과 전혀 다른 행동을 한다면 문제가 될 수 있지만……."

엉킨 전선을 떼어 내던 은우의 손이 잠시 멈췄다. 그 모습을 본 니아는 생각했다.

'은우는 할머니에게 돌아가야 해.'

니아는 계기판 아래 서랍에서 가위를 꺼내 어깨 뒤로 내밀었다.

"이럴 시간이 없네. 남은 건 이걸로 그냥 잘라 버려."

"괜찮겠어?"

"응."

은우의 손가락이 조심스럽게 니아의 머리칼을 쓸었다. 은우의 손등이 니아의 목덜미에 살짝 닿아서 니아는 짧게 숨을 들이켰다.

사각, 사각.

머리카락이 잘리는 소리가 간지럽게 났다. 니아는 열이 오르는 귓불을 가리려고 손바닥을 귀에 댔다.

"이 정도면 된 거 같은데?"

은우의 말에 거울 앞으로 가 비춰 보니 등까지 닿아 있던 니아의 머리카락이 어깨 위까지 짧아져 있었다. 들쑥날쑥할 거라고 생각했는데 모양새 있게 잘린 모습이었다.

"가벼워서 좋네. 근데 너 꽤 잘 자른다."

은우는 바닥에 떨어진 머리카락을 치우고 있었다.

"할머니 머리도 내가 잘라 드렸거든. 어렸을 때부터 했으니까 꽤 경력이 있는 편이지?"

"어린아이를 믿고 머리를 맡기셨다고? 와, 할머니 되게 용기 있으시다."

"나도 엄청 떨렸다고. 처음 가위를 잡은 게 여덟 살 때였어. 나름대로 최선을 다했는데 다 자르고 나니까 할머니 뒷머리가 계단처럼 된 거야. 망했다 싶어서 눈물이 나더라. 그런데 할머니는 독창적인 디자인이라면서 웃었지."

니아는 가위를 들고 우는 은우와 호쾌하게 웃는 호시 할머니가 눈앞에 그려지는 것 같아 미소 지었다.

"할머니를 처음 만난 지 얼마 안 되었을 때야."

다시 계기판 아래로 머리를 집어넣은 은우가 덤덤하게 말했다.

"여덟 살에 처음 만난 거구나……."

호시 할머니가 시간 정착을 결심한 이유가 은우였다는 건 직접 들어서 니아도 알고 있었다.

"응, 그때 할머니를 만나지 못했다면 난 아마 사막의 모래가 되었을 거야."

니아는 계기판 아래 들어가 있는 은우의 표정을 볼 수 없었다. 은우는 담담한 목소리로 이야기를 이어 갔다.

"우리 가족은 일거리를 찾아 도시 외곽을 떠돌며 살았어. 상황이 점점 안 좋아졌지. 엄마의 병은 2급 치료로는 고칠 수 없었어. 병명도 알 수 없었고. 의사는 희귀한 병이라고 했어. 보호 도시의 의료 기술로만 고칠 수 있을 거라고. 우리가 할 수 있는 일이 없었어. 엄마는 괜찮다는 말만 계속했고……. 나중엔 기침 때문에 그 말도 못 했지만."

은우의 팔은 계속 바쁘게 움직이고 있었다. 은우의 얼굴이 가려져 있어 다행인지도 몰랐다. 그래서 은우가 이런 이야기를 할 수 있는 것일 테니.

"그런데…… 니아, 너희 엄마는 어디 계신 거야?"

버거에 올라탄 순간부터 은우는 알아챘을 것이다. 니아가 혼자라는 걸. 엄마가 설계하고 만든 것들로 이루어진 곳에 엄마만 없는 이유를 설명해야 할 때였다.

"작년 이맘때쯤 엄마 생일을 며칠 앞둔 날이었어."

니아는 그날의 이야기를 꺼냈다.

니아는 엄마의 생일에 특별한 선물을 하고 싶었다. 버거 안에 있는 것들은 대부분 버거의 운행과 니아를 위한 것들이었다. 니아는 기계가 아닌 어떤 것, 엄마의 마음에 들 특별한 것을 찾고 싶었다.

그날 착륙한 시간대엔 사람들이 떠난 구도심이 있었다. 니아는 엄마가 버거의 이곳저곳을 살피는 사이에 구도심으로 갔다. 구도심 상가라면 엄마에게 선물할 만한 것을 찾을 수 있을 것 같았다. 그러나 무너진 건물들은 밤의 어둠에 휩싸여 다 비슷해 보였다. 니아는 길을 잃었다. 비슷한 건물 사이를 헤매다 발을 헛디딘 니아는 맨홀로 빠졌다. 떨어지면서 바닥에 부딪힌 충격으로 N키퍼도 먹통이 됐다. 시간이 얼마나 흘렀는지 짐작도 못 하고 있을 때, 니아의 귀에 엄마의 목소리가 들렸다.

"니아야!"

"엄마! 나 여기 있어!"

니아를 발견한 엄마가 맨홀에서 니아를 꺼내 주었지만, 시간이 너무 많이 흘러 있었다.

"니아야, 시간이 없다. 치료는 버거로 돌아가서 하자."

두 사람은 겨우 버거 앞에 다다랐다. 그런데 그 시간대로 제타의 타임 쉽이 들어오는 게 보였다. 멈춰 선 타임 쉽 안에서 제타가 내리더니 이어 차가운 기계음이 들렸다.

"당신들의 타임 쉽 운항은 불법이다. 타임 쉽을 포기하고 투항하라."

겁에 질린 니아는 엄마를 쳐다보았다. 그때 엄마가 배낭 안에서 처음 보는 기계를 꺼냈다. 손바닥만 한 크기의 검은 돌멩이 형태였다. 가운데에 파랗게 반짝이는 빛이 없었다면 그냥 매끈한 돌멩이라고 생각할 만한 모습이었다. 엄마가 반짝이는 버튼을 누르자 파란빛이 점점 퍼져 나갔다.

"니아야, 엄마 말 잘 들어."

엄마의 눈이 붉게 충혈돼 있었다.

“2096년은 소멸되었다. 따라서 2096년의 원시티 시민이 돌아갈 시간대는 없다. 당신들의 타입 쉽 운항은 불법이다.”

제타의 목소리가 더 커졌다. 입술도 움직이지 않는 무표정이었지만 제타의 목소리는 니아와 엄마 주변을 포위하듯 울리고 있었다.

“엄마, 버거로 뛰어가자.”

니아가 떨리는 목소리로 말했다.

“니아야, 엄마가 제타를 막아 볼게. 조금 뒤에 엄마와 제타가 있는 공간이 빠르게 회오리 칠 거야. 그때…… 버거를 타고 떠나. 알았지? 머뭇거리면 안 돼.”

“그게 무슨 말이야? 엄마는? 엄마가 들고 있는 그거, 그게 뭔데?”

“시간 교란기야. 제타는 이 시간 교란기와 함께 다른 시간대로 빨려 들어갈 거야. 그러려면 엄마가 제타에게 이 시간 교란기를 묶어야 하고. 니아야, 혼자서도 잘할 수 있지? 버거를 믿어. 달빛을 믿고, 너를…… 너를 믿어. 알았지?”

"당신들의 타임 쉽을 스캔하고 있다. 그대로 대기해라."

"싫어, 싫다고!"

니아의 말이 끝나기도 전에 엄마는 제타를 향해 달렸다. 시간 교란기의 파란 불빛이 엄마를 감싸며 제타를 포위했다. 제타가 쏜 빔도 파란 불빛 안에 갇혀 바깥으로 나오지 못했다.

"엄마!"

니아의 앞쪽 공간이 여러 색을 섞어 놓은 팔레트처럼 회오리 치기 시작했다.

"니아! 어서 탑승해!"

N키퍼에서 버거의 목소리가 들렸다. 뭉개진 회오리가 니아를 향해 가까워지고 있었다. 니아의 목소리마저 거기에 빨려 들고 있었다. 니아는 버거를 향해 뛰었다. 니아를 태운 버거는 곧바로 시간 홀로 들어갔다.

"시간 교란기와 함께 사라진 엄마가 어느 시간대에 어느 정도 머물 수 있는지는 알 수 없어. 그래도 난…… 엄마가 어딘가에 존재하고 있다고 믿어."

니아는 까만 창밖을 바라보았다.

외곽 시장

탑승자가 두 명이 되면서 버거의 식량 소진 속도도 두 배가 되었다. 니아는 식량을 구하기 위해 버거의 착륙을 시도했다. 이번에도 공간 좌표는 제4 보호 도시에서 한참 떨어진 사막으로 설정했다. 호시 할머니가 알려 주었던 외곽 시장 위치와 멀지 않은 곳이었다. 운이 좋다면 식량도 구하고 계수나무도 찾을 수 있을 것이다.

버거의 착륙 직후, 니아는 N키퍼를 확인했다. 이번에 도착한 시간대는 2069년이었다.

“버거, 생명이 감지돼?”

모래밖에 보이지 않는 바깥 풍경을 보며 니아가 물었다.

“착륙 지점 10킬로미터 밖에서 생명체가 감지돼. 반

경 200미터 정도의 원형을 이루고 있어. 아마도 인간들이 모여 있는 거점인 것 같아."

버거가 지형 지도를 N키퍼에 전송했다.

"시장일 가능성이 있겠어. 그러면 다녀올게, 버거."

니아가 생존 배낭을 메고 이동 휠의 전원을 켰다.

"잠깐, 너 혼자 가려고? 그럴 순 없지. 나도 같이 가."

은우가 조끼 주머니에 작은 공구들을 집어넣으며 말했다.

"이동 휠은 1인용이야. 네 이동 휠은 버거에 올라탈 때 버리고 왔잖아. 넌 그냥 버거랑 같이 기다리고 있어."

"잠깐."

니아의 말이 다 끝나기도 전에 은우가 이동 휠 옆에 쪼그리고 앉았다. 그러고는 이동 휠의 양쪽 발판에 평평한 판을 덧대더니 단단히 고정시켰다. 은우의 주머니 안에서 필요한 공구들이 하나씩 나왔다. 유난히 주머니가 많은 조끼를 입고 다니는 은우가 특이하다고 생각했는데 그 이유가 있었던 것이다.

"아니, 그 주머니에 그게 다 들어 있었다고?"

니아가 놀라는 사이 이동 휠의 발판이 길어져 있었다.

“자, 이 정도면 2인용이지? 충분히 같이 갈 수 있어.”

은우가 이동 휠 앞쪽에 올라타며 말했다.

“그래, 같이 가자. 그런데 은우 네가 앞에 타는 건 아니지.”

니아는 이동 휠 손잡이에 N키퍼를 태그했다. 그러자 이동 휠 앞쪽에 입체 지도가 떴다. 니아가 출발 버튼을 누르자 이동 휠이 움직이기 시작했다.

“어!”

출발의 반동으로 흔들린 은우가 니아의 어깨를 잡았다.

“출발 신호는 줘야지.”

“니아, 은우. 조심해서 다녀와. 남은 시간은 23시간 25분이야.”

N키퍼와 연결된 버거의 목소리가 들렸다. 위장 모션을 가동 중인 버거는 사막 위의 허공처럼 투명해져 있었다. 니아와 은우가 탄 이동 휠 아래로 달빛처럼 빛나는 모래가 날렸다.

목적지에 도착한 니아는 지도로 보았던 것의 실체

를 확인했다. 원형으로 보이던 구조물은 투명한 재질의 돔형 텐트들이 벌집 모양으로 모여 있는 것이었다. 달빛을 받은 투명 텐트들 위에는 여러 상표가 그려져 있었다. 보호 도시에서 버려진 것들로 만들었다는 걸 알 수 있었다. 니아의 기대대로 버거가 감지한 생명체는 외곽 시장의 상인들이었다.

니아는 시장 입구에 이동 휠을 세웠다. 서너 명이 들어가면 꽉 찰 정도로 작은 텐트 안쪽엔 물건들이 놓인 금속 박스 형태의 테이블이 있었고, 테이블 아래엔 바퀴가 달려 있었다. 테이블이 상인들의 이동 포터이기도 한 듯했다. 어지럽고 다양한 흔적이 시장의 북적거리는 생기와 묘하게 어울렸다.

어림잡아 쉰 개 정도의 투명 돔이 모인 시장엔 두 갈래의 통로가 있었다. 벌집 안에 두 줄의 길이 나 있는 것 같은 모습이었다. 입구에서 입체 공간 지도를 통해 시장의 지형을 파악한 니아는 시장의 첫 번째 길로 들어섰다.

"그러니까, 여기서 식량을 구하는 거지? 그런데 물건을 사려면 돈이 있어야 할 거 아니야. 이 시간대 화폐가 있어?"

은우가 물었다.

"없지."

니아는 길 입구의 투명 텐트들을 둘러보며 대답했다.

"없다고? 그럼 뭘로 식량을 사겠다는 거야?"

"물물교환?"

니아는 은우를 향해 배낭을 들어 보였다.

시장 안엔 환한 조명만큼 활기찬 표정의 사람들이 있었다. 니아는 지금 이 순간에 집중하고 있는 사람들의 표정을 보는 것만으로도 에너지가 차오르는 것 같았다. 니아 자신도 이들과 여기서 흥정하고 이야기하고 부딪치며 살아가는 것 같은 착각을 느끼고 싶었다.

'이 순간만을 생각하는 기쁨, 그것이 얼마나 소중한 것인지 여기 있는 사람들은 알고 있을까?'

니아는 그런 기분을 느끼게 하는 이곳이 마음에 들었다. N키퍼를 다시 들여다봤다. '2069년. 5월 22일. 밤 9시.' 니아는 마음속으로 이 시간대를 따라 읽었다. 기억에 담아 두고 싶었기 때문이다.

은우는 미소가 떠오른 니아의 얼굴을 곁눈으로 슬쩍 보았다. 니아가 무엇 때문에 웃는지는 모르지만 웃고 있는 니아 옆에서 걷는 게 좋다고 생각했다. 그리고 그런 생각을 하는 자신을 알아채고는 조금 놀랐다.

외곽 시장에서 파는 물건들은 보호 도시에서 빼돌리거나 버려진 물건이었다. 가장 비싼 값에 팔리는 것은 의료용품과 약이었다. 외곽인들에게는 의료 혜택이 적용되지 않았기 때문이다.

니아가 자신 있게 시장에 물건을 사러 올 수 있던 것도 배낭 안에 든 약 때문이었다. 버거를 타고 떠날 때 가져온, 니아가 살던 시대의 약이었다. 니아의 생존을 위해서 아껴야 했지만 식료품을 구할 때는 사용할 수밖에 없었다.

“오래 두고 먹을 수 있는 걸 사야겠지?”

은우가 심각한 표정으로 투명 돔 안의 테이블을 보며 말했다.

“캡슐 밀을 사면 돼. 저기 있다.”

니아가 앞에 보이는 텐트를 가리켰다. 키도 몸집도 커다란 아저씨가 물건을 파는 곳이었다. 테이블 위엔 손바닥만 한 캡슐 밀들이 놓여 있었다. 캡슐 밀을 쿡 박스에 넣으면 따뜻한 음식이 된다. 그러나 캡슐 음식의 특성상 신선도는 떨어지는 것이 대부분이었다. 니아는 대충 몇 개의 캡슐 밀을 집어 들었다. 그런데 은우가 니아 손의 캡슐들을 뺏어서 다시 테이블 위에 내려놓고는 덩치 아저씨의 눈치를 보며 작게 말했다.

"유통기한이 다 지워져 있어. 아마 이미 지나서 지운 걸 거야."

"상관없어."

니아가 다시 캡슐 밀을 집으려고 하자 은우는 다시 니아의 손에서 빼내려고 했다. 그 실랑이를 지켜보던 덩치 아저씨가 은우의 팔목을 잡고 말했다.

"남의 장사를 방해하는 손님은 못 참는다."

"손님을 그렇게 대하는 주인도 못 참죠."

은우도 지지 않고 말했다.

"물건을 사야 손님 대우를 하지. 살 거냐, 말 거냐?"

덩치 아저씨는 여전히 은우의 팔을 움켜쥔 채로 말했다. 은우가 팔을 빼내려 했지만, 덩치 아저씨의 힘을 당할 수 없었다.

"그 팔부터 놓고 말해요!"

니아가 은우의 팔을 잡고 있는 덩치 아저씨의 손 위에 N키퍼를 갖다 댔다.

"으앗!"

N키퍼의 짧은 전기파를 맞은 아저씨가 손을 털며 뒤로 물러섰다.

"뛰어!"

니아는 은우의 팔을 잡고 텐트 밖으로 뛰었다. 덩치 아저씨가 소리를 지르며 따라 나왔다. 그런데 곧 등 뒤에서 다른 사람들이 고함치는 게 들렸다.

"이봐! 웬 개가 자네 테이블을 망치고 있어!"

그 소리에 니아를 쫓던 덩치 아저씨가 자기 가게로 돌아갔다.

"이 망할 놈이!"

"멍! 멍! 멍멍!"

니아와 은우의 등 뒤에서 고함과 개 짖는 소리가 어지럽게 섞였다.

계수나무

“하…… 이제 그만 뛰어도 될 것 같아.”

니아와 은우는 가쁜 숨을 몰아쉬었다.

“그러게 왜 유통기한 같은 얘기를 한 거야? 여기가 보호 도시라도 되는 줄 알아?”

그때였다. 니아의 앞으로 모래색 털을 가진 강아지 한 마리가 나타났다.

“멍! 멍!”

강아지는 꼬리를 흔들며 짖었다.

“아까 우리를 도와준 강아지 같은데?”

강아지가 짖을 때마다 삼각형으로 접힌 귀가 흔들렸다.

“와. 귀엽다, 너.”

니아가 강아지의 머리를 쓰다듬으려고 손을 뻗었다. 그러자 강아지가 조금 뒤로 물러섰다. 그러더니 앞쪽으로 몇 걸음 간 뒤 다시 뒤를 돌아봤다.

"니아 너보고 따라오라는 거 같다."

강아지는 계속 니아를 쳐다보고 있었다.

"그런가? 보통 똑똑한 녀석이 아닌 거 같아. 따라가 볼까?"

평소의 니아라면 변수가 있는 길을 따라가지 않았을 것이다. 그러나 마치 니아를 알아보는 것 같은 눈빛의 강아지를 무시하기 힘들었다.

니아와 은우가 뒤를 따르자 강아지는 속도를 내서 앞장섰다. 그렇게 강아지가 멈춰 선 곳은 벌집처럼 연결된 투명 돔 행렬의 가장자리였다. 텐트로 들어가는 강아지의 꼬리가 정신없이 흔들렸다.

투명한 재질로 만들어진 다른 텐트들은 여러 상표가 찍혀 있긴 해도 이 시장 안에서 일종의 통일감과 소속감을 가진 것으로 보였다. 그런데 강아지가 들어간 니아 눈앞의 텐트는 그야말로 누더기 같은 모습이었다. 낡은 것은 말할 것도 없고, 덕지덕지 덧대어진 여러 색의 천은 원래 무엇에 쓰였던 것인지 짐작조차 할 수 없었다. 누가 봐도 이 시장의 일원이 되지 못하고 눈치 보듯 시장의 끝에 붙어 있는 텐트였다.

"나무, 또 어딜 갔다 온 거야."

텐트 안에서 여자아이의 목소리가 들렸다.

"주인도 있고, 이름도 있는 녀석이었네."

은우가 의외라는 표정으로 말했다. 시장의 떠돌이 강아지인 줄 알았던 니아도 놀라긴 마찬가지였다.

'주인이 있는 녀석이 왜 시장을 떠돌고 다녔을까.'

그때, 강아지가 텐트 밖으로 나왔다.

"나무, 너 또 어디 가려고?"

강아지를 따라 여자아이도 텐트 밖으로 나왔다.

"멍!"

강아지는 여자아이에게 니아를 소개하는 것 같았다.

"어? 나무가 손님을 모셔 온 거구나? 필요한 것은 무엇이든 구해 드리는 계수네 블록입니다. 어서 오세요!"

열 살 정도로 보이는 여자아이가 또랑또랑한 목소리로 말했다. 니아는 여자아이의 말을 듣자마자 호시 할머니의 말을 떠올렸다.

"계수……?"

"네! 제가 계수고, 여기가 계수네 블록입니다. 히히. 그리고 얘는 나무고요."

"나무! 그럼 합해서 계수나무?"

"맞아요!"

계수가 귀엽게 웃었다. 나무가 니아의 바짓단을 물고 끌었다. 호객꾼에 이끌려 니아는 계수네 블록으로 들어섰다. 니아 뒤로 은우도 따라 들어가려는데 나무가 은우를 막아서고 으르렁거렸다.

"넌 왜 나한테만 그래."

은우가 억울한 표정으로 말했다.

"나무! 그러지 마."

계수의 말이 떨어지자마자 나무는 언제 그랬냐는 듯 얌전한 표정이 되었다.

텐트 안쪽도 겉에서 보았던 것만큼 종잡을 수 없는 모습이었다. 테이블 위엔 못생기고 말라 가는 감자, 땅콩, 고구마 같은 채소가 놓여 있었다. 그리고 테이블 아래로 크기가 제각각인 상자들이 보였다.

"어떤 게 필요하신가요?"

계수라는 아이가 눈에 힘을 주고 물었다. 초라한 배경 앞에 서 있으면서도 필요한 건 뭐든지 구해 줄 수 있다는 듯한 표정이었다. 아이의 자신만만함에 니아는 웃음이 나왔다. 타임 노마드를 돕는다던 그 '계수나무'는 이 아이의 미래일지 몰랐다. 그러나 그 미래는 계수 스스로가 찾아 가야 할 것이었다. 니아는 지금의 이 아이에겐 아무 말도 하지 않는 것이 맞는다고 생각했다.

"저장 식품을 구하고 있어. 그런데 이건 네가 기른 거니?"

보호 도시를 벗어난 땅에서 농작물을 기르는 건 아주 어려운 일이었다. 그나마 감자나 고구마, 땅콩 같은 뿌리채소는 재배가 가능하지만 이렇게 어린아이가 농작물을 키워 냈다는 게 믿어지지는 않았다. 계수의 어깨가 한껏 올라갔다.

"응! 나무랑 내가 기른 거예요. 맛도 영양도 보장합니다!"

"시들시들하긴 해도…… 캡슐 밀보다는 나을 거야."

은우가 감자를 들고 말했다.

"이 정도면 당분간은 먹겠네. 그래, 이거 다 내가 사

갈게.”

“진짜요? 와!”

니아는 배낭 안에서 비상약을 찾았다. 항바이러스 키트였다. 변수가 많은 외곽 지역에서는 아주 중요한 상비약이었다. 니아는 배낭 안에서 약 포장을 벗겨 냈다. 이 시간대에서 생산된 것과 디자인이 달랐기 때문이다.

“여기. 값은 이걸로 치를게.”

계수는 니아가 내민 키트를 받아 들고 그것을 뚫어져라 쳐다봤다.

“이건…….”

계수가 니아와 나무를 번갈아 쳐다봤다.

“언니, 혹시 타임 노마드예요?”

“멍! 멍멍!”

당황한 니아가 아무 대답도 못 하는 사이, 나무가 계수 옆에서 짖었다.

“어쩐지, 우리 나무가 또 미래인을 알아본 거네.”

계수가 나무의 머리를 쓰다듬었다. 니아는 가만히 선 채 머리를 굴렸다.

‘저 작은 아이는 내가 미래에서 왔다는 사실을 알고

있어. 나무라는 저 강아지는 또 뭘까.'

그때 계수가 테이블 아래에서 먼지로 뒤덮인 상자를 꺼냈다. 그러고는 상자 안에서 작은 주머니를 꺼냈다.

"이것도 언니 같은 미래인들이 주고 간 거야. 이 주머니 안에 든 영양제를 땅에 뿌려 키웠더니 채소가 자랐어. 자기들이 미래에서 온 식물학자라고 하던 사람들이었는데 그 말이 맞더라고. 우리 나무는 나 말고 다른 사람들한테 꼬리를 흔들지 않아. 그런데 미래인들한텐 특별한 냄새가 나는 건지 항상 이렇게 신나게 꼬리를 흔들면서 데려온다니까."

계수는 아무렇지 않게 이야기했지만 니아는 그 말을 곧이곧대로 믿어야 할지 고민스러워 난감한 표정을 지었다.

"그럼 나한테는 왜 그런 거야? 나도 미래에서 왔는데!"

은우가 말하자마자 나무가 이빨을 드러냈다.

"진짜? 오빠도 이 언니랑 같은 시간대에서 온 거야?"

"그런 건 아니지만……."

은우도 설명하기 어려울 것이다. 니아의 시간과 은우의 시간, 그리고 여러 시간을 떠도는 니아의 상황을.

“이 녀석, 정말 똑똑하구나. 그러니까 나무는 여러 시간대의 냄새를 맡는 건가 봐.”

니아가 나무의 털을 쓰다듬으며 말했다.

“미래에서 온 거면 태어난 건 나보다 뒤니까 언니, 오빠가 아닌 건가? 지금 모습은 언니, 오빠가 맞는데……. 으…… 복잡하다. 아무튼 언니, 여기! 맛있게 먹어. 그리고 또 필요한 게 있으면 언제든 계수네 블록에 오면 돼.”

계수가 테이블 위에 있던 채소 꾸러미를 내밀었다. 꾸러미를 배낭에 담은 뒤, 니아도 계수에게 약 키트를 주었다.

“이건 너무 많아. 하나만 받을게. 그게 맞는 값이야.”

아직 어리고, 파는 물건도 어설픈 것들이었지만 계수는 좋은 상인이 될 것 같았다. 능력 있는 상인은 그곳을 또 찾고 싶게 만든다. 지금의 계수가 그랬다. 니아도 자신이 불특정한 시간 여행을 하고 있지만 않으면 계수의 가게에 다시 오고 싶었으니까.

“혹시 다른 미래인들이 다녀갔다면, 그 사람들이 부품이나 기계 같은 걸로 물건값을 치르진 않았어? 이런 부품 같은 걸 찾고 있는데.”

은우가 땅 위에 그림을 그리며 물었다.

“어…… 그런 건 없어. 대부분 약 키트를 내놓거든.”

계수는 아까부터 니아의 손목에 있는 N키퍼를 쳐다보고 있었다.

“언니랑 똑같은 걸 손목에 차고 있는 아줌마를 만난 적 있는데…….”

니아의 심장이 쿵쾅거렸다.

‘엄마다! 계수가 엄마를 만났다!’

시간 교란기가 삼킨 사람이 어느 시간대로 튕겨 나갈지, 그 시간대에 얼마나 있다가 언제 다시 시간 홀을 떠돌게 될지는 알 수 없었다. 최악의 경우는 시간 사이를 영영 떠돌기만 할 뿐 어느 시간에도 발붙이지 못할 수도 있었다. 그리고 그 최악의 가능성이 가장 높다는 걸 니아도 알고 있었다.

“만났다고? 엄마가 여기 왔었다고?”

니아의 목소리가 떨렸다.

“그 아줌마가 언니 엄마였어? 그랬구나……. 자기가 말한 사람이 찾아오면 전해 달라는 게 있었어.”

"어떤 거야? 계수야, 하나도 빼먹지 말고 다 얘기해 줘. 전해 달란 게 뭐였어? 엄마는 어때 보였니? 어디로 어떻게 사라졌는지 봤어?"

니아는 계수의 손을 잡고 질문을 쏟아 냈다. 계수가 겁을 먹은 듯 조금 뒤로 물러났다.

"그 말을 하고는 눈 깜짝할 사이에 없어져서 어디로 갔는지는 나도 몰라. 달빛을 타고 오는 미래인을 만나면 전해 주라는 게 있었어."

'달빛'은 월광을 에너지원으로 삼는 버거를 가리키는 말 같았다. 니아가 다시 계수에게 물었다.

"그게 뭐였어?"

"그런데 언니, 언니가 달빛을 타고 오는 그 미래인이 맞는지를 먼저 확인해야 해."

계수는 엄마의 물건을 전하기 전에 니아의 정체를 확실히 하려는 것이었다. 니아는 다시금 계수가 좋은 상인이 될 거라 생각하며 N키퍼의 버거 연결 버튼을 눌렀다.

"버거, 월광 충전 현황을 보여 줘."

N키퍼가 띄운 영상이 계수와 니아 사이에 나타났다.

가동 중인 버거의 월광 흡수 렌즈를 보고 계수의 눈동자가 반짝였다.

"저거구나! 달빛을 타고 왔다는 말이. 잠깐만, 오래된 코인이었는데……."

상자가 쌓인 쪽으로 가던 계수가 니아를 돌아보고 말했다.

"이 말도 전해 달라고 했어. '달빛과 코인 사이에서 답을 얻을 수 있다.' 너무 어려운 말이라 안 잊어버리려고 계속 연습하면서 지냈거든."

계수가 상자 하나를 열었다. 엄마의 흔적이 눈앞까지 다가와 있었다. 니아는 떨리는 마음으로 계수의 뒷모습을 바라봤다. 그런데 그때였다.

"으르르르……, 멍!"

나무가 텐트 밖을 보고 짖었다. 텐트 위로 커다란 그림자가 비쳤다. 니아는 계수와 은우를 향해 손가락을 들어 입술에 댔다. 그때 N키퍼가 강하게 진동하기 시작했다. 버거가 메시지를 보내는 것이리라 생각한 니아는 N키퍼의 음성을 끄려고 황급히 팔을 들어 올렸다. 그런데 N키퍼가 갑자기 홀로그램 영상을 뿜어냈다. 니아와 계수, 은우 사이에 뜬 홀로그램은 글자였다.

용의자 코드 2096-17YN. 타임 쉽과 함께 투항하라.

"제타……."

니아는 다급하게 N키퍼의 전원을 껐다. 그러나 홀로그램은 여전히 눈앞에서 깜박이고 있었다.

"이쪽일 겁니다. 그 누런 개를 따라 이쪽으로 가는 걸 본 사람이 있어요."

캡슐 밀을 팔던 덩치 아저씨의 목소리였다. 그 옆으로 또 다른 그림자가 나타났다.

"고맙소."

그림자의 목소리가 차가웠다. 제타는 이 시대의 사람들에게 정체를 드러내지 않을 것이다. 퍼스트 타임 쉽의 권력자들은 시선을 끌길 원하지 않을 테니까.

계수가 재빨리 텐트 뒤쪽을 열어 주었다. 니아는 블록을 벗어나려다 계수와 나무를 돌아보았다. 계수의 입 모양이 '걱정 마' 라고 말하고 있었다.

블록을 빠져나온 니아와 은우는 어둠 속을 달렸다.

등 뒤에서 나무가 짖는 소리가 들렸다. 그리고 뒤이어 요란한 소리를 내며 무언가가 밤하늘로 올라갔다.

펑!

하늘 한가운데에서 폭죽이 터지며 거대한 홀로그램이 시장 전체를 덮었다. 외곽 시장 전체가 우주 공간 안에 있는 것처럼 보였다. 계수가 판타지아 홀로 빔을 터뜨린 것이다.

시장 안에 있던 사람들이 계수의 블록 주변으로 모여들었다.

"꽤 비싸게 받을 물건이었을 텐데."

은우가 화려한 빛 아래 놓인 계수의 텐트를 보며 말했다. 니아는 N키퍼의 전원을 다시 켜고 홀로 빔에서 눈을 떼지 못하는 은우를 잡아끌었다. 엄마의 코인을 받지 못하고 도망쳐야 하는 것이 괴로웠지만, 지금은 우선 달려야 할 때였다.

"버거, 이동 휠을 우리 위치로 이동시켜 줘."

'고마워, 계수야. 이 은혜는 꼭 갚을게.'

니아는 달리면서 되뇌었다.

가장 작은 조각

시간 지정 기능을 수리하기 위한 열한 번째 착륙도 허탕이었다. 니아는 항해실 중앙에 띄운 입체 지도에 시선을 고정한 채 생각에 잠겼다. 당장이라도 목적지를 계수가 있는 외곽 시장으로 설정하고 싶었지만 은우를 돌려보내기 위해선 참아야 했다. 지금은 시간 지정 기능을 제대로 고쳐 놓는 것이 먼저였다. 머리로는 명확하게 알고 있는 그 사실을 몸이 따라 주지 않았다. 엄마의 흔적도, 버거의 부품도 니아를 약올리듯 도망치고 있는 것 같았다. 고지가 바로 앞에 있는데도 제자리만 맴도는 기분이 들었다.

니아가 목적지를 입력하지 못하고 있자 니아의 고민을 읽은 것처럼 버거가 물었다.

"니아, 거길 다시 가겠다는 건 아니지? 거긴 제타가 나타난 시간과 장소야."

"나도 알아."

니아가 한숨을 쉬면서 대답했다.

'제타에게 노출된 좌표엔 절대 다시 가지 않는다.'

엄마가 남긴 규칙 중 하나였다. 버거의 시간 지정 기능이 고장 난 지금, 어차피 당장 그 좌표로 돌아가는 건 불가능했다. 하지만 엄마의 흔적을 이대로 놓칠 수는 없었다.

'엄마가 남긴 코인을 받으려면 엄마의 규칙을 어겨야 한다니……. 엄마는 어떻게 계수에게 코인을 맡겼을까? 그 코인은 무슨 의미일까?'

니아의 머릿속에 다시 꼬리를 무는 질문이 가득 찼다. 그러다 니아는 호시 할머니가 했던 말을 떠올렸다. 타임 노마드들이 정보와 물건을 남긴다는 '계수나무'. 니아가 만난 열 살의 계수는 계속 자랄 것이고, 그 아이의 어느 미래엔 타임 노마드들의 주요 거점을 만든 '계수'가 있을 것이다.

'꼭 그 시간대가 아니어도 돼. 코인을 가지고 있는 계

수를 다시 만날 수 있으면 되는 거야. 제타에게 노출되지 않은 다른 시간대에서.'

니아는 그 가능성을 생각하며 불안한 마음을 눌렀다. 그때 문이 열리고 은우가 항해실 안쪽으로 고개를 내밀었다.

"저녁 같이 먹을래?"

니아는 고개를 끄덕이고 자리에서 일어났다. 은우의 제안이 며칠 전부터 어색해져 버린 관계를 풀기 위함임을 알았기 때문이었다.

은우가 차린 저녁 식탁엔 계수네 블록에서 사 온 감자와 채소 요리 두 접시가 놓여 있었다. 따뜻한 김이 오르는 감자를 보니 은우와 싸웠던 순간이 떠올랐다.

계수네 블록을 급하게 떠나온 날, 계수를 만날 다른 가능성을 찾느라 생각에 빠져 있던 니아의 뒤에서 은우가 물었다.

"니아 너……, 늘 이렇게 쫓기고 도망치면서 살았던 거야?"

니아가 뒤돌아보니 감자를 손에 든 은우가 니아를 바

라보고 있었다. 급하게 출발하느라 팽개친 니아의 배낭에서 튕겨 나온 채소들이 항해실 바닥에 흩어져 있었다. 그걸 정리하던 은우가 니아를 부른 것이었다. 은우의 굳은 표정은 화가 난 것처럼 보였다.

'쫓기고 도망친다'는 은우의 말이 니아의 어딘가를 건드렸다. 원시티를 떠나온 건 니아의 뜻이 아니었다. 니아가 살았던 2096년의 원시티와 지구는 사라졌다. 돌아갈 곳이 없다는 뜻이었다. 니아에겐 선택지가 없었다. 니아는 은우의 말이 자기를 탓하는 것처럼 들려 서운했다.

"그렇게 얘기하니까 내가 되게 불쌍한 애처럼 보이네. 제타가 우리를 쫓고 있고, 내가 여러 시간을 떠도는 건 맞지만 도망치는 건 아니야. 엄마의 흔적과 버거의 부품을 찾아다니는 것뿐이지."

니아의 목소리에 날이 서 있었다. 은우의 표정이 무거워졌다.

"버거의 부품은 어떻게든 찾을 수 있을 거야. 그렇지만…… 유 박사님을 다시 만날 수 있을까?"

니아는 엄마의 마지막 순간에 대해 말했을 때, 아무 말 없이 자기를 바라봤던 은우 표정이 떠올랐다.

"그때 너도 같이 들었잖아. 계수가 엄마를 만났다는 걸."

"버거의 설계도 끝에 시간 교란기의 설계도도 있었어. 시간 교란기는 정말 최후의 수단인 것 같더라. 시간 교란기와 함께 사라진 사람이 한 시간대에 다시 나타날 확률은 제로에 가까워. 계수의 블록에 나타났다는 유 박사님은 그 말도 안 되는 확률이 가시화된 것이지만 박사님이 또다시 나타날 가능성은…… 이제 없어."

"무슨 말을 하고 싶은 거야?"

"엄마를 다시 만날 수 있다는 희망에 기대서 그렇게 도망치고 쫓기며 살지 말란 얘기야. 버거의 부품을 구하고 시간 지정 기능을 고친 다음엔."

"다음엔?"

은우는 니아의 따가운 눈빛을 도닥이듯 부드러운 목소리로 대답했다.

"그다음엔 할머니랑 내가 있는 시간대에서 같이 지내자."

니아는 자기 안에서 회오리치고 있는 감정이 무엇 때문인지 생각했다. 다시는 엄마를 만날 수 없을 거라고 말하는 은우 때문에 화가 나는 것이라고 하고 싶었지만 니아 안에서 들리는 다른 목소리가 있었다.

'너도 알고 있었잖아.'

그건 니아 자신의 목소리였다.

니아는 대면하기 싫은 사실 앞에 니아를 세우려는 은우가 원망스러웠다.

"희망에 기대지 말라고? 네가 할머니한테 돌아가야 하는 이유가 있는 것처럼 나도 엄마의 흔적을 찾아야 하는 이유가 있어. 버거를 버리고 너와 할머니 곁에 남으라고? 나한테 소중한 것들을 다 놓아 버리라고?"

은우의 말이 모두 진심이란 건 니아도 알고 있었다. 니아 또한 은우를 할머니에게 돌려보내야 한다고 생각하면서도 그날이 오늘이 아니길 바라는 마음이 드는 걸 막을 수 없었다. 월광을 충전하는 버거 옆에 함께 앉아 나누었던 이야기들, 은우의 손길이 닿았던 머리카락, 엔진실을 가득 채웠던 심장 소리…… 니아도 은우를 보내고 싶지 않았다.

"니아야, 유 박사님도 네가 그만 쫓기길 바라지 않을까? 시간 교란기에 묶여 있는 박사님은 다시 나타날 수 없지만 제타는 계속 만들어질 거라고. 박사님이 그 코인에 무언가를 남겼다면…… 그건 자신의 흔적을 찾는 걸 멈추라는 게 아닐까? 이제 그만 네가 안전할 수 있는 방법을 찾으라고 하지 않았을까?"

은우의 말대로 제타는 계속 만들어질 것이고, 퍼스트 타임 쉽은 목적을 이룰 때까지 타임 노마드를 쫓을 것이다. 그럼에도 니아는 은우의 말이 틀렸다고 대답하고 싶었다. 하지만 그 대신 마음과 다른 소리가 입 밖으로 튀어나왔다.

"널 버거에 태우는 게 아니었어."

은우의 눈에서 반짝이던 것이 사라졌다. 니아는 멍하니 선 은우를 뒤로 하고 버거 밖으로 나왔다. 하늘에 뜬 초승달 주변에 구름이 잔뜩 끼어 있었다.

그날 이후로 은우는 니아를 피했다. 새로운 착륙지에 도착해도 은우는 버거에 남아 있었고 니아 혼자 부품을 찾으러 다녀왔다.

어차피 보내야 할 은우라고 되뇌이며 니아는 어색한 날들을 견뎠지만, 함께 식탁에 마주 앉아서 아무 말도 나누지 않는 이 시간은 지난 며칠보다 훨씬 더 길게만 느껴졌다.

'저녁 식사에 초대했으면 뭐라도 말해야 할 거 아니야. 버거라도 부를까?'

어색한 니아와 다르게 은우는 아무렇지 않은 것처럼 감자를 입에 넣어 씹고 있었다.

이 어색한 식사를 빨리 끝내야겠다고 생각한 니아는 감자를 크게 한입 베어 물었다. 은우가 니아 앞으로 물컵을 내밀며 말했다.

"계수네 블록에 다시 갈 방법을 찾은 것 같아."

깜짝 놀란 니아가 은우와 눈을 맞췄다.

"드디어 나를 쳐다봐 주는구나?"

엄마의 코인을 되찾는 걸 반대하던 은우가 계수네 블록을 다시 찾을 방법을 고민하고 있었을 줄은 몰랐다. 니아는 은우에게 서운해했던 시간이 미안해졌다. 고맙다는 말을 하고 싶었지만 입에 가득한 감자 때문에 말을 할 수가 없었다.

"네가 나가서 부품을 찾는 동안 버거랑 같이 연구를 좀 했어. 시장 텐트 속 상자에 전부 바퀴가 달려 있던 거 기억나?"

열심히 감자를 씹던 니아가 물컵을 들고 고개를 끄덕였다.

"언제든 이동할 수 있게 장치해 둔 거야. 그럴 이유는 딱 하나밖에 없어. 사막에서 부는 모래 폭풍. 폭풍이 접근하면 위치를 옮겨 그곳에 다시 시장을 여는 거지. 그래서 2069년부터 2090년까지의 기상 데이터를 전부 확인했어."

"버거에 그런 데이터도 들어 있었어?"

니아의 질문에 조용히 있던 버거가 끼어들었다.

"니아, 아무리 유 박사님이라도 나한테 그런 데이터까지 저장해 두진 않았어. 지난번 착륙 때 은우가 얻은 데이터야."

니아의 머릿속에 생각나는 장면이 있었다. 직전 착륙에서, 니아가 버거로 복귀하고도 한참 뒤에 모습을 드러낸 은우의 옷이 온통 모래투성이였다. 또 부품을 찾지 못했다는 생각에만 신경이 쏠려 대수롭지 않게 여겼는데, 그날 은우는 데이터를 얻기 위해 나갔던 것이다.

"기상 관측대랑 멀지 않은 곳에 착륙한 게 2090년이라 다행이었지. 이제 2069년과 2090년 사이라면, 모래

폭풍이 어디서 발생하는지 알 수 있으니까."

은우의 말에 니아가 고개를 갸웃했다.

"하지만 모래 폭풍이 발생하지 않은 곳이라면 어디든 시장이 열릴 수도 있다는 거잖아. 공간 좌표는 어떻게 설정하게?"

"그래서 폭풍의 이동 경로를 분석했어. 사람들은 폭풍의 반대쪽으로 피할 테니까, 우리가 갔던 2069년의 좌표를 기준으로 보면 계수네 시장의 이동 경로도 대충 예측할 수 있어. 가까운 곳에만 내려도 돼. 버거가 주변 30킬로미터까지는 스캔할 수 있으니까."

그때 버거가 덧붙이듯 말을 이었다.

"그렇게 설정한 공간 좌표는 제3 보호 도시와 제4 보호 도시 사이의 사막 지역이야. 어느 시간대에 착륙하든 시장을 발견할 가능성이 가장 높은 곳이지. 그리고 은우야, 내 스캔 범위는 정확히 31.3킬로미터야."

"아, 그렇군요! 제가 실수했습니다, 버거 님! 하하."

은우는 이제 버거의 자부심이 튀어나올 때 농담으로 받아치는 방법도 익힌 것 같았다.

"둘이 엄청 친해졌네."

니아가 장난스럽게 끼어들자 은우가 니아를 보며 웃었다.

"그날은…… 내가 미안했어."

은우의 말에 니아는 서운하고 어색했던 지난 며칠의 시간이 모두 지워지는 것 같았다. 니아도 은우의 눈을 보며 대답했다.

"네 얘기를 듣고 많은 생각을 했어. 하지만 엄마가 나에게 마지막으로 남긴 메시지가 모든 걸 포기하란 말은 아닐 것 같아."

은우가 조용히 고개를 끄덕였다.

"지금 내가 알고 있는 게 퍼즐의 가장 작은 조각이라고 해도 모든 걸 잊고 숨을 순 없어. 퍼스트 타임 쉽이 원하는 게 바로 그거 아닐까? 나 같은 퍼즐 조각들이 영원히 전체 그림을 모르는 거. 자기 조각만으론 아무것도 할 수 없다고 포기하는 거."

은우에게 말하며 니아는 머릿속이 점점 선명하게 정리되는 것을 느꼈다.

"퍼스트 타임 쉽의 꿍꿍이가 뭔지, 제타가 왜 타임 쉽을 쫓는 건지 확실히 알아야겠어. 내가 어떤 그림 속의 퍼즐 조각인지 모른 채 포기하긴 싫어. 그러려면 엄마가 남긴 코인이 무엇인지부터 알아내야 해."

니아는 엄마의 메시지를 다시 한번 떠올렸다.

'달빛과 코인 사이에서 답을 얻을 수 있다.'

코인을 찾는 순간에도 은우가 곁에 있을 거라고 생각하니 마음이 든든해졌다. 니아는 엄마가 남긴 메시지의 진짜 뜻이 무엇인지 계속 찾겠다고 다짐했다.

두 번째 계수

"2079년 10월 2일, 20시. 착륙 지점 스캔 완료."

버거가 스캔을 끝낸 착륙 지점의 입체 지도를 띄웠다. 앞서 착륙한 두 시간대에서는 계수네 시장을 찾는 데 실패한 뒤였다. 은우가 조급한 목소리로 말했다.

"2079년 10월 2일? 버거, 분석했던 폭풍 이동 경로에 따른 계수네 시장 예상 위치 알려 줘."

"그럴 필요 없을 것 같아!"

니아가 입체 지형 지도의 가운데 부분을 가리켰다. 육각형의 벌집 모양 구조물이었다. 지도 안으로 걸어 들어간 니아가 말했다.

"계수네 시장이야!"

버거가 계수를 만났던 외곽 시장의 입체 지도를 지금

의 것에 겹쳤다.

"90퍼센트 일치하는 구조야."

"계수가 아직 이곳에 있을까?"

열 살의 계수를 만나고 10년이 지난 시간대였다. 10년이란 시간이 가져왔을 변화는 어느 정도일지, 순차적인 시간대를 살고 있지 않은 니아는 그 시간의 변화가 쉽게 가늠되지 않았다.

"우리가 계수를 알아볼 수 있을까?"

은우가 걱정스런 목소리로 물었다.

"우리가 몰라보더라도 계수가 우릴 알아볼 거야. 당찬 꼬마가 어떤 어른이 됐을지 확인하러 가 보자."

그토록 찾아 헤맸던 시간과 공간이었다. 지체할 시간이 없었다. 니아와 은우는 외곽 시장을 향해 이동 휠을 몰았다.

시장의 구조는 크게 달라진 것이 없었다. 여러 상표가 찍힌 투명 돔 텐트도 그대로였다. 10년 전보다 더 낡았거나, 새로 교체한 듯 광택이 있거나 하는 정도의 차이만 있었다. 니아와 은우는 시장을 세로로 관통하는 두 갈래의 통로 중 첫 번째 통로를 따라 걸었다. 예전의 구조 그대로라면 계수의 블록은 이 통로 끝에 혼자 삐져나와 있을 것이다.

“갓 따온 과일 맛을 재현한 싱싱한 캡슐이 들어왔습니다. 다 팔리기 전에 어서들 오세요!”

낯설지 않은 목소리에 니아와 은우는 걸음을 멈췄다. 눈빛을 교환한 둘은 돔 텐트 안을 바라봤다. 기한이 지난 캡슐 밀을 팔던 10년 전의 덩치 아저씨였다. 그때보다 체격이 좀 줄어들긴 했지만 쩌렁쩌렁한 목소리는 여전했다. 아저씨는 방금 손님이 고른 물건을 담고 있었다. 그런데 주머니에 물건을 담는 척하면서 테이블 아래 있던 다른 캡슐과 바꿔치기하고 있었다. 손님은 다른 물건을 구경하느라 눈치채지 못한 것 같았다.

“저 아저씨, 여전하네.”

“은우야, 오늘은 조용히 가자.”

니아는 텐트 안으로 들어가는 은우의 팔을 잡았다. 그 바람에 은우가 몸을 급하게 틀면서 마침 막 들어오던 다른 손님과 부딪쳤다. 그 반동으로 중심을 잃은 손님이 넘어지면서 테이블도 함께 쓰러졌다. 작은 돔 텐트 안은 순식간에 아수라장이 되었다.

"너희!"

더 이상의 소란은 곤란했다. 덩치 아저씨가 쓰러진 손님들 사이에 갇혀 있을 때 도망쳐야 했다. 니아와 은우는 돔 텐트 밖으로 뛰었다. 시장 통로의 아래쪽으로 길을 잡아 뛰기 시작한 니아와 은우는 세 번째 돔 텐트를 지나 자리에 멈춰 섰다.

"니아 언니?"

니아와 은우보다 어른으로 보이는 사람이 니아를 언니라고 불렀다. 환하게 웃고 있는 그 얼굴이 낯익었다.

"계……수? 너야?"

계수의 시선이 니아와 은우 뒤를 쫓아오는 덩치 아저씨를 향했다. 계수는 니아와 은우를 자기 등 뒤로 보내더니 아저씨를 향해 손을 들었다. 멈추라는 표시였다.

"2A 돔 아저씨, 통로에서 뛰면 안 된다고 했잖아요. 통로는 손님들을 위한 공간입니다. 우리가 통로를 막으면 안 돼요. 아시죠?"

계수는 부드럽고 단호하게 말했다. 니아는 자기보다 키가 커진 계수의 등을 바라봤다. 시장 끝에 허름한 텐트를 치고 초보 장사꾼 티를 냈던 계수는 이제 없었다.

덩치 아저씨는 계수의 눈치를 보면서도 계수 등 뒤의 니아와 은우를 향한 시선을 놓지 않았다.

"계수야, 저놈들한테 확인할 게 있어서 그래. 잠깐만 비켜 봐."

"아저씨, 지금이 손님 제일 많을 시간 아닌가요? 방금도 2A 돔에 가족 손님이 들어갔어요. 어서 돌아가시죠. 여기 이 손님들은 제가 잘 안내할게요."

"흠…… 알았다."

덩치 아저씨는 자기 텐트로 돌아갔다. 생각보다 빠른 단념이었다. 그건, 계수의 말에 아저씨를 단념시킬 만큼의 힘이 있다는 뜻이었다. 든든한 계수의 등이 돌아섰다. 계수의 얼굴을 마주한 니아는 뭐라 표현할 수 없는 감정을 느꼈다.

"니아 언니! 이게 얼마 만이야!"

계수가 니아를 다시 만나기까지의 시간과 니아가 계수를 다시 만나기까지의 시간은 완전히 달랐다. 계수에겐 긴 세월이었고 니아에겐 짧은 날들이었다. 그러나 재회의 기쁨과 놀라움은 비슷했다.

"계수야, 너 몰라보겠어."

"언닌 그대로네. 하하하."

계수가 시원하게 웃었다. 니아도 따라 웃었다. 이건 계수와 니아만 알 수 있는 농담이었으니까.

"그런데…… 사람들이 이상하게 쳐다봐. 시선 끄는 거 별로지 않아?"

은우의 말대로 시장 통로를 지나던 사람들은 계수가 니아에게 언니라고 부를 때마다 이상하게 쳐다봤다.

"우리끼리 있을 수 있는 데로 가자. 언니한테 줘야 할 것도 있고. 언니 필요한 것도 찾아 보고."

"계수네 블록은 여전한 거야?"

"여전하냐고? 아마 그 이상일걸?"

계수를 따라 시장 통로를 걷는 동안, 계수는 돔 텐트 안의 상인들, 길을 지나는 손님들과 익숙하게 인사를 주고받았다.

"계수, 손님들이 오늘 홀로 빔 쇼 하냐고 묻는데?"

옷가지를 파는 돔 안의 아주머니가 계수를 보고 물었다.

"네, 합니다! 한 시간 후에 할 거예요. 오늘 쇼는 더 볼만할 거라고 홍보하세요."

돔 안의 아주머니는 알겠다는 듯 손을 흔들었다. 계수가 니아를 향해 말했다.

"그때, 언니를 급하게 피신시키려고 내가 판타지아 홀로 빔을 터뜨렸던 거 기억나?"

"기억나지. 꽤 비싸게 팔릴 물건이었는데 나 때문에 써 버리게 해서 미안했거든."

"미안해할 필요 없어. 그날 판타지아를 터뜨린 덕분에 손님이 얼마나 몰려들었다고. 손님을 불러들이려면 이벤트가 필요하다는 걸 배웠다니까. 외곽 시장에 홀로빔 쇼를 보러 오는 손님이 많아. 우리 시장이 이렇게 잘되는 데 언니가 중요한 계기를 만들어 준 거야."

계수의 말에서 진심이 느껴졌다. 담담한 말 안에 담긴 큰 힘을 느끼며 니아는 계수의 옆모습을 바라봤다.

계수의 블록은 여전히 첫 번째 시장 통로의 끝에 있었다. 그러나 10년 전의 모습은 찾을 수 없었다. 눈치 보듯 붙어 있던 낡고 작은 텐트는 외곽 시장에서 가장 큰 돔 텐트로 변해 있었다. 그리고 텐트 입구엔 낯익은 그림이 그려져 있었다. 모래색 털이 반짝이는 나무를 그린 그림이었다.

"나무랑 똑같이 그렸네! 나무도 자기 그림 좋아해? 나무야!"

니아는 나무를 부르며 텐트 안으로 들어갔다. 금방이라도 나무가 달려와 니아를 알아볼 것을 기대하면서. 그런데 나무가 보이지 않았다.

"나무는 또 손님 찾으러 나간 거야?"

니아가 웃음을 머금고 물었지만, 계수는 웃음기 없는 얼굴로 서 있었다.

"나무 없어, 언니. 나무는…… 작년에 죽었어."

니아는 자기의 실수를 깨달았다. 나무의 시간이 인간의 시간과 다르다는 걸, 계수의 시간이 자신의 시간과 다르다는 걸 잊고 있었다.

"많이 그립지만 잘 참고 있어."

계수가 담담한 표정으로 말했다.

"미안, 계수 옆엔 당연히 나무가 있을 거라고 생각했어……."

"그건 맞아. 나무는 여기, 내 안에서 나랑 함께 있으니까."

계수가 왼쪽 가슴 위에 손을 얹으며 말했다.

"음…… 나무보다 능력 있는 직원을 찾긴 힘들 테니까 나무 자리는 계속 비워 둬야겠네?"

무거워진 분위기를 풀려는 듯 은우가 어색한 농담을 던졌다.

일치하는 부품

나무가 없는 계수의 블록은 허전했고, 전보다 더 커진 텐트 안쪽 벽면엔 잠긴 상자들이 쌓여 있었다. 니아는 텐트 안을 둘러보며 아까부터 머릿속을 맴돌던 말을 꺼냈다.

"계수야, 그때 그 코인 말이야……."

"맞다! 그것부터 줘야지."

계수가 목에 걸린 가죽끈을 잡아당겼다. 옷 안쪽에서 딸려 나온 가죽끈 끝에 황동색 코인이 걸려 있었다.

"이게 제일 안전한 방법 같아서."

계수는 목에 건 코인 목걸이를 빼서 니아에게 걸어 주었다.

"고마워, 계수야!"

계수에게는 코인이 큰 의미가 없는 물건일 수도 있었다. 그런데 언제 만날지도 모르는 니아를 위해 소중하게 지니고 있어 준 계수가 고마웠다. 니아는 손안에 코인을 꼭 쥐어 보았다. 앞면엔 양각으로 보름달이 그려져 있었고, 뒷면엔 음각으로 그믐달이 그려져 있었다. 그것을 제외하면 별다른 특징이 없는 평범한 코인이었다.

"자, 그거 말고는 필요한 거 없어?"

"버거의 시간 지정 기능을 수리하고 있어. 마지막 부품이 필요한데 딱 맞는 걸 찾기가 힘드네."

지난 착륙 내내 찾지 못한 부품이었기 때문에 니아는 큰 기대 없이 계수에게 말했다.

"몇 년도에 생산된 건데?"

니아는 계수의 자신만만한 질문을 듣고 놀랐다. 니아가 원하기만 하면 어느 시간대의 물건이든 구해다 줄 수 있다는 듯한 표정이었다.

"시간대는 정확히 모르지만 맞는 부품인지는 설계도 스캐너가 확인할 수 있어."

은우의 말에 계수가 뒤쪽에 있던 상자들을 가리켰다.

"언니가 다녀간 뒤에 나무가 더 많은 타임 노마드를

데려왔어. 언니가 주고 갔던 약을 그 사람들이 다시 사 가고, 그 사람들이 다시 다른 물건을 두고 갔지. 그렇게 우리 블록엔 다른 텐트엔 없는 특별한 물건들이 늘었어. 아무튼, 여기서 찾을 수 없다면 이 시장에서는 구할 수 없을 거란 뜻이야."

"그럼 한번 찾아 볼까?"

은우가 메모리 팩트를 열고 버거의 설계도를 확대해 허공에 띄웠다. 그리고 스캐너를 작동시켰다. 스캐너의 빛이 상자들을 위아래로 훑었다. 오른쪽 귀퉁이에 있던 상자 위에서 스캐너 빛이 움직임을 멈추더니 메시지가 울렸다.

"일치하는 부품을 찾았습니다."

"찾았다고?"

니아는 놀랄 수밖에 없었다. 계수의 블록에서 기대한 건 엄마의 코인이었다. 열한 번의 착륙에서도 찾지 못한 버거의 부품까지 찾을 수 있을 거라고 기대하진 않았다. 그런데 이렇게 한 번에 찾게 되다니, 니아는 계수의 자신감에 든든한 이유가 있었다는 걸 깨달았다.

계수가 스캔된 상자를 은우가 앉은 테이블 위에 올

렸다. 그리고 잠긴 상자를 열었다. 상자 안에는 용도를 알 수 없는 여러 금속이 들어 있었다.

"자, 이 중에 어떤 거야?"

스캐너의 빛이 가리키고 있는 것은 안쪽 바닥에 있던 큐브 모양의 금속이었다. 은우가 그것을 꺼내 손바닥 위에 올려놓았다. 스캐너의 빛이 큐브의 테두리를 따라 그리며 두 번 깜박였다. 큐브를 통과한 스캐너 빛이 앞쪽에 큐브의 내부 모습을 보여 주었다.

니아는 그 모습을 자세히 보기 위해 허리를 숙였다. 그때 스캐너의 메시지가 다시 울렸다.

"일치하는 부품을 찾았습니다."

세 사람의 시선이 스캐너의 빛으로 향했다. 그 끝에, 니아 목에 걸린 엄마의 코인이 있었다. 니아와 은우가 눈을 마주쳤다. 은우가 큐브를 치웠고, 니아는 스캐너의 빛 앞에 엄마의 코인을 정확하게 가져다 댔다. 스캐너가 같은 메시지를 반복했다.

"일치하는 부품을 찾았습니다."

코인을 통과한 스캐너의 빛이 코인 앞쪽으로 버거의 이미지를 띄웠다.

"이건 그냥 코인이 아니야."

니아는 코인을 꼭 쥐었다.

"버거로 돌아가자. 이 코인이 어떤 걸 할 수 있는지 확인해야겠어."

니아는 코인 목걸이를 옷 안에 감췄다. 은우는 메모리 팩트와 큐브를 챙겼다.

"계수야, 고마워. 계수네 블록이 아니었다면 엄마가 남긴 것들을 알 수 없었을 거야."

말을 마치고 서둘러 떠나려는 니아의 팔을 계수가 잡았다.

"언니, 사실 내가 언니를 만나는 건 이번이 두 번째가 아니야."

"두 번째가 아니라고? 그럼?"

"언닌 날 두 번째 만난 거지만 나한텐 아니야. 내가 열다섯 살이던 때 언니랑 만났어. 나한텐 그때가 두 번째 만남이었고."

열다섯 살 계수가 니아를 만났을 때는 어떤 일이 있었던 것일까. 계수의 과거가 니아에겐 미래였다. 니아는 아직 그 미래를 알 수 없지만 계수는 자신의 과거를 알고 있었다.

"왜 처음부터 그 이야기를 해 주지 않았어?"

"그날, 언니가 나한테 부탁했어. 오늘 만난 언니에게 그날의 이야기를 하지 말라고."

"내가…… 그랬다고?"

니아는 열 살의 계수를 만났을 때 기억이 떠올랐다. 열 살의 계수가 호시 할머니에게 들었던 '계수나무'가 될 것이란 걸 알았지만, 니아는 말하지 않았다. 꼬마 계수의 시간을 방해하고 싶지 않았기 때문이다. 열다섯의 계수를 만난 니아가 했다는 부탁은 그런 의미일 것 같았다.

"그날의 날짜와 장소만 전해 달라고 했어. 가장 큰 달, 그랜드 문이 뜨는 날이 그날이었거든. 언니네 엄마가 남긴 말에 답이 있다는 말을 잊지 말라고도 했고."

니아는 더 묻지 않기로 했다. 그날의 니아가 계수에게 그렇게 부탁했다면 이유가 있을 거라 생각했다.

"알았어. 고마워, 계수야."

"언니, 나도 부탁이 있어. 열다섯 살 계수를 만났을 때 나무의 죽음에 대해 말하지 말아 줘. 그때의 나도 나무가 언젠가는 떠난다는 걸 알고 있겠지만, 4년 후에 나무가 죽는다는 걸 미리 알게 하고 싶지 않아. 그때는 그냥 그때의 나무에 대해서만 생각했으면 좋겠어."

니아는 계수의 부탁이 어떤 의미인지 알 것 같았다.

"알았어, 그럴게."

긴 작별 인사를 하고 싶진 않았다. 니아는 곧 열다섯의 계수를 만날 테니까. 버거의 시간 지정 기능을 고치고 제타의 추적을 신경 쓰지 않게 된다면 다시 계수를 만나러 올 수 있을 테니까.

월광의 이유

"2047년에 만들어진 거네? 당연히 타임 쉽 용으로 만들어진 게 아니었고. 유 박사님 참 대단하시다. 여러 시간대에 흩어져서 전혀 다른 용도로 쓰이던 것들로 버거를 만들다니. 이건 진짜 절대 복제할 수 없는 방법이야. 과거의 기술을 모아서 완전히 안전한 기계를 만들어 낸 거라고."

큐브를 살펴보던 은우가 대단하다는 표정으로 말했다. 버거에 복귀하자마자 은우는 큐브를, 니아는 코인을 맡아 설계도와 맞춰 보던 중이었다.

"엄마다운 거지."

니아가 짧게 대꾸했다. 은우의 설명은 정확했다. 퍼스트 타임 쉽의 기술을 누구보다 잘 알고 있던 니아의 엄마였다. 그런 엄마가 버거 같은 구형 타임 쉽을 만들 거라고 누가 상상할 수 있었을까. 니아의 엄마가 택한 방법은 그렇게 모든 예상을 벗어난 것들이었고, 그래서 은우 말대로 완전히 안전한 방법이었을 것이다.

"완전히 안전한……?"

그 말이 니아의 머릿속에서 기억 하나를 꺼내 올렸다.

"태양광 전지도 같이 썼으면 더 좋았잖아."

버거를 완성하고 첫 번째 충전을 하던 밤이었다. 하필 그믐달이 뜬 날이라, 더디게 충전되는 버거를 보며 니아는 투덜거렸다.

"월광은 버거를 고유하게 만드는 에너지야."

니아는 엄마의 말이 잘 이해되지 않았다. 물론 월광을 에너지원으로 사용하는 건 니아도 좋아하는 버거의 특징이었다. 하지만 오직 월광으로만 충전할 수 있다는 점이 가끔은 불편하게 느껴지기도 했다.

"월광은 태양광이 반사된 거에 불과하잖아."

"그게 전부는 아니야. 달빛이 버거를 특별하게 한다는 걸 너도 언젠가 이해하게 될 거야."

엄마의 말을 떠올리자 니아는 자기가 가진 작은 조각 주변에 어떤 그림이 있는지 어렴풋이 알 것 같았다. '완전히 안전한' 기계인 버거의 모든 설계에는 나름의 이유가 있다. 엄마는 버거를 퍼스트 타임 쉽이 이해할 수 없고, 추측할 수 없는 것으로 만들어 독립성과 안전성을 갖게 했던 것이다.

니아는 타임라인사에서 나와 버거를 만드는 데 집중하던 엄마의 모습을 떠올렸다. 엄마는 퍼스트 타임 쉽이 가지지 못한 것을 버거에 담았을지도 모른다.

"달빛과 코인 사이……."

니아는 중얼거리며 손에 쥔 코인을 바라보았다. 니아가 이해할 수 없었던 월광 에너지에도 분명히 이유가 있을 것이다. 지금이 바로 그 진실을 알 시간이었다.

설계도에 표시된 코인의 삽입 위치는 서브 조종대였다. 비상 탈출 시에만 필요한 기능이라 니아는 한 번도 사용해 보지 않은 것이었다.

"버거, 서브 조종대 올려 줘."

계기판 아래쪽에서 또 다른 조종대가 올라왔다. 은우가 신기하다는 듯 입을 벌린 채 다가왔다. 니아가 서브 조종대의 홈에 엄마의 코인을 넣자 조종대 위의 버튼에서 파란 불빛이 깜박였다. 니아는 버튼을 향해 손을 뻗었다. 그때였다.

"니아야, 이거!"

은우가 손가락으로 메모리 팩트를 가리켰다. 팩트에 데이터가 다운로드되고 있었다. 니아가 놀랄 틈도 없이 다운로드가 끝나고, 영상 하나가 재생되기 시작했다. 영상 속 공간은 작은 집무실이었다. 니아와 은우는 시선을 한번 주고받고는 홀로그램 영상에 집중했다.

"유 박사님, 수고하셨습니다. 덕분에 퍼스트 타임 쉽 개발이 완성 단계에 돌입했습니다. 시간 이주일은 9월 10일이니, 그 전까지 마무리 잘 부탁합니다."

커다란 의자에 앉은 남자가 말하자 화면이 약간 흔들렸다. 뒤이어 니아 엄마의 목소리가 들렸다.

"시간 이주는 9월 17일부터 순차적으로 진행하기로 했던 것 아닙니까? 이미 시민들에게 공식적으로 발표된 사항인데…… 왜 날짜를 앞당긴 거죠?"

"날짜는 애초에 9월 10일로 예정되어 있었어요. 인류를 존속하는 데 필요한 최소 인원만 이주합니다. 이제

유 박사님도 기밀을 알았으니, 퍼스트 타임 쉽에 올라탈 자격을 얻었군요."

니아 엄마가 대답이 없자 남자가 살짝 인상을 쓰며 말을 이었다.

"자랑스러워하세요. 우리가 인류 역사를 바꾸는 거예요. 과거의 실수를 모두 바로잡으려는 거라고요."

영상은 거기에서 끊겼다. 니아가 화난 표정으로 메모리 팩트를 만지려고 하는데, 새로운 영상이 재생되었다.

"니아야, 안녕! 오랜만이지?"

"엄마!"

엄마의 모습은 1년 전 그대로였다.

"이걸 언제 준비해 둔 거야……."

최악의 경우를 대비해 영상을 준비해 둔 엄마를 생각하자 니아는 눈물이 났다.

"니아, 너 울고 있는 거 아니지? '눈물엔 해결책이 없다!' 네 번째 규칙 잊으면 안 돼. 휴…… 니아 네가 이 영상을 보고 있다면 엄마가 네 옆에 없다는 뜻일 거야."

거기까지 말한 엄마가 앞을 바라봤다. 엄마는 렌즈를 보고 있는 것이었겠지만 홀로그램 앞에 선 니아에겐 엄마가 니아를 보고 있는 것처럼 느껴졌다. 엄마의 눈가가 빨개졌다. 니아는 엄마의 얼굴 가까이 다가가 말했다.

"치…… 네 번째 규칙은 엄마도 지키기 힘들면서."

"자, 엄마가 니아를 위해 준비해 둔 선물이 있어. 엄마가 버거 안에 특별한 기능을 숨겨 뒀거든. 버거가 상부와 하부로 나뉘어 비행할 수 있는 기능이야. 왜 그런 기능을 만들었냐고? 상대가 예상할 수 없는 모습으로 변할 수 있다는 건 큰 무기가 되지 않을까?"

"이런 선물은 직접 줘야지……."

중얼거리는 니아의 눈에 눈물이 맺혔다.

"비밀인데, 이건 원래 퍼스트 타임 쉽에 들어갈 뻔한 대단한 기능이야. 그러니까 니아야, 엄마 선물을 잘 써 주길 바라. 알았지?"

엄마의 그 말을 끝으로 화면이 다시 전환되었다. 이번에 나타난 공간은 어두컴컴한 시장 안이었다. 엄마가 모자를 푹 눌러쓴 남자와 함께 있었다. 곧이어 엄마가 남자에게 은밀히 메모리 칩을 넘겼다. 남자는 그 메모리 칩에 담긴 데이터를 시장 사람들에게 공유했다.

"무슨 내용이 담긴 거지?"

은우가 눈을 가늘게 뜨고 홀로그램에 얼굴을 바짝 가져다 댔다. 그때 영상 속 모자 남자에게 공유받은 데이터를 열어 본 중년 남성 하나가 소리쳤다.

"이주 사업이 코앞인데 누가 이런 걸 돈 주고 사!"

주위에서 일제히 웃음이 터져 나왔다. 모자를 쓴 남자가 황급히 시장을 빠져나가면서 영상이 종료되었다.

니아는 엄마의 얼굴을 본 뒤로 영상 내용이 하나도 머리에 들어오지 않았다. 엄마 모습을 다시 보려고 영상을 앞으로 돌리려는데, 멈춘 화면에서 메모리 칩을 자세히 보려고 애쓰던 은우가 니아를 제지했다.

"여기 이거…… 우리 할머니 같아."

모자를 쓴 남자의 뒤를 쫓는 할머니의 모습이었다. 뒷모습이라 니아의 눈에는 호시 할머니가 맞는지 잘 분간이 가지 않았지만, 충분히 가능한 일이었다.

니아는 호시 할머니 이야기를 어떻게 해야 할지 고민스러웠다. 은우는 호시 할머니가 타임 노마드였다는 걸 모르고 있을 것이다. 그런데 미래에서 온 영상 속에 있는 할머니를 보았으니 은우가 놀라는 건 당연했다. 이 이야기는 호시 할머니가 은우에게 직접 들려주는 것이 맞았지만 지금 은우에게 아무 설명도 해 주지 않는 건 힘들었다. 니아는 어렵게 입을 뗐다.

"은우야, 혹시 할머니는……."

"괜찮아, 충분히 짐작하고 있었어. 할머니 기억이 뒤섞일 때 가끔 하시던 소리가 진짜였던 걸, 널 보고 나서 알았거든."

니아가 안도의 한숨을 쉬었다.

"그런데 지금 중요한 건, 너희 엄마가 저기서 뭘 하고 있었냐는 거야."

니아는 잠시 생각에 잠겼다. 재생된 세 영상 모두 앞뒤가 어색하게 잘려 있었다. 그건 엄마가 니아에게 전하고 싶은 정보를 선별해 코인에 넣었다는 뜻이었다.

'시간 이주 사업의 비밀, 그리고 버거의 새 기능, 해적판 타임 쉽을 홍보했던 엄마…….'

니아는 엄마가 남긴 것들이 어떤 의미인지 드디어 알 것 같았다.

"엄마는 시간 이주 사업의 비밀을 알았을 때부터 차근차근 준비하고 있었던 거야. 퍼스트 타임 쉽과 제타를 상대할 방법을 말이야. 엄마가 이 코인을 만든 건

나 혼자 이 정보들을 알라는 게 아닐 거야. '정보는 두려움을 없애 준다.' 엄마는 원시티를 탈출한 다른 사람들에게도 이 정보를 나눠 주길 바란 것 같아. 많은 사람이 서로의 정보를 공유하면…… 퍼스트 타임 쉽과 제타가 우리한테 심으려던 두려움은 힘을 잃게 되니까."

니아가 고개를 돌려 은우와 눈을 맞췄다.

"그럼 제타가 쫓는다는 타임 쉽은……."

니아의 말을 이해한 은우의 눈이 빛났다.

"그래, 그건 버거야. 엄마가 오랫동안 준비한 해답. 완전히 안전한 '단 한 대의' 타임 쉽."

니아와 은우는 몇 초 동안 말없이 서로를 바라보았다.

버거에 대해 깨닫고 나자 니아의 머릿속에 또 다른 생각이 스쳤다. 퍼스트 타임 쉽이 찾는 기술이 버거에 있다면, 니아만 버거를 포기하면 다른 타임 노마드들은 더 이상 제타에게 쫓길 필요가 없었다.

"뭘 그렇게 골똘히 생각해?"

니아가 말이 없자 눈치를 보던 은우가 물었다.

"내가 버거를 포기해야 하는 걸까?"

"유 박사님이 원한 건 그게 아닐 거야. 버거를 넘긴다면 퍼스트 타임 쉽은 모든 걸 갖게 되는 거잖아. 그건 더 큰 재앙이 될 거야."

은우의 말이 맞았다. 니아는 엄마가 전한 메시지를 다시 한번 떠올렸다. '달빛과 코인 사이에 답이 있다.' 지금은 엄마가 남긴 정보와 버거를 믿고 답을 찾아야 할 때였다.

엄마와 함께 시간 교란기에 빠졌던 제타가 엄마의 정체를 파악하고 어떤 방식으로든 그 사실을 퍼스트 타임 쉽에 알렸다면…….

시간이 없었다. 니아는 서브 조종대에 앉았다.

"버거, 시뮬레이션 모드로 전환해."

"알았어, 니아."

조종대 위에서 파란 불빛이 눈부시게 반짝이고 있었다. 니아는 엄마의 메시지를 떠올리며 버튼을 눌렀다.

은우의 자리

"시간 지정 기능 수리 완료! 인간들은 이럴 때 몸이 날아갈 것처럼 가볍다고 한다던데. 그게 어떤 느낌인지 알겠어. 어디든 날아갈 것 같은 기분이야."

버거가 계기판의 불빛을 깜박이며 말했다.

"아하, 이제 '느낌'도 아는 타임 쉽이 됐다고?"

버거의 농담을 받아 주는 은우를 보면서 니아는 마음이 더 복잡했다. 오늘이 아니길 바랐던 그날이 다가오고 있었다.

"니아, 왜 블루버거를 먹은 것 같은 얼굴이야?"

모든 수리가 끝나서 정말 좋은 '느낌'인 건지 버거는 특유의 농담을 계속했다. 하지만 니아는 버거의 농담을 받아 줄 기분이 아니었다.

"또 블루버거 농담이 나왔군. 진짜 그 블루버거 한번 만들어서 먹어 봐야겠다. 우리 할머니라면 만들 수 있을 것 같은데? 니아야, 우리 할머니한테 만들어 달라고 해 보자."

니아의 표정이 왜 굳어 있는지 은우가 모를 리 없었다. 버거는 이제 호시 할머니가 기다리는 은우의 시간으로 갈 수 있다. 니아는 은우를 할머니 곁으로 보내 줄 수 있다는 게 기쁘면서도, 은우를 보내야 한다는 게 싫었다. 버거 안에 은우의 자리가 생겨 버린 게 싫었다. 그게 니아의 마음이었지만 은우를 보내야 한다는 결심은 달라질 수 없었다. 니아는 마음을 다잡았다.

"난 사양할게. 맛있다는 진짜 버거도 못 먹어 봤는데 블루버거부터 먹어 볼 순 없지."

니아는 애써 밝은 목소리로 말했다. 니아와 은우는 서로의 농담과는 어울리지 않는 눈빛을 주고받았다.

"버거, 시간 지정 기능이 정말 돌아왔는지 확인해 보자. 시간은 2077년 4월 7일. 장소는 제1 보호 도시 외곽 30킬로미터 지점. 출발해."

"알았어. 니아, 은우. 둘 다 자리에 앉아."

버거가 밤하늘로 떠올랐다. 빠른 속도로 날아오르던 버거가 시간 홀로 들어갔을 때, 은우가 니아의 손을 잡았다. 니아가 은우를 쳐다보자 은우가 물었다.

"내가 이 손을 계속 잡고 있어도, 넌…… 떠날 거지?"

니아도 은우도 그 대답은 이미 알고 있었다.

엄마는 대체할 수 없는 타임 쉽, 버거를 만들었다. 엄마를 다시 만날 순 없어도 엄마가 남긴 버거와 메시지는 니아 옆에 있다. 니아는 열다섯 살의 계수가 만났던 자신을 만나러, 그날 니아가 할 일을 하러 떠날 것이다.

"응."

니아는 은우를 잡은 손에 힘을 주었다.

"지정 시간, 목표 장소 도착. 2077년 4월 7일 밤 9시 15분."

니아는 은우를 처음 만났던 다음 날로 도착 시간을 설정했다. 은우가 살던 시간대에서 하루 정도는 시간이 흐르게 하고 싶었다. 그렇게라도 하지 않으면 둘이 함께했던 시간이 아무 흔적도 남기지 않을 것 같아서였다.

"도착했네."

은우가 그제야 니아의 손을 놓았다.

"버거하고도 인사해야겠지? 버거, 그동안 고마웠어. 넌 진짜 멋진 기계야. 내가 본 어떤 기계도 너보다 아름다운 건 없었어. 그건 앞으로도 그럴 거고."

은우가 버거의 계기판에 손을 올리고 말했다.

"그건 당연한 말이지. 은우, 그런데 이거 마지막 인사야?"

"버거, 문부터 열어 줘. 은우네 집에서 또 경호 로봇이 튀어나오면 시끄러워진다고."

마지막이냐는 버거의 질문을 막으며 니아가 끼어들었다. 긴 인사는 마음만 약해지게 할 테니까. 니아와 은우는 버거 밖으로 나갔다. 눈앞에 낯익은 고물 성이 보였다.

"니아야, 할머니하고 인사하고 갈래?"

"아니, 난 그냥 가는 게 낫겠어."

"그래……."

은우가 앞으로 나가지 않아서 니아가 한 발 뒤로 물러섰다. 은우는 알았다는 듯 할머니가 있는 집 쪽으로 걸어갔다. 은우가 다가가자 은우네 집에서 방범 드론이 날아왔다. 드론이 은우의 스캔을 마치자 집 앞을 가로 막고 있던 방어막이 열렸다. 그리고 집 안에서 케어봇과 함께 호시 할머니가 나왔다. 할머니의 표정은 편안해 보였다. 반가운 얼굴로 할머니를 향해 가던 은우가 몸을 돌렸다.

"버거, 마지막 인사가 아니야. 니아야, 우린 꼭 다시 만날 거야."

니아는 고개를 끄덕였다. 니아를 알아본 호시 할머니가 손을 흔들고 있었다.

니아도 할머니를 향해 손을 흔들었다. 그러나 그쪽으로 다가가지는 않았다. 멀어지는 은우의 뒷모습을 보면서 니아는 N키퍼를 터치했다.

"버거, 출발 준비."

버거에 올라탄 니아는 서로를 안고 있는 은우와 할머니의 모습을 바라봤다.

은우는 시간 속을 떠도는 니아에게 갖고 싶은 시간을 만들어 준 존재였다. 은우와 함께한 장면들이 버거 안을 떠돌고 있었다. 함께 있지 않아도 그 시간은 계속 존재할 것이다. 니아는 호시 할머니와 은우의 시간을 자주 떠올릴 것이다. 니아에게도 이 시간의 기억이 그만큼 무거워졌으니까.

"니아, 시간 좌표 랜덤 모드를 켤게."

버거가 시간 지정 모드를 껐다. 은우를 데려다주기 위해 시간 지정 모드를 가동하면서 제타에게 니아의 좌표를 알려 주게 된 것이니 버거의 판단은 옳은 것이었다. 지금 랜덤 모드로 출발한다고 해도 제타의 추적을 피할 가능성은 높지 않았다. 그러나 달리 다른 방법이 없으니 지금의 니아와 버거에겐 가장 타당한 선택지였다. 그런데도 니아는 가장 위험한 선택을 했다.

"아니, 버거. 시간 지정 모드 다시 켜."

"뭐라고? 니아, 제타가 코앞에 와 있어."

"알아. 버거, 시간 지정 모드를 켜고 계수가 말했던, 그랜드 문이 뜨는 시간으로 설정해."

띠-! 띠-! 띠-!

제타 감지 센서가 미친 듯이 돌아가기 시작했다. 이제는 어떤 논쟁도 할 시간이 없었다. 버거를 노리는 제타에게 제 발로 걸어 들어가는 것이나 마찬가지인 상황이었다. 버거가 니아를 믿어 주지 않는다면 성공할 수 없는 계획이었다.

“버거, 지금이 정면 돌파를 해야 할 때야. 계산 같은 건 믿지 말고, 우리 둘이 같이 가 보자.”

니아의 말이 끝나고도 버거는 몇 초동안 아무 말이 없었다. 제타 감지 센서의 경고음이 버거 안을 가득 메우고 있을 때 버거의 목소리가 들렸다.

“니아, 네 계획이 블루버거 같은 맛이 아니길 바라.”

버거의 농담에 니아의 긴장이 조금 풀렸다.

버거는 시간 지정 모드를 켜고 2074년 9월 15일 밤 9시로 설정했다.

버거는 금세 시간 홀로 빨려 들어갔다. 니아는 버거가 출발하며 만든 모래바람을 바라보고 있을 은우를 상상하며 짧아진 뒷머리를 쓰다듬었다.

검은 협곡

“니아, 제타가 바짝 따라붙었어.”

“그래, 잘 따라와 봐라.”

시간 홀을 빠져나갈 때마다 니아는 폭죽 안의 빛이 된 것 같다고 생각하곤 했었다. 지정된 시간의 하늘 위로 빠져나온 니아는 제타와 함께 쏘아 올려진 이 밤이 마지막이 되어야 한다고 생각했다. 제타라는 끈질긴 추격자의 마지막 말이다.

‘달빛과 코인 사이에서 답을 얻을 수 있다’는 엄마의 메시지엔 분명 해결책이 있을 것이다.

도착한 장소는 깊은 협곡 위였다. 밤하늘엔 엄청난 크기의 그랜드 문이 떠 있었다. 악마의 발톱 자국 같은 검은 협곡과 진한 황금색의 그랜드 문이 함께 보이는 눈앞의 풍경은 비현실적이었다. 버거가 그 진한 달빛에 빨려 들어간다고 해도 이상하지 않을 것 같은 기분이었다.

“버거, 저 협곡 입체 지도를 띄워 줘.”

입체 지도로 보이는 협곡의 모습은 좁고 어지러웠다. 니아는 버거의 속도를 올렸다. 계곡 입구에서 버거 위로 비행하던 제타가 버거 뒤로 따라붙었다.

“무기를 쓰는 것도 망설여지겠지? 까맣게 타 버린 버거엔 먹을 게 없을 테니까 말이야.”

니아가 자신만만하게 말했다.

“니아, 날 가지고 농담하는 거 별로야.”

“알았어. 이젠 농담은 치워 버리고 이 계곡 비행에 집중해야지.”

“니아, 계획이 있는 거지?”

10퍼센트도 안 되는 성공 확률을 가진 계획이었다. 버거에게 미리 이야기했다면 분명히 반대했을 것이다. 버거와 니아의 목숨을 걸기엔 너무 낮은 확률이었으니까. 그렇지만 니아가 시도해 볼 수 있는 유일한 계획이었으니 확률을 따지는 건 의미가 없었다.

“버거, 난 이제 쫓기고 도망치는 게 진절머리가 나.

그러니까 오늘 끝을 보자. 우리 뒤에 제타가 따라붙는 건 오늘이 마지막일 거야."

"어떻게?"

니아는 손에 든 엄마의 코인 목걸이를 쓰다듬었다.

"우리는 이 검은 협곡을 이용할 거야. 버거, 월광이 완전히 채워질 때까지는 협곡 위쪽으로 날자. 그러고 나서는 협곡 아래로 깊이 들어갈 거야. 우리는 비행하면서 에너지를 채웠지만 제타 쪽은 태양광 충전이 어려운 상태고 점점 에너지를 잃게 되겠지."

"그래도 제타 정도라면 나보다 에너지 저장율이 높을 거야. 그렇게 쉽게 떨어지진 않을 거라고."

"그래서 우리에겐 시간과 어둠이 필요해."

니아는 엄마의 코인에 담겨 있던 검은 협곡의 정보를 떠올렸다. 자성을 띤 바위들이 가득한 협곡의 끝에 대해서. 그곳에 제타를 가둘 수 있다면 승산이 있었다. 니아는 검은 협곡 끝에 있는 목표 지점에 대해 버거에게 설명해 주었다. 버거는 더 이상 확률에 대해 말하지 않았다. 지금 니아에게 중요한 건 확률이 아니라 가능성이란 걸, 버거도 이해한 것 같았다.

“제타가 우리를 쫓느라 에너지를 얼마나 썼을까?”

“우리가 은우를 데려다주는 데 쓴 시간 지정 에너지의 두 배 이상을 썼겠지. 나보다 몸체가 크니까 말이야.”

타임 쉽은 추격 용도로 만들어진 기체가 아니었다. 게다가 좁고 험한 지형의 검은 협곡을 비행하기 위해서는 더 세심한 조종이 필요했다. 협곡이 꺾이는 곳에서 방향을 바꿀 때마다 버거가 크게 흔들렸다. 제타는 추격에 목표를 둔 쪽이라 비행을 위한 기체의 변신이 가능해 보였다. 양쪽으로 나온 날개는 시간 홀에서는 거추장스러운 설계였지만, 지금 버거 뒤를 바짝 뒤쫓고 있는 제타에겐 그 날개가 있었다. 버거와 니아에게 더 불리한 추격전이었다. 게다가 버거가 빠른 속도로 비행하자 시간 홀 연결 프로그램이 자꾸 깜박였다. 버거에게 가속은 시간 홀로 들어가기 위한 과정이었기 때문이다. 시간 홀 연결이 아닌 눈앞의 비행 모드를 유지하느라 버거의 프로그램이 서로 간섭을 받는 상태가 되었다.

띠- 띠!

위급 상황을 알리는 알람이 시끄럽게 울렸다. 그때였다. 알람 소리가 꺼지더니 버거의 목소리가 들렸다.

"네가 유 박사의 딸이라는 걸 알고 있다. 너 혼자선 도망치는 것밖에 할 수 없다. 비효율적인 저항을 포기하는 게 최선의 방법이다."

버거의 목소리를 빼앗은 제타의 메시지였다. 계기판 위 니아의 손이 떨렸다. 음성이 해킹당했다면 제타가 버거의 다른 기능을 통제할 수도 있다는 것이었다.

"포기해라, 네 엄마를 포기했던 것처럼. 너 혼자선 절대 우리를 이길 수 없어."

제타의 말은 엄마를 두고 떠났던 날의 기억을 떠올리게 했다. 그게 제타가 원하는 것이란 사실을 알면서도 니아는 자기 마음에 드리워지는 그림자를 떨쳐 내기 힘들었다. 니아는 떨리는 목소리로 소리를 질렀다.

"포기…… 안 해!"

팟!

제타가 쏜 빔이 버거가 방금 지나친 협곡 벽을 맞혔다. 협박 메시지로 니아의 집중력을 흐트러뜨린 후 공격한 것이었다. 니아가 두려움을 떨쳐 버리지 못했다면 제타의 빔은 협곡이 아니라 버거를 맞혔을 것이다.

협곡 벽이 무너지면서 협곡 중간이 막혔다. 제타의 공

격이 오히려 버거와 니아에게 시간을 벌어 준 것이었지만 그 시간이 길지는 않을 것이다. 제타와의 간격이 생기자 버거가 자신의 목소리를 찾았다.

"니아, 다음 공격에선 벗어나기 힘들 거야."

"결국 무기를 쓰는군. 그렇다면 우리도 가만히 있을 순 없지."

"우리에게 무기 같은 건 없어."

"다른 의미의 무기가 있지. 버거, 서브 조종대를 작동시켜 줘."

"그걸 지금 사용하겠다고? 실제로 사용해 본 적이 없는 기능이야. 그 말은 성공 확률을 계산해 낼 수 없다는 거야, 니아."

"이 순간을 위해서 수도 없이 시뮬레이션했잖아. 엄마가 준비해 둔 기능이라면 분명 최고일 거야. 해 보자."

막힌 협곡을 피해 날아오른 제타가 다시 버거 뒤에 따라붙었다.

"서둘러!"

"알았어."

계기판 아래쪽에서 서브 조종대가 올라왔다. 니아는

서브 조종대의 홈에 엄마의 코인을 넣었다. 조종대 위의 버튼에서 파란 불빛이 깜박였다.

니아가 버튼을 누르자 버거의 바닥이 크게 흔들리기 시작했다. 버거의 몸체는 두 개의 반구로 나뉘었다. 분리된 버거의 몸체가 위아래로 날면서 제타를 교란시켰다.

제타의 공격 감지 알람이 다시 울렸다.

"버거, 시차 공격을 해 보자."

몇 초의 시차가 일어난 버거의 상하부는 그 사이에 짧은 시간 홀을 만들었다. 제타는 버거의 상하부와 가운데 나타났다 사라지는 시간 홀을 모두 피해 비행해야 했다. 좁은 협곡 비행을 하며 세 개의 목표물을 쫓고 피하기란 어려운 일일 것이다. 흔들리는 제타의 날개가 협곡 벽을 아슬아슬하게 스쳤다.

"목표 지점까진 얼마나 남았어?"

"저 앞, 협곡의 폭이 넓어진 다음 부분의 커브야. 거길 돌아서면 목표 지점이야."

제타도 이 협곡의 입체 지도를 보고 있을 것이다. 니아가 보고 있는 것을 제타도 보고 있다. 그러나 제타가 보지 못한 것이 있다. 그건 니아가 엄마의 코인에 담긴 메시지로 알게 된 것이므로 제타는 알 수 없는 것이다. 월광 에너지를 쓰는 버거의 설계와 그랜드 문이 뜨는 날, 검은 협곡과 버거의 분리 비행 기능까지. 엄마의 시간들을, 엄마의 계획들을 생각하자 니아의 가슴이 뻐근해졌다. '해내야 한다. 꼭.' 그 순간, 니아는 아무것도 두렵지 않았다.

"버거, 이 정도면 제타의 에너지가 꽤 소모됐겠지?"

"위험할 정도로 소모됐겠지. 게다가 곧 더 큰 방전을 겪을 테고."

제타가 버거의 상하판에 포획 광선을 쏘았다. 버거의 상하판이 교차하며 커브를 돌아 간신히 벗어날 수 있었지만, 광선을 맞고 튕겨 나온 협곡 벽의 파편이 버거의 상판에 떨어졌다. 중심을 잃은 버거의 상판이 크게 흔들렸다.

커브 다음에 나오는 공간은 둥근 주머니 모양의 공간이었다. 제타도 이미 보고 있을 그곳이 목표 지점이었다. 니아는 숨을 깊이 들이마신 다음 버거에게 말했다.

"버거, 준비됐지?"

"준비됐어."

커브를 돈 버거가 주머니 모양 공간에 들어서자마자 니아는 버거를 절전 모드로 전환했다. 버거는 관성으로 여전히 교차하며 돌고 있었다. 버거 몸체가 회전하는 소리가 주머니 공간을 채웠다. 니아는 버거의 조종바가 흔들리지 않도록 온 힘을 다해 쥐었다. 그러면서도 눈은 주머니 공간의 벽을 훑었다. 눈썹처럼 생긴 벽 쪽 틈이 니아의 눈에 들어왔다.

"저거야!"

니아는 버거의 조종바를 움직였다. 버거의 상판이 앞쪽으로 약간 기울자 버거의 회전이 벽 쪽 틈을 향했다.

팟!

주머니 공간에 들어온 제타가 버거를 향해 다시 빔을 쏘았다. 제타의 빔을 맞은 벽이 깨져 나가면서 파편에 맞은 버거의 상판이 흔들렸다.

"아직은…… 안 돼……."

니아는 기울어지는 버거의 조종바를 끌어 올렸다. 버거의 상부와 하부가 간신히 눈썹 모양 틈으로 들어갔다.

그 모습을 본 제타가 속도를 더 올렸다. 주머니 공간 안에 제타가 뿜어낸 열기가 가득 찼다. 제타의 빔에 맞아 깨졌던 벽의 금이 옆으로 이어지기 시작했다.

드드드…….

주머니 공간의 벽이 흔들리고 있었다. 바위로 보였던 벽이 깨져 나가자 그 안에 숨어 있던 검은 내부가 드러났다.

“저게 열적철이구나.”

틈 사이에 들어온 버거 안에서 니아가 말했다. 열기에 달라붙는 성질을 띤 열적철로 가득 찬 이곳에서, 제타의 타임 쉽에서 발생하는 열기는 주머니 공간 벽을 이루고 있는 열적철을 끌어들이는 자석이나 다름없었다. 크고 작은 쇳조각이 제타의 몸체에 달라붙기 시작했다. 제타는 그곳을 빠져나가기 위해 더 큰 추진력을 냈지만 그럴수록 더 강한 힘으로 열적철을 끌어들이는 격이었다. 주머니 공간 전체가 흔들렸고 제타 위로 벽이 무너지기 시작했다. 제타가 시간 탈출 기능을 쓰지 않았을 리가 없었지만 열적철로 뒤덮인 제타의 타임 쉽은 시간 홀을 열 수 없다. 그 틈을 타 니아는 버거의 절전 모드를 해제했다.

“버거, 어서 탈출해야 돼.”

주머니 공간 위쪽으로 그랜드 문의 달빛이 비쳤다.

탈출하는 버거 위로 남은 열적철들이 날아왔다. 그러나 큰 덩어리들은 이미 제타의 타임 쉽을 뒤덮은 상태여서 버거로 날아오는 파편들은 덜 위협적이었다.

이리저리 부딪치면서 버거는 주머니 공간을 겨우 빠져나왔다. 제타는 무너져 내린 열적철에 완전히 덮여 있었다. 니아는 숨을 돌리고 까만 무덤처럼 변해 버린 주머니 공간을 내려다보았다. 이제 아침이 되고 태양이 뜬다고 해도 제타와 타임 쉽을 충전시켜 줄 빛이 파고들 틈은 없을 것이다.

"버거, 우리가 해냈어!"

"내 계산으로는 전혀 나오지 않는 확률이었는데. 놀라워."

"엄마가 그랬거든, 모든 계산이 맞는 건 아니라고. 가장 중요할 때 내 판단을 믿어 보라고."

그때 주머니 공간이 무너진 땅 아래에서부터 거대한 폭발이 일어났다. 열적철 안에 갇힌 제타의 열기가 폭탄이 된 것 같았다. 폭발 후 열적철은 다시 주머니 공간으로 빨려 들어갔지만, 폭발의 파장에 휩싸여 공중으로 뜬 버거가 중심을 잃고 회전하다 모래 속에 처박혔다.

"버……거……, 괜찮아……?"

거꾸로 매달린 니아가 힘겹게 물었다.

"그래. 니아, 네 판단이 맞았……."

버거의 목소리가 점점 작아졌다. 문장을 끝내지 못한 채 버거의 전원이 꺼졌다.

"버거……."

니아는 버거의 비상 가동 버튼을 향해 손을 뻗었지만, 미처 누르지 못하고 고개를 숙였다. 다치고 지친 건 니아도 마찬가지였다.

"우리 조금만 쉴까……."

니아는 잠시 눈을 감았다.

그랜드 문의 달빛이 버거를 비추고 있었다. 버거의 위장 모션이 가동되었다.

새로운 착륙

축축하고 따뜻한 것이 니아의 얼굴에 닿았다. 니아에게 말을 걸듯 계속되는 접촉이었다. 니아는 현실을 감각하기 위해 정신을 집중했다. 지금의 자신이 어느 시간대에 있는지를 생각했다. 은우를 돌려보내고 온 시간이 가장 먼저 떠올랐다. 그 생각을 하자 가슴에서 통증이 느껴졌다. 그 통증으로 현실을 감각할 수 있게 되자 모든 것이 기억났다. 제타, 검은 협곡…….

"언니, 정신이 좀 들어?"

'이 목소리는…….'

니아는 눈을 떴다. 계수와 나무가 니아의 시야를 채우고 있었다.

"나무? 나무가 있네!"

스무 살의 계수가 있던 시간대에선 나무가 죽고 없었다. 그런데 이렇게 자신의 얼굴을 핥는 모래색의 나무를 다시 만나다니. 니아는 나무의 감촉이 반가웠다.

"뭐야, 언니. 나는 안 보이는 거야?"

계수가 장난스러운 표정으로 말했다. 계수는 지금 열다섯 살일 것이다. 니아와 비슷한 또래 모습의 계수가 니아를 바라보고 있었다.

"귀여운 꼬마 계수는 어디 갔어?"

니아는 남은 힘을 끌어모아 밝은 목소리로 물었다.

"그 계수는 5년 전의 시간에 있겠지요? 언니라면 그 '귀여운 꼬마 계수'를 다시 보러 갈 수 있겠네."

눈앞의 계수는 열 살의 계수, 스무 살의 계수와는 또 조금 달랐다. 열 살의 계수보다는 조금 까칠한 면이 있었고, 스무 살의 계수보다는 장난스러운 면이 보였다.

"멍! 멍멍!"

나무가 자기도 봐 달라는 듯이 짖었다. 나무를 쓰다듬기 위해 손을 뻗던 니아는 옆구리에서 느껴지는 통증에 얼굴을 찡그렸다.

"며칠은 쉬어야 해. 그렇게 강한 폭발 옆에 있었으니

충격이 상당했을 거야. 나무가 계속 달려가길래 무슨 일인가 했는데 거기 언니가 있지 뭐야."

나무는 미래의 냄새를 맡을 수 있는 게 맞다고 니아는 확신했다. 위장 모션 때문에 허공처럼 보였을 버거와 니아를 찾아냈으니 말이다.

"고마워, 나무야."

나무의 부드러운 털을 쓰다듬으며 니아는 앞으로 자기가 할 일에 대해 생각했다.

검은 협곡에서 제타를 없앴지만 퍼스트 타임 쉽은 또 다른 제타를 만들어 낼 것이다. 그러나 니아는 두렵지 않았다. 진짜 시작은 이제부터였다. 니아는 엄마의 코인을 꺼내 계수에게 내밀었다.

"계수야, 이것과 같은 코인을 만들 거야. 네 도움이 필요해."

"뭐든 말만 해. 계수네 블록에선 다 가능하니까."

계수는 여전히 자신만만했다.

★

"손님이 직전에 방문한 시간대는 언제였나요?"

니아는 계수네 블록 앞에서 잠깐 멈춰 섰다. 안에 손님이 와 있는 모양이었다. 계수의 질문은 마지막 확인 절차였다. 보통의 손님이라면 이 질문에 담긴 뜻을 알 수 없을 테니까. 계수다운 재치라고 생각하며 니아는 웃었다.

니아는 손님의 대답을 기다렸다. 계수네 블록을 찾는 손님 중 타임 노마드를 알아보는 일은 어렵지 않았다. 나무가 데려온 손님이면서 계수와 나무의 이름을 듣고 깜짝 놀란다면 타임 노마드라는 걸 증명하는 것이다.

“그럼 여기가…….”

“네, 그 계수나무는 여기가 맞아요. 타임 노마드를 위한 것은 무엇이든 있죠.”

“멍! 멍멍!”

나무가 계수의 말에 인장을 찍듯 자랑스럽게 짖고는 곧 텐트 밖으로 달려 나왔다. 니아의 냄새를 맡은 모양이었다. 니아는 달려오는 나무를 품에 안았다.

니아가 나무를 따라 계수네 블록 안으로 들어서자 계수가 니아를 향해 반가운 눈짓을 보낸 뒤 다시 손님을 응대했다. 계수를 기다리며 니아는 텐트 안쪽을 둘러보았다. 지난 방문 때보다 훨씬 더 체계가 갖춰진 모습이었다.

검은 협곡에서 두 번째 제타를 없앤 이후, 니아는 엄마의 코인과 같은 모양의 코인을 만들었다. 그리고 그 안에 시간 이주 사업과 퍼스트 타임 쉽, 그리고 해적판 타임 쉽의 비밀을 저장했다. 니아의 코인이 엄마의 코인과 다른 점은 보름달 모양이 새겨진 앞면에 계수나무 모양의 양각을 추가했다는 것이다.

"혹시 다른 타임 노마드를 만난다면 이 코인을 나눠주세요. 그리고 계수나무를 찾아오라고 전하시고요."

계수가 손님에게 코인 두 개를 내밀었다. 하나는 받는 이를 위한 것이고, 하나는 다른 이를 위한 것이다.

"손님은 혼자가 아니에요."

계수에게 코인을 받아든 손님의 눈빛이 달라졌다. 코인에 담긴 비밀을 알게 된 다음, 타임 노마드의 시간 여행엔 목표가 생겨난다. 퍼스트 타임 쉽이 힘을 키우고 역사를 반복하지 않게 하려면 그들이 처음 스며든 시간을 찾아 막아야 한다는 목표. 그것은 무작위의 시간을 방문하는 그들만이 할 수 있는 일이니까.

"언니!"

손님을 막 보낸 계수가 니아에게 뛰어왔다.

"우리 얼마 만에 보는 거지?"

"그렇게 돌려 물으면 내가 넘어갈 줄 알아? 서로의 시간에 개입하지 않기로 했잖아."

니아의 대답에 계수가 짓궂게 웃었다.

"에이……, 안 넘어가네."

지금 계수는 니아와 나이가 같았다. 그 반가운 사실을 혼자만 알고 있기는 아쉬웠지만, 니아는 혼자만 간직하기로 했다. 얼마나 나이를 먹든, 계수에게 니아는 항상 언니일 것이다.

"새로 들어온 정보 있어?"

니아의 물음에 계수가 상자 하나를 열어 파일을 꺼냈다.

"2057년 11월 12일, 막 생겨난 제2 보호 도시에 그 시대의 것이 아닌 기술이 보였대."

"계수야, 그 정보 좌표 좀 N키퍼로 전송해 줘. 퍼스트 타임 쉽의 개입인지 확인해 봐야겠어."

계수나무로 모여드는 정보들 덕분에 니아는 자신의

퍼즐 조각 옆에 다른 조각들을 이어 붙일 수 있었다. 작은 조각은 서로 이어지며 점점 의미 있는 그림이 되어 갔다. 니아는 자신과 다른 타임 노마드들이 이 퍼즐 전체를 맞추는 날이 올 거라고 믿었다.

계수에게 좌표를 받아 버거로 복귀한 니아는 시간 홀로 들어가기 전, 달을 올려다보며 엄마의 말을 떠올렸다.

'달빛과 코인 사이에 답이 있다.'

달빛을 받으며 여행하는 버거는 미래의 것이다. 그러나 버거를 이루고 있는 것은 과거의 것이기도 하다. 엄마의 코인은 과거의 유물이다. 그러나 엄마는 그 안에 미래에서 온 비밀을 담아 두었다. 미래이면서 과거인 것, 과거이면서 미래인 것. 그리고 그 사이에 현재의 니아가 있다. 도착이 어디든, 모든 시간은 니아에게 현재니까. 엄마는 과거와 미래 사이의 현재, 바로 지금 니아의 선택과 결심이 모든 것의 답이 될 거라고 말하고 싶었던 것 같다고 니아는 생각했다.

"니아, 도착했어."

공중에서 불어오는 바람과 열기로 땅의 모래가 패여

둥그런 자국을 만들었다. 그 자국 위로 금빛 구형의 버거가 내려앉았다.

버거의 문을 열고 밖으로 나간 니아는 밤하늘을 올려다보았다. 버거와 닮은 보름달이 떠 있었다.

"버거, 다녀올게!"

작가의 말

이 이야기는 '니아'라는 이름에서부터 시작했습니다. SF를 써 보겠다고 제 머릿속 우주를 뒤지고 있을 때 떠오른 이름이 '니아'였어요.

작가들이 이야기를 구상할 때 사건이 먼저 떠오르는 경우가 있고, 인물이 먼저 떠오르는 경우가 있는데 저는 주로 인물이 떠오르는 쪽입니다. '니아'라는 이름의 주인공이 나타나자 그 옆에 '자신이 살던 시간을 빼앗기고 시간 여행을 하는 소녀의 이야기'라는 한 줄이 따라왔습니다. 그렇게 한 줄, 한 줄, 니아의 이야기가 움직이기 시작했습니다. 저는 그 뒤를 놓치지 않으려고 열심히 따라갔고요.

'니아'는 제가 처음으로 쓴 SF였습니다. 과거형으로

말하는 이유는 그때의 '니아'와 지금의 『니아』가 같지 않기 때문입니다. 그때의 '니아'는 원고지 100매 정도의 단편이었어요. 단편이 장편이 되기까지 여러 버전의 '니아'가 있었고, 그 버전마다 니아는 조금씩 다른 선택을 했습니다. 그리고 그 선택에 따라 결말도 달라졌지요.

초기 버전에서 니아의 선택은 '정착'이었습니다. 자신의 시간을 정할 방법을 찾은 니아가 호시 할머니와 은우가 있는 시간대로 가는 선택을 하는 엔딩이었어요. 그런데 그 엔딩에 계속 아쉬움이 남았습니다. 정착하는 것이 행복한 결말일까? '버거'라는 멋진 타임 쉽을 가진 니아가 할 수 있는 또 다른 선택은 없을까? 하는 생각이 꼬리를 물었습니다. 그렇게 여러 버전의 여행을 하다 도착한 것이 현재의 『니아』입니다.

저는 니아가 자신을 믿고 모험을 떠나길 바랐던 것 같아요. 여러 시간을 자유롭게 오가며 자신이 원하는 것을 찾길, 그동안 자신을 옭아매려 한 것의 정체를 대면하고 이겨 내길 바랐죠. 이야기를 마무리하고 나니 여러분이라면 어떤 선택을 했을지 궁금해집니다. 언젠가 여러분의 선택에 대해 들을 수 있으면 좋겠어요.

한 단어에서 시작한 이야기가 한 권의 책이 되는 건 정말 신기한 경험입니다. '니아' 라는 이름을 떠올린 그날과 '작가의 말' 을 쓰고 있는 오늘을 두고 보면 엄청난 시간 여행을 한 기분이 들기도 해요.

『니아』의 첫 버전을 함께 읽어 준 '오도독' 친구들, 『니아』의 가능성을 찾고 격려해 주신 최영희 선생님, 『니아』가 긴 이야기가 될 수 있도록 함께 달려 준 전예슬 편집자님께 감사의 마음을 전합니다. 여러분이 저의 '버거' 였습니다.

2024년 봄
송우들

니아

초판 인쇄 2024년 5월 20일 **초판 발행** 2024년 5월 20일

지은이 송우들

펴낸이 남영하 **편집** 전예슬 김주연 김가원 **디자인** 박규리 **마케팅** 김영호 변수현

펴낸곳 ㈜씨드북 **주소** 03149 서울시 종로구 인사동7길 33 남도빌딩 3F **전화** 02) 739-1666 **팩스** 0303) 0947-4884

홈페이지 www.seedbook.co.kr **전자우편** seedbook009@naver.com **인스타그램** instagram.com/seedbook_publisher

ISBN 979-11-6051-622-7 (43810)

스웨덴 장화

Svenska Gummistövlar

by Henning Mankell

HENNING MANKELL

헤닝 만켈 | 이수연 옮김

스웨덴 장화

Svenska gummistövlar

musintree
뮤진트리

엘리제에게

이 소설은 2006년 발표된《이탈리아 구두》의
팔 년 후를 그린 작품이지만
독립적인 이야기이다.

슬픔을 아는 자는 많은 것을 배운 자.

〈롤랑의 노래〉에서

▪ 일러두기

– 이 책은 Henning Mankell의 《Svenska Gummistövlar》(Leopard Förlag, 2015)의 독일어판 《Die Schwedichen Gummistiefel》(Paul Zsolnay Verlag, 2016)을 우리말로 옮긴 것이다.
– 본문에 나오는 도서 · 노래의 제목은 원 제목을 번역 표기하는 것을 원칙으로 하되, 국내에 번역 출간 및 소개된 작품은 그 제목을 따랐다.
– 옮긴이의 주는 괄호 안에 줄표를 두어 표기했다.

차례

무無의 바다

그리고 나는 내 집과 함께 내 안의 어떤 것도
함께 사라졌다는 사실을 깨닫기 시작했다.
사람에게도 무너져 내릴 수 있는
대들보 같은 것이 있다.

1

일 년여 전 어느 가을밤 내 집이 불에 탔다. 일요일이었다. 오후에 바람이 강해졌다. 저녁에 풍속계를 봤을 때 돌풍의 속도가 초속 이십 미터 이상이었다.

북쪽에서 불어온 바람은 아직 초가을이었음에도 아주 찼다. 열시 반쯤 자려고 누우면서 그 강풍이 할아버지와 할머니에게서 내가 물려받은 이 섬에 몰아치는 그해 가을의 첫 폭풍이라는 생각을 했다.

가을, 곧 겨울이었다. 어느 날 해수면이 얼기 시작할 것이다. 그날 밤 나는 그 가을에 처음으로 양말을 신고 잠자리에 들었다. 추웠다.

그 한 달 전 나는 힘들게 지붕을 수리했었다. 그런 일에 서툰 나 같은 사람에게는 큰 공사였다. 오래되고 깨진 기왓장이 너무나 많았고, 예전에 복잡한 외과 수술에서 메스를 쥐었던 내 손은 거친 기왓장을 다루는 데는 익숙하지 않았다.

은퇴하기까지 평생을 이곳 다도해의 섬들을 오가며 우편물을 배달했던 투레 얀손이 본토의 항구에서 이 섬으로 새 기와를 나르는 일을 맡아주었다. 심지어 돈도 받지 않았다. 얀손은 자신에게 통풍이 있다고 생각했는데, 내가 보트 창고에 얀손을 위한 임시 진료실을 만든 것 때문에 아마도 그 대가로 뭔가 호의를 베풀어야 한다고 생각한 것 같다.

수 년 동안 나는 정기적으로 보트 창고 옆 선착장에 서서 얀손이 아프다고 생각하는 팔과 등을 진찰했다. 유인용 가짜 새 옆에 걸려있는 청진기를 가져와서 그의 폐와 심장 소리를 들어보면 별 이상이 없었다. 그렇게 수도 없이 반복된 진찰 결과 얀손은 아주 건강했다. 내가 의사로 살았던 오랜 시간 동안 얀손처럼 그렇게 걸리지도 않은 병에 걸렸다고 생각하며 큰 공포를 느끼는 사람은 본 적이 없었다. 그는 우편배달부였고 동시에 아주 바쁜 건강염려증 환자였다.

한번은 치통이 있다고 호소했다. 나는 그의 치통까지 신경쓰고 싶지 않아서 진료를 거부했다. 그가 그래서 본토에 있는 치과를 찾아갔는지는 모르겠다. 과연 그에게 정말 충치가 하나라도 있었는지 궁금하다. 어쩌면 자면서 이를 갈다가 치통을 얻게 된 건 아니었을까?

집이 불에 탄 그 밤, 나는 언제나처럼 수면제를 먹었고 금세 잠이 들었다.

갑자기 등불이 활활 타오르는 느낌에 잠에서 깼다. 눈을 떴을 때 번쩍거리는 빛이 나를 에워싸고 있었다. 침실 천장 아래에 회색 연기가 자욱했다. 나는 침대에서 뛰쳐나와 맨발로 계단을 내려가 부엌으로 들어갔다. 신고 있던 양말은 아마도 방이 더워지면서 잠결에 벗어버린 모양이었다. 강하고 눈부신 빛이 온통 나를 둘러싸고 있었다. 정신없이 지나치면서 부엌의 벽시계가 밤 열두 시 십구 분을 가리키고 있는 것을 보았다. 현관문 옆에 걸린 검은색 비옷을 낚아챈 뒤 얼른 고무장화에 발을 넣었는데, 한쪽이 잘 안 들어갔다. 그렇게 밖으로 뛰쳐나갔다.

집은 이미 큰 불길 속에서 활활 타오르고 있었다. 불길의 뜨거운 열기가 참을 만한 정도인 곳까지 몸을 피하기 위해 선착장과 보트 창고가 있는 곳까지 내려갔어야 했다. 그렇게 거기에 서서 대체 무슨 일이 일어난 건지 돌아보았다. 그 첫 순간에는 끔찍한 화재의 원인이 무엇이었는지에 대해 생각하지 않았다. 나는 그저 불가능한 사건의 증인이었다. 심장이 얼마나 강하게 뛰던지 흉곽 안에서 산산조각 날 것 같았다. 화마는 내 안에서도 미쳐 날뛰었다.

시간은 열기 속에서 녹아 없어지고 있었다. 잠이 덜 깬 주변 군도 주민들이 탄 배들이 서서히 도착했다. 하지만 배들이 도착하는 데 시간이 얼마나 걸렸는지, 또 온 사람들이 누구였는지는 나중에 기억나지 않았다. 내 두 눈은 불길과 밤하늘로 날려 올라가는 불꽃에 고정되어 있었다. 갑자기 한순간 훨훨 타오르는 불길 뒤에 내 할아버지와 할머니의 나이든 모습이 보이는 것 같았다.

여름 휴가객들이 모두 떠나고, 마지막 남아있던 돛단배들도 모두 어디인지 알 수 없는 모항으로 돌아가고 난 가을에는 이곳 군도의 섬들에 남아 있는 사람이 별로 많지 않다. 그런데 누군가 밤의 어둠 속에서 타오르는 불을 본 모양이다. 그리고 그 소식이 전화로 퍼져나갔고, 모두 도움이 되고자 달려 온 것이다. 사람들이 해안경비대의 소화기로 바닷물을 끌어올려서 불타고 있는 집에 분사했다. 물론 이미 때는 늦었다. 그로 인해 발화원만 악취를 내기 시작했을 뿐이었다. 새카맣게 타버린 떡갈나무 줄기와 판벽용 널빤지들, 벽지와 리놀륨바닥재가 함께 결코 잊을 수 없는 고약한 냄새를 만들어냈다.

먼동이 틀 때에는 그저 피어오르는 자욱한 연기와 함께 악취를 내뿜는 폐허만 남았다. 바람도 잦아들었다. 폭풍은 이미 핀란드 만으로 옮겨 갔다.

바람은 불과 협력하여 자신의 악한 의도를 성취했고, 내 조부모의 멋진 집을 흔적도 없이 사라지게 하는 데 일조했다.

아침이 밝아왔을 때에서야 나는 어떻게 불이 난 건지 생각해 볼 여유를 찾았다. 촛불도, 낡은 석유램프도 켜놓지 않았었다. 담배도 태우지 않았고 오래된 장작오븐에 불을 지피지도 않았다. 그리고 전선은 새로 깐 지 몇 년 되지 않았다.

원인을 알 수가 없었다. 마치 집이 스스로 불을 지르기라도 한 것 같았다.

낡고 오래된 집이 극도로 지치고 우울해서 자살을 시도하기라도 한 것처럼.

내 삶에서 결정적이라고 생각했던 부분에서 내가 착각을 하고 있었다는 사실을 깨달았다. 나는 아주 여러 해 전 수술 과실로 젊은 여자가 한쪽 팔을 잃게 만든 후 이 섬에 왔다. 그 당시 나는 내가 살게 된 이 섬의 집이 내가 태어났을 때 이미 이 자리에 있었다는 걸 종종 생각했다. 그리고 내가 죽은 뒤에도 여전히 같은 자리에 있을 것이라고 생각했다.

그런데 그 생각이 틀렸다. 떡갈나무, 자작나무, 오리나무 그리고 딱 한 그루뿐인 물푸레나무는 내가 죽어도 계속 존재할 것이다. 그러나 수많은 섬과 암초로 이루어진 이 지역의 한 조그만 섬에 서 있는 이 멋진 집은 본토의 이미 오래 전 폐쇄된 호칸스보리 근방 채석장에서부터 얼음 위로 이곳까지 운반해온 큰 돌덩이들로 만들어진 토대만 남게 되었다.

얀손이 나타나는 바람에 생각이 중단되었다. 그는 위아래가 붙어있는 오래된 진청색 작업복을 입고 머리에는 아무 것도 쓰지 않은 모습이었는데, 손에는 낡은 오토바이장갑을 끼고 있었다. 얼음이 완전히 언 것도 아니고 그렇다고 쉽게 깨지는 상태도 아닌 그런 겨울에 그가 하이드로콥터를 타고 우편물을 배달할 때 항상 꼈던 그 장갑이었다.

얀손은 내 옆에 가만히 서서 내 고무장화를 내려다보고 있었다. 나도 따라 장화를 내려다보고서야 급하게 뛰어나오느라 오래된 트레통 상표 녹색 고무장화의 왼쪽 두 쪽만을 양발에 신었다는 것을 알았다. 그제야 왜 신발을 신을 때 한쪽 발이 잘 들어가지 않았는지, 그리고 불타는 집 주위를 돌아볼 때 걸음이 불편했는지 이해했다.

"장화 한 켤레를 가져다 드릴게요." 얀손이 말했다. "집에 여러 켤레가 있어요."

"아마 보트 창고에 한 켤레가 있을 걸세."

"아니요. 제가 이미 들여다봤습니다. 가죽구두 한 켤레하고 예전에 암초에서 전염병을 막기 위해 병든 물개들을 죽일 때 장화에 붙였던 갈고리들만 있더군요."

얀손이 벌써 내 보트 창고를 뒤져봤다는 사실이 놀랍지 않았다. 비록 이번에는 왼쪽 장화만 두 개 신고 있는 나를 걱정해서 한 일이기는 했지만. 그가 가끔 내 보트 창고에 들어간다는 것은 이미 알고 있었다. 얀손은 염탐꾼이었다. 여름 휴가객들이 우표를 사기 위해 선착장에 서 있는 동안 그의 손을 거친 엽서들을 그가 모두 읽는다고 나는 이미 오래전부터 확신했다.

얀손이 피곤한 눈으로 나를 바라보았다. 아주 긴 밤이었다.

"앞으로 어디에서 지내실 거예요? 이제 뭘 하실 겁니까?"

나는 대답하지 않았다. 대답할 말이 없었다. 연기가 나고 있는 폐허로 다가갔다. 잘못 신은 장화 속의 발이 불편했다. 이게 지금 내가 가진 전부라는 생각을 했다. 왼쪽 장화 두 짝. 다른 건 모두 사라지고 없었다. 입을 옷가지조차 없었다.

내가 처한 재난의 규모가 어느 정도인지 분명해진 그 순간 탄식 소리가 내 몸을 훑고 지나가는 느낌이 들었다. 하지만 아무 소리도 들리지 않았다. 나의 내면에서 일어나는 모든 것이 아무런 소리 없이 이루어졌다.

얀손이 다시 내 곁에 나타났다. 그는 사람의 발이 아니라 동물의 발을 가지고 있는 것처럼 특이하게 움직였다. 의식하지 못한 상태에서 갑자기 나타나 그냥 거기에 있는 것이다. 아무래도 다른 사람의 시야에서 벗어나 있는 방법을 아는 것 같다. 왜 스통셰르에 있는 보잘것없는 그의 집이 아니라 하필 내 집에 불이 났을까?

내 씁쓸한 생각을 읽기라도 한 듯 그가 몸을 움찔했다. 하지만 내가 얼굴을 찌푸렸고, 그가 내게 너무 가까이 다가와서 내가 얼굴을 찌푸렸다는 생각에 그가 몸을 움찔했다는 것을 곧 알았다.

"물론 저희 집에서 같이 지내셔도 됩니다." 다시 정신을 차린 얀손이 말했다.

"그렇게 말해주니 고맙네."

대답을 한 후 나는 얀손 뒤 작은 오리나무 숲에 서 있는 내 딸 루이제의 캠핑카를 바라보았다. 그곳에는 아직 잎이 다 떨어지지 않은 키 큰 떡갈나무 한 그루도 서 있었다. 캠핑카는 여전히 아래로 늘어진 가지들 뒤에 숨어있었다.

"내겐 캠핑카가 있네." 내가 말했다. "당분간 거기에서 살면 되네."

얀손은 무언가 더 묻고 싶은 얼굴로 나를 바라봤다. 그러나 아무 말도 하지 않았다.

그날 밤 내 섬으로 모여들었던 모든 사람들이 각자의 배로 돌아갈 채비를 했다. 그리고 떠나기 전에 다가와 내게 필요한 무엇이든 기꺼이 돕겠다고 말해 주었다.

정말로 갑자기 모든 것이 필요할 정도로 한밤중의 몇 시간 만에 내 삶이 달라져 있었다. 나는 이제 제대로 된 고무장화 한 켤레조차 없는 처지였다.

2

보트가 하나씩 사라져 가는 것을 보고 있었다. 제각기 다른 엔진소리가 점점 멀어졌다.

보트를 타고 왔던 그들이 모두 누구이고 이름이 뭔지 나는 알고 있었다. 이곳 다도해 지역에는 한손과 베스텔룬드 성을 가진 사람이 많다. 그들 중 다수가 서로 반목하고 있다. 단지 장례식이 있거나 해상사고 또는 화재가 있을 때에만 서로 만난다. 그런 경우 모든 갈등과 대립은 중단되지만 상황이 다시 안정되면 적대감은 새롭게 불타오른다.

나는 내적인 반목에도 불구하고 함께 살아가는 그런 공동체의 일부는 절대 되지 않을 것이다. 외할아버지는 본토에서 떨어져 있는 이 군도 지역의 비교적 작은 가문 사람이었다. 룬드베리라는 성을 가진 그 가문은 몇 세대를 이어오면서도 그런 갈등을 겪지 않았다. 게다가 외할아버지는 멀리 떨어진 올란드 제도 출신 여자와 결혼했다.

나는 이곳 섬 지역 가문의 후손이긴 하지만 여기 사람은 아니다. 나는 상속받은 이 섬에 몸을 숨긴 도망친 의사이다. 내가 의술에 밝다는 것은 물론 장점이다. 하지만 나는 결코 이곳 다도해 지역의 진정한 주민이 될 수는 없을 것이다.

그 밖에도 사람들 모두는 내가 겨울에 냉수욕을 한다는 걸 알고 있다. 겨울이면 나는 매일 아침 내가 판 얼음구멍에 들어가 얼음물에 잠깐 몸을 담근다. 대부분의 사람들이 보기에 나는 미친놈이다.

나는 사람들이 내 생활에 대해 아주 의아하게 생각하고 있다는 것을 얀손을 통해 들어 알고 있었다. 외로운 이 섬에서 대체 나는 뭘 하며 지냈을까? 나는 낚시를 하지도 않았고, 향토회나 그 어떤 다른 모임에도 참여하지 않았다. 사냥도 하지 않았고, 허물어져가는 보트 창고와 지난 몇 번의 겨울을 거치면서 얼음 때문에 심하게 망가진 선착장 잔교 끝부분의 받침돌을 수리하려고도 하지 않았다.

그래서 이 외딴 섬 지역에 남은 몇 안 되는 주민들은 나를 의심 가득한 눈초리로 바라보았다. 이와 반대로 이곳에 은퇴한 의사가 있다는 얘기를 들은 여름 휴가객들은 나를 대도시의 정신없고 시끄러운 생활에서 몸을 피해 조용한 다도해 지역으로 물러난 행운아로 여겼다.

일 년 전 큰 모터요트 한 대가 내 선착장에 정박한 적이 있었다. 요트를 쫓아버리려고 선착장으로 내려갔을 때, 한 남자와 여자가 우는 아이 하나를 요트에서 내리고 있었다. 그 아이의 피부는 온통 발진으로 뒤덮여 있었다. 부부는 군도 지역에 사는 의사 이야기를 듣고 내게 도움을 청하러 온 것이었다. 걱정에 가득 찬 부모의 간절한 청에 결국 나는 보트 창고 진료실의 문을 열었다. 아직도 할아버지의 어망이 걸려 있는 판자로 된 작은 방 옆 벤치에 아이를 눕혔고, 살펴 본 결과 별로 심각하지 않은 열 두드러기임을 알 수 있었다. 몇 가지 질문을 통해서 아이가 방금 딴 딸기를 먹었고 그게 알레르기 반응을 일으켰다는 사실을 확인했다. 나는 집 부엌으로 올라가 처방전이 필요 없는 항알레르기 약을 가져와 아이에게 먹이라고 부모에게 건넸다.

부모는 당연히 진료비를 내겠다고 했으나 내가 받지 않겠다고 했다. 나는 선착장에 서서 그들의 호화로운 요트가 회가트 뤼홀멘 섬 뒤로 사라지는 것을 지켜보았다.

나는 항상 사적인 용도로 필요한 다양한 약품들을 준비해놓고 있다. 건강염려증 환자는 아니지만 필요할 때 곧바로 사용할 수 있도록 준비해 놓는 것이 중요하다. 어느 날 밤 갑자기 심근경색으로 잠에서 깨어났는데 최소한 병원 응급실에서 받을 수 있는 정도의 처치도 받지 못하는 그런 위험한 상황을 겪고 싶지는 않기 때문이다. 약품과 주사액들 외에 산소통도 몇 개 가지고 있다.

다른 의사들도 나와 마찬가지로 죽음에 대해 큰 공포를 가지고 있다고 생각한다. 그리고 나는 지금 내가 열다섯 살 때 의사가 되겠다고 결정했던 것을 후회할 수도 있다. 그래서 지금은 예전보다 아버지를 더 잘 이해할 수 있을 것 같다. 항상 피로에 지쳐 있던 웨이터 아버지는 나를 기분이 언짢은 얼굴로 바라보며 물었었다. 정말로 다른 사람들의 몸을 여기저기 잘라대는 것이 의미 있는 필생의 과업이라고 생각하냐고.

그때 나는 내 결정이 옳다는 것을 확신한다고 대답했었다. 하지만 내가 의과대학에 갈 수 있을지 스스로도 믿지 못한다는 것을 밝히진 않았다. 그러나 놀랍게도 결국 의과대학에 입학하게 되자 나는 자신과의 맹세를 깨뜨릴 수가 없었다.

솔직히 말하자면, 나는 아버지에게 의사가 되겠다고 확약했기 때문에 의사가 되었다. 만약 내가 의학 공부를 끝내기 전에 아버지가 돌아가셨다면 나는 아마 곧바로 공부를 중단했을 것이다.

하지만 그랬을 경우 내가 뭘 하고 살았을지는 모르겠다. 어쩌면 더 일찍 여기 조부모님 집으로 왔을 수도 있었겠지만, 여기서 어떻게 먹고 살았을지는 모르겠다.

마지막 보트들이 아침 안개 속으로 사라졌다. 바다도 섬들도 모두 그 어느 때보다 회색빛이었다. 결국 얀손과 나만 남았다. 악취 나는 폐허에서는 연기가 피어올랐다. 떨어진 떡갈나무 줄기들이 아직 여기저기서 불타고 있었다. 잠옷위에 걸친 비옷을 제대로 여미고 불타버린 집 주위를 한 바퀴 돌아보았다. 할아버지가 심었던 사과나무들 중 한 그루가 새카맣게 숯이 된 채 서 있는 것이 마치 연극무대의 세트처럼 보였다. 양철로 된 큰 물통은 뜨거운 열에 녹아버렸고, 집을 둘러싸고 있던 풀들도 다 타버렸다.

목이 터져라 소리를 지르고 싶은 억제할 수 없는 욕구를 느꼈다. 하지만 집요한 얀손이 있는 한 그럴 수가 없었다. 그렇다고 그를 쫓아버릴 수도 없었다. 어쨌든 그의 도움이 필요하게 되리라는 건 분명했다.

얀손이 있는 곳으로 돌아갔다.

"자네에게 부탁할 것이 하나 있네. 휴대폰이 한 대 필요한데 말일세."

"집에 여분이 한 대 있는데 빌려드리겠습니다." 얀손이 대답했다.

"새 휴대폰을 살 때까지만 좀 빌려주게."

얀손은 내가 휴대폰이 가능한 한 빨리 필요하다는 걸 알아챘다. 그래서 서둘러 자기 보트로 향했다. 얀손의 보트는 이 다도해 지역에서 풀무질로 시동되는 세미디젤 기관이 달린 마지막 보트 중 하나였다. 예전에 우편물을 배달할 때는 더 빠른 보트를 이용했었다. 하지만 얀손은 은퇴한 바로 다음 날 그 보트를 팔아버렸고, 대신 그의 아버지에게서 물려받은 낡은 나무보트를 사용하기 시작했다. 그 나무보트에 대한 이야기는 예전에 들은 적이 있었다. 1923년 베스테르비크에 있는 작은 조선소에서 만들어졌고 여전히 원래의 모터를 달고 있다는 것.

나는 연기 나는 폐허 옆에 선 채 얀손이 플라이휠을 돌리는 소리를 듣고 있었다. 그가 작은 조타실 해치 위로 머리를 내밀고 작별인사로 손을 흔들었다.

폭풍이 지나간 후라 사방은 아주 고요했다. 적막이 나를 둘러쌌다. 까마귀 한 마리가 나무에 앉아 불탄 자리를 보고 있었다. 나는 돌멩이 하나를 들어 까마귀를 향해 던졌다. 까마귀는 침착하게 날갯짓을 하며 날아갔다.

캠핑카에 들어갔다. 침대 위에 앉자 슬픔과 고통이 갑자기

밀려왔다. 발가락 끝까지 전해지는, 열이라도 오르는 듯 내 몸을 달구는 절망감이었다. 나는 벽면이 휘청거리게 보일만큼 크게 소리를 질렀다. 그리고 울기 시작했다. 그렇게 울어본 건 어릴 때 이후 처음이었다.

침대에 누워 갑자기 태아처럼 보이는 캠핑카 천장의 누런 얼룩을 쳐다보았다. 내 어린 시절과 청소년 시절은 내내 버림받을 것에 대한 두려움으로 가득했다. 그래서 밤에 잠에서 깨면 부모님이 혹시 나만 남겨두고 사라진 것은 아닌지 확인하기 위해 부모님이 주무시는 방으로 더듬더듬 가 보곤 했다. 부모님의 숨소리가 들리지 않으면 혹시 죽은 건 아닐까 두려웠다. 그러면 숨소리가 확실하게 들릴 때까지 부모님 가까이 몸을 숙여 귀를 기울이곤 했다.

사실 혼자 버려질 것을 두려워 할 아무런 이유가 없었다. 어머니는 내가 항상 깨끗이 씻고 단정하게 옷을 입도록 챙기는 걸 당신 인생의 과업으로 생각했고, 아버지는 성공한 삶을 살기 위해서는 좋은 교육을 받는 것이 무엇보다 중요하다고 생각했다. 아버지는 언제나 식당에서 웨이터로 일했기 때문에 집에 있는 시간이 거의 없었다. 어쩌다 쉬는 날이거나, 어떤 사정이건 식당 주인에게 고분고분하지 않다는 이유로 해고되어 실업상태일 때면 내게 자신만의 수업을 통해 가르침을 주려 했다. 나는 부엌과 좁은 거실 사이에 있는 문을 열면서 여자가 내 옆에 있다고 생각하고 그녀가 먼저 안으로 들어가게 하는 제스처를 연습해야만 했다. 아버지는 내가 식사하고 건배할 때, 그리고 식탁에 함께 앉은 우아한 여성들과 대화할 때의 예절을 배울 수 있도록 정찬에나—심지어 노벨상 축하연에—필요함 직한 많은 유리잔과 나이프를 식탁 위에 차려 놓기도 했다. 그럴 때면 나는 노벨물리학상 수상자가 되었고, 스웨덴의 외무장관이나 그보다 더 고상한 총리가 되기도 했다.

끔찍한 놀이였다. 칭찬을 받으면 기뻤지만, 나는 아버지가 끌어넣은 그 세계에서 실수를 할까봐 항상 불안했다. 유리잔과 식사도구 사이 어딘가에는 항상 보이지 않는 독사가 숨어 있었다.

한번은 아버지가 실제로 노벨상 축하연에서 서빙을 한 적이 있었다. 물론 맨 바깥 쪽 긴 테이블 담당이어서 스웨덴 왕실 사람들과 수상자들 근처에는 가지도 못했다.

하지만 나는 설사 불가능한 일일지라도 어쨌든 평생 단 한 번 있을지 모를 그런 상황에 어울리는 예절과 행동을 미리 배워둬야 했다.

기억하는 한 아버지는 내가 어렸을 때 한 번도 나와 놀아준 적이 없다. 열 살도 되기 전에 넥타이와 나비넥타이 매는 법을 배웠던 건 기억난다. 냅킨을 솜씨 있게 접는 법을 연습한 것도 내 어린 시절에서 빠질 수 없는 기억이다.

나도 모르게 잠이 든 모양이다. 마음에 부담이 되는 일이 있을 때면 나는 종종 잠을 피난처로 삼곤 한다. 나는 밤이든 낮이든 상관없이, 그리고 아무 곳에서나 잠을 잘 수 있다. 마치 어린 시절 숨을 곳을 찾아다닐 때처럼 억지로 잠을 청하는 것이다. 나는 우리 가족이 살던 임대주택단지 뒷마당에 있는 대형 쓰레기통들과 저탄장 사이에 비밀의 공간을 만들었다. 숲에 가면 몸을 숨길 만한 무성한 덤불이 있을 곳을 찾아다녔다. 나는 살아오면서 많은 은신처를 만들었다. 그러나 그중 어느 곳도 잠처럼 완벽하지는 않았다.

잠에서 깨었을 때 추위를 느꼈다. 어젯밤 침대 옆 탁자 위에 놓아두었던 손목시계는 불에 타버렸다. 나는 밖으로 나가 여전히 연기가 피어오르고 있는 폐허를 바라보았다. 하늘에는 구름조각 몇 개가 떠다니고 있었다. 태양의 위치로 보아 대략 오전 열 시에서 열한 시 사이쯤 되는 것 같았다.

보트 창고로 내려가서 검은 칠이 되어있는 문을 열었다. 경첩이 낡아서 조심스레 열어야 했다. 문을 너무 세게 당기면 경첩이 떨어질 수 있었다. 옷걸이에 멜빵바지와 낡은 스웨터가 걸려 있었다. 오래 된 페인트 통들 사이에 내가 어렸을 적 할머니가 나를 위해 짜 주셨던 털양말도 몇 켤레 놓여 있었다. 그 당시에는 양말이 너무 컸지만 지금은 잘 맞았다. 오래 돼서 더이상 사용하지 않던 전지들과 녹슨 공구들이 놓여있는 다른 선반을 뒤지다가 60년대산 텔레비전 광고 문구가 인쇄된 털 모자 하나를 찾았다. 바래서 거의 보이지 않는 글씨로 '언제나 최고의 영상'이라 적혀 있었다. 쥐들이 갉아먹은 흔적이 마치 너덜너덜해진 총탄구멍들 같았다. 나는 모자를 쓰고 창고를 나섰다.

보트 창고 문을 닫고 나오다 선착장에 종이봉투가 하나 놓여 있는 것을 발견했다. 그 안에는 휴대폰 한 대와 속옷, 그리고 버터 바른 빵 뭉치가 들어 있었다. 자는 동안 얀손이 왔다 간 모양이었다. 찢어진 갈색 봉투에 메모도 적혀 있었다.

'휴대폰 충전했습니다. 가지셔도 됩니다. 팬티는 깨끗이 빤 겁니다.'

종이봉투 옆에는 오른쪽 장화가 놓여 있었다. 녹색인 내 왼쪽 장화와 달리 검은색이었다. 게다가 얀손의 발이 크기 때문에, 그의 장화는 내 발에 컸다.

장화 안에도 쪽지 한 장이 들어 있었다. '유감스럽게도 녹색 장화가 없군요.'

나는 잠시 얀손이 왜 왼쪽 장화는 함께 가져오지 않았을까 생각했다. 얀손은 내가 결코 이해할 수 없는 이치에 따라 사는 사람이다.

종이봉투와 고무장화를 들고 캠핑카로 올라갔다. 얀손의 늘어난 팬티들은 당연히 내게 너무 컸다. 하지만 얀손이 속옷을 함께 챙겨 넣은 것엔 뭔가 내 마음을 깊이 울리는 것이 있었다.

잠옷 상의를 셔츠처럼 입은 채 멜빵바지를 입고 그 위에 스웨터를 뒤집어썼다. 서랍에서 찾은 구겨진 봉투 몇 장을 뭉쳐서 헐렁한 오른쪽 장화에 쑤셔 넣었다. 그제야 옷을 제대로 다 챙겨 입은 느낌이 들었다. 침대 위에 앉아서 얀손이 가져다 준 빵을 몇 조각 먹었다. 뭘 해야 할지 결정하려면 에너지가 필요했다.

모든 걸 잃어버린 사람에겐 시간이 많지 않다. 아니면 그 반대인가? 알 수 없었다.

보트 한 대가 다가오는 소리가 들렸다. 엔진 소리로 보아 얀손은 아니었다. 섬에서 꽤 오래 살다보니 엔진 소리만으로도 각각의 배들을 구분할 수 있게 되었다.

점점 가까워 오는 보트 소리에 귀를 기울였다. 몇 초 지나지 않아 해안경비대의 소형 보트라는 걸 알았다. 빠르고, 볼보 디젤 선내기 엔진 두 기가 장착된 삼십 피트 길이의 알루미늄 보트였다.

먹고 있던 빵을 내려놓고, 여기저기 숭숭 구멍이 뚫린 모자를 귀까지 내려 쓰고 캠핑카 밖으로 나갔다. 내가 선착장까지 다 내려가기도 전에 파란색 보트가 셰르스피에르덴 만 방향으로 나 있는 곳을 돌아오고 있었다.

배에는 세 사람이 타고 있었다. 놀랍게도 젊은 여자가 조타

륜과 키를 잡고 있었다. 그 여자는 해안경비대의 제복을 입고 있었고 모자 아래로 금발이 나와 있었다. 해안경비대의 배에서 일하는 여자를 본 건 처음이었다.

그녀는 염려스러울 만치 젊어보였다. 틴에이저 정도로 밖에 안 보였다.

계류용 밧줄을 손에 들고 배 앞쪽에 다리를 벌리고 서 있는 남자의 이름은 알렉산데르손이다. 그는 작고 뚱뚱해서 몸집으로는 나와 완전히 반대였다. 게다가 근시가 있었고 머리카락도 듬성듬성했다.

알렉산데르손은 경찰이다. 몇 해 전 이른 봄 폐쇄된 여름별장들에 잇달아 누군가 침입했을 때 혹시 뭔가 이상한 낌새를 챈 사람이 있는지 알아내기 위해 주민들을 탐문했던 경찰이 바로 그였다. 그 사건의 진상은 결국 밝혀지지 않았다.

알렉산데르손과 나는 꽤 친했다. 그는 나보다 열 살 정도 적었고, 그가 내 과거에 대해 뭘 알고 있는지에 관해서 나는 아는 바가 없었다. 하지만 그가 처음 찾아온 이후 나는 그가 내가 가져본 적 없는 남동생일 수도 있겠다는 생각을 했었다.

그는 브레코르나라는 작은 섬에 작은 여름별장을 한 채 가지고 있다. 그가 오면 우리는 커피를 마시면서 건강에 대해, 그리고 대부분은 바람과 날씨에 대해 이야기를 나눴다. 우리 둘 중 누구도 진지한 주제나 문제에 대해 얘기하고 싶어 하지 않왔다. 우리는 새소리나 나무들 사이로 불어오는 바람 소리에 귀를 기울이며 몇 시간씩 가만히 앉아 있을 수 있었다.

알렉산데르손은 오랫동안 결혼생활을 했고 성인이 된 아이들이 있었다. 그런데 그의 아내가 갑자기 그를 떠났다. 왜인지는 모른다. 이유를 묻지도 않았다. 그러나 그에게서 깊은 슬픔을 느낄 수 있었다. 어쩌면 그에게서 내 모습을 보았던 것일까? 이 질문은 나 자신도 대답할 수 없는 많은 질문 중 하나이기도 하다.

무겁고 뻣뻣한 몸으로 알렉산데르손이 제일 먼저 배에서 뛰어내렸다. 그가 선착장 계선주에 보트의 밧줄을 단단히 묶은 후 우리는 악수를 나눴다. 내가 모르는 한 남자가 갑판에 올라서더니 선착장으로 내려섰다. 절대 가만히 서 있지 못하고 계속 흔들리는 배에서 어떻게 몸을 가눠야 할지 잘 모르는 것처럼 보였다. 그 남자는 내게 악수를 청하며 이름은 로버트 룬딘이고 화재감식평가사라고 자기를 소개했다. 그는 사투리를 썼는데, 어느 지역 사투리인지는 금방 알 수 없었다. 노를란드 내륙 어디쯤일 것 같았다.

젊은 여자는 엔진을 끄고 계류용 밧줄 하나를 배 끝에 고정시킨 후 내게 고개를 숙여 인사했다. 가까이서 보니 정말 어려 보였다.

"알마 함렌이라고 합니다." 그녀가 말했다. "집에 불이 나서 매우 유감입니다."

나도 고개를 숙여 인사했고, 그 순간 거의 눈물이 날 것 같았다. 알렉산데르손이 내가 어떤 상태인지 눈치를 챘다.

"그럼 이제 같이 올라가서 한번 살펴볼까요." 그가 얼른 말했다.

알마 함렌은 선착장에 남아서 민첩한 손가락으로 휴대폰에 문자를 찍기 시작했다. 세 명 중 어느 누구도 내 짝짝이 장화에 대해 말하지 않았다. 장화가 짝짝이란 걸 알아챈 기색조차 보이지 않았다. 하지만 모두 알고 있는 게 분명했다.

불탄 자리 여기저기에서는 여전히 연기가 피어오르고 있었다.

"화재의 원인이 뭔지 혹시 조금이라도 짐작되는 바가 있으신가요?" 알렉산데르손이 물었다.

나는 있는 그대로 설명했다. 잠자리에 들 때 촛불도 꺼져 있었고, 어디에도 불을 피워놓지 않은 상태였다. 불이 나서 잠에서 깼을 땐 잠든 지 채 두 시간도 안 됐을 때였다. 전선을 새로 깐 지 얼마 되지 않았고, 화재가 날 만한 어떤 그럴듯 한 원인도 없었다는 말까지 덧붙였다.

룬딘은 뒤쪽에 서서 가만히 듣고 있었다. 아무런 질문도 하지 않았다. 내가 알기로 그의 역할은 화재의 원인을 조사하는 것이고, 나는 그가 원인을 찾아낼 수 있기를 바랐다. 대체 무엇 때문에 이 재앙이 일어난 건지 알고 싶었다.

룬딘은 알렉산데르손과 함께 불탄 폐허를 살펴보기 시작했다. 나는 그들로부터 조금 떨어진 곳에서 그들의 느린 움직임을 관찰했다. 때때로 둘 중 한 명이 몸을 숙였다. 그들의 움직임이 경계심 많은 동물을 연상시켰다.

나는 갑자기 현기증을 느꼈고, 그래서 오래된 우물펌프에 몸을 기대야만 했다.

알렉산데르손이 내 상태가 좋지 않다는 걸 느꼈는지 나를 살폈다. 나는 고개를 저은 후 캠핑카 쪽으로 더듬더듬 불안한 발걸음을 옮겼다. 캠핑카 계단에 앉아서 천천히 숨을 들이쉬고 내쉬었다. 그렇게 몇 분이 흘렀고, 나는 다시 몸을 일으켰다. 어지럼증은 가라앉았다. 다시 화재 현장으로 향했다. 그러나 캠핑카를 돌아서 가다가 시커멓게 그을린 타고 남은 지붕도리 잔재 사이에 서 있는 두 남자를 보고 걸음을 멈췄다. 둘은 이야기를 나누고 있었다. 무슨 말을 하는지 들리지는 않았지만, 내가 듣지 못하도록 일부러 작은 목소리로 이야기하고 있다는 것을 곧바로 느낄 수 있었다.

알렉산데르손이 가끔 내가 있는 방향으로 눈길을 던졌다. 그러나 내 모습은 캠핑카를 둘러싸고 있는 수풀에 가려 있었다.

들리지 않아도 무슨 얘기를 하고 있는지는 알 수 있었다. 화재의 원인에 대한, 외적인 요인은 없는 것 같다는 이야기였다.

둘은 나지막한 목소리로 혹시 내가 스스로 불을 지른 것은 아닌지 의견을 나누고 있었다.

둘의 목소리를 들으려고 숨을 죽였다. 정말 내가 그랬다고 생각하는 걸까? 아니면 말도 안 되는 모든 가능성까지 다 생각해보는 걸까?

나는 두 남자가 다시 천천히 그리고 신중하게 화재 현장을 뿌석거리기 시작할 때까지 수풀 속에 서 있었다. 룬딘은 가끔 눈에 띄는 어떤 것들의 사진을 찍었다.

아래로 늘어져 있는 나뭇가지들을 옆으로 젖히며 화재 현장으로 올라갔다.

"어떻습니까?" 내가 물었다.

"시간이 좀 걸리겠어요." 알렉산데르손이 대답했다. "상황이 어렵네요."

"아주 어렵습니다." 룬딘이 덧붙였다. "분명한 것이 아무 것도 없습니다."

알마 함렌은 내가 얀손의 상상 속 질병을 진찰하곤 했던 선착장의 벤치에 앉아서 휴대폰을 만지작거리고 있었다.

두 남자는 몇 시간 더 화재 현장을 조사하더니 아마도 저녁이 되기 전에 다시 와야 할 것 같다고 말했다. 나는 그때쯤엔 내가 없을 수도 있다고, 육지로 장을 보러 가야 한다고 답했다.

나는 보트가 곶 뒤로 사라질 때까지 선착장에 서 있었다. 그런 다음 화재 현장으로 돌아왔다. 작은 비닐봉지에 두 남자가 현장에서 찾은 몇 가지 물건들이 들어있었다.

전선 조각들, 배전함 속에서 반쯤 녹아버린 퓨즈 몇 개, 그리고 뭔지 정확히 알 수 없는 어떤 것. 몸을 숙여 더 자세히 들여다보고서야 그것이 무엇인지 알았다.

이탈리아의 구두장인 자코넬리가 몇 년 전 나를 위해 만들어준 구두에 들어있던 구두골 중 하나였다.

그 순간 나는 내가 정말 모든 것을 잃었다는 것을 깨달았다.

내 칠십 평생에서 남은 것이 아무 것도 없었다. 나는 완전히 빈털터리였다.

3

나는 가만히 서서 불타버린 내 집을 바라보았다. 그 폐허를 바라보고 있자니, 불에 잔뜩 그슬린 잔존물 더미에서 집이 새로 일어서는 것 같은 느낌이 들었다.

화재 현장은 전쟁터를 상기시켰다. 불타고 난 폐허는 질주하며 지나가는 장갑차에서 발사된 유탄들이 폭발한 결과물이라고 해도 될 것 같았다.

눈앞에 펼쳐진 폐허의 모습은 점점 더 큰 충격으로 다가왔다. 새까만 숯이 된 사과나무를 보고 있자니 무엇보다도 슬펐지만 한편 욕지기가 났다. 마치 내 조부모에 대한 기억이 침해당한 것 같았다. 그 나무에서 악취 나는 까만 사과가 열리는 상상을 했다. 아무도 그 사과를 먹지 못할 것이다. 사과나무는 살아있으나 죽은 것과 마찬가지일 터였다.

좀 더 가까이 다가갔다. 검은 폐허는 화장터이기도 했다. 내 평생이 화장당했다. 한밤중의 폭력적인 단 몇 시간 동안 집은 난로로 변해버렸고, 그 안에 있던 내가 가진 모든 것들이 끔찍한 열기 속에 다 녹아 없어지고 말았다.

짝짝이 장화를 신고 불타는 집에서 뛰쳐나온 지 열두 시간이 지났다. 하지만 나는 여전히 내게 벌어진 일의 엄청난 규모를 파악할 수 없었다. 불타버린 집은 내가 어린 시절을 보낸 집이었고, 내가 더이상 의사 일을 할 수 없는 상황에서 다시 찾아와 살게 된 집이었다. 나는 불타 없어져버린 모든 것에 대해 불분명하지만 점점 커져가는 그리움을 느꼈다. 가장 안타까운 것은 아마도 내가 일기장이라 부르던 항해일지가 재가 되어버린 사실일 것이다. 집에서 뛰쳐나올 때 검은 표지의 그 책들을 전혀 생각하지 않았다. 그저 내 목숨만 품에 안고 나왔다. 나는 빈손으로 용의 아가리에서 뛰어내린 것이다.

그 다음에 자코넬리의 구두를 생각했다. 이탈리아의 장인이 만들어준 구두에서 남은 것이라고는 알렉산데르손의 비닐봉지에 들어있던 까맣게 타버린 구두골뿐이다.

구두골은 곤충 같았다. 어릴 적 여름이면 자주 보았던 하늘가재처럼 보였다. 하늘가재들은 언젠가부터 보이지 않았고 그 이유를 아는 사람은 아무도 없는 것 같았다. 한번은 얀손에게 다도해 지역의 떡갈나무 숲에 혹시 하늘가재가 아직 있는지 물었다. 얀손은 다도해 지역 섬에 우편물을 배달할 때마다 예전부터 그곳에 살고 있는 주민들에게 물어보았다. 네셸홀멘 섬에 사는 늙은 과부댁 셰르베리를 빼곤 아무도 1960년대부터 하늘가재를 본 적이 없다고 했다. 셰르베리만 아주 많이 보았다고 했다. 하지만 그녀는 사람들에게 거짓말쟁이로 악명이 높았는데, 심지어 자기 나이에 대해서도 진실을 말한 적이 없다.

자코넬리가 직접 손으로 만들어 내게 선물로 주었던 구두는 죽음을 맞아 새까맣게 탄 금속 하늘가재로 변신했다. 구두골의 소재가 정확히 무엇인지 궁금했다. 할아버지와 할머니의 금혼식에 내가 선물했던 은촛대도 이제 없었다. 다른 물건들과 함께 불에 녹아버렸다.

오로지 구두골만 화재에서 살아남았다. 그렇다고 자코넬리에게 구두골을 무엇으로 만들었는지 물어볼 수는 없을 것이다. 헬싱란드 숲속에 차린 작업실에서 오래된 트랜지스터라디오에서 흘러나오는 오페라 음악에 둘러싸여 수년간 구두를 만들던 그는 어느 날 갑자기 이탈리아로 돌아가 버렸다.

그는 아주 급하게 떠난 것 같았다. 몇 명 되지 않는 그의 친구들 중 누구도 그가 그렇게 떠날 것을 눈치 채지 못했다. 심지어 작업실 현관문도 잠그지 않고 떠났다. 이웃에 사는 사람이 작업화 밑창을 수선하기 위해 작업실에 찾아갔더니 바람에 현관문이 열렸다 닫혔다 하고 있었다.

자코넬리는 작업의자에서 일어나 영원히 사라지기 전에 그동안 주문 받았던 모든 구두를 완성했다.

나는 나중에야 내 딸 루이제에게서 자코넬리가 기차를 타고 이탈리아 밀라노 북쪽에 있는 고향마을 산토 페레라로 돌아가 소박한 한 펜션의 침대에 몸을 누이고 죽음을 맞이했다는 얘기를 들었다.

그가 사용했던 도구들과 작업실과 모든 구두골들이 그 후 어떻게 되었는지는 나도 모른다. 루이제가 그것에 대해 내게 아무런 얘기를 안 한 것을 보면 그 애 자신도 모르고 있을 것이라 생각했다.

비닐봉지에 들어있는 구두골을 꺼냈다. 루이제와 이야기를 나눈 게 2주 전의 일이다. 내가 막 잠이 든 늦은 저녁시간에 루이제가 전화를 했었다. 암스테르담의 어느 시끄러운 카페라고 했다. 거기서 뭘 하고 있느냐고 두 번이나 물었지만 루이제는 답하지 않았다. 통화는 아주 짧았다. 내가 아직 살아있는지 확인하려고 전화했다고 했고, 나는 나대로 루이제에게 잘 지내고 있냐고 물었다. 어쩌면 우리는 서로를 환자라고 생각하며 전화 통화로 서로의 상태를 진찰한 건 아니었을까?

구두골은 수제 가죽구두에 대한, 그리고 섬에 아직 하늘가재가 있었던 지난 시간에 대한 까맣게 타버린 기억이었다. 나는 루이제가 언젠가 자신의 것이 되었을 집이 홀랑 타서 없어졌다는 사실을 알게 되면 어떻게 반응할지 궁금했다.

그녀의 반응을 상상할 수 없을 정도로 나는 내 딸에 대해 아는 것이 별로 없다. 루이제는 어쩌면 어깨를 으쓱한 후 더이상 그 얘기를 하지 않을지도 모른다. 아니면 분노에 가득 차서 결국 그 분노의 결과로, 내가 화재를 막지 못했다며 나를 고소할 수도 있다. 내가 방화자라는 아무런 증거가 없음에도 루이제는 나를 방화벽 있는 사람으로 여길 수도 있다.

나는 구두골을 다시 비닐봉지에 넣고 캠핑카로 돌아가서 얀손이 가져다 준 버터 바른 빵의 마지막 조각을 먹은 후 보트 창고로 내려갔다. 창고에는 선외기가 달린 작은 개방형 플라스틱보트가 있었다. 날씨가 좋고 바다가 잔잔하면 18마력의 그 보트로 12노트까지 속도를 낼 수 있다. 나는 시동을 걸고 곰팡이가 슨 방석에 앉아서 후진하여 선착장을 빠져나갔다. 곶을 돌아나가면서 속도를 올렸다.

한 번 더 뒤를 돌아보다가 나도 모르게 놀라 움찔했다. 바다에서 보면 항상 집의 지붕과 맨 위쪽 창들이 나무들 위로 보였었다. 그러나 이제는 그곳에 빈 구멍만 하나 나 있을 뿐이었다. 그 사실에 너무 놀라서 나는 하마터면 곶 바로 뒤에 있는 모래톱을 들이받을 뻔했다. 마지막 순간에 다행히 방향을 돌려 피할 수 있었다.

만으로 나가 보트의 엔진을 껐다. 바다는 텅 비어 있었다. 아무 소리도 들리지 않았고, 보트는 한 척도 보이지 않았고, 새들조차 보이지 않았다. 외로운 비오리 한 마리가 다도해 바깥쪽 섬들을 향해 수면 바로 위를 빠른 속도로 미끄러지듯 날아갔다.

한기를 느꼈다. 내 몸 깊은 곳에서 나온 한기였다. 보트는 바람에 몸을 맡긴 채 떠 있었다. 나는 보트 바닥에 누워 구름이 몰려드는 하늘을 올려다보았다. 밤에 비가 온다는 예보가 있었다.

바닷물이 보트 바깥 면을 덮고 있는 얇은 플라스틱판에 조용히 꿀렁대며 부딪혔다. 나는 앞으로 뭘 어떻게 해야 할지 생각을 해보았다.

그때 얀손이 내게 준 휴대폰이 울렸다. 얀손 말고는 그 전화로 내게 연락할 사람이 없었다.

"엔진에 무슨 문제 있습니까?" 얀손이 물었다.

그가 나를 보고 있다는 생각에 고개를 돌렸다. 하지만 바다는 비어 있었고, 얀손의 배는 보이지 않았다.

"왜 엔진에 문제가 있어야 하지?"

나는 짜증낸 것을 바로 후회했다. 얀손은 항상 좋은 의미로 말하는 사람이지 다른 뜻을 가지고 말하는 사람이 아니었다. 나는 얀손이 뭔가에 대해 알고자 하는 것은 우편물이 점점 줄어들고 있는 이곳 다도해 섬 주민들에 대한 일종의 사랑고백이라고 가끔 생각했다. 얀손은 섬을 찾은 여름 휴가객들이 보내는 엽서들을 몰래 읽는 것을 우편배달부의 의무라고 여겼다. 여름이면 이들 섬에 나타나는 그 사람들이 군도 지역의 삶과 죽음 그리고 주민들에 대해 어떤 생각을 가지고 있는지 항상 잘 파악하고 있어야 한다는 취지에서였다.

"자네 지금 어디에 있나?" 내가 물었다.

"집에 있습니다."

거짓말이다. 스통셰르 섬에 있는 그의 집에서는 내가 보트를 타고 이곳 만에서 천천히 부유하고 있는 것이 절대 보이지 않는다. 나는 그가 내게 거짓말을 했다는 사실에 실망했다. 이 다도해 지역에서 살아온 세월 동안 나는 절대 다른 사람들의 행동에 상처받지 않겠다는 확고한 생각을 가지고 살았다. 얀손이 때때로 아주 솔직하지만은 않다는 사실이 그다지 신경 쓸 일은 아니었다. 하지만 방금 끔찍한 화재로 집을 잃은 내 앞에서 거짓말을 하다니! 얀손이 손에 쌍안경을 들고 해안가 절벽에 서 있을 것이란 생각이 들었다.

나는 얀손에게 내가 처한 상황에 대해 곰곰이 생각해 봐야겠기에 보트 엔진을 껐다고 설명했다. 이제 필요한 물건들을 사러 본토로 갈 것이라고도 했다.

그리고 한 가지 부탁을 덧붙였다.

"이제 다시 시동을 걸겠네. 엔진 소리를 잘 들어보게. 그러면 엔진에 아무런 문제가 없다는 것을 확인할 수 있을 걸세."

나는 얀손이 뭔가 대꾸하기 전에 통화를 끝냈다. 엔진의 시동을 걸었다. 속력을 높여 본토로 향했다.

내 자동차는 오래됐지만 아직 쓸 만하다. 나는 차를 항구 위쪽에 세워놓았다. 그곳은 루트 오슬로브스키라는 이름을 가진 좀 이상한 여자의 땅이다. 내가 아는 한 아무도 그녀를 루트라는 이름으로 부르지 않는다. 모두 오슬로브스키라는 성으로 부른다. 내가 그녀의 땅에 아무 때나 주차를 할 수 있는 건 가끔 그녀의 혈압을 검사해 주기 때문이다. 내 차의 글로브 박스에는 혈압계와 청진기가 들어있다. 오슬로브스키의 혈압은 그녀가 몇 년 전부터 메토프롤롤을 복용해왔음에도 불구하고 너무 높다. 나는 그녀의 나이가 이제 겨우 마흔을 향해 가고 있기 때문에 무엇보다 혈압을 잘 관리해야 한다고 생각한다.

오슬로브스키의 왼쪽 눈은 유리로 된 의안이다. 그녀가 어떻게 왼쪽 눈을 잃게 됐는지 아는 사람은 아무도 없는 것 같다. 오슬로브스키에 대해 특별히 뭔가를 알고 있는 사람 자체가 별로 없어 보인다. 얀손이 내게 해준 이야기에 따르면 그녀는 이십여 년 전쯤 갑자기 이 다도해 지역에 나타났다. 당시 그녀는 스웨덴어 발음도 좋지 않았을 뿐만 아니라, 자신이 망명자로서 최근에 스웨덴 국적을 취득했으며 폴란드 출신이라고 주장했다고 한다. 하지만 의심이 많은 얀손은 스웨덴 국적임을 확인해 줄 그녀의 여권이나 어떤 다른 증명서를 본 사람이 아무도 없다는 점을 지적했다.

오슬로브스키는 놀라울 정도로 능숙한 자동차 정비사였다. 게다가 그녀는 힘든 일을 마다하지 않았다. 늦가을이나 이른 봄에 선착장을 수리할 일이 있거나, 얼음이 녹으면서 선착장 받침돌들이 흔들려서 판자들이 휘고 구부러졌을 때 수리를 도맡아 했다. 그녀는 어깨가 넓고 힘이 셌으며, 예쁘진 않지만 친절했다. 그녀는 대부분의 시간을 혼자 보냈다.

근방에 사는 다른 임시노동자들은 항상 그녀를 경계의 눈으로 살폈다. 그러나 그들 중 누구도 그녀가 다른 사람보다 낮은 임금을 제시함으로써 자신들의 일을 빼앗아간다는 걸 확인할 수는 없었다.

오슬로브스키는 처음에는 항구에서 몇 킬로미터 떨어진 가문비나무 숲 가운데 있는 오두막을 빌려 살았다. 그러다 얼마 후에 항구 근처에 있는, 은퇴한 한 도선사가 소유했던 작은 집을 샀다.

얀손이 항구에서 우편물을 배달하던 자기 동료에게 확인한 바로는 오슬로브스키에게 우편물이 온 적은 한 번도 없었다. 그녀는 신문을 구독하지도 않았다. 집 앞 도로에 우편함이 있긴 했는지 그것도 알 수 없다.

그녀는 가끔 몇 달씩 사라지곤 했다. 그녀가 어디로 갔는지 아는 사람은 아무도 없었지만, 어쨌든 어느 날 다시 돌아와 있었다. 마치 아무 일도 없었던 것처럼. 그녀는 고양이처럼 한밤중에 움직였다.

나는 보트를 항구 맨 안쪽에 붙들어 맨 뒤 내 자동차로 갔다. 오슬로브스키는 보이지 않았다. 운전석에 앉아 열쇠를 넣고 돌리자 곧바로 시동이 걸렸다. 나는 언젠가 내 차가 숨을 멈추고 고철덩어리가 되기로 결심하는 날이 올까 두렵다.

보통 마을의 중심가까지는 차로 이십 분이 걸린다. 그런데 이날따라 시간이 훨씬 짧게 걸렸다. 나는 위험할 수도 있다는 사실을 깨달았을 때에야 차의 속도를 줄였다. 그리고 나는 내 집과 함께 내 안의 어떤 것도 함께 사라졌다는 사실을 깨닫기 시작했다. 사람에게도 무너져 내릴 수 있는 대들보 같은 것이 있다.

나는 사실상 마을의 유일한 도로인 큰 도로가에 차를 세웠다. 이 도로는 예전에 이곳에 있었던 여러 공장으로부터 나온 중금속에 오염된 만의 맨 안쪽에 있다. 어렸을 적 이곳에 있던 무두질공장에서 나던 악취가 아직도 기억난다.

저축은행은 오염된 만 바로 옆에 있는 흰색 건물에 있다.

나는 은행창구로 가서 집에 불이 났고, 그래서 카드도 신분증도 모두 불타 없어져버렸다고 말했다. 은행직원은 나를 알고 있었지만, 그래도 어찌해야 할지 몰라 머뭇거리는 눈치였다. 요즘 시대에 신분증이 없는 사람은 일종의 위협이나 마찬가지이니 그럴 법도 했다.

"내 계좌번호를 외우고 있습니다." 내가 설명했다.

내가 번호를 불렀고, 그가 받아 적었다. 그런 다음 그는 내 계좌번호를 컴퓨터에 입력했다.

"계좌에 한 십만 크로나 정도 있을 겁니다. 아마 거기서 플러스마이너스 백 크로나 정도 될 거예요."

직원은 눈을 가늘게 뜨고 컴퓨터 화면을 보았다. 화면에 나온 내용을 믿지 못하겠다는 표정이었다.

"99,009 크로나군요." 직원이 화면의 숫자를 읽었다.

"그 금액에서 만 크로나를 찾았으면 합니다. 보시다시피 나는 지금 셔츠 대신 잠옷을 입고 있어요. 모든 걸 잃었습니다."

무슨 일이 일어났는지 설명하면서 나는 일부러 목소리를 높였다. 실내가 조용해졌다. 카운터 뒤에는 나를 응대하던 직원 말고 여직원이 두 명 더 있었다. 그리고 고객 세 명이 차례를 기다리고 있었다. 모두가 나를 바라보았다. 나는 소리 없는 박수갈채를 받기라도 한 것처럼 바보 같은 몸짓으로 몸을 굽혀 인사했다.

직원이 지폐를 세어 내게 건넸다. 그런 다음 내가 새 은행카드를 신청하는 것을 도와주었다.

은행을 나와 도로 건너편에 있는 제과점으로 갔다. 은행에서 광고용 펜 한 자루와 계좌이체 신청서 몇 장을 들고 나왔다. 그 종이에 사야 할 물건들을 적었다. 목록이 아주 길었다. 이체 신청서와 냅킨에 더이상 쓸 자리가 없어서 결국 계속 적는 걸 포기했다.

나를 엄습한 이 고통과 슬픔을 내가 어떻게 견뎌낼 수 있을지 갑자기 궁금했다. 새로운 시작을 하기에 나는 너무 늙었다. 미래는 아무런 말이 없었다. 탈출구는 들리지도 보이지도 않았다.

사야 할 것들을 적은 종이들을 구겨버리고 차를 다 마신 뒤 거리로 나섰다. 마을에 있는 유일한 옷가게에서 셔츠 몇 개와 속옷, 스웨터와 양말, 바지와 재킷 하나씩을 샀다. 옷의 질이나 가격은 전혀 중요하지 않았다. 옷이 든 쇼핑백들을 자동차에 넣은 후 고무장화를 사기 위해 신발가게에 갔다. 가게에 있는 유일한 고무장화는 이탈리아제였다. 그 사실에 화가 났다. 신발가게 판매원은 스웨덴어를 잘 못하는 두건을 두른 젊은 아가씨였다. 나는 신발가게에 평범한 트레통 고무장화가 없다는 사실에 화가 났음에도 정중하게 행동하려고 마음을 다잡았다.

"스웨덴산 트레통은 없습니까?" 내가 물었다.

"여기 이 장화 말고는 없어요." 그녀가 대답했다.

"스웨덴 신발가게에 전통적인 스웨덴 장화가 없다니, 대체 어떻게 이런 일이 있죠?"

가능한 한 공손한 말투를 보이려고 애썼지만 그녀도 내 기분을 알아챘을 것이다. 내 억양이 자연스럽지 못했다. 그녀가 겁을 먹은 것을 보니 더 화가 치밀었다. 나는 무례하거나 위협적으로 들리지 않을 일반적이고 단순한 질문을 했을 뿐이었다.

"내 말이 무슨 말인지는 아시겠어요?" 내가 물었다.

"다른 장화는 없어요."

"그럼 할 수 없군요. 유감이네요."

신발가게를 나오면서 나도 모르게 문을 탕 소리 나게 닫아버렸다.

철물점에도 장화는 없고, 발을 보호하기 위해 앞과 뒤에 딱딱한 재질을 덧댄 작업화만 있었다. 나는 싸구려 손목시계를 하나 산 뒤 항구에 있는 식료품점으로 향했다. 캠핑카에는 가스버너와 냄비 몇 개 그리고 프라이팬이 하나 있었다. 나는 무심한 얼굴로 들고 있던 까만 플라스틱바구니에 식료품을 담았다. 갖고 싶은 것을 사지 않았지만 그렇다고 갖고 싶지 않은 것을 사지도 않았다.

식료품점을 나와 약국 앞을 지나다가 내 약품창고도 불타 없어진 것이 생각났다. 그래서 약국에 들어갔다. 의사자격과 처방이 필요한 약품에 대해 처방전을 발행할 수 있는 자격은 그대로 남아 있었다.

자동차로 돌아가기 전에 약정계약 휴대폰을 한 대 샀다. 그러고 보니 불이 나서 더이상 전기가 들어오지 않는다는 사실이 떠올랐다.

자동차를 몰고 항구로 돌아갔다. 은행에서 찾은 만 크로나에서 절반 정도가 남아 있었다. 늘 세우던 곳에 차를 세웠다. 오슬로브스키 집의 문은 여전히 잠겨 있었다. 자갈길에 반은 썩어버린 까마귀 시체가 놓여있었다. 어쩌면 오슬로브스키는 언제나처럼 비밀스런 그녀의 여행길에 올라있는지도 모른다.

물건들이 들어있는 쇼핑백과 비닐봉지들을 보트에 실은 후 선박용품점에 갔다. 그곳에 장화가 있었다. 스웨덴산이었다. 여하튼 트레통 상표를 달고 있었다. 하지만 내 발에 맞는 사이즈가 없었다. 어쩔 수 없이 한 켤레를 주문했는데, 주인은 도착까지 최소 2주가 걸린다고 했다.

선박용품점을 운영하는 늙은 주인의 이름은 노르딘이다. 그와 화재에 관해 이야기를 나누었는데, 그는 마치 성대에 검은 리본으로 된 상장을 달고 있는 것처럼 말을 했다.

노르딘은 자식이 많다. 결혼을 세 번인가 네 번 했고, 현재 부인의 이름은 마르가레타이다. 그녀와의 사이에는 아이가 없다. 얀손의 말에 따르면 노르딘은 자기 아이들에게 마술을 보여준다고 한다. 그 말이 맞는지는 나도 모른다.

부두로 나가니 추위가 느껴졌다. 쇼핑백에 든 재킷을 꺼내 입고 선박용품점 위쪽에 있는 카페에 들어갔다. 항구가 내려다보이는 테이블에 자리를 잡고 휴대폰을 꺼내 벽에 있는 콘센트에 연결해 충전을 했다. 카페를 운영하는 베로니카에게 커피와 작은 마자린파이(스웨덴식 아몬드파이—옮긴이) 하나를 주문했다. 파이를 접시에서 들어 올리자 부스러졌다.

곧 일흔 살이 되는 한 남자가 집이 불타버린 바람에 집 없는 처지가 되어버렸다. 그에게는 보트 창고, 캠핑카, 삼십 피트 길이의 개방형 보트, 그리고 낡은 자동차 한 대를 제외하곤 더이상 아무런 속세의 소유물이 남아있지 않다. 이제 그가 뭘 해야 할지가 문제다. 그에게 미래가 있을까? 더 살아야 할 진정한 이유가 있을까?

여기서 생각을 멈췄다. 내 딸 루이제. 왜 나는 루이제 생각을 먼저 하지 않았을까? 그 사실이 부끄러웠다.

부스러진 마자린파이 때문인지, 아니면 방금 떠오른 생각 때문인지 알 수 없었지만 갑자기 눈물이 나기 시작했다. 종이 냅킨으로 눈물을 닦았다. 극도의 외로움을 보여주는 장면이었다. 한 노인이 가을날 쓸쓸한 카페에 앉아있다. 돛단배들과 모터보트들은 다음 여름에나 돌아올 텅 빈 항구 카페의 한 외로운 손님이다.

마음 같아서는 좀 더 있다가 하고 싶었지만 더 늦기 전에 루이제에게 전화를 걸어야만 한다는 걸 나는 알고 있었다. 내게 생긴 일을 지금 당장 알리지 않는다면 아마 루이제는 나를 절대 용서하지 않을 것이다. 내 딸 루이제는 내 자신에게는 있다고 믿는 관용과 참을성이 없는 급한 성격을 가졌다. 루이제는 결국 많은 세월이 흐른 뒤 보행 보조기에 의지해 얼음장 위를 걸어 나를 찾아왔고 여름에 내 집에서 죽음을 맞이한 그녀의 엄마 하리에트를 닮았다.

카페 문이 열리는 바람에 하던 생각을 멈췄다. 마흔 살가량 된 여자가 들어왔다. 그녀는 내가 사고자 했던 바로 그런 종류의 고무장화를 신고 있었고, 따뜻한 외투에 목과 머리에 목도리를 두르고 있었다. 목도리를 풀자 짧은 머리와 예쁜 얼굴이 드러났다. 그녀는 카운터로 가서 진열장에 놓인 마자린파이들을 들여다보았다.

그녀가 갑자기 몸을 돌려 나를 향해 미소를 지었다. 나는 고개를 숙여 인사하면서 어디서 만났던지 기억을 더듬었지만 잡히지 않았다.

베로니카가 주방에서 나왔고, 그 여자는 커피와 하드롤을 주문했다. 그리고 내가 앉아있는 테이블로 왔다. 맞다, 모르는 여자다.

"앉아도 될까요?" 그녀가 물었다.

그녀는 내가 채 대답도 하기 전에 옆에 있던 의자를 끌어당겼다. 그녀가 자리에 앉을 때 희미한 가을햇살 한 줄이 그녀의 얼굴에 떨어졌다. 그녀는 손을 뻗어 햇살이 사라지도록 노란 커튼을 잡아당겼다.

여자는 미소를 지었고, 그녀의 고운 치아가 내 눈에 들어왔다. 나도 미소를 지었다. 하지만 법랑질 상태가 아직 좋은 윗니만 조금 보여주었다. 루이제는 엄마의 치아유전자를 물려받았다. 유감스럽게도 내 유전자보다 못하다. 루이제가 나를 만나러 와서 심하게 취했던 때, 왜 자기 치아는 내 것만큼 하얗지 않느냐고 따지고 든 적이 있었다.

"저는 리사 모딘이라고 합니다." 여자가 말했다. "선생님이 어젯밤에 집에 화재를 당한 바로 그분이시죠? 정말 안타깝군요. 끔찍하고 슬픈 일이에요. 집이란 게 사람에게는 마치 피부 같은 것이잖아요."

그녀의 말투에는 쇠름란드 사투리 같은 억양이 약간 있었다. 확실하진 않았다. 더 확실하지 않은 것은 그녀가 왜 내 테이블에 앉았느냐는 것이었다. 그녀는 입고 있던 따뜻한 외투를 벗어서 옆 의자에 걸쳤다.

그녀가 원하는 것이 무엇인지 여전히 알 수 없었다. 하지만 그건 별로 중요하지 않았다. 나는 그녀가 내 테이블에 앉았다는 사실만으로 갑작스런 광기 발작처럼 그녀에게 반해버렸다.

늙은이에게는 시간이 별로 많지 않다는 생각을 했다. 갑자기 찾아오는 사랑이 우리 늙은이들의 유일한 바람이 아닐까!

"제 이름은 리사 모딘이고 기자입니다. 여기 지역신문사에서 일하고 있어요. 주필이 제게 화재 현장에 나가 살펴보고 선생님을 취재하라고 하더군요. 부두에 있는 선박용품점에 가서 어떻게 선생님 섬에 갈 수 있는지 물었는데, 누가 선생님께서 식료품점에 계실 거라고 얘기해주더군요. 거기 안 계시더니 여기 계시네요."

"내가 여기 있는 건 어떻게 알았습니까?"

"저기 아래 가게에 있는 남자분이 선생님이 어떻게 생기셨는지 알려줬어요. 그래서 선생님을 알아보기가 어렵지 않았어요. 게다가 식료품점에는 아무도 없었고, 이곳엔 선생님 혼자 계시니까요."

리사 모딘이 핸드백에서 수첩을 꺼냈다. 그러더니 주방 라디오에서 흘러나오는 음악이 갑자기 거슬렸는지 카운터로 가서 베로니카에게 라디오 소리를 줄여달라고 부탁했다. 잠시 후 라디오 소리가 완전히 꺼졌다.

테이블로 돌아온 그녀는 미소를 지었다.

"저랑 같이 타고 가시면 되겠군요." 내가 말했다. "조그만 개방형 보트도 괜찮으시다면 말입니다."

"그럼 저를 다시 항구로 데려다 주실 수 있으세요?"

"물론이죠."

"계속 그 섬에서 지내시나요? 집이 다 타 버렸잖아요."

"캠핑카가 한 대 있습니다."

"섬에요? 섬이 별로 크지 않다고 들었는데. 자동차도로가 있나요? "

"캠핑카 이야기를 하자면 사연이 깁니다."

그녀는 펜을 손에 쥐고 있었지만 수첩은 아직 열지 않은 채였다.

"일단 화재에 관한 사실보도를 해야 합니다. 그 부분은 주필이 맡아서 소방관들과 경찰관들을 취재할 겁니다. 주필이 제게 원하는 건 불타버린 집이 한 가정에 어떤 의미인지에 대한 기사입니다."

"저는 혼자 삽니다."

"반려동물도 없으세요?"

"죽었습니다."

"불났을 때 죽었나요?"

생각만으로도 끔찍하다는 듯한 표정이었다.

"그 전에 죽었어요. 묻어줬습니다."

"부인도 없으시고요?"

"아내도 죽었어요. 화장했습니다. 딸이 하나 있습니다."

"따님은 화재에 대해 뭐라고 하시나요?"

"아직 아무 말 없습니다. 불이 난 걸 아직 몰라요."

리사 모딘이 나를 찬찬히 바라보았다. 그러더니 펜을 내려놓고 커피를 한 모금 마셨다. 그녀의 오른손에 끼워진 호박반지가 보였다. 왼손에는 반지가 없었다.

"오늘은 너무 늦은 것 같군요." 그녀가 말했다. "내일은 어떠세요? 시간 있으세요?"

"세상의 모든 시간이 다 내 겁니다."

"선생님의 전 재산이 불에 타버렸는데 어떻게 그럴 수 있겠어요?"

그녀의 말이 당연히 옳았으므로 나는 아무 대답도 하지 않았다.

그 대신 말했다. "내일 모시러 오겠소이다. 시간을 정해 주세요."

"열 시 어떠세요? 너무 이른가요?"

"좋습니다."

그녀가 창밖을 가리켰다.

"저기 아래서?"

"급유기 있는 곳에 보트를 대겠습니다. 옷을 따뜻하게 입으세요. 내일 비소식이 있습니다."

그녀가 커피 잔을 비우고 일어섰다.

"열 시에 뵙겠습니다." 이렇게 말하며 그녀가 카페를 나갔다.

자동차에 시동이 걸리는 소리가 들렸다. 그리고 나는 그녀가 내 이름을 아는지 궁금했다.

비닐봉지로 가득찬 보트를 타고 어두운 바다를 가로질러 집으로 향했다. 가면서 리사 모딘과 목도리를 목과 머리에 감을 때의 그녀의 손동작을 떠올렸다. 그러면서 다음날에 대한 긴장 가득한 기대를 느꼈다.

회가트뤼홀멘을 돌았을 때 내 선착장에 해안경비대 보트가 정박해 있는 걸 봤다고 생각했다. 그러나 선착장은 비어있었다. 나는 보트를 보트 창고에 묶어 놓고 비닐봉지들을 캠핑카로 옮겼다. 섬을 나가기 전에 캠핑카 안에 있는 작은 냉장고를 켜두었었다. 라디에이터 온도도 올려놓았더니 캠핑카 안이 따뜻했다. 가스계량기를 살펴보았다. 가스탱크는 충분히 차 있었다.

새로 산 옷들을 꺼내서 멍한 얼굴로 그 옷들이 어디서 만들어졌는지 살펴보기 시작했다. 셔츠 세 개는 모두 중국제였다. 새 셔츠들을 옷걸이에 걸면서 대체 옷 생산지가 내게 왜 중요한 건지 내 자신에게 물었다. 그저 불평할 대상이 필요했던 것일까? 늙어가는 한 남자에게 마지막 남은 것이 그것 말고는 없는 것처럼?

파란색 셔츠를 입고 그 위에 스웨터와 재킷을 입었다. 불난 집터에서는 이제 더이상 연기가 나지 않았다. 물론 소금물에 젖은 떡갈나무 줄기에서 나는 강하고 쏘는 듯한 악취는 여전히 불쾌했다. 폐허가 된 집터에 다가가면 그 악취 때문에 속이 메슥거렸다. 자코넬리의 구두에 들어있던 구두골 말고 혹시라도 또 다른 무언가가 남아있지 않은지 살펴보기 위해 천천히 집 주변을 돌아보았다. 그러나 아무 것도 찾지 못했다. 전쟁터를 보고 있는 느낌이 다시 들었다.

불탄 집을 돌아본 후 근처에 놓아두었던 비닐봉지 옆에 멈춰 섰다. 뭔가가 달라져있었다. 그게 뭘까 몇 분 동안 곰곰이 생각하다가 포기했다. 뭔가 다르다는 걸 느꼈지만 그게 뭔지 말할 수는 없었다.

새로 산 손목시계에 눈길을 던졌다. 나는 시간을 알지 못하면 불안하다. 그건 아마도 아버지가 시간을 정확히 지키지 않곤 하다가 일했던 식당 중 한 곳에서 사흘 연속 지각했다는 이유로 해고당한 일이 있었기 때문일 것이다.

섬에서 가장 높은 바위에 올랐다. 그 위에서는 탁 트인 사방을 바라볼 수 있다. 할아버지는 생전에 그곳에 나무로 벤치를 만들었다. 따뜻한 여름밤이면 할아버지와 할머니는 그 벤치에 앉아 있곤 하셨다. 서로 이야기를 나누었는지 아니면 그냥 말없이 앉아있기만 했는지는 나도 모른다. 내가 어렸을 때, 두 분이 돌아가시기 몇 년 전이었는데, 한번은 할아버지의 망원경으로 벤치에 앉아있는 두 분을 본 적이 있다. 놀랍게도 두 분은 서로 손을 잡고 있었다.

그건 애정과 감사의 당연한 표현이었다. 할아버지와 할머니는 육십일 년을 함께 살았다.

벤치는 망가졌다. 내가 신경 쓰지 않은 탓이다. 나는 이곳 섬에 있는 많은 다른 것들과 마찬가지로 그 벤치도 방치했다.

바위 위에 서서 바다 위에 떠 있는 수많은 섬들을 바라보았다. 그러다가 내 섬의 동쪽에 있는 작은 바위섬에 눈길이 멈췄다. 그 바위섬은 내 토지에 속해 있긴 한데 이름이 없다. 바위 두 개와 그 사이 우묵한 작은 땅으로 이루어진 섬인데, 그 우묵한 곳에 바람을 피해 나무 몇 그루가 자라고 있다. 어릴 적에는 그곳에 종종 움막을 짓곤 했다. 내가 제대로 헤엄을 칠 수 있게 된 열 살 무렵부터는 날씨가 좋을 때면 할아버지와 할머니의 허락을 받고 그 바위섬에서 밤을 보내기도 했다.

틴에이저가 된 다음에는 여름이면 바위섬에 텐트를 쳤다. 지금 갑자기 다른 시선으로 그 바위섬을 바라보고 있다. 어떤 태도를 취해야 할지 모를 생각이 떠올라 조금 당황스러웠다.

섬 탐험을 계속 이어나갔다. 섬 서측에서 밍크 두 마리가 빠르게 암초들 사이로 사라지는 모습이 보였다. 그 밖에는 사방이 고요했다. 마치 아무도 없는 세상에 나 혼자 있는 것 같았다.

바위에서 내려와서 다시 비닐봉지가 있는 곳으로 갔다. 아까 뭔가 다르게 느꼈던 것이 무엇인지 갑자기 깨달았다. 룬딘과 알렉산데르손이 내가 없는 동안 다시 화재 현장에 왔을 것이다. 그리고 다시 올지 말지 아무런 통지 없이 그냥 돌아간 것이 분명했다.

그들이 왔었다는 것을 증명할 수는 없었다. 하지만 확신이 들었다.

내가 불을 지른 것으로 의심받고 있다는 사실을 깨달았다. 확실한 화재의 원인이 드러나지 않았기 때문에 그들은 내가 불을 질렀을 가능성도 고려해야 했다.

나는 내가 그런 짓을 하지 않았다는 걸 알고 있지만 여기 다도해 지역에서 범죄 혐의자 취급을 받는 것을 어떻게 참아내야 할까?

수술과실로 의사로서의 경력에 마침표를 찍어야 했을 때 내 인생은 완전히 무너졌었다. 이제 또 다른 재앙이 내게 닥친 것일까? 얼마나 견뎌낼 수 있을까?

나는 보트 창고로 내려가 혈압계를 꺼냈다. 그런 다음 중국산 셔츠의 소매를 걷어 올리고 혈압을 쟀다. 160에 98. 평상시에 비해 이상하다 싶을 정도로 높다. 다시 한 번 확인해보기 위해 다른 쪽 팔도 쟀다. 159에 99. 불타버린 집이 혈압 상승의 원인이라는 걸 알았지만 그래도 결과가 맘에 들지 않았다. 예전에 쇼크를 경험한 적이 있기 때문이다. 하지만 나한텐 약이 있다. 특히 메토프롤롤. 평상시에는 복용하지 않지만 오늘 아침 약국에서 사 두었다. 그걸 먹으면 혈압은 떨어질 것이다. 만일의 경우에는 특별한 경우 복용하는 정신안정제인 옥사제팜을 먹을 수도 있다.

맥박을 체크했다. 78이다. 좀 빠르긴 하지만 위험할 정도는 아니다. 혈압계를 다시 보트 창고에 갖다 놓았다. 멀리서 보트 엔진 소리가 들렸다. 소리가 너무 작아서 어떤 보트인지 구별할 수가 없었다. 잠시 후 소리가 사라졌다.

갑자기 보트 창고에 오래된 기계식 자명종이 있다는 사실이 떠올랐다. 내가 어릴 때부터 있었던 자명종이다. 아직 작동하는지는 알 수 없었다. 여러 공구들 사이에서 자명종을 찾아내어 벤치로 들고 나갔다. 천천히 태엽을 감았다. 시계가 곧바로 똑딱 소리를 내기 시작했고, 시계바늘이 움직였다. 시간을 맞추고 자명종을 벤치 위 내 옆자리에 내려놓았다. 이 순간에는 자명종과 휴대폰, 손목시계 그리고 중국산 셔츠들이 내게 가장 귀중한 재산이었다.

바람이 불었다. 보트 창고 지붕의 풍향계가 남쪽과 서쪽 사이에서 불안하게 흔들리고 있었다. 자명종을 들고 일어섰다.

이제 더이상 지체할 수 없었다. 내 딸 루이제에게 전화를 걸어야 한다.

4

루이제는 이제 마흔 살이다. 우리가 마지막으로 통화했을 때 루이제는 암스테르담에 있었다. 내 생각에 그곳에 친구들이 있는 것 같은데, 어떤 친구들인지에 대해서는 별로 얘기할 필요가 없다고 생각하는 것 같다. 물론 그녀가 참여하고 있는 정치 프로젝트들 중 하나 때문에 그 도시에 갔을 수도 있다.

루이제가 대통령들과 독재자들에게 편지를 보내는 일만 하는 것은 아니다. 반동적인 정치인들에게 쓰레기봉투를 던져서 스캔들을 유발한 적도 몇 번 있다. 지금까지의 행위들로 보아 나는 그녀가 좌파라고 생각한다. 가끔은 그녀가 길을 잃은 무정부주의자라는 생각이 들 때가 있는데, 또 어떤 때는 그녀가 가망 없는 방법들만 사용하는 정직한 급진주의자로 여겨지기도 한다. 그녀와 정치관련 주제에 대해 토론을 하려고 시도할 때마다 패자는 나였다. 그녀는 논리로 나를 설득하지 못하면 계속 내 말을 끊는 방법으로 나를 짓밟았다.

그녀가 무슨 돈으로 먹고 사는지는 모른다. 어쨌든 생활이 쪼들리는 것 같아 보이진 않고, 그녀에게는 내가 부러워할 만한 집요함 같은 것이 있다.

하리에트가 나의 딸이 있다는 사실로 나를 놀라게 했을 때 루이제는 이미 성인이었다. 그 당시 루이제는 우울한 노를란드 남부 내륙 지역에 살고 있었다. 나를 그녀에게 데려다 준 사람은 그녀의 엄마 하리에트였다. 하리에트는 내게 우리 여행의 원래 목적지였던 연못으로 가는 도중에 잠깐 딸을 만날 거라고만 얘기했었다. 깊은 숲에 이르자, 그곳에 커다란 캠핑카가 서 있었다. 캠핑카의 문이 열리고 내가 난생 처음 보는 여자가 나왔을 때, 비로소 그녀가 내 딸임을 알게 됐었다. 그 순간은 당연히 내 인생에서 가장 충격적이고 결정적인 순간 중 하나였다. 내게 아이가, 이미 서른 살이 된 딸아이가 생겼다.

루이제는 캠핑카에 살고 있었고, 그 캠핑카는 나중에 옛날에 소를 나르던 낡은 나룻배에 실려 내 섬에 들어왔다. 그리고 루이제는 하리에트가 죽을 때까지, 그리고 우리가 하리에트의 시신을 사용하지 않고 오래 놔두어서 낡고 녹슨 내 나무보트에 눕혀 화장할 때까지 이 섬에 있었다. 그 다음 날 루이제는 떠났다. 그녀의 활동에 대해서는 신문에 난 사진을 보고 알게 되었다. 그녀가 경멸하는, 국제적으로 알려진 몇몇 정치인들 앞에서 나체로 춤을 추는 사진이었다.

나는 사실 루이제에 대해 아는 바가 전혀 없다. 하지만 그녀에 대해 알고 싶다. 루이제는 이 섬을 점점 좋아하게 되었고, 나는 그녀에게 당연히 그녀가 내 모든 것을 물려받게 될 것이라고 약속했다. 대안이라면 이곳을 팔거나 향토회에 기부하는 방법이 있다. 하지만 난 돈이 필요 없고, 향토회는 그 단체가 대체 어떤 일을 해야 할 것인가를 놓고 내내 다투는 사람들로만 이루어진 곳으로 보인다. 나는 내 할아버지와 할머니가 살던 집이—만약 재건축이 된다면—성의 없이 대충 운영되는 여름카페로 변하는 것을 원하지 않는다.

몇 년 전 나는 반년 동안 여자아이들 몇 명을 이곳에 손님으로 맞은 적이 있었다. 그들은 내가 엉뚱한 팔을 절단했던 여자가 운영하는 집 없는 소녀들을 위한 그룹 홈 아이들이었다. 그녀는 나를 용서했고, 나는 갈 곳이 없게 된 그 여자아이들을 도울 수 있어서 기뻤다. 하지만 이리저리 떠돌던 그 아이들은 고립된 이 섬에서의 생활에 금세 지루해 했고, 본토에 머물 만한 곳이 생기자 곧 떠나버렸다. 나는 그 이후로 그 아이들을 다시 보지 못했다.

집이 불타버린 지금 그 아이들이 여기에 없는 것이 다행이라는 생각이 들었다. 그들 중 누구라도 불 속에서 목숨을 잃었을 수도 있다는 생각을 하니 등골이 오싹해졌다.

루이제에게 전화를 걸 용기가 날 때까지 나는 오랫동안 캠핑카 안에 앉아 있었다. 루이제가 전화를 받지 않기를 바랐다. 그러면 마음에 둘 것 없이 다음 날로 미뤄도 될 터였다. 하지만 신호가 네 번 울린 뒤 루이제가 전화를 받았다. 마치 그녀가 바로 캠핑카 옆에 서 있기라도 한 것처럼 목소리가 아주 가깝게 들렸다.

언제나처럼 내가 혹시 방해한 것은 아니냐는 질문으로 말문을 열었다. 그렇지 않다고 했다. 루이제에게 지금 있는 곳이 어디냐고 물었다. 옛날에는 보통 잘 지냈냐는 말로 대화를 시작했는데 요즘에는 어디에 있는지 묻는 것으로 대화를 연다.

루이제는 대답하지 않았다. 지금 있는 곳을 알리지 않고 싶다는 의미이다. 더이상 묻지 않았다. 그녀는 내 과한 호기심에 대한 복수로 몇 주 동안 내 전화를 받지 않곤 했다.

무슨 일이 있었는지 그녀에게 알릴 차례다.

"집에 불이 났다. 어젯밤에."

"어떤 집이요?"

"내 집, 내고 살고 있는 집 말이다. 네가 물려받을 그 집."

"완전히 다 타 버렸어요?"

"그래."

"세상에!"

"그러게 말이다."

"무슨 일이 있었던 거예요?"

"나도 모르고 아무도 몰라. 잠에서 깼을 때 이미 집이 불타고 있었어. 내 목숨 말고는 아무 것도 구할 수가 없었다."

"아버지 일기장도요?"

"아무 것도."

그녀가 입을 다물었다. 내 말을 이해하기 위해 노력 중이라고 생각했다.

"다치지는 않으셨어요?"

"안 다쳤다."

"왜 불이 났는지 뭔가 이유가 있을 거 아니에요?"

"경찰이랑 화재조사관이 와서 현장을 조사했는데 원인을 못 찾았단다."

"아무런 이유 없이 불이 나지는 않아요. 정말 다친 데 없는 거죠?"

"나는 아무렇지도 않아."

"이제 어떡하실 거예요?"

"모르겠다."

"어디에서 지내세요?"

"일단은 네 캠핑카에서."

다시 침묵이 흘렀다. 놀란 것 같긴 했지만 그래도 그 놀람이 나에 대한 분노로 바뀌는 것 같아 보이지는 않았다.

"제가 갈게요."

"그럴 필요 없어."

"그러지 않아도 된다는 것 알아요. 하지만 몽땅 다 타버린 걸 내 눈으로 보고 싶어요."

"내 말을 믿어라."

"믿어요."

그녀가 더이상 이야기하고 싶어 하지 않는다는 걸 그녀의 목소리가 말해주었다. 곧 연락하겠다는 그녀의 약속과 함께 통화가 끝났다. 간이침대에 누운 후에야 몸이 땀으로 젖은 걸 알았다. 어쨌든 이 순간 내게 일어난 일에 대해 이야기를 나눌 수 있는 유일한 사람은 그녀뿐이었다.

잠시 후 침대에서 일어나 밖으로 나갔다. 얀손의 휴대폰을 선착장 벤치 아래에 있는 조그만 양철상자에 넣었다. 그런 다음 얀손에게 문자를 보냈다. 휴대폰을 가져가도 된다고. 상자에 오십 크로나짜리 지폐를 한 장 넣었고, 그 정도면 그의 휴대폰으로 했던 얼마 안 되는 통화 요금을 지불하기에 충분할 것이라는 말도 덧붙였다. 그리고 가능하면 혼자 있고 싶다는 말로 문자를 끝냈다.

그런 다음 벤치에 앉아 여기저기 붉은 페인트가 벗겨진 보트 창고 벽에 등을 기댔다. 눈을 떴을 땐 저녁 어스름이 깔리고 있었다. 추웠다. 캠핑카가 있는 곳으로 올라가는데 갑자기 어둠이 무섭게 느껴졌다. 이제 더이상 존재하지 않는 내 집 창문들에는 전혀 불빛이 보이지 않았다. 보트 창고 앞에 있는 등도 꺼져 있었다. 온통 어둠뿐이었다. 캠핑카에 있는 가스램프에 불을 붙이고 언젠가 루이제가 하리에트에게서 선물 받은 석유램프를 꺼냈다. 그런 다음 쇠고기수프 캔을 하나 따서 가스버너에 데웠다. 식사준비가 끝나자 가스램프를 껐다. 석유램프의 불빛이 더 부드러웠다.

이날 저녁 나는 일찍 잠자리에 들었다. 어둠 속에 누워있자니 피로가 몰려왔다. 내일에 대한 두려움을 느낄 여지도 없었다. 내 모든 힘이 집과 함께 타 없어져버린 것 같았다.

폭풍이 몰아치는 꿈을 꾸다 잠에서 깼다. 낡은 자명종을 보고 아홉 시간 동안 잠을 잤다는 걸 알았다. 어렸을 때 이후로 이렇게 오랫동안 잔 적이 거의 없었다. 언제나처럼 곧장 침대에서 일어났다. 잠에서 깬 후에도 침대에 누워 있으면 나는 온몸에 불안이 퍼진다. 비옷을 입다가 전날 수건을 안 샀다는 사실을 깨달았다. 그래서 노란 중국산 셔츠를 희생시키기로 했다. 셔츠를 들고 보트 창고로 내려갔다. 선착장 끄트머리에 물 속으로 내려진 사다리가 있다. 사다리를 타고 내려가서 등부터 물에 담갔다.

물이 찼다. 물의 온도가 7도나 8도 정도 될 것 같았다. 전날 밤 바람이 일기 시작했다. 보트 창고 위 풍향계는 서쪽과 남서쪽 사이를 가리키고 있었다. 물에서 나와 사다리를 타고 올라오며 라디오를 사는 것도 잊어버렸다는 생각을 했다. 혈액순환을 촉진하기 위해 셔츠로 몸을 문질렀다. 그러는 동안 나이가 들면서 점점 추해져 가는 내 몸뚱이를 보지 않기 위해 애썼다. 그 어느 때보다도 내 몸이 쇠약하게 느껴졌다.

서둘러 캠핑카로 돌아가 옷을 입었다. 커피를 마시고 버터 바른 빵을 한두 개 먹은 후 전화번호 안내 서비스에 전화를 걸어 콜비에른 에릭손과 연결을 부탁했다. 나와 동갑인 그는 평생을 유럽과 남아메리카를 오가는 화물선의 전기기술자로 일했고, 은퇴 후에 이곳 다도해 지역으로 왔다. 지금은 이 지역에서 바다표범 사냥꾼으로 꽤 유명했던 자기 삼촌으로부터 물려받은 집에서 산다. 몇 년 전 내 집의 전체 전선 교체 작업도 그가 맡아 했다.

콜비에른은 금방 전화를 받았다. 내가 누군지 말했을 때 그가 신음소리를 내뱉은 것 같았다.

"집에 불이 나서 몽땅 타버렸네. 자네도 이미 들어서 알고 있지?"

"불났을 때 거기 갔었는데, 기억이 안 나나?"

불을 끄려고 헛된 노력을 하던 사람들 중에 그가 있었는지 정말 아무런 기억이 나지 않았다. 내가 그의 특징적인 얼굴과 대머리, 그의 길쭉한 몸과 약간 높고 날카로운 목소리를 기억하지 못하다니, 대체 어찌 된 일일까?

"그랬나? 어쨌든 도와주러 와 줘서 고맙네."

"무슨 일이 있었던 건가?"

"자네가 새로 깔아준 전선에 문제가 있었던 건 아니겠지?" 내가 물었다.

"혹시 촛불을 켜놓고 잊은 건 아닌가?"

"아닐세. 전문가들이 뭘 알아내는지 기다려봐야지."

하마터면 내가 방화범으로 의심받고 있다는 말이 나올 뻔했다. 하지만 입 밖으로 나오기 전에 말을 삼켰다. 그 대신 말했다. "전기가 필요하네. 지금은 캠핑카에서 지내고 있는데, 빛과 난방이 필요하다네."

"그럴 거라 생각했네. 오늘 가겠네."

세 시간 후에 리사 모딘을 데리러 가야 한다는 사실이 떠올랐다.

"내일 와주게. 그리고 자네한테 여분이 있으면 램프를 몇 개 가져와주게. 밖에도 필요하고 캠핑카 안에도 필요하니까."

콜비에른은 다음날 오겠다고 약속했다. 일곱 시 반으로 시간을 정했다. 나는 휴대폰을 재킷주머니에 넣고 내 보트가 있는 곳으로 내려갔다. 곧바로 시동이 걸렸다. 포물선을 그리며 어렸을 적 놀던 그 이름 없는 바위섬으로 보트를 몰았다. 해안에 도착하기 직전 엔진을 끄고 위로 올린 다음 노를 상앗대 삼아 보트를 육지에 댔다. 바위섬 어디에서건 보트를 볼 수 있기 때문에 밧줄로 붙잡아 맬 필요는 없었다. 바람이 남서쪽에서 불어왔고, 파도가 배의 뒤쪽 판에 와 부딪혔다.

바위섬에 있는 산 위로 올라갔더니 갈매기 뼈가 몇 개 놓여 있었다. 나는 어릴 적부터 새들의 뼈와 전체 뼈대에 대해 잘 안다. 하지만 바위섬을 새들의 묘지라고 생각하고 싶지는 않았다. 산에서 내려와 두 바위 사이 우묵하게 들어간 땅으로 갔다. 저 바깥으로는 끝없이 넓은 바다가 펼쳐져 있다. 수평선 끝부분에 수면 위로 조금 드러날 듯 말 듯한 바위들만 몇 개 살짝 보일 뿐이다.

어린 시절에 수평선 끝에 보이는 그 바위들을 고래라고, 고래의 등이 해수면 위로 올라와 있는 것이라고 상상했었다.

지금도 여전히 그런 상상을 한다.

우묵한 분지에서 성큼성큼 걸어 나와 위에서 내려다보니 캠핑카 한 대는 충분히 세울 만했다. 도르래와 밧줄을 이용하면 캠핑카를 나룻배에 올리고 바위섬으로 옮겨와 작은 오리나무숲 사이 땅에 올려 세우는 것이 불가능할 것 같지는 않았다.

이어서 바위섬을 한 바퀴 돌았다.

전날 떠오른 생각을 실행에 옮기기로 결심했다. 내 딸은 캠핑카를 바위섬으로 옮기겠다는 내 계획에 분명히 동의할 것이다.

결심을 한 후에 보트로 돌아가 본토로 건너갔다. 리사 모딘을 데리러 가기까지는 아직 한 시간이나 남았다. 노르딘의 가게에 들러 내 장화를 주문했는지 물었다. 주문했다고 했다. 내가 그걸 확인하러 온 것이 거슬리는 듯했다.

리사 모딘이 입을 구명조끼를 샀다. 내 것으로는 한 번도 사용하지 않은 오래된 조끼가 하나 있었다. 보트를 계류시킬 때 보트 뒤쪽의 작은 선원석에 있던 조끼를 꺼내 여기저기 묻어 있는 기름과 생선비늘을 닦아내려 했지만 별 성과는 없었다.

리사 모딘의 구명조끼 값을 치르면서 비싼 가격에 놀랐다. 노르딘도 비싸다는 데 동의했다. 물론 그가 가격을 결정하는 건 아니었다.

카페에서는 아스팔트 포장 인부 몇 명이 앉아서 커피를 마시고 있었다. 그들은 해안경비대가 배를 대는 부두의 바닥을 교체하는 중이다. 내가 카페에 들어갔을 때 그들 중 한 명이 며칠 전 농어를 봤다고 얘기하고 있었다. 그 사람이 잘못 본 것이다 아니다를 두고 시끄러운 토론이 벌어졌다. 농어가 이곳 군도 지역에서 멸종했다는 건 모두가 알고 있는 사실이다. 나도 거의 삼년 전부터 내 보트 창고 근처에서 농어새끼조차 보지 못했다. 구릿빛 황어 떼가 가끔 내 선착장 앞을 지나가는 걸 본 적은 있다. 하지만 그게 다였다.

멍하니 아스팔트 포장 인부들의 대화에 귀를 기울였다. 발트해가 죽어가고 있다. 이 바다의 몰락은 우리가 모르는 새 살금살금 진행되고 있다. 육안으로 볼 수 없는 해저에는 이미 전혀 생명체가 없는 곳들이 생겨났다. 그곳에는 삭막한 해저사막만이 펼쳐져 있다. 나는 점점 심해지는 녹조현상을 여름에 발작적으로 나타나는 건선과 같은 것이라고 생각했다. 바다가 비늘이 벗겨지고 그래서 동시에 질식하는 것이다.

인부들은 농어가 존재하는 것으로 의견을 모은 후 자리에서 일어섰다. 이제 카페에는 나만 남았다. 베로니카는 바깥 주방에서 라디오를 듣고 있었다. 내가 들어왔을 때 그녀가 라디오의 볼륨을 줄이는 걸 느낄 수 있었다.

베로니카의 할아버지는 이곳 다도해 지역의 마지막 도선사 중 한 명이다. 그녀에게는 선천적으로 뇌수종을 안고 태어나서 아직도 부모와 함께 살고 있는 오빠가 있다. 그녀는 식료품점과 카페 사이에 끼어있는 작은 집에 산다.

베로니카는 친절하고 예의 바르다. 하지만 소심하고 자기가 뭔가 실수를 하거나 틀린 말을 할까봐 전전긍긍한다. 나는 가끔 그녀가 계속 이 카페에 있을 거라는, 나이가 들어 더이상 일을 할 수 없을 때까지 웨이트리스 일을 할 거라는 생각을 한다. 그녀에게서 그녀의 삶을 진정으로 바꿀 만한 각성이나 변화를 기대하기는 어려울 것 같다. 그녀가 동경하는 것은 대체 무엇일까 궁금하다. 뭐든 분명히 있을 텐데.

밖에 있는 화장실에 가서 거울에 비친 내 얼굴을 살폈다. 평상시 그대로의 모습이었다. 머리카락은 정갈하게 빗질이 돼 있었지만 드문드문했고, 표정은 엄격했다. 거울을 보며 억지로 미소를 지어보았다. 그러고는 리사 모딘의 옷 벗은 모습을 상상해보다가 금세 그런 내가 창피해졌다.

아침에 처음으로 입고 나온 중국산 셔츠에서 흠을 발견했다. 칼라 부분에 좀 문제가 있었다. 당장 셔츠를 벗어 화장실 휴지통에 버리고 싶을 만큼 화가 났다. 하지만 다시 마음을 진정시켰다. 스웨터를 몇 센티미터만 끌어올리면 셔츠 칼라의 흠이 보이지 않을 것이다.

리사 모딘을 만나기로 한 시간까지는 아직도 이십 분이 남아있었다. 나는 식료품점에 가서 백밀빵 한 덩이를 샀다. 진열대 사이 통로는 카페만큼이나 비어있었다. 내가 사는 곳은 스웨덴에서도 사람이 별로 살지 않는 곳임을 다시 한 번 확인하는 순간이었다. 이곳 다도해의 섬에는 바다 속 물고기가 줄어든 것만큼 사람도 없었다.

빵을 산 후 보트가 있는 곳으로 내려가 기다렸다. 여전히 바다 위로 산들바람이 불고 있었다. 동쪽에 강우 전선이 형성되고 있었지만 저녁 시간 전까지 비구름이 이곳에 도착하진 못할 것이다.

아스팔트 포장 인부들이 부두에서 소음을 내며 작업을 하고 있었다. 타르 냄새가 내가 있는 곳까지 강하게 끼쳐왔다.

물을 내려다보았다. 물고기가 보이지 않는다. 작은 잉어 무리조차 없었다.

언뜻 보니 시계가 열 시 십오 분을 가리키고 있었다. 결국 그녀는 오지 않기로 한 것일까?

그 생각을 하는 순간 작은 하늘색 자동차가 비탈길을 내려오는 것이 보였다. 빠른 속도로 달려온 차는 주차장에 멈춰 섰다. 리사 모딘이 차에서 내렸다. 그녀는 전날과 같은 외투를 입고 있었다. 나는 보트에서 일어나 손짓을 했다. 너무 열심히 손짓을 한 바람에 보트가 흔들렸고, 하마터면 넘어질 뻔했다. 결국 노에 무릎을 부딪쳤고 선박용 도구들을 넣어 놓는 작은 보관실 위에 털썩 주저앉고 말았다. 그녀가 그런 내 모습을 보았는지는 알 수 없었다. 어쨌든 그녀가 보트로 다가올 때 나는 재빨리 일어섰다.

"늦어서 죄송합니다."

그녀의 손가방을 받아준 후 배에 타는 것을 도와주기 위해 그녀의 손을 잡았다. 그녀는 장갑을 끼고 있었다. 보트에 오른 그녀에게 구명조끼를 건네고 뱃줄을 풀었다. 그녀는 내게 등을 돌린 채 보트 가운데에 있는 벤치에 앉았다. 나는 보트를 몰고 항구를 빠져나간 뒤 속도를 높였다.

노르딘이 선박용품점 앞에 서서 파이프 담배를 피우고 있었다. 그는 내가 아는 사람 중에 담배 끊기를 고집스럽게 거부하는 몇 안 되는 사람들 중 한 명이다.

그녀는 배를 타고 가는 동안 아무 말 없이 앉아서 주변의 섬들과 배들과 바다만 바라보았다. 흰꼬리수리 한 마리가 상승기류를 타고 미끄러지듯 날아갔다. 그 순간 딱 한 번 그녀가 내 쪽으로 몸을 돌렸다. 나는 보이지 않는 실에 매달린 듯한 새를 향해 고개를 들었다.

"검독수리인가요?" 그녀가 물었다.

"흰꼬리수립니다."

이것이 우리가 배를 타고 가는 동안 나눈 대화의 전부였다. 섬에 도착해서 선착장 앞에 배를 멈췄다. 화재 현장은 보트에서도 분명히 보였다.

그녀가 배에서 내리는 걸 도와줄 필요는 없었다. 우리는 함께 곧바로 불타버린 집으로 올라갔다. 그녀는 온통 검게 그을린 집터를 빙 돌았다. 한 번, 두 번. 두 번째에는 반대 방향으로. 나는 숯이 되어버린 사과나무 옆에 서서 눈으로 그녀를 좇았다. 짧은 순간 그녀가 젊을 적 하리에트와 닮았다는 느낌이 들었다. 하리에트는 그렇게 짧은 머리를 한 적이 없었지만. 갑자기 내가 옛 추억을 그리워하는 건지 아니면 불 탄 폐허를 돌아보고 있는 이 여자를 갈망하는 건지 알 수가 없었다.

그녀가 내 쪽으로 오더니 머리를 흔들었다.

"어떻게 된 거죠?" 그녀가 물었다.

"잠을 자다가 주위가 갑자기 밝아져서 잠에서 깼어요. 그러고는 밖으로 뛰쳐나왔죠."

"벵트 알렉산데르손 씨하고 통화를 했어요. 화재의 원인이 아직 분명하지 않다고 하더군요."

나는 곧바로 그녀가 진실을 말하고 있지 않다는 걸 느꼈다.

알렉산데르손은 분명히 더 많은 이야기를 했을 것이다. 어쩌면 그녀는 사람들이 내가 직접 불을 질렀다고 의심하고 있다는 걸 어렴풋이 알고 있는 것 아닐까?

나는 그녀에게서 몸을 돌려 천천히 보트 창고와 벤치가 있는 곳으로 돌아갔다. 그녀를 캠핑카로 초대해 커피를 대접하고 싶은 생각이 더이상 들지 않았다. 리사 모딘이 나를 따라와 앉았다. 수첩과 펜을 손에 들고 있었다.

"어떻게 살아남죠?" 그녀가 물었다.

"할 수 있는 한 빨리 집에서 뛰쳐나가는 거죠."

"그 얘기가 아니에요. 가진 걸 모두 잃었다면 어떻게 살아남아야 하죠?"

"사는 데 필요한 건 그다지 많지 않습니다."

"하지만 모든 기억은요? 가보는? 사진첩은요? 그리고 항상 밟고 다니던 바닥과 언제나 보던 벽지, 매일같이 열고 닫았던 문들."

"우리가 가진 가장 중요한 기억들은 머릿속에 보관되어 있어요. 모든 걸 잃었다고 울고 있을 수는 없어요. 내가 뭘 해야 할지 결정해야 합니다. 이번 화재가 내 삶을 몽땅 앗아가도록 놔둘 생각은 없어요."

"집을 다시 지으실 건가요?"

"아직 결정하지 못했습니다."

"물론 주택 가치 전액을 보장하는 보험은 들어놓으셨겠죠?"
"네."
"모든 재물에 대해서도요?"
"그건 모르겠습니다."
그녀는 수첩에 몇 가지 메모를 했다. 속기기호를 사용하는 게 보였다. 여전히 손에 장갑을 낀 채였다. 알렉산데르손이 무슨 말을 했는지 그녀에게 물어봐야겠다는 생각을 했다.
그때 갑자기 그녀가 얼굴을 찌푸리더니 목을 숙였다. 아파하는 게 보였다.
"아무래도 목 디스크에 걸린 것 같아요." 그녀가 말했다. "어쩌면 그냥 경부 강직일 수도 있을까요?"
나는 자리에서 일어났다.
"이 벤치가 제 진료실이기도 합니다." 내가 말했다.
내 말을 농담으로 받아들이고 있다는 걸 나를 바라보는 그녀의 표정에서 읽을 수 있었다.
"잠깐 진찰을 좀 하겠습니다. 몇 분이면 돼요."
그녀는 좀 망설이는 것 같더니 두건을 벗고 겉옷의 단추를 풀었다. 그녀의 목과 척추골을 누르며 어디가 아픈지 물었다. 그러고 나서 내가 시키는 대로 목을 움직여보라고 했다. 물론 확실한 진단을 위해서는 엑스레이를 찍어봐야 한다고 말했다.
그녀의 몸은 따뜻했고, 나는 내 얼굴을 그녀의 살갗에 대고 싶은 욕구를 느꼈다. 그녀에게 몇 가지 불필요한 목의 움직임을 더 요구했다. 그저 내 두 손을 그녀의 목덜미에 좀 더 대고 있고 싶어서였다.

그녀가 다시 두건을 쓰면서 엑스레이를 찍어보겠다고 약속했다. 그녀에게 캠핑카에서 커피를 마시면서 대화를 이어가면 어떻겠냐고 제안했다. 캠핑카에 들어가기 전에 그녀는 카메라를 들더니 바다를 배경으로 벤치에 앉아 있는 내 모습 몇 컷을 찍었다. 그러더니 내게 선착장 끝으로 걸어가서 바다를 바라봐 달라고 부탁했다. 그녀가 시키는 대로 했다.

캠핑카는 두 사람이 함께 있기에는 좁았다. 백밀빵을 잘라 접시에 담고 서로 다른 잔 두 개에 커피를 따랐다. 그것 말곤 대접할 게 없었다.

나는 테이블 옆 의자에 앉았고, 그녀는 등에 쿠션을 대고 간이침대에 앉았다. 그녀가 내게 불탄 집의 역사에 대해 물었다. 얼마나 오래 그 집에 살았고, 앞으로의 미래를 어떻게 보고 있는지.

후자가 가장 답하기 어려웠다. 그냥 아직 결정한 것이 없다고만, 내 안에서는 아직 불이 다 꺼진 것이 아니라고 대답했다.

"아름답네요." 그녀가 말했다. "아름답기도 하고 무섭기도 하고."

더이상 화재와 관련해 내게 물어볼 것이 없는 것처럼 보이기에 내가 그녀에게 어떻게 지역신문사에서 일하게 되었는지 물었다. 그녀는 원래 스트렝네스 지역신문사에서 일했는데 결혼생활이 깨지는 바람에 그 지역을 떠나야 했고, 이 지역에 일자리가 생겨서 오게 되었다고 했다. 여기 온 지가 일 년 되었다는데, 내 느낌에 그녀가 딱히 이곳을 좋아하는 것 같지는 않았다.

아이는 없다고 했다. 물어보지도 않았는데 그녀가 한 말이다.

"십 년 후에는 뭘 하실 건가요?" 내가 물었다.

"뭐가 됐든 지금 현재 상상할 수 없는 그런 일을 하고 있으면 좋겠어요. 선생님은 어떠신가요?"

"기자님과 같은 답을 하겠습니다."

"이 섬에 계속 사실 건가요? 새로 지은 집에서?"

대답하지 않았다. 우리는 아무 말 없이 앉아 있었다. 물푸레나무 가지 몇 개가 캠핑카 지붕을 긁었다.

"여기 다도해 섬엔 오늘 처음 와 봤어요." 그녀가 갑자기 말했다. "이상하죠? 이리로 배를 타고 오면서 정말 아름다운 곳이란 생각을 했어요."

"겨울 전에는 아주 특별한 아름다움이 있습니다. 지금이 가장 아름다울 때죠. 좀 황량하고 무섭다고 느끼는 사람들도 물론 많지만요."

"이곳 다도해 끝 부분에 아주 오래 전 가난한 어부 몇 명이 살았던 작은 바위섬이 있단 얘기를 들었어요. 그 흔적의 일부가 아직 남아있다고 하던데…. 대체 어떻게 그런 곳에서 사람이 살았는지 알 수 없다고 하더군요. 그 바위섬에 한 번 가보고 싶은데, 제가 듣기로는 이제 그 섬에 사람이 들어갈 수 없다고 하더군요."

"새 부화기에만 안 됩니다. 지금은 들어갈 수 있어요."

"거기 가 보셨어요?"

"여러 번 가 봤죠. 원하시면 보여드릴 수 있어요."

그녀가 내 제안을 곧장 받아들였다.

"다음 주 수요일이 좋은데요. 물론 선생님이 가능하시면요. 지금 여러 가지 고민하실 일들이 많다는 것 잘 압니다."

"시간이 남아돕니다."

우리는 화재에 대해 더 이야기를 나누었다. 그녀가 집이 어떤 형태였는지, 방들은 각각 어떤 모습이었는지 묘사해 달라고 했다. 나는 벽들을 받치고 있던 굵은 떡갈나무목재에 대해, 다도해 지역 북부에서 벤 그 나무들을 말들을 이용해 얼음장 위로 끌어서 이리로 운반해 온 사연에 대해 이야기했다. 할아버지에게서 들어 알게 된 이야기인데, 운반하던 목재 한 대분이 어떤 이유에서인지 '황제'라는 이름으로 불리는, 작고 잘 알려지지 않은 물이 얕은 지대에 빠졌었다. 얼음이 아무리 두꺼워도 그런 물이 얕은 지대나 길고 수심이 낮은 연해지역 주변에서는 위험한 균열이 생길 수 있다. 할아버지에 따르면 '소동'이라 불렸던 말이 스무 살짜리 마부와 함께 얼음이 깨지면서 그 틈새로 빠져버렸다. 주변에는 아무도 없었고, 그래서 아무도 비명을 듣지 못했다. 늦은 저녁이 되어서야 사람들이 횃불을 들고 말과 마부를 찾아 나섰다. 얼음이 깨지면서 생겼던 그 틈은 다음 날 닫혀 버렸다. 다음해 봄 얼음이 녹기 시작할 때까지 사람들은 그 말도 마부도 찾을 수 없었다.

마치 다시 내 집 주위를 걷고 있는 것 같은 느낌이 들었다. 몇 세대를 통해 각인되고 수집된 삶의 자국들이 한밤의 짧은 몇 시간 동안 지워져버렸다. 움직임, 말, 침묵, 걱정, 아픔 그리고 웃음이 남긴 보이지 않는 흔적들이 다 사라져버렸다. 눈에 보이지 않는 것들도 재와 검댕이 될 수 있다.

그녀와 보트 창고로 내려가면서 그녀가 다시 올 것이라 생각하니 나도 모르게 기대가 부풀어 올랐다. 지금은 그녀를 다시 만난다는 사실이 불타고 남은 폐허보다 더 중요했다.

그녀를 항구 급유기 있는 곳에 내려주었다.

헤어지면서 악수를 했다. 그러나 그녀가 차에 타서 출발할 때까지 기다리고 있지는 않았다.

보트를 보트 창고에 매어놓은 후 얀손이 휴대폰을 가져갔다는 사실을 발견했다. 얀손은 새로 구운 러스크가 든 비닐봉지를 양철상자에 넣어두고 갔다.

얀손은 독특하고 기이한 점이 많은 사람이다. 한 번은 내게 자기가 시대가 흐르면서 사람들을 처형하는 방식이 어떻게 바뀌어 왔는지에 대해 관심이 많다는 사실을 털어놓았다. 알고 보니 그는 온갖 이상하고 비인간적인 처형방법에 대해 알고 있었다. 경악을 금치 못하면서 그리고 점점 커지는 불쾌감을 참으면서 인간의 잔인함에 대한 얀손의 이야기에 귀를 기울였었다. 그런데 그가 갑자기 이야기를 멈췄다. 자기가 너무 멀리 나갔다는 사실을 깨달은 듯했다.

그러나 그에게서 가장 이상한 점은 아마도 그의 맑고 강한 테너음색일 것이다. 하리에트가 죽기 전 마지막 생일파티에서 그가 갑자기 일어나더니 만 전체를 뒤흔드는 성량으로 슈베르트의 〈아베마리아〉를 불러 우리 모두를 놀라게 했었다. 그 자리에 있던 모두가 감동했다. 그가 그렇게 굉장한 목소리를 가지고 있었는지 아무도 몰랐던 것이다. 교회성가대에 합류할 생각이 없냐는 누군가의 질문에 그는 단호하게 없다고 대답했다. 그 파티 후에 그가 다시 노래하는 것을 들은 사람은 아무도 없다. 얀손은 죽음을 앞둔 하리에트가 머리에 화관을 쓰고 식탁에 앉아 있었던 바로 그날에만 노래를 불렀다.

얀손이 놓고 간 러스크를 캠핑카로 가져갔다. 그리고 내가 이제 결정해야 하는 것들의 목록을 적었다. 재정 상태를 대략 계산해 본 결과 나의 절약정신 덕분에 걱정할 만큼 상황이 나빠진 않다는 결론을 내렸다. 여러 은행계좌에 들어있는 돈을 합하면 몇십만 크로나는 되고, 주식과 무이자채권도 있다.

이러저러한 계산을 마치고 또다시 통조림으로 저녁식사를 했다. 식사 후에는 섬을 한 바퀴 산책했다.

산책에서 돌아오면서 보트 창고에 있는 낡은 트랜지스터라디오를 가져왔다. 물론 라디오가 작동될 거라는 기대는 하지 않았다. 그런데 어제 장을 보면서 생각난 김에 산 배터리로 갈아 끼워주자 라디오에서 소리가 났다. 한 채널에 주파수를 맞추고 침대에 누워서 마그네틱치료에 대한 룬드 대학 교수의 강연을 들었다. 나는 의사로서 당연히 자석의 기적적인 힘을 믿지 않는다. 그저 그 교수의 목소리가 듣기에 편안했을 뿐, 그래서 내용은 개의치 않았다.

강연 다음에는 뉴스와 날씨예보가 있었다. 세상은 하루가 다르게 점점 이해하기 어려워지고 있다. 나는 머지않아 어떤 테러단체들이 서로 싸우고 서로 죽이는 건지 더이상 알 수 없을 것이다. 팔레스타인 소년이 예루살렘 인근에서 산채로 불타 죽었다는 소식이 있었다. 끔찍한 뉴스는 이라크에서 몇몇 반군이 십자가에 처형당했다는 소식으로 끝났다. 그들의 증오는 전적으로 진정한 종교가 무엇인지에 대한 그들의 상이한 입장에 기인한다. 그럼에도 불구하고 십자가에 처형당한 사람들이나 그들을 십자가에 못 박은 사람들이나 다 똑같이 신을 믿는다.

내 캠핑카에는 신이 없다. 혹시 밤이면 신이 섬을 돌아다니고 있지는 않을까? 아니면 보트 창고에서 자고 있을까? 어쨌든 절대 캠핑카 안에는 들이지 않을 것이다. 추워서 몸이 완전히 꽁꽁 얼어붙었다고 해도 들이지 않을 것이다. 신에 관해서라면 나는 아주 비정한 사람이 될 수 있다.

다음날 아침 일찍 잠에서 깼다. 밤새 섬을 포위한 구식 모터보트 함대 꿈을 꾸었다. 함대에 소속된 보트들이 모두 내 캠핑카를 향해 전조등을 강하게 비추는 바람에 불이 났을 때가 생각났다. 그래서 잠에서 깬 순간 캠핑카에 불이 난 줄 알았다. 난 옷도 입지 않은 채 어둠 속으로 뛰쳐나갔다. 꿈이란 걸 깨달은 다음에도 심장이 한참 동안 심하게 두근거렸다.

그러느라 한동안 다시 잠들지 못하고 깨어있었다. 바람에 캠핑카가 가볍게 흔들렸다. 마치 밧줄에 매어 둔 배가 물결 따라 흔들리는 것 같았다.

결국 다시 잠이 든 나는 아침 여섯 시에 잠에서 깼다. 보트 창고로 내려가서 냉수욕을 했다. 온도계가 7도를 가리키고 있었다. 노란색 중국산 셔츠는 다시 수건으로 사용됐다. 커피를 끓이고, 빵에 버터를 바르고 정어리를 그 위에 얹어서 먹었다. 안전을 생각해서 정어리통조림이 중국산인지 확인해보았다.

통조림 속 정어리들은 포르투갈 라고스에서 이곳까지 먼 여행을 했다.

일곱 시 반 콜비에른이 큰 알루미늄 보트를 타고 왔다. 그는 전기기술자로서의 지식 말고도 다양한 형태의 선박용 추진 장치에 대해 폭넓은 이해와 지식을 가지고 있었다. 그의 알루미늄 보트는 워터제트 추진 장치를 사용하기 때문에 프로펠러가 없다.

우리는 잠시 선착장에서 잡담을 나눴다. 콜비에른은 실외용 전기조명장치 한 개와 캠핑카에서 사용할 탁상등 몇 개를 가져왔다.

전기선은 내 섬 남측에 들어와 있다. 그곳에는 선박 정박 금지 표지판이 세워져 있다. 콜비에른에게 커피를 마시겠냐고 물었더니, 그는 고맙지만 사양한다면서 곧바로 작업을 시작하겠다고 했다. 그는 가능하면 보고 싶지 않은 듯, 화재 현장에는 잠깐 소심한 눈길 한 번 던진 것이 다였다.

그에게 혹시 무자격 조수가 한 명 필요하지 않느냐고 물었다. 필요 없다고, 혼자 일하는 게 더 편하다고 그가 답했다. 내가 작업에 대한 보수를 정해야 하지 않겠냐고 묻자 그는 뭔가 정확히 알아들을 수 없는 말을 웅얼거렸다.

나는 그가 돈을 많이 받지 않을 것이라는 걸 알고 있었다. 그에게 나는 도움이 필요한, 어려움에 처한 사람이었다.

내 휴대폰이 울렸다. 모르는 번호였다. 전화를 받아보니 내구성이 강한 플라스틱으로 만들어진 정원용 가구를 홍보하는 전화였다. 여름 이후에 가격이 많이 내려갔다며 열심히 설명하는 상대방의 말을 끊고 버럭 화를 내며 거칠게 전화를 끊었다. 가구 판매원은 더이상 전화하지 않았다.

휴대폰을 주머니에 넣었을 때 윙윙거리는 엔진소리가 들려왔다. 해안경비대 보트 소리였다. 선착장으로 내려갔다. 이번에는 폴손이라는 이름의 해안경비대 선장이 키를 잡고 있었다. 그 배에는 알렉산데르손 외에 내가 모르는 사람이 한 명 더 타고 있었다. 그들은 콜비에른의 보트 뒤에 배를 댄 뒤 배에서 내렸다. 알렉산데르손은 제복을 입고 있었고, 그 옆의 남자는 코트를 입고 있었는데 그 안은 상하의가 붙은 작업복 차림이었다.

알렉산데르손이 그 남자를 소개했다.

"사법경찰에서 나오신 스투레 헤멜레이넨 씨입니다. 사법경찰에서도 화재 현장 조사를 해야 한다고 하네요."

헤멜레이넨이란 남자는 작고 좀 뚱뚱했으며 하얗게 화장을 한 것처럼 얼굴이 창백했다. 그가 내게 손을 내밀었다.

"그냥 통상적인 절차입니다." 그가 말했다. "게다가 화재의 원인이 밝혀지지 않으면 보험처리에 문제가 생깁니다."

그의 스웨덴어에는 핀란드 억양이 있었다. 어쨌든 그가 중국산은 아니라는 편협한 생각을 했다.

함께 화재 현장으로 올라갔다. 콜비에른과 알렉산데르손이 서로 고개를 끄덕여 인사를 나눴다.

"전 방화광이 아닙니다. 제가 무엇 때문에 제 집에 불을 지르겠습니까?"

작업복을 입은 남자를 향해 말했지만, 그는 대답하지 않았다. 그는 가만히 서서 눈을 가늘게 뜨고 유심히 폐허를 살폈다. 그가 내 말을 아예 못 들었을 수도 있다는 생각을 했다. 그가 집 주위를 돌기 시작했다.

"왜 사법경찰이 이 문제를 들쑤시는 건가?" 알렉산데르손에게 물었다. "자네는 정말 내가 집에 불을 질렀다고 생각하나?"

"당연히 아니죠."

"자네는 저 사람이 뭘 찾을 것 같은가?"

"원인이요. 유능한 분입니다."

"그랬으면 좋겠네."

나는 내가 혼란스러워하고 있음을 느꼈다. 알렉산데르손은 그런 나를 이해했다. 우리 둘은 입을 다물었다.

콜비에른은 보트 창고에 조명을 설치하는 중이었다.

"저 낯선 남자는 누군가?" 콜비에른이 물었다.

"사법경찰이라네. 내가 내 집에 불을 질렀는지 조사하러 온 사람이지."

콜비에른이 손에 들고 있던 드라이버를 떨어뜨렸다. 나는 몸을 숙여 드라이버를 주워 그에게 건넸다.

"나는 방화범이 아니야. 나는 이제 장이나 보러 가겠네. 캠핑카에 가면 보온병에 커피가 있네."

섬을 나왔지만 나는 장을 보러 가지 않았다. 보트를 타고 목적지 없이 그냥 섬들 사이를 돌아다녔다. 그러다가 며칠 후 리사 모딘과 함께 가기로 한 브롱셰르에 가보기로 했다.

섬에 도착해서 보트를 해안가로 끌어내어 놓고 마디가 많은 전나무 아래에, 땅이 젖지 않은 곳을 골라 앉았다.

저 멀리 수평선에 뇌우구름이 형성되고 있었다. 나는 바다를 바라보다가 머지않아 여러 가지 결정을 내려야한다는 생각을 했다.

내 인생이 불타버린 걸까? 늙음이 가진 굴욕만을 생각하며 살지 않을 그런 의욕이 아직 내 안에 남아 있을까? 내가 새로운 삶의 용기를 낼 수 있을까?

중요한 것은 사실 딱 한 가지 질문이었다. 집을 다시 짓고 싶은가? 아니면 루이제에게 불타고 남은 땅만 물려줄 것인가?

이 질문에 대한 답이 파도와 함께 해안으로 밀려오기를 바라면서 나는 계속 하염없이 바다를 바라보았다. 하지만 아무것도 오지 않았다.

어쨌든 한 가지는 결심했다. 지체 없이 캠핑카를 바위섬으로 옮겨서 두 바위 사이 우묵한 분지에 자리 잡게 하는 것. 본섬과 바위섬 사이에 전기선을 연결하는 문제는 분명히 콜비에른이 해결해 줄 것이다. 절박한 에너지문제를 해결하기 위해 필요한 것이라면 그는 법을 위반하는 것도 주저하지 않을 것이다.

캠핑카를 옮기겠다는 결심이 내게 일어설 힘을 주었다. 나는 보트로 돌아가면서 이 가을에 마지막 남은 가시들장미 한 송이를 꺾어 집으로 돌아갔다.

배 두 척은 여전히 내 섬 선착장에 서 있었다. 콜비에른은 캠핑카로 가는 전기케이블을 놓는 중이었다. 알렉산데르손과 헤멜레이넨은 화재 현장에 있었다.

"뭐 좀 찾으셨습니까?" 내가 물었다.

나는 두 사람이 주고받는 빠른 시선을 눈치챘다. 그 시선이 나를 불안하게 했지만 동시에 짜증도 돋우었다. 불안과 분노가 섞이면 두려움으로 이어진다.

"뭘 찾으셨습니까?" 내가 다시 물었다.

"불이 여러 곳에서 동시에 일어났다는 걸 보여주는 흔적들이요."

"어떤 흔적이죠?"

"연소촉진제가 사용된 흔적이 있어요."

"그럼 누군가 불을 질렀단 말이죠?"

헤멜레이넨이 인상을 쓰며 고개를 저었다. 알렉산데르손은 당황한 것처럼 보였다. 그는 검게 그은 집 토대 바깥쪽에 있는 재를 한쪽 발로 긁어댔다.

"그러니까 내가 불을 질렀다는 의심을 받고 있는 것이군요." 내가 말했다.

헤멜레이넨이 움찔하더니 내 눈을 똑바로 바라봤다.

"그러셨습니까?"

"뭘요?"

"불을 질렀습니까?"

나는 알렉산데르손에게 시선을 돌렸다.

"자네는 무슨 이런 망할 놈의 핀란드악마를 데려왔나?"

나는 대답을 기다리지 않고 캠핑카로 내려갔다. 캠핑카 외벽에 대놓은 사다리에 올라가 균형을 잡고 있던 콜비에른이 나의 흥분한 모습을 보았다. 그러나 아무 말도 하지 않았다.

얼마 안 있어 해안경비대 보트의 엔진에 시동이 걸리는 소리가 들렸다. 엔진 소리가 사라질 때까지 기다렸다가 밖으로 나갔다. 콜비에른에게 캠핑카를 이름 없는 바위섬으로 옮길 계획이라고 얘기했다. 도와줄 수 있는지 물었다. 그에게 옛날에 소를 나르던 나룻배가 한 대 있다는 걸 알고 있었다. 콜비에른은 캠핑카를 바위 사이 분지에 옮기는데 필요한 도르래 문제도 해결할 수 있을 것이다.

그가 나를 돕겠다고 약속했다. 전기케이블 설치도 별 문제 없을 것이라고 했다.

어두워지기 직전에 콜비에른은 작업을 마쳤다. 보트 창고 앞에 환하게 등이 켜졌다.

그가 캠핑카 안 작은 테이블 위에 놓아준 램프의 스위치를 켰다. 이제 뭔가 결정하는 것이 더 쉬워지겠다는 생각을 했다. 빛이 결정을 도와줄 것이다.

이날 저녁에는 생선수프를 먹었다. 별로 기억에 남는 맛은 아니었다. 그리고 자정 전에 잠이 들었다.

5

다음날 나는 보트 창고에서 몇 가지 사항을 메모할 수 있을 만한 종이 같은 것을 찾느라 한참 시간을 보냈다. 오래된 그림용 붓들이 들어있는 상자에서 유일하게 찾을 수 있었던 것은 닳아빠진 수첩이었다. 그 안에는 할아버지가 1950년대에 타던 볼보 PV444의 엔진오일 교체내역이 적혀 있었다. 수첩에는 굳어버린 기름이 묻어있긴 했지만 내게 필요한 빈 종이가 몇 장 남아있었다.

붓이 든 상자를 옆으로 치우려다가 상자 맨 밑, 닳은 사포들 아래에 있던 다른 물건을 발견했다. 꺼내보니 요요였다. 재질은 나무였고 검은색이었으며, 줄은 아직 멀쩡했다.

칼마르표 요요는 지난 육십 년 동안 손에 쥐어본 기억이 없다. 할아버지나 할머니가 나도 모르게 이 요요로 신기한 기술을 선보이셨을까? 아니면 정말 내가 어렸을 때 가지고 놀았던 것일까?

나는 선착장으로 나가서 요요 줄의 고리를 오른손 가운뎃손가락에 건 다음 요요놀이를 시도해보았다. 여러 번의 시도 끝에 겨우 요요가 내려갔다 올라오게 하는 데 성공할 수 있었다.

그 다음에 무슨 일이 있었는지는 오늘날까지도 잘 설명할 수가 없다. 갑자기 현기증이 났기 때문이다. 거의 쓰러지다시피 벤치에 앉았다. 현기증 다음에는 메스꺼움이 찾아왔다. 하지만 가슴이나 왼팔에 통증을 느끼지는 않았다. 나는 꼼짝 않고 앉아서 천천히 숨을 쉬려고 노력했다. 요요는 느슨하게 내 오른손에 매달려 있었다. 어지럼증이 천천히 가셨다. 그저 몸의 컨디션이 잠시 급격하게 악화되었을 뿐이라고 생각하려 했다.

그러다가 온몸에 공황발작이 온 것이라는 사실을 깨달았다. 모든 순간, 모든 호흡이 나의 마지막 순간과 마지막 호흡이 될 수도 있었다는 생각이 들었다.

휘청거리며 캠핑카로 가서 침대에 누웠다. 거기서 바로 죽을 수도 있다는 생각과 함께. 잔에 남아있던 식은 커피로 안정제 두 알을 삼켰다. 그러나 입만 바짝 마르고 공황증세는 더 심해졌다. 가만히 생각을 가라앉히려고 노력했지만 되지 않았다. 마치 모두 서로 다른 방향으로 날뛰는 야생마 한 무리가 머릿속에 있는 것 같았다. 야생마 무리를 쫓아버리기 위해 한 손으로 세게 캠핑카 벽을 쳤다. 그러나 뭘 하든 소용없었다.

얼마나 오랫동안 캠핑카 안에 누워있었는지는 모른다. 침대에 누우면서 오래된 자명종시계를 바닥에 떨어뜨렸었는데, 시계가 멈춰있었다. 손목에 차고 있던 시계는 너무 헐값에 산 것이라 믿음이 가지 않았다.

발작은 결국 지나갔고, 조심스럽게 침대에서 몸을 일으켰을 때는 햇살이 더이상 창문 안으로 쏟아져 들어오지 않았다.

트랜지스터라디오를 켰다. 몇분 후 고전음악방송이 끝나고 뉴스가 시작됐다. 오후 두 시였다. 최소한 다섯 시간을 공포와 두려움에 대항하여 싸운 것이다.

라디오를 끄고 바깥으로 나갔다. 햇빛은 여전히 강했다. 보트 창고로 내려갔다. 선착장에는 아침에 발견한 할아버지의 수첩이 그대로 놓여 있었다. 수첩을 겉옷주머니에 넣었다.

발작이 있고 나서 나는 그것이 그저 나이 때문일 것이라고 생각했다. 나는 항상 나이가 드는 것이 별 것 아니라는 생각을 가지고 있었다. 나는 늙어가고 있기는 했지만 노화는 천천히, 거의 느낄 수 없게 천천히 진행되었다. 보트에 탈 때 십 년 전처럼 가볍게 뛰어서 타지는 못한다. 지금은 보트에 타려면 한 손으로 어딘가를 짚어야 한다. 내게 노화는 바다 위로 서서히 다가오는 안개와 같았다.

그런데 이제는 그렇지 않을 수도 있다. 나는 이제 죽음을 두려워하는 늙은이가 되었다. 보이지 않는 경계를 넘어가는 것, 그것이 내 생에서 마지막으로 내가 할 일이다. 그 경계를 넘는 발걸음에 대한 두려움은 내가 예상했던 것보다 더 컸다.

갑자기 누군가와 얘기를 나누고 싶었고, 그래서 얀손에게 전화를 걸었다. 하지만 신호가 가는 걸 듣고 전화를 끊어버렸다. 얀손과 얘기를 하고 싶지 않았다. 할 말이 없었다. 그 대신 딸에게 전화했다. 그러나 이번에도 딸이 전화를 받기 전에 끊었다.

멀리서 엔진소리가 들렸다. 잠시 후 그 주인공이 해안경비대 보트라는 것, 소리가 점점 가까워지고 있다는 것을 알 수 있었다. 알렉산데르손과 그가 데리고 올 누군가와 만나지 않기 위해 선착장으로 내려가 내 보트를 매어놓은 줄을 풀고 보트를 타고 도망갈 수 있을까 재빨리 생각해보았다.

그런데 시간이 너무 촉박했다.

이번에도 폴손이 키를 잡고 있었다. 금발머리 알마 함렌은 대체 어디로 간 건지 궁금했다. 알렉산데르손은 이번에도 헤멜레이넨과 함께 왔다. 우리는 서로 인사를 나누고 화재 현장으로 올라갔다.

"조사에 진척이 좀 있었나요?" 내가 물었다.

알렉산데르손이 헤멜레이넨에게 시선을 던졌다.

"화재 원인에 대한 확실한 설명은 아직 찾지 못했습니다."

헤멜레이넨이 말했다. "하지만 몇 가지 단서는 있습니다."

"어떤 것이죠?"

"말씀드렸다시피 불이 여러 곳에서 동시에 발화했다는 겁니다."

"그래서 그것으로부터 미루어 생각할 수 있는 것은 뭐죠?"

"그 답을 하기에는 아직 이릅니다."

어차피 더 자세한 대답을 듣지 못할 것을 알기에 나는 더이상 질문하지 않았다. 폐허에 다다르자 나는 그들을 두고 캠핑카로 갔다. 엔진오일 교체내역이 담긴 수첩을 테이블 위에 꺼내 놓고 펜을 가져왔다. 그러나 아무 것도 쓰지 않았다. 쓸 말이 없었다. 벽에 걸린 작은 거울에 면도도 하지 않은 내 얼굴이 보였다. 노상강도 같았다. 아니면 방화범이 저렇게 생겼을까? 면도기와 면도용 거품을 사야 한다고 적었다. 할아버지의 낡은 수첩에 내가 적은 첫 기록이었다.

그러고는 침대에 누웠고 아마도 곧 잠이 든 모양이다. 누군가 문을 두드리는 소리에 잠에서 깼다. 알렉산데르손이었다.

"내가 잠을 깨웠나요?" 그가 물었다.

"무슨 소리! 어떤 놈이 대낮에 잠을 자겠나?"

그가 미안하다는 듯 고개를 저었다.

"몇 가지 물어볼 것이 있습니다. 나 말고 헤멜레이넨이요."

함께 헤멜레이넨이 기다리고 있는 화재 현장으로 올라갔다.

그새 해가 꽤 기울어 있었다. 올 거라 예상했던 비는 지나가버렸다.

드디어 올 것이 왔다고 생각했다. 이제 저들이 나를 고발할 것이다.

겉옷주머니에는 요요가 들어있었다. 헤멜레이넨이 내게 질문을 하는 동안 요요를 꺼내 돌려볼까 생각했다.

요요를 주머니에 넣은 채 경찰관을 바라보았다.

"불이 여러 곳에서 발화했다는 느낌이 여전히 있습니다."

"느낌입니까 아니면 실제 사실입니까?"

그는 내 질문에 답하지 않았다.

"지금 냄새가 남아있지는 않은데, 집의 네 귀퉁이에 강한 가연성 액체를 붓고 불을 붙인 흔적이 있습니다. 그런 경우 불타는 목재에 특이한 자국을 남기거든요."

"말도 안 됩니다!"

"허튼 소리든 아니든 어쨌든 우리가 더 조사해봐야 할 부분입니다."

"내게 물어보려던 것이 무엇입니까?"

"휘발유나 경유에 접근이 가능하십니까?"

"내 보트엔진 연료로 휘발유가 사용됩니다. 보트에 있는 연료통 말고 예비용으로 이십 리터짜리 통이 하나 있습니다."

"같이 내려가서 좀 살펴볼 수 있을까요?"

"보트엔진이요 아니면 예비용 연료통이요?"

"우선 예비용 연료통을 봤으면 합니다."

보트 창고로 갈 때 알렉산데르손은 우리 뒤에 몇 걸음 떨어져 따라왔다. 연료통의 뚜껑을 열고 휘발유 냄새가 좀 날아간 후에 들여다보니 통은 비어 있었다. 다시 선착장으로 나갔다.

"휘발유통이 비어있는 게 내게 불리한 증거가 되겠군요. 예비 연료통이라면 항상 채워져 있어야 할 테니까." 흥분해서 쉰 목소리가 나왔다. 말을 잇기가 힘들었다.

"화재 잔재에 대한 화학분석을 실시해야겠습니다." 헤멜레이넨이 말했다.

"난 내 집에 불을 지르지 않았어." 내가 소리쳤다. "내가 불을 질렀다고 의심하는 거라면 나를 지금 여기서 당장 체포해도 좋아."

나는 당장 수갑을 채우라는 비장한 몸짓으로 두 손을 내밀었다. 물론 그들이 그렇게 하지는 않았다.

"이제 둘 다 꺼져버려!" 내가 소리를 질렀다. "수사할 테면 해 봐. 그런데 여기 다시 올 거면 그 전에 내게 미리 알려주기 바라네. 당신들 꼴 안 보게 여기서 피할 생각이니까."

휴대폰을 꺼내 내 번호를 읽어주었다. 알렉산데르손이 자기 휴대폰에 내 번호를 저장했다. 헤멜레이넨은 그냥 가만히 서서 선착장 바닥의 거친 널빤지들을 바라보고 있었다.

침묵이 흘렀다. 내 분노가 절망으로 바뀌어가는 것이 느껴졌다. 실패한 의사에서 방화혐의자로 가는 길은 그리 멀지 않았다.

"선생님 집에 불을 질렀을 만한 사람이 혹시 있습니까?" 헤멜레이넨이 갑자기 물었다.

"내가 집에서 자는 걸 알고 있고, 내가 불타 죽을 수 있는 위험을 감수하고도 불을 지를 만한 사람 말인가요? 아니면 혹시 내가 죽는 게 방화의 목적이었을까요? 그런 뜻입니까?"

"어떤 사람이 불을 지르는 데에는 수많은 비이성적인 이유들이 있을 수 있습니다."

"많은 방화범이 그냥 단순하게 불길이 번져나가면서 화마가 모든 걸 집어삼키는 걸 보며 즐거워하는 것 아닌가요?"

"그런 사람들은 방화광이죠. 방화범의 경우에는 불분명할지라도 어떤 동기가 존재합니다."

"이 지역에는 내게 원한을 가질 만한 사람이 없어요."

"다른 곳에 그럴 만한 사람은 없나요?"

생각해보았다. 하리에트는 나를 수십 년 동안 미워했었다. 하지만 그녀는 이미 죽었고, 나는 원귀를 믿지 않았다.

다른 원수는 떠오르지 않았다.

"내가 아는 한은 없어요. 하지만 본인도 모르게 그 사람을 증오하고 쫓아다니는 사람들이 당연히 있을 수 있죠."

대화가 막혔다. 헤멜레이넨은 화재 현장으로 돌아갔다. 그가 화학분석을 할 불탄 나무 조각들을 모아 비닐봉지에 넣는 동안 알렉산데르손과 나는 선착장에 서 있었다.

우리는 가을 날씨에 대해 이야기를 나눴다. 만약 봄이었다면 봄 날씨에 대해 얘기했을 것이다. 나는 가끔 내가 사는 동안 다양한 사람들과 몇 시간이나 바람과 날씨에 대해 이야기를 나눴을지 궁금하다.

헤멜레이넨이 돌아오자 알렉산데르손이 갈 길을 서둘렀다. 한 마디도 하지 않은 폴손이 배에 시동을 걸었다.

"알마는 어디 갔나?" 내가 물었다. "그 금발의 여자 도선사 말일세."

"독감에 걸렸어요." 알렉산데르손이 대답했다. "다 나으면 다시 나올 겁니다."

"혹시 의사가 필요하면 연락 주게."

나는 내가 한 말을 곧장 후회했다. 알렉산데르손이 놀란 눈으로 나를 봤다. 그가 왜 그러는지 이해가 갔다. 독감에 걸린 젊은 여성을 대체 내가 무엇으로 도울 수 있단 말인가?

나는 선착장에 서서 손을 들어 작별인사를 했다. 손이 돌이라도 되는 것처럼 무거웠다. 잠깐 겪었던 공황발작에 기운이 다 소진된 것 같았다.

캠핑카로 올라가서 간이침대에 누워 곰곰이 생각해보았다.

또 다시 머릿속에서 야생마 무리가 사방으로 흩어지고 있었다.

얼마나 오래 누워있었는지는 모르겠다. 어쨌든 일어나서 보트 창고를 정리해야겠다는 막연한 생각으로 캠핑카를 나섰다. 오래 전 이 섬으로 들어왔을 때 보트 창고를 정리한 이후로 한번도 다시 정리한 적이 없다. 아무리 나처럼 단순하게 산다고 해도 사람의 인생은 대부분 아무런 의미도 가치도 없는 엄청난 잡동사니들을 모으는 일로 이루어져 있는 것 같다.

보트 창고에는 할아버지가 그물을 보관하던 작은 방이 하나 있다. 그가 찢어진 그물을 수선할 때 앉던 등받이 없는 의자도 여전히 그 방에 있다. 아직도 그곳에 걸려 있는 그물 중 몇 개는 건드리기만 하면 그물코들이 부스러질 정도로 낡은 상태이다. 아직 고기를 잡을 수 있을 만한 그물은 하나도 없다. 할아버지는 대부분의 그물을 직접 짰다. 그 장면이 내가 놓치고 싶지 않은 할아버지에 대한 기억 중 하나이다.

가자미 잡이 그물들 뒤에 있는 선반을 정리하기 시작했다. 여러 가지 도구들 사이에서 그동안 한번도 본 적 없던 작은 갈색 공책 같은 것을 발견했다. 천장에 달린 전구가 고장이라 실내가 어두웠기 때문에 나는 공책을 가지고 밖으로 나가 벤치에 앉았다. 놀랍게도 그것은 아주 오래된 책이었다. 독일어 원작이 있는 번역본으로 1833년 스톡홀름에서 인쇄된 것이었다. 스웨덴어로 번역한 사람이 누구인지는 적혀 있지 않았고, D. J.

차이너라는 원작자 이름만 나와 있었다. 책의 제목은 '명금류를 잡고 돌보는 방법'이었다. 책장을 넘겨보면서 이 이해하기 어려운 책이 대체 어떻게 할아버지 손에 들어오게 되었을까 궁금했다.

또 어떤 새로운 것이 있을까 호기심에 차서 다시 보트 창고로 들어갔다. 한참을 뒤지다가 더이상 사용하지 않는 뱀장어잡이 통의 일부로 보이는 것을 찾았다. 잠시 후 그것이 손으로 엮은 새장의 잔재라는 것을 알았다. 할아버지와 할머니의 삶에서 완전히 묻혀있던 미지의 어떤 것을 발견한 느낌이 들었다. 파손된 새장과 백칠십오 년된 책?

수색을 계속 이어갔다. 어망이 있던 방의 수색은 거의 끝났고, 오래된 유리병들이 든 상자만 하나 남았다. 그 상자 앞에 말라비틀어진 죽은 쥐 한 마리가 있었다. 유리병들은 비어 있었다. 냄새를 맡아봤지만 무엇이 들어 있었는지 알 수 없었다. 유감스럽게도 어떤 표시도 붙어 있지 않았다.

상자에서 마지막으로 꺼낸 유리병은 예외였다. 나는 유리병을 들고 다시 보트 창고 앞 벤치로 갔다. 그 병에는 굳어버린 젤리 같은 회색 물질이 들어 있었다. 거기에선 알 것 같기는 한데 정확하게 무엇인지 말할 수 없는 어떤 냄새가 약하게 났다. 병에 붙은 흰색 라벨에 쓰여 있는 글자는 해독이 어려웠다. 자세히 들여다보니 새 잡는 끈끈이 라고 적혀 있는 것 같았다.

그 글자를 쓴 사람이 할아버지와 할머니 중 누구였는지까지는 알 방법이 없었다. 그동안 한번도 할아버지나 할머니의 글씨를 본 적이 없기 때문이다.

새 잡는 끈끈이?

새장의 잔재, 오래된 책 그리고 유리병 사이에 어떤 납득할 만한 관계가 있을지 생각해보았다. 결정적인 암시는 아무래도 명금류를 어떻게 잡고 돌보야 하는지에 관한 책의 제목이었다. 새장의 잔재가 그 책의 제목을 보완해주었다. 하지만 유리병과 그 내용물은? 내가 라벨의 글자를 제대로 읽은 걸까? 새 잡는 끈끈이로 피리새와 종달새를 잡았던 걸까?

내가 어렸을 때 집에 새장이 있었는지는 기억나지 않았다. 할아버지가 사냥을 가면 잡곤 했던 솜털오리와 벨벳검은댕기오리 말고 다른 새에 대해 사람들이 애기했던 기억도 없다.

질문들에 대한 답을 찾는 일은 딸이 올 때까지 미뤄두기로 했다. 루이제에게는 그녀가 부딪히는 대부분의 문제들에 대한 답과 해결책을 찾는데 도움이 되는 컴퓨터가 있었다.

노래하는 새들과 새 잡는 끈끈이.

이 문제는 나중에 해결하기로 하고 보트 창고 정리를 계속했다. 방치된 여러 폐기물에 걸려서 빠져나오지 못하고 죽은 제비시체를 여럿 찾았다. 보트 창고 다락은 마치 제비들의 묘지 같았다. 어른제비들도 있고, 날 수 있을 만큼 자라지도 못한 상태에서 폐기물에 걸려 죽은 아기제비들도 있었다.

죽은 제비들 외에 내가 어린 시절 사용했던 텐트가 있었다. 그 옆에는 그만큼 오래된 침낭도 있었다. 텐트와 침낭을 선착장으로 가지고 나가면서 둘 다 버려야 할 만큼 분명히 낡고 썩었을 것이라고 생각했다. 하지만 텐트도 침낭도 멀쩡했다. 풀밭에 텐트를 치고 싶은 유혹을 떨칠 수가 없었다. 텐트기둥들도 빠짐없이 다 있었다. 예전에 텐트를 치던 손동작들이 하나하나 떠올랐다. 텐트를 다 치고 나니 생각했던 것보다 너무 작았다.

통풍을 시키기 위해 침낭을 빨랫줄에 널었다. 그런 다음 텐트 안으로 기어 들어갔다. 창백한 가을햇빛이 텐트 내부를 회녹색의 빛으로 물들였다.

녹색 천 위에 앉아 있자니 큰 평안이, 잠시나마 끔찍한 화재를 잊을 수 있을 것 같은 기분이 찾아왔다. 머릿속 야생마들이 달리기를 멈췄다. 미룰 것 없이 같은 날 오후에 바로 바위섬에 텐트를 세우기로 마음먹었다. 불타버린 집과 숯이 되어버린 사과나무로부터 벗어나야만 했다.

여섯 시쯤에 출발했다. 일찍 식사를 마친 뒤 빵에 버터를 바르고, 보온병에 커피를 담고, 플라스틱 병에 마실 물을 넣었다. 그리고 침낭에 들어가 보았다. 곰팡내가 아직 남아있기는 했지만 사용하지 못할 정도로 지독하지는 않았다.

보트를 바위섬에 끌어올린 뒤 소년 시절에도 사용했던 같은 돌에 보트 밧줄을 맸다. 그런 다음 옛날과 같은 위치에 텐트를 쳤다. 텐트 안에 침낭을 편 다음 그 위에 누웠다. 등 밑의 울퉁불퉁한 땅이 느껴지는 것도 예전 그대로였다.

어스름 속에서 나뭇가지들을 모아 바위틈에 쌓았다. 하지만 성냥을 손에 쥐고 땔감 앞에 무릎을 꿇었을 때, 나는 불을 붙이지 않기로 결정했다. 불타는 나무라면 이제 지겨웠다. 나뭇가지들을 그대로 두고 텐트로 돌아갔다. 조명을 가져오지 않았기 때문에 나는 어둑한 상태에서 침낭 위에 앉아 커피를 마시고 준비해 온 버터빵을 조금 먹었다. 바람이 돌풍처럼 불어닥쳤다가 사라졌다. 해방감이 찾아왔다. 불난 집에서 뛰쳐나온 이후 처음으로 맑은 머리로 생각할 수 있을 것 같았다.

캠핑카를 옮기겠다는 결정은 이미 내렸다. 하지만 불탄 집을 어찌할지에 대한 결정은 딸이 올 때까지 미루고 싶었다. 그건 나보다는 딸의 미래와 관련된 문제이기 때문이다.

나를 다시 방문하기로 한 리사 모딘을 생각했다. 나는 상상 속에서 그녀에게 애원했다. 내 머릿속에서만 이루어지는 일이니 그녀에게 해를 입히는 것도 아니고, 내 나이에 다시 한 번 사랑을 느낄 수 있으리라는 내 몽상으로 그녀를 모욕하는 것도 아니다.

그녀에 대한 생각이 현실에서 잠과 꿈으로 넘어가는 몽롱한

지대로 나를 천천히 몰고 갔다.

갑자기 한기를 느끼면서 정신이 들었다. 침낭 속으로 들어가기 전에 텐트를 열고 밖으로 나갔다. 하늘은 별들이 선명히 보일 정도로 맑았고 바람도 거의 없었다. 다도해 지역의 이 구역 하늘에는 비행기 착륙 진입구간이 있다. 하지만 밤 열한 시 이후에는 대부분 조용하다.

밤은 고요했다. 가을밤은 항상 있어왔고 내가 죽은 후에도 계속 있을 것이다. 나는 어둠 속에 우연히 찾아온 손님일 뿐 그 이상도 그 이하도 아니다.

그날 밤 나는 잠을 잘 자지 못했다. 텐트천이 바람에 조금 펄럭이기만 해도 잠에서 깼다. 그럴 때마다 다시 잠들기까지 오래 걸렸고, 또 얼마 안 있어 잠에서 깼다.

루이제 생각을 했고, 그녀가 뭘 하고 있을지 생각했다. 언제 올지 궁금했다. 내가 의사였던 시절이 떠올랐고, 끔찍한 의료과실 이후 내 삶의 방향을 잃었던 시절도 떠올랐다. 인생의 십자로를 차례로 하나씩 통과했다.

산산조각 난 잠과 단편적 기억들로 가득한 밤이었다. 동이 막 틀 무렵 일어나 텐트를 나섰다. 몸에 생기를 불어넣기 위해 제자리에서 껑충껑충 뛰었다. 바닷가에 있던 외로운 백조 한 마리가 그 바람에 놀라 무거운 날개를 저으며 날아갔다.

시계를 봤다. 일곱 시 십사 분 전이었다. 추운 아침이었다.

멀리 수평선에서 화물선 한 척이 북쪽 방향으로 움직이고 있었다.

텐트는 그냥 두고 침낭만 접었다. 보온병과 물병과 버터빵을 쌌던 유산지는 보트로 가져갔다. 나는 보트를 바다로 밀면서 뛰어 올랐다.

엔진 시동 줄을 당겼지만 시동이 걸리지 않았다. 처음 있는 일이었다. 점화장치를 풀 수 있는 공구가 없었다. 휘발유에 물이 들어간 것 아닌가 하는 의심이 들었다.

한 번 더 시동 걸기를 시도해 본 다음 엔진을 올리고 노를 장착했다. 얀손에게 전화를 걸기로 마음을 먹었다. 내륙 지역에 정비소를 가지고 있는 전문정비사들을 제외하곤 얀손만큼 고장 난 엔진을 잘 다루는 사람은 내가 아는 한 없었다. 그에게 전화를 걸어야 한다는 사실이 거슬렸지만 다른 선택이 없다는 걸 알았다. 하지만 리사 모딘을 데리러 가고, 그런 다음 우리 둘을 브롱셰르에 데려다 주었다가 다시 몇 시간 후에 데리러 와 달라고 얀손에게 부탁하는 일은 꿈에서도 생각할 수 없는 일이었다.

노를 저어 집에 도착해서 보트를 매어 놓은 후 열 번쯤 다시 시동 줄을 당겨 보았다. 여전히 반응이 없었다. 벤치에 앉아 얀손에게 전화를 걸었다. 전화를 받은 그가 한 시간 안에 오겠다고 약속했다. 그가 시동 줄을 당겼을 때 엔진 소리가 어땠는지 내게 물었다. 그의 건강염려증에서 비롯된 상상 속 질환을 진찰할 때 내가 묻는 것과 같은 방식이었다.

"엔진에 시동이 안 걸리네. 그냥 갑자기 안 걸려."

"걱정 마세요. 고칠 수 있습니다." 얀손이 대답했다.

그는 정확하게 한 시간 뒤에 도착했다. 그와 함께 보트 창고로 갔다. 그가 몇 번 시동 줄을 당겼지만, 결과는 마찬가지였다.

"다시 운행할 수 있을 겁니다." 그가 말했다.

"커피를 마시고 싶으면 캠핑카로 오게." 내가 말했다.

얀손은 자기가 엔진을 고치는 동안 내가 옆에서 말동무를 해주기를 바랐을 것이다. 물론 나는 그의 도움이 고마웠다. 하지만 그의 끝없는 수다를 견디고 싶진 않았다. 특히 그가 끔찍한 처형방법이나 그의 엉뚱한 지식세계 안에 숨겨진 다른 주제에 관해 얘기하는 건 듣고 있기가 괴로웠다.

캠핑카에 있는 서랍들을 뒤지다가 카드를 한 벌 찾았다. 내가 아는 유일한 패 떼기 놀이는 바보게임이다. 몇 번 해 보았지만 물론 패가 떨어지지는 않았다. 대략 한 시간 정도 흘렀다고 생각됐을 때 보트 창고로 내려가 보았다. 얀손은 엔진덮개를 열고 점화장치를 떼어낸 다음 이제 손전등을 들고 엔진 내부를 들여다보고 있었다.

"뭐가 문제인지 찾았나?" 내가 물었다.

"아직 못 찾았어요. 하지만 분명히 그리 심각한 문제는 아닐 겁니다."

나는 더 묻지 않았다. 얀손은 하던 일을 계속 했다. 나는 잠시 가만히 그를 지켜보고 서 있었다. 캠핑카로 돌아가려다가 내 휴대폰이 떠올랐다.

"자네 휴대폰의 시계 설정하는 법 아나? 싸구려 손목시계들은 믿을 수가 없어서 말이야."

얀손이 손전등을 끄고 손에 들고 있던 공구를 바닥에 내려놓은 다음 내 휴대폰을 받아 들었다. 일 분도 안 돼서 휴대폰의 시간을 자기 손목시계의 시간에 맞춰 주었다.

"내가 기술 분야에 대해선 아는 게 별로 없어서 말일세." 휴대폰을 돌려받은 후 내가 말했다.

"아주 쉬워요. 원하시면 다른 설정도 알려 드릴 수 있습니다."

"시계면 되네. 내가 필요한 건 그것뿐이야."

"아침에 잠에서 깨워주는 자명종 기능도 있어요. 그건 이미 아시죠?"

"나는 혼자서도 잘 일어난다네."

잠시 더 머물면서 얀손이 고장 난 내 엔진을 끈기 있게 점검하는 모습을 지켜보았다. 그런 다음 다시 카드게임으로 돌아갔다.

별로 심각한 문제가 아닐 것이라고 얀손이 장담했지만 결함을 찾고 고치기까지 세 시간이나 걸렸다. 그가 캠핑카 문을 두드렸을 때 나는 앉아서 커피를 마시고 있었다.

“다 됐습니다.”

“뭐가 문제였나?”

“사실은 아무 것도 아니었어요. 그런데 별 문제 아닌 것이 찾아내기가 제일 어렵죠.”

“커피 한잔 하겠나?”

“집에 가야 합니다. 생각했던 것보다 시간이 오래 걸렸어요.”

우리는 함께 보트 창고로 내려갔다. 엔진덮개는 다시 덮여 있었고, 공구들은 정리되어 있었다.

“시동 줄을 당겨보세요.” 얀손이 말했다.

한 손으로 보트를 짚고 올라갔다. 한 번에 바로 시동이 걸렸다. 시동을 끈 다음 한 번 더 줄을 당겼다. 같은 결과였다.

선착장으로 나갔다. 얀손에게 비용을 얼마나 지불하면 되는지 물었다. 무슨 그런 소리를 하느냐는 표정으로 그럴 필요 없다고 그가 대답했다.

“고장 난 부분이 없었어요.”

“그래도 자네가 여기서 다섯 시간이나 시간을 보냈다면 뭔가 있었을 것 아닌가?”

얀손이 내가 제대로 알아듣지 못할 말을 뭔가 웅얼거리더니 자기 보트에 올라탔다. 그가 플라이휠 엔진에 시동을 건 다음 내가 밧줄을 풀었다. 얀손은 후진으로 선착장을 빠져나간 뒤 손을 들어 인사했다.

얀손이 혼자서 배를 타고 가는 동안 혹시 그 아름다운 목소리로 노래를 부르곤 하는 것은 아닐까 궁금했다.

비를 담고 있는 구름층이 남쪽에서 다가오고 있었다. 나는 배를 몰고 항구로 가서 식료품을 샀다. 대학노트 한 권도 장바구니에 담았다. 섬으로 돌아가는 길 중간쯤에서 비가 내리기 시작했다. 강한 빗줄기가 보트에 떨어지며 요란한 소리를 냈다. 보트 창고로 접어들었을 때는 온 몸이 흠뻑 젖어 있었다.

캠핑카에 들어가 마지막으로 남아 있던 새 중국산 셔츠를 입었다. 여벌 바지가 없었으므로 흠뻑 젖은 바지를 말리기 위해 테이블 모서리에 널어 두고 이불로 다리를 감쌌다.

이날 저녁에는 일찍 잠이 들었다.

다음 날 비는 물러가고 없었다. 다시 마을에 나가 같은 옷가게에서 바지를 몇 개 더 샀다.

오슬로브스키는 내가 자동차를 가지러 갔을 때도 다시 주차해 놓을 때도 보이지 않았다. 선박용품점에 들러 주문한 장화가 도착했는지 물었다. 아직 오지 않았다고 했다.

알렉산데르손과 헤멜레이넨은 나타나지 않았다. 캠핑카 안을 정리했다. 그러면서 오로지 리사 모딘의 방문에 대해서만 생각했다. 화재 현장은 가능하면 피했다. 그동안 두 밤 연속 할아버지와 할머니 꿈을 꾸었다. 두 분은 나와 대화를 나눴고, 두 분 다 내 어릴 적 기억 속의 모습 그대로였다. 그러나 꿈속에서의 대화는 소리가 없었다. 할아버지와 할머니가 내게 뭐라고 말을 하셨지만 내 귀에는 들리지 않았다.

저녁이면 1833년에 인쇄된 명금류를 잡고 돌보는 방법에 관한 책을 읽었다. 할아버지가 새장과 어떤 관계가 있었는지는 여전히 이해할 수 없었다. 새 잡는 끈끈이가 든 유리병은 캠핑카 주방선반에 올려놓았다.

리사 모딘을 데리러가기로 한 날 아침에는 평소보다 일찍 잠에서 깼다. 냉수욕을 하기 위해 선착장으로 내려갔을 때는 해도 아직 나오지 않은 상태였다.

목욕과 아침식사를 마친 후 보트로 가서 엔진을 시험해보았다. 곧장 시동이 걸렸다. 곧 있을 리사 모딘과의 만남에 마음이 들떴다. 모든 기대에서 벗어나려고 애썼다. 늙은 나에 비해 리사 모딘은 아직 젊은 여성이었다. 둘의 관계가 사랑이 될 만한 전제조건은 하나도 없었다.

약속 시간 한 시간 전에 급유기 있는 곳에 배를 댔다. 근처를 배회하다가 해안경비대 부두의 아스팔트 포장 공사가 완료된 걸 보았다. 해안경비대의 큰 배는 바다로 나가고 없었다. 그 배의 감시범위가 아주 넓다는 걸 나는 알고 있었다.

하루에 몇 번 버스가 운행되는 항만의 버스정류장에는 게시판이 하나 있다. 지나간 여름축제나 댄스행사 포스터만큼 흘러가는 시간을 강하게 느끼게 해주는 건 없는 것 같다. 게시판에는 훈제 대구나 살아있는 토끼를 살 수 있는 곳에 대해 알려주는 손으로 쓴 쪽지들도 붙어있었다. 버스 시간표는 반이 찢겨 있었다. 바람에 찢긴 건지 분노한 여행객이 찢은 건지는 알 수 없었다.

내 차가 있는 곳으로 올라갔다. 오슬로브스키네 문은 여전히 잠겨 있었지만 죽은 까마귀 시체는 치워지고 없었다. 그녀가 혹시라도 집에서 나와 내게 혈압을 재달라고 부탁할까봐 곧바로 그곳을 떠났다.

식료품가게 고양이로 보이는 고양이 한 마리가 항만을 거닐고 있었다. 그 모습 때문에 주변 풍광이 더 황량하게 느껴졌다. 마치 여름의 기억들이 묻힌 묘지 같았다. 나는 걸음을 멈추고 선박용품점 쇼윈도의 진열품들을 바라보았다. 배낭 · 페인트통 · 닻… 이런 것들이었다.

리사 모딘이 오려면 아직도 삼십 분이나 남았다. 나는 부두로 나가 항구의 맨 바깥쪽 보호벽을 이루고 있는 막돌 위를 균형을 잡으며 왔다 갔다 했다.

시계가 열 시 십 분을 가리킬 때 그녀의 자동차가 항만으로 들어왔다. 이미 나는 그녀가 오지 않는 건 아닐까 의심하기 시작했었다. 그녀는 차를 세우면 안 되는 곳인 선박용품점 창고 앞에 주차했다.

그녀는 이번에는 샛노란 선원용 방수복을 입고 낡은 선원용 방수모를 손에 들고 있었다. 한쪽 어깨에는 작은 배낭을 메고 있었다.

"제가 매번 늦네요." 그녀가 미안해하며 말했다.

"괜찮습니다. 제가 그다지 급할 게 없어서요. 서두를 일이 있어본 게 대체 언제인지."

그녀의 배낭을 건네받고, 그녀가 배에 타는 걸 돕기 위해 손을 내밀었다. 하지만 그녀는 발을 걸칠 수 있게 만들어놓은 계단에 한 발을 딛고 손으로 고리를 붙잡았다. 나는 배를 매 두었던 밧줄을 풀고 시동을 걸었다. 엔진소리가 항구의 고요를 깼다. 식료품점 옆 작은 집의 위층 창문에서 베로니카의 모습이 언뜻 보였다. 나는 손을 들어 인사했다.

날씨는 잠잠했다. 엔진출력을 낮춘 채 천천히 항구를 벗어났다. 리사 모딘은 뱃머리에 앉아 두 팔을 벌렸다.

"우리 어디로 가는 거죠?" 그녀가 물었다.

"북동쪽이요." 대답하며 손으로 방향을 가리켰다.

나는 보트의 속도를 높였고, 리사 모딘은 상쾌한 가을공기를 즐기는 듯했다. 그녀가 눈을 감았다.

나는 가난한 사람들의 섬으로 진로를 잡았다.

6

바다가 열리고, 바위섬들은 점점 듬성해지고 작아지고 민둥해졌다. 바위틈새에서 초목들이 움츠리고 있었다. 고사리 · 시로미 · 황새풀 그리고 가끔 유럽산수유도 보인다. 바다 멀리 마지막 바위섬들이 있는 곳으로 가면 그곳 바위섬의 돌 틈에는 각시미꾸리광이 · 갯개미자리 · 가락지나물 · 팬지가 자라고 있다. 보트에서는 보이지 않지만, 나는 그 풀과 꽃들이 거기에 있다는 걸 알고 있다.

브롱셰르는 넓은 바다에 외로이 떠 있고, 그 섬의 편마암 절벽들은 가파르게 바다로 경사져 있다. 나는 남쪽 곶에 접근하면서 보트 속도를 줄였다. 리사 모딘이 나를 바라보며 미소를 지었다.

우리는 가파른 절벽과 히드 무성한 바위와 안으로 살짝 패인 작은 만들이 있는 그 바위섬을 배로 천천히 한 바퀴 돌았다. 회색빛의 산은 뱀 모양의 퇴적물로 이루어져 있고 그 안에는 검붉은 색의 작은 돌조각들이 섞여 있었다. 섬의 북쪽 방향으로 과거 해군 비밀 항로의 표지로 이용되었던 큰 돌무더기가 튀어나와 있었다.

“사람들은 어디 살았어요?” 리사 모딘이 물었다.

“바다에서는 보이지 않는 작은 분지들이 있어요.” 내가 설명했다. “그들은 항상 바람이 자는 쪽에 집을 지었어요.”

서쪽에는 천연항구, 바위섬이 갈라진 틈 그리고 그 뒤로 가파른 절벽이 하나 있다. 나는 엔진을 끄고 보트가 해안으로 향해 있게 두었다.

배가 해안에 닿았고 우리는 배에서 내렸다. 절벽들 사이에 숨어 있는 좀 큰 분지로 가려면 돌아가야 했는데, 그래도 표면의 이끼 때문에 발이 계속 미끄러지는 바위들은 넘어야 했다. 그녀에게 배낭을 들어주겠다고 했다. 그녀는 고개를 저으며 배낭을 어깨에 멨다.

우리는 가시가 무성한 들장미덤불을 지나갔다. 늦게 핀 가을 장미 한 송이를 꺾어 그녀에게 건네며 말했다.

“이 들장미들은 사람이 심은 겁니다. 아마 여기서 자란 지 거의 이백 년은 됐을 거예요.”

그녀는 내가 건넨 장미를 방수재킷 가슴에 있는 반쯤 열린 주머니에 꽂았다. 과거에 사람들이 살았던 집들과 헛간들이 서 있었던 분지가 눈앞에 펼쳐졌다.

오래 전 할아버지와 나는 여름나들이 삼아 이곳 브롱셰르를 방문했던 고고학자 그룹과 동행한 적이 있었다. 오래 전에 사라진 이곳 어촌에 대한 그 당시 인솔자의 설명이 여전히 내 기억에 선명하게 남아 있다.

리사 모딘에게 높은 절벽 사이 땅에 아직 조금 남아있는, 집의 기초가 되었던 돌들을 보여주었다. 이곳에는 겨우 집 여섯 채와 같은 수의 헛간이 서 있었다. 가축을 키우는 건 한계가 있었다. 소 한두 마리 이상을 키울 만한 먹이가 없었기 때문이다. 주민들은 18세기에 이곳을 떠났고, 당시 그들의 삶은 오늘날 우리가 상상할 수 없을 만큼 가난했다. 이곳 브룽셰르에 살았던 사람의 수는 마흔 명을 넘지 않았다. 그들에게는 고기를 잡는 것 외에는 다른 먹고살 방도가 없었다. 그물과 배는 그들 삶에서 빠질 수 없는 조건이었다. 바다에 그물을 쳐 놓았는데 갑자기 폭풍이 몰아치면 그들은 그물을 가지러 바다로 나가야만 했다. 그물을 무사히 구해낼 수 없었던 사람들에 관한 이야기는 수없이 많다. 그중에서도 특히 예전에 할아버지와 이 섬을 방문했을 때 들었던 이야기 하나가 잊히지 않는다. 1790년대에 있었던 일이다. 예보도 없이 북동쪽에서 폭풍우가 다가왔다. 젊은 어부 닐스 에릭손과 그의 아내 엠마는 쳐놓은 그물을 걷으러 곧바로 배를 타고 나갔다. 그런데 배가 뒤집혔다. 둘 다 헤엄을 칠 줄 몰랐고 결국 목숨을 잃었다. 엠마는 나중에 그녀가 걷으려 했던 그물 중 하나에 걸린 채 발견되었다. 닐스가 어떻게 됐는지는 더이상 알려지지 않았다. 그의 사체는 발견되지 않았다.

부부에게는 어린 자녀 다섯 명이 있었다. 그 아이들이 어떻게 되었는지도 아는 사람이 없다.

나는 리사 모딘에게 가장 잘 보존된 집터를 보여주었다. 고고학자들에 따르면 그 집은 이 섬에서 가장 큰 집이었다. 집은 방 하나로 이루어져 있었고, 그 방에 열 명까지 살 수 있었다.

우리는 그 옛날 가난한 주민들이 끊임없이 자기들이 살아남을 수 있을지 없을지에 대해 걱정하며 앉아 있었을 분지 옆 바위에 자리를 잡고 앉았다. 얼음이 완전히 안전하게 언 것도 아니고 그렇다고 깨지지도 않는 혹독한 겨울을 그들이 어떻게 났을지 상상이 되지 않았다.

"그래도 여름이면 누군가는 풀밭에 누워 햇살 가득한 하늘을 바라보며 '여기가 내 집이야'라고 생각했을 거예요." 리사 모딘이 말했다.

내가 왜 그랬는지 모르겠다. 어쨌든 나는 바위에서 일어나서 드문드문한 누런 가을풀밭에 누웠다.

"그 사람들은 그럴 만한 힘도 시간도 없었어요." 내가 말했다. "여자들은 이 섬에서 아이를 낳았어요. 그러면 아마 한동안은 몸져 누워있었겠죠. 그리고 아이들은 대부분 태어난 지 몇 달 되지 않아 죽었어요."

리사 모딘이 나를 바라보더니 말했다.

"더 이야기해 주세요. 볼 게 더 있으면 보여주시고요."

나는 다시 바위로 돌아가 풀밭에 있던 돌 몇 개를 가리켰다. 어쩌면 그 돌들도 오래 전 사라진 집의 토대를 이뤘던 것이었을 수도 있다.

"나는 가끔 여기 섬에 와서 저 돌들을 봐요. 이따금 저것들이 움직이고 있다는 느낌이 들어요. 눈에 보이지 않을 만큼 굉장히 느린 속도로. 내 생각에는 집을 세우는데 사용되기 전 원래 있었던 자리로 돌아가고 있는 것 같아요. 이 바위섬은 사람들이 처음 이곳에 들어오기 전에 원래 있었던 곳으로 돌아가는 길인 거죠."

리사 모딘이 생각에 잠긴 듯 고개를 끄덕였다. 나는 이야기를 계속 했고 그러면서 곧 이야깃거리가 바닥날 거라고 생각했다.

"여기에서 맨 마지막까지 살았던 사람은 한 노파였어요. 이름이 아마 소피아 칼손이었을 겁니다. 어린 소녀일 때 이곳에 와서 이곳의 어부들 중 한 명과 결혼했죠. 이 섬의 마지막 어부였던 남편이 죽은 후에는 혼자 이 섬에 계속 살았어요. 그때가 아마 1830년 전후였을 겁니다. 육지에서 멀리 떨어진 이 섬에 살았던 사람들 중 많은 이들이 육지 가까운 곳에 있는 섬들에 개장한 구리광산으로 떠났어요. 그곳에서의 생활이 더 편하지는 않았을 겁니다. 하지만 외로움은 아마 좀 덜했겠죠. 일부는 미국으로 이민을 갔고, 다른 사람들은 어디로 갔는지 모르게 그냥 사라졌습니다. 소피아만 빼고요. 그녀가 생의 마지막 세월을 여기서 어떻게 혼자 보냈는지는 아무도 모릅니다. 마지막 겨울은 분명히 끔찍하게 긴 고통의 시간이었을 겁니다. 그녀의 나이 거의 아흔 살이었습니다. 어느 날 얼음이 언 큰 바위에서 미끄러져서 한쪽 다리가 부러졌습니다. 부러진 다리를 끌고 겨우 집까지 갔죠. 하지만 연락할 수 있는 사람이 당연히 아무도 없었습니다. 시간이 좀 흐른 뒤 바다표범 사냥꾼 한 명이 혼자 이 섬을 찾아왔습니다. 그리고 얼음장같이 추운 집의 침대에 죽어 있는 소피아를 발견했습니다. 사람들은 그녀의 시체를 얼음으로 꽁꽁 언 바다 위로 운반해서 본토의 묘지에 안장했습니다. 그 이후로 브롱셰르는 아무도 살지 않는 섬이 됐습니다."

"그리고 돌들은 다시 제 자리로 돌아가기 시작했군요? 아름다운 생각이에요."

리사 모딘은 일어나서 집들이 서 있었던 분지를 천천히 어슬렁거렸다. 때때로 돌출된 바위 뒤로 사라져 보이지 않았지만 곧 다시 나타났다. 나는 바위 위에 앉아 그녀를 지켜보았다. 그녀가 새 시대의 사람이라면 어쩌면 나는 이 섬에 살았던 사람들과 같은 것 아닐까?

우리는 준비해 온 점심을 꺼내놓고 별 말 없이 함께 먹었다.

가끔 우연히 같은 빵조각이나 완숙달걀에 손을 뻗을 때 서로 손이 닿았다.

식사 후 섬의 가장 높은 지점으로 올라갔다. 그곳에서 맞는 바닷바람은 훨씬 더 거칠었다. 하지만 곧장 돌아가야 할 만큼 파도가 거세어 보이지는 않았다.

“한번은 어떤 고고학자가 여기 위에서 곰 이빨을 하나 발견했어요.” 내가 말했다. “곰 이빨이 어떻게 여기에 있게 됐는지에 대해서는 아무도 합리적인 설명을 내놓지 못했죠. 육지에 가까운 안쪽 섬들에서는 드물게 늑대를 볼 수 있었다고 해요. 하지만 여기에 곰이 있었다는 단서는 하나도 없어요.”

“그 곰 이빨은 지금 어디 있어요?”

“나도 몰라요. 어쩌면 목사관에 있을 지도 모르겠네요. 다도해 지역엔 자연에 관심이 많은 목사들이 몇 명 있었어요.”

“지금은 이 지역 담당 목사가 누구예요?”

그녀의 질문에 놀랐다.

“나는 교회에 절대 안 갑니다.” 내가 대답했다. “그래서 현재 목사가 누구인지 몰라요.”

“제가 전화해서 물어볼게요. 곰 이빨을 보고 싶어요.”

산을 내려가기 시작했다. 그녀에게 이끼가 미끄러우니 조심하라고 경고했다. 그런데 정작 미끄러진 사람은 그녀가 아니고 나였다. 보트가 있는 곳으로 내려왔을 때 그녀의 배낭을 보트에 가지고 올라가려고 내가 넘겨받았다. 그러면서 조심하지 않고 물속에 있는 돌을 비스듬하게 밟은 바람에 물에 고꾸라졌다. 물이 깊지는 않았지만 온몸이 젖어버렸다. 새벽에 냉수욕을 하는 것과는 느낌이 달랐다. 냉수욕을 할 때는 찬물에서 나온 후 바로 젖은 몸을 닦기 때문이다. 젖은 옷 때문에 한기를 느꼈다. 물론 갈아입을 옷은 없었다.

창피했다. 다치지 않았냐며 리사 모딘이 걱정스레 물었다.

"괜찮아요. 그런데 이제 얼른 가야겠어요. 항구에 모셔다 드리기 전에 제 집에 잠깐 들렀으면 합니다. 옷을 갈아입어야 해서요."

집으로 가는 길에 추위에 몸이 떨렸다. 보트의 속도를 할 수 있는 한 최고로 높였다. 리사 모딘이 그녀의 재킷을 내게 권했지만 받고 싶지 않았다.

보트를 선착장에 댄 다음 서둘러 캠핑카로 올라갔다. 언뜻 보니 그녀가 화재 현장을 향해 가고 있었다. 옷을 몽땅 벗고, 젖은 옷들을 바닥에 내려놓은 뒤 이미 수건으로 사용했던 중국산 셔츠로 몸을 닦았다. 그러고는 몇 안 되는 여벌옷으로 갈아입고 불난 집에서 가지고 나왔던 비옷을 걸치고 밖으로 나갔다.

화재 현장에 서 있던 그녀는 추위를 떨치기 위해 발을 비비고 있었다.

"그을음투성이 비옷을 입고 있어서 미안합니다. 불이 나서 뛰쳐나올 때 가지고 나왔던 옷입니다."

그녀가 나를 바라보았다. 그러더니 스치듯 내 뺨을 만졌다. 너무나 갑작스러워서 그녀가 나를 때리려는 줄 알고 놀라 움찔하며 물러나다가 엉덩방아를 찧고 말았다. 둘 다 웃음이 터졌고, 그녀가 손을 내밀어 내가 일어날 수 있도록 도와주었다.

"난 위험한 사람이 아니에요." 그녀가 말했다.

"난 만날 넘어지는 사람이 아닙니다." 내가 대꾸했다.

하마터면 그녀를 품에 꼭 껴안을 뻔했다. 하지만 내 안에는 내가 넘을 수 없는 윤리적 억압이 있었다.

우리는 보트 창고가 있는 선착장으로 내려갔다.

"브롱셰르에 대해 기사를 쓰려고요." 그녀가 말했다. "굶뜬 우리 편집장에게 브롱셰르에 관한 기사를 여러 편 실을 수 있게 해 달라고 요구할 겁니다."

"원한다면 지금 다시 모셔다 드릴 수도 있어요."

"카메라가 있어야 해서 지금은 안 돼요. 어쨌든 첫눈이 오기 전에 다시 가고 싶습니다."

"그러면 한 달 정도는 시간이 있습니다. 최소한."

보트를 출발시켰다. 시동 줄을 당길 때마다 엔진에 시동이 걸리지 않을 수도 있다는 생각을 한다. 하지만 안손의 솜씨는 역시 좋았다.

고개를 들었을 때 저 멀리 만에 있는 안손과 그의 보트가 눈에 들어왔다. 보트에 누군가 손님을 태우고 있는 것처럼 보였다. 내 섬 방향으로 오고 있긴 했지만, 분명히 더 북쪽에 있는 올쇠나 파르스홀멘으로 가는 중일 것이다.

급유기 있는 곳에 배를 대고 자동차가 있는 곳까지 리사 모딘과 동행했다. 와이퍼 아래에 쪽지가 한 장 끼워져 있었다. **'빌어먹을! 여기에 주차하면 안 됩니다!'** 그녀가 놀란 눈으로 나를 바라보며 쪽지를 내게 건넸다.

"누가 쓴 거죠?"

"글쎄요. 항구관리자가 썼을지도 모르겠네요. 하지만 그렇게 신경 쓰지 않아도 됩니다."

나는 쪽지를 구겨서 주머니에 넣었다. 그녀는 배낭을 자동차 뒷자리에 넣고 운전석에 앉으며 말했다.

"고마워요. 곧 연락드릴게요."

그녀에게 내 전화번호를 불러주었고, 그녀는 휴대폰에 내 번호를 저장했다.

자동차 문을 닫고 시동을 걸며 그녀가 미소를 지었다. 그녀의 차가 빠른 속도로 언덕길을 올라가 사라졌다. 그녀의 황급함에 갑자기 질투가 났다. 그녀를 기다리고 있는 사람이 누굴까?

선박용품점 문 옆에 있는 휴지통으로 가서 구겨진 쪽지를 던져 넣었다. 내 보트로 돌아가기 위해 몸을 돌렸을 때 텅 빈 항구에 있는 유일한 한 사람이 눈에 들어왔다. 오슬로브스키였다. 발이 아픈 건지 요통이 있는 건지 다리를 절뚝거렸다. 그녀가 혈압을 재달라고 내게 부탁하지 않기를 진심으로 바랐다. 빨리 집으로 돌아가서 내 캠핑카에서 몸을 덥히고 싶다는 생각이 정말 간절했기 때문이다.

오슬로브스키는 피곤해 보였다. 얼굴이 창백했다.

우리는 멈춰 서서 악수를 나눴다. 그녀의 손이 땀에 젖어 있었다. 평소에는 그렇지 않았다. 무엇 때문인지 확실하게 말할 수는 없었지만 그녀가 달라졌다는 느낌이 들었다. 평소에는 선명한 그녀의 눈빛에 내가 처음 보는 어떤 변화가 있었다.

우리는 날씨와 건강에 관한 일반적인 인사말을 교환했다. 그동안 여행을 갔었냐고 내가 물었다. 오슬로브스키는 대답 없이 그저 미소만 지었다.

그 순간 그녀가 두려움에 차 있다는 걸 느꼈다. 왜인지 이유는 알 수 없었지만 확신이 들었다. 그녀는 내 앞에 서 있었지만 어딘가 다른 곳에 있는 것 같았다. 눈에 보이지 않는 뭔가가 그녀를 두렵게 만들고 있었다.

"지금 집으로 가려던 중입니다." 내가 말했다. "혹시 혈압을 재고 싶으면 같이 차 있는 곳으로 가겠어요?"

그녀가 고개를 저었다.

"지금은 괜찮습니다. 아픈 데도 없고, 혈압은 높지도 낮지도 않아요."

그녀는 얼른 가던 길을 가고 싶어 했다. 하지만 나는 그녀를 가게 두고 싶지 않았다. 내가 그녀에게 말을 거는 동안에는 갈 수 없을 것이다.

"이 항구는 청어 잡이를 위해 건설됐어요. 그런데 지금은 어부를 직업으로 가지고 있는 사람이 한 명도 없죠. 예인망은 다 썩었거나 아프리카로 팔려갔어요."

"발트 해 연안국에 팔렸죠." 놀랄 만큼 강한 어조로 오슬로브스키가 말했다.

그녀의 대답을 의심할 만한 이유를 찾지 못했다. 그래서 그냥 "몽땅 사라졌죠." 라고만 말했다. "예인망으로 고기를 잡던 어부들도 그렇고 배를 소유했던 사람들도 그렇고, 이제는 모두 다 죽고 없어요."

"늙음과 죽음." 오슬로브스키가 대꾸했다. "예전에 어느 목공소 벽에 걸려있던 명언인데요. 어차피 살아남지 못할 인생 너무 중요하게 생각하지 말라더군요."

그녀는 재빨리 몸을 돌려 리사 모딘이 방금 사라진 항구의 진출로 쪽과 그녀의 집으로 가는 짧은 지름길 쪽으로 시선을 던졌다. 그녀는 뭔가 자신의 외부에 있는 것을 두려워하고 있었다. 그 대상은 분명히 사람일 것이다.

나는 보트가 있는 곳으로 내려갔다. 의사로 일했던 시절 나는 매일같이 두려움에 떠는 사람들을 만났다. 여름 몇 주 동안 우리나라에서 제일 큰 병원에서 병가를 간 의사들 대신 암 병동 근무를 한 적이 있다. 나는 다른 의사들이 담당하고 있던 여러 환자에게 열흘 안에 매우 심각한 내용의 진료소견을 전달해야만 했다. 그중에서도 특히 어느 날 아침 갑자기 심한 통증을 동반한 경부 강직과 함께 잠에서 깨어 병원에 왔던 한 젊은 남자가 또렷하게 기억난다. 그를 진찰했던 정형외과의는 뭔가 다른 것을 의심했고, 정확한 진단을 위해 방사선촬영을 했다.

그 결과가 그날 내 책상 위에 놓여 있었다. 경부 강직은 심각한, 아마도 완치가 불가능할 암 때문이었다. 원 종양은 그의 왼쪽 폐에 있었고, 경부의 통증은 경추에 숨어 있는 전이된 암 세포 때문이었다. 그에게 이 모든 것을 설명하는 것이 내 임무였다. 차트를 보니 환자 스벤 롤란드 한손은 1951년생, 그러니까 겨우 열아홉 살이었다. 그때가 1970년이었다. 그 당시에는 암을 치료할 수 있는 기술이 부족했다. 오늘날에는 암 진단을 받은 환자 열 명 중 여섯 명은 살아남는다. 1970년 당시에는 생존 가능한 사람이 세 명이나 네 명이었다.

대기실에 있던 그를 내 방으로 들어오라고 불렀을 때 나는 내가 그에게 죽음의 선고를 전달해야 한다는 사실을 알고 있었다. 나쁜 소견을 전달해야 할 경우 일반적으로 경험 많은 간호사를 배석시키곤 했다. 나는 그 병동에서 오래 근무한 나이 많은 간호사에게 나와 함께해 달라고 부탁했다.

스벤 롤란드 한손이 내 진료실로 들어왔다. 군복 녹색이랑 비슷한 색의 재킷과 1960년대 모즈 스타일의 찢어진 청바지를 입고 있었다. 그는 탐탁지 않은 표정으로 나와 간호사를 바라보았고, 시간이 별로 없어 급하다는 내색을 풍겼으며, 내가 그에게 권한 의자에 앉으려고도 하지 않았다.

간호사는 내게 뜸들이지 말고 곧장 본론으로 들어가라고 조언했었다. 중대한 사안을 덜 중대한 것처럼 조심스럽게 얘기할 수 있는 방법은 없다고 했다. 중요한 건 맞은편에 앉은 의사가 환자의 운명을 진지하게 받아들이고 있다는 걸 환자에게 전달하는 것이라고도 했다.

암병동의 의료진이 어떤 치료법이 가장 적절한지를 결정하기까지는 그 전에 해야 할 많은 검사들이 남아있었다. 나는 암 전문의가 아니라 그저 어려운 상황에서 잠시 대리로 투입된 의사였으므로 그런 모든 검사와 치료법 결정과정과는 상관이 없었다.

한손이 결국 의자에 앉았다. 그때 그의 내면에 두려움이 싹튼 것을 볼 수 있었다. 보아하니 자기가 암병동에 있다는 사실은 아직 인지하지 못한 것 같았다.

나는 그에게 가능한 한 정확하게 그의 병의 심각성을 설명했다. 그의 얼굴이 창백해졌다. 그제야 어떤 상황인지 이해한 것 같았다.

그가 갑자기 소리를 지르기 시작했다. 마치 누가 그의 몸에 불을 질렀거나 그의 몸을 칼로 마구 그어대기라도 하는 것처럼. 나는 그 전에도 그 후에도 그렇게까지 비명을 질러대는 사람을 본 적이 없다. 그래서 나는 그때 일을 절대 잊을 수가 없다. 나는 심한 병에 걸린 환자들이 두려움 가득한 정적 속에서 죽어가는 것을 보았고, 사람들의 울부짖는 소리도 들었다. 하지만 그 젊은이가 보인 것과 같은 반응은 경험한 적이 없다. 얼마나 강하게 소리를 질렀는지 그의 입속에 있던 껌이 밖으로 튀어나와 내 흰 가운 위로 떨어졌다. 어찌할 바를 모르고 있는 나를 돕기 위해 나이든 간호사가 나섰다. 그녀는 먼저 그의 손을 잡았다. 하지만 그는 그녀의 손을 뿌리치고 계속 소리를 질렀다. 그러자 그녀는 그가 마치 아주 어린 아이인 것처럼 그의 상체를 단호하게 꽉 붙잡았다. 동시에 그의 비명을 압도하는 목소리로 그에게 안정제를 주라고 외쳤다.

일 년 뒤 나는 우연히 한 신문에서 그의 이름을 발견했다. 당시에는 부고가 그리스도교식 검은 십자가 외의 다른 것으로 장식되는 것이 일반적이지 않았다. 그러나 스벤 롤란드 한손의 부고를 둘러싸고 있는 네모 칸에는 기타 모양이 장식되어 있었다.

마취과 전문의인 동료가 한 명 있었다. 그가 기타를 쳤다. 부고에 나와 있는 기타 이름이 텔레캐스터라고, 매우 유명한 기타 중 하나라고 그가 알려주었다.

나는 스벤 롤란드 한손을 덮쳤던 것과 같은 종류의 두려움이 오슬로브스키의 눈빛에 있었다고 느꼈다.

엔진에 시동을 걸고 천천히 항구를 빠져나갔다. 오슬로브스키는 위쪽 도로의 나무 옆에 몸을 숨기고 내가 떠나는 모습을 지켜보았다. 나는 그녀를 보지 않는 척했고, 선창 끝에서 방향을 바꾸면서 보트의 속도를 높였다. 잠깐 뒤돌아 보니 그녀는 사라지고 없었다.

추위 때문이었는지 오슬로브스키의 두려움 때문이었는지 모르겠지만 한기가 느껴졌다. 턱을 당겨 재킷칼라 속에 묻고 내 섬을 향해 배를 몰았다.

곶을 돌았을 때 내 선착장에 서서 나를 기다리고 있는 어떤 사람이 보였다. 처음에는 알렉산데르손과 그의 동료들이 왔을 것이라고 생각했다. 그렇다면 왜 그들이 타고 온 배는 보이지 않는 걸까?

그러다가 그곳에 서서 몸을 따뜻하게 하기 위해 두 팔로 상체를 감싸고 있는 그 사람이 남자가 아니라는 걸 알았다. 내 딸 루이제였다. 내가 리사 모딘과 항구로 향했을 때 얀손의 보트에 타고 있던 사람이 루이제였다는 사실을 그제야 깨달았다.

나는 예상치 못한 방문이나 갑작스런 연락을 받는 것을 좋아하지 않는다. 하리에트가 루이제가 내 딸이라는 기습적인 소식으로 나를 놀라게 했던 것만으로도 충분했다. 나는 루이제가 내 딸이라는 사실을 한 번도 의심하지 않았다. 루이제도 마찬가지였다. 그런데 사실 우리 둘은 외모적으로는 전혀 닮지 않았다. 그녀의 얼굴에는 하리에트와 어쩌면 내 아버지의 모습이 좀 보였다. 그리고 그녀의 몸은 나도 하리에트도 닮지 않았다. 그녀는 튼튼한 골격을 가졌다. 건장했다. 만약 우리 둘이 난폭하게 서로 맞붙어 싸운다면 분명히 그녀가 이길 것이다. 그러나 동시에 그녀는 어느 면으로 보나 매력적인 여성이었다. 남자들은 그녀를 돌아봤다. 그녀와 함께 거리를 걷거나 카페에 앉아 있을 때 나는 그런 느낌을 여러 번 받았다. 그녀의 정신세계에 대해서는 내가 이해하는 바가 많지 않았다. 그녀가 뭔가 예상치 못한 행동을 할 것에 대해 내가 항상 각오하고 있어야 할 정도로 그녀는 말이 없고 내향적이었다. 적응하려고 노력했지만 잘 되지는 않았다.

그녀는 매번 예고 없이 급하게 떠났고, 그럴 때마다 나는 혼란스러웠다. 언제 다시 돌아올 예정인지 말하지 않는 것도 마찬가지다. 내가 화재에 대해 이야기했을 때에도 그녀는 단지 이리로 오겠다는 말만 했었다. 어디에서 오는지, 언제쯤 내 선착장에 서 있게 될지에 대해서는 말하지 않았다.

보트 창고로 들어가 보트를 밧줄로 붙잡아 맸다. 밧줄 끝을 채 고정하기도 전에 그녀가 창고 문을 열었다. 안으로 쏟아져 들어온 햇빛에 눈이 부셨다. 열린 문에 그녀가 검은 그림자로 서 있었다.

그녀가 내게 다가왔고 우리는 서로 껴안았다. 내 볼에 닿은 그녀의 얼굴이 젖어 있었다. 울고 있었던 모양이다.

우리는 선착장으로 나갔다. 목구멍에 뭔가 덩어리가 있는 것처럼 느껴지는 것이, 나도 눈물이 나는 것 아닐까 걱정스러웠다. 이 부분에서는 적어도 그녀와 내가 같았다. 우리는 건물 기초를 빼고는 몽땅 타버린 우리의 옛집을 추도했다.

루이제는 언제나처럼 거의 짐 없이 조그만 갈색 가방 하나만 들고 왔다. 그녀는 항상 올 때보다 갈 때 짐이 많았다.

그녀는 화재 현장으로 가기 전에 가방을 캠핑카에 내려놓았다. 내 앞에 걸어가는 루이제의 뒷모습을 보고 있자니 하리에트를 보는 것 같았다.

그런 사실이 놀라웠다. 루이제와 하리에트는 근본적으로 전혀 닮지 않았기 때문이다. 나의 착각이었을까? 루이제를 제대로 보기 위해 걸음을 멈췄다. 그녀가 바로 뒤를 돌아봤고, 나는 다시 그녀를 따라잡았다. 사과나무는 검은 크레이프로 만든 무대 배경 같았다.

"여기 도착했는데 아버지가 안 계신 걸 보고 처음에는 아버지가 여기서 사라지려고 보트를 몰고 바다로 나가신 것 아닌가 생각했어요. 근데 닐손 씨가 우리가 이리로 오고 있을 때 아버지가 보트를 몰고 항구 방향으로 가시는 걸 봤다고 하더군요."

"닐손이 아니고 얀손이다."

"네, 얀손. 제가 닐손이라고 했나요?"

"그래."

"엄마의 마지막 생일에 아름다운 노래를 불렀던 그 사람 말이에요."

"그 자를 어떻게 만났니?"

"항구에서 버스를 내리면서 운전기사에게 물었어요. 그 기사 이름이 닐손이었어요. 그가 얀손에게 전화를 걸었고, 얀손이 곧바로 오겠다고 했어요. 그런데 버스가 좀 이상했어요."

"뭐가 말이냐?"

"나 말고는 손님이 한 명도 없었어요."

"지금 계절엔 이상한 게 아니다."

"난 한 번도 버스에 혼자였던 적이 없어요. 어느 때고, 어디에서고 그래 본 적이 없어요. 말리에서 큰 비행기에 유일한 승객으로 타 본 적은 있어요. 조종사 두 명과 여승무원 두 명 그리고 저, 이렇게요."

"말리는 왜 간 거니?"

"모래폭풍 때문에 다카르에 착륙할 수가 없었어요. 다카르가 어디 있는지 아세요?"

"세네갈이지. 그러면 너는 프랑스어도 할 줄 아는 게냐?"

"어느 정도요."

"거기서 뭘 했니?"

"중요한 문을 보기 위해 노예선 항구를 방문했어요."

"그게 무슨 말이냐?"

"그 얘기는 나중에 해요."

그녀는 화재 현장으로 더 다가갔다. 검은 폐허 위로 여전히 악취 나는 스모그가 남아 있었다. 우리가 다가가자 그 검은 잿더미 속에서 먹을 것을 찾던 작은 새 몇 마리가 날아올랐다.

"여기에 내 방이 있었다. 만약 내가 네 어깨 위에 선다고 하면 내 머리가 닿는 위치에 창이 있었고."

그녀가 석재 기초만 남은 집터를 떠나 내게로 왔다. 그녀의 얼굴에는 눈물 자국만 있는 것이 아니었다. 아주 피곤해 보였다. 그녀가 목적지가 확실치 않은 여러 여행에서 돌아올 때면 그녀의 피부는 종종 갈색으로 햇볕에 타 있곤 했다. 그런데 이번엔 그렇지 않았다.

그녀에게 묻고 싶었던 것이 항상 많았다. 그런데 그녀 스스로 그녀의 삶에 대해 말하고 싶어 한 적은 거의 없었다.

"무슨 일이 있었는지 얘기해 보세요."

"밤 열 시 반쯤 잠이 들었다. 두 시간 후에 강한 빛이 내 머리로 들어오는 것 같아 잠에서 깼지. 엄청나게 뜨거웠어. 불길에 완전히 휩싸인 집에서 뛰쳐나왔다. 이제 와서 기억해보면 무슨 괴물들이 불에 산소를 내뿜는 것처럼, 불타는 소리가 무슨 굉음 같았어."

"그런데 왜 불이 난 거예요?"

"그건 아무도 몰라. 경찰도, 화재조사관도, 나도."

"발화원인과 관련된 가능성이 그렇게 많아요?"

"내가 방화를 했다는 소문도 벌써 퍼지고 있다."

"아버지가 무엇 때문에 자기 집에 불을 질러요?"

"아마도 이성을 잃어서?"

"그러셨어요?"

"그런 것 같니?"

"질문으로 대답하지 마세요!"

"나는 미치지 않았다! 나는 방화범이 아니야. 내가 잠에서 깼을 때 집 전체가 불길에 휩싸여 있었어. 원인이 무엇이든 간에 내가 불을 지른 건 아니야."

"집이 저 혼자 불타오르지는 않아요. 혹시 쥐들이 전선을 갉아먹어 합선이 된 건 아닐까요?"

"그렇다면 최소한 네 마리가 공모를 했어야 한다. 게다가 그

쥐들이 휘발유에 접근 가능했어야 하고."

헤멜레이넨이 했던 말을 그녀에게 전했다. 그녀는 듣기만 하고 아무런 질문도 하지 않았다. 그 대신 천천히 집을 한 바퀴 돌면서 모퉁이마다에서 걸음을 멈췄다. 그녀가 결국 화재의 원인을 발견하는 걸까 기대가 되었다.

그녀는 천천히 움직였다. 마지막에는 위에 불탄 물건들이 놓여 있는 비닐봉지 앞에 멈춰 섰다. 나는 그녀에게 가서 자코넬리의 구두골을 들어올렸다. 그게 무엇인지 그녀는 곧장 알아봤다.

"구두도 갖고 나오지 못한 거예요?"

"내 자신 말고는 아무 것도 가지고 나올 수 없었다."

그녀는 쪼그려 앉아서 구두골을 있던 자리에 되돌려놓았다. 그녀가 일종의 장례식을 준비하고 있다고 느꼈다. 무릎이 삐걱거렸지만 나도 그녀 옆에 쪼그려 앉았다.

"자코넬리의 죽음 말인데," 내가 말했다. "그가 이탈리아로 돌아가서 어떤 게스트하우스에서 죽었다는 것 말고는 내가 아는 것이 없구나."

"자코넬리는 양쪽 신장이 다 안 좋았어요. 점점 나빠졌는데 혈액투석기에 의존한 채 살고 싶어 하지 않았어요. 그래서 품위 있는 죽음을 맞겠다는 결심을 했고, 헬싱란드에 있던 작업실과 모든 걸 다 그냥 두고 밀라노 북쪽에 있는 자기 고향마을로 돌아갔어요. 그리고 2주 후에 죽었어요. 전 그의 친구들을 통해 그 소식을 들었어요."

"그의 작업장은 어떻게 됐지?"

"주변 이웃들이 그 작업장을 박물관으로 여기고 있어요. 그런데 모두 노인들이라 자코넬리의 기념물들을 얼마나 보존할 수 있을지는 아무도 몰라요."

그녀가 일어났다. 나도 따라 일어나려다 거의 넘어질 뻔했다. 마지막 순간에 그녀의 다리 한 쪽을 붙잡아서 다행히 넘어지지는 않았다.

우리는 캠핑카로 내려갔다. 그녀는 침대 위에, 나는 테이블 앞에 앉았다. 보온병에 커피가 들어있었다.

"둘이 같이 지내기에는 여기가 너무 좁아요." 그녀가 말했다.

"네가 올 줄 알고 내가 미리 준비를 했지. 이 섬 동쪽에 바위섬이 하나 있어. 이름 없는 섬이지. 거기에 내 옛날 텐트를 쳐뒀다."

"거기는 너무 춥지 않을까요?"

"예전에 썼던 따뜻한 침낭도 있어."

"썩지 않았어요? 엄마가 돌아가셨을 때 그 침낭을 본 기억이 있는데. 아버지가 그걸 왜 버리지 않았는지 이해할 수가 없었어요."

"곰팡내가 나긴 하더라만, 여기 다도해 지역에는 항상 바람이 부니까 냄새는 금방 날아갈 거야."

그녀가 침대에 누웠다.

"여기까지 오는 길이 너무 멀었어요. 많이 피곤하네요."

"어디서 온 게냐?"

그녀는 대답을 하지 않고 고개만 흔들었다. 그게 나를 화나게 만들었다.

"너는 왜 대답을 안 하니? 네가 뭘 했는지 알려달라는 게 아니잖니. 그저 네가 어디에서 온 건지 알고 싶을 뿐이야."

그녀가 다시 눈을 떴다. 그리고 하리에트가 가끔 내게 던졌던 것과 똑같은 도전적인 눈빛으로 나를 봤다. 하지만 그녀는 대답하지 않았다. 대신 내게 등을 돌리고 무릎을 끌어당기는 것으로 잠을 자겠다는 분명한 의사표시를 했다.

내가 할 수 있는 유일한 이성적인 행동은 아무 말 없이 빵 몇 개에 버터를 바르고, 보트 창고에서 텐트로 옮겨다 놓은 알코올버너에 데워 먹을 통조림 수프를 하나 챙기는 것이었다. 캠핑카는 딸의 것이었으니까.

루이제가 너무 일찍 그리고 너무 갑자기 왔다. 나는 내 집이 불타 버렸다는 것에도, 루이제가 와서 나와 함께 있을 것이라는 사실에도 아직 적응하지 못했다.

섬을 한 바퀴 돌았다. 남쪽으로 해안선을 따라 걸었는데, 마주치는 돌마다 어릴 적 보았던 기억이 났다. 아주 여러 번 내

낚싯대를 들고 그곳에 갔었고 낚싯줄을 던지려고 그 돌들을 선택해 그 자리에 멈춰 서곤 했다.

낚싯대는 더이상 없었다. 바다에 물고기들도 이젠 없었다.

캠핑카로 돌아왔을 때 루이제는 깊은 숨을 쉬며 자고 있었다. 나는 조심스럽게 그녀의 다리 위로 이불을 덮어주었다. 그녀는 움직이지 않았다.

보트 창고로 내려갔을 때는 땅거미가 지고 있었다. 넓은 구름떼가 바다 위에 깔려 있었다. 내가 깨닫지 못하는 사이에 구름떼가 몰래 몰려온 모양이다. 기온이 더 떨어졌다.

일어난 일들을 기록하기 위해 새로 산 노트를 텐트로 가져갈까 생각했다. 하지만 그냥 두기로 했다. 노트를 가져가려면 다시 캠핑카로 돌아가야 하는데 루이제를 깨우는 위험을 감수하고 싶지 않았다.

보트를 꺼낸 뒤 엔진에 시동을 걸지 않고 노를 저어 바위섬으로 갔다. 순풍 덕에 빨리 갈 수 있었다.

작은 분지에는 바람이 없었다. 알코올버너에 불을 붙이고 수프를 데웠다. 몸이 얼까봐 침낭을 꺼내와 다리를 덮었다. 어둠 속에 앉아 있자니 아이의 모습을 한 여러 명의 내 자신이 나를 둘러싸고 있는 느낌이 들었다.

리사 모딘을 떠올렸고, 딸 생각을 했고, 죽은 하리에트를 생각했다.

식사가 끝난 후 나는 완전한 어둠 속에 앉아 있었다. 매우 피곤했다.

침낭을 텐트 안으로 가져가려는 순간 불빛을 발견했다. 내 섬에서 나온 불빛이었는데, 무슨 빛인지 정확히 알아볼 수 없었다.

눈을 가늘게 뜨고 바라보았다. 내 딸이 내가 캠핑카 테이블 위에 놓아두었던 손전등을 깜빡이고 있다는 사실을 깨달았다.

그녀를 소리쳐 불렀으나 맞바람이 너무 강했다. 손전등의 불빛은 불규칙한 간격으로 깜빡거렸다. 하지만 나는 루이제가 중요한 일이 아니라면 절대 저런 신호를 보내지 않을 것이라는 걸 알고 있었다.

그녀가 내 휴대폰 번호를 가지고 있지 않다는 생각이 났다. 나는 보트에 올라타 어둠을 뚫고 노를 저었다. 내 눈꺼풀 뒤에서 불이 타오르기 시작했을 때 내가 그 속에 누워있던 바로 그 어둠이었다. 또 그런 일이 다시 일어날까? 바다에도 불이 붙어서 내가 살 수 있는 방향으로 노를 저을 수밖에 없게 만드는 것 아닐까?

노 젓기를 멈추고 돌아보았다.

선착장의 손전등 불빛은 꺼져 있었다.

7

선착장에 보트를 묶었다. 루이제는 없었다. 그녀는 보트 창고 벽에 걸린 램프도 켜지 않았다. 내가 그녀의 점멸신호를 인지하기를 정말로 원했다면 그녀는 불빛이 약한 손전등보다 보트 창고에 걸린 강력한 불빛의 외등을 사용했을 것이다.

막 그녀를 부르려다 캠핑카에 불이 켜져 있는 것을 발견했다. 나는 보트 창고 옆에 그대로 서 있었다. 보아하니 그녀는 캠핑카 안에 있어서 보트 창고에 불이 켜진 것을 미처 모르고 있는 것 같다.

보트 창고 외등이 비추는 둥그런 불빛 바로 옆에 둔중한 날갯짓을 하는 큰 새가 한 마리 보였다. 어쩌다가 어두운 밤에 수리부엉이들이 나타나는 경우가 있다. 수리부엉이의 밤 소풍은 사람들이 모르는 흔적과 방향을 따라 이루어졌다.

나는 캠핑카로 올라갔다. 그러나 문에 다다르기 전에 발길을 멈췄다. 타원형 창 안쪽 커튼이 제대로 닫혀있지 않았기 때문이다. 아직까지는 한 번도 딸을 몰래 훔쳐본 적이 없었다. 살금살금 창으로 다가가 조심스레 안을 들여다봤다.

루이제는 웃통을 벗은 채 테이블에 앉아 카드를 넘기고 있었다. 패 떼기를 하는 건 아니었고, 뭔가 깊은 생각에 빠져 있는 것 같았다.

한 번도 루이제의 벗은 몸을 본 적이 없다. 그녀가 갑자기 창 쪽으로 시선을 돌렸다가 나를 발견하지 않도록 조심스레 뒤로 물러났다.

그녀에게 걸리고 싶지 않았지만, 그녀의 세계를 들여다보는 걸 멈추고 싶지도 않았다. 나는 그녀가 보일러를 틀었다는 걸 깨달았다. 그래서 웃통을 벗은 것이었다.

손전등이 있나 눈으로 찾아보려 했지만 실내가 어둑해서 잘 보이지 않았다.

반나체의 딸을 찬찬히 살펴보았다. 풍만한 젖가슴이 엄마를 닮았다. 창에서 떨어져서 몇 분 후에 문을 두드렸다.

"누구세요?"

"나다. 손전등으로 보낸 신호를 보고 왔다."

"손전등이요?"

"그래, 손전등."

"잠깐만 기다리세요."

캠핑카가 살짝 흔들렸다. 문을 열었을 때 그녀는 스웨터를 입고 있었다.

나를 안으로 들어오게 한 그녀는 이마를 찌푸리며 나를 바라보았다. "무슨 말이에요? 손전등이라니요?"

부엌선반에 놓여 있는 손전등이 눈에 들어왔다. 그것을 가리켰다.

"텐트로 막 들어가려는 순간 네가 선착장에 서서 손전등을 깜빡거리는 걸 봤다. 너를 불렀는데 맞바람 때문에 내 소리를 듣지 못하더구나. 그래서 노를 저어 건너왔다. 손전등 말고 보트 창고 외등을 이용하지 그랬니? 그 외등을 껐다 켰다 하면 거의 전조등 같을 텐데 말이다."

그녀는 대답하지 않았다. 그저 꼼꼼한 눈초리로 나를 살폈다. 그러더니 의자에 앉으라고 내게 고갯짓을 했다. 나는 의자에 앉은 뒤 재킷의 단추를 풀었다. 캠핑카 안이 아주 더웠다. 그녀는 문 옆에 서 있었다.

"아버지가 무슨 말을 하는지 모르겠어요." 잠시 후 그녀가 말했다.

나는 부엌선반에 손을 뻗어 손전등을 잡은 뒤 그녀에게 비추며 전등을 켰다 껐다 했다.

"네가 선착장에 서서 이렇게 내가 있는 쪽을 향해 신호를 보내는 걸 봤다. 왜 그랬니? 걱정되더구나."

그녀는 아무 말도 하지 않았다. 뭔가 잘못 되었다는 걸 알았다. 내 생각이 맞았다.

"난 손전등을 켜고 선착장에 서 있지 않았어요."

"난 내가 잘못 봤다고 생각하지 않는다."

"불빛이 어떻게 깜빡였는지 봤어요?"

"응."

"모르스 신호였나요?"

"그건 몰라. 아주 불규칙적이었어. 건너뛰는 불규칙한 맥박처럼."

그녀는 고개를 저었다. 그녀에게서 막연한 불안이 느껴졌다. 내가 치매로 가고 있다고 생각하는 걸까?

그 생각을 하니 갑자기 소름이 끼쳤다. 신체적으로 건강한데 어느 날 어쩌면 내 딸에게서 내가 뇌 기능과 기억을 점점 잃어가고 있다는 설명을 듣게 되는 것보다 더 끔찍한 상황은 상상하기 어려웠다. 의사가 되기 위한 공부를 할 때에도 이미 나는 다른 의대생들과 앉아서 우리가 상상할 수 있는 늙음의 최악의 형태에 대해 얘기하곤 했다. 대체적으로 모두 같은 대답을 했다. 육체적 고통에 시달리는 것보다 치매에 걸리는 게 더 고약하다는 것.

"내가 선착장에 내려가지 않았다는 말을 믿으세요. 내가 아버지에게 왜 거짓말을 하겠어요?"

"네가 아니었다면 대체 누구였단 말이냐?"

"혹시 낯선 사람들이 이 섬에 몰래 들어오곤 하나요?"

"내가 아는 한은 아니다. 혹시 방화범이 다시 온 걸까?"

그녀가 다시 이마를 찌푸렸다.

"이곳에 나타난 유일한 사람은 아버지에요."

"내가 착각한 것일 리가 없어!"

"그렇다면 나가서 침입자를 찾아봐야죠."

침묵이 흘렀다. 물론 우리는 밖으로 나가지 않았다.

"저녁은 먹었어요?" 그녀가 물었다

"먹었다."

"커피 한잔 하실래요?"

"그러면 잠을 못 잔다."

"그럼 럼주 한잔 어때요?"

"럼주는 무슨? 내가 술을 마시지 않는 걸 너도 알잖니."

"말도 안 돼. 가끔 럼을 벌컥벌컥 들이키잖아요."

"그건 좀 다른 거고. 그럴 땐 흠뻑 취하려고 마시는 거니까."

"뭐 필요한 거 없어요?"

"이제 텐트로 돌아가서 좀 누워야겠다."

"캄캄해서 배가 딴 곳으로 가면 어쩌려고요?"

"멀지 않아. 헤엄쳐 갈 수도 있을 만큼 가까워."

"아버지가 여기 있었으면 좋겠어요. 어두워지니까 혼자 있기 무섭더군요. 시커멓게 불탄 사람들이 막 돌아다니는 것 같았어요. 아버지가 침대에 주무세요. 전 바닥에서 잘게요. 쿠션이랑 옷이랑 이불 있는 걸 다 모아서 깔면 바닥도 푹신푹신 할 거예요. 아버지는 아무 것도 안 마신다고 했으니, 나만 한잔 마실게요. 그리고 같이 카드게임 해요. 그런 다음에 자요. 비록 집은 불타버렸고 섬에는 깜빡이는 손전등이 돌아다니지만."

"대체 누가 손전등을 들고 있었는지 알 수가 없구나."

그녀는 대답하지 않았다. 대신 갈색 럼주가 반쯤 들어있는 병을 가방에서 꺼냈다.

그녀는 잔에 따른 럼주를 한 번에 들이붓고 얼굴을 찌푸리더니 다시 잔을 절반쯤 채웠다. 그녀가 제 엄마처럼 잔을 비운다는 걸 예전에는 전혀 몰랐었다. 하리에트는 절대 술을 많이 마시지 않았다. 하지만 술을 마실 때면 정말 마시기 싫은 걸 억지로 마시는 것처럼 술을 한 번에 목구멍에 쏟아 부었다.

루이제가 잔을 테이블에 내려놓았다.

"무슨 생각해요? 손전등?"

"너를 보면 하리에트를 보는 것 같아. 둘이 술 마시는 모습이 똑같아."

"취한 모습은 달라요. 엄마는 몇 잔 마시면 잠이 들었어요. 나는 슬퍼지거나 화가 나요. 나중에 취하면 둘 중에 어느 쪽으로 갈지는 나도 미리 알 수가 없어요. 하지만 걱정 마세요. 오늘 저녁엔 취하려고 마시는 게 아니니까. 사라져서 결코 부활할 수 없는 모든 것들을 생각하면 몸이 으슬으슬해요."

"난 아직도 무슨 일이 일어난 건지 이해가 안 된다. 어쨌든 내일은 이제 앞으로 어떻게 해야 할지 얘기를 해 보자꾸나."

그녀는 잔을 옆으로 밀어놓고 카드에 손을 뻗쳤다.

"그래요, 내일. 오늘 밤 말고. 저도 아버지랑 같은 생각이에요. 어떤 카드게임을 할까요?"

나는 카드게임이 항상 지루했다. 우리는 포커를 치기 시작했다. 루이제는 패가 좋을 때나 아닐 때나 거의 매번 이겼다. 나는 그녀가 좋은 패를 들었는지 아니면 나를 속이는 건지 전혀 알 수가 없었다. 때때로 그녀가 나를 동정해서 져 주는 것 같았다. 마침내 내 성냥개비가 다 떨어진다고, 카드를 그만 해도 되겠다고 생각할 때마다 게임은 계속 되었다.

우리는 침묵 속에 포커를 쳤다. 나는 종종 실수를 했지만 그녀는 오로지 자기 카드에만 집중했다.

열 시 반이 되었을 때 우리는 잠시 쉬기로 했다. 그녀는 소변을 보기 위해 밖으로 나갔고, 돌아와서는 빵 몇 조각에 버터를 발랐다. 그녀는 커피를 마셨고, 나는 물을 마셨다. 그런 다음 게임을 계속했다. 자정이 되어서도 내 성냥개비를 다 잃는데 실패했다. 나는 카드를 테이블에 던지듯 내려놓으며 더이상 못하겠다고 말했다. 그녀는 불만스런 표정으로 고개를 끄덕이더니 잔에 남아 있던 럼주 몇 방울을 마셨다. 나는 밖으로 나가 방광을 비웠고, 그러면서 그녀가 잠자리를 준비하는 소리를 들었다. 밤하늘에 가느다란 낫 같은 달이 떠 있었다. 하늘을 덮었던 구름은 걷혀 있었다. 캠핑카 안이 조용해질 때까지 기다렸다가 문을 두드리고 안으로 들어갔다.

루이제는 벌써 바닥에 준비한 잠자리에 들어 있었다. 눈을 감은 채 내게 잘 자라고 인사했다. 나는 옷을 벗고 침대 속으로 들어간 뒤 불을 껐다. 보트 창고의 외등이 보내는 가느다란 한 줄기 빛이 캠핑카의 창을 통해 안으로 들어왔다. 커튼을 닫으려고 침대에서 일어났다.

"빛이 들어오게 그냥 둬요." 루이제가 말했다. "그러면 밤이라도 너무 캄캄하지는 않잖아요."

나는 다시 침대에 누웠다. 피로가 아주 무거운 짐처럼 온몸을 눌렀다. 다시 처음부터 시작하기에 나는 너무 늙었다.

갑자기 오슬로브스키가 머릿속에 떠올랐다. 그녀는 항상 강한 감정들을 숨기고 살았던 사람이었다. 그런데 이제는 달라졌다. 그녀를 부두에서 만났을 때 그녀가 두려워하고 있다는 것을 분명히 느낄 수 있었다. 그녀는 심지어 그 두려움이 어디에서 온 건지 내게 보여주었다. 두려움은 어떤 위협처럼 그녀 뒤 어딘가에 매복해 있었다.

잠이 들기 전, 미래에 대한 결정을 내려야 한다는 것을 루이제에게 다음 날 확실히 납득시켜야 한다는 사실을 떠올렸다. 그녀가 아직도 나중에 이 섬에서 살 수도 있다는 생각을 한다면 새로 지을 집의 모습은 그녀가 결정해야 했다. 내가 수 년 전에 계약했던 보험증서에 의하면 내 집처럼 그렇게 오래된 집은 복원이 불가능하다. 그러나 보험금의 액수를 고려하면 루이제에게 선택의 가능성이 있었다.

하지만 루이제가 숯덩이가 된 폐허를 끔찍하게 생각한다면 어떻게 될까? 그녀가 내게 섬을 팔라고 제안하고 그녀의 상속분을 내가 죽기 전에 미리 달라고 하면 어떡해야 할까? 새 집을 짓는 큰 부담을 내가 감당해야 할까? 아니면 그냥 캠핑카에서 계속 살아야 할까? 어쩌면 근처에 사는 목수를 찾아서 보트 창고를 확장시켜 달라고 할 수도 있다. 그러면 캠핑카처럼 플라스틱 벽으로 된 공간이 아니라 나무 벽으로 된 방에서 살 수 있다.

아니면 나룻배를 이용해 내 낡은 자동차를 이곳으로 운반해 와서 캠핑카에 연결하면, 보트가 아니라 자동차로 죽음의 강인 스틱스를 건널 준비가 끝나지 않을까?

이런저런 생각을 하다가 살짝 잠이 들었던 모양이다. 루이제의 목소리가 나를 선잠에서 깨웠다. 그녀는 내가 깨어있다고 생각했는지 큰 소리로 말했다.

"정원을 만들어야겠어요."

그녀가 한 말을 정확하고 분명하게 들었다. 하지만 이해할 수 없었다. 내가 아는 내 딸은 나와 마찬가지로 뭔가를 심고 기르기 위해 작은 삽으로 땅을 쑤셔대는 일을 싫어하고 그런 일에 관심도 없는 사람이었다.

"정원을 어디에 만들려고?"

"여기요."

"이 섬에는 아무 것도 자라지 않아. 돌투성이고 흙이 부족해. 얼마 안 되는 땅 속 영양분은 떡갈나무와 오리나무에게 필요하고."

"물론 여기 땅에 딱 맞는 정원을 만들 거예요."

"네가 식물을 키우는데 관심이 많은 줄은 전혀 몰랐는데."

그녀가 잠자리를 박차고 일어나는 바람에 캠핑카가 흔들렸다. 그녀는 이불로 몸을 감싸고 램프를 켠 뒤 테이블에 앉았다. 나는 그냥 누워 있었고 램프 불빛에 눈이 부셔 눈을 깜빡였다.

"자코넬리가 묻혀있는 마을에 갔었어요. 자코넬리가 거의 대부분이 담쟁이덩굴로 덮여있는 담장 뒤에 있는 작은 정원에 대해 말해준 적이 있어요. 나는 그 담장을 찾았고, 담장 위로 올라갔죠. 그때는 정원에 잡초가 무성했는데, 아마 예전에는 분명이 아주 아름다웠을 거예요. 그때 그 동네를 돌아다니다가 그것과는 다른 정원을 만들고 싶다는 생각을 했어요. 자코넬리는 그 정원을 내게 보여주면서도 아마 내가 나만의 길을 갈 것이라는 걸 알았을 거예요. 나는 아무 것도 없는 무의 바다를 만들고 싶었어요."

"그게 뭐냐?"

"내일 말해 줄게요. 이제 다시 불을 끌게요."

나는 잠들기 전에 그녀가 말한 무의 바다가 무엇인지 이해하려고 해 보았다. 하지만 실패했다.

여섯 시 조금 지나 잠에서 깼다. 루이제는 이불을 머리 위까지 끌어올린 채 깊이 자고 있었다. 한 쪽 발이 이불 밖으로 나와 있었다. 마치 발이 몸에서 떨어져 나온 것처럼 보였다. 이불 귀퉁이로 조심스럽게 밖으로 나온 발을 덮어주었다. 루이제가 잠시 몸을 움찔했지만 깨지는 않았다.

냉수욕 후에 입을 옷들과 수건으로 쓸 중국산 셔츠를 챙겨서 선착장으로 내려갔다. 아직은 어둡고 추웠다. 바람은 북쪽으로 불고 있었다. 나는 숨을 들이쉬고 물에 들어갔다. 언제나처럼 추위가 강하게 내 몸을 때렸다. 나는 가을의 추위와 봄에 얼음이 녹은 직후의 추위가 정확히 일치하는 확실한 지점이 있다고 생각한다. 상반되는 두 계절이 하나로 합쳐지는 것이다.

언제나처럼 열까지 세고 다시 선착장으로 올라왔다. 중국산 셔츠로 젖은 몸을 닦고 나니 몸에 작은 파란색 실들이 붙었다. 옷을 입은 후 온도계를 보았다. 3도였다. 가끔씩 약한 돌풍처럼 바람이 불었다. 북쪽에서 불어온 바람은 매섭게 얼굴과 손에 꽂혔다.

옷을 입은 다음 벤치에 앉아서 천천히 어둠이 물러갈 때까지 웅크리고 있었다. 루이제가 어젯밤에 뭐라고 했더라? 무의 하늘? 아니다. 무의 바다. 무슨 뜻으로 한 말인지 여전이 이해가 되지 않았다.

캠핑카의 문이 열렸다. 루이제가 아침식사를 하라고 나를 불렀다. 그녀는 제대로 옷을 입고 핀 몇 개를 이용해 올림머리를 하고 있었다.

"나도 아버지처럼 그렇게 찬물을 잘 참을 수 있었으면 좋겠어요." 함께 식탁에 앉았을 때 루이제가 말했다.

루이제가 끓인 커피는 항상 내 입맛에 너무 썼다. 하지만 이미 알고 있던 터라 불평하지 않았다.

"너도 곧 찬물에 들어가야 할 게다. 욕조도 없고 물을 끓일 방법도 없으니까."

"항구에 가면 요트 타는 사람들을 위한 샤워장이 있어요."

"요즘엔 잠겨 있을 텐데."

"우리 집이 불탄 걸 알면 열어주지 않을까요?"

물론 그녀 말이 맞았다. 나머지 아침식사를 침묵 속에 마쳤다. 루이제가 식탁을 치웠고, 내가 돕겠다고 했지만 둘이 동시에 움직이기에는 캠핑카 안이 너무 좁아서 그녀가 내 도움을 사양했다. 우리는 몇 시간 후 가게들이 문을 여는 시간에 맞춰 함께 항구에 가기로 결정했다.

"무의 바다 말이다." 식탁을 다 치운 후에 내가 말했다.

"그게 뭔지 보여 주고 설명해 줄게요."

우리는 밖으로 나갔다. 바람은 아직 강했고 하늘엔 두꺼운 구름장이 낮게 깔려 있었다. 시간은 어느새 일곱 시 반을 가리키고 있었다. 루이제는 단호한 걸음걸이로 불탄 집 뒤에 있는 잔디밭으로 올라갔다. 바위 중 하나에 앉아서 잔디밭 쪽을 향해 보면 바다가 훤히 보인다. 나는 그녀가 가리키는 납작한 바위 위에 앉았다.

루이제는 전년도에 갔었던 일본여행 이야기를 시작했다. 그녀는 하고자 하면 듣는 사람이 매료될 정도로 재미있게 이야기를 할 줄 안다. 나는 그녀가 나보다 말솜씨가 훨씬 좋다고 종종 생각한다.

물론 나는 그녀가 일본에 갔었던 걸 몰랐다. 당연히 파라과이나 타스마니아에 갔던 것도 몰랐다. 일본에 갔던 건 특별히 고안한 종이 연을 유럽으로 가져가겠다는 생각에서였다고 했다. 그건 그녀가 지나가면서 한 말이었고, 나는 그 계획이 실행되었는지에 대해서는 묻지 않았다. 그녀는 여자 친구 한 명과 함께 교토와 선불교 사찰인 다이센인에 갔던 이야기를 했다. 그곳에서 돌로 이루어진 정원을 보았는데, 돌과 자갈 들 외에는 풀 한 포기도 없었다고 했다. 그 돌 정원은 16세기에 만들어졌고, 그곳을 찾는 사람들이 더 쉽게 명상에 집중할 수 있도록 자연 속 신비를 하나 창조하고자 했던 것이라고 했다.

"나는 아주 평온해졌어요." 그녀가 말했다. "마치 내가 오랫동안 찾아 헤맸던 것을 찾은 것 같았어요. 거기 있는 벤치에 앉자마자 온전히 그 돌 세계의 일부가 되었죠. 평온함이 느껴

짐과 동시에 그 평온함으로 인해 아주 유쾌한 기분이 들었어요. 그래서 그 자리에서 바로 언젠가는 무의 바다에 대한 인사로서 나만의 돌 정원을 하나 만들겠다는 결심을 했죠. 무의 바다는 바로 내가 보았던 그 정원의 이름이에요. 이 섬은 아버지가 말한 대로 아무 것도 자라지 않는 곳이니 자갈과 돌로 이루어진 정원을 만들기에 더할 나위 없이 좋은 장소인 셈이죠. 그러면 스웨덴과 일본에 있는 두 정원이 돌로 된 손을 뻗어 서로에게 손짓을 할 수 있을 거예요."

그녀가 갑자기 이야기를 멈추더니 화재 현장을 지나 캠핑카로 내려갔다. 문이 열렸다 닫히는 소리가 들렸다. 돌아온 그녀 손에는 흑백사진 한 장이 들려 있었다.

"이게 무의 바다예요. 이렇게 생겼어요."

나는 그 사진을 손에 들고 한참을 앉아 있었다. 루이제는 나를 내버려둔 채 내가 손에 든 사진 속 정원과 꼭 닮은 정원으로 그녀가 탈바꿈시키고자 하는 잔디밭 주변을 거닐었다.

교토에 있는 정원의 어떤 점이 그녀를 그렇게 감동시켰는지 나는 알 수 없었다. 자갈 · 돌 · 모래 그리고 평평한 바닥 위로 기포들이 튀어나와 화석이 된 것 같은 작은 언덕 몇 개, 그 중 어떤 것이었을까?

요즘의 내 존재는 돌로 가득차 있는 것 같다는 생각을 했다. 내 집이 불탄 뒤에 남은 것은 돌로 된 기초뿐이다. 전날 나는 리사 모딘과 여기저기 흩어져 있는 돌들이 극도의 빈곤 속에서 살아남으려 애썼던 사람들을 떠올리게 했던 브롱셰르를 방문했었다. 그곳에서 나는 옛날에 그곳의 집들을 짓는데 사용되었던 돌들의 일부가 혼자 힘으로 그들이 애초에 있었던 곳으로 돌아가는 길이라고 얘기했었다.

그리고 지금 돌 정원에 관한 이야기까지.

나는 사진을 재킷 안쪽 주머니에 넣었다. 루이제가 내 쪽으로 와서 바위 위에 앉았다.

"그 곳에서 뭘 본 거냐? 이 사진으로는 네가 실제로 경험한 것이 무엇인지 전혀 느껴지지 않는구나."

"내가 여기에 정원을 만들어 놓으면 아버지도 이해하게 될 거예요."

"진심이냐?"

"난 항상 진심이에요."

"그래, 안다. 그런데 새 집을 짓기 전에 돌 정원부터 먼저 만들겠다는 거냐?"

"아마도요."

"그건 네가 내려야 할 결정 같은데."

그녀가 말없이 고개를 끄덕였다. 그러더니 우리가 앉아있는 바위에서 떨어져 나온 돌조각 하나를 줍기 위해 허리를 숙였다. 그녀가 일어나서 돌조각을 잔디밭 가운데에 내려놓았다.

"내 정원은 외로운 이 돌 하나로 시작하는 거예요."

"불탄 이 폐허를 어찌하고 싶은지 네가 결정을 해야 해."

"그건 오늘 저녁에요. 이제 항구에 가요."

루이제는 배가 가는 방향을 바라보며 뱃머리에 앉아 있었다. 나는 그녀가 얘기한 돌 정원을 생각했다. 갑자기 내 머리에 한 번도 떠오른 적 없던 생각이 떠올랐다. 그 바람에 너무 놀라서 나도 모르게 속도를 줄였다. 루이제가 무슨 일인지 의아한 얼굴로 나를 돌아봤다. 나는 속도를 완전히 줄이고 엔진을 공회전하게 두었다.

"왜 섰어요?"

나는 그녀에게 더 가까이 있기 위해 보트 가운데 벤치에 앉았다.

"불자들이 그 정원을 설계했다고 했지?"

"소아미라는 사람이 한 걸로 알려져 있어요."

"그 사람이 승려였니?"

"선불교 승려였어요."

"나는 둘의 차이가 뭔지 잘 모른다."

"궁금하면 이따가 집에 가서 설명해 줄게요."

"내가 알고 싶은 건, 네가 우리 섬을 선불교 사원으로 만들 생각인가 하는 거야. 혹시 불교 신자가 된 거니?"

그녀는 화를 내는 것으로 내 질문에 반응했다. 그녀가 플라스틱으로 된 두레박을 잡더니 내게 던졌다. 두레박 안에 있던 빗물이 내 얼굴에 튀었다. 나는 바로 두레박을 그녀를 향해 되던졌다. 그렇게 우리는 보트에 앉아 서로에게 두레박을 던졌다. 우리 둘 사이를 오가던 두레박 공격은 루이제가 실수로 두레박을 물에 던지고, 내가 노를 갈고리처럼 이용해 두레박을 건져낼 때까지 계속 되었다.

"나는 종교가 없어요." 그녀가 설명했다. "정원 하나 만들자고 종교를 가져야 하는 건 아니에요."

나는 아무런 대꾸 없이 다시 육지를 향해 보트를 몰았다.

샤워장은 잠겨 있었다. 루이제가 몇 번 문을 흔들어보았지만 문은 꿈쩍도 하지 않았다. 우리는 선박용품점으로 갔다. 우리가 들어갔을 때 노르딘은 상자에서 작업용 장갑들을 꺼내고 있었다.

내 장화는 여전히 오지 않은 상태였다. 그리고 샤워장이 내년 5월에나 다시 개방될 것이라는 노르딘의 말에 루이제는 당연히 화를 냈다. 노르딘은 루이제의 난처한 상황을 이해했지만 그렇다고 지방자치단체의 결정을 무시할 수는 없었다. 루이제가 그렇게 불같은 성격이 아니었으면 좋겠다는 생각이 들었다. 분노가 문제의 해결에 도움이 되는 것을 나는 거의, 아니 전혀 본 적이 없다. 나는 가끔 내 딸이 화를 내고 싶은 욕구를 가진 것 같다는 생각을 한다. 그녀에게는 화를 내는 것이 갈등을 피하는 것보다 더 중요하다.

노르딘이 불타오르는 듯한 그녀의 분노에 놀랐다. 그는 자기 책임이 아닌 일에 사람들이 목소리를 높이고 화를 내는 일에 익숙하지 않았다. 분위기를 가라앉히기 위해 내가 대화에 끼어들려 했지만 루이제는 나를 제지했다.

"지방자치단체의 누구랑 얘기하면 되죠?" 그녀가 격분하여 물었다.

"나도 모릅니다." 노르딘이 대답했다. "샤워시설 담당하는 사람들이 매번 달라요."

"열쇠는 누구한테 있어요? 온수를 담당하는 사람은 누구고요?"

"성수기 중에는 제가 합니다."

"그러면 열쇠도 가지고 계시겠네요?"

"성수기가 아니면 열쇠를 내드릴 수 없어요."

"가을에도 씻기는 해야죠!"

루이제와 나는 동시에 노르딘이 벽에 걸린 열쇠함에 시선을 던지는 걸 알아챘다. 그걸로 충분했다. 루이제는 열쇠함으로 가서 문을 열고 형광펜으로 샤워장이라고 쓰인 나무토막이 붙어있는 열쇠를 꺼냈다. 그리고 아무 말 없이 가게 문을 나섰다. 돌돌 만 수건을 겨드랑이 밑에 낀 채.

노르딘은 온몸을 떨고 있었다. 그가 방금 겪은 일 때문에 큰 두려움에 휩싸여 있다는 걸 알 수 있었다. 그의 재산은 아니지만, 그가 지키고 유지하기로 지방자치단체에 상징적으로 맹세했던 책임을 누군가에게 약탈당한 것 같은 모습이었다. 나는 그가 위로가 필요하다는 걸 알았지만, 그 위로는 내가 줄 수 있는 것이 아니었다.

"저 아이가 나쁜 의도로 한 짓은 아닐세." 내가 무기력하게 말했다. "그냥 더러운 것 같아서 씻고 싶었을 뿐이네. 섬의 물이 너무 찼던 모양이야. 앞으로는 씻는 문제를 목욕통과 양동이 그리고 전기레인지로 해결하도록 하겠네."

나는 노르딘을 작업용 장갑들을 반쯤 꺼내다 만 상자 앞에 혼자 남겨두고 가게에서 나와 샤워장으로 향했다. 안에서 물소리가 들려왔다. 루이제가 가지고 있던 돌돌 만 수건 안에는 비누 한 개와 샴푸가 든 플라스틱 병이 하나 들어 있었다.

차가운 바람 속에 서 있으면서 나는 그녀가 아예 오지 않았더라면 더 좋았을 것 같다는 생각을 했다. 나는 화재라는 재앙을 그녀 없이 잘 극복하고 있었다. 하지만 그게 꼭 그렇지만은 않다는 것도 나는 알고 있었다. 그녀가 없이는 화재 후 그나마 내 인생에 남은 것들을 어떻게 해야 할지에 대한 결정을 내릴 수 없기 때문이다. 리사 모딘이 내 동반자가 될 수도 있으리라는 덧없는 꿈은 물론 현실 도피 그 이상도 이하도 아니었다.

샤워장에서 나온 루이제의 머리카락은 젖어 있었다. 그녀는 수건으로 머리를 감쌌다.

"그 사람 죽었어요?" 그녀가 물었다.

나는 화가 났다. 마음 같아서는 그녀를 때리고 싶었다. 힘껏 뺨을 갈기고 싶었다. 그러나 그저 그녀의 손에서 흔들리고 있는 나무토막에 걸린 열쇠만 낚아챘다.

"내 친구들을 모욕하지는 말았으면 좋겠구나." 씩씩대며 내가 말했다. "내가 해결하게 두었으면 우호적인 방법으로 열쇠를 받을 수 있었을 게다. 열쇠를 돌려주고 사과하고 올 테니 넌 여기 있어라. 너는 직접 사과하기 너무 창피해서 오지 못했다고 말하마."

뭔가 항변하려고 그녀가 입을 열었다. 이 비상식적인 상황을 끝내기 위해 무력한 움직임으로 그녀의 머리를 감싸고 있던 노란색 수건을 잡아챘다. 수건은 젖은 부두 바닥으로 떨어졌다.

"금방 오마. 여기서 기다렸다가 나와 같이 장을 보러 가던지, 아니면 네가 목적지가 어디인지 절대 얘기하지 않는 여행길에 또 오르던지, 알아서 해라."

나는 그녀에게서 돌아서서 선박용품점으로 향했다. 작업용 장갑들이 든 상자는 여전히 그대로 있었다. 노르딘은 평상시 낚싯줄과 계류용 밧줄을 손님들이 원하는 길이로 잘라주곤 하는 카운터 앞 스툴에 앉아 있었다. 내가 열쇠와 함께 오십 크로나 지폐 한 장을 그의 앞 테이블에 내려놓으며 루이제의 이름으로 사과의 말을 웅얼거렸지만, 그는 연필 한 자루를 손에 꼭 쥔 채 앉아서 나를 쳐다보지도 않았다.

나는 아주 솔직하지는 않았다. 나는 루이제가 화재 때문에 너무 충격을 받아서 그렇게 화를 냈고 그런 사실을 미안하게 생각하고 있다고 전했다.

노르딘은 연필을 내려놓더니 자리에서 일어나 내년 봄에나 다시 사용하게 될 열쇠를 제자리에 걸었다. 그가 혼자 있고 싶어 하는 게 느껴졌다. 그래서 나는 가게를 나와 자동차를 가지러 오슬로브스키의 집으로 올라갔다. 울타리 문과 집의 현관문은 닫혀 있었고, 오슬로브스키는 보이지 않았다.

집 앞 도로에 막 들어섰을 때 오슬로브스키의 집 창문 커튼이 움직이는 것을 보았다. 커튼이 다시 내려가기 전에 그녀의 얼굴이 살짝 보였다. 그녀는 집에 있었다. 그리고 여전히 두려워하고 있었다.

마음속에 뭔가 불편한 느낌이 차올랐다. 딸이 노르딘과 싸운 것도 그렇고, 오슬로브스키가 누가 볼까 걱정하며 몰래 창밖을 내다보던 모습도 그렇고. 뭔가 시작되고 있었다. 집이 불타버린 것은 더 큰 어떤 사건의 일부였다.

루이제를 데리러 갔을 때 그녀는 다시 수건으로 머리를 감싼 채였다. 그녀가 차에 탔다. 둘 다 아무 말이 없었고, 차는 출발했다. 여우 한 마리가 길을 건너는 바람에 갑자기 급제동을 해야 했다. 고라니와 노루는 본 적 있지만 이 근방에서 여우를 본 건 처음이었다. 얀손에게서 들은 바에 의하면 요즘 멧돼지도 점점 더 자주 나타난다고 한다.

"조심해요!" 루이제가 소리쳤다.

"여우가 조심해야지."

나는 언제나처럼 항구광장 은행 뒤에 주차했다. 내가 장을 보러 간 동안 루이제는 다른 방향으로 사라졌다. 신발가게는 평일인데도 닫혀 있었다.

우리는 차가 있는 곳에서 다시 만났다. 루이제가 들고 있는 비닐 쇼핑백을 보고 그녀도 내가 중국산 셔츠를 산 가게에 다녀왔다는 걸 알았다. 다시 차를 타고 시내 외곽에 있는 전자상가에 가서 전기레인지와 램프와 목욕통과 양동이를 샀다. 루이제가 우리의 침묵을 부담스럽게 느꼈는지 나는 모른다. 하지만 내가 그녀를 태우고 이리저리 다니는 동안 한 마디 말도 내뱉지 않는 딸에 대한 내 인내심이 슬슬 바닥나고 있었다.

마지막으로 산 물건들을 차에 실었다.

"난 배가 고프구나. 네가 계속 그렇게 입을 꾹 다물고 있을 거라면 굳이 같이 밥을 먹을 필요도 없을 것 같은데."

그녀는 방금 산 빨간 털모자를 손에 들고 있었다. 그 모자를 머리에 쓰더니 웃음을 터뜨렸다.

"당연히 같이 먹어야죠! 난 그냥 우리가 계속 말을 하지 않아도 된다는 게 참 좋아요. 사람들은 정말 끊임없이 쓸데없는 얘기들을 지껄이잖아요."

볼링장이 딸려 있는 식당에 갔다. 기름에 구운 생선을 먹고 음료로는 물을 마셨다. 한 테이블에는 며칠 전 항구에서 보았던 아스팔트 포장 인부들이 앉아 있었다. 놀랍게도 그들은 여전히 그들 중 한 명이 농어를 실제로 보았는지 아닌지를 두고 토론 중이었다.

식사를 마치고 커피를 주문했다. 아스팔트 포장 인부들은 식당을 나갔다. 루이제가 갑자기 그녀의 손을 내 손 위에 얹었다.

"집을 다시 지었으면 좋겠어요, 가능한 한 옛날 집이랑 똑같이. 언젠가 내가 살 집이니까요."

"그래. 그렇겠지."

우리는 다시 항구로 돌아갔다. 루이제가 나와 똑같은 안도감을 느꼈는지 궁금했다. 차를 타고 가는 동안 둘 다 말이 없었지만 밥을 먹으러 가기 전 자동차 안에 흘렀던 침묵과는 달랐다.

아까와 똑같은 지점에서 여우 한 마리가 길을 건넜다.

"다른 여우에요." 루이제가 말했다. "이번 여우가 더 작아요."

"내가 보기엔 더 큰 것 같은데."

"더 작아요."

나는 고집을 부리지 않았다. 충분히 힘든 하루였다. 보트 있는 곳에 도착해서 그녀를 차에서 내리게 하고 산 물건들도 모두 차에서 내렸다.

차를 제자리에 다시 세워두러 갔을 때에는 오슬로브스키의 집 커튼에 전혀 움직임이 없었다. 그녀에 대한 염려가 점점 더 커졌다. 그녀의 두려움은 어디서 온 것일까? 그녀는 무엇 때문에 숨는 것일까?

부두로 내려가서 노르딘이 선박용품점 문에 폐점 표시를 내건 것을 보고 깜짝 놀랐다. 그가 가게 안에 앉아서 울고 있을 것 같은 불안한 마음이 들었다. 내 딸이 보였던 행동에 다시 한 번 화가 났다. 하지만 그 문제를 다시 꺼내고 싶지는 않았다. 나중에는 몰라도 어쨌든 지금은 아니었다.

밧줄을 풀었다.

"이번엔 내가 운전할게요." 루이제가 말했다.

나는 뱃머리에 자리를 잡고 앉았다. 루이제가 힘차게 시동을 걸었다. 그녀를 처음 만났을 당시 그녀는 권투를 하고 있었는데, 쓸모없는 것이 아니었다. 그녀는 강하고 빨랐다. 그리고 항로를 잘 알고 있었다. 항로에 물이 얕은 지점이 있는데 그곳에 좀 가깝게 붙어서 배를 모는 것만 빼고는 나무랄 데가 없었다.

마지막 곶을 돌았을 때 얀손의 보트가 내 선착장에 서 있는 게 보였다. 얀손은 선착장 벤치에 앉아 있었다. 보트 창고에 보트를 댄 뒤 루이제에게 짐을 내리게 하고 나는 얀손에게 갔다.

얀손은 다도해 섬 담당 우편집배원으로 새로 온 쉬렌이 내게 전달해달라는 우편물을 가져왔다. 우체국 사람들은 아마도 여전히 내가 편지를 받고 싶어 하지 않는다고 생각하는 것 같다.

시 경찰청에서 보낸 편지였다. 봉투를 열어 읽었다. 방화혐의 피의자 신분으로 경찰청에 출두해 심문을 받으라는 내용이었다.

나흘 후 열한 시가 출두 시점이었다.

얀손이 의아한 얼굴로 나를 보았다.

"답장을 할 필요 없으니 기다리지 않아도 되네." 내가 말했다.

선착장에 서서 얀손이 떠나는 모습을 지켜보았다.

내가 출두요구서를 받은 사실을 얼마나 많은 다도해 지역 주민들이 알고 있을지 궁금했다.

그리고 내가 그 사실을 제일 늦게 안 사람은 아닐지 궁금했다.

골고다로 향하는 여우

그 사람들 대부분이 꼭 보고 싶어 하는 게
렘브란트의 자화상이에요,
그중에서도 특히 늙었을 때의 자화상.
눈과 눈이 마주하는 그 만남이
삶에서 죽음으로 넘어가는 길을
좀 덜 고통스럽게 만들어주죠.

8

그 후 며칠은 오로지 긴 기다림의 시간이었다. 밤이면 말들이 내 머릿속을 헤집고 달려 다녔다. 루이제에게는 출두요구서 받은 사실을 말하지 않았다. 그녀는 탐색하는 표정으로 나를 살피곤 했지만 아무 것도 묻지는 않았다. 얀손이 내게 편지를 가져온 것을 물론 그녀도 알고 있었다.

캠핑카에서 저녁을 먹을 때 우리는 다시 서로 이야기를 나누기 시작했다. 가스통에 가스는 얼마나 들었는지, 새로운 프라이팬이 필요하다는 것, 옷을 깨끗이 빨기 위해 세제가 있어야 한다는 것… 등에 대해서였다. 진지함을 요구하는 모든 다른 주제는 피했다.

집으로 돌아온 다음 그날의 나머지 시간을 나는 보트 창고에서 보냈고, 그녀는 캠핑카에 있었다. 나는 한 번 몰래 창을 통해 캠핑카 안을 들여다보았다. 그녀는 침대모서리에 앉아서 휴대폰으로 통화를 하고 있었다. 그녀가 무슨 말을 하는지 듣기 위해 귀를 기울였지만 소용없었다. 그녀의 표정이 진지했다. 화가 난 건지 슬픈 건지 정확히 알 수는 없었다. 그녀가 갑자기 통화를 끝냈고, 나는 얼른 몸을 숨기고 다시 보트 창고로 돌아갔다. 보트 창고에서 타르 냄새가 진동했다. 오래 된 타르 깡통을 하나 따 놓았었다. 냄새를 맡아보니 멀쩡했다. 여기 다도해 지역에서 타르는 변질되지 않는다.

보트 창고 뒤편에 아주 오래된, 지난 몇 년 동안 전혀 사용하지 않은 물이 새는 조각배가 한 척 있었다. 그 배를 밀어 물에 넣고 살펴보니 걱정했던 것만큼 새는 곳이 많지 않았다. 보트 창고에서 노를 가지고 나와 낡은 양철 두레박을 조각배의 선구 보관실 위에 올려놓고 배에 올라탔다. 텐트에 갈 때 충분히 사용할 수 있을 것 같았다.

내가 어렸을 때에는 이 섬에 노로 젓는 더 큰 배가 한 척 있었다. 표면에 타르를 바른 그 검은색 배는 할아버지가 그물로 고기를 잡을 때 사용했다. 처음에는 할머니가 노를 저었다. 내가 노를 사용할 수 있을 만큼 자랐을 때, 그리고 할아버지가 그물로 고기잡이 하는 과정을 내가 알게 되었을 때, 노를 젓는 일은 내게 넘어왔다.

내가 열 살인가 열한 살이었을 때 있었던 일이 갑자기 떠올랐다. 할아버지가 물에 빠져 헤엄치고 있는 수컷 노루를 발견했다. 할아버지는 주저 없이 손에 들고 있던 그물을 내려놓고 나를 옆으로 밀치더니 직접 노를 잡았다. 노루를 따라잡은 할아버지는 배에서 일어서서 한쪽 노를 들어 노루의 머리를 내리쳤다.

노가 부러졌지만 노루는 계속 헤엄쳐 갔다. 하지만 할아버지는 거의 물에 빠질 만큼 배 바깥으로 몸을 기울여 노루의 뿔을 잡는데 성공했다. 그는 동시에 모라 칼을 꺼내 노루의 목을 잘랐다. 너무나 순식간의 일이라 나는 무슨 일이 벌어진 건지 곧바로 알아채지 못했다. 할아버지가 죽은 그 짐승을 피 묻은 손으로 배 위로 끌어올린 다음에야 나는 상황을 이해했다. 이미 목숨이 끊어진 노루가 크고 반짝거리는 눈으로 나를 바라보고 있었다.

나는 죽음과 마주했다.

그때부터 나는 할아버지를 대할 때면 항상 어떤 두려움을 느꼈다. 그 전까지 할아버지에게서 전혀 느끼지 못했던 어떤 것을 본 것이다. 그물에 잡힌 물고기들을 그물에서 빼내면서 죽이는 일은 그렇다 치더라도, 바다 위에서 벌인 노루의 도살은 내가 전혀 예상하지 못한 일이었다.

육지에 도착해서 할아버지가 죽은 노루를 선착장 위로 던지자마자 나는 속에 있는 것을 다 게웠다. 할아버지는 아무 말도 하지 않은 채 못마땅한 눈초리로 나를 보았다.

할아버지가 할머니를 불렀다. 두 사람은 함께 노루의 내장을 들어냈다. 나는 이미 그 자리를 벗어난 상태였다.

그 기억이 다시 당시의 불쾌감을 불러 일으켰다. 그 사건은 최소한 육십 년 전의 일이지만 나는 여전히 노루의 목을 단번에 자르던 할아버지의 칼질이 눈에 선했다. 노를 들어 노루의 뿔을 내리칠 때의 할아버지 얼굴은 증오로 가득차 보였다. 필요했다면 할아버지는 망가진 노로 핀란드 해안까지 배를 몰고 갔을 것이다.

그 사건은 열 살밖에 안 된 내게 사람은 절대로 우리가 알고 믿고 있는 모습이 다가 아니라는 사실을 확실히 보여주었다. 그건 모두에게 적용된다. 나도 마찬가지다. 우리가 자주 만나고 잘 알고 있다고 생각하는 사람들에게도 항상 우리가 예상하지 못한 모습이 있다.

나는 다시 노를 저어 섬으로 돌아가서 조각배를 마른 땅 위로 올린 뒤 배 안으로 들어온 물을 퍼냈다. 섬에 있는 개미 둑 하나를 파내서 배에 물이 들어오는 곳을 막아볼까 고민했다. 하지만 곧 그 생각을 포기했다. 내가 만약 배에 물 들어오는 곳을 막기 위해 개미들을 죽인다고 하면 내 딸이 크게 분노할 것이기 때문이다.

루이제는 내가 돌아왔을 때 바위산 위 평탄지에 놓인 벤치에 앉아있었다. 그녀 옆에 앉았다. 그녀에게 얘기해야 할 시간이었다.

"경찰청에 출두하라는 요구서를 받았다." 내가 말했다.

"왜요?"

"경찰은 내가 집에 불을 질렀다고 생각하는 것 같구나."

"그러셨어요?" 그녀가 나를 보지 않고 물었다.

"아니." 내가 말했다. "너도 그렇게 생각하는 거냐?"

나는 일어나서 다시 보트 창고로 내려갔다. 내 안에서 분노와 두려움이 섞인 감정이 커지기 시작했다. 나는 일어난 일에 대한 통제력을 잃어버렸다.

나는 살면서 몇 번 권태나 두려움이나 분노 때문에 자주 술을 마신 적이 있다. 이 순간 텐트로 가져갈 보드카나 코냑이나 브랜디가 한 병 있었으면 좋겠다는 생각이 들었다.

조각배를 다시 물에 밀어 넣었을 때 루이제가 나를 쫓아온 것을 알았다.

"같이 갈게요." 그녀가 말했다.

"어디를? 텐트에?"

"경찰청에요."

"그러기 싫다."

"그래도 같이 갈 거예요. 아버지 혼자 경찰심문을 견뎌내기는 어려워요."

조각배 안에 낡은 코르크 부표가 하나 놓여 있었다. 나는 부표를 들어 그녀를 향해 던졌다.

"따라 올 생각 하지 마." 내가 소리쳤다. "내가 내 집에 불 지르지 않았다는 사실을 내가 잘 알고 있는데 무엇 때문에 다른 사람을 데려가야 한단 말이냐?"

나는 그녀의 대답을 듣지 않고 노를 노받이에 걸었다. 아니나 다를까 노 하나가 물속으로 미끄러졌다. 그 노를 잡으려고 할아버지가 노루를 잡고 죽였을 때처럼 몸을 배 밖으로 뻗었다가 몸이 홀딱 젖어버렸다. 루이제가 아직 해안가에 서 있었는지는 모른다. 그쪽을 보지 않기 위해 선미가 앞으로 가게 노를 저었다. 곶을 빙 돌았을 때 배를 돌렸다. 루이제는 아직 물가에 서서 시선으로 나를 좇고 있었다. 팔짱을 낀 채였다. 그 모습이 꼭 중국산 셔츠를 입은 백인 남자가 어떻게 그의 운명과 반은 썩어버린 텐트를 향해 노를 저어 가는지 서서 가만히 바라보고 있는 인디언 추장 같았다.

나는 그날 밤의 절반을 잠을 못 이루고 술을 마시고 싶다는 생각을 하며 깨어 있었다. 흠뻑 취하고 싶었고, 동시에 경찰이 내게 출두요구서를 보낸 미친 짓에 대한 생각으로부터 벗어나고 싶었다. 결국 잠이 든 것은 이제 내가 한계에 도달했다는 느낌과 함께였다. 내게 일어난 모든 일들, 내 나이와 불타버린 집과 아무도 나를 찾지 않는 무인도에 있는 것 같은 느낌을 대체 어떻게 극복해야 한단 말인가? 아니면 혹시 나 스스로도 내가 미쳐서 휘발유통과 성냥을 들고 날뛰었다고 믿는 건 아닐까?

심지어 내 딸까지도 나를 점점 짐으로 여기고 있었다. 사라졌던, 그러나 결국 그녀의 삶 속에 다시 들어온, 어쩌면 많이 그리워했던 그런 아버지가 더이상 아닌 것 같았다.

새벽녘에 잠에서 깼을 때에는 마치 전날 밤 술을 많이 마신 것 같은 느낌이었다. 피로감이 숙취와 비슷했다. 침낭에서 기어 나와 텐트 밖으로 나갔다. 바다는 회색빛이었고, 공기는 차가웠다. 바람은 아직은 약했지만 폭풍이 다가올 때 느낄 수 있는 것과 비슷한 어떤 방식으로 위협적이었다. 외로운 솜털오리 두 마리가 흔들거리며 물 위를 헤엄치고 있었다. 내가 손뼉을 치자 날아오르더니 이상하게도 곧장 북쪽 방향으로 날아갔다. 나는 그들이 하늘에서 더이상 보이지 않을 때까지 눈으로 뒤를 좇았다.

오후가 돼서야 나는 보트 창고를 향해 노를 저었다. 루이제가 캠핑카의 문을 열었을 때 안에서는 청소를 했는지 세제 냄새가 났다. 우리는 간단하게 식사를 하면서 별 말을 하지 않았다. 내가 일어나자 그녀가 보트 창고까지 나를 따라왔다.

"왜 손전등을 깜빡인 게냐?" 내가 물었다.

"난 그러지 않았어요. 아버지가 착각한 거예요."

또 다시 묻고, 고집하고, 목소리를 높이고, 화를 내는 건 의미가 없었다. 내게 얘기하길 원치 않는다면 그녀는 무슨 일이 있어도 하지 않을 것이다.

우리 둘은 거짓말을 하는 사람이란 생각이 들었다. 그러나 거짓을 말하는 방식은 서로 달랐다.

다음 며칠도 나는 마찬가지로 잠을 설쳤다. 똑같은 회색빛의 비슷한 날들이었다. 나는 내 섬을 돌아다니며 경찰청에서 있을 일에 대해 준비해 보려고 노력했다.

경찰조사를 하루 앞둔 저녁, 캠핑카에서 식사를 하고 카드 게임을 했다. 루이제는 또다시 선착장까지 나와 동행했다.

"내일 내가 같이 갈게요." 그녀가 말했다.

"아니다." 내가 대꾸했다.

우리는 더이상 말하지 않았다.

그날 밤 나는 피로에 지쳐 깊은 잠을 잤다. 잠들기 전 마지막으로 한 생각은 며칠 동안 아침 냉수욕을 하지 않았다는 것이었다. 그 사실이 나를 침울하게 만들었다.

다음 날 텐트에서 나와 섬으로 노를 저어 가면서 마침내 충분한 잠을 잔 느낌이 들었다. 보트 창고에 도착했을 때 선외기 엔진이 달린 보트가 없어졌다는 걸 알았다. 조각배를 땅으로 끌어 올린 뒤 캠핑카의 문을 두드렸지만 답이 없었다. 문을 열어 보니 침대는 정리가 되어 있었고 그녀의 배낭이 보이지 않았다. 루이제는 아무런 메모도 남기지 않았다.

그녀의 휴대폰에 전화를 걸었지만 그녀는 전화를 받지 않았고, 나도 아무런 메시지를 남길 수 없었다. 캠핑카에서 나오면서 온 힘을 다해 문이 부서져라 닫았다. 캠핑카의 지붕 테두리 살이 하나 떨어져 덜렁거렸다. 그대로 둔 채 선착장으로 내려가 벤치에 앉았다. 내가 경찰청에 갈 수 있도록 그녀가 제시간에 돌아오기를 기다리고 바라는 것이 어리석은 일이라는 걸 알 만큼은 나도 딸을 알았다.

나는 가장 필요한 일을 했다. 얀손에게 전화를 건 것이다. 그는 휴대폰을 손에 들고 있기라도 한듯 언제나처럼 곧바로 전화를 받았다.

"엔진은 멀쩡하네. 그렇지만 나를 본토에 태워다 줄 사람이 필요하네."

"언제요?"

"지금 바로."

"가겠습니다."

"고맙네."

왜 내 보트를 갑자기 쓸 수 없는지 그가 묻기 전에 통화를 끝냈다.

내 옷들은 아직도 캠핑카에 있었다. 문을 가리고 있던 지붕 테두리 살을 잡아 당겨 떼 낸 후 풀밭에 던져버렸다. 가장 덜 더러운 중국산 셔츠를 골라 입고, 루이제가 혹시 슈납스(독일식 증류주—옮긴이)나 와인을 어디에 숨겨 놓지 않았을까 해서 캠핑카를 뒤져 봤지만 소득이 없었다.

선착장 벤치에 앉아 기다렸다. 얀손은 정확히 이십육 분 후에 도착했다. 그는 당연히 내 보트가 없는 것을 눈치 챘지만 이유를 묻지는 않았다.

안손은 바로 그날 내가 경찰에 출두해야 한다는 걸 알고 있었기 때문에 어쩌면 자기가 죄인을 수송한다고 생각했을 지도 모르겠다.

우리는 본토까지 가는 동안 한 마디도 주고받지 않았다. 부두에 도착했을 때 안손은 나를 태워준 대가를 받으려 하지 않았다. 나는 경찰 조사가 끝나면 집까지 다시 태워줄 사람이 필요하다는 말은 하지 않은 채 선구 보관실 위에 놓인 낚시도구 밑에 백 크로나짜리 지폐를 놓았다.

노르딘이 선박용품점 앞에서 갈매기가 창에 싸놓은 똥을 닦아내고 있었다. 우리는 서로 인사를 했다. 내가 어디를 가고 있는지 그가 알고 있는 것 같다는 확실한 느낌을 받았다.

부두를 벗어나기 직전에 쓸쓸한 항구를 둘러보았다. 내 보트는 보이지 않았다. 루이제가 떠났다는 사실이 놀라웠다. 혹시 내가 걱정할 일이 생긴 건 아니겠지? 그러나 곧 이 생각을 떨쳐버렸다. 루이제는 쓸데없이 스스로에게 해를 입히는 그런 사람이 아니다.

오슬로브스키의 집은 비어 있었다. 커튼은 다 내려져 있었고, 인기척이 전혀 없었다. 나는 차에 올라타서 출발했다. 길을 건너는 여우 한 마리 때문에 또다시 급제동을 해야 했다. 놀란 마음이 가라앉은 후, 나는 화가 나서 다음번에 혹시 또 저 짐승이 차 앞에 나타나면 무슨 수를 써서라도 죽이고야 말겠다고 생각했다. 여우는 자기도 모르는 채 골고다를 향해 가고 있었다.

시내까지 가려면 한 시간이 필요했다. 대략 중간쯤에 보통 때 거의 항상 내가 차를 세우고 쉬는 별로 눈에 띄지 않는 평범한 길거리 카페가 하나 있다. 내가 어릴 적부터 있던 카페였다. 그 시절에는 거의 알아들을 수 없는 사투리를 쓰고 입술을 새빨갛게 칠한 여자가 서빙을 했었다. 그때는 레모네이드와 머랭쿠키 한 접시를 먹었던 기억이 난다. 지금은 커피를 마시고 마자린파이와 우리나라의 모든 카페를 점령한 것 같은 설탕옷을 입힌 과자를 먹는다.

카페에 손님은 나 혼자뿐이었다. 빈 테이블마다 다양한 나이대의 내가 보였다. 아무도 없는 테이블과 의자에 둘러싸여 있으면 큰 외로움을 느낀다.

카페 문을 열고 한 여자가 보행보조기를 밀고 문턱을 넘어 들어왔다. 몇 년 전 하리에트가 추위를 뚫고 얼어붙은 바다를 건너오던 모습이 떠올랐다. 내가 보행보조기에 의지해 걷는 모습은 상상조차 할 수 없었다. 생각만 해도 끔찍하고 싫었다. 내 발이 더이상 나를 받쳐주지 못해도 과연 나는 더 살고 싶을까?

여자는 시나몬롤 하나와 물 한 잔을 주문했다. 직원이 쟁반을 들어다 주었다. 여자는 거의 앞을 못 보는 것 같았다. 조심조심 천천히 움직였고 앉으려는 테이블의 모서리와 의자를 손으로 더듬어 확인했다.

그녀가 무슨 생각을 하는지 궁금했다. 그리고 발밑이 꺼지는 땅 위에 서 있는, 결국 완전히 사라지기 위해 점점 모습이 희미해져 가고 있는 한 사람이 눈앞에 보이는 듯했다.

나는 잔에 남은 커피를 종이컵에 따라서 들고 카페를 나섰다. 나는 살면서 여권을 갱신한다거나 누가 내 차를 받아서 피해신고를 했던 것처럼 일상적인 경우를 제외하고는 한 번도 경찰과 엮인 적이 없다. 그런데 지금 나는 중한 범죄를 저지른 것으로 간주되는 피의자 신분이었다. 내가 무죄라는 걸 나는 알고 있지만 경찰들이 뭘 찾아냈는지를 예상할 수 없었다.

나는 차 안에 앉아서 내 불안을 고백했다. 차가 고해소로 변신했다.

경찰청은 새로 지은 붉은 벽돌 건물에 있었다. 접수대의 방탄유리처럼 보이는 창 뒤에 제복을 입지 않은 여자가 앉아 있었다. 여자에게 내 이름을 말하고 출두요구서를 받고 왔다고 설명했다.

그녀가 전화기를 들고 어떤 번호를 누르더니 말했다. "오셨습니다."

몇 분 후 젊은 경찰관 한 명이 경찰청의 내부로 이어지는 출입구에서 나왔다. 그도 유니폼을 입지 않고 있었다. 그가 내게 손을 내밀었다.

"몬손이라고 합니다."

그가 내 손을 강하게 잡았다. 나는 마치 손을 놓지 못하게 될까 두렵기라도 한 것처럼 얼른 손을 뺐다. 그를 따라 출입구를 통과했다. 드디어 제복을 입은 경찰이 한 명 살짝 보였다. 안심이 되었다. 내가 아는 세계에서는 경찰들이 제복을 입고 곤봉을 찬다.

몬손은 나이가 서른 살이 채 안 되어 보였고 옷차림은 최신 유행을 따른 것 같았다. 어떤 이유에서인지, 아니면 내가 인식하지 못한 유행일 지도 모르지만, 그는 서로 다른 색의 양말을 신고 있었다.

우리가 들어간 곳은 작은 회의실이었다. 그곳에 들어갔을 때 사복을 입은 다른 경찰 한 명이 창가에 서서 멍한 눈으로 화분의 마른 흙을 만져보고 있었다. 그는 몬손보다 조금 나이 들어 보였다. 한 서른다섯 쯤? 그 경찰관은 내게 악수를 청하지 않은 채 그저 고개를 까딱하며 자신을 브렌네라고 소개했다.

모두 자리에 앉았다. 의자들은 녹색이고 탁자는 갈색이었다. 탁자 위에는 녹음기가 한 대 놓여 있었다. 브렌네가 녹음기를 켰다. 그러나 말을 시작한 사람은 몬손이었다.

요요를 가져오지 않은 것을 후회했다. 두 경찰을 불안하게 하기 위해서라기보다는 내 마음을 가라앉히기 위해 요요가 있었으면 했다. 칼마르표 요요가 손에 있으면 변호사보다 더 도움이 될 것 같았다.

몬손이 앞에 놓인 서류철에 눈길을 던졌다.

"그러면 프레드리크 벨린의 심문을 시작하겠습니다. 현재 시각 열한 시 사십오 분. 심문 담당 수사관은 브렌네와 몬손입니다."

몬손은 고개를 들어 나를 바라보며 말을 이었다.

"벨린 씨는 자택이 완전 소실된 화재 때문에 조사를 받기 위해 이 자리에 오셨습니다. 그 사유로 지금 여기 오셨다는 건 잘 알고 계시죠?"

"제가 무슨 잘못을 했는지는 모르겠습니다. 하지만 제 집이 불탄 것은 물론 사실입니다. 그 화재로 인해 제가 가진 모든 것이 사라져버렸습니다. 지금 입고 있는 옷도 그래서 새로 산 것입니다. 저가 중국산 제품이죠."

몬손도 브렌네도 나를 의아한 눈으로 바라보았다. 내 말이 그들이 예상했던 것과 달랐던 모양이다.

"우리가 조사한 바에 따르면 화재가 일어난 자연적 원인은 없었습니다." 몬손이 말했다. "불이 적어도 집 귀퉁이 네 곳에서 동시에 발화한 것으로 밝혀졌기 때문에 누군가 고의로 불을 지른 것이라는 가정을 충분히 해 볼 수 있습니다."

"그건 알아들었습니다. 하지만 내가 그런 짓을 하진 않았어요."

"그렇다면 혹시 의심이 가는 사람이 있습니까?"

"전 원한관계에 있는 사람이 없습니다. 화재로 인해 경제적 이득을 얻을 만한 사람도 없고요."

"집은 주택 가치 전액 보장보험에 들어있죠?"

"네."

여기까지는 경찰심문에 대해 내가 상상했던 그림과 같았다. 예상치 못했던 건 없었다. 다른 대안이 없었다는 것 말고는 나를 왜 방화용의자로 의심하는 지에 대한 설명은 전혀 없었다.

커피를 마시겠냐는 질문으로 브렌네가 침묵을 깼다. 마시고 싶지 않았다. 브렌네는 녹음을 중단하고 방을 나가더니 잠시 후 자신과 몬손을 위한 커피를 들고 돌아왔다.

녹음기가 다시 켜졌다. 나는 여전히 내 요요가 그리웠다. 내게 던져진 질문들은 계속 같은 원을 그리듯 반복됐다. 잠자리에 든 정확한 시간과 잠에서 깨서 집 밖으로 뛰쳐나간 정확한 시간에 대한 질문에서부터 불을 질러 나를 죽일 의도를 가질 만한 원한관계에 대한 질문까지. 나는 내가 기억하는 대로 시간을 댔고 불을 질렀을 것으로 의심이 가는 사람은 없다고 계속 말을 했다.

반복되는 질문이 지겨웠다.

"경찰이 나를 용의자로 여기고 있다는 것, 그래서 지금 나를 조사하고 있다는 것 잘 알고 있습니다." 내가 말했다. "수사의 방향이 틀렸다는 말 밖에 드릴 말씀이 없습니다. 어떻게 불이 났는지, 또는 누가 나에게 손해를 입히려 했거나 내 목숨을 노리려고 했는지는 나도 전혀 모릅니다. 난 내가 알고 있는 건 다 말했습니다."

몬손이 오랫동안 아무 말 없이 나를 바라보았다. 그러더니 마이크에 대고 심문이 끝났다고 말하고는 녹음기를 껐다.

"다시 뵙게 될 겁니다." 자리에서 일어나서 매고 있던 분홍색 넥타이를 추스르며 몬손이 말했다.

브렌네는 아무 말이 없었다. 그는 창가에 있는 화분으로 다시 돌아갔다.

몬손이 나를 출입구 바깥에 있는 접수대까지 배웅했다. 경찰청을 나서면서 안도감이 들었다.

나는 차를 두고 걸어서 근처에 있는 큰 백화점들 중 한 곳에 갔다. 염가판매대에서 옷을 몇 벌 샀다. 사기 전에 중국에서 생산된 제품인지 아닌지 꼼꼼하게 살피는 것도 잊지 않았다. 점심은 백화점에 있는 이태리식당에서 먹었는데, 음식이 맛이 없었다.

브렌네나 몬손에게 어울리는 음식이라는 생각이 들었다. 맛보다는 지루함과 피로감이 더 많이 들어있는 음식이었다.

시내를 떠나기 전 근처 주류점에서 결국 보드카 두 병을 샀다. 차를 가지러 다시 결창청에 갔을 때 의식이 없을 만큼 만취한 한 여자를 부축해 가고 있는 경찰관 두 명을 보았다. 그

중 여자 경찰관은 리사 모딘을 닮았다. 너무나 닮아서 처음에는 그녀인 줄 알았다. 자세히 보니 여자 경찰관이 더 말랐고 얼굴에 주근깨도 있었다.

항구로 가서 내 섬으로 돌아갈 생각이었다. 출발 전에 다시 한 번 루이제에게 전화를 걸었다. 이번에는 음성메시지를 남길 수 있었다.

"넌 도대체 어디로 간 거니? 경찰청 출두시간에 맞추느라 본토까지 헤엄쳤어야 했다."

나를 데리러 오라고 부탁하지는 않았다. 대신 다시 한 번 전화를 걸어 새로운 음성메시지를 남겼다.

"경찰에서 가혹행위를 당했다. 어쩌면 왼쪽 눈의 시력을 잃을지도 몰라."

차를 타고 가면서 본 가을 풍경의 색깔은 매혹적이었다. 하지만 동시에 나를 불안하게 만들었다. 예전에는 계절에 별다른 영향을 받지 않았다. 그런데 지난 몇 년 동안에는 추위와 어둠이 주는 불안이 자꾸 크게 느껴졌다.

중국산 셔츠들을 샀던 마을 중심가에 들어서서 차를 세웠다. 신발가게는 또 닫혀 있었다. 식료품점에는 손님이 별로 없었다. 꼭 끓이거나 다른 방식으로 조리할 필요가 없는 식품들을 바구니에 담았다. 모두 차갑게 먹으면 되는 것들이었다. 장본 물건들이 담긴 봉투를 차로 가져가면서 리사 모딘의 집주소를 알아볼까 잠시 고민했다. 그 큰 유혹을 억누르며 차에 시동을 걸고 항구로 갔다. 오후 세 시였다. 언덕이 많은 도로는 나무가 빽빽이 들어선 숲 사이로 구불구불 이어졌다. 몇 군데 지점에서만 어두운 나무들 사이로 불빛이 깜빡이듯 호수들과 바다의 수면이 보였다 사라졌다.

분기점은 거의 없었지만 딱 한 곳, 북쪽으로 가는 도로와 갈라지는 분기점이 있었다. 한 번도 닦은 적 없는 것 같아 보이는 표지판이 회룸이라는 지역으로 가는 길을 가리키고 있었다. 회룸까지의 거리는 칠 킬로미터였다. 어릴 적부터 오랜 세월 동안 봐 왔던 표지판이었지만 한 번도 그 곳에 갈 일은 없었다. 지금도 거기에 가야 할 이유는 없었다. 그러나 그냥 회룸 방향으로 핸들을 돌렸다. 순식간에 이루어진 결정이라 브레이크를 밟을 여유도 없었다. 바퀴에 자갈들이 튀는 소리가 들렸다. 하마터면 곧장 숲속으로 돌진해 들어갈 뻔했다.

왜 가는지도 모르면서 나는 회룸으로 향했다. 어렸을 때 나는 목적지 없이, 그저 영원히 계속되는 도로를 달리는 꿈을 꾼 적이 있다. 지금 그때와 같은 기분이 들었다. 회룸은 그 꿈속에서처럼 내게는 존재하지 않는 지역의 이름이었다. 나는 속도를 줄였다. 그러나 차를 돌리지는 않았다. 나는 이제 내가 항상 상상했던 미지로 가는 여행을 할 것이다.

차를 세우고 엔진을 껐다. 누군가를 방해할 수도 있다는 생각에 조심스럽게 차문을 열었다. 주위는 고요했다. 어두운 숲 속에선 바람조차 움직이지 않았다. 얼마나 오랫동안 그렇게 서 있었는지는 모른다. 내가 아는 건 그저 내가 눈을 감고 곧 내가 더이상 존재하지 않게 될 것이라는 생각을 했다는 것이다. 내게 남은 건 나이 밖에 없다. 그러나 결국 나이도 끝이 나게 될 것이고, 그러면 아무 것도 남지 않을 것이다.

눈을 떴고, 나는 내가 돌아가야 한다는 걸 알았다. 하지만 나는 차에 올라 탄 다음 가던 방향으로 계속 차를 몰았다.

가파른 비탈을 지나자 숲이 트였다. 도로를 따라 집이 몇 채 서 있었다. 어떤 집들은 무너질 듯 낡고 비어 있었고, 아직 사람이 살고 있는 것 같은 집들도 있었다. 차를 멈추고 차에서 내렸다. 어디에도 움직임이나 소리는 없었다. 숲은 집들 가까이까지, 녹슨 농기구들과 잡초로 가득한 잔디밭 가까이까지 다가와 있었다. 길 잃은 가을 뒝벌 한 마리가 윙윙거리며 내 얼굴 옆을 지나갔다. 최소한 창에 커튼이 달려 있는 것으로 보아 사람이 살고 있는 듯해 보이는 집 두 채는 그 작은 마을의 중앙에 위치하고 있었다. 우편함 하나는 뚜껑이 위로 젖혀져 있었다. 그 안에 젖은, 드문드문 곰팡이 핀 신문이 들어 있었다. 날짜를 보니 3주 전 신문이었다. 차에 치인 경주마에 관한 머리기사가 실린 지역신문이었는데, 리사 모딘이 일하고 있는 바로 그 신문이었다.

사람은 없었다. 오슬로브스키의 집에서처럼 커튼 뒤에 아무런 인기척이 없었다. 밖을 살피는 사람도, 내가 누구인지 묻는 사람도 없었다. 작은 마을의 맨 바깥에는 가장 심하게 낡은 폐가 한 채가 있었다. 도랑에 엎어진 울타리문은 온통 잡초들로 덮여 있었다. 마당으로 들어가 보았다. 망가진 썰매의 일부가 수풀 속에 숨어 있었다. 집 앞쪽 계단 위 현관문은 살짝 열려 있었다. 빈집으로 들어갔다. 방들은 모두 비어 있었다. 벽지는 여기저기 떨어져 있었고, 망가진 탁자 하나가 바닥에 넘어져 있었다. 사람의 흔적은 거의 없었다. 위층으로 올라가는 계단에는 죽은 쥐 한 마리가 썩어가고 있었다. 집 전체가 마치 벽들이 내려앉아서 그 안에 있었던 것들을 영원히 묻어버리기를 기다리고 있는 슬픈 관처럼 보였다.

위층으로 올라갔다. 침실 하나는 천장이 부서져 있었다. 안으로 들어온 빗물 때문에 바닥은 썩어 있었다.

그런데 침대가 하나 있었다. 나는 갑자기 발길을 멈출 수밖에 없었다. 침대에는 오래 된 것 같지 않은 시트가 덮여 있었다. 깨끗했고, 다림질이 되어 있었고, 어쩌면 한 번도 사용되지 않은 새 시트인 것 같기도 했다.

다른 침실 세 개에 차례로 들어가 보았다. 어디에도 침대나 가구가 없었다. 비가 들이친 그 방 하나에만 정리된 침대가 있었다.

떨어져 내린 벽지 뒤에 과거 단열의 목적으로 붙였을 신문지가 보였다. 신문지를 살펴보니 1934년 5월 12일자 신문이었다. 1852년에 태어난 농부가 죽었고, 교구 감독 요한네스 비만이 장례식에서 추모사를 했다는 기사가 있었다.

콤바인 한 대를 판다는 광고가 있었다. 그밖에도《어려운 유태인 문제를 진지하게 논하다》는 제목의 책에 대한 스베아 출판사의 광고도 보였다. 책의 가격은 삼 크로나, 신속 배송을 약속하는 문구도 있었다.

여기저기 구멍이 난 신문지는 내 손가락 사이에서 부서졌다.

그런데 대체 누가 정리된 저 침대에서 잔 것일까? 집을 나설 때에도 그 궁금증이 계속 나를 따라왔다.

나는 다시 차를 몰고 항구로 돌아갔다. 오슬로브스키 집에 차를 세우는데 망치질 소리가 들려왔다. 차고 문이 열려 있었다. 오슬로브스키가 집에 있는 모양이다. 내가 차고 문을 밀자 그녀가 갑자기 몸을 돌렸다. 그녀 손에 자동차 범퍼가 들려 있었다. 나는 다시 그녀의 두려움을 보았다. 그러나 갑자기 차고 문을 연 사람이 나라는 것을 알자 그녀가 안심하는 듯했다.

오슬로브스키가 이 집에 입주하던 날, 낡고 망가진 올드 타이머를 실은 트럭 한 대도 함께 왔었다. 그 모습을 지켜본 노르딘이 대체 어떤 이상한 여자 자동차광이 이사 온 것이냐며 궁금해했던 기억이 난다.

시간이 한참 지나고 나서야 난 그 차가 데소토DeSoto 자동차 사의 4도어 파이어플라이트 1958년 모델이라는 것과 오슬로브스키가 완전 고물이었던 차를 하나하나 고쳐가며 멋진 올드타이머로 변신시키고 있다는 것을 알았다. 나는 전혀 관심이 없었지만 그녀가 내게 그 차의 엔진출력이 305마력이며 압축비가 10:1이라고 알려주었다. 물론 그래 봤자 무슨 말인지 이해할 수는 없었다. 타이어는 굳이어Goodyear 브랜드였고 크기가 8x14라는 정보 역시 이해할 수 없기는 마찬가지였다.

그러나 그 낯선 여인이 얼마나 열정적으로 그 자동차 수리에 몰두하는지는 충분히 알았다. 그녀는 종종 한참 집을 비웠다가 고철 하치장에서 찾은 부품을 가지고 돌아오고는 했다.

"새로 찾아낸 겁니까?" 범퍼를 가리키며 내가 물었다.

"이걸 찾으려고 4년 동안 고철 하치장들을 뒤졌어요." 오슬로브스키가 말했다. "감레비에 있는 하치장에서 찾았어요."

"아직도 필요한 게 많이 남았습니까?"

"클러치가 있어야 해요. 쓸 만한 걸 찾으려면 아마도 북스웨덴에 다녀와야 할 것 같아요."

"광고를 내면 안 되나요?"

"내가 직접 찾고 싶어요. 바보같이 들리겠지만, 그냥 그게 내 방식이에요."

나는 고개를 끄덕이고 밖으로 나왔다. 몇 발자국 떼지도 않왔을 때 다시 그녀의 부지런한 망치질 소리가 울려 퍼졌다. 내 인생의 의미를 채워줄 옛날 자동차는 어디서 찾을 수 있을지 내 자신에게 물었다. 어쩌면 그래서 내 집이 불타 버린 걸까? 집을 새로 짓는 일을 내 인생의 새로운 과제로 삼으라고?

장 본 물건이 든 쇼핑백들을 들고 부두로 가다가 선박용품점 앞에 구급차 한 대가 서 있는 걸 봤다. 막 노르딘이 들것에 실려 가게에서 나왔다. 나는 쇼핑백들을 내려놓고 그쪽으로 달려갔다. 노르딘이 눈을 감은 채 들것에 누워 있었다. 그의 입과 코에는 산소마스크가 씌워 있었다.

"저는 의사고 이 사람의 친굽니다." 내가 말했다. "무슨 일입니까? 머립니까, 심장입니까?"

얼굴에 주근깨가 가득하고 코 주변에 여드름까지 있는 아주 젊은 구급요원 한 명이 망설이며 나를 보았다.

"저는 의사입니다." 큰 목소리로 다시 말했다.

"머리쪽인 것 같습니다." 아직 거의 소년이라고 할 만한 그 젊은 남자가 말했다.

"누가 전화했어요?"

"모르겠습니다."

나는 고개를 끄덕이며 몇 걸음 뒤로 떨어졌다. 어쩌면 병원까지 같이 갔어야 했는지도 모르겠다. 그러나 뒷문이 닫히고 구급차가 출발했을 때 나는 그냥 그 자리에 서 있었다.

내 주변엔 너무나 많은 죽음과 고통이 있었다. 내 딸의 버릇없는 행동이 뇌출혈을 일으킬 정도로 노르딘에게 충격을 주었던 것일까?

베로니카가 카페에서 뛰어나와 무슨 일이냐고 물었다. 아는 만큼 설명해 주었다.

"선생님은 왜 같이 안 가셨어요? 의사시잖아요!"

그녀가 만족할 만한 대답을 할 수 없었다. 하지만 그녀는 내 대답에 길게 관심을 보이지 않았다.

"노르딘 씨 가족에게 전화해야겠어요." 그녀가 말했다. "누군가 가게 문을 닫아야 하니까. 무슨 일이 있었던 건지 선생님은 모르신단 말씀이죠?"

갑자기 멀리서 구급차의 사이렌이 들려왔다. 사이렌을 켜야 할 만큼 위급한 상황인 모양이었다. 우리는 아무 말 없이 그 자리에 서 있었고 둘 다 불길함을 느꼈다. 베로니카는 카페로 돌아갔다. 나는 바닥에 내려놓았던 쇼핑백들을 챙겨서 여름이면 훈제생선을 팔고 지금은 문을 닫은 매점의 튀어나온 지붕 아래에 놓았다.

천천히 부두로 걸어가는데 보슬비가 내리기 시작했다. 폐가에서 받은 느낌과 노르딘 때문에 생긴 불안감을 떨치기 위해 댄스스텝을 몇 개 밟아보았다.

그러고 나서 얀손에게 전화를 걸었다. 전화벨이 두 번 울리고 그가 전화를 받았다. 물론 나를 데리러 바로 오겠다고 했다.

매점 지붕 밑에서 얀손을 기다렸다. 여름의 훈제생선 냄새가 약하게 느껴졌다.

9

쇼핑백들을 보트에 다 싣기도 전에 얀손은 노르딘이 어떻게 된 거냐고 물었다. 노르딘에게 일이 생긴 걸 그새 얀손이 어떻게 알았는지는 이 남자가 가진 비밀 중의 하나였고, 그 비밀에 대한 답을 나는 절대 알 수 없을 것이다. 얀손은 옛날에 전화를 연결해주고 통화내용을 몰래 엿듣던 전화교환원 같은 사람이다.

"뇌출혈인 것 같은데. 정확히는 나도 모르네."

"죽는 건가요?"

"물론 그렇게 되지 말아야지. 이제 그만 출발해도 되겠나?"

얀손은 근본적으로 나를 무서워했다. 사실은 나뿐만 아니라 모두를 두려워했다. 항상 남을 도와주고 남에게 유용한 존재가 되고자 하는 그의 행동은 우리의 기분을 상하게 할지도 모른다는 그의 걱정을 가리기 위한 것이다. 그는 우리가 그에게 싫증이 나서 도움이 필요해도 그에게 연락을 하지 않을까봐 두려워한다.

나는 지금 그것을 다시 느꼈다. 내가 마치 그의 뺨을 때리기라도 한 것처럼 그가 몸을 숙였다. 얀손은 급하게 엔진에 시동을 걸고 후진으로 항구를 빠져나가기 시작했다. 내 조급함이 두렵기라도 한듯 너무 빠른 속도로 배를 몰았다.

나는 사람들을 무뚝뚝하게 대하고 나면 보통은 살짝 양심의 가책을 느낀다. 그런데 지금은 내가 얀손에게 조금 겁을 준 것에 오히려 만족감을 느낀다는 사실이 놀라웠다. 나는 내가 그의 지나치게 열성적인 공손함에 싫증을 느낀다는 것을 그에게 보여주었다. 내 조급함을 더이상 자제할 수 없을 만큼 그의 친절함에 화가 났다. 그가 상상 속에서 만들어낸 질병을 호소할 때면 나는 그에게 그가 죽을병에 걸렸다고 거짓말을 하고 싶은 강한 유혹을 여러 번 느꼈었다. 지금까지는 그 유혹을 잘 물리쳤다. 그러나 그의 보트를 타고 집으로 돌아가는 길에 나는 그를 정말로 한번 놀라게 할 때가 곧 오겠다는 생각을 했다. 머지않아 얀손이 내 보트 창고 앞 벤치에 누워 그가 무엇보다도 존경해 마지않는 의사로서의 내 손에 진찰을 받게 되면 그에게 사형선고를 내릴 것이다.

수색활동을 마치고 항구로 돌아가는 중이던 해안경비대의 큰 배를 만났다. 알마 함렌이 조타실 키 앞에 앉아 있는 것 같았다. 큰 배의 이물에 부딪치는 파도를 넘느라 우리 보트가 크게 오르내리는 바람에 세워두었던 내 쇼핑백들이 옆으로 넘어졌다.

바람이 강해졌다. 오래된 털모자를 이마 위로 깊숙이 눌러 쓴 채 보트를 조종하고 있는 얀손의 모습이 마치 몸이 꽁꽁 언 동물 같았다. 딸아이가 돌아와 있을 경우 어떻게 대해야 할지 마음의 준비를 해야겠다는 생각이 들었다. 가장 중요한 것은 화를 내지 않는 것이다. 상대방에 대한 증오로 가득 차서 더이상 상대하고 싶지 않다는 듯 서로를 노려보고 서 있는 것은 하고 싶지 않았다.

혼자 있고 싶은 건지 아니면 그녀가 내 곁에 있기를 바라는 건지 내 마음이 확실하지 않았다. 결정을 할 수가 없었다.

차가운 바람이 얼굴을 때렸다. 맞바람을 맞으며 보트가 가는 방향을 향해 앉아 있었다. 갑자기 수면에 뭔가 검은 물체가 보였다. 나무줄기라면 사고가 날 위험이 있었다. 나는 얀손을 향해 피하라는 신호로 두 팔을 흔들었다. 그러나 얀손은 내 신호를 잘못 이해했고 보트의 방향을 돌리는 대신 속도를 줄였다.

"물에 뭐가 있네." 내가 소리쳤다.

얀손이 보트의 방향을 약간 옆으로 튼 다음 천천히 전진시켰다. 얀손도 곧 그 물체를 발견했다. 그 물체가 무엇인지는 바로 판단할 수 없었다. 얀손이 다리를 넓게 벌리고 일어나서 한 발로 보트를 조종했다. 다도해 지역에서 집배원으로 일했던 오랜 세월 동안 그는 물 위에 떠 있는 이상하고 때때로 겁을 주는 수많은 물체들을 만났다. 한번은 거의 완전하게 부패한 사람의 사체를 발견했는데, 그 사체의 신원은 끝까지 밝혀지지 않았다. 그 일이 있은 후 그는 선착장 벤치에 마련된 조그만 내 진료실에 와서 불면증을 호소했다. 그리고 그가 발견한 시체가 누구에게 먹힌 것 같은 느낌이 들었다고 말했다. 발트 해에 육식 괴물은 없었으므로 얀손은 그 시체가 식인종이 식사를 하고 남은 나머지일 것이라는 상상을 하기 시작했다.

이번에 물에 떠 있던 건 죽은 바다표범이었다. 다 자란 회색 바다표범이었고 악취가 났다. 눈은 갈매기나 독수리가 쪼아내고 없었다. 얀손이 악취를 피하려고 입으로 숨을 쉬며 상앗대로 바다표범 시체를 이리저리 쑤셔댔다.

"총에 맞았네요." 그가 말했다. "산탄총에."

그가 상앗대로 바다표범의 윗머리에 난 총탄자국을 가리켰다.

"이런 흉악한 짓이 있나!" 얀손이 분개했다. "누군가 바다표범을 쏴 죽이기만 하고 그냥 버려뒀나 봅니다."

"이제 그만 가세. 이미 죽었다면 우리가 할 수 있는 일이 없네."

"뭍으로 끌고 가서 묻어줘야죠. 이렇게 여기서 악취를 풍기고 있게 놔둘 순 없어요."

"날 내려준 다음에 하면 되지 않나!" 내가 다시 목소리를 높였다.

나는 시선을 다른 쪽으로 돌렸고, 얀손은 보트의 속도를 다시 높였다.

선착장과 보트 창고 쪽으로 방향을 꺾었을 때 그곳에 내 보트는 보이지 않았다. 루이제는 여전히 집으로 돌아오지 않은 상태였다. 얀손도 배가 없다는 걸 알았다.

"선생님 보트가 없네요." 배를 선착장에 대며 얀손이 말했다.

"루이제가 몇 가지 살 게 있다고 몰고 나갔네." 내가 설명했다.

서둘러 쇼핑백들을 배에서 내리고 얀손이 저항하기 전에 얼른 이백 크로나를 건넸다. 돈이 바람에 날려가지 않게 두레박 밑에 놓았다. 배를 몰고 바다로 다시 나간 얀손은 분명히 악취 풍기는 죽은 바다표범을 묻으러 갈 것이다. 얀손에게 손을 흔들어 인사하고 쇼핑백들을 보트 창고로 옮겼다.

보슬비가 돌풍처럼 오다 말다를 반복했다. 지금은 잠깐 멈춘 상태였다. 나는 캠핑카로 올라갔다. 그 사이 루이제가 다녀가지는 않았을 것이다. 실제로 캠핑카 안은 내가 아침에 옷을 갈아입었을 때와 달라진 것 없이 그대로였다.

침대 모서리에 걸터앉아서 베로니카의 카페 전화번호를 물어보려고 번호안내센터에 전화를 걸었다. 그곳에서 카페로 연결을 해 주었고, 베로니카가 전화를 받기까지는 시간이 좀 걸렸다. 오후 이른 시간인데도 한껏 기분이 올라 있는 손님들이 내는 소음이 배경에 들렸다. 베로니카는 전화를 받으러 급하게 달려온 목소리였다.

혹시 노르딘의 가족에게 연락을 했었는지 그녀에게 물었다. 했다고 했다. 베로니카는 이제 노르딘이 심각한 뇌출혈이었다는 것도 가족에게 들어 알고 있었다. 앞으로 결과가 어떻게 될지는 알 수 없다고 했다. 베로니카가 자세한 이야기는 병원에 알아보라며 병원 관계자의 휴대폰 번호를 내게 알려주었다. 나는 손을 뻗어 펜을 잡은 뒤 루이제가 가져왔던 건강식에 관한 잡지 뒷면에 번호를 적었다.

"손님이 많은 것 같군요." 내가 말했다.

"지금 여기 이상한 모임이 하나 있어요." 그녀가 대답했다.

"뭐가 이상하단 거죠?"

"한 젊은 여자가 앞으로 이십오 년 동안 매달 이만오천 크로나를 받는 경품에 당첨이 됐어요. 그 여자가 축하파티를 하려고 대낮에 친구들을 초대한 거죠. 저와 카페에는 중요한 수입이 되는 일이니 좋아요."

"내가 알 만한 사람도 있나요?"

"없을 거예요. 그 여자는 이름은 레베카 칼손, 나이는 스물두 살이고 지금까지 한 번도 일해서 돈을 벌어본 적이 없대요. 대학을 다니지도 않았고요. 부모님이랑 같이 사는데, 부모님이 지금까지 딸을 먹여 살린 거죠. 아버지는 대장장이고, 어머니는 양로원에서 돌보미로 일한대요. 저런 여자가 그렇게 큰돈에 당첨되다니, 정말 있을 수 없는 일이에요."

나는 그녀에게 동의했고, 우리는 통화를 마쳤다. 나는 다시 밖으로 나갔다. 집이 불탄 자리는 칙칙한 오후의 빛 속에서 섬뜩한 느낌을 내뿜고 있었다.

검게 그을린 사과나무에 걸려 있는 무언가가 내 주의를 끌었다. 가까이 가보니 루이제가 걸어놓은 쪽지였다. 방금 내가 병원 번호를 메모했던 그 펜으로 그녀가 적은 것은 **'산!'**이라는 글자뿐이었다. 그게 다였다. 주변에 있는 오리나무와 떡갈나무에 또 다른 메모가 걸려 있는지 둘러보았다. 그 나무들의 가지에는 아무 것도 없었다. 루이제가 남긴 메모에서 가장 중요한 것은 끝의 느낌표일 것이란 생각이 들었다. 그녀는 내게 할아버지의 벤치가 있는 그 바위산으로 가라고 한 것이다. 이 섬에 다른 산은 없다.

바위산 위 평탄한 곳에 도착했을 때 나는 루이제가 남긴 메모가 또 있을 것이라고 기대했다. 그러나 벤치 위에도, 비틀린 관목 형태의 두송 쪽에도 메모는 없었다. 벤치에 앉아서 내가 혹시 그녀가 남긴 메모를 잘못 이해한 것이 아닐까 생각했다. 아니면 내가 이렇게 산 위에 앉아 틀렸을지도 모를 단서에 대해 곰곰이 생각하고 있는 것이 루이제가 의도한 것이었을까? 나는 바다를 바라보다가 깨달았다. 왜 그녀가 내가 여기 앉기를 원했던 것인지. 내 보트가 내가 텐트를 쳐놓은 이름 없는 바위섬 위에 올라가 있었다.

캠핑카로 내려가서 하리에트가 갖고 있던 오래된 망원경을 찾아냈다. 망원경으로 보니 루이제가 보였다. 그녀는 바위섬 동쪽에 있는 돌 위에 내게 등을 돌린 채 앉아 바다를 바라보고 있었다. 나는 망원경을 든 두 손이 힘이 들어 떨릴 때까지 한참 동안 그녀를 바라보았다.

날이 추웠다. 보슬비가 막 다시 내리기 시작했다. 나는 그녀를 이해할 수 없었다. 아마 그만큼 그녀도 나를 이해하지 못할 것이다. 우리가 지금까지 기울인 모든 노력에도 불구하고 우리는 서로를 오해할 운명인 것 같았다.

다시 캠핑카로 내려가 불을 켜고 휴대폰을 충전기에 꽂으면서 루이제가 대체 무슨 생각을 가지고 있었던 것일까 생각해 보았다. 저녁 어스름이 깔리기 시작했을 때 나는 손전등을 들고 다시 벤치로 갔다. 루이제는 이제 텐트 앞에 작은 불을 피워 놓았다. 하지만 그녀는 불빛이 비추지 않는 어두운 곳에 있었다. 망원경으로는 그녀의 형체를 알아볼 수 없었다. 그녀는 어둠 속에 숨어 있었다. 기이한, 쥐와 고양이의 쫓고 쫓기는 게임처럼.

그녀는 내가 섬에 돌아와 있는 걸 알고 있을 것이다. 얀손의 보트 소리를 들었을 테니까. 그리고 지금은 내가 여기 위에 올라와 벤치에 앉아 그녀를 보고 있다는 걸 짐작하고 있을 것이다.

갑자기 큰 피로가 나를 덮쳤다. 의사로 일했던 시절, 정신없이 바빴던 일과 후에 그리고 힘든 야간근무를 마치고 난 뒤에 느꼈던 피로와는 달랐다. 겨우 몸을 일으켜서 캠핑카로 돌아갔다. 식사로 통조림을 하나 데웠는데, 너무 짰고 금속 맛이 났다. 하지만 접시를 다 비웠다. 그리고 침대에 누웠다.

잠에서 깼을 때 지금 있는 곳이 어디인지 처음엔 파악이 잘 되지 않았다. 꿈속의 무언가가 아직 나를 붙잡고 있었다. 선착장에 서서 하리에트가 헤엄치고 있는 걸 보고 있었다. 그런데 헤엄치는 곳이 바다가 아니었다. 그녀에게 보여주기로 오래전 내가 약속했었던, 그리고 그녀가 죽던 해에 마침내 함께 찾아갔었던 노를란드의 연못이었다. 꿈속에서 본 연못 주변의 나무들에서는 이파리 바스락거리는 소리가 전혀 나지 않았다. 오히려 끽끽거리는 기계들이 내는 것 같은, 참고 듣기 힘든 울부짖음 같은 소리가 났다.

일어나 앉았다. 밤 열 시였다. 루이제는 돌아오지 않았다. 그녀에게 전화를 걸었다. 받지 않았다. 문자를 쓰기 시작했으나 몇 글자 쓰다가 멈춰버렸다. 의미 없는 일이었다. 커피를 끓여

식기 전까지 마셨다. 캠핑카 밖에는 바람과 비가 강해져 있었다. 다시 침대에 누웠다. 마음 같아서는 그냥 다시 자고 싶었다. 하지만 그 대신 손전등을 들고 비가 오는 바깥으로 나갔다. 바위의 젖은 이끼가 미끄러웠다. 벤치로 올라가는 길에 두 번이나 넘어졌다. 마침내 바위산 위에 오르고 보니 루이제가 있는 곳의 모닥불은 혼자 꺼졌던지 루이제가 껐던지 어쨌든 보이지 않았다. 온통 어둠뿐이었다. 그녀는 내 텐트를 쓰고 내게 캠핑카를 넘겨주었다.

젖은 머리카락이 이마에 달라붙었다. 손전등을 몇 번 바다를 향해 깜빡거렸다. 물론 돌아오는 답은 없었다.

캠핑카로 돌아가면서 대체 루이제가 왜 이해할 수 없는 그녀의 게임으로 나를 괴롭히는 걸까 내 자신에게 물었다.

탁자 앞에 앉아서 카드로 패를 뗐다. 물론 패는 떨어지지 않았다. 카드를 치울 때 나는 결심을 한 상태였다.

다음날 그녀에게 내 섬에서 사라져달라고 부탁할 것이다. 그녀를 여기 두고 싶지 않았다.

그러나 잠드는 데는 성공하지 못했다. 베개에서 그녀가 사용하는 비누향기가 났다. 그것 때문에 그녀가 왜 저 바깥 어둠 속에 있는 내 텐트 안에 있는지에 대한 생각을 떨쳐버릴 수가 없었다.

밤중에 여러 번 일어나서 하리에트 생전부터 있었던 책과 잡지 몇 권을 뒤적였다. 아침이 밝을 때쯤 아마 한 시간 정도 잔 것 같다.

캠핑카 창문에 가을아침이 밝았을 때 침대에서 일어났다. 커피 한 잔을 마시고 하리에트의 망원경을 들고 바위산 평탄한 곳으로 올라갔다. 텐트 쪽은 고요했다. 아무런 움직임이 없었다. 텐트 입구가 닫혀 있는 것이 보였다.

내가 뭘 하게 될지 이제 알았다. 나는 조각배 있는 곳으로 내려가서 틈새로 들어온 물을 퍼낸 다음 바위섬을 향해 노를 젓기 시작했다. 해가 수평선 바로 위로 올라와 수면이 거울처럼 빛나고 있었다. 올해 들어 가장 추운 가을아침이었다. 저 멀리서 갈매기 몇 마리가 보이지 않는 전리품 위를 돌며 내는 울음소리가 들려왔다. 어쩌면 얀손이 해초다발과 모래 밑에 묻어주려고 육지로 끌고 가려고 했으나 결국 실행에 옮기지 못하고 그냥 내버려 둔 그 썩은 바다표범일지도 모른다.

나는 노를 저어 바위섬 주위를 돌았다. 물속 바닥이 바위섬의 두 바위 방향으로 이어진 급격한 비탈로 바뀌는 지점까지 노를 몇 번 더 저었을 때 물속에 있는 어떤 물체가 시야에 들어왔다. 아침 햇살이 수면 몇 미터 아래에서 아주 자유롭게 부유하고 있는 그 어떤 것을 비췄다. 나는 노 젓기를 멈추고 배 난간 밖으로 몸을 숙였다. 처음에는 그 물체가 뭔지 알아볼 수 없었다. 그러다가 그것이 그물의 일부라는 걸, 그물에서 떨어져 나와 조류를 따라 흘러 다니고 있다는 걸 알았다. 그물에는 죽은 물고기들과 잠수오리 한 마리와 해초가 걸려 있었다. 탈출한 어망을 본 건 난생 처음이었다. 그렇게 고요한 물속을 떠도는 그 그물을 보니 높은 담장을 타넘어 감옥을 탈출한 뒤 결국 목적지 없이 떠도는 죄수의 모습이 떠올랐다. 아니면 어디로 가는지도 모르는 주인 없는 개의 모습일까?

태양이 구름층 뒤로 사라지자 그물이 더이상 보이지 않았다. 배를 바위섬에 댔다. 긁히는 소리가 나지 않도록 조심하면서 배를 바위섬 위로 끌어올렸다. 그런 다음 큰 바위에서 떨어져 나온 돌덩이에 배의 밧줄을 매고 텐트로 향했다. 루이제가 텐트 안에서 잠이 깨어 있는지 아닌지 알 수가 없었다. 밖에서 발자국 소리가 들리면 겁을 먹을지도 모른다. 그러길 바라진 않았다. 우리가 비록 상징적인 교전 중일지라도 그녀를 놀라게 하고 싶지는 않았다.

가만히 쪼그리고 앉아서 텐트 천에 머리를 대고 귀를 기울였다. 아무 소리도 들리지 않았다. 조용히 일어나서 내가 보통 불을 피우는, 바람이 자는 쪽 바위로 갔다. 예전에 내가 불을 피웠던 자리의 돌이 여전히 까맸다. 루이제는 불을 피우기에 좀 덜 적당한 곳을 불 피우는 자리로 선택했다. 나는 나뭇가지들과 파도를 타고 바위섬으로 밀려온 낡은 생선상자의 나무판자를 모아서 그 위에 마른 이끼를 덮었다. 그런 다음 불을 붙였다. 아직 바람이 없어서 연기는 하늘로 곧장 올라갔다. 기다리기 위해 자리에 앉았다. 루이제가 텐트에서 나오면 무슨 말을 할지는 아직 결정하지 못했다.

나뭇가지들을 더 불에 넣었다. 가끔 피로와 추위를 물리치기 위해 이리저리 바위 위로 돌아다녔다.

한 시간, 아니 거의 두 시간이 흘렀다.

갑자기 텐트에서 소리가 들렸다. 다시 조심스럽게 텐트로 다가가서 귀를 기울였다.

내 딸이 울고 있었다. 하리에트의 죽음 이후로 없었던 일이다. 루이제는 슬퍼하거나 의기소침할 때가 있지만 눈물을 흘리거나 하지는 않는다. 어쨌든 내 앞에서는 그랬다.

그녀가 우는 걸 듣자니 마음이 아주 혼란스러웠다. 뭘 어떻게 해야 할지 몰라 다시 모닥불 쪽으로 돌아갔고 그냥 내 섬으로 돌아가는 것이 가장 좋겠다는 생각을 했다. 하지만 불을 끄기 위해 물을 끼얹으면 분명히 소리가 날 텐데, 그 소리 없이 불을 끌 수는 없었다.

나는 가만히 앉아서 텐트 쪽으로 귀를 기울였다. 그녀가 얼마나 오랫동안 우는지 알기 위해 손목의 시계를 보았다. 십오 분 후에야 울음이 멈췄다. 그녀의 아픔이 크다는 생각을 했다.

텐트 안이 고요해졌다. 나는 기다렸다.

루이제의 하품 소리가 갑자기 들렸다. 잠시 후 루이제가 텐트 문을 열었다. 내가 열 때처럼 지퍼가 잘 열리지 않았다. 밖으로 나온 그녀의 머리카락은 마구 헝클어져 있었다. 그녀가 나를 발견하기까지는 몇 초가 걸렸다. 그녀는 자신의 눈을 믿지 못하겠다는 듯 꼼짝 않고 멈춰 있었다. 그러더니 일어나서 동쪽을 향해 바람을 막아주는 바위들 중 하나 뒤로 걸어갔다. 돌아왔을 때에는 머리카락이 가지런해져 있었다. 그녀는 텐트에서 쿠션을 가지고 나오더니 불 앞에 앉았다.

"기왕 왔으면 커피도 좀 끓이지 그랬어요." 그녀가 말했다.

나는 대답을 하지 않았다. 내가 경찰심문에 가야 했는데도 왜 보트를 가져갔는지 그녀가 내게 설명하기 전에는 아무런 질문도 던지지 않을 셈이었다. 그녀는 어떤 형태로든 자기가 남보다 약하거나 불리하다고 느끼면 그녀의 엄마 하리에트와 같은 방식으로 사람을 당황하게 만드는 능력이 있었다. 그러면서 대화를 아주 다른 방향으로 유도했다.

나는 내가 하리에트보다 훨씬 더 똑똑하다고 항상 생각했었다. 그러나 내 딸이 위험한 적수라는 건 깨닫고 있었다.

"어떻게 됐어요?" 그녀가 물었다.

"뭐가?"

"경찰심문이요. 경찰이 아버지를 때렸나요?"

"곤봉으로."

갑자기 그녀가 아주 피곤해 보였다. 다른 사람이 된 것 같았다. 불에 비친 모습이 창백하고 녹초가 된 모습이었다. 나는 그녀가 하리에트와 함께 살고 내가 그녀의 아버지라는 사실조차 몰랐던 어린 시절에 그런 모습이지 않았을까 잠깐 생각했다.

"우리는 한번쯤 예외적으로 다 큰 어른처럼 서로 얘기할 수 없나요?" 그녀가 물었다.

"맞지 않았다. 경찰은 불을 지른 사람이 나라고 의심하고 있어. 물론 증거는 없지. 그리고 나는 의도적이든 실수로든 그런 짓을 하지 않았어."

"그럼 대체 왜 불이 난 걸까요?"

"나도 정말 이유를 알고 싶구나."

그녀는 일어나더니 텐트에 가서 물병을 하나 들고 나왔다. 그리고 불 위로 커피주전자를 걸 수 있는 받침대를 만들었다. 그녀는 잔 하나와 내가 텐트에 두고 갔던 내 컵을 가지고 와서 내게 잔을 주고 컵은 자기가 가졌다.

내게 건넨 잔에는 이미 그녀가 넣은 냉동건조 커피가 몇 숟가락 들어 있었다.

어디선가 불어온 바람에 연기가 그녀의 얼굴로 향했다. 모닥불 냄새에 내 집이 타던 날 밤이 떠올랐다.

"다른 곳에서 얘기하나 여기에서 하나 마찬가지에요" 그녀가 갑자기 말했다. "그리고 나중에 하나 지금 바로 하나 달라질 게 없고요."

냉동건조 커피는 역시 맛이 없다. 냉동건조 커피를 마시면 줄곧 그것만 마셨던 의대시절의 그 긴 세월이 생각난다.

나는 커피 잔을 내려놓았다. 그녀의 말이 나를 불안하게 했다. 하리에트와 그녀의 불치병을 생각했다. 루이제도 아픈 걸까? 곧바로 걱정에 휩싸였다. 불난 집에서 뛰쳐나올 때처럼 심장이 두방망이질하기 시작했다.

"무슨 일이니? 심각하게 들리는구나."

"심각한 일이에요."

잘못해서 발로 커피 잔을 찼다. 커피가 텐트에 튀었다.

"무슨 일인지 어서 말해 보거라."

"임신했어요."

내가 마치 그녀의 중요한 발표를 기다리는 사람들 무리라도 되는 것처럼 그녀는 임신했다는 말을 가차 없이 내게 던졌다.

그녀의 말이 내가 마침내 잊었다고 믿었던 기억 속 어떤 사건을 다시 불러냈다. 의대를 들어간 지 얼마 안되었을 때, 그때는 아직 하리에트를 만나기 전이었는데, 젊은 여자 한 명이 나를 찾아와 희색이 만면하여 내게 자기가 임신했다는 말을 전했다. 우리는 학생의 밤 행사에서 서로 알게 되었고, 내 말에 얼마나 진실성이 있었는지는 모르겠으나 어쨌든 그녀를 만난 지 얼마 안돼 위대한 사랑이니 함께하는 미래니 가정이니 하는 말로 그녀를 포위했다. 그녀는 내 말을 믿었다. 그리고 아이를 가졌다. 그녀가 임신을 기뻐했던 것과 달리 그 소식에 대한 내 반응은 무언의 절망이었다. 나는 아이를 원하지 않았기 때문이다. 그때는 그랬다. 그녀에게뿐 아니라 어느 누구에게서도 아이를 원치 않았다. 그녀에게 은근히 낙태를 강요했을 때 그녀가 보였던 가슴 찢어지는 슬픔이 기억났다. 나는 그녀에게 낙태를 하지 않으면 그녀를 떠나겠다고 말했었다. 그녀가 낙태를 했음에도 불구하고 나는 그녀를 떠났다.

지금은 루이제가 내게 임신했다는 말을 던졌다. 그 말을 하는 루이제의 표정에는 환한 기쁨 같은 것은 보이지 않았다. 오히려 조심스러움이랄까, 그녀는 보도해야만 하는 어떤 객관적인 사실을 전하는 것처럼 말했다. 그런데 나는 그녀의 말을 이해할 수 없었다. 나는 루이제를 한 번도 엄마의 모습으로 상상해본 적이 없다. 하리에트도 아마 그랬을 것이다. 하리에트에게 루이제의 남자친구들에 대해 물어본 적이 있다. 하리에트는 그때 딸의 성생활에 대해서는 아는 것이 없다고만 대답했었다. 그 후로는 내가 그 주제를 다시 꺼낸 적이 없다. 루이제가 그녀의 그 불가사의한 여행길에 오르거나 여행에서 돌아왔을 때 나는 물론 가끔 그 여행의 배경에 어떤 남자가 있는 것이 아닐까 생각하곤 했다. 하지만 그녀에게 비밀스런 연인이 존재한다는 그 어떤 증거도 나는 찾지 못했다. 솔직히 고백하자면, 나는 가끔 그녀의 짐이나 가방을 몰래 뒤져보곤 했다. 그러나 연애사와 같이 내가 알지 못하는 그녀의 삶의 다른 부분을 보여주거나 아니면 적어도 암시해 줄 만한 것은 아무 것도 발견할 수 없었다.

"내가 한 말 들었어요?"

내 생각을 깨고 들어온 그녀의 목소리가 초조하게 들렸다.

"물론. 그런데 네가 한 말을 이해하려니 약간 시간이 필요하구나."

"임신했다는 건 하나의 사실인데, 거기에 무슨 다른 의미가 있겠어요."

"아이를 너 혼자 가질 수는 없잖니."

"그게 내가 아버지에게 대답해 줄 수 없는 유일한 질문이에요. 아이 아빠가 누군지는 저 혼자만 알고 있을래요."

"어째서?"

"내가 그러고 싶으니까요."

"아이 아빠가 누구인지 확실하게 알긴 아는 게냐?"

방금 내가 한 말에 보복이 돌아올 수도 있다는 생각을 채 하기도 전에 그녀는 모닥불 위로 주먹을 날려 곧바로 내 얼굴을 가격했다. 코에서 피가 났지만 난 느끼지 못했다. 루이제는 내게서 코피가 나는 걸 봤음에도 아무 말도 하지 않았다. 피가 윗입술 위로 흘러내릴 때에야 비로소 나는 코피가 난다는 사실을 알았다. 주머니에 들어있던 더러운 손수건으로 피를 닦았다. 피가 멈췄다.

"알았다, 묻지 않으마." 내가 말했다. "그리고 나는 네가 아이 아빠가 누군지 알고 있다는 사실도 물론 의심하지 않는다. 얼마나 됐니?"

"3개월에 들어섰어요."

"별 문제는 없고?"

"그런 것 같아요."

"그런 것 같다고?"

"병원에 갔었느냐고 묻는 거라면, 아직 병원엔 안 갔어요."

"병원엔 당연히 갔어야지!"

우리는 서로 대화를 하는 것이 아니었다. 언제나처럼 싸우고 있었다. 내 휴대폰이 울렸고, 그건 반가운 방해였다.

베로니카였다.

"제가 혹시 선생님을 깨웠나요?"

"아닙니다."

"악셀이 죽었다는 소식을 전하려고 전화 드렸어요."

처음에는 누구를 말하는 건지 이해하지 못했다. 악셀이라니? 내가 아는 사람 중엔 악셀이라는 이름을 가진 사람이 없었다. 그러다가 그게 노르딘의 이름이라는 사실이 떠올랐다. 악셀 노르딘.

"여보세요? 끊으신 거 아니죠?" 그녀가 물었다.

그녀의 목소리에 슬픔이 묻어있었다. 아니면 혹시 두려움이었을까? 젊은 사람들은 갑작스런 죽음을 두려움으로 받아들이는 경우가 많다.

"아니에요, 여기 있습니다."

"오늘 새벽 네 시 조금 지나서 죽었어요. 마르가레타가 전화했는데, 큰 절망에 빠져있더군요."

나는 노르딘의 아내 이름이 마르가레타라는 걸 알고 있었다. 그 부부에게 아이가 없다는 것도, 그리고 그 사실이 그 부부에게 큰 걱정거리였다는 것도 알고 있었다. 노르딘의 죽음이라는 사건은 기이하게도 또 불편하게도 다가왔다. 그 이유는 무엇보다도 내가 지금 여기에 앉아서 내 딸과 내 딸에게서 태어날 아이에 대해 얘기하고 있기 때문이었다. 그리고 노르딘에게 예의 없이 굴었던 내 딸의 행동이 어쩌면 그의 죽음에 기여했을지도 모르기 때문이었다. 나는 자리에서 일어나서 휴대폰을 귀에 댄 채 바위들 쪽으로 올라갔다.

"오늘은 카페 문을 열지 않으려고요." 베로니카가 말했다.

"선박용품점도 오늘은 닫혀 있겠군요. 그 가게는 누가 인수하나요?"

"그 가게는 어민권익회 소유에요. 거기에 물어보셔야 해요."

"장화를 주문한 게 있어서요. 주문한 게 왔어야 하는데."

베로니카는 불쾌해했다. 나는 장화에 대해 말을 꺼낸 것을 곧바로 후회했다.

"지금 장화가 중요한가요?" 그녀가 화난 목소리로 씩씩댔다.

나는 대답하지 않았다. 마르가레타에게 내가 연락을 하겠다는 말로 통화를 끝냈다.

모닥불이 있는 곳으로 돌아왔을 때 루이제는 텐트에 들어가고 없었다. 불가에 앉아서 기다렸다. 텐트에서 다시 나왔을 때 그녀의 표정은 굳어 있었다.

"노르딘이 죽었다. 뇌출혈이 있었는데 오늘 새벽에 죽었다는구나."

"누구요?"

"샤워장 열쇠가 있는 가게 주인 말이다."

그녀의 얼굴에 불안감이 살짝 비쳤으나 금세 사라졌다.

"그분의 죽음이 나 때문은 아니잖아요." 그녀가 말했다. "내가 그렇게까지 버릇없이 굴지는 않았는데."

"노르딘이 죽은 게 너랑 관계있다고 하는 사람은 아무도 없어." 내가 대답했다. "그가 죽었다는 것 말고는 자세한 얘기는 나도 모른다."

그녀가 일어섰다.

"가요. 추워요."

"어디로 갈까?" 내가 물었다.

"섬을 돌아보죠, 뭐."

"이건 섬이 아니다. 바위야."

"차이가 뭐예요?"

"글쎄다, 크기?"

우리는 바위들을 타고 올랐고 물가에 있는 돌들 위로 미끄럼을 탔다. 그녀는 아주 가벼운 몸짓으로 움직였지만, 나는 균형을 잃을까봐 계속 불안했다. 앞서가던 그녀가 나보다 먼저 큰 바위 위에 올라섰고, 그렇게 나를 내려다 볼 수 있는 지점에서 그녀는 갑자기 발걸음을 멈추고 몸을 돌렸다. 그녀는 아무 말 없이 나를 내려다보기만 했다. 그러더니 다시 가던 길을 갔다.

루이제가 내 앞에서 바위 위에 올라서 있던 바로 그 순간, 나는 내 안에서 차오르는 분노를 느꼈다. 하지만 그 분노는 또 금세 날아가 버렸다. 아무래도 나는 내가 죽은 후에도 계속 살아있을 모든 사람들에게 가망 없는 그리고 기본적으로 비이성적인 질투를 느끼고 있는 것 같다. 그런 생각이 경악스러울 뿐아니라 창피하다. 그래서 그 생각을 떨쳐버리려고 애를 쓰곤 하지만 나이가 들수록 그 생각은 점점 더 자주 나를 찾아온다.

다른 사람들도 나와 같은 생각을 하는지 궁금하다. 실제 그런지 알 수는 없고 결코 다른 사람에게 묻지도 않을 것이다. 하지만 그 질투는 내가 가지고 있는 가장 깊은 어둠이다.

그렇게 느끼는 사람이 정말 나 뿐일까?

우리가 텐트로 돌아왔을 때 모닥불은 거의 꺼져 있었다.

"넌 이해해야 한다."

"무엇을요?"

"네가 무엇으로 먹고 사는지 내가 종종 궁금해 한다는 것 말이다. 넌 한 번도 내게 돈을 달라고 한 적이 없어. 네가 뭘 하는지 나는 전혀 아는 게 없고."

그녀가 미소를 지으며 나를 보았다. 그러더니 급하게 일어나서 나를 스치면서 오리나무수풀로 들어갔다.

"오줌 누러 가요." 그녀가 말했다.

"진드기 조심하거라."

"이제 집에 가세요. 모터보트를 가져가세요. 난 몇 시간 후에 갈게요. 지금은 혼자 좀 조용히 있고 싶어요."

"아직 둘이 해야 할 얘기가 많은 것 같은데." 내가 말했다 "불탄 집터를 어떻게 해야 할지도 그렇고. 더군다나 이제 아이도 태어날 텐데."

"알아요. 둘이 얘기할 시간은 앞으로도 많잖아요. 집 얘기든 아이 얘기든."

보트를 물로 밀고 나가 엔진을 아래로 내리고 시동을 걸었다. 보트 창고로 돌아가기 전에 넓은 바다가 나오는, 섬들이 끝나는 곳까지 나가 한 바퀴 돌기로 결정했다. 수면 위로 겨우 나와 있는 이름 없는 낮은 바위섬들이 있는 다도해 끝부분 너며, 큰 청어 무리가 모여들곤 하는 곳에 놀랍게도 힘겹게 바람을 맞으며 열린 바다를 향해 나가고 있는 요트가 한 척 보였다. 여름이 지난 지도 한참 된 요즘 같은 시기에는 취미로 요트 타는 사람들을 보기가 힘들다. 눈으로 요트를 좇으며 살핀 결과 요트에서 한 사람 이상은 발견할 수가 없었다. 키를 잡은 사람이 남자인지 여자인지는 알아볼 수 없었다. 나는 보트를 돌려 집으로 향했다.

보트를 매어 두고 선착장 벤치에 앉았다. 루이제가 한 말을 정서적으로 이해해 보려고 했다. 그러나 그래야 할 것 같은 무조건적 기쁨이 느껴지지가 않았다. 그 사실이 나를 불안하게 했다. 왜 내 감정이 짐처럼 느껴질까?

어쨌든 우리는 대화를 시작했고, 그 대화가 이미 끝난 것이 아니기를 바란다.

잠시 후 캠핑카로 향했다. 캠핑카로 가는 길에 내 손목시계를 보았다.

그런데 시계가 없었다. 주머니들을 만져보았지만 없었다. 혹시 보트에 있는 것 아닐까 싶어 다시 보트에 가 보았다. 그곳에도 없었다.

어떻게 된 것일까 생각해보았다. 시곗줄은 스테인리스스틸이니 고장 났을 리가 없다.

휴대폰이 울리는 바람에 생각이 끊겼다. 얀손이었다.

"노르딘이 죽었어요." 그가 말했다.

"알고 있네."

"전 장례식에 가려고요, 관을 들어야 해서. 선생님은요?"

"나보다 더 그와 가까운 사람들이 있지 않겠나?"

"얼마나 많은 사람들이 죽는지를 생각하면 참 무서워요." 그가 음울한 목소리로 웅얼거렸다.

"사람은 당연히 죽는 것 아니겠나." 내가 대답했다.

그러고는 연결 상태가 별로 좋지 않은 것 같다고 말하고 그의 말소리가 잘 안 들리는 것처럼 연기를 했다. 그렇게 통화를 중단하고 전화를 끊어버렸다.

얀손과의 통화는 급할 게 없었다. 급한 건 어쩌면 나였다. 하지만 지금 이 순간 다른 일은 중요하지 않았다. 나는 태어날 루이제의 아이를 생각해야 했다. 그것은 내게 일어날 수 있는 최고의 일이었다.

10

산으로 올라가서 바위섬 쪽을 살폈다. 루이제가 조각배에 오르는 것을 보고 보트 창고로 내려가 기다렸다. 그녀는 배를 댄 다음 밧줄을 기둥에 묶고 선착장으로 올라왔다. 배가 흔들렸다. 나는 그녀가 균형을 잃고 물에 빠질 수도 있겠다는 생각을 했다. 그러나 그녀는 제때 선착장 계선주를 잡았다.

"아슬아슬했다." 내가 말했다.

"아니에요." 그녀가 대꾸했다. "내가 균형 감각이 얼마나 좋은데요. 게다가 아버지는 아마 모르겠지만 난 어릴 때 외줄타기를 해 본 적도 있어요."

나는 그녀를 보며 나를 속이려고 하는 것 아닌가 생각했다. 하리에트는 우리 딸이 외줄타기 광대가 되려고 했다는 얘기를 한 적이 없다.

"지금 몇 시인지 좀 알려주겠니? 내 시계를 잃어버렸구나."

"열두 시 십오 분이에요."

"내 시계가 없어졌어."

"이미 말했잖아요."

"그냥 없어지다니, 별일이야. 바위섬에 갈 때는 분명 손목에 있었거든."

"난 못 봤어요."

"시계가 저 혼자 사라지지는 않을 텐데?"

"그러면 저기 바위섬에 분명히 있겠죠."

나는 그녀가 사라진 내 시계에 그렇게 무관심하다는 사실에 놀랐다. 하지만 그 문제는 그냥 그렇게 두기로 했다. 잘 찾아보면 분명히 찾을 수 있을 것이다. 시계가 물에 빠졌을 가능성에 대해서는 전혀 생각하지 않았다.

루이제가 캠핑카로 향했다. 그녀가 들어간 뒤 문을 탁 닫는 바람에 캠핑카가 흔들린 바로 그 순간 내 상의 주머니에 있던 휴대폰 벨이 울렸다. 전화를 꺼내어 보니 화면에 모르는 번호가 떠 있었다. 한참을 울리던 벨이 그쳤고, 나는 휴대폰을 다시 주머니에 넣었다.

곧바로 다시 벨이 울렸다. 이번에는 전화를 받았다. 누군가 내게 불편한 소식을 전하지 않을까 두려워 조금 망설이긴 했다.

리사 모딘이었다.

"제가 방해했나요?"

"전혀 아닙니다. 혹시 방금 전에도 전화했었나요?"

"네. 지금 선생님 섬에 계신가요?"

"거기 아니면 어디겠어요?"

그녀가 내 귀에 대고 웃었다.

"지금은 기자로서 전화한 겁니다." 그녀가 설명했다.

나는 바로 경계심을 가졌다. 그녀의 목소리가 갑자기 달라졌다고 느꼈다. 나와 이야기를 나누려고 전화한 것이 아니라 신문사 일로 연락한 것이었다.

나는 입을 다물었다.

"검사가 선생님을 방화 혐의로 기소할 거라는 얘기를 들었어요."

갑자기 위가 꼬이는 것 같았다. 하마터면 통증 때문에 전화에 대고 신음소리를 낼 뻔했다.

"듣고 계세요?"

"듣고 있습니다."

"검사와 기소에 관한 얘기, 사실인가요?"

"모르겠습니다."

"선생님은 모르신다고요?"

"경찰에 다녀온 뒤로 아무 얘기도 듣지 못했어요. 전화도 우편물도 받은 것이 없어요. 아무도 내게 해주지 않은 얘기를 기자님은 어떻게 알게 됐는지 혹시 설명해 줄 수 있나요?"

"무슨 일이 벌어지고 있는지 알아내는 게 기자로서 제가 할 일이에요."

"하지만 아무 일도 일어나지 않고 있는데요?"

"그러니까 기소되지 않았단 말씀이죠?"

"그래요."

연결 상태가 좋지 않았다. 그녀의 목소리가 몇 번 들려왔지만, 우리 둘 다 상대방 말을 제대로 알아들을 수 없었다. 그녀가 다시 전화하기를 기다렸고, 나도 시도해보았지만 성과는 없었다. 휴대폰 기지국이 다도해 전 지역을 커버하지는 못한다. 한번은 노르딘에게서 열악한 휴대폰 접속 실태에 항의하는 서명지에 서명을 해 달라고 부탁을 받은 적이 있었다. 서명을 했지만 당연히 아무것도 개선되지 않았다.

캠핑카로 돌아갔다. 기온이 떨어지기 시작했다. 얼마 안 있으면 더이상 텐트에서 잘 수 없게 될 것이다.

캠핑카 문을 두드리려다가 생각을 바꿨다. 아직은 딸과 이야기를 나눌 마음의 준비가 되지 않았다. 보트 창고로 돌아가서 낡은 어망들 사이에 앉았다. 그곳에서 내 생각을 정리하고 강한 불빛에 갑자기 잠에서 깼던 그 밤으로 기억을 되돌려보고자 했다. 너무나 많은 일이 있었기 때문에 해결할 수 없는 혼돈으로 끝내지 않으려면 정리를 해야만 했다.

하지만 생각이 모이지가 않았다. 기소되었느냐고 묻던 리사 모딘의 목소리만 머릿속에서 자꾸 들렸다. 그녀는 그것을 어떻게 알았을까? 소문일까, 아니면 사실일까?

보트 창고 안의 어둠속에 앉아있자니 갑자기 겁이 났다. 일어났던 일들이 의심스러워지기 시작했다. 혹시 나 자신도 모르게 정말 내가 집에 불을 지른 건 아닐까? 충분한 증거가 없어도 정말 기소될 수 있을까?

갑자기 찾아온 심한 메스꺼움이 두려움을 몰아냈다. 의대생 시절 배웠던 것처럼 머리를 두 무릎 사이로 깊이 숙였다. 얼마나 오래 그러고 있었는지는 모른다. 그사이 메스꺼움은 두통으로 바뀌어 있었고, 그것을 느끼는 순간 갑자기 누가 내 어깨에 손을 얹었다. 깜짝 놀라 고개를 들면서 나도 모르게 소리를 질렀다.

나는 루이제가 보트 창고로 들어오는 소리를 듣지 못했다.

"무슨 일이에요? 왜 여기 앉아 있어요?"

"내가 있을 만한 곳이 그리 많지 않아."

"여기는 추워요. 아직 할 얘기가 남았다고 생각했는데. 그래서 아버지를 기다리고 있었어요."

우리는 캠핑카로 올라갔다. 나는 그녀 뒤에 몇 발자국 떨어져서 걸었고, 내 자신이 아무도 돌보지 않으려는 주인 없는 개처럼 느껴졌다.

그녀가 커피를 끓였다.

"뭐 좀 드실래요?"

"아니다."

"아니, 괜찮다, 라고 해야죠."

"아니, 괜찮다."

"그런데 뭐 좀 드셔야 해요."

그녀가 빵 몇 조각에 버터를 발라주었고, 나는 불평하지 않았다. 실제로 나는 아주 배가 고팠다. 루이제는 내가 말문을 열기를 기다리는 듯 내 얼굴을 살피고만 있었다. 하지만 나는 할 말이 없었다. 중간에 끊긴 리사 모딘과의 통화가 모든 정돈된 사고를 쫓아버렸다.

가까워지는 보트 소리를 먼저 들은 건 루이제였다. 그녀가 고개를 들고 귀를 기울였다. 엔진소리가 점점 커졌다. 나는 문을 열었다. 말할 것도 없이 얀손의 보트였다.

"우편배달부야. 선착장에 내려가서 그에게 내가 없다고 말하거라."

"그 사람이 볼 수 있게 우리 배들을 대 놓지 않았나요?"

"그러면 그냥 내가 익사했다고 하렴."

"거짓말은 하기 싫어요. 아버지가 그 사람을 만나고 싶지 않다면 그건 아버지가 스스로 해결하세요."

그녀의 마음을 바꿀 수 없다는 걸 알고 있었다. 얀손과 그의 보트는 당연히 내 문제였다. 나는 재킷을 입고 선착장으로 내려갔다. 얀손의 배가 곶을 돌아올 때 그 배에 탄 사람이 얀손 혼자가 아니라는 걸 알았다. 차가운 바람 속에 얼굴을 바다로 향한 채 리사 모딘이 뱃머리에 앉아 있었다.

어떻게 된 일인지 알 수가 없었다. 방금 전에 통화를 하다가 끊겼었는데 그녀가 지금 여기로 오다니.

얀손이 선착장에 배를 댔고, 리사 모딘이 배에서 내렸다. 얀손은 보트에 앉은 채 손을 그의 검은 털모자에 대고 그저 무관심한 듯 인사를 했다.

리사 모딘은 선원들이 입는 방수복을 입고 있었고, 손에는 선원용 방수모가 들려 있었다.

"좀 놀라신 것 같은데요?"

"그렇습니다."

"아까 전화했을 때 항구 부두에 있었어요."

"얀손은 어떻게?"

"저 분이 거기 있었던 건 순전히 우연이었어요."

나는 얀손을 바라보았다. 그는 우리 얘기를 듣고 있었다. 그가 고개를 끄덕였다.

"오래 있지 않을 거예요. 그런데 전화통화가 중간에 끊겼잖아요."

우리는 선착장에서 캠핑카로 올라갔다. 얀손은 리사 모딘이 기고하는 지역신문사의 신문을 꺼내 읽기 시작했다.

캠핑카의 문은 닫혀 있었다. 창 안쪽에도 루이제의 모습이 보이지 않았다. 하지만 안에서 라디오 소리가 들렸다.

"내 딸이 와 있습니다."

"혼자 계시지 않아도 된다니, 잘 됐네요."

함께 집터로 올라갔다. 약해지기는 했으나 여전히 탄내가 공기 속에 남아 있었다.

리사 모딘을 껴안고 내 언 손가락들을 그녀의 옷 안으로 집어넣고 싶은 강한 욕망이 나를 엄습했다. 물론 그런 짓을 하지는 않았다.

우리는 함께 서서 폐허를 바라보았다.

"무슨 생각 하세요? 화재 이후에 시간이 좀 흘렀잖아요."

"아무 생각도 안 합니다. 나는 아직도 무슨 일이 있었던 건지 이해가 되지 않아요."

"어떻게 된 건지 내가 말해야겠네요." 그녀가 설명을 시작했다. "검찰이 선생님을 기소하는 방향으로 예심 청구를 결정한 것 같아요. 집이 주택 가치 전액 보장보험에 들어있기 때문에 화재의 동기를 보험사기로 보는 것 같더군요. 하지만 선생님은 여전히 아무 것도 모른다는 주장이신 거죠?"

"화재 말입니까, 아니면 기소 말입니까?"

"둘 다요."

"모릅니다. 내가 만약 잠에서 깨지 않았다면 나는 그 안에서 타죽었을 겁니다. 그랬다면 성공한 자살시도가 됐겠군요. 보험사기가 아니라."

그녀가 방수모를 방수복 주머니에 구겨 넣었다. 그녀가 머리카락을 더 짧게 잘랐다는 걸 알았다.

"저는 선생님 댁 화재에 관한 기사를 써야 해요. 그런데 그냥 짧은 일반 기사가 될 것 같아요, 긴 르포기사가 아니라."

"내가 내 집을 태워 없애지 않았다고 써주면 좋겠소. 그리고 내가 불을 냈다는 소문을 퍼뜨리는 놈들은 모두 지옥에나 떨어져야 한다는 얘기도 함께."

"검사들이랑 경찰들은 지옥에 잘 안 가던데요!"

나는 산으로 올라갔다. 그녀가 조금 떨어져서 나를 따라왔다. 그녀는 대체 왜 온 걸까? 내가 불을 질렀다고 자백이라도 할 거라 믿었을까?

나는 벤치에 앉았다. 그녀는 내게서 조금 떨어진 곳에 서서 바다를 바라보았다.

"보이세요?"

나는 그녀가 손끝으로 가리키는 곳을 따라 시선을 던졌지만 그녀가 뭘 말하는지 찾을 수 없었다. 벤치에서 일어선 다음에야 무슨 말인지 이해했다. 내 텐트를 세워놓은 바위섬 너머는 바람이 더 강했다. 그곳에서 검은색 옷을 입은 사람이 윈드서핑을 하고 있었는데 매우 빠른 속도로 바다를 향해 파도 위를 미끄러지고 있었다. 여름에는 윈드 서퍼들을 자주 볼 수 있었다. 하지만 지금처럼 늦가을에는 전혀 없다. 보통 눈에 띄는 화려한 색의 옷과 장비를 사용하는 서퍼들과 달리 지금 보이는 서퍼는 돛도, 판도, 옷도 모두 검은색이었다. 멀리서 보자니 고무 옷을 입고 맨발로 수면 위를 미끄러지고 있는 것 같았다.

"추울 텐데." 그녀가 말했다. "물에 빠지면 어쩌죠?"

우리는 윈드 서퍼가 로가회홀멘 뒤로 사라질 때까지 계속 그의 모습을 눈으로 좇았다. 잠시 후 그의 모습이 다른 쪽에서 나타났고, 그는 여전히 열린 바다를 향해 가고 있었다. 그 윈드 서퍼의 모습을 보고 있자니 검은 돛 때문인지 속도 때문인지 뭔가 불편한 느낌이 들었다. 이렇게 추운 10월에 저렇게 계속 바다를 향해 서핑을 하고 있는 저 사람은 대체 어떤 사람일까?

나는 리사 모딘의 손을 갑자기 잡았다. 손이 찼다. 그녀가 조심스럽게 손을 뺄 때까지 잠시 동안 그녀의 손을 잡고 있을 수 있었다.

우리 뒤에서 마른 나뭇가지가 탁하고 부러지는 소리가 났다. 돌아보니 루이제가 산으로 올라오고 있었다. 리사 모딘도 동시에 그녀를 보았다. 루이제는 머리가 헝클어져 있었고 흥분한 것처럼 보였다. 그녀가 적의에 찬 눈으로 리사 모딘을 유심히 살폈다.

"이 분은 리사 모딘 씨라고 내 친구란다."

리사 모딘이 악수를 청했지만 루이제는 손을 내밀지 않았다.

"내 딸 루이제입니다."

리사 모딘은 루이제의 망설임을 당연히 단박에 눈치챘다. 두 젊은 여자는 서로에 대한 적개심이 아주 당연한 것처럼 거기 서서 서로를 응시하고 있었다.

루이제가 갑자기 내 쪽으로 몸을 돌렸다.

"왜 저한테 이 분 얘기를 한 번도 안 했어요?"

"서로 알게 된 지 얼마 안 됐다."

"두 분 같이 자는 사이에요?"

리사 모딘이 깜짝 놀라 숨을 헐떡였다. 그러고는 웃기 시작했다.

"아니다." 내가 말했다. "우린 그런 사이가 아니야."

루이제가 뭔가 대꾸하려 했지만 리사 모딘이 빨랐다.

"제게 왜 그렇게 불친절한지 모르겠네요. 오해가 있으신 것 같은데, 전 아버지께 몇 가지 물어볼 게 있어서 왔습니다. 전 기자입니다. 이제 대답을 들었으니 곧 돌아가겠습니다."

"뭘 알고 싶었던 거죠?"

리사 모딘이 재빨리 내게 시선을 던졌다. 하지만 난 할 말이 없었다. 내 문제였지만 내가 사건의 중심이 아니었다.

"경찰이 화재의 원인을 방화로 보고 있어요. 그 말은 당신 아버지를 방화용의자로 의심하고 있다는 얘기입니다."

그 다음에 일어난 일은 아주 순식간에 벌어졌다. 루이제가 아주 빠른 걸음으로 앞으로 다가왔고, 그런 행동을 예상하지 못했던 리사 모딘과 나는 소스라치게 놀랐다.

"이제 여기서 얼른 꺼져요." 루이제가 소리쳤다. "기자들이 와서 들쑤시지 않아도 우린 지금 충분히 힘들다고요."

루이제의 돌발적인 행동에 리사 모딘은 완전히 할 말을 잃었다. 리사 모딘의 눈에 분노가 타올랐다. 그녀는 서둘러 언덕을 내려가 얀손의 보트에 올라탔다. 루이제와 나는 산 위에 남아 엔진에 시동이 걸리는 소리와 보트 소리가 곶 너머로 사라지는 걸 듣고 있었다.

내 딸은 내 미래에 대한 얼마 안 되는 희망 중 하나를 앗아갔다. 바로 리사 모딘이 나와 이성 친구 이상의 관계가 될 수도 있다는 희망.

“나는 네가 여기서 사라졌으면 좋겠다. 네가 내가 좋아하는 몇 명 되지도 않는 내 친구들 중 한 명을 그렇게 쫓아버린다면 더이상 너랑 이 섬에 같이 있고 싶지 않구나.”

“아버지는 저 여자가 아버지에게 관심이 있을 거라고 생각해요? 저 여자는 아버지보다 최소한 서른 살은 젊어요.”

“네가 표현한 것처럼 우리가 서로 같이 자는 그런 사이는 비록 아니지만, 그녀는 지금까지 나를 실망시키지 않았어.”

우리는 산 위에서는 더이상 아무 말도 하지 않았다. 산에서 내려와 캠핑카에 도착했을 때 바람은 더 강해져 있었다. 나는 서쪽에서 다가오는 먹구름을 올려다보았다. 지금보다 조금 더 늦은 가을이었다면 밤에 첫눈이 내릴 것이라고 예상했을 것이다. 우리는 함께 저녁을 먹었다, 그런 다음 차를 마셨다. 나는 루이제가 선호하는 차 맛을 좋아하지 않는다. 내가 잘 모르는 이상한 향신료 맛이 난다. 물론 루이제에게는 아무 말도 하지 않았다.

우리는 둘 다 피곤했다. 굳이 그러자고 말은 하지 않았지만 둘 다 캠핑카에서 자는 것으로 결정했다. 너무 늦어 자야 할 시간이 될 때까지 우리는 카드게임을 했다. 루이제가 오랫동안 잠들지 못하고 뒤척이는 소리를 들었다. 하지만 그녀의 숨소리가 점점 깊고 무거워지기 시작했고, 나도 그때쯤 잠이 들었다.

다음날 나는 조각배를 타고 내 손목시계를 찾으러 바위섬으로 건너갔다. 루이제는 속이 좋지 않다며 함께 가고 싶어 하지 않았다.

아마 바로 그 순간이었을 것이다. 그녀가 임신했다는 사실을 분명하게 받아들인 것이. 입덧 때문에 확실하게 인지했다. 내 딸이 내가 전혀 모르는 누군가의 아이를 낳을 것이라는 사실을.

나는 바위섬을 향해 천천히 노를 저으며 내가 알지 못하는 그 남자를 상상해보았다. 그러나 축구장에 입장하려는 큰 무리의 사람들처럼 한군데 떼를 지어 모여 있는 수많은 남자들만 떠올랐다.

아무리 찾아도 시계는 찾을 수 없었다. 혹시 텐트 바닥 밑으로 들어간 건 아닐까 싶어 심지어 텐트 말뚝 몇 개를 뽑고 텐트 아래를 살피기도 했다. 하지만 시계는 없었다.

아무 일도 일어나지 않은 채 이틀이 흘렀다. 오락가락하던 바람의 세기가 센바람의 수준에 도달했다. 우리는 대부분의 시간을 캠핑카 안에서 보냈다. 나는 다시 아침 냉수욕을 시작했다. 그리고 루이제에게도 함께하자고 권해 보았지만 루이제는 원치 않았다. 그녀는 내가 냉수욕을 마치고 나면 우물펌프

있는 곳에서 씻었다. 그때마다 그녀가 찬물 때문에 씩씩거리며 욕하는 소리가 들려왔다.

나는 우리가 왜 이렇게 이상하게 행동하고 있는지 생각해보았다. 다 큰 성인 두 명이 앞으로 태어날 새로운 세대에 대해 대화하는 것을 피하고 있었다. 대체 무엇이 우리 둘로 하여금 평범한 사람들의 평범한 대화를 할 수 없게 만들고 있는 것일까?

그나마 우리가 나누는 대화는 새 집을 지을 수 있는 가능성에 대한 것이었다. 경찰 수사가 진행되고 있고 검찰이 분명한 결론을 내리기 전까지는 보험금을 받지 못할 것이다. 하지만 겨울을 캠핑카에서 날 수는 없었다.

다음 날 점심 때 보험사에 전화를 걸었다. 한참을 기다려서 내 서류를 꺼내온 직원과 연결되었다. 그 직원이 요나스 안데르손이라고 자기를 소개했다. 그를 예전에 만난 적이 있었는지 기억을 더듬어보았지만 기억이 나지 않았다. 안데르손은 말이 너무 빨랐고 나와의 통화를 가능하면 빨리 끝내고 싶어하는 것처럼 보였다. 내가 보험사에 화재신고를 하지 않았기 때문에 그는 화재에 대해 모르고 있었다. 그는 또한 방화 의혹이 있다는 어떤 기사도 보지 못한 것 같았다. 나는 어쩌면 더 이상 종이로 된 뭔가를 읽지 않는 세대에 속한 젊은이와 통화를 하고 있는 걸까? 신문뿐 아니라 책도 읽지 않는? 그 세대가 접하는 새로운 소식들은 오로지 디지털 세계의 다양한 소스로부터 나온 것들이다.

요나스 안데르손과의 짧은 통화는 고통이었다. 나는 나에 대한 기소로 결정이 날 수도 있는 경찰조사가 진행 중이라는 사실은 언급하지 않았다. 그건 그가 스스로 알아내야 할 일이었다. 중요한 건 내가 보험 불입금을 완납했는가 하는 것이었고, 안데르손은 그 사실을 확인해주었다.

보험은 문제가 없었다. 보험회사는 새 집을 지을 수 있는 비용을 전액 지불할 것이다. 물론 19세기에 지어졌던 옛집처럼 견고한 집이 되진 못할 것이다. 떡갈나무가 벽을 받치는 목재로 사용되지도 않을 것이고, 집으로 들어가는 계단에도 옛날 집과 같은 나무장식이 사용되지는 않을 것이다.

나는 불탄 사과나무들도 보험의 적용을 받을 수 있을지 생각해보았다. 하지만 물어보지는 않았다. 요나스 안데르손은 분명 숯으로 변한 과일나무에는 관심이 없을 것이다.

나는 캠핑카 안에서 보험회사와 통화했다. 루이제는 문 옆에 서서 내 통화를 듣고 있었다. 요나스 안데르손의 목소리가 아주 날카로웠기 때문에 루이제도 분명 전화기 너머에서 들리는 그의 말을 들었을 것이다.

안데르손이나 다른 직원이 화재 현장을 보기 위해 섬을 방문하기로 약속하는 것으로 통화는 끝났다. 안데르손은 특이한 표현을 썼다. 화재 현장에 대한 육안확인이 이루어져야 한다는 표현이었다. 어쨌든 며칠 안에 육안확인이 진행될 것이라고 했다.

내가 현재 어디에서 생활하고 있는지 안데르손은 묻지 않았다. 내 전 재산이 화재로 소실된 것에 대해서도 별 말이 없었다. 그의 가장 중요한 업무는 보험회사가 너무 많은 돈을 보험금으로 지급하지 않도록 하는 데 있을 것이라는 생각을 했다.

"보험이 된다는구나." 전화를 끊고 내가 말했다. "물론 내가 기소되어서 방화로 유죄판결을 받게 되면 없던 얘기가 되는 거고"

"그럼 어떻게 되는 거죠?"

"난 감옥을 가겠지. 보험금으로 집을 지을 수도 없을 테고."

날씨가 눈에 띄게 좋아졌다. 강한 바람이 사라지자 기대하지 않았던 따뜻한 가을햇살이 비쳤다. 나는 매일 한 번씩 바위산 위에 올라 윈드 서퍼를 찾았다. 그러나 바다는 텅 비어 있었다. 보트도 검은 윈드서핑 돛도 보이지 않았다.

철새들이 사라지면 다도해 지역에는 고요가 찾아온다. 파도소리와 바람소리만 남는다.

어느 날 저녁 루이제가 의기소침해 있는 걸 보았다. 그녀는 선착장 벤치에 앉아 두 손에 머리를 파묻고 있었다. 그녀를 발견했을 때 나는 막 산에서 내려온 상태였다. 나는 재빨리 멈춰서서 그녀 모르게 그녀를 관찰했다. 우리는 점점 서로 모르게 상대방을 관찰하는 방식으로 소통하고 있는 것 같았다. 우리는 서로를 피했고 두려워했다. 내 두려움은 임신한 내 딸에 대해 내가 아는 것이 점점 적어지고 있다는 생각에서 비롯된 것이었다. 그리고 어쩌면 그녀가 나를 보며 노화가 사람을 어떻게 변화시키는지 느끼고 있을지도 모른다는 것 때문이었다.

엔진소리가 들려온 때는 11월의 첫 번째 화요일 오전 열 시였다. 바람이 남쪽에서 불어오고 있었고 그 밖에는 다도해 지역이 아주 고요했기 때문에 멀리 있는 보트 소리도 들을 수 있었다. 얀손은 아니었다. 점점 가까워지는 엔진소리는 내가 아는 소리가 아니었다. 곶을 돌아 내 시야에 들어온 배는 처음 보는 것이었다. 드라반트II라는 특이한 이름을 단 흰색 플라스틱보트였다. 자기 보트에 말 이름을 붙인 멍청이가 대체 누구인지 궁금했다.

손님이 도착했을 때 루이제와 나는 이례적으로 함께 선착장으로 내려갔다.

손님은 보험회사에서 온 사람이었다. 요나스 안데르손은 아니었다. 그 남자는 토르스텐 묄그렌이라고 본인을 소개했다. 나이는 스물다섯을 넘지 않아 보였다. 나는 보험회사 조사관은 수많은 다양한 보험사례들을 담당해 본 경험 많은 사람일 거라고 항상 상상했었다. 하지만 토르스텐 묄그렌은 거의 미성년자처럼 보였다.

보트를 운전한 사람 역시 비슷한 나이로 보였다. 악수를 하면서 잡은 그의 손은 물렁하고 땀에 젖어 축축했다. 그는 높고 날카로운 목소리로, 내가 잘못 듣지 않았다면, 하세라고 자기 이름을 소개했다. 나중에 루이제에게 물어보니 루이제도 그의 이름을 정확히 모르고 있었다.

우리는 화재 현장으로 올라갔다. 뮐그렌에게서 방화 의혹에 대해 알고 있다는 어떤 암시를 기대했지만, 그는 아무 말도 하지 않았다.

뮐그렌은 상하의가 붙은 오렌지색 작업복을 입고, 발에는 반갑게도 녹색 스웨덴 고무장화를 신고 있었다. 하마터면 반가운 마음에 장화를 어디에서 샀는지 물어볼 뻔했다. 뮐그렌은 손에 커다란 수첩을 들고 있었고, 검게 그을린 화재 현장에 도착하자마자 곧장 메모를 하기 시작했다.

하세는 캠핑카 뒤쪽 바람이 자는 곳으로 가더니 굵은 시가에 불을 붙였다. 아마도 하세는 다도해 지역에서 보험회사를 위한 수송업무만 담당하고 있는 것 같았다. 루이제와 나는 화재 현장에 서서 뮐그렌이 장화 신은 발로 현장을 돌아보고 있는 모습을 보고 있었는데, 그곳까지 시가 연기가 올라왔다. 뮐그렌은 이따금 걸음을 멈추고 휴대폰으로 사진을 찍었다. 가끔씩 주머니에 들어있던 녹음기를 꺼내 뭔가 녹음을 하기도 했다.

"뭘 찾고 있는 거예요?" 루이제가 내게 물었다. "저 사람은 집이 원래 어떤 모습이었는지도 모르잖아요."

"나도 모르겠다. 저이에게 네가 직접 물어보렴."

"저런 남자 옆에서 잠에서 깨지 않아도 돼서 다행이에요."

그녀의 말에 멈칫했다. 그러나 동시에 그녀가 내가 가장 중요한 질문을 그녀에게 할 수 있도록 문을 열어주었다는 사실을 깨달았다.

"그러면 어떤 남자랑 잠에서 깨고 싶니?"

"아버지가 그 사람을 만나보면 알게 될 거예요."

그 이상의 질문은 부질없어 보였다. 우리는 폐허를 살피고 있는 묄그렌을 계속 관찰했다.

"뭘 찾고 있을까요?" 루이제가 물었다.

"진실!" 내가 대답했다. "그게 있다면 말이다."

루이제가 갑자기 내 팔을 잡았다. 그리고 고갯짓으로 바위산 위 할아버지의 벤치로 올라가자는 신호를 했다. 벤치에 채 앉기도 전에 그녀가 입을 열었다.

"불나기 몇 주 전 우리가 통화했을 때 내가 암스테르담에 있었던 것 기억나요?"

"그래, 기억난다. 네가 어디 카페 같은 데 있는 것처럼 들렸었지."

"내가 암스테르담에서 뭘 했을 것 같아요?"

"글쎄, 전혀 상상도 안 되는데."

"말해줄게요. 아버지도 알겠지만 거기에는 렘브란트의 작품들이 전시돼 있는 네덜란드 국립미술관인 레이크스미술관이 있어요. 렘브란트의 그림들은 아무리 봐도 지겹지 않아요. 그 대작들에 감동을 받지 않는 사람은 미술을 보는 눈이 전혀 없는 사람이죠. 하지만 내가 일 년에도 몇 번씩 암스테르담에 가는 건 꼭 그 그림들을 보기 위해서만은 아니에요. 미술관을 견학하는 사람들을 도와주기 위해서예요. 작은 그룹이 하나 있어요. 거기 속한 사람들 대부분은 네덜란드 사람들이고, 레이크스미술관과 협약을 맺은 다른 나라들에서 온 사람들도 좀 있어요. 그 사람들을 위해서 우리는 돈을 모으고 자동차와 구급차를 준비해요. 그렇게 곧 죽게 될, 그리고 죽기 전에 다시 한 번 렘브란트의 그림들을 보고 싶은 소망을 가진 중환자들에게 마지막으로 그 미술관을 방문할 수 있는 기회를 주는 거죠. 일 년에 세 번 미술관이 휠체어나 들것에 실려 오는 그 사람들에게만 개방이 돼요. 그 사람들은 그렇게 누워서, 아니면 몸을 겨우 반만 일으킨 채 앉아서 렘브란트의 그림들을 감상해요. 그 그림들을 선명하게 머릿속에 넣고 기억하기 위해, 그 날은 약이 없기 때문에 종종 큰 통증을 견디면서요. 그 사람들 대부분이 꼭 보고 싶어 하는 게 렘브란트의 자화상이에요, 그 중에서도 특히 늙었을 때의 자화상. 눈과 눈이 마주하는 그 만남이 삶에서 죽음으로 넘어가는 길을 좀 덜 고통스럽게 만들어주죠. 아버지는 혹시 내가 거기에 가는 게 네덜란드가 스웨덴보다 대마초 소비에 대해 훨씬 관대하기 때문이라고 생각했던 거 아니에요? 내가 대마초를 피우러 암스테르담에 간다고 생각했어요? 아니요, 그것 때문이 아니에요. 이제 아버지도 나에 대해 알지 못했던 걸 좀 알게 됐군요."

갑자기 보트 쪽에서 라디오 소리가 크게 들려왔다. 뮐그렌에게는 라디오 소리가 조사에 별로 방해 되는 것 같지 않았다.

"저건 무슨 음악이니?" 내가 물었다.

"테크노라는 거예요." 루이제가 말했다. "말해도 어차피 아버지는 몰라요."

환하고 밝은 색으로 가득한, 맑은 하늘과 잔잔한 바람이 있는 아름다운 가을날이었다. 나는 루이제의 이야기를 곰곰이 생각해보았다.

루이제는 한 시간 동안 캠핑카에 가 있었고, 나는 뮐그렌이 자기 업무를 보는 동안 혼자 두지 않으려는 듯 화재 현장을 왔다 갔다 했다. 재갈매기 한 마리가 뒤뚱거리며 근처 바위 위에서 지켜보고 있었다. 예전에도 봤던 놈이다. 몇 번 먹던 음식을 던져 준 적이 있었다.

뮐그렌이 영화를 촬영할 때 새로운 장면이 시작되는 걸 표시해주는 슬레이트를 치듯이 수첩을 탁 덮었다. 그는 스누스

입담배를 입에 넣고, 다리 부분이 쓸려서 불편한 듯 작업복을 매만지더니 내 쪽으로 한 발짝 다가왔다. 그러다가 불탄 자리 아래 부분적으로 가려져 있던 주춧돌 하나에 발이 걸렸다. 균형을 잡아 보려 했지만 소용없었다. 그가 넘어질 때 다리에서 딱 소리가 들렸다. 무척 아팠는지 그가 소리를 질렀고 동시에 수첩을 손에서 놓쳤다.

상하의가 붙은 작업복을 입은 그가 마치 총 맞은 짐승처럼 널브러져 있었다. 왼쪽 다리에 큰 통증이 있어 보였다. 굳이 의사가 아니라도 발목과 무릎 사이 다리뼈가 부러졌다는 걸 알 수 있었을 것이다.

루이제가 그의 비명을 듣고 캠핑카에서 달려왔다. 보트에 앉아 있던 하세도 뭔가 일이 벌어졌다는 걸 알았다. 우리는 아픔과 싸우고 있는 묄그렌 주변으로 모였다. 내 집이 불타지 않았다면 그에게 곧바로 진통제 주사를 놓아 주었을 것이다. 지금은 알약으로 된 진통제 밖에 줄 것이 없었다. 묄그렌의 얼굴은 아주 창백했고, 총을 맞고 참호 속에 누워서 자신에게서 생명이 빠져나가고 있는 걸 느끼고 있는 병사를 떠올리게 했다.

"다리가 부러졌어요." 내가 말했다. "병원에 가야 합니다."

"제 보트로 데려가죠." 사태의 심각성을 전혀 이해하지 못한 하세가 말했다.

"해안경비대를 불러야 합니다." 내가 설명했다. "환자를 들

것 없이 그냥 운반하면 상태가 더 나빠집니다."

루이제에게 뮐그렌을 덮어줄 담요를 하나 가져오라고 부탁했다.

"보트를 좀 옮겨주셔야 합니다." 하세에게 말했다. "그렇지 않으면 해안경비대가 배를 댈 수 없어요."

하세가 뭔가 이의를 제기하려고 입을 열었다. 나는 아무 말 없이 손을 들어 선착장을 가리켰고, 하세는 선착장을 향해 움직였다. 나는 해안경비대에 전화를 한 뒤 뮐그렌 옆에 쪼그려 앉았다. 아직 젊은데도 불구하고 이를 악물고 그 심한 통증을 참아내는 그에게 감명을 받았다.

해안경비대는 삼십 분쯤 후에 도착했다. 대원들이 뮐그렌을 들것에 눕혀 보트로 옮겼다. 알렉산데르손이 모든 과정을 지휘했다. 그는 들것 운반과 관련한 경험이 충분한 사람이다.

하세는 자기 보트를 타고 선착장 주변을 돌고 있었다. 뮐그렌을 해안경비대 보트에 옮긴 다음에야 알렉산데르손이 내게 말을 건넸다.

"어제 페인트를 사러 선박용품점에 갔었어요. 마간(마르가레타의 애칭—옮긴이)이 선생님에 대해 묻더군요. 선생님이 주문하신 장화가 왔답니다. 당분간은 마간이 노르딘 가게를 볼 거라네요. 나중에는 노르딘 형인지 동생인지가 맡을 거랍니다."

내가 알기로 노르딘의 형은 배관공이었다. 어쩌면 그가 가게를 잘 운영할 수도 있겠다는 생각이 들었다.

알렉산데르손이 보트에 올랐고, 보트는 후진으로 바다로 나갔다. 하세가 그의 흰색 드라반트II를 몰고 그 뒤를 따랐다.

"내 장화가 왔다는구나." 벤치에 앉아 있는 루이제에게 말했다.

"그러면 내일 가지러 가요. 어차피 먹을거리 장도 봐야 하니까."

들려오는 모터소리를 보니 알렉산데르손이 최대 속도를 내고 있는 모양이다. 엔진소리가 바위섬들의 절벽에 부딪혀 천둥소리처럼 둔중하게 울리고 있었다.

다친 뮐그렌이 안타까웠다. 하지만 동시에 내 장화가 도착했다는 소식이 기쁘고 반가웠다.

11

장화가 발에 맞지 않았다.

노르딘의 아내 마르가레타는 내가 기억하고 있는 것보다 훨씬 뚱뚱했다. 아마도 병적 비만이 아닐까 싶었다. 과도하게 먹는 것만으로 그렇게 뚱뚱해질 수는 없다. 그녀는 진열대와 카운터 사이를 쉽게 지나가지 못했다. 내가 가게에 들어섰을 때 그녀는 어망들이 놓여있는 진열대 위로 몸을 굽히고 있었다. 문에 달린 종소리가 나자 그녀가 몸을 돌렸고 몸을 돌리면서 털양말 진열대에 부딪히는 바람에 양말들이 바닥에 떨어졌다. 아주 작은 가게에 침입한 몸집 큰 동물을 보는 상상에 웃음이 나올 것 같았다. 하지만 정색을 하고 인사를 건넨 다음 조의를 표하고 내 장화가 와서 기쁘다고 말했다. 그녀가 장화를 가지러 간 사이 스툴에 앉았다. 불이 났을 때부터 신고 있던 짝짝이 장화를 벗었다. 마르가레타가 뚜껑이 열린 상자에 든 장화를 가져왔다. 반짝이는 녹색. 물결무늬로 된 광택 없는 노란색 밑창의 트레통 고무장화. 언제나처럼 왼쪽을 먼저 신어보았다. 발이 안 들어간다. 오른쪽을 신어보았다. 장화 한 짝을 들어 바깥쪽에 도장 찍힌 숫자를 확인했다. 잘못된 사이즈다.

"내 사이즈가 아닙니다." 바닥에 떨어진 털양말들을 주워 올리려던 마르가레타에게 말했다.

나는 그녀가 어떻게 거꾸로 넘어지지 않고 앞으로 몸을 숙일 수 있는지 궁금했다.

"전 몰라요." 그녀가 말했다. "제가 주문서를 넣은 게 아니어서요."

"장화가 이거 한 켤레만 왔나요? 노르딘이 여러 켤레 주문한 건 아닐까요?"

"이것 한 켤레뿐이에요."

나는 장화를 다시 상자에 넣었다.

"그럼 주문을 새로 넣어야겠네요. 내 신발사이즈는 43입니다. 41이 아니라. 내 발이 그렇게 작지가 않아요."

그녀는 카운터 옆에 놓여 있던 열린 편지봉투 위에 숫자를 적었다.

"물건을 좀 서둘러 보내달라고 부탁해 줄 수 있습니까?" 의자에서 일어나면서 말했다. "이 사이즈 틀린 장화가 오기까지도 너무 오래 걸렸어요."

"이쪽 일은 제가 잘 몰라서요." 마르가레타가 하소연하듯 말했다.

틀린 사이즈의 신발이 온 것에 대해 내가 그녀에게 책임을 묻는 것처럼 느끼는 것 같았다.

창문으로 루이제가 차를 타고 부두로 가고 있는 모습이 보였다. 나는 신고 왔던 내 장화를 다시 신고 가게를 나섰다. 마르가레타가 다시 바닥에 놓인 털양말들 위로 몸을 굽힐 때 그녀를 밀고 싶은 유혹을 이겨내야 했다. 손가락 하나로 살짝 밀기만 했어도 그녀는 분명히 넘어졌을 것이다. 나의 못된 충동은 늙어서도 줄어들지 않았다.

루이제는 차를 너무 빨리 몰 때가 많다. 운전을 나한테 배우지 않았는데도 그녀의 운전습관은 나만큼 좋지 않았다. 너무 과속할 뿐 아니라 주시태만에 중앙선이 표시되지 않은 도로에서 너무 가운데로 운전한다.

갑자기 루이제가 운전면허증이 있기는 한 건지 궁금했다. 어쨌든 내가 본 적은 없다.

우리는 가을 숲 사이로 차를 몰았다. 숲이 우거진 곳을 지나면서 고라니가 자주 출몰할 수 있으니 조심해서 운전하라고 루이제에게 부탁했다. 몇 년 전 한 부자 사업가가 차를 몰다 고라니와 정면충돌하는 바람에 그 자리에서 사망했다. 루이제가 속도를 줄였는지 혹은 좀 더 조심하면서 운전했는지는 확인할 수 없었다. 그녀는 내 말에 대답조차 하지 않았다.

내 딸이 대체 무슨 생각을 하는지 나는 거의 혹은 전혀 알지 못한다. 그녀의 내면세계는 해자와 바리케이드 뒤에 감춰져 있어서 보이지 않고 장애물을 넘어 들어갈 수도 없다. 내 방벽은 어떨까? 내 것은 넘어서기가 좀 더 쉬울까?

한 오르막길 꼭대기에서 화물자동차 한 대와 맞닥뜨렸는데, 그 차는 도로에 비해 너무 크고 넓었다. 루이제가 가능한 한 도로 옆 도랑 쪽으로 피했는데도 화물차와의 간격이 몇 센티미터 안 될 정도로 간신히 지나칠 수 있었다. 조수석에 앉은 내가 내 발밑에 있지도 않은 브레이크페달을 세게 밟았는데도 루이제는 미동도 하지 않았다.

"넌 너무 빨리 달려." 좀 안정이 된 뒤에 화난 목소리로 내가 말했다.

"화물차가 너무 빨리 달렸어요." 그녀가 대꾸했다.

그녀가 흥분해서 거칠게 말할 거라 예상했다. 하지만 그녀의 대답은 마치 아무 일도 없었던 것처럼 무심했다.

"시계는 찾았어요?" 그녀가 갑자기 물었다.

시계가 여전히 그 자리에 있기라도 한 것처럼 나는 내 왼팔을 들어 올려 손목을 보았다.

"아니, 없더구나."

"노 젓다가 빠뜨린 게 분명해요."

"아니다. 그건 확실히 아니야."

"그걸 어떻게 알아요?"

"그냥 알아."

"사실 우리는 시계가 필요 없어요. 인생은 어차피 잴 수도 없으니까."

"우리가 재는 건 시간이야. 인생이 아니고."

그녀가 내게 시선을 던졌다. 하지만 아무 말도 하지 않았다.

의사로 살던 시절 나는 매일 인생의 무상함에 대해 깊이 생각할 수밖에 없었다. 모든 것의 너머에서 우리를 기다리고 있는 영생에 대한 기억으로서의 인생의 짧음과 헛됨에 대해 설교하는 목사들과, 달리 의사는 덧없음이 사실 어떤 의미인지를 눈으로 보는 사람이다. 죽음이 어떻게 예고 없이 찾아오는지를 생각하면 항상 내 머리를 뚫고 지나가는 수많은 모습들이 있다. 이미 늙었고, 더이상 아무런 가망이 없어 언제 죽어도 이상하지 않을 심각한 중환자들조차도 죽을 준비가 되어 있지 않았다. 어쩌면 병문안 온 가족들에게는 이미 죽을 각오가 되어 있다고 말했을지 모른다. 하지만 그건 대부분 사실이 아니었다. 가족들이 돌아가고 나면, 돌아가는 가족들 뒷모습을 보며 다정하게 손을 흔들고 나면, 환자는 문이 닫히는 순간 울음과 공포와 끝없는 절망에 휩싸이는 경우가 많았다.

죽음을 가장 잘 다루는 사람은 아이들이었다. 그건 나만 경험한 것이 아니라, 의사들이 보통 일반적으로 자주 하는 말이다. 아이들이, 그것도 때로는 살아보지도 못한 긴 인생을 앞두고 있어야 할 아주 어린 아이들이 죽음을 앞에 두고 그렇게 평온하고 의식적인 태도를 취하는 것이 어떻게 가능할까? 그 아이들은 침대에 누워 앞으로 그들을 찾아 올 그 손님을 조용히 기다렸다. 그들이 절대 가지지 못하게 될 인생 대신에 그들을 기다리고 있는 것은 그들이 알지 못하는 또 다른 세계다.

아이들은 거의 항상 아주 고요하게 죽음을 맞이한다.

내가 내 죽음에 대해 생각하는 건 자주 있는 일이 아니다. 그러나 차 안에 앉아서 루이제가 그렇게 조심성 없이 운전하는 걸 보고 있자니 내 인생의 종말에 대한 생각들이 떠올랐다. 나는 예전에 의사들은 그들이 환자라고 지칭하는 사람들과는 다르게 죽을 것이라고 생각했었다. 의사는 심장과 뇌와 다른 장기들이 작동을 멈추는 모든 과정을 알고 있다. 그래서 의사는 의사와는 다른 생을 살고 다른 직업을 가지고 있는 사람과는 다른 방식으로 죽음을 준비할 것이라고 생각했다. 그것이 전혀 그렇지 않다는 걸 지금은 분명히 안다. 죽음은 모든 다른 사람들과 마찬가지로 의사인 나에게도 똑같이 전혀 반갑지 않고 그것을 준비하는 건 내게도 전혀 다를 바 없이 어렵다. 내가 조용히 죽을지 아니면 필사적으로 저항하며 죽음을 맞을지 나는 모른다. 어떤 죽음이 나를 기다리고 있을지 나는 전혀 아무 것도 알지 못한다.

여전히 정신이 다른 데 가 있는 것 같은 루이제에게 다시 눈길을 던졌다. 그녀는 무슨 생각을 하고 있는 걸까? 그녀의 세계관 속에 죽음이란 게 존재하기는 할까? 하리에트의 죽음은 그녀에게 어떤 의미였을까? 그리고 그녀가 기다리고 있는 아이는 어떤 의미일까? 태어날 아이가 나에게는 어떤 의미일까?

우리가 마을에 들어서서 은행건물 뒤에 주차했을 때 갑자기 억수같은 비가 쏟아지기 시작했다. 사람들이 비를 피하기 위해 뛰었다. 우리는 차에 앉아서 우리가 해야 할 일을 나눴다. 나는 그녀가 내게 식료품을 살 것을 부탁했을 때 의아했다. 식료품을 사는 건 그녀가 직접 할 것이라고 생각했기 때문이다. 그녀는 다른 볼 일이 있다고 했다. 물론 무슨 일인지 내게 설명하지 않았다.

한 시간 후에 볼링식당에서 만나 점심을 먹기로 정했다. 그런 다음 차에 가만히 앉아서 소나기가 지나가기를 기다렸다. 나는 선박용품점에 새로 주문한 장화가 오기를 기다리는 대신 시내에 나가 장화를 사야 할지 고민했다. 하지만 결정을 내릴 수가 없었다.

비가 그쳤고, 우리는 그 작은 마을에서 서로 다른 방향으로 헤어졌다. 루이제가 뒤에서 나를 불렀을 때 나는 식료품점으로 가는 길이었다. 그녀가 기다리라고 손짓했다. 내게 오더니 자동차 열쇠를 건넸다.

"아버지가 나보다 일이 빨리 끝날 수도 있어요."

"아니, 그렇지 않을 게다."

그녀는 내 대답에 대해 아무런 반응도 하지 않고 몸을 돌려 서둘러 걸어갔다. 뭐가 그리 급한지, 그리고 그녀의 볼일이 무엇인지 궁금했다. 나는 그녀가 은행으로 들어가 모습이 보이지 않을 때까지 시선으로 그녀를 좇았다.

다음 주에 우리에게 필요할 것이라고 생각되는 식료품을 사는데 삼십 분이 걸렸다. 식료품점에는 사람이 거의 없었다. 몸매가 노르딘 부인과 비슷한 여자 계산원은 계산대에서 졸고 있었다. 십자낱말풀이가 있는 신문 몇 부를 샀다. 그런 다음 자동차로 가서 쇼핑백들을 차에 싣고 나서 약국에 들러야 할지 고민했다. 가지 않기로 했다. 지금은 필요한 약품이 없다.

식당으로 가기에는 너무 일러서 더이상 운영되지 않는 옛날 기차역으로 어슬렁어슬렁 걸어갔다. 선로는 내가 할아버지섬으로 이사 오기 훨씬 전에 이미 철거된 상태였다. 가는 길에 혹시 루이제가 안에 있나 하는 마음으로 여러 가게들을 들여다보았다. 하지만 루이제는 보이지 않았다. 고무장화가 있는지 물어봤던 신발가게의 쇼윈도에는 이제 가을과 겨울신발들이 진열되어 있었다. 가게 안을 들여다보려 했지만 잘 보이지 않았다. 역에 도착했을 때, 옛날에 레일 버스를 타고 이곳에 도착하면 할아버지가 나를 데리러 오곤 했던 그 시간들이 떠올랐다. 방학 때 이곳에 오면 항상 자유라는 감정을 느낄 수 있었다. 많은 시간이 흐른 지금은 그때 느꼈던 그 자유라는 감정이 잘 이해가 되지 않는다. 어렸을 때의 나와 성인이 된 나는 정말 같은 사람일까? 아니면 그 둘 사이에 건널 수 없는 간격이 있는 것일까? 지금과 너무 멀어져 버린 어린 시절에 대한 생각이 한 순간 내게 절망감을 안겨주었다. 나는 서둘러 역을 벗어났다.

눈에 잘 띄지 않는 작은 골동품점 앞에 멈춰 서서 서로 자리싸움 하듯 쇼윈도를 가득 채우고 있는 물건들을 바라보았다. 하얀 꼬리처럼 빛바랜 가격표들을 달고 있는 그 물건들의 옛 주인들을 상상해보았다. 뚜껑에 문양이 새겨져 있는 시계는 어떤 사람의 것이었을까? 저 세련된 면도칼의 주인은 누구였을까?

아버지는 웨이터로 일할 때 오랫동안 특별한 펜을 가지고 있었다. 손님들의 주문 내용을 수첩에 메모할 때 사용했던 바로 그 펜이다. 계산서를 쓸 때에도 그 펜을 사용했다. 그 펜은 아버지가 잠깐 일했던 식당을 방문했던 한 노신사가 아버지에게 준 펜이었다. 그 노신사는 식사를 마친 뒤 그가 그 식당에 더는 오지 않을 것이라고 말하면서 아버지에게 그 펜을 별도의 팁으로 주었다. 며칠 후 아버지는 신문에서 그 노신사가 자살했다는 기사를 보았다. 노신사는 산탄총으로 자기 머리를 쏴 죽었다. 그때부터 아버지는 꼭 그 펜만 썼다. 아버지가 돌아가시고 난 뒤 그 펜을 찾아보았지만 끝내 찾지 못했다. 아버지가 그 펜을 어떻게 했는지는 영원한 수수께끼로 남아있다.

또 소나기구름이 몰려오고 있었다. 나는 식당으로 발걸음을 재촉했고, 비가 쏟아지기 바로 직전에 식당 문을 열고 들어갔다. 루이제는 아직 와 있지 않았다. 우리가 헤어진 게 오십 분 전이니 시간이 얼마 안 되긴 했다. 점심시간이라 빈자리가 별로 없었다. 나는 구석에 있는 테이블을 골라 앉아 그녀를 기다렸다. 삼십 분이 지나도 루이제는 오지 않았고, 나는 카운터에 가서 음식을 하나 주문해서 계산하고 먹기 시작했다. 약속한 시간에 제때 오지 않았다면 그건 그녀 문제였다.

음식을 다 먹고 난 후에도 그녀는 나타나지 않았다. 몇 분을 더 기다리다가 커피를 가지러 갔다. 밖에는 비가 멈춰 있었다. 커피 잔을 내 테이블에 놓고 밖으로 나갔다. 루이제는 어디에도 보이지 않았다.

그녀가 왜 헤어지기 전에 차 열쇠를 주러 다시 내게 왔었는지 갑자기 궁금했다. 뭔가 이상했다.

커피가 썼다. 반 밖에 안 마신 커피 잔을 밀어놓았다. 그 사이 식당은 하나둘 자리가 비어가기 시작했다. 카운터 뒤에서 계산원이 유리잔 하나를 떨어뜨렸다. 식당 주인으로 보이는 남자와 그녀 사이에 심한 말싸움이 오갔다. 어떤 언어로 그들이 싸우는지는 알아들을 수 없었다. 싸움은 시작할 때만큼이나 급작스럽게 끝이 났다.

루이제는 오지 않았다. 십 분만 더 기다리기로 했다. 그 다음엔 그녀가 알아서 해야 한다. 그녀에게 휴대폰이 있으니 내게 전화를 하면 될 텐데, 내 전화에는 어떤 소식도 오지 않았다.

그녀에게 무슨 일이 일어났을지도 모른다는 생각을 해 보았다. 사고 같은 것. 하지만 그런 불안감은 들지 않았다. 그녀는 식당에서 점심을 먹기로 한 우리의 약속을 저버린 것이다.

더는 기다리고 싶지 않았다. 식당을 나설 때에는 해가 나와 있었다. 루이제는 차를 세워놓은 곳에도 없었다. 차에 탔다. 그때 와이퍼에 끼워져 있는 쪽지가 눈에 띄었다. 벌금딱지인가?

화가 나서 차문을 벌컥 열고 몸을 내밀어 와이퍼 밑의 쪽지를 낚아챘다.

벌금딱지가 아니었다. 루이제가 남긴 쪽지였다. 종이가 젖지 않은 것으로 보아 비가 그친 다음에 끼워 놓은 듯했다. 기껏해야 오 분에서 십 분 전일 것이다.

메모는 아주 짧았다. **"먼저 가세요."**

그녀가 근처 어딘가에 있는지 보려고 차에서 내렸다. 하지만 어디에도 보이지 않았다.

차를 몰고 천천히 도로를 오갔다. 하지만 그녀는 사라진 채 보이지 않았다.

나는 항구로 돌아갔다. 갑자기 여름날처럼 햇살이 아주 강했다. 차를 주차하고 오슬로브스키가 있는지 살폈다. 그녀의 집은 폐쇄된 것처럼 보였다. 그녀의 자동차가 있는 차고에 가 보았다. 차고도 비어 있었다. 그런데 뭔가 좀 이상했다. 오슬로브스키는 항상 정리정돈을 잘 하는 사람이었다. 다양한 공구들은 항상 선반이나 벽면 정해진 자리에 정돈되어 있었다. 그런데 지금은 여러 공구들이 더러운 콘크리트 바닥에 흩어져 있었다.

나는 다시 그녀의 집으로 가서, 지금까지는 한 번도 엄두가 안 나서 하지 못했던 일을 했다. 그녀의 집 문을 두드린 것이다. 한 번, 두 번. 문은 열리지 않았다. 커튼도 다 닫혀 있었다.

문에 귀를 대 보았다. 인기척이 전혀 없었다.

쇼핑백들을 들고 보트가 있는 곳으로 내려갔다. 마르가레타 노르딘이 가게 문 앞에 앉아서 햇볕을 쬐고 있었다. 그렇게 볕을 쬐고 있는 바로 그 모습에서 죽은 남편에 대한 그녀의 큰 슬픔이 느껴지는 듯했다.

“이상 고온이네요.” 내가 말했다.

“모든 게 다 이상하죠.” 그녀가 대답했다. “전 지금 여기 이렇게 앉아서 남편이 죽었다는 사실을 이해하려고 노력하는 중이에요.”

“우리는 절대 죽음을 이해할 수 없어요. 죽음은 법칙과 규칙을 따르지 않아요. 죽음은 못 말리는 무정부주의자와 같죠.”

그녀가 의아하다는 듯이 나를 보았다. 나는 그런 그녀를 이해했다. 내 귀에도 내 대답이 이상하게 들렸다. 사실이긴 했지만.

내 보트가 있는 곳으로 갈 때 알렉산데르손이 해안경비대 건물 앞에 서서 담배를 피우고 있는 걸 봤다. 그가 나를 발견하곤 재빨리 문으로 들어갔다. 내가 자기를 보지 못했다고 생각한 것 같다. 이제 아무도 나랑 말을 섞지 않으려는 걸까?

식료품이 든 종이봉투들을 보트에 던지고 밧줄을 푼 뒤 엔진에 시동을 걸기도 전에 보트를 물 안으로 밀어 넣었다. 몸이 젖는 것쯤은 아무렇지도 않았다. 그저 가능하면 빨리 떠나고 싶었다.

엔진은 당연히 말을 듣지 않았다. 시동이 걸리기까지 하마터면 보트가 항구 밖으로 흘러갈 뻔했다. 아마도 알렉산데르손은 창가에 서서 그 장면을 다 보고 있었을 것이다. 그가 나를 경멸의 눈으로 보는지 연민의 눈으로 보는지 궁금했다. 그가 나를 무엇보다도 배신자로, 결국 범죄자로 정체가 드러난 사람으로 보고 있을 것이란 생각이 들었다.

섬으로 방향을 잡았다. 11월 치고는 바람이 너무 따뜻했다. 해안에 도착하기 직전에 연료밸브를 잠그고 엔진을 공회전 시켰다.

루이제는 도망간 게 분명했다. 가방을 싸는 수고조차 하지 않았다. 하지만 나는 캠핑카에 가면 그녀의 여권이 없어졌다는 걸 발견하게 될 것이다. 돈, 신용카드, 떠나기 위해 꼭 필요한 것만 가지고 갔을 것이다. 사전에 계획했을 것이고 식당에 올 생각은 아예 하지도 않았을 것이다. 그래서 내게 차 열쇠를 건넸을 것이다. 아마도 나와 헤어져서 곧장 버스 정류장으로 가서 시내로 갔을 것이다. 그 다음 계획이 무엇이었을 지는 예상이 되지 않았다. 그녀의 목적지가 어디일지 예상할 수 없는 것과 마찬가지로.

그녀는 뱃속의 아이도 데려갔다. 아이의 아버지가 어디에선가 그녀를 기다리고 있을 것이다.

물결에 보트를 맡겼다. 그녀가 사라졌다는 사실이 내 마음을 실망으로 가득 채웠다. 하지만 실망감이 다가 아니었다. 뭔가 다른 것이 내 머릿속에 떠올랐다. 어떤 예감, 의혹 같은 것, 그리고 그 의혹은 금세 굳어졌다.

루이제와 내가 바위섬의 텐트에 있었을 때의 일이 기억났다. 그녀가 소변을 보러 가면서 나를 스쳤었다. 그리고 나는 집에 돌아와서 캠핑카로 올라가다가 내 시계가 없어진 걸 알았다.

충격적인 깨달음이 내 머리를 강타했다. 루이제가 내 시계를 가져갔다. 내 딸은 약삭빠른 소매치기였다. 그녀는 도둑질로 먹고 사는 사람이었다. 그것 말고 달리 설명할 바가 없었다.

그녀가 차에서 내게 시계에 대해 물었던 건 내가 의심하고 있는 게 있는지 알고 싶었기 때문이다. 내 대답을 들으면서 내가 시계가 어디 있는지 전혀 모르고 있다는 사실을 확인했을 것이다. 나는 그녀를 그리고 내 아둔함을 원망했다. 이제는 그녀에 대해 아무 것도 알고 싶지 않았다. 그녀도 손주도 필요 없다. 그녀는 내 시계를 훔쳤고 누구인지 모르는 그녀 아이의 아빠에게 갔다.

나는 성난 채 뱃머리에 앉아서 다리를 뻗고 눈을 감았다.

피로와 권태에 빠져 잠이 들었다. 엔진이 꺼지는 바람에 잠에서 깼을 때 나는 막 하리에트 꿈을 꾸고 있었다. 하리에트는 폐허가 된 화재 현장에 서 있었고 보행보조기에 의지해 얼어붙은 바다 위를 건너왔던 그때와 똑같은 모습이었다. 꿈속 계절이 지금과 같은 늦가을이었음에도 그녀는 겨울옷을 입고 있었고 춥다고 불평했다. 내가 환영의 인사로 그녀를 안자 그녀가 내 팔을 물었다.

나는 잠이 덜 깬 채 비트적거리며 보트를 가로질러 시동 줄을 당겼다. 섬에 도착해서는 곧장 캠핑카로 올라갔다. 루이제의 여권과 돈 그리고 여러 신용카드가 없었다. 그녀의 가방 바닥에서 내 시계도 찾았다. 나는 화가 나서 시계를 벽에 던져버렸다. 시계를 들어보니 여전히 가고 있었다. 시계를 손목에 차고 침대에 길게 누웠다. 캠핑카의 문이 반쯤 열려 있었다. 바깥은 바람 한 점 없었다.

"루이제." 혼잣말로 크게 말했다.

그게 다였다. 그녀의 이름. 그뿐이었다. 그녀를 부르지도 않았고, 돌아와 달라고 간청도 부탁도 하지 않았다. 그저 그녀의 이름만 말했다.

잠시 후 나는 바위섬에 가기로 결정했다. 노를 잡고 앉으면 항상 마음이 평안해졌다 노를 몇 번 젓기도 전에 불안한 마음이 항상 가라앉았다. 서둘 것 없이 천천히 중간 중간 쉬어가며 노를 저었다. 여러 가지 상황 속에 있는 루이제를 상상했다. 버스를 타고 있거나, 공항 입구에 서 있거나, 페리를 타고 있는 루이제. 그리고 그녀가 왜 하필이면 이 날을 도망일로 선택했는지 궁금했다. 그녀의 생계에 관한 너무 많은 질문으로 내가 그녀를 쫓아버린 걸까? 아니면 자기 아버지가 방화 혐의를 받고 있다는 사실을 견디기 힘들었을까?

그녀는 내게 점점 더 이해하기 어려운 존재가 되어가고 있다. 소매치기라니! 그러면서 동시에 중병에 걸린 사람들이 마지막으로 렘브란트의 그림을 볼 수 있도록 도와주는 사람이라고? 어울리지 않는 조합이다.

나는 다시 노 젓기를 멈췄다. 혹시 그녀는 정말로 내가 집에 불을 질렀다고 믿고 있는 걸까?

결국 나는 땀이 날 때까지 노를 저어 바위섬을 돌다가 배를 대고 텐트로 갔다.

가다 말고 걸음을 멈췄다. 누군가 거기에 왔다가 채 흔적을 없애지 못한 듯했다. 루이제가 아니고 다른 사람이다.

내가 불을 피웠던 곳에 있던 돌들이 옮겨져 있다. 그리고 여러 개의 돌이 추가되어 있었다. 나는 텐트를 열고 안으로 기어들어갔다. 침낭은 제자리에 있었다. 그런데 지퍼가 잠겨 있었다. 나는 낮에는 통풍을 시키느라고 항상 지퍼를 열어둔다. 그런데 지금 지퍼가 완전히 잠겨 있다.

다시 밖으로 나갔다. 누가 텐트와 모닥불 자리를 썼을까? 다른 흔적을 더 찾기 위해 바위섬을 돌아보았다. 다른 흔적은 없었다. 텐트로 돌아와 평상시 내가 음식 접시나 커피 잔을 조심스럽게 무릎에 올려놓고 앉아 있곤 하는 돌 위에 앉았다. 내가 혹시 착각을 하고 있는 걸까? 아니, 착각이 아니다. 누군가 바위섬에 와서 모닥불 자리를 손보고 텐트 안에 들어갔었다.

지금이 여름이라면 더 쉽게 이해가 갔을 것이다. 카약을 타는 젊은이들이 하룻밤 내 텐트에서 묵어갔을 수 있다. 하지만 지금은 가을인데? 다도해 지역 섬에 사는 사람들 중 누가 다녀갔을 리는 없다.

섬으로 돌아가기 전에 화살촉 모양의 작은 갈색 돌 하나를 텐트 입구 지퍼 아래쪽 가장자리 바로 밑에 놓아두었다. 누군가 텐트를 열려면 그 돌을 옆으로 치워야만 한다. 바람에 굴러가지는 않을 만한 돌이었다. 그 돌이 함정이라는 건 아무도 모를 것이다.

캠핑카로 돌아와서 식사를 준비했다. 이따금 바위 위에 올라가서 망원경으로 바위섬을 살폈다. 하지만 그곳엔 아무도 없었다. 저녁을 먹은 다음에는 십자낱말풀이를 했다. 하지만 집중할 수가 없었다. 식료품점에서 가져온 종이쇼핑백 중 하나를 찢어서 그 종이에 지난 몇 주간 있었던 일들을 간단명료하게 요약해서 적어보았다. 불타버린 집, 방화 혐의 그리고 특히 루이제의 임신. 그렇게 거기 앉아서 봉투에서 찢어낸 종이 위에 메모를 하다가 내가 어느새 그로테스크한, 잔뜩 부어 있는 얼굴들을 그리기 시작했다는 걸 깨달았다. 그래서 종이를 구겨 설거지통에 던져버렸다.

마지막으로 한 번 더 바위에 올라갔다. 이미 망원경을 사용할 수 없게 어두워져 있었다. 텐트 옆에 모닥불이 타고 있는지 보고 싶었다. 그러나 온통 어둠뿐이었다.

텐트에 누가 왔었을까 생각해보았다. 그러다가 갑자기 회룸의 폐가에 있던 정리된 침대가 떠올랐다.

수면제 한 알을 먹고 침대에 누웠다. 베개에서 루이제의 향기가 풍겨왔다. 그녀에 대한 그리움이 나를 감상적으로 만들었다.

그녀 뱃속에 있는 아기도 생각했다. 그리고 그녀가 아이의 아빠에게 간 것이기를 바랐다.

수면제가 듣기 시작하기 직전에 내 부모님이 생각났다. 나는 어렸을 때 식탁 아래 숨은 적이 있었다. 부모님은 내가 내 침대에서 자고 있다고 믿었다. 나에게는 그것이 그저 흥미진진한 모험이었을 뿐, 뭔가 특별한 일이 벌어지리라는 건 생각도 하지 못했었다. 그렇게 나는 식탁 아래 웅크리고 앉아서 부모님의 신발과 맨발을 보았다. 그 당시 일하던 식당에서의 하루 일과를 마치고 나면 항상 다리가 아팠던 아버지는 집에 돌아오면 신발과 양말을 벗었다. 모자나 외투를 벗기도 전에 맨 먼저 하는 일이 그 일이었다. 특별히 더 힘들었던 날에는 어머니가 아버지를 위해 족욕을 준비했다. 그러면 아버지는 두 분이 함께 식사를 하거나 커피나 와인을 한잔 마시는 동안 따뜻한 물에 발을 담그고 있었다. 아버지와 달리 어머니는 항상 신을 신고 있었다. 어린 시절에 어머니의 맨발을 봤던 기억이 한 번도 없다.

내가 식탁 밑에 숨었던 그날이 바로 족욕이 있는 날이었다. 와인 잔 부딪는 소리가 들렸고, 갑자기 어머니가 내 동생을 낳고 싶다고 말하는 걸 들었다. 그 얘기를 듣고 내가 얼마나 두려웠는지 나는 아직도 그 느낌이 기억난다. 나는 그때까지 한 번도 동생이란 존재에 대해 생각해 본 적이 없었다. 나는 항상 아주 당연하게 내가 우리 가정에 있는 유일한 자식이라고 생각했고 앞으로도 그럴 것이라고 믿고 있었다. 나 말고 다른 아이는 필요 없었다. 어머니가 내 동생에 대한 바람을 표현하는 걸 들었을 때 마치 어머니가 나를 낯선 사람들에게 그리고 낯선 운명에 내맡기는 것 같이 느껴졌다. 어머니가 내 동생을 원하는 것이 아니라 나를 다른 아이와 바꾸고 싶은 거라고 생각했다. 나는 실패한 아이였고 아무 짝에도 쓸모없는 아이였다.

아버지는 대답이 없었다. 다시 와인잔이 부딪혔다. 그때 나는 내가 스스로 내 권리에 대한 부당한 침해에 항의해야 한다고 생각했다. 그래서 어머니의 다리를, 신발 바로 윗부분을 힘껏 물었다. 온 힘을 다해 물었다. 어머니가 아픔에 소리를 지르며 다리를 뺐다. 하지만 나는 앙다문 윗니와 아랫니를 풀지 않았다. 결국 어머니는 소리를 지르며 의자에서 일어났고, 그 바람에 의자는 넘어졌고, 나는 어머니 다리에 매달린 채 식탁 밖으로 끌려 나갔다. 그때서야 어머니는 겨우 내 이에서 다리를 빼낼 수 있었다. 내가 아버지를 쳐다보았던 것이 기억난다. 그는 와인잔을 든 채 그대로 굳어 있었다. 놀라서 입이 벌어져 있었다. 어쩌면 혐오스러운 뱀파이어처럼 입에서 피를 흘리고 있는 자기 아들에 대한 경악의 표현이었을지도 모른다.

그때 딱 한 번 어머니가 나를 때렸다. 그녀가 나를 때린 건 악의가 아니라 공포에서 나온 행동이었다. 저녁에 평화롭게 남편과 앉아서 와인을 마시고 있다가 갑자기 다리를 물렸으니 어머니가 얼마나 놀라고 무서웠을지 지금은 이해가 된다.

맞은 게 아파서, 그리고 더 맞을까봐 무서워서 나는 소리를 질렀다. 그러나 무엇보다 부모님이 나를 다른 아이와 바꾸려고 한다는 것이 무서워서 소리를 질렀다.

그날 저녁 나는 어린 아이에서 다른 존재로 변신했다. 그게 어떤 존재였는지는 몇 년 후에야 깨달았다. 나는 아이도 아니고 어른도 아니었으며, 존재하지 않는 어떤 나라에 사는 보이지 않는 누군가였다. 어머니는 우리가 그 이야기를 나눈 적은 한 번도 없었지만 그 이후로 죽을 때까지 나를 때린 것에 대해 양심의 가책을 느꼈다. 나를 바라보는 그녀의 모든 시선에서 내가 그녀를 용서할 것인지 아닌지 궁금해 하는 그녀의 질문이 느껴졌다. 그녀가 죽었을 때 모든 질문들은 대답 없이 그냥 질문들로 남았다. 내가 지금 알고 있는 것은 어쨌든 내게 동생이 생기지는 않았다는 사실이다. 어쩌면 식탁 밑에서 내가 보였던 폭력적 항의가 이유가 됐을 수도 있다. 아버지는 딱 한 번 그 얘기를 한 적이 있다. 그때 나는 열세 살 아니면 열네 살이었다. 당시 아버지는 수석웨이터와 여러 가지 진행상의 문제로 다투는 바람에 일하던 식당에서 막 해고된 상태였다. 그래서 아버지는 코펜하겐 티볼리 공원에 있는 식당 중 하나에 취직하려고 지원을 했었고 그 일 때문에 코펜하겐에 가면서 나를 데려갔다. 우리 가족이 어쩌면 덴마크로 이사해야 할지도 모른다고 아버지가 말했을 때 어머니는 별 말 없이 그저 피곤한 눈으로 아버지를 바라보았었다.

우리가 티볼리 공원에 도착했을 때 식당 수석웨이터와의 면접시간까지는 한 시간이 남아 있었다. 그때는 5월이었고, 해가 나면 따뜻했고, 해가 구름 뒤로 숨으면 곧장 추워졌다. 우리는 레모네이드를 마셨고 해가 사라지면 함께 추위에 떨었다. 그 질문을 미리 준비했던 것 같지는 않은데 아버지가 갑자기 내게 왜 그때 식탁 밑에 앉아 있었는지 물었다. 아버지의 질문은 다정했고 평온했고 조심스럽기까지 했다. 아버지는 보통 내게 뭔가 물을 때 그런 식으로 묻는 사람이 아니었다. 그러나 그날은 마치 내가 뭘 먹고 뭘 마시고 싶은지 다정하게 묻는 것처럼 들렸다.

나는 진실을 말했다. 내가 더이상 쓸모없다는 게 무서워서 어머니를 물었다고.

아버지는 다시는 그때 일에 대해 묻지 않았다. 세월이 한참 흐른 후에 나는 어쩌면 아버지가 내 반응을 이해했고 내가 어머니를 문 것이 정당한 행동이었다고 받아들였던 것이라는 생각을 했다.

아버지는 티볼리 공원 식당의 일자리를 얻지 못했다. 우리는 다시 집으로 돌아갔다. 몇 주 후 아버지는 중앙역에 있는 식당에서 일하기 시작했다. 그곳에서 육 년을 일했는데, 아버지가 한곳에서 가장 오래 근무했던 곳이 거기였다. 어머니와 나는 아버지가 일하는 시간에 이따금 그 식당에 갔다. 아버지가 테이블들 사이로 바삐 다니는 모습을 보면서 나는 절대 웨이터가 되지 않겠다고 결심했다.

부모님 생각을 하다가 잠깐 잠이 들었던 모양이다. 휴대폰이 울리는 바람에 잠에서 깼다. 캠핑카 안에서 메아리치듯 울리는 휴대폰 벨소리에 깜짝 놀라서 어둠 속에서 얼른 몸을 일으켜 앉았다.

어떤 남자가 내 이름을 말했다. 그런데 내가 모르는 목소리였다.

"프레드리크?"

"그렇소만."

"내가 누군지는 중요하지 않소. 다만 조심하라고 알려주려 전화했소."

"뭘 조심하란 말이죠?"

"당신은 체포될 겁니다. 이르면 내일."

"당신 누구요?"

"친구일 수도 있고, 아니면 그냥 당신에게 위험을 알리고자 하는 사람일 수도 있고."

그걸로 통화는 끝났다. 짧았던 그 대화가 머릿속에서 계속 맴돌았다. 목소리는 아주 낯설었다. 일부러 왜곡시킨 목소리였을 수도 있다. 전화 건 남자가 손수건이나 자기 손으로 휴대폰을 가리고 말을 했을 수도 있지 않을까?

무서워졌다. 두 손이 떨렸다.

그날 밤 나는 잠을 설쳤다. 동이 틀 때 이미 일어나 있었다. 전화 받은 내용에 대해 어떻게 처신해야 할지 여전히 결정하지 못한 상태였다.

밖으로 나가 얼음처럼 차가운 물에 몸을 담갔다. 물기를 닦고 옷을 입었을 때에는 결심이 섰다. 나는 내 섬이나 텐트가 있는 바위섬에 남아있지는 않을 것이다. 하지만 그렇다고 도망치지도 않을 것이다. 그저 나를 둘러싸고 무슨 일이 일어나고 있는 건지 이해하기 위해 시간을 좀 가질 수 있도록 노력할 것이다.

아침은 회색빛이었다. 약한 바람이 북쪽에서 불어왔다. 마지막 철새들도 떠났다. 바위섬에 아무도 배를 댄 사람이 없다는 걸 망원경을 통해 확인할 수 있었다. 내게 있던 모든 돈을 재킷 주머니에 넣고 캠핑카를 나섰다. 문은 잠그지 않고 그냥 두었다. 엔진은 바로 시동이 걸렸다. 나는 보트를 타고 항구로 가서 낡은 어선이 반은 물에 잠긴 채로 오랫동안 계류되어 있는 곳에 내 보트를 댔다.

노르딘 부인은 선박용품점 안에 없었고, 베로니카도 아직 카페를 열지 않은 상태였다. 그래도 식료품가게 앞에는 빵을 파는 트럭이 서 있었다.

오슬로브스키네 땅에 서 있는 내 차를 가져왔다. 차고에 가보니 여전히 공구들이 콘크리트바닥 여기저기 놓여 있었다. 그러나 공구들이 사용되었다는 걸 확인할 수 있었다. 이전과는 다른 자리에 다른 대형으로 놓여 있었다. 오슬로브스키가 그곳에서 자동차 조립 작업을 한 것이 분명하다.

그녀의 집 문을 두드리지는 않았다. 닫혀 있는 커튼 안쪽에서 인기척은 느껴지지 않았다.

차를 몰고 그 집을 나섰다.

내게 계획이 하나 있었다고 말할 수도 있다. 하지만 그 계획이 과연 실현될 수 있는가는 나 자신조차 대답할 수 없었다.

12

건물은 3층짜리였고 마을로 들어가는 진입로 근처 주거지역에 있었다. 내가 어렸을 적엔 그곳에 농경지와 소들이 풀을 뜯던 풀밭만 있었다. 1960년대에 지어진 임대주택들은 그 당시 지어진 다른 집들과 똑같이 생겼다.

나는 차를 숲과 가장 가까운 집 앞에 세웠다. 맨 위층에서 보면 바다가 육지로 깊게 들어와 있는 만이 보일 수도 있다.

이 집을 찾는 건 어렵지 않았다. 나는 마을에 도착하자마자 전화번호 안내센터에 전화를 걸어 리사 모딘의 주소를 받았다.

볼링식당에 가서 식사를 한 후에 만을 따라 있는 오솔길을 거닐었다. 사람을 마주칠 때마다 나를 알아볼까봐 고개를 숙였다.

산책이 길어졌다. 세 시쯤 되어서야 차로 돌아왔다. 누군가 와이퍼 밑에 전단지를 끼워 놓았다. 이동 상인들이 다음날 열두 시에서 두 시 사이에 진들딸기를 팔러 시장에 온다는 내용이었다. 이렇게 늦은 가을에 진들딸기가 아직도 있는지 궁금했다.

리사 모딘의 집이 있는 건물 앞에 차를 세우고 차에 앉아서 현관문을 지켜보고 있었다. 망원경으로 창문들을 하나하나 살펴보았지만 커튼이나 창가에 놓인 화분이나 전등으로는 그녀의 집이 정확히 어디인지 알 수 없었다.

결국 나는 차에서 내려 현관으로 갔다. 현관문은 잠겨 있지 않았다. 문패들은 계단 왼쪽 게시판에 죽 붙어있었다. 엘리베이터는 없었다. 벽에 빨간 사인펜으로 바보라고 쓰여 있었다.

누군가 다른 사람이 그 단어를 지우고 더러운 놈이라고 써 놓았다. 리사 모딘은 건물 맨 위층에 살았다. 꼭대기 층에 사는 사람은 L. 모딘과 W. 시에슬라크 두 명이었다. 지금 바로 계단을 올라가 그녀의 집 초인종을 눌러야 할지 고민이 됐다. 그런데 시간이 아직 너무 일렀다. 그녀가 확실히 집에 있는 시간에 방문하는 게 나을 것 같았다.

리사 모딘이 집에 올 때까지 거의 네 시간을 차에서 기다렸다. 그러면서 학교에서 돌아오는 아이들, 아무렇게나 집 건물 앞에 내동댕이쳐지는 자전거들을 보았다. 건물 관리인이 현관문 경첩에 기름칠을 했다. 보행보조기에 몸을 의지한 남자 노인이 매 걸음을 내딛을 때마다 쓰러질까 두려운 것처럼 아주 천천히 움직여 현관문으로 들어갔다. 그는 보행보조기의 손잡이에 식료품이 든 비닐봉지를 매달고 있었는데, 내 눈에는 그가 몇 시대를 거쳐 이제 각 집마다 분할되지 않은 창과 두 사람이 앉기에도 작은 발코니가 있는 이 회색 콘크리트주택에 도착한 천 살 먹은 노인처럼 보였다.

리사 모딘을 기다리는 오랜 시간 동안 나는 내게 조심하라는 전화를 한 익명인의 목소리에 대해 생각하지 않으려고 했다. 내가 왜 내 섬을 떠났는지, 그리고 왜 지금 리사 모딘이 내게 며칠 몸을 피해 있을 은신처를 제공해 주기를 내가 바라고 있는지에 대한 설명을 찾아보려 했지만 그것도 쉽지 않았다. 우선 내가 원하는 것은 잠잘 곳이 아니라 내게 일어난 모든 일에 대해 상의할 사람이었다. 나는 리사 모딘을 잘 알지 못하고, 그녀 역시 나를 잘 알지 못한다. 하지만 루이제가 도망가 버리고 없는 지금 내가 믿을 수 있는 사람은 그나마 그녀 말고는 없었다.

내가 원하는 건 명쾌함과 위로였다. 물론 그녀가 그것을 내게 줄 수 있을지는 나도 모른다. 내가 초인종을 누르고, 그녀가 문 밖에 서 있는 사람이 나라는 걸 확인하면 나를 집에 아예 들여놓지 않을 수도 있다.

한 여자가 현관에서 나왔다. 그 여자를 보니 하리에트 생각이 났다. 젊었을 때의 하리에트, 내가 그녀를 처음 만나서 우리의 짧고 혼란스러운 관계가 시작됐을 때의 그녀가 떠올랐다.

사십 년 전의 일이다. 나는 막 의사 면허를 딴 상태였다. 사람들이 보통 그러듯 우리도 친구들의 친구들을 통해 순전히 우연으로 만나게 되었다. 나는 하리에트가 내 인생의 사랑이 아니라는 걸 처음부터 알았다. 하지만 그녀에게 마음이 끌렸다. 그러나 나는 우리 관계가 하리에트에게 훨씬 더 큰 의미라는 걸 곧 알아챘다. 그래서 그녀에 대한 내 사랑이 단순한 성적 욕구를 뛰어 넘는 그 이상의 어떤 것인 것처럼 행동했다.

내가 그녀와 같은 감정인 것처럼 그녀를 속였다는 사실이 오늘까지도 괴롭다. 보행보조기와 불치의 암과 함께 그녀가 얼어붙은 바다를 건너 나를 찾아왔던 그때에도 나는 그 옛날 내가 느꼈던 것에 대해 그녀에게 털어놓지 못했다. 내가 그녀에게 마지막까지 속인 것은 바로 진실이었다.

젊은 여자는 언덕길 아래로 사라졌다. 그냥 모든 걸 포기하고 섬으로 돌아가 경찰이 나를 데리러 오기를 기다려야 하는 건 아닐까 생각했다. 나는 지금 존재하지 않는 은신처를 찾아 헤매는 무의미한 짓을 하고 있다는 생각이 들었다.

갑자기 어머니와 아버지, 있지도 않은 형제들, 건강염려증에 걸린 얀손, 죽은 하리에트, 루이제, 오슬로브스키 그리고 심지어 내 장화 주문을 잘못 넣은 노르딘이 보고 싶었다. 동시에 과연 나를 그리워하는 사람이 있을지 궁금했다.

여섯 시 십 분 전에 리사 모딘이 언덕길을 올라왔다. 한쪽 어깨에 배낭을 메고 내가 식료품을 샀던 가게의 비닐쇼핑백을 손에 들고 있었다. 머리에는 빨간 베레모를 쓰고 목에는 목도리를 둘렀다. 그녀에게서 눈을 떼지 않은 채 가능한 한 의자 깊숙이 몸을 낮췄다. 그녀가 현관을 열고 들어갔다. 몇 분 후 보이지 않는 만을 향해 있는 맨 위층 집에 불이 들어왔다. 창문 하나가 열릴 때 그녀의 모습이 잠깐 보였다.

나는 차에서 내려 차문을 잠그고 건물 현관으로 갔다. 남자아이들 몇 명이 건물에서 나오면서 로살린이란 여자아이에 대해 큰 소리로 떠들었다. 그 여자아이의 옷을 벗기고 같이 자는 것이 그 남자아이들이 공통으로 꿈꾸는 소망임이 틀림없다.

숨차서 헐떡거리지 않기 위해 계단을 일부러 천천히 올라갔다. 어떤 집 문을 통해 아코디언 소리가 흘러나왔다. 다른 문에서는 큰 목소리로 전화통화 하는 소리가 밖으로 들렸다. 보행보조기가 문 밖에 서 있는 걸 보고 천 살 먹은 노인이 사는 집이라는 걸 알았다. 그 노인은 집 밖에 다닐 때에만 보행보조기가 필요한 걸까? 아니면 집에서 쓰는 보조기가 따로 있는 걸까?

맨 위층에 도착해서 숨을 돌렸다. 서두르지 않고 천천히 올라왔는데도 맥박은 빨라져 있었다.

리사 모딘의 집 문에는 카메라를 손에 든 한 남자의 사진이 걸려 있었다. 사진 아래 설명을 보고 그 사진의 남자가 로버트 카파라는 사진작가이고 제2차 세계대전 막바지에 프랑스에서 찍은 사진이라는 걸 알았다. 내가 전혀 들어본 적 없는 남자였다. 하지만 리사 모딘이 사진까지 걸어놓은 걸 보면 그녀에게 중요한 사람임이 분명했다.

문에 귀를 대 보았다. 집 안은 고요했다. 조심스럽게 편지투입구를 열어보았다. 현관 앞 복도에 불이 켜져 있었다. 하지만 여전히 아무 소리도 들리지 않았다.

나는 가만히 서서 망설였다. 연락도 하지 않고 찾아온 것에 대해 그녀에게 뭐라고 설명해야 할까?

초인종에 몇 번 더 손을 올렸다가 결국 포기했다. 누를 용기가 나지 않았다. 다 소용없었다. 지금 항구로 돌아가면 아주 캄캄해지기 전에 섬에 도착할 수 있을 것이다.

나는 계단을 내려가기 시작했다. 그러나 몇 발짝 떼다가 갑자기 돌아서서 곧장 문으로 가 초인종을 눌렀다. 마음 같아서는 얼른 도망가고 싶었지만 가만히 서 있었다. 방해받아서 화가 난 듯 그녀가 와락 문을 열어젖혔다. 하지만 내가 문 앞에서 있는 것을 보더니 이마를 찌푸리며 동시에 미소를 지었다.

"선생님이시군요! 집이 불타버린 분!"

"방해가 된 것 아닌지 모르겠네요."

그녀가 대답은 하지 않은 채 옆으로 비켜서서 나를 집에 들였다. 큰 검은색 고양이가 거울 달린 서랍장 위에 앉아서 내게 의심의 눈초리를 보냈다. 내가 쓰다듬으려고 하자 도망갔다.

리사 모딘이 내게 옷걸이를 건넸다.

"고양이 이름은 샐리예요." 그녀가 말했다.

"방해가 된 건 아닌지 모르겠습니다." 내가 반복했다.

"그 말은 이미 하셨어요. 그런데 선생님이 왜 오셨는지가 아주 궁금하네요."

"다른 데 갈 곳이 없어서요."

내가 다른 말을 덧붙이기를 기다리면서 그녀는 입고 있던 녹색 목욕가운의 허리띠를 더 졸라맸다. 하지만 나는 더이상 말을 잇지 않았다.

그녀가 나를 거실로 안내했다. 거실로 가면서 문이 반쯤 열린 그녀의 침실을 지나갔다. 침대 위 이불이 옆으로 젖혀져 있었다. 아마도 내가 초인종을 눌렀을 때 침대에 누워있었던 모양이다.

거실에서는 실제로 만의 파란 바다가 보였다. 그녀는 책들이 놓여 있는 탁자와 안락의자를 전망이 가장 좋은 위치에 놓아두었다. 그 방에는 가구는 적었고 그림은 거의 없었다. 문 하나가 다른 침실로 연결되는 것 같았고, 부엌은 거실을 향해 개방된 형태였다. 리사 모딘이 다리 모양으로 보아 아랍권 나라에서 온 것 같은 유리탁자 앞에 있는 빨간 소파를 가리키며 자리를 권했다.

"뭐 좀 드시겠어요?"

"아무 것도 필요 없습니다."

"그럼 차를 한잔 드릴게요. 드시고 싶으면 드세요."

그녀가 부엌으로 갔고, 나는 거실을 둘러보았다. 남자가 집에 살고 있는 흔적은 아무 것도 없었다. 물론 확실하지는 않았다. 하지만 그런 희망을 갖기에는 충분했다. 그녀는 차 주전자에 물을 부은 후 침실로 사라졌다. 다시 나왔을 땐 가운 대신 옷을 입고 있었다.

그녀는 흰색 잔에 차를 내왔고 식빵러스크가 담긴 그릇을 함께 가져왔다.

"말씀하세요. 왜 저를 찾아오셨어요?"

"어디서부터 시작해야 할지 모르겠군요."

"처음부터 시작하는 게 보통 가장 쉽죠."

나는 이미 내가 진실을 말하지 않을 것이라는 걸 알고 있었다. 그러나 말하는 것의 대부분이 사실이어야만 거짓말이 효과가 있다는 것도 알고 있었다. 거짓은 결론에만 들어있어야 한다. 그래야 내가 하는 말이 제 자리를 찾아갈 수 있다. 동시에 내가 진실을 모르기 때문에 진실을 얘기할 수가 없다는 생각을 했다.

"처음 시작이 뭐였는지는 모딘 씨도 아실 겁니다. 내가 방화범이라는 혐의에서 시작된 거죠. 나는 방화범이 아닙니다."

"그렇다면 선생님이 그 혐의에 대해 잘 방어하시는 게 중요하겠네요. 죄가 증명되지 않으면 유죄판결은 없어요."

"이미 판결을 받은 거나 다름없어요. 어제 전화를 한 통 받았는데 내가 체포될 거라더군요. 익명의 편지도 여러 통 받았어요."

"선생님은 섬에서 우편물을 받기 싫어서 거부한다고 하시지 않았던가요?"

"편지들은 보트 창고 앞 벤치에 있었어요. 어떻게 거기 있게 됐는지는 나도 모릅니다."

그녀가 생각에 빠진 표정으로 나를 바라보았다. 차는 달았고 루이제가 캠핑카에 두고 간 차와는 아주 달랐다.

"내 딸은 도망갔습니다." 내가 덧붙였다.

"왜요?"

"나도 몰라요. 내게 떠난다는 말도 하지 않고 떠났으니까."

"그건 좀 이상한 행동인 것 같은데요."

"내 딸은 이상해요. 게다가 아무래도 그 아이는 몸을 파는 걸로 생계를 꾸려가고 있는 게 아닌가 싶어요."

이 말이 어떻게 나왔는지는 나도 모른다.

"좀 놀랍군요." 잠시 틈을 두고 그녀가 말했다.

그녀가 경계하고 있다는 걸 느꼈다. 뭔가 조심스러운 태도였다. 아무래도 너무 나간 듯 싶었다.

"그 얘기는 하고 싶지 않아요. 그리고 내가 방금 한 얘기를 잊어줬으면 좋겠어요."

"잊으란다고 잊히지는 않죠. 하지만 노력은 할게요. 그런데 선생님이 왜 저를 찾아오셨는지는 아직도 잘 모르겠네요."

"내가 찾아갈 만한 다른 사람이 아무도 없어요. 얘기를 나눌 만한 사람이 없습니다."

"그건 제가 여쭤본 질문에 대한 정확한 답은 아니네요. 전화를 하셔도 되잖아요."

"원하시면 그냥 가겠습니다."

"그런 말이 아니에요."

"섬에 더이상 있을 수가 없었어요. 그런데 여기에는 아는 사람이 거의 없고요. 생각나는 사람이 모딘 씨뿐이었습니다. 그런데 아무래도 내가 실수를 한 것 같군요."

그녀가 내가 말을 잇기를 바라며 나를 보고 있었다.

"제가 왔었단 걸 기사에 쓰지 않았으면 좋겠네요."

"선생님이 여기 오신 게 지역신문의 흥미를 끌 만한 이유가 있나요?"

"글쎄요."

"이왕 오신 거 무슨 일인지 말씀해보세요. 선생님이 왜 섬을 떠나셔야 했는지 전 아직도 이해하지 못했어요."

내 거짓말이 오히려 이야기를 계속 어떻게 끌고 가야 할지 모르게 만들었다는 걸 느꼈다. 그러나 저녁은 길고 그 동안 내가 뭘 원하는지 확실히 말할 수 있는 순간들이 있다. 내가 바라는 건 그녀가 나를 그녀의 침대로 데려가주는 것. 그것뿐이다.

그녀가 혹시 내 생각을 들여다본 건 아닐까? 시간이 많이 늦어졌고 둘이 와인 한 병을 다 비웠을 때 그녀가 내게 소파에서 자고 갈 것을 제안했다.

“다른 기대는 하지 마세요.” 그녀가 덧붙였다.

사람은 항상 뭔가를 기대한다고 그녀에게 대답하고 싶었다. 하지만 어쨌든 그녀가 나를 재워주게까지는 만들었다.

그녀는 소파에 잠자리를 준비해 준 다음 찻잔과 와인잔을 치우고 내게 수건을 가져다주었다.

“전 이제 피곤해요. 그만 자야겠어요. 내일 아침 일찍 외딴 농장에서 전기와 수도도 없이 사는 늙은 남매를 만나러 가야 해요.”

그녀를 포옹만이라도 할 수 있기를 바랐다. 하지만 그녀는 고개를 끄덕이는 것으로 인사를 대신했고, 소파 옆의 등을 제외한 모든 등을 끈 뒤 욕실로 사라졌다. 나는 그녀가 침실 문을 닫고 들어갈 때까지 옷을 벗지 않고 기다렸다.

도로에서 비쳐 올라오는 창백한 불빛 속에 잠시 앉아 있었다. 수건은 거실 스탠드조명 갓 위에 걸쳐놓았다.

내가 바라던 대로 된 게 하나도 없었다. 그것 때문에 내가 느낀 천진난만한 실망감 때문에 십대 초반에 겪었던 미숙한 사랑 놀음들이 떠올랐다.

고요한 집안을 이리저리 돌아다녔다. 그녀의 잠긴 침실 문 앞에 귀를 대고 조심스럽게 안을 엿듣다가, 그녀가 문 안쪽에 서 있는 것 같은 느낌에 기겁했다. 다른 침실 문을 열어보았다. 침대가 하나 있었지만, 그 방은 서재로 사용되고 있었다. 창가에 있는 책상 위에 컴퓨터와 낡은 타자기가 한 대 놓여 있었다. 책상 위에 흩어져 있는 종이들을 몇 장 들춰보았다. 낱개의, 해독하기 힘든 메모들, 마무리되지 않은 여러 편의 원고들. 바닥에는 일간지 한 뭉치가 놓여 있었다. 혹시 리사 모딘이 갑자기 나타날까봐 내내 발소리가 들리지 않는지 촉각을 곤두세우고 있었다.

선반 하나에는 사진이 든 액자가 몇 개 세워져 있었다. 사진사를 위해 포즈를 취하고 있는 사람들의 사진이었다. 삼십 년대나 사십 년대에 찍은 사진인 것 같았다. 미소 띤 여자들과 남자들의 얼굴 사진이었다. 리사 모딘의 옛날 사진들은 하나도 없었다. 리사 모딘의 부모님이나 가까운 친척으로 보이는 사람들의 사진도 전혀 없었다.

내가 서 있는 이 집에는 독특한 공허함이 지배하고 있었다. 그녀의 삶과 내 삶이 어딘가 닮아 있는 것처럼 보였다.

그녀의 책상 앞에 앉아서 그 위에 놓인 종이들을 계속 들춰보았다. 몇 통의 편지가 있었는데, 책상 스탠드를 켜고 읽어보았다. 한 손에 편지를 들고, 다른 손은 스탠드의 스위치에 대고 있었다. 편지를 몰래 읽다 들키고 싶지는 않았다. 나는 다른 사람들의 생활을 몰래 염탐하는 사람들에 대한 경멸을 여러 번 표현한 적이 있다. 그런데 내가 스스로 그런 사람일 수도 있었다.

한 편지는 독자가 보낸 것인데, 리사 모딘이 동물보호와 관련해 쓴 기사에 대한 불만을 담고 있었다. 방치된 많은 수의 소들이 결국 도살되어야 했던 사건에 관한 기사였다. 편지를 쓴 사람의 이름은 헤르베르트였는데, 자신이 모욕을 당했고 부당하게 조롱거리가 되었다고 썼다. 리사 모딘은 편지 맨 아래에 '답장 필요 없음'이라고 메모해 놓았다. 다른 편지는 내가 놀랄 만큼 증오로 가득차 있었다. 내가 익명의 전화를 받는 동안 리사 모딘은 편지를 받고 있었다. 이름을 밝히지 않은 한 남자는 그녀가 쓴 기사에 항의하는 것이 아니라 그저 그녀와 잔다는 생각이 얼마나 자신을 흥분시키는지에 대해 적었다. 편지를 몇 줄 읽자마자 그 남자가 사디스트적 환상을 가지고 있다는 것을 분명하게 알 수 있었다.

그 편지 맨 밑에도 리사 모딘의 메모가 있었다. '이 남자를 찾아낼 수 있을까?'

나는 스탠드를 끄고 의자에서 일어났다. 한쪽 벽에 있는 옷장에는 그녀의 옷들이 걸려 있었다. 나는 그녀의 옷들에서 나는 향기를 힘껏 코로 들이마셨다. 그런 다음 옷장 바닥에 있던 굽 높은 구두 한 켤레를 꺼냈다.

그 구두를 손에 들고 서 있을 때 뒤에서 소리가 들렸다. 급하게 뒤로 돌다가 머리를 옷장 문에 부딪혔다. 그런데 뒤에는 아무도 없었다. 들었다고 생각한 소리는 내 착각이었다. 구두를 원래 있던 그 자리에 그대로 넣고 옷장 문을 막 닫으려는데 맨 뒤쪽에 걸려 있는 무언가가 내 시선을 끌었다. 처음에는 그것이 무엇인지 알아보지 못했다. 혹시 옷걸이에 걸어둔 작은 스웨덴 국기인가? 꺼내고 보니 국기가 수놓아진 천이었다. 스웨덴 국기 위에는 '스웨덴'이라고 쓰여 있었다. 국기 아래에는 갈고리십자가가 흰색과 빨간색 바탕에 검은색으로 수놓아져 있었다.

나는 그 특이한 자수품을 손에 들고 서 있었다. 흰색 천이 누렇게 된 것으로 보아 오래 된 물건임을 알 수 있었다. 옷걸이를 다시 있던 자리에 걸었다. 바로 그 옆 다른 옷걸이에는 검은색 가죽 주머니가 걸려 있었다. 주머니를 내려서 책상 위에 놓고 열어보았다. 그 안에는 나치 무공훈장들이 들어 있었다. 그중에는 핀 형태의 금색 훈장도 있었는데, 그 뒷면에 '근접전 훈장'이라고 보이는 글씨가 새겨져 있었다. 몇 등급인지는 알아볼 수 없는 철십자훈장, 칼집에 들어있는 무장친위대의 단도도 있었다. 주머니 맨 밑에는 사진이 한 장 들어 있었다. 독일 군복을 입은 남자 사진이었다. 시가를 입에 물고 면도하지 않은, 그러나 미소 띤 얼굴로 카메라를 바라보고 있었다. 뒷면에는 카를 마트젠이란 이름이 있었고, 그 옆에 누군가 '동부전선 1942'라고 덧붙여놓았다.

나는 주머니를 다시 옷장에 걸고 불을 끄고 방을 나왔다. 리사 모딘의 침실은 여전히 고요했다. 새벽 세 시 십오 분 전이었다. 나는 옷을 입은 채 그냥 소파에 누웠고 곧 잠이 들었다. 꿈을 꾸다 잠에서 깼다. 루이제가 내가 모르는 길을 따라 걷고 있었다. 길뿐 아니라 루이제도 알아볼 수 없었다. 아주 다른 모습이었다. 하지만 루이제라는 건 알았다. 그녀를 막 부르려고 했을 때 그녀가 뒤를 돌아보더니 미소를 지었다. 그녀의 입은 검은 구멍이었다. 이가 하나도 없었다.

시계는 네 시 십 분을 가리키고 있었다. 내가 리사 모딘의 집에 있다는 상황 자체가 이미 꿈속 같았다. 나는 창문으로 가서 흔들리는 가로등이 비추고 있는 바깥 공터를 내려다보았다. 불빛이 비추지 않는 어두운 곳에 내 차가 서 있었다.

나는 다시 리사 모딘의 서재로 갔다. 다시 옷장을 열고 스웨덴 국기와 나치문양이 수놓아진 천을 꺼냈다. 이 물건은 왜 옷들 사이에 걸려 있을까? 검은색 가죽 주머니 안의 내용물은 뭘 의미하는 걸까?

나는 답을 찾지 못했다.

그래서 소파로 돌아가 다시 누우려다가 다시 한 번 그녀의 침실 문에 귀를 대보고 싶은 유혹을 떨치지 못하고 행동에 옮겼다. 하지만 여전히 아무 소리도 들리지 않았다.

조심스럽게 문손잡이를 잡고 천천히 문을 살짝 열었다. 열린 문틈으로 들여다보니 그녀 방 창문의 블라인드는 반만 내려져 있었고, 그렇게 밖에서 들어온 가로등 불빛이 그녀의 침대를 비추고 있었다. 희미한 불빛 속에 누워있는 그녀의 모습은 내가 살면서 이성관계로 만났던 여자들과 닮아있었다. 그런 여자가 하리에트 외에 그리 많지는 않았다. 그런데 그 여자들이 모두 지금 그 침대에 누워 있었고 리사 모딘의 모습을 하고 있었다.

다시 소파로 돌아가 누웠고, 자고 싶은 생각은 없었지만 또 잠이 들었다. 내 계획은 아침에 소파에 앉은 채로 침실에서 나오는 그녀에게 밤에 한숨도 자지 못했다고 말하는 것이었다. 그녀의 연민을 자극하고 싶었다.

십오 분마다 수면과 몽롱하게 깨어 있는 상태를 반복했다. 그녀의 침실에서 자명종이 울리고 곧 이어 라디오 소리가 들렸을 때 나는 일어나서 머리를 매만지고 기다렸다. 그녀가 나를 깨우지 않으려고 문을 조심스럽게 열고 나왔다. 여섯 시였다. 그녀는 목욕가운을 걸치고 있었고, 내가 깨 있는 것을 보고 고개를 끄덕여 인사한 뒤 욕실로 들어갔다. 샤워하는 물소리가 들렸다. 욕실에서 나왔을 때 그녀는 머리에 수건을 감고 있었다. 그녀는 얼른 다시 침실로 들어갔고, 나는 여전히 꼼짝 않고 소파에 앉아 있었다. 창밖은 아직 어두웠다.

"많이 피곤해서 늦게까지 주무실 줄 알았어요." 옷을 입고 거실로 나온 그녀가 말했다. "그런데 벌써 일어나신 거예요?"

"잠을 못 잤소. 옷을 벗지도 않았다오."

"그럼 밤새 소파에 앉아 계셨어요?"

"중간에 한 번씩 누웠소."

그녀는 고개를 저었고 갑자기 불안해 보였다.

"그래도 잘 쉬었소. 여기서는 안정이 되더군. 내가 여기 있는 걸 아무도 모르니까."

"잠을 안 잔다고 나아지는 건 아무 것도 없어요."

"잠을 잔다고 좋아지는 것도 없소."

그녀는 부엌으로 가서 아침상을 차렸다. 나는 커피가 준비됐다고 그녀가 나를 부를 때까지 소파에 앉아 있었다. 나는 배가 고팠지만 커피만 마셨다. 버터 바른 빵이라도 한 조각 먹으라고 그녀가 권했지만 고맙다는 인사와 함께 거절했다.

커피 잔을 손에 들고 그녀가 식탁에서 일어섰다.

"오늘 일과를 준비해야 해요." 그녀가 설명했다. "삼십 분 후에 일하러 가야 하니까요."

그녀가 서재로 들어간 후에 나는 얼른 빵을 먹었다. 동시에 어떻게 하면 이 집에 남아 있을 수 있을지 머리를 굴렸다. 섬으로 돌아가고 싶지 않았다.

리사 모딘이 부엌으로 와서 잔에 다시 커피를 채웠다. 그런 다음 창가에 서서 밝아오는 여명 속에서 천천히 윤곽을 드러내기 시작하는 바다의 만을 내려다보았다.

"왜 저를 찾아오신 거예요?" 그녀가 물었다.

그녀의 목소리가 좀 다르게, 더 어둡게 들렸다. 그녀는 나를 보지 않고 얼굴을 옆으로 돌리고 있었다.

"어제 밤에 설명하려고 애썼는데, 아마도 설명이 충분히 되지 않은 것 같군."

"선생님은 제 물건을 뒤지셨어요." 이렇게 말하며 그녀가 내 쪽으로 몸을 돌렸다.

맥박이 빨라지는 게 느껴졌다. 마치 머리카락 하나 차이로 교통사고를 피했을 때처럼.

"무슨 말인지 모르겠소."

그녀가 커피 잔을 싱크대에 내려놓았다. 흥분을 참는 듯 그녀의 손이 떨리는 게 보였다.

"선생님은 제 서재에 들어가셨어요. 서류들을 뒤지고 제 옷장을 열어보셨어요. 선생님이 뭘 하셨고 왜 그러셨는지는 정확히 말 못하겠어요. 하지만 뭔가 달라졌다는 건 알 수 있어요, 그게 뭔지 정확히 말은 못하지만."

"나는 다른 사람들 물건을 뒤지거나 하는 그런 짓은 하지 않소." 내가 흥분한 목소리로 대꾸했다. "뭘 믿든 간에 당신이 틀렸어."

그녀는 갑자기 피곤해 보였고 천천히 고개를 저었다.

"이제 그만 가셨으면 좋겠어요. 저는 선생님이 정말 도움과 잠자리가 필요하신 거라고 생각했어요. 그런데 이제는 선생님이 누구신지, 왜 여기에 오신 건지 잘 모르겠어요."

"맹세하는데, 정말 나는 서재에 들어가지 않았소."

그녀가 다시 고개를 흔들었다. 내가 밤에 한 짓을 그녀가 어떻게 알았는지는 모르지만, 그녀는 아주 확신을 하고 있었고, 나는 그녀의 생각을 되돌릴 수 없을 것이다.

"그럼 가겠소." 이렇게 말하며 일어섰다.

그녀가 현관 앞까지 나를 배웅했고, 내가 장화를 신고 재킷을 입는 걸 지켜보았다. 나는 현관문을 열고 그녀 쪽으로 몸을 돌렸다.

"현관문에 걸린 사진에 있는 사람은 누구요?"

"로버트 카파예요. 모든 기자들과 사진기자들을 통틀어 내가 제일 존경하는 사람이죠. 아시아에 종군사진기자로 갔다가 지뢰를 밟아 사망했어요."

한 발을 문턱 위로 내딛는 그 순간 결심했다.

"스웨덴 국기와 갈고리십자가가 수놓아진 수건이 왜 당신 옷장에 걸려 있는지 언젠가 내게 얘기해 주겠소? 누가 수를 놓은 거지? 설명해 줘요. 바쁜 것 같으니까 지금은 말고."

그녀의 대답을 굳이 듣고 싶지 않았기 때문에 대답을 기다리지 않고 서둘러 계단을 내려갔다. 보행보조기를 사용하는 노인의 집 앞에 도착했을 때 쾅 소리와 함께 그녀의 집 문이 닫혔다.

차에 타서 등받이를 젖히자마자 거의 곧장 잠이 들었다.

두 시간 후 잠에서 깼을 때 몸은 얼어있었고 속이 좋지 않았다. 맥박을 체크했다. 구십칠. 너무 빨랐다. 차에서 내려서 혈액순환을 안정시키기 위해 주변을 몇 바퀴 돌았다.

잠시 후 은행에 가서 그곳에 차를 주차하고 주류가게가 문을 열 때까지 차에서 기다렸다. 재킷 주머니에 넣기 좋은 0.5 리터짜리 보드카 몇 병과, 보드카가 가져올 숙취를 줄이기 위한 맥주 열 캔을 샀다.

그런 다음 작은 제과점에 들어가서 샌드위치를 하나 먹었다. 제과점에 나 말고 아무도 없기에 커피에 보드카를 한 모금 제대로 부었다. 항구까지 가는 짧은 구간에는 경찰의 단속이 없었다. 독주에 익숙하지 않아서 효과는 금세 나타났다. 몸이 진정되는 것 같은 따뜻한 기운이 내 몸을 휘감았다.

제과점에서 나와 차의 시동을 걸고 출발하기 전에 술을 더 마셨다. 결국 취했다. 하지만 도로에서 제 때 차를 세울 수 있었고 반대편에서 오는 차와의 충돌을 피할 수도 있었다. 갑자기 정신이 들었다. 리사 모딘과 작별할 때 내가 했던 말이 내 머릿속에 흔적을 남긴 게 분명했다.

오슬로브스키 집 앞에 차를 세웠다. 여전히 아무도 없는 집처럼 보였다. 차고 쪽에서 무슨 소리가 들리나 귀를 기울였지만 아무 소리도 들리지 않았다.

술병들을 들고 내 보트가 있는 곳으로 내려갔다. 선박용품점 앞을 지날 때 노르딘 부인이 있나 확인하려고 쇼윈도를 들여다보지도 않았다. 해안경비대의 배 두 척은 부두 안에 있었다. 보트를 몰고 항구를 빠져나갔다. 막 속도를 높이기 시작할 때 구름 뒤에서 해가 나왔다. 육지 쪽에서 가벼운 바람이 불어왔다.

집까지 더 오래 걸리는 길을 선택하느라 북쪽으로 항로를 잡고 텅 빈 여름별장들이 있는 섬들 사이로 보트를 몰았다. 한 섬의 나무들 사이로 멧돼지가 보인 것 같았지만 확실하지는 않았다.

내 앞에 람피에르덴 만이 놓여 있었다. 저 멀리 다도해 지역 맨 끝에 위치한 바위섬 절벽들과 열린 바다가 보였다. 만을 반쯤 통과할 때에는 집을 향해 동쪽으로 방향을 꺾을 생각이었다. 하지만 만 중앙에 왔을 때 나는 엔진을 끄고 뱃머리 쪽으로 움직였다. 보트가 흔들렸고 나는 넘어졌다. 그 바람에 노 하나가 물에 빠져버렸다. 다행히 멀리 흘러가기 전에 잡을 수 있었다. 뱃머리에 앉아서 또 술을 마셨다. 해가 나서 따뜻했고, 그래서 재킷을 벗었다.

아무 생각도 하지 않았다. 리사 모딘도, 내 딸도, 곧 만나게 될 낯선 경찰들도 생각하지 않았다. 마시고 또 마셨다. 거의 뜬 눈으로 밤을 보낸 뒤의 피로가 찾아왔다. 보트에 눕자마자 금세 잠이 들었다.

보트가 어딘가에 부딪히는 바람에 잠에서 깼다. 몸을 일으켰을 때 눈앞에 알렉산데르손의 얼굴이 보였다. 그는 큰 고래처럼 솟아오른 해안경비대의 큰 배 난간에 기대어 있었다. 다른 방향으로 시선을 돌려보고 나서야 내가 열린 바다가 기다리고 있는 맨 바깥쪽 바위섬들 부근까지 흘러왔다는 걸 알았다. 내 보트는 이미 넓은 바다의 파도에 닿아있었다. 내가 얼마나 잤는지 나는 알지 못했다. 하지만 여전히 많이 취해 있었다.

"제일 좋은 방법은 이 배로 올라오시는 겁니다." 알렉산데르손이 말했다.

"그럴 순 없지." 이렇게 말하며 시동 줄을 당기다가 발을 헛디뎌 비틀거렸다.

엔진은 바로 시동이 걸렸다. 내 섬으로 항로를 잡았다. 알렉산데르손이 나를 쫓아올 거라고 생각했다. 그는 나를 보트 음주운전으로 체포할 수 있었다.

하지만 해안경비대는 나를 잡지 않았다. 섬에 도착해서 나는 곧장 해변으로 배를 몰았고, 프로펠러가 상하기 직전에 엔진을 위로 올릴 수 있었다. 비틀거리며 캠핑카로 올라갔다. 침대에 눕기 전에 나는 평상시 절대 하지 않던 일을 했다.

문을 잠갔다.

13

누군가 문을 두드리는 바람에 잠에서 깼다.

해안경비대가 표류하는 보트에 있는 나를 발견한 것이 이틀 전이었다. 집에 돌아와서도 나는 계속 술을 마셨고 그 다음날이 되어서야 천천히 술에서 깼다. 그러는 동안 내내 경찰이 와서 나를 데려가기를 기다렸다.

나는 살아오면서 심하게 취했던 적이 몇 번 있다. 하지만 그때마다 나는 혼자였다. 나는 아무 말 없이 조용히 술을 마신다. 가끔 허공에 대고 의미 없는 소리를 내뱉는 것 말고는. 때때로 술을 마시다가 잠이 들기도 하지만 대부분은 잠시 후 다시 깬다.

천천히 술이 깨면서 그리고 후회가 점차 줄어들고 있음을 느끼면서 나는 산으로 올라갔다. 망원경으로 바위섬에 있는 텐트를 살폈다. 아무도 보이지 않았다. 물론 누구인지 모르는 방문객이 다시 그곳에 왔었는지 아닌지 확신할 수는 없었다.

내가 혹시 엔진소리가 들리는 건 아닌지 내내 신경 쓰고 있다는 걸 알았다. 바람은 자고 있었고 아무 소리도 들리지 않았다.

간간이 먹을 걸 만들었지만 거의 손대지 않았고, 먹지 않은 음식들은 내가 어릴 적 할아버지가 앉아서 뱀장어잡이 통을 수리하곤 했던 보트 창고 근처 절벽 위에 올라가 갈매기들에게 던져주었다. 나는 머릿속에서 리사 모딘 집에서 보냈던 그날 밤으로 돌아가 보았다.

수놓아진 천에 담긴 사연과 검은 주머니의 내용물은 과거의 일이다. 전쟁이 발발하고 나치 공포정치의 개선행렬을 몇 년 동안 멈출 수 없을 것 같이 보였던 때로부터 칠십오 년이 흘렀다. 내가 태어난 것도 이미 전쟁 후이고, 리사 모딘은 그보다 훨씬 뒤에 태어났다. 하지만 보아하니 그녀에게는 과거의 무언가가 여전히 살아있었다. 그러나 그녀는 보관된 그 물건들을 공개해 놓지 않았다. 무공훈장들을 선반에 진열해 놓지도, 수놓아진 수건을 벽에 걸어놓지도 않았다. 그것들을 꽁꽁 숨겨 놓았다.

내가 가장 궁금한 것은 물론 사진사 얼굴에 대고 담배연기를 내뿜은 그 미소 띤 얼굴의 남자가 누구인가였다. 카를 마트젠이란 이름의 그 남자.

후회가 가고 낙담과 자기 경멸이 찾아왔다.

이런 종류의 감정이 나를 찾아올 때마다 나는 내 아버지와 그의 수많은 실패에 대해 생각했다. 아버지가 긴 교대근무를 마치고 집에 돌아오자마자 곧장 부엌 조리대 앞에 앉아서 어머니에게 그를 귀찮게 하는 모든 동료들과 웨이터 상급자들과 그가 참아내야 했던 모든 손님들에 대한 이야기를 쏟아부었던 모습이 생각난다. 그럴 때마다 나는 아버지가 그런 불운한 상황에 대한 책임을 자기에게 돌리는 걸 한 번도 들은 적이 없다. 실수를 하거나 뻔뻔한 행동을 하는 건 항상 다른 사람이었다. 그래서 나는 어렸을 때 아버지가 결코 실수나 잘못을 하지 않는 대단한 사람이라고 생각했었다. 그러나 아버지가 항상 다른 사람에게 잘못을 돌렸고 그래서 때때로 실패한 인생에 대한 깊은 슬픔으로 보이는 감정으로 스스로를 힘들게 했다는 것을 나는 시간이 흐른 뒤에야 이해했다.

어머니는 아버지와 정확히 반대였다. 어머니는 우리 집에서 일어나는 모든 일에 대한 잘못이 자신에게 있다고 생각하는 사람이었다. 내가 나쁜 성적을 받아오면 그건 내가 조용한 환경에서 숙제에 집중할 수 있게 해 주지 못한 어머니의 잘못이었다. 밖에서 싸워서 코피를 흘리고 들어오면 그건 나에게 달려든 그 아이들에 대해 조심시키지 못한 어머니 책임이라고 생각했다.

술에 잔뜩 취했던 날 이후 두 번째 날은 다시 선착장에 내려가 냉수욕을 하는 것으로 하루를 시작했다. 냉수욕을 마치고 물기를 닦은 후에는 제대로 된 아침식사도 했다. 아침을 먹고 나서는 아직 남아있던 보드카를 따라 버리고 맥주들만 남겨놓았다.

오후에는 낮잠을 자려고 누웠다. 갑자기 문 두드리는 소리가 나 정신을 차렸다. 문을 열자 리사 모딘이 서 있었다. 그녀는 우리가 브롱셰르에 갈 때 입었던 옷차림 그대로였다. 그런데 얼굴이 아주 창백했다. 나와 만나는 것이 그녀를 불안하게 하는 것 같았다.

나는 옆으로 비켜서서 그녀를 안으로 들였다. "뭘 타고 왔소?" 그녀가 탁자 앞에 앉은 후에 내가 물었다.

더 편한 침대에 앉으라고 권했지만 그녀는 스툴을 선택했다.

"내가 직접 배를 몰고 왔어요. 신문사 편집장한테 작은 보트가 하나 있어서요. 이 섬으로 오는 방향만 알고 다른 섬들에 얼마나 가까이 아니면 얼마나 멀리 떨어져서 배를 몰아야 하는지를 몰라서 배가 바닥에 부딪힐까봐 무서웠어요. 하지만 다행히 큰 문제없이 잘 왔어요. 혹시 제가 방해가 된 건 아닌지 모르겠네요."

"아니요. 뭐 마실 거라도?"

"차 있어요?"

우리는 차를 마셨다. 내 입맛에 맞지 않았다. 리사 모딘도 맛없어 했다. 그녀의 얼굴 표정에서 읽을 수 있었다. 하지만 그녀는 아무 말도 하지 않았다. 나는 기다렸다.

의사 면허를 따고 근무하기 시작한 지 얼마 지나지 않아 한 번은 주임의사가 날 불렀다. 나를 왜 불렀는지 이유를 몰랐다. 그래서 그 방에 들어가 아무 말 없이 일단 자리에 앉았다. 엄격하고 약간 콧대가 높은 그 주임의사 역시 침묵했다. 한 십 분 동안 그렇게 아무 말 없이 앉아있었다. 그런 다음 그가 나를 바라보며 와 줘서 고맙다고 가도 된다고 말했다. 나와 동갑인 동료 한 명에게 그 침묵의 면담에 대해 말했더니, 그 동료는 내게 그 자리에서 월급을 더 올려달라고 했어야 했다고 말했다. 그래서 그가 나를 불렀다는 것이다. 주임의사는 내가 월급에 대해 불만이 있다는 것을 알았지만 자기가 먼저 월급에 대한 대화를 시작하고 싶지는 않았을 것이란 얘기였다.

나는 그녀의 찻잔에 차를 더 채웠다. 그녀는 여전히 말이 없었다. 나는 그녀를 바라보았고, 침대에 누워있는 그녀를 몰래 바라봤던 그 밤을 생각했다.

"나는 아무 것도 취소하지 않을 거요." 내가 말했다.

의아한 표정으로 그녀가 나를 보았다.

"나는 염탐하지 않았소. 그저 한밤중에 화장실을 가려다가 좀 헤맨 것뿐이오. 처음에는 문을 잘못 찾아들어갔고 그 다음에는 옷장을 잘못 열었지. 뭔가에 걸려 넘어질 뻔하다 그랬던 것 같기도 하오. 하지만 난 다른 사람의 편지를 읽지는 않소. 다른 사람 물건을 뒤지지도 않고. 다른 사람이 내 물건을 뒤지는 걸 싫어하는 것과 마찬가지지. 아, 내 물건이었던 것이라고, 그렇게 과거형으로 말해야 할지도 모르겠군. 집이 불탄 뒤에는 남은 것이 아무 것도 없으니."

내가 말을 마치자 그녀는 한참동안 나를 바라보았다. 아마도 나를 믿어야 할지 말아야 할지 고민하는 것 같았다. 어떤 사람이 하는 말을 믿는다는 건 항상 위험을 감수해야 하는 일이니까. 거짓이 종종 요지부동인 것과 달리 진실은 항상 일시적이다.

"제가 오늘 여기 온 건 설명하고 싶은 게 있어서예요. 선생님이 그날 문을 잘못 열었든 아니든 그건 지금 전혀 상관없어요. 제가 뭔가 숨기려고 했다고 생각하셨다면 그건 잘못 생각하신 거예요."

그녀가 갑자기 일어섰다.

"밖으로 나가실래요? 비도 안 오고 바람도 별로 없어요. 신선한 공기를 좀 마시고 싶어요. 캠핑카 안이 너무 좁군요."

나는 재킷을 입고 장화를 신은 다음 문을 열었다. 다도해 지역의 늦가을은 여전히 온화했다.

섬을 한 바퀴 산책한 우리는 결국 바위산 위 평탄지에 놓인 벤치 앞에 멈춰 섰다.

그녀가 이야기를 시작했다. 그녀의 외가는 독일 출신이다. 그녀의 할머니 울리케는 악명 높은 나치 무장친위대의 일원인 카를 마트젠과 결혼했다. 마트젠은 추악한 폴란드 침략행위를 감행했던 특수임무부대에 속해 있었다. 울리케는 고향인 브레멘에 남아 있었다. 카를 마트젠은 1944년 말 마지막 휴가를 받아 집에 왔었고, 리사 모딘의 어머니 로스비타는 전쟁이 끝난 뒤인 1945년 가을에 태어났다.

1917년에 태어난 울리케는 1970년대에 사망했다. 울리케의 딸인 로스비타는 그녀의 어머니가 돌아가시는 날까지 아버지가 1945년 5월 베를린을 방어하다 전사한 걸로 알고 있었다. 로스비타는 돌아가신 어머니의 유품을 정리하다가 어머니 울리케가 그녀에게 거짓을 말했다는 걸 알게 되었다. 카를 마트젠은 종전 몇 달 전 크라쿠프에서 린치를 당했다. 크라쿠프 시내 장터 중 하나에 임시로 설치된 교수대에 달려 죽었다. 그가 전쟁 중 폴란드에서 행해진 형언할 수 없을 정도로 잔인한 학살의 책임자로 밝혀진 것이다. 그가 정확히 어떤 짓을 했는지는 울리케의 유품만으로는 확인할 수가 없다. 왜 카를 마트젠이 동부전선 어딘가에서 사진을 찍었는지도 알 수 없다. 어쩌면 잠깐 동부전선 전투에 투입이 됐었는지도 모르겠다. 군인의 일생에는 항상 정확한 설명이 따르지 않는 빈자리가 있기 마련이니까.

리사 모딘이 추위를 느끼기 시작해서 우리는 섬을 얼른 다시 한 바퀴 돌았다. 그리고 다시 벤치로 돌아왔다.

"할머니에 대한 기억은 거의 없어요." 그녀가 계속 이야기를 이어갔다. "할머니가 돌아가셨을 때 제 나이가 여섯 살인가 일곱 살이었어요. 그때는 이미 스웨덴에 살고 있었죠. 저는 아예 스웨덴에서 태어났고요. 제 어머니는 나이가 어머니보다 열다섯 살 많은 라르스 모딘이라는 스웨덴 뱃사람을 사귀게 되어, 그를 따라 독일에서 스웨덴으로 이주해왔죠. 할머니 울리케도 함께 스웨덴으로 왔어요. 할아버지에 대한 얼마 안 되는 기억과 함께. 나는 우데발라에서 태어났고 아름다운 어린 시절을 보냈어요. 따뜻하고 조용한 여름날들이었죠. 할머니는 우리 집이 있는 건물 맨 꼭대기 층에 살았어요. 식사는 항상 우리 집에 와서 하셨고, 저는 한 번도 할머니 집에 간 적이 없어요. 할머니는 집에 혼자 있고 싶어 했어요. 그뿐만 아니라 저는 할머니를 무서워했어요. 할머니가 엄해서가 아니라 말이 없었기 때문이에요. 거의 말을 하지 않으셨어요. 그래서 할머니의 목소리가 기억나지 않아요. 그렇게 할머니는 돌아가셨고, 내가 열세 살 때 어머니도 돌아가셨어요. 나이가 마흔 밖에 되지 않았는데 심한 뇌출혈로 돌아가셨죠. 그 이후로 나는 스무 살이 될 때까지 아버지랑 같이 살았어요. 아버지는 몇 년 전에 돌아가셨어요. 양로원에 계시다 돌아가셨는데, 방 정리정돈을 아주 중요하게 생각하는 사랑스러운 노인이었어요. 어머니는 내게 우리 가족의 독일에서의 과거에 대해 얘기한 적이 별로 없어요. 선생님이 내 옷장에서 찾았던 물건들도 아버지가 돌아가신 다음에야 내가 발견한 것들이에요. 이게 다예요, 더는 할 얘기가 없어요."

내겐 그녀의 말을 믿지 않을 이유가 없었고, 그렇다는 것을 그녀가 알아야 한다고 생각했다.

"주목할 만한 이야기군." 내가 말했다. "그렇기 때문에 당신이 한 이야기를 믿소. 그리고 물론 아무에게도 그 이야기를 전하지 않겠소."

"어떻게 된 사연인지 꼭 선생님께 설명하고 싶었어요. 하지만 이제는 그 이야기를 그만 하고 싶어요. 선생님과는 아무런 상관없는 제 과거사이니까요. 우리 둘의 관계와도 상관없는 나만의 일이니까요."

캠핑카에서 간단하게 식사를 준비할 테니 함께하자고 그녀에게 청했다. 기대하지 않았는데 그러겠다고 그녀가 대답했다. 냉장고의 작은 냉동실에서 루이제가 넣어 놓았던 생선그라탱을 꺼내 새로 산 전자레인지에 데웠다. 그리고 남아 있는 캔맥주를 몽땅 꺼냈다. 우리는 함께 식사를 하고 맥주를 마셨고, 그녀가 했던 이야기만 빼고 모든 가능한 주제에 대해 대화를 나눴다.

그녀의 귀갓길에 대한 얘기도 꺼내지 않은 채 우리는 계속 이야기를 나눴고 마지막 맥주까지 모두 비웠다.

그녀에게 묻고 싶은 것이 많았다. 내가 왜 그녀가 머지않아 이 지역을 떠날 것 같다는 확신을 가졌는지에 대해서도 이야기를 꺼내고 싶었다. 내 느낌에 그녀는 그녀가 살고 일하고 있는 그 작은 지역에 어울리지 않았다. 하지만 그 주제는 꺼내지 않았다. 그녀가 어떤 것에 대해 얘기를 할지, 또 하게 되면 언제 할지에 대해 스스로 선택하는 사람이라는 걸 알게 됐기 때문이다.

"오늘 밤은 여기서 보내야겠군요." 시계가 자정을 향해 가고 있을 때 그녀가 말했다.

정확히 그녀에게서 듣기를 기대하던 말이었다.

"그러시오." 내가 말했다. "당신은 침대에서 자고, 나는 바닥에서 자면 되오. 좀 좁긴 하지만 괜찮을 거요."

물을 넣은 냄비를 가스레인지에 올리고 그녀에게 수건을 건넸다.

그런 다음 말했다. "밖에 가서 보트들을 좀 살펴보고 오겠소. 씻고 누울 때 불을 꺼도 되오. 난 어두워도 아무 문제없으니까."

"한 번도 캠핑카에서 자 본 적이 없어요." 그녀가 말하며 웃었다. "그러고 보니 텐트에서도 자 본 적이 없네요."

내가 재킷을 챙겨서 막 나가려고 할 때 그녀가 내 어깨를 만지며 말했다.

"제가 매트리스에서 잘게요. 침대는 선생님 것이니까요. 하지만 다른 생각은 하지 마세요."

나는 대답 없이 그냥 고개만 가로젓고 밖의 어둠 속으로 나갔다. 뒤돌아보니 그녀가 꼼꼼하게 커튼을 닫고 있었다.

바깥에서 손전등을 끈 뒤 꼼짝 않고 어둠 속에 서 있었다.

먼 곳에서 어느 방향으로 가는지 판단할 수 없는 화물선의 소리가 들려왔다. 절대적인 무시간의 순간이었다. 나는 한 해 두 해 흘러가는 시간이란 것이 마치 날과 해를 헥토그램과 킬로그램으로 잴 수 있기라도 하듯 점점 커져가는 무거운 짐이라고 항상 느꼈었다. 내가 선착장의 어둠 속에 서 있는 지금 느끼는 이 무시간은 무중력을 체험하는 것과 같았다. 나는 눈을 감고 밤바람 소리에 귀를 기울였다. 과거도, 미래도, 루이제에 대한 염려도, 불타버린 집도 없었다. 무엇보다도 젊은 여인이 한쪽 팔을 잃게 만든 실패한 수술도 없었다.

갑자기 눈에 뜨거운 눈물이 차오르는 것이 느껴졌다.

캄캄한 선착장에 서 있는 사람은 내가 아니었다. 어린 시절의 아이 모습 그대로의 나였다.

다행히 감정을 억제할 수 있었던 나는 눈에 찬 눈물을 닦아내면서 동시에 캠핑카의 불이 꺼지는 것을 보았다. 나는 보트창고로 가서 내 청진기 옆에 걸려있는 주머니 속 소금물비누를 꺼냈다. 그런 다음 옷을 벗고 얼음처럼 차가운 물에 들어가 몸에 비누칠을 했다. 다시 옷을 입을 때에는 손가락이 퍼렇게 얼어있었고, 다리는 떨렸고, 이도 덜덜 떨렸다.

몸을 덥히기 위해 선착장 위를 폴짝폴짝 뛰었다. 그러다가 예상대로 다리에 쥐가 났고 마사지로 장딴지근육을 풀어준 다음에야 캠핑카로 돌아갈 수 있었다.

근육의 통증이 진실을 명료하게 드러냈다. 나는 술에 취한 사람처럼 멍하고 피곤해하며 무엇보다도 잠을 자고 싶어 하는 곧 일흔 살이 될 늙은이였다. 조심스럽게 캠핑카 문을 열었다. 간이부엌에 있는 작은 램프의 불빛이 은은하게 실내를 비추고 있었다. 리사 모딘은 벽을 보고 누워 있었다. 그녀의 머리만 이불 밖으로 나와 있었다. 그녀는 아직 깨어있는 게 분명했지만 내가 그녀가 자고 있다고 믿기를 바라는 듯했다. 나는 매트리스를 펴고 장에서 베개와 이불을 꺼낸 뒤 팬티만 남겨놓고 옷을 벗은 다음 램프를 끄고 잠자리에 누웠다.

의대를 다니던 시절, 그때는 아직 하리에트를 만나기 전이었는데, 의대 친구 몇 명과 어떤 식당에 간 적이 있었다. 돈이 좀 있었던 한 지인이 자기 생일이라며 우리를 식사에 초대했다. 식사를 마치고 저녁 늦게 식당 앞에서 헤어질 때 나는 같은 방향인 한 여학생과 동행했다. 그때는 겨울이었고 살을 에는 듯 추웠다. 그 여학생은 우리 그룹에서 거의 눈에 띄지 않는 여학생들 중 하나였다. 예쁘지도 않고 재밌지도 않았으며, 앞에 나서지 않는 창백하고 말없는 학생이었다. 대부분 혼자 있었고 그룹의 다른 학생들과 전혀 가깝게 지내지 않으면서도 그것을 불편해 하는 것 같지 않았다. 우리 둘의 길이 갈라지기 바로 전 그녀는 길이 얼어있는 곳에서 미끄러져 넘어질 뻔했다. 넘어지려는 그녀를 내가 제때 잡았고, 그렇게 나는 갑자기 그녀를 품에 꼭 안게 되었다. 눈 깜짝할 새에 일어난 일이었다. 우리는 두꺼운 겨울옷으로 감싸진 서로의 몸을 느꼈다. 그리고 우리는 그렇게 하자는 말을 서로 밖으로 꺼내지 않았지만 함께 그녀의 집으로 갔다. 그녀는 작은 원룸 아파트에 살고 있었는데, 나는 아직도 그 집에서 나던 비누냄새가 기억난다. 집 안에 들어가기가 무섭게 그녀는 내 옷을 벗기기 시작했다. 나는 오늘까지도 가끔 그녀가 내가 만났던 여자들 중 가장 정열적인 여자였다는 생각을 한다. 그녀는 내 등을 할퀴었고 내 얼굴을 깨물었다. 동이 틀 무렵에야 우리는 잠이 들었고, 시트에는 여기저기 피가 묻어 있었다. 화장실에 가서야 나는 내가 거의 산탄에 맞은 사람 같은 얼굴을 하고 있다는 걸 알았다. 그날 밤 우리는 서로 말을 하지 않았다. 그녀는 나를 열광시킨 그 거친 야성미에도 불구하고 한 마디도 하지 않았다.

아침에 잠에서 깼을 때 그녀는 이미 나가고 없었다. 몇 마디 적힌 쪽지만 하나 테이블 위에 올려 있었다.

"고마워. 갈 때 문은 닫고 가 줘."

같은 날 늦게 우리는 의사의 직업윤리에 관한 강의에서 만났다. 그녀는 마치 아무 일도 없었다는 듯 내게 고개를 끄덕여 인사했다. 나는 쉬는 시간에 그녀와 얘기를 나눠보려 했으나 그녀는 고개를 저었다. 그녀는 얘기하고 싶어 하지 않았다. 우리 사이에 있었던 일을 기억이나 하고 싶었는지 그것조차 모르겠다.

그 밤 이후 우리는 다시 그녀의 집에서 만나지 않았다. 의사 면허를 딴 뒤에는 각자 다른 분야로 갈라져 만나지도 못했다. 수년이 흐른 뒤 나는 우연히 그녀의 부고를 보았다. 그녀는 마흔두 살이었고 유족으로는 부모와 남자 형제 한 명 그리고 여자 형제 한 명이 있었다. 죽기 전까지 베스테르보텐 내륙의 지역보건의로 재직했었다고 했다.

부고를 봤을 때 생각지 못한 큰 슬픔이 나를 덮쳤다. 왜 그런지 이해할 수 없었지만 그녀가 보고 싶었다.

"아직 안 주무시는군요." 갑자기 리사 모딘이 말했다. 하지만 돌아눕지는 않았다.

"원래 잠을 잘 못 잔다오." 내가 대꾸했다.

이제 그녀가 내 쪽으로 몸을 돌렸다. 커튼을 통해 스며들어오는 선착장 외등 불빛에 그녀 얼굴이 살짝 보였다.

"전 잠이 들었었어요. 그러다가 갑자기 잠에서 깼는데 제가 지금 있는 곳이 어디인지 잘 모르겠더군요. 자기가 어디 있는지 모르는 그 짧은 시간은 가장 끔찍한 악몽보다 더 끔찍한 시간이죠. 자신이 누구인지 모르는 것과 비슷해요. 누군가 꿈에서 내 몸을 가져가서 그게 뭔지 또 누구 것인지 내가 알 수 없는 어떤 것으로 바꿔놓은 거죠."

"나는 캠핑카에서 자면서 한 번도 악몽을 꾼 적이 없소. 내 생각엔 여기가 너무 좁아서 그런 것 같소. 악몽은 자리가 필요하지. 최소한 제대로 된 공간이 필요하다오."

"제 경우에는 반대예요."

대화는 시작할 때만큼이나 갑자기 끝이 났다.

"다시 한 번 말씀드릴게요." 잠시 시간이 흐른 뒤 그녀가 말했다. "제가 오늘 밤 여기서 잔다고 해서 선생님이 뭔가 다른 기대를 하지 않으시길 바랍니다. 무슨 말인지 이미 이해하셨죠?"

"사람은 항상 뭔가를 기대하지. 그렇다고 불안해 할 필요는 없소."

"뭐를 기대하시죠?"

"대답해야 하오?"

"강요할 순 없고요."

"내가 기대하는 건 당연히 당신이 나를 당신 침대로 들어오라고 하는 것, 그래서 함께 자는 것이지."

리사 모딘이 웃음을 터뜨렸다. 그 웃음은 불쾌한 웃음도, 경박한 웃음도 아니었다.

"그런 일은 없을 거예요."

"물론 당신에게 나는 너무 늙었겠지."

"저는 내가 아주 많이 사랑하지 않는 남자와 잔 적이 한 번도 없어요."

그녀가 다시 벽 쪽으로 몸을 돌렸다.

"우리 이제 그만 자요. 자꾸 얘기를 하면 전 잠이 완전히 깨버리고 말거예요."

"당신이 먼저 시작했잖소.".

"알아요. 이제 그만 자요."

난 한참 있다가 잠이 들었다. 잠이 들 때까지 계속 매트리스에서 일어나서 침대로 밀고 들어가고 싶은 유혹에 시달렸다. 내가 그렇게 했을 때 일어날 수 있는 일은 그녀가 나를 받아들이든지 아니면 거부하든지 두 가지 밖에 없었다.

하지만 나는 매트리스에 가만히 누워서 그녀의 숨소리가 점점 깊어지는 것을 듣고 있었다. 그녀는 잠이 들었다.

꿈에서는 다시 불붙은 램프들이 나타났다. 나는 불타고 있는 집에서 뛰쳐나오려 했지만 그럴 수 없었다. 계단이 사라지고 없었다. 위층에서 아래로 내려올 길이 없었다. 주위를 돌아보니 할머니가 서 계셨다. 할머니가 식사가 준비되었다며 할아버지를 부르고 있었다. 메뉴는 가물치찜이라고 했다.

그러다가 갑자기 정리되지 않은 채 꿈이 끝나버렸다.

엔진 소리가 들리는 바람에 잠에서 깼다. 매트리스에서 일어나보니 침대는 비어 있었고, 그녀의 옷과 핸드백도 보이지 않았다.

나는 밖으로 뛰어나갔다. 그녀의 보트가 막 출발하고 있었다. 나를 발견한 그녀는 손을 흔들었고 동시에 선착장을 가리켰다. 나는 젖은 풀밭을 가로질러 갔다. 그녀는 선착장에 있는 돌 밑에 접은 쪽지를 끼워놓았다. 윗부분에는 그녀가 일하는 신문사 이름이 인쇄돼 있었다. 쪽지 종이는 내가 예전에 그녀가 메모하는 걸 본 적이 있는 그 수첩에서 뜯어낸 종이였다.

"선생님이 깊이 잠들어 계셔서 깨울 수가 없었어요. 어쨌든 이제는 저에 대해 조금 더 많이 알게 되셨네요."

나는 물에 들어갔다. 추위가 내 몸을 관통했다. 크게 열까지 세고 다시 선착장 위로 올라왔다. 나는 얼른 캠핑카로 돌아와 침대 속으로 기어 들어갔다.

몇 시간 뒤 잠에서 깼을 때에는 푹 잔 느낌이었다. 이제는 혹시나 체포될 경우에 어떻게 처신해야 할지 결정을 내려야겠다는 생각으로 침대에서 일어나서 테이블 앞에 앉았다. 커튼을 옆으로 젖힐 때 너무 힘을 주는 바람에 커튼 봉이 플라스틱 벽에서 떨어져버렸다. 나는 커튼을 문 밖으로 내던졌다. 커튼이 자기가 걸려 있어야 할 곳에 걸려있고 싶어 하지 않는다면 그걸 수리하느라 시간을 낭비하고 싶지 않았다.

제대로 생각을 하기 위해서는 몸을 움직여야 했다. 나는 망원경을 목에 걸고 노를 젓는 조각배가 있는 곳으로 내려갔다. 조각배 안쪽 높이의 절반까지 물이 차 있어서 먼저 물을 퍼 낸 다음 배를 물 안으로 밀고 들어가 텐트가 있는 바위섬을 향해 노를 저었다.

바람은 북동쪽으로 불고 있었다. 수평선 저 멀리 시커먼 구름층이 깔려 있었다. 나는 몸을 덥히기 위해 있는 힘껏 노를 저었다.

텐트는 비어있었다.

하지만 누군가 돌들 사이에 불을 피웠었다는 것을 곧장 알 수 있었다. 관목 형태의 두송 옆에 미국식 콘드비프(염장 소고기—옮긴이) 통조림 빈 통이 몇 개 놓여있었다. 그것 말고는 내 야영장을 사용한 사람의 다른 흔적은 없었다. 나는 뭔가 다른 것을 또 찾을 수 있는지 보기 위해 바위섬을 돌아보았다. 해안가 돌들 사이에 끼어있던 빈 우유팩은 아마도 바다를 떠다니던 부유물인 것 같았다.

나는 누구인지 모르는 방문객에게 메모를 남겨야 할지 잠시 생각했다. 텐트 안으로 들어가 침낭 위에 누웠다.

텐트 내부의 회색 빛 속에 누워 있자니 갑자기 리사 모딘이 내가 지금까지 감히 생각했던 것보다 더 내게 마음이 쏠려있는 것이 아닌가 하는 생각이 들었다. 우리 둘의 나이차는 컸다. 하지만 내가 그녀를 필요로 하는 것처럼 그녀도 어떤 방식으로든 나를 필요로 할 것 같다는 느낌이 들었다.

그 생각을 하니 기분이 좋아졌다. 집으로 돌아갈 때 모르는 손님에게 아무런 메모도 남기지 않았다. 충분한 운동이 필요해서 선착장에 배를 대기 전에 노를 저어 섬을 한 바퀴 더 돌았다.

이제 계획을 세울 것이다. 다음 며칠에 대한 계획뿐 아니라 미래를 위한 계획을. 리사 모딘에게 나와 함께 여행을 가자고 제안할 것이다. 그녀가 꼭 가보고 싶은 곳이 있다면 그곳으로의 여행에 그녀를 초대할 것이다. 특별히 원하는 것이 없다면 내가 제안을 할 것이다. 어디든 따뜻한 곳으로. 카리브 해나 그곳보다 더 멀리, 태평양의 한 섬으로 가자고.

불이 나고 처음으로 기분이 좋았다. 내 생각을 정리하기 위해 서둘러 캠핑카로 올라갔다.

캠핑카에 발을 들여놓은 바로 그 순간 휴대폰의 벨이 울렸다. 모르는 번호였다.

루이제였다. 그녀의 말은 빠르고 급했다. 게다가 연결 상태가 좋지 않았다. 그녀에게 좀 천천히 얘기하라고 했다. 시간이 별로 없다고 그녀가 대답했다. 그녀의 목소리에서 그녀가 울음을 삼키고 있고 겁에 질려 있다는 걸 느낄 수 있었다. 그녀는 말을 더듬었고 거의 소리를 지르고 있었다. 무슨 말인지 알아들을 수가 없다고 그녀의 말을 중단시켰을 때, 그녀가 자신이 경찰에 체포되었다고 말했다. 지금 파리의 유치장에 있고 내 도움이 필요하다고 했다. 무슨 일이 있었는지 물었지만 그녀는 내 말을 듣지 않고 그저 도움이 필요하다는 말만 반복했다.

그러다가 전화가 끊겼다. 루이제의 목소리가 내 머릿속에서 계속 울렸다. 전화가 걸려온 번호로 전화를 걸어 보았지만 연결이 되지 않았다.

그렇게 겁에 질린 그녀의 목소리를 들어본 적이 없었다.

전화기를 든 채 밖으로 나가 할아버지의 벤치로 올라갔다. 바람이 강해져서 곧장 몸이 얼기 시작했지만 벤치에 앉았다.

집에 불이 나면서 여권도 타서 없어졌다는 사실이 떠올랐다. 하지만 스웨덴의 큰 공항에서는 임시여권을 발급받을 수 있다는 걸 알고 있었다. 저축은행에 전화를 걸었고, 전에 이미 한번 나에게 도움을 줬던 직원과 연결이 됐다. 새로 발급된 내 신용카드가 도착해 있었다.

이제 오래 고민할 필요가 없었다. 얀손에게 전화를 걸어 한 시간 후에 나를 데리러 와 달라고 부탁했다. 그는 당연히 보트 엔진이 또 고장 난 것인지 물었다.

"아닐세. 그냥 나를 태워 줄 배가 필요한 걸세, 그것뿐이야."

하리에트가 살아 있을 때부터 있었던 낡은 여행 가방에 중국산 셔츠들과 속옷을 챙겨 넣었다. 수중에 있던 돈을 모두 챙기고, 휴대폰 충전기를 가방에 넣은 다음 해안경비대의 알렉산데르손에게 짧은 편지를 썼다. 사람들이 내가 도망쳤다고 생각하는 건 싫었다.

얀손이 왔을 때 나는 이미 선착장에서 그를 기다리고 있었다. 언제나처럼 그는 시간을 정확히 지켰다. 우리는 악수를 했고 그는 그 사실에 감격한 듯했다.

"항구로 가실 거죠? 집에는 언제 다시 모셔다 드릴까요?"

"그건 나도 모르겠네."

항구로 가는 동안 차가운 물방울들을 맞아야 했다. 얀손은 나를 급유기가 있는 곳에 내려 주었다. 그에게 평상시대로 백크로나 지폐를 건넸다. 그가 항구를 빠져 나갈 때 나는 이미 해안경비대 건물로 가고 있었다. 편지를 접고 그 위에 알렉산데르손의 이름을 적었다. 편지에는 딸이 어려운 상황에 처해서 내 도움이 필요하다고 썼다. 며칠 안에 돌아올 수 있을 것이라 기대한다는 말과 함께.

선박용품점을 지나가면서 참지 못하고 들어가서 마르가레타에게 장화가 왔는지 물었다. 장화는 아직 와 있지 않았다.

"며칠 어디 좀 다녀올 겁니다. 내가 돌아올 때쯤 장화도 올지 모르겠네요."

"주문 상품들이 언제 올지는 전혀 알 수가 없어요. 당최 아무 것도 확실한 게 없으니."

오슬로브스키는 집에 없었다. 그러나 작업장을 들여다보니 공구들이 모두 제 자리에 걸려 있었다.

커튼은 닫혀 있었다.

나는 차에 타서 바로 출발했다.

저녁에 파리행 비행기가 있기만을 바랐다. 나는 가벼운 인사와 함께 내 나라를 떠날 것이다.

병 속의 베두인족

나는 그 기차 안에서 많은 시간을
그녀의 맞은편에 앉아 있었다.
그러면서 일 미터도 안 되는 거리에 있는
사람을 그리워하는 것이 과연 가능한지
내 자신에게 묻고 또 물었다.

14

알란다 공항으로 차를 몰고 가는 동안 루이제에 관한 많은 생각들이 내 머리 속을 스쳐갔다. 내 청소년기에 대한 기억들도 떠올랐다. 길가에 서서 히치하이크를 했던 일. 이 도시에서 저 도시로, 심지어 가끔 국경을 넘어 이웃나라로 떠돌아다니던 일. 나를 태워주려고 차를 세웠는데 완전 만취상태였던 운전자도 기억났다. 한번은 젊은 여자가 나를 태운 적도 있다. 그 여자의 차는 비싼 스포츠카였는데, 실내가 배낭을 내 두 다리 사이에 놓을 수도 없을 만큼 좁았다. 그녀는 서툰 영어로 자기가 남편을 방금 칼로 찔러 죽였다고 말했었다. 그녀가 남편의 등을 칼로 찔렀다고 얘기하던 것이 특히 분명하게 기억에 남아있다. 그녀는 자기가 등을 찔렀는데도 남편이 무슨 일이 벌어진 건지 전혀 알지 못했다고 말했다. 내가 무슨 대답을 했는지는 더이상 생각나지 않는다. 어쨌든 그녀가 갑자기 차를 멈추더니 캄캄한 도로 한 가운데에서 내게 내리라고 했다. 그때 그곳을 어떻게 벗어났는지는 전혀 기억나지 않는다.

히치하이크로 파리를 갈 때마다 항상 벨기에를, 그중에서도 겐트를 들르게 되었던 것처럼, 기차로 여행할 때에는 매번 새벽 세 시에 함부르크 중앙역에 도착했다. 거기에서 파리행 기차로 바꿔 탔는데, 파리에서는 그곳에 머물던지 아니면 거기서 스페인이나 포르투갈로 가서 북아프리카까지도 갈 수 있었다. 모두가 잠들어 있는 한밤중의 함부르크 중앙역에는 집 없는 걸인들이 돌아다니고 있었다. 그때는 2차 세계대전이 끝나고 십오 년 밖에 지나지 않은 때라 나는 더러운 긴 코트를 입고 돌아다니는 그 나이 든 남자들이 동부나 서부 전선에서 살아남은 군인일 것이라는 생각을 했었다. 그들의 눈에는 어두운 경악의 흔적이 보였다. 그들에게 돈을 준 기억은 없었다. 독일 돈이 없었거나, 남에게 적선을 하기에는 내 자신도 가난하다고 생각했기 때문일 것이다.

희미한 빛 속에서 커다란 역 대합실은 배우들이 모두 떠났는데 조명담당자가 불 끄는 걸 잊어버린 연극무대처럼 보였다. 여기저기 앉아 있는 몇 안 되는 여행객들과 밤을 즐기는 사람들은 시작도 끝도 없는 한 연극의 일부였다.

알란다 공항에 도착해서 주차한 후 나는 수많은 체크인 카운터 앞마다 사람들이 길게 늘어서 있는 어수선한 세계에 발을 들여놓았다. 뭘 어찌 해야 할지 몰랐다. 마지막으로 공항에서 비행기를 탄 게 언제였는지 기억도 나지 않았다.

큰 전광판을 보고 밤 열 시 반쯤 출발해야 할 파리행 비행기가 두 시간 연발할 것이라는 것을 알게 된 다음 해당 항공사의 티켓 카운터를 찾기까지는 한참이나 걸렸다. 에어프랑스사의 비행기였는데, 그것이 내가 찾을 수 있었던 유일한 파리행 비행기였고, 다행히 아직 자리가 남아 있었다. 낮에 찾아온 신용카드로 티켓을 샀다. 티켓을 손에 쥐었을 때, 푸른색 유니폼을 입고 카운터에 앉아 있는 여직원에게 물어봐야 할 중요한 질문이 생각났다.

“제가 여권을 집에 두고 왔습니다. 스웨덴 국민도 프랑스 무여권 입국이 가능하다고 알고 있는데요.”

“신분증을 가지고 계시면 가능합니다. 아니면 경찰에게 임시여권을 발행받으실 수 있습니다.”

분홍색 임시여권을 발급받은 다음 은행에서 환전을 했고, 체크인 카운터를 거쳐 보안검색대를 통과했다. 출국장에 있는 상점에서 바퀴가 달린 싸구려 트렁크를 하나 사서 낡은 여행가방에 들어있던 물건들을 옮겨넣고, 셔츠와 속옷도 몇 개 더 샀다. 그런 다음 비행기들이 우리 속 동물들처럼 웅크리고 있는 비행장이 보이는 유리창 앞에 자리를 잡고 앉았다.

리사 모딘에게 전화를 했다. 한참 신호가 가도 받지 않아 끊으려는 순간 그녀가 전화를 받았다.

무슨 일이 있었는지, 딸이 도움을 청하는 전화를 해와서 급하게 떠나게 되었다고 가능한 한 짧게 설명했다.

“당신에게 한 가지 부탁할 게 있소만. 내가 호텔 예약을 할 시간도 없었다오. 혹시 당신 컴퓨터로 파리 시내에 위치한 3성급 이하 호텔을 하나 찾아줄 수 있겠소? 내일부터 묵는 걸로.

비행기가 연발이라 한밤중에야 파리에 도착할 것 같소."

"가격은 얼마 정도로요? 그리고 몇 밤 예약하면 되죠?"

"가격대는 잘 모르겠소. 별 세 개면 별 세 개짜리 가격이 있겠지. 어쨌든 최소한 두 밤은 묵어야 할 거요."

"당연히 도와드려야죠."

리사 모딘은 이십 분 후에 전화를 걸어왔다. 호텔을 하나 찾았다고 했다.

"셀틱 호텔이에요." 그녀가 말했다. "몽파르나스 구역 오데사 거리에 있고, 보지라르 거리와 교차하는 작은 도로와 가까운 곳이에요."

처음에는 그녀가 농담을 하는 건가 생각했다. 파리에 있는 수천 개 도로 중에서 보지라르 거리는 내가 제일 잘 아는 거리였다. 파리에 왔다 갔다 하던 시절 중 가장 오래 머물렀던 때가 1963년이었는데, 그때 포르트 드 베르사유 역 바로 옆 긴 거리의 맨 끝자락에 있는 방에 살았었다. 그 거리와 교차하는 작은 도로는 카딕스 거리였다. 몽파르나스 역에서 걸어서 거의 사십 분이 걸리는 곳이었다. 밤에 종종 그 거리를 따라 걸을 때면 도로 가장자리에 있는 배수구들 사이를 떼 지어 돌아다니는 거대한 쥐들을 보곤 했다. 그중에는 고양이만큼 큰 쥐들도 있었다. 그 쥐떼가 언제든 방향을 바꿔 나를 공격할 것 같아 끔찍했다.

밤에 돌바닥을 걸을 때면 또각거리는 내 구두 소리가 거리에 울렸다. 내 구두는 갈색이었고 닦지 않아 더러웠다. 그 구두는 무프타르 거리에 있는 한 재즈클럽에서 우연히 만난 어떤 사람에게서 받은 것이다. 그는 내가 신고 있던 구두를 너무 딱하게 여겼다. 왼쪽 구두는 밑창이 덜렁거렸다. 밤늦게 룩셈부르크 공원 뒤쪽 도로까지 그와 그의 여자 친구와 함께 걸었다. 그는 과거 하인들 숙소로 만들어졌던 건물 맨 위 작은 다락방에 살고 있었다. 꼭대기까지의 계단을 두 번 오르기 싫었던 그는 갈색 구두 한 켤레를 다락방 창문에서 집 앞에 서있던 내게 던졌다. 구두는 짧고 메마른 소리를 내며 돌바닥에 떨어졌다. 나는 곧바로 구두를 신어 보았고, 구두는 내 발에 꼭 맞았다.

"여보세요? 아직 거기 계시죠, 선생님?" 그녀가 물었다. "방을 예약할까요? 빈방이 아직 있어요."

"그래주오. 혹시 내 신용카드번호가 필요하지 않겠소?"

"일단 제 번호를 줄게요. 그런 다음 나중에 선생님 카드로 계산하면 되지 않겠어요?"

"혹시 나와 파리에 동행하지 않겠소?"

내 입에서 이 말이 나가고 나서야 이 말의 의도가 내가 그녀에게 묵을 호텔을 찾아 달라고 부탁한 이유와 같다는 것을 깨달았다. 나는 그녀가 나와 함께 파리에 가기를 원했다. 비록 이번 여행의 목적이 딸을 찾으러 가는 것이었지만.

"무슨 말씀이세요?"

"말 그대로요. 당신이 혹시 파리로 올 수 있는지 묻는 거요. 비용은 내가 다 지불하리다. 당신을 초대하는 거요. 그날 밤 당신 집에 재워준 감사의 표시로."

"불편한 소파에서 하룻밤 재워드린 것에 대한 보답으로는 너무 과한데요."

"그렇지 않소."

그녀가 웃었다.

"당신에게 내 휴대폰 번호가 있으니 도착하면 전화를 해요. 그러면 데리러 가리다." 내가 덧붙였다.

"전 안 가요. 우린 서로 잘 모르잖아요."

"내가 나를 알잖소. 말 그대로요, 다른 뜻은 없소."

"지금 어디 계세요?"

"알란다 공항에서 출발을 기다리는 중이오. 내 평생 지금처럼 외롭게 느낀 적은 없는 것 같군. 죽은 다음에 어떻게 될지는 모르겠고."

"무슨 말이에요?"

"죽음이 아주 외로운 곳이기도 또 외로운 상태이기도 하단 얘기요."

"전 해야 할 일이 있는 사람이에요. 그렇게 간단하게 파리에 갈 순 없어요."

"파리에 대해 기사를 쓰면 되지 않겠소. 도주해서 딸을 찾고 있는 방화범에 대해 쓰시오."

"따님과 연락은 됐어요?"

"아니. 그런데 점점 걱정이 커지고 있는 중이요."

그녀는 한참을 침묵했다. 삶 전체가 멈춰서 있는 것 같은 순간이었다. 내 귓가에 있지만 침묵하고 있는 리사 모딘. 그녀가 나를 사랑한다고 말해 주기를 기대했다. 정작 나 자신은 그녀를 사랑하는 것이 아니라 그게 누가 됐건 한 여자에 대한 강한 욕망을 느끼고 있을 뿐이었다. 그러면서도 나는 그녀를 설득하기 위해서라면 어떤 말이든 할 준비가 되어 있었다.

젊은 시절 내가 버리고 떠났던 한 여자가 내게 오로지 먹이가 버둥거리는 걸 보기 위해 거미줄로 벌레를 잡는 거미 같다고 말한 적이 있다. 잡아먹지는 않고 그냥 떠나서 새로운 거미줄을 만든다는 것이다.

"오겠소, 아니면 안 오겠소?" 그녀의 침묵이 견디기 어려워지자 내가 물었다.

"안 가요."

"기다리겠소."

"대체 저한테 뭘 바라는 거죠?"

"없소. 그저 함께 있는 것, 그것뿐이요."

"이 대화가 저를 불안하게 만들어요."

"그러려고 한 건 아니오."

"호텔주소를 문자로 보낼게요."

"그래주오."

"이제 끊어야 해요."

"왜?"

통화가 끊어졌다. 둘 다 다시 전화하지 않았다.

비행기는 예정대로 두 시간 늦게 출발했다. 비행기가 화려한 불빛이 반짝이는 파리 상공에 도착했지만 착륙하기까지 오랫동안 상공을 맴돌았다. 비행기가 착륙한 뒤에도 나는 자리에 그냥 앉아서 다른 사람들이 움직이는 모습을 바라보았다. 그들은 모두 자기 삶의 중요한 시간을 뺏기기라도 한 듯 급하게 겉옷과 짐을 챙겨 한시라도 빨리 밖으로 나가려고 애쓰고 있었다. 그 모습을 보고 있자니 놀라웠다. 마치 급하게 도망치는 사람들의 무리를 보고 있는 것 같았다. 그런데 무엇으로부터 도망가는 걸까? 좁은 의자? 비행기에 대한 그리고 목숨을 잃을 가능성에 대한 두려움으로부터? 나도 예전에 저들과 똑같이 행동했었을까? 저렇게 시간을 이기고 지는 게임처럼 바라보는 사람이었을까? 나도 그랬다는 걸 물론 알고 있다. 하지만 내게 남아 있는 시간을 정말 아껴 써야만 하는 이제는 오히려 더이상 그러지 않는다.

나는 마지막으로 비행기에서 나갔다. 한 여성 승무원이 하품을 얼마나 크게 하던지 턱이 삐걱거리는 소리가 난 것 같았다. 그 모습을 보다가 예전에 기차를 타고 파리에 도착했을 때, 사실은 한밤중에 함부르크에서 파리행 기차를 갈아탈 때부터 심한 치통이 있었던 일이 기억났다. 겨울이었고 아주 추웠다. 나는 기차가 파리 북역에 도착해서 퉁명스러운 차장이 객실 문을 열어젖히며 내게 얼른 내리라고 말할 때까지 기차 안에 앉아 있었다. 당시 나는 열여섯 살이었고 혼란스러운 마음에 학교를 중퇴한 뒤 도망치듯 파리로 온 것이었다.

수많은 에스컬레이터가 있는 공항 내부를 보자 아버지를 따라 아버지가 잠시 구내식당을 운영했던 공장에 갔을 때가 기억났다. 우리는 아침 근무조의 근무가 시작되기 전인 이른 아침에 공장에 갔었는데, 공항의 여권 검사대와 세관으로 다가갈 때 그때와 똑같은 기분을 느꼈다. 두 곳 모두 내 여권이나 신분증을 보지 않은 채 손짓으로 나를 지나보냈다. 내 트렁크에 관심을 갖는 사람 역시 아무도 없었다.

공항버스를 타기 위해 밖으로 나가자 밤공기가 차가웠다. 나는 곧바로 생각을 바꿨다. 지금부터 호텔에 가서 예약한 방이 늦은 오후에 빌 때까지 리셉션에서 기다릴 이유가 뭐가 있겠는가? 나는 다시 공항 안으로 들어가서 플라스틱 의자 몇 개가 붙어 있는 빈자리를 찾았다. 그곳에 내 트렁크를 베개 삼아 몸을 눕혔고, 곧 잠이 들었다.

하지만 누군가 근처에서 움직일 때마다 잠에서 깼다. 여러 병원에서 의사로 근무하던 긴 세월 동안 나는 틈이 날 때마다 몇 분씩이라도 잠을 자는 기술을 익혔다.

몸을 일으켰을 때는 일곱 시 조금 넘어 있었다. 몸은 완전히 얼어 있었다. 막 문을 연 카페에서 커피 한 잔과 크루아상 하나를 먹었다. 서빙을 하는 흑인여자의 한쪽 뺨에 큰 흉터가 하나 있었다. 같은 쪽 귀 일부도 없었다. 아프리카의 어느 내전으로부터 도망쳐 온 것인지 궁금했다. 라이베리아? 루안다? 호감을 표현하려 그녀에게 미소를 지었다. 하지만 그녀는 그저 피곤해했고 어쩌면 어떤 사람도 믿지 못하는 것 같았다.

그녀 뒤에 목숨을 잃은 많은 사람들이 있다는 게 어렴풋이 느껴졌다. 내전으로부터 도망치는 데 실패한 가족과 친구들과 또 그녀가 모르는 수많은 사람들.

시계가 여덟 시 십오 분 전을 가리켰다. 비행기를 타러 온 사람들과 막 비행기에서 내린 사람들로 천천히 공항이 북적거리기 시작했다. 시내로 가는 공항버스를 타기 위해 밖으로 나가서 종점이 오페라 역인 버스를 탔다. 중국인 남자들과 여자들로 이루어진 단체 여행객이 승객의 반을 차지했다. 단체 여행객을 이끄는 여자 가이드가 버스 안을 오가며 그들과 이야기를 나눴다. 버스 맨 뒷줄에 있는 자리에 앉으면서 그 중국인들에게 내 셔츠가 중국에서 만들어진 것이라는 사실을 얘기해야 할지 고민했다.

짐을 잔뜩 든 흑인 가족이 마지막으로 버스에 탔고 버스는 출발했다. 파리 시내로 가는 길은 계속되는 교통정체로 인해 오래 걸렸고 단조로웠다. 버스 창밖으로 보이는 모습은 거의 똑같았다. 다닥다닥 붙어 천천히 움직이는 차들의 모습이 절망감을 불러 일으켰다. 이 세상은 내가 우연하게 발을 들여놓게 된 세상이었다. 막히는 도로 위 차 안에 앉아있는 저 사람들은, 대부분 혼자 차에 타고 있는 저 사람들은 대체 무슨 생각을 하고 있을까? 생각이란 걸 하고 있기는 할까?

나는 계속 창밖으로 눈길을 던지고 있었지만 더이상 꼬리를 물고 있는 자동차들에 신경 쓰지 않았다. 그 대신 루이제를 어떻게 찾을 것인지에 대해 생각하기 시작했다. 내 프랑스어 실력은 완벽한 것과는 거리가 멀었다. 하지만 사람들이 알아들을 정도로는 말할 수 있었고, 다른 사람들이 하는 말도 대강 알아들을 수 있었다.

종점인 오페라 역에서 내렸다. 내가 처음 이 역에 왔던 때로부터 거의 오십 년이 다 되어 가는데, 그 긴 세월 동안에도 역은 변한 게 없는 듯했다. 원래는 몽파르나스 역까지 걸어서 갈 계획이었다. 그러나 지하철의 대형 안내판을 보니 거리가 꽤 멀었다. 옛날 젊었을 적 파리에 왔을 때에는 벼룩시장을 방문하거나 파리의 다른 지역을 구경하기 위해 시내 중심에서 외곽까지 걸어가는 데 주저하지 않았다.

지금의 나에겐 너무 멀었다. 나는 지하세계로 들어가 샤틀레 역에서 한 번 갈아타고 몽파르나스 역까지 갈 수 있는 지하철 노선을 선택했다. 샤틀레 역에서 동부로 가는 바로 그 노선에 투입된 열차들은 그 당시 최신 모델로, 다른 노선 열차들의 끽끽대고 윙윙대는 바퀴대신 쉿 소리를 내는 고무바퀴가 장착된 열차였다. 나는 앉을 자리가 없어서 낮고 조용한 목소리로 수다를 떨고 있는 흑인 여자들 몇 명과 아주 가까이 붙어 서 있었다.

지하세계에서 밖으로 나왔을 때 보슬비가 내리기 시작했다. 하지만 오데사 거리는 별로 멀지 않았다. 호텔을 찾기까지는 십 분 정도 걸렸다. 그러는 동안 내 얼굴을 찌를 것 같은 사람들의 우산을 피하느라 계속 머리를 숙인 채 걸어야 했다. 그 사이 열 시가 되어 있었다. 예약한 방에는 아마도 몇 시간 뒤에야 들어갈 수 있을 것이다. 황동으로 된 호텔 간판에는 정말 별 세 개가 표시되어 있었다. 호텔 건물은 19세기에 지어진 것으로, 건물의 전면은 천천히 그리고 사람이 거의 눈치 채지 못하게 무너지고 있기라도 한 것처럼 부서져 떨어지고 있었다. 현관은 계단 몇 개를 올라간 곳에 있었고, 아프리카에서 온 듯한 여자가 호텔 이름이 새겨져 있는 현관 유리를 닦고 있었다. 내가 현관에 이르자 그녀가 고개를 들어 미소를 지으며 문을 열어주었다. 벽면이 갈색 벽지와 나무판자로 장식된 좁은 로비에서 라벤더 향이 났다. 바닥에는 두꺼운, 사람들이 너무 많이 밟아 낡아버린 카펫이 깔려 있었다. 검붉은 바탕에 인어 무늬가 있는 카펫이었다. 리셉션 데스크 뒤에는 남자가 한 명 서 있었는데 그는 내가 보기에 좀 이상한 눈빛으로 나를 바라보았다. 남자의 시선을 무심코 받다가 그제야 그 남자의 눈이 오슬로브스키처럼 유리로 된 의안이라는 걸 알아차렸다.

그에게 내 임시여권과 신용카드를 건넸다. 그리고 더듬거리는 프랑스어로 내 이름으로 방을 하나 예약했다고 설명했다. 리셉션 직원은 컴퓨터 화면에서 금방 내 이름을 찾았다. 예약한 신용카드 번호가 다르다고 말하기에, 나는 그 번호는 아내의 카드번호이고 내가 방금 건넨 카드로 계산해달라고 말했다.

"한 시 반에 입실 가능할까요?" 내가 물었다.

리셉션 직원은 무슈 피에르라는 이름이 새겨진 명찰을 달고 있었다. 그가 친절한 표정으로 나를 보았다.

"지금 바로 방에 들어가실 수 있습니다. 전 손님이 아주 일찍 체크아웃 하셨어요. 새벽 네 시 반에 이미 나가셨습니다."

그는 여전히 유리문을 닦고 있는 젊은 흑인 여자에게 고갯짓을 했다.

"라셸이 선생님 방을 이미 정리해뒀습니다."

그는 213이란 숫자가 달린 무거운 구식 열쇠를 꺼낸 다음 나를 엘리베이터로 안내했다.

내 방은 뒷마당을 향해 있었다. 로비처럼 방도 온통 갈색이었다. 방에서도 라벤더 향이 났다. 방은 크지는 않았지만 깨끗하게 청소되어 있었다. 나는 침대 커버를 젖힌 다음 신발을 벗고 침대에 누웠다.

흰 천장에 검은 색의 가느다란 균열들이 구불구불 이어져 있었다.

천장은 천천히 걷히는 안개 같았다.

휴대폰을 꺼내 다시 루이제의 번호를 눌렀다. 루이제에게선 여전히 답이 없었고, 그녀에게 문자를 남길 수도 없었다.

불타버린 집을 생각했다. 모르는 사람이 사용한 바위섬의 내 텐트 생각도 했다.

그리고 지금 내가 있는 호텔방 213호.

루이제가 무의 바다라는 일본식 정원에 대해 이야기한 것도 기억났다.

머릿속에서 갑자기 어떤 생각이 떠올랐다. 아니, 나는 이 호텔방에서 갑작스런 심근경색이나 뇌졸중으로 죽고 싶지는 않았다. 내 딸을 찾기 전엔 그럴 수 없다.

급하게 일어나 앉았다. 지금 바로 그녀를 찾기 시작해야 했다. 창가에 서서 뒷마당을 내려다보았다. 그새 빗줄기가 더 강해져 있었다.

쥐 한 마리가 쓰레기통들 사이로 잽싸게 사라졌다.

방을 나섰다. 엘리베이터는 사용 중이었고, 내려가는 버튼을 몇 번이나 눌렀지만 오지 않았다.

계단으로 내려가다가 깨끗하게 세탁된 침대시트 더미를 들고 계단을 올라오는 라셸과 마주쳤다.

그녀는 다시 미소를 지었다. 그녀에게 방을 깨끗하게 정돈해줘서 고맙다고 말했다. 그리고 5유로짜리 지폐를 건넨 후 계단을 내려갔다.

살짝 고개를 돌려보니 그녀는 그 자리에 서서 나를 보고 있었다.

15

리셉션에 가서 무슈 피에르에게 파리의 전화번호부를 볼 수 있을지 물었다. 그는 곧바로 자기 컴퓨터로 번호를 찾으라고 권했다. 파리에 있는 여러 경찰서들 전화번호를 찾아야 하는 사실을 알리고 싶지 않았기 때문에 고맙지만 사양했다.

무슈 피에르에게 여러 권으로 된 무거운 전화번호부와 종이와 연필까지 받아 문을 닫은 바에 자리를 잡고 앉았다. 거의 한 시간 동안 전화번호부를 넘겨가며 주소와 전화번호들을 찾아 적었다.

전화번호부에서 내가 1968년 어느 봄날 오후부터 그 다음날 아침까지 갇혀 있었던 유치장의 이름도 찾았다. 당시 파리에 도착한 나는 그 즈음 파리에서 대규모 학생시위가 연일 일어나고 있다는 것을 라탱지구 근방에서 값싼 게스트하우스를 찾던 와중에야 알았다. 나는 불타는 자동차들과 최루탄을 던지는 기동경찰들과 들끓는 군중의 혼란 가운데로 들어가게 되었다. 당시 유럽을 휩쓸었던 학생운동에 대해서는 물론 알고 있었지만 나는 거기에 참여하지 않았다. 막 의학공부를 시작했을 때라 학교 학생식당 이곳저곳이나 강의 사이 빈 시간에 이루어지는 정치적 대화에는 전혀 참여하지 않았다. 나는 가난한 나라들에 가기 위해 의사가 되겠다는 사람들을 믿지 않았다. 나는 월급 많이 받고 내 일자리를 스스로 선택할 수 있는 자유를 갖기 위해 의사가 되고 싶었다. 아프리카나 아시아에 간다는 생각은 내겐 완전히 낯선 생각이었다. 나는 먼 나라에서 의료 활동을 하겠다는 뜻을 가진 학우들을 어리석다고 여겼으며, 그들이 나중에는 분명히 후회할 것이라고 생각했다. 지금은 내가 잘못 생각했었다는 걸 알고 있다.

그때 나는 그해의 시험을 통과한 뒤 일주일 동안 봄을 즐기기 위해 파리에 갔다. 나는 혼자 떠났고, 특별한 목적지 없이 거리를 거닐고 대도시의 익명성 속으로 빠져 들어갈 기대에 취해 있었다.

그러나 파리에 도착한 첫날 나는 바로 경찰에 체포되어 경찰표지가 붙어있고 창에 철망이 설치된 검푸른 색 네모난 큰 차에 실렸다. 소르본대학 근처의 낡은 게스트하우스에 짐을 풀고 식사를 하러 나오자마자 일어난 일이었다. 그 근방에서는 그날 저녁에 시위가 없었다. 불타는 자동차도 없었고 기동경찰도 보이지 않았다. 나는 내 기억을 믿고 식당이 몇 개 있었던 것으로 기억되는 어느 옆길로 접어들었다. 그 도로는 아주 짧았는데 몇 발짝 가지 않았을 때 갑자기 경찰차들이 나타나서 도로의 양쪽 끝을 막았다. 차에서 내린 경찰들이 그 도로에 있던 사람들 모두를 체포했다. 나는 아무런 설명도 듣지 못한 채 경찰들에게 밀려 호송버스에 탔고, 버스는 곧바로 출발했다. 버스 안에 있는 사람들의 구성은 상당히 특이했다. 남자들과 여자들, 프랑스 노동자들, 대학생들, 그리고 외국 관광객들. 무슨 일이 일어난 건지 아는 사람은 아무도 없었다. 어떤 여자가 불안감에 울었다. 내가 겁을 먹었었는지 아니면 놀랐었지는 기억나지 않는다. 그러나 배가 아주 고팠던 건 기억난다.

나는 다음 날에야 뭔가를 먹을 수 있었다. 우리는 시테 섬의 경찰청 건물 앞에서 버스에서 내렸고 창이 없는 거대한 지하실로 끌려갔다. 이백 명이 넘는 사람들이 돌바닥이나 하얗게 석회를 바른 벽을 따라 놓여 있는 몇 안 되는 벤치에 앉아 있었다. 나는 연행돼 온 그 사람들 간에 어떤 공통점도 발견할 수 없었다. 옷차림으로 보아 매춘부도 몇 명 있는 것 같았다. 하지만 대부분은 아주 평범해 보이는 사람들이었다. 그중 많은 사람들도 분명히 나만큼 배가 고팠을 것이다.

우리는 경찰의 요구에 따라 여권이나 다른 신분증명서를 내야만 했다. 그러나 우리가 왜 연행됐는가라는 질문에는 어느 누구로부터도 답을 들을 수 없었다.

밤 동안에 우리가 체포된 것이 시위와는 아무 관계가 없다는 소문이 돌았다. 루앙과 파리 사이 도로에서 히치하이크를 한 사람들이 어떤 자동차 운전자를 살해한 것이 우리가 연행된 이유라는 것이었다. 나는 우리가 갇혀 있던 거대한 유치장 안을 둘러보며 그 안에 있는 사람들 중에는 그런 살인자가 없으리라는 생각을 했다.

나는 아침에 조사관에게 불려갔다. 나는 의대생이고 파리를 일주일 동안 여행할 예정이며 게스트하우스에서 묵고 있다고 설명했다. 한숨을 내쉬며 내 여권을 돌려준 조사관은 내게 파리에 있는 동안 넓은 공공장소를 가능한 한 피하라고 조언했다. 마지막에 그는 지나가는 말로 파리에서 일어나고 있는 정치적인 소요에 대해 어떻게 생각하는지 물었다. 지하 유치장 바닥에서 뜬 눈으로 밤을 보낸 후 배고픔과 피로에 젖어 있던 나는 곧바로 대답했다. "저는 당연히 학생들의 편입니다."

유치장에서 풀려나온 뒤 나는 곧장 한 카페로 가서 커피와 샌드위치를 먹었다. 그날 이후 파리에 머무는 동안 나는 건물 벽에 바짝 붙어 다녔고 경찰차가 다가오는 걸 볼 때마다 두려움을 느꼈다.

주소를 모두 메모한 후에 전화번호부를 리셉션에 돌려주고 밖으로 나갔다. 호텔 문을 나가면서 방금 깨끗하게 닦은 유리문에 지문을 남기지 않으려고 의식적으로 조심했다.

도시를 뒤덮고 있는 가벼운 연무 사이로 해가 비쳤다. 갑자기 이곳에서 내가 만난 사람들이 몇 명을 제외하고는 모두 나보다 젊다는 것이 새삼 떠올랐다. 그 사실을 지금처럼 그렇게 확실하게 인식한 적은 없었다. 나는 이제 사회의 변두리에 서 있다. 생을 벗어나는 길 위에 서 있는 사람들의 집단에 속해 있는 것이다. 나는 여기 파리에서 빠른 걸음걸이로 내가 알지 못하는 목적지를 향해 내 곁을 지나는 모든 사람들을 통해 그 사실을 불현듯 깨달았다.

젊었을 적 나는 에스컬레이터를 이용할 때에도 가만히 서 있지 않고 계단을 걸어서 올라가는 사람들에 속했다. 정해진 목적지 없이 움직일 때에도 나는 항상 바쁘게 걸음을 재촉했다. 한여름의 어느 외로운 저녁 스톡홀름 셉스홀멘 섬에 있는 현대미술관을 방문했었다. 미술관에서 나온 뒤 나는 나보다 분명히 열 살은 더 많아 보이는 한 아름다운 여성의 뒤를 좀 떨어져서 따라갔다. 나는 그냥 그 여자가 내 앞에 걸어가는 모습을 보고 싶었다. 우리는 노르말름스토리까지 갔다. 거기서 그녀는 갑자기 걸음을 멈추고 뒤로 돌더니 미소를 지었다. 내가 그녀가 서 있는 곳까지 다가가자, 그녀가 내게 원하는 것이 무엇이냐고 물었다.

"없습니다. 그냥 가는 방향이 같은 것 같군요."

"아니요. 그런 것 같지 않습니다. 그러니 이제 여기서부터는 저를 그만 따라 오세요. 그렇지 않으면 제 얼굴에서 미소가 사라질 겁니다."

나는 그녀가 비블리오텍스가탄 거리로 접어드는 것을 보며 서 있었다. 그때만 해도 나는 그 거리에서 가장 나이 든 사람이 아니었다.

경찰청 지하 유치장에서 보낸 긴 밤을 생각하다보니 배가 고파졌다. 나는 천천히 거리를 따라 걷다가 라 쿠폴에 들어갈 수밖에 없었다. 물론 그 식당이 명성 때문에 외국인에게 더 비싼 대가를 요구할 것이라는 생각은 했다. 내 예상과 달리 식당은 한산했다. 곧바로 바깥 보도의 테이블들이 보이는 창가의 일인용 테이블에 앉을 수 있었다.

메뉴판을 살펴보면서 식당 안에서 울리고 있는 소음을 인내심을 가지고 견뎠다. 나는 파리에 올 때마다 혼자든 다른 사람과 함께든 항상 이 식당에서 식사를 했다. 어떨 때는 늦은 밤까지, 몇 번은 조용한 오후 시간에. 한번은 옆 테이블에 앉은 미국 여자와 대화를 시작했다. 그녀는 털사라는 도시에 있는 한 병원에서 일반의로 일한다고 했다. 지금도 내가 왜 거짓말을 했는지 모르겠지만 어쨌든 나는 덴마크의 한 도시에 조그만 사무실을 가지고 있는 건축가라고 나를 소개했다. 아마도 나는 많이 취해서 내 자신에게 가면을 씌우고 내가 아닌 다른 사람인 척하는 걸 즐겼던 것 같다. 내가 최근에 어떤 부자의 집을 설계했다며 말도 안 되는 설명을 했던 것이 어렴풋하게 기억난다.

미국 여자에 대한 기억을 내려놓고, 잠시 고민하다가 파스타와 맥주를 주문했다. 젊은 웨이터의 이마에는 땀방울이 맺혀 있었다. 내 주문을 받기 전에도 이미 다른 테이블로 가는 중이었다.

식당 안을 둘러보니 그 안에서 내가 제일 노인일 것 같다는 생각이 사실로 드러났다. 웨이터들은 모두 젊었고, 대부분의 손님도 나보다 젊어 보였다. 나이 든 남자와 여자 몇몇이 테이블에 앉아 있었지만, 그 수가 많지는 않았다.

나는 주문한 음식을 먹고 나서 커피와 함께 칼바도스도 한 잔 시켰다. 식사를 마치고 거리로 나갔을 때는 취기가 느껴졌다. 스웨덴 대사관 근처 바르베 드 주이 거리까지 산책을 하기로 했다. 몽파르나스 구역에서는 길을 찾는 데 지도도 필요 없었다. 내 나이에 대한 생각이 갑자기 사라지고, 나는 어느새 파리를 즐기고 있었다.

물론 몇 번 길을 헤매기는 했다. 대사관까지 가는 데에는 꽤 시간이 걸렸다. 스웨덴 국가 상징 밑에 달려 있는 금색 간판을 보고 영사부가 열려 있는 시간이라는 걸 알았다. 나는 근처 카페에 들어가 에스프레소 한 잔을 마시며 루이제가 내게 그런 절망적인 전화를 하도록 만든 사건이 무엇일까 곰곰이 생각해 보았다. 그녀를 찾으려면, 그리고 나중에 법적인 도움을 받기 위해서도 대사관의 도움이 필요했다.

나는 단호한 결심과 함께 길을 건너 대사관으로 갔다. 접수처에 있는 여직원이 프랑스 억양이 섞인 스웨덴어로 말했다. 나는 그녀에게 내 사정을 설명했다.

"따님 나이가 어떻게 되죠? 성인인가요?"

"마흔 살입니다. 게다가 첫 아이를 임신 중입니다."

"따님이 체포된 게 확실한가요?"

"그런 상황에서 거짓말을 하진 않을 겁니다."

"그런데 따님이 어디 있는지는 말을 안 했나요?"

"거기까진 얘기를 나누지 못했어요. 그래서 제가 온 겁니다."

"따님이 소매치기 혐의를 받고 있단 말씀이죠?"

"제 생각에는 아무래도 그 아이가 소매치기로 살고 있는 것 같아요. 하지만 확실하지는 않습니다."

대사관 여직원은 뭔가 기다리는 얼굴로 나를 보았다. 나는 내가 과장하고 있는 게 아니라는 걸 그녀가 이해하도록 말없이 고개를 끄덕였다. 그녀는 페트라라는 이름을 가진 사람에게 전화를 걸었다.

"저기 신문 있는 곳에서 좀 기다리세요. 페트라가 올 겁니다. 그녀에게 선생님의 사안을 설명하시면 됩니다."

"내 딸은 사안이 아닙니다. 사람이에요."

나는 잡지들이 있는 책장 옆에 앉아서 벽에 걸린 스웨덴 국왕부부의 사진을 찬찬히 바라보았다. 사진이 한쪽으로 기울어져 있었다. 일어나서 액자를 이리저리 만지작거렸지만 액자는 결국 더 비뚤어져버렸다.

페트라라는 이름의 여성은 스물다섯 살도 채 안돼 보였다. 청바지와 풍성한 가슴 위로 팽팽하게 당겨진 얇은 블라우스를 입은 그녀는 거의 미성년자처럼 보였다. 그녀는 내게 악수를 청하면서 이마를 찌푸린 채 내 얼굴을 살폈다.

그녀는 대기실에 놓여있는 의자 중 하나에 앉았다.

"말씀해 보세요." 그녀가 말했다.

"여기서는 좀 곤란합니다. 이렇게 대기실에서 할 만한 이야기가 아닙니다. 사무실이 있으시죠?"

그녀는 내가 보기에 불쾌한 기색으로 찬찬히 나를 살폈다. 아무래도 지금 앉아있는 곳에서 그냥 대화를 해야 할 것 같다는 생각이 들었다.

나는 그녀에게 지금까지 있었던 일에 대해, 루이제와 통화한 일에서부터 내가 파리에 오기까지, 그리고 지금 루이제와 연락이 전혀 되지 않는다는 것까지 설명했다. 또한 딸과 내가 딸이 성인이 된 후에야 서로의 존재에 대해 알게 되었다는 이야기도 했다. 그리고 딸이 아마도 소매치기로 생계를 유지하고 있다는 걸 최근에야 알게 되었다고도 말했다. 어쨌든 가끔 소매치기를 하는 것 같다고, 부디 항상 그렇진 않기를 바란다는 말도 덧붙였다.

블라우스에 달린 명찰에서 페트라의 성이 문테르임을 알 수 있었다. 그러나 직책은 적혀 있지 않았다. 그녀는 내가 이야기하는 것을 열심히 적었다. 가끔 손을 들어 다 적을 때까지 잠깐 기다려달라는 신호를 했다.

"자식이 사라지거나 감옥에 갇혀서 불안에 떠는 부모들이 대사관을 찾아오는 게 처음 있는 일은 아닐 테니, 제가 뭘 어떻게 해야 할지 분명히 알고 계시겠죠." 내가 말했다.

"제일 먼저 해야 할 일은 따님이 어디 있는지를 찾아내는 겁니다. 그걸 알아낼 수 있는 공식적인 채널들이 있어요."

"이곳에서 사안이라고 표현하는 것들의 담당자가 문테르 씨인가요?"

"저는 실습생입니다." 진지한 얼굴로 그녀가 대답했다. "제일 하급자인 거죠. 그래도 선생님께서 말씀하시는 문제를 위에 전달할지 거절할지는 제가 결정합니다."

"위로 전달할 건가요?"

"저는 선생님 말씀을 다 믿습니다."

"딸이 걱정됩니다."

그녀는 내 휴대폰 번호와 내가 묵고 있는 호텔의 이름을 적었다.

"내일은 더 많은 걸 알 수 있을 겁니다." 그녀가 상담을 끝내고 자리에서 일어나면서 말했다.

"제 딸은 임신 중입니다. 제게 전화를 했을 때 두려움에 떨고 있었어요."

그 말을 하자 페트라 문테르가 오랫동안 나를 바라보았다. 처음에 미성년자로 보였던 그녀가 갑자기 어른이 된 것처럼 느껴졌다.

"할 수 있는 일은 다 해보겠습니다. 그런데 프랑스 경찰은 외국의 절도범들이 프랑스로 들어오는 것을 좋아하지 않습니다. 잡히면 그냥 어깨를 토닥여 보내지는 않아요."

"그럼 어떻게 됩니까?"

그녀는 대답 없이 얼굴을 찡그렸다. 나는 루이제가 옛날의 나처럼 경찰청 지하 유치장에 갇혀있는 상상을 했다.

페트라 문테르가 나를 문까지 배웅했다. 나는 그녀에게 손을 내밀었다.

"내일 선생님께 연락이 갈 겁니다. 반드시 그럴 테니 기다려 주세요."

그녀가 막 내게서 몸을 돌려 걸어가기 시작 했을 때 한 가지 사안이 더 있다는 것이 문득 떠올랐다. 내가 뒤쫓아 오는 소리를 들었는지 그녀가 출입카드를 손에 든 채 출입구에 멈춰 섰다.

"여권이 필요합니다. 몇 주 전에 제 집에 불이 났어요. 몽땅 다 타버렸습니다. 그래서 임시여권으로 이곳에 왔습니다. 아무래도 제대로 된 여권이 있으면 덜 불안할 것 같아서요."

"이곳에 아주 훌륭한 여권 자동발급기가 있습니다. 짧은 시간에 스웨덴 여권이 발급됩니다. 하지만 그것도 집에 돌아가실 때까지는 기다리셔야 합니다."

대사관을 나서면서 대사관 업무 시간을 다시 한 번 확인하고 몽파르나스로 향했다.

재킷주머니에 들어있는 휴대폰 벨이 울렸다. 교통소음 때문에 서둘러 옆길로 들어가 전화를 받았다. 스웨덴 번호인데 누구 번호인지 얼른 기억나지 않았다.

얀손이었다.

"선생님이 댁에 안 계시더군요." 그가 말했다.

얀손은 휴대폰으로 통화를 할 때면 항상 크게 소리를 지른다. 그는 전화를 걸거나 받을 때 거리가 관건이 아니라는 사실을 절대 받아들이지 못했다. 과부가 된 뒤에도 오랫동안 베셀셰르 섬에 살았던 훌틴 부인이 생각났다. 이따금 그녀의 발에 문제가 있을 때 도움을 준 적이 있었다.

"얀손은 꼭 어치처럼 까악거려요." 우편배달부 얀손에 대해 우리가 얘기를 나눌 때면 훌틴 부인이 항상 했던 말이다.

그녀는 휴대폰으로 통화를 할 때 상대방이 그녀가 무슨 말을 하는지 이해하기 힘들 정도로 작은 소리로 말했다. 마치 다도해 지역에 사는 사람들이 모두 휴대폰을 들고 앉아서 그녀 발의 티눈에 대해 우리가 나누는 얘기에 귀를 기울이고 있다고 생각하는 것 같았다.

"내가 집에 없다는 걸 어떻게 알았나?"

"선생님 섬에 다녀왔어요. 경찰이 선생님을 찾더군요."

"경찰이 나한테 전화 한 적은 없었는데."

"경찰 보트를 타고 왔었어요. 화재와 관련이 있는 것 같던데요."

"나를 체포하러 왔던가?"

"그건 모르겠어요."

"그럼 경찰이 뭐라던가?"

"그냥 선생님이 어디 계신지 아냐고 물었어요."

"그런데 자네는 몰랐다 이거지?"

“네.”

“떠나기 전에 알렉산데르손에게 메모를 남겼네. 그는 내가 어디 갔다는 걸 알고 있어.”

“그럼 걱정하지 않아도 되는 거죠?”

“자네가 뭣 때문에 걱정을 해? 내 집에 불을 지른 사람이 자네였나?”

“왜 그런 말씀을 하세요?”

“나는 지금 파리에 있네.”

“빌어먹을 파리에서 대체 뭘 하고 계세요?”

얀손은 욕을 하는 경우가 거의 없다. 물론 그의 아름다운 목소리를 높이는 경우도 별로 없다.

“여기서는 내가 경찰을 찾고 있다네. 경찰이 나를 찾는 게 아니라.”

“무슨 말씀을 하시는지 도통 모르겠어요.”

“루이제가 아무래도 어려움에 처한 것 같네. 그렇다고 자네가 군도 지역에 다 소문을 내지는 말았으면 좋겠는데.”

“제가 왜요? 전 그런 짓 안 합니다.”

“자네가 그런다는 건 우리 둘 다 아는 사실이지. 최소한 자네가 집배원으로 일한 그 긴 세월 동안 배달한 편지 개수만큼이나 소문도 많이 퍼뜨린 걸로 아는데.”

얀손은 아무런 대꾸도 하지 않았다. 하지만 그가 감정이 상했다는 걸 나는 알았다.

"경찰이 또 뭐라고 했나?" 더 자세한 확인이 필요했다.

"선생님이 돌아오시면 저보고 알려달라고요."

"자네는 물론 그러겠다고 약속했겠지?"

"그러면 그래야지 어떻게 해요?"

"혹시 신문에 무슨 얘기 난 게 있나?"

"아니요."

나는 얀손에게 부탁할 만한 일이 뭐가 있을까 얼른 생각해보았다. 사람들이 내가 내 고향에서 도망갔다고 생각하길 원치 않았다.

"그러니까 선생님은 지금 파리에 계시다는 거예요? 진짜죠?"

"배터리가 금방 나갈 것 같군. 자네가 뭐라고 하는지 잘 안 들리네."

물론 사실이 아니었다. 하지만 얼른 통화를 끝내지 않으면 얀손은 계속 내게 더 이야기를 끌어내려고 할 것이다.

"나중에 다시 얘기하세." 이렇게 말하고 그와의 통화를 끝냈다.

나는 진땀이 났다. 경찰이 나를 찾았다면 그건 분명히 내게 죄가 있다고 확신한다는 얘기였다. 나는 동정 받는 걸 싫어한다. 특히 얀손과 같이 단순한 사람들에게서 받는 동정을 혐오

한다. 나를 동정할 권리가 있는 사람은 나 자신뿐이다.

나는 생미셸 대로를 따라 걷다가 사르트르와 보부아르가 함께 시간을 보냈던 작은 식당 앞에서 걸음을 멈췄다. 사람이 많은 식당 안쪽 대신 빈자리가 많은 테라스에 앉았다. 커피 한 잔과 칼바도스 두 잔을 마셨다. 나의 파리여행은 화재의 폐허가 첫눈을 기다리고 있는 쓸쓸한 내 섬을 벗어나 술과 친해지는 시간이 되어가고 있었다.

만약 루이제를 찾는다면 어떤 일이 벌어질까 상상해보았다. 그런데 나는 그녀가 무슨 혐의를 받고 있는지조차 알지 못한다.

생각이 이리저리 흩어졌다. 호텔로 돌아가는 내 발걸음이 점점 느려졌다. 걸어가면서 바라본 호텔 유리창으로 내가 아는 늙은 남자의 얼굴이 보였다. 무슈 피에르 대신 근무 중이던 마담 로시니가 방 열쇠를 건네주었다. 두 사람은 어딘가 비슷했다. 뭔가 정신이 나가 있는 듯한 미소와 상냥함이 닮아 있었다. 라셸은 보이지 않았다.

침대에 눕자마자 잠이 들었다. 꿈속에서 다시 집에 불이 났다. 눈부신 빛을 피해 뛰쳐나오면 다시 침대에 있었고, 어둠은 다시 너무 환한 빛으로 내 두 눈을 멀게 만드는 탐조등으로 바뀌었다. 몇 년 전에 죽은 개는 다시 살아 있었다. 털에 불이 붙은 채 집 밖으로 뛰쳐나가는 내 고양이도 본 것 같았다.

잠에서 깼을 때는 밖이 어두웠다. 나는 옷을 벗고 샤워를 했다. 물이 바닷물만큼이나 차가웠다. 물의 온도를 적당히 조절할 수가 없었다.

제일 큰 수건을 막 허리에 둘렀을 때 전화가 울렸다. 또 스웨덴 번호였다. 전화를 받아야 할지 망설였다. 또 얀손일까? 아니면 경찰이 나와 통화하고 싶은 걸까?

전화를 건 사람은 리사 모딘이었다.

"호텔은 어때요?" 그녀가 물었다.

"그걸 물어보려고 전화를 한 거요?"

"저 파리에 갈게요."

"오늘?"

"내일이요. 왜인지는 묻지 마세요."

"온다니 아주 기쁘군."

"아무 것도 기대하지는 마세요."

"대체 왜 계속 그 말을 하는 거요?"

"그냥 선생님이 뭔가 기대하시지 않도록 확인해 두는 거예요."

"언제 올 거요?"

"몰라요. 어쨌든 내일이요."

"데리러 나가리다."

"그럴 필요 없어요. 따님은 찾으셨어요?"

"대사관에 갔었소. 내일 뭔가 내게 도움을 줄 수 있을 것 같다고 하더군.”

통화가 끊겼다. 어쩌면 리사 모딘이 전화를 끊었는지도 모른다. 그녀에게 다시 전화를 걸어보았지만 받지 않았다. 하지만 그녀가 결심을 했다는 건 확실했다. 그녀는 올 것이고 내가 어느 호텔에 묵는지도 알고 있다. 이건 그녀가 나를 보고 싶어 한다는 뜻이었다. 모든 것이 갑자기 달라지기 시작했다. 나는 옷을 입고 리셉션으로 내려갔다. 무슈 피에르가 자리에 있었다. 대충 면도를 한 상태였다.

혹시 스웨덴에 사는 마담 모딘이란 사람이 예약을 했는지 물었다. 그는 모니터를 살피더니 고개를 저었다.

“스웨덴 여자 분은 없군요. 가을마다 우리 호텔에 묵으시는 캐나다 여자 손님 한 분만 예약이 되어 있습니다.”

나는 11월의 저녁 거리로 나갔다. 날씨는 여전히 온화했고, 나는 천천히 몽파르나스 역으로 걸어가서 스웨덴 신문을 한 부 산 다음 프랑스인들만 있을 것 같은 식당에 들어갔다. 관광객은 한 명도 보이지 않았다. 나는 송아지 지라요리를 먹었다. 맛은 없었지만 배가 고팠다. 식사에 와인을 곁들여 마시면서 내 딸과 리사 모딘 그리고 이해할 수 없이 미숙한 안손을 번갈아가며 생각했다.

식사를 마치고 커피를 마시면서 스웨덴 신문을 훑어보았다. 보다 보니 알란다 공항에서 이미 읽은 신문이었다.

식당을 나설 때에는 이상하게 기분이 좋았다. 하루 종일 많이 걸어서 다리에 피로가 느껴졌지만 또 라탱지구까지 걷기 시작했다.

어디서든 내가 가장 늙은이라는 느낌이 다시 강하게 나를 엄습했다.

루이제를 생각했다. 대사관이 프랑스 경찰 유치장들의 미로 속에서 그녀를 찾아냈을까?

나 스스로 루이제의 아버지라는 사실을 결코 인정하지 않았었다는 생각을 하자 좀 슬픈 감정이 들었다. 그녀가 갑자기 내 인생에 들어왔을 때 나는 그녀를 한참동안 기쁨보다는 짐으로 느꼈었다. 물론 아무에게도 얘기한 적은 없다. 하리에트에게도 내 감정을 얘기하지 않았지만, 내가 그런 감정을 갖게 된 것은 하리에트의 책임이라는 생각을 했었다. 그녀가 내게서 딸을 빼앗았기 때문이라고. 루이제가 이제는 내 세계 속에 들어왔더라도, 어쨌든 나는 보통 부모가 자기 아이를 사랑하는 것처럼 그녀를 사랑하지는 못할 것이다.

어쩌면 루이제에게서 태어날 아이에 대해서는 그런 사랑이 생겨날까? 아니면 그것도 이미 틀려버린 걸까?

내 고민에 대한 분명한 답을 찾지 못한 채 나는 계속 걸었다.

그러다가 결국 한 아이의 탄생은 인류의 위대한 연대기 속에 새로운 이야기가 시작되는 것이라는 생각에 이르렀다.

룩셈부르크 공원 아래 지역까지 왔을 때 예전에 파리에 오면 들르곤 했던 재즈클럽이 떠올랐다. 카보 드 라 위셋. 그 재즈클럽의 위치는 정확히 알고 있었다. 어쩌면 그 클럽이 여전히 있을지도 모른다. 내 저녁산책을 위한 분명한 목적지가 필요했다.

그러나 그 전에 작은 식당에 들어가 커피를 한잔 마셨다. 비슷한 나이의 흑인 남자와 한 테이블에 앉아 있는 어떤 흑인 여자가 이따금 내 쪽으로 시선을 던지는 걸 갑자기 느꼈다. 그녀가 보는 사람이 따로 있나 해서 내 주위를 둘러보았다. 그런 사람은 아무도 없었다. 나는 저녁의 거리로 향해 있어 가로등 불빛에 반짝이는 유리창 바로 앞에 앉아 있었다. 그 여자는 나보다 열 살 정도 어려 보였다. 내가 전혀 모르는 여자였고 그래서 나는 다시 내 커피에 집중했다. 하지만 다시 고개를 들었을 때 그 여자는 여전히 내 쪽을 보고 있었다.

나는 그녀가 누구인지 모르지만 그녀는 나를 알았다. 아니면, 나를 안다고 믿고 있다는 게 더 정확한 표현일 것이다.

그녀가 갑자기 일어서더니 테이블 사이를 뚫고 내 쪽으로 걸어왔다. 같이 있던 사람이 남편인지 누구인지는 모르지만 남자는 그녀가 어디로 가는지 전혀 관심이 없어 보였다.

그녀가 영어로 내게 말을 걸었다.

"분명히 제가 아는 분 같은데요." 그녀가 말했다.

나는 내 반대편에 있는 의자를 가리켰다. 그녀가 앉았다.

“저는 제가 봤던 사람은 몇십 년이 지나도 얼굴을 기억할 수 있어요.” 그녀가 말을 이었다. “제 어머니에게도 같은 능력이 있었어요. 어머니는 삼사십 년 전에 딱 한 번 만났던 사람을 다시 알아볼 수 있었죠.”

“어머니에게 그 능력을 물려받으셨나보군요.”

“네.”

“그런데 저는 당신이 누구인지 전혀 모릅니다. 얼굴도 모르겠고 목소리도 전혀 기억에 없어요.” 그녀가 꼼꼼한 눈초리로 나를 뜯어보았다.

“이제 알았어요. 우리가 젊었을 때 선생님께서 누군가 보낸 타자기를 찾으러 파리 세관에 온 적 있어요. 어느 나라에서 보낸 건지는 기억나지 않아요. 그 타자기가 새 것이라 선생님이 관세를 물어야 했어요. 그런데 선생님이 돈이 없으셔서, 제가 그냥 보내드렸죠. 고마워서 거의 울 것 같은 얼굴로 가셨던 것 같은데.”

나는 이제 그 여자뿐 아니라 그때의 상황이 모두 기억났다. 작가가 되겠다는 강한 꿈을 가지고 파리에 왔을 때의 일이었다. 나는 아버지에게 편지를 써서 타자기를 한 대 사서 보내달라고 부탁했었다. 글을 써서 충분히 돈벌이를 하겠다고, 그래서 타자기 비용을 갚겠다고 아버지에게 약속했었다. 나는 사실 아버지가 타자기를 사주리라고는 기대하지 않았다. 그런데 어느 날 프랑스 세관에서 연락이 왔다. 그리고 지금 내 앞에 앉아 있는 이 여인이 내가 관세를 물지 않고 검은 가방에 든 하늘색 타자기를 가져갈 수 있게 해 주었다.

"어떻게 그때 일을 다 기억하십니까?" 내가 물었다.

"모르겠어요. 아까 선생님을 보다가 갑자기 누구신지 기억이 났어요. 그때 선생님이 제게 애원했던 게 기억나네요. 그때의 선생님은 젊고 가난하셨죠. 아일랜드 분이신가요?"

"스웨덴 사람입니다."

"어떻게 되셨어요? 작가가 되셨나요?"

"의사가 됐습니다."

"그 타자기는 어떻게 됐나요?"

"몇 년 뒤 돈이 필요해서 팔아버렸습니다."

그녀가 고개를 끄덕이더니 자리에서 일어났다.

"사람들은 이렇게 우연히 다시 만나곤 하죠. 사람들을 알아보는 어머니의 능력을 제가 물려받아서 기쁘네요."

그녀가 미소를 지으며 그녀의 테이블로 돌아갔다. 나는 말문이 막혔다. 그녀는 같이 있는 남자에게 우리가 무슨 이야기를 나눴는지 전혀 알려주는 것 같지 않았다.

나는 재즈클럽을 향한 산책을 다시 이어갔다. 다리에 느껴지던 통증은 사라졌고, 발걸음이 한결 가볍게 느껴졌다. 잠시

동안 나는 불타버린 자기 집에 전혀 개의치 않아도 되는 노인이었다.

클럽은 내가 생각했던 바로 그 위치에 있었다. 입장권을 한 장 사서 안으로 들어갔다. 아직 시간이 좀 일렀다. 이 클럽에 오곤 했던 오래 전 당시의 기억으로는 항상 늦은 밤에 반원형 천장이 있는 지하로 향한 계단을 내려갔었다. 지금은 시간이 열한 시밖에 안 되긴 했지만, 계단과 반원형 천장은 그때와 똑같았다. 아래로 내려가서야 문에 붙어있는 오늘 밤 프로그램의 포스터를 보고 왔어야 했다는 생각이 났다.

무대 뒤쪽 구석에 설치된 악기들과 앰프를 보니 여기서는 전통재즈나 현대재즈를 연주하는 게 아니라는 걸 알 수 있었다. 어두운 실내를 둘러보다가 지금 막 휴식을 취하고 있는 연주 팀이 레게밴드라는 걸 알았다. 클럽 안에는 여기저기 레게 머리를 하고 색색의 털모자를 쓴 사람들이 있었는데, 테이블에는 희끗희끗한 딴 머리를 하고 있는 나이 든 남자들과 여자들도 앉아 있었다. 내 나이대의 사람이 나 혼자는 아니었다.

나는 바에 가서 칼바도스를 한 잔 주문했다. 내 뒤에서 큰 소리로 음악이 울리기 시작했을 때, 마치 온몸에 따뜻한 온기가 퍼지는 것 같았다.

나는 바에 선 채 술을 더 마셨다. 좁은 댄스플로어는 곧 발 디딜 틈 없이 꽉 찼다. 모두들 한데 어울려 춤을 추고 있었다.

거의 보이지 않을 듯 다리와 엉덩이만 살짝 살짝 움직이는 춤. 부드러운 파도의 흔들림 같은 그런 춤이었다.

내가 서 있는 바 옆자리에 알록달록한 터번을 쓴 여자가 서 있었다. 그녀에게 나와 함께 춤을 추겠냐고 물으면서 동시에 내 용기에 놀랐다. 그녀는 좋다고 대답을 했고, 우리는 사람들을 비집고 댄스플로어로 나갔다. 김나지움에 다닐 때 학교에서 기본적인 커플댄스들을 배웠었다. 그럼에도, 몇 번 안 되긴 했지만, 하리에트와 춤을 출 때마다 내 서투른 춤 솜씨 때문에 창피했었다. 그리고 지금 나는 사람으로 붐비는 좁은 공간임에도 그 어느 때보다 더 어찌할 줄 몰라 했다. 나와 함께 춤을 추었던 여자는 곧바로 내 춤 실력을 알아챘다. 나는 마치 발이 아니라 발굽이 있는 것처럼 뻣뻣하게 움직였다. 그녀의 얼굴에 실망한 기색이 역력했다. 그녀는 내가 마치 그녀를 속이기라도 한 것처럼 나를 바라보더니 나를 댄스플로어에 남겨두고 가버렸다. 이보다 더 굴욕적일 순 없었다.

나는 계단을 올라가 거리로 나갔다. 레게음악 소리가 내 뒤를 따라왔다.

호텔에 거의 다다랐을 때 무슨 이유에서인지는 모르지만 주머니에서 휴대폰을 꺼냈다. 벨이 울린 것은 아니었다.

그런데 문자가 와 있었다. 루이제에게서 온 문자였다.

어디 있어요?

그녀의 번호를 눌렀다. 여전히 전화가 연결되지 않았다.

"나 여기 있다." 내 자신에게 큰 소리로 말했다. "나 정말 여기 있어."

16

댄스플로어에 나를 세워두고 가버린 그 여자를 나는 혐오했다. 나는 호텔에 한 발짝씩 더 가까워질 때마다 더 거칠게 그녀를 덮치는 상상을 했다.

몽파르나스 역 바로 앞의 어두운 거리에서 술에 취한 남자가 나를 향해 다가오더니 담배를 달라고 했다. 나는 그에게 한 발짝 다가서서 담배를 피우지 않은지 삼십 년이 넘었다고 말했다.

물론 그가 나를 공격할까봐 겁이 나기는 했다. 하지만 흥분한 내 목소리가 그를 주저하게 만들었는지 그는 그냥 가버렸다.

이날 밤 나는 잠이 오지 않았다. 재즈클럽에서 있었던 일이 나를 아프게 했다. 오랫동안 잠들지 못하고 깨어 있었다. 정확한 시간은 모르지만 양쪽 옆방에 손님들이 들어오는 소리를 들은 것 같았다.

청소카트가 지나가는 소리가 났다. 라셸이 이렇게 이른 아침에 일을 시작한 건지 궁금했다.

마침내 내 갈색 방에서 잠이 들었을 때는 이미 다섯 시였다. 여덟 시에 휴대폰 벨이 울렸다. 대사관이었다. 한 남자가 올로프 루트게르손이라고 자기를 소개했다. 내가 그의 직책을 제대로 알아들었는지는 확실하지 않다.

"아직 따님을 찾지 못했습니다." .

그의 목소리에는 비음이 섞여 있었고, 그래서인지 말투가 좀 거만하게 들렸지만, 그건 그 사람 잘못이 아니었다.

"그럼 이제 어떻게 되는 거죠?"

"물론 따님을 찾을 겁니다. 파리는 대륙도 아니고 한 도시일 뿐이니까요. 아마도 파리의 경찰 관구 유치장 중 하나에 갇혀 있을 겁니다. 그 말은 찾는데 시간이 좀 걸린다는 의미입니다. 이 사안과 관련해서 알려드릴 일이 있으면 바로 다시 연락드리겠습니다."

나는 그의 방자한 표현에 항의하려고 했다. 루이제는 사안이 아니었다. 하지만 아무 말도 하지 않았다. 그가 내게 필요한 사람이라는 걸 알았기 때문이다.

아래층에 있는 아침식사용 방에는 손님이 별로 없었다. 방의 한쪽 벽에는 크고 휜 뿔이 있는 아프리카 영양 수놈의 거대한 머리가 센 강 다리들이 새겨진 동판들 옆에 걸려 있었다. 오늘도 무슈 피에르 대신 마담 로시니가 근무 중이었다. 작은 베트남 여성이 내 커피 주문을 받았다.

얼음통에 스파클링 와인 한 병이 들어 있었다. 나는 유혹을 이기지 못했다. 댄스플로어에 나를 세워두고 가버린 여자에 대한 내 분노가 사라져갔다.

아침식사를 마친 뒤 나는 몽파르나스 역까지 짧은 산책을 하고 그곳에서 스웨덴 신문을 샀다. 호텔로 돌아와서 리셉션 앞에 있는 낡은 가죽 안락의자에 앉았다.

호텔이 마음에 들었다. 리사 모딘의 선택은 탁월했다. 신문을 읽기 전에 마담 로시니에게 스웨덴 여자가 방을 예약한 것이 있는지 물었다. 없었다. 리사 모딘은 아무래도 다른 호텔에 묵기로 한 것 같았다.

신문을 훑어보았다. 어느새 시계는 열 시 반을 가리켰다. 라셸이 걸레와 세제가 든 바구니를 들고 계단을 내려왔다. 그녀는 내게 미소를 보낸 후 유리문을 닦기 시작했다.

휴대폰이 울렸다. 대사관의 그 남자였다. "좋은 소식이 있습니다. 따님을 찾았습니다. 벨빌에 있는 경찰서에 있습니다."

"거기에서 대체 뭘 하고 있답니까?"

"그건 대답할 수 없고요. 제가 선생님이 계신 호텔로 모시러 가겠습니다."

정확히 한 시간 후 외교관 번호판을 단 자동차가 호텔 앞에 정차했다. 운전기사는 차 문을 열어주러 내리지 않았다. 나는 올로프 루트게르손 옆자리에 앉았다. 그는 비쩍 마른 몸의 50대 남자였다. 그의 얼굴은 회색, 아니 거의 색이 없이 창백했다.

우리는 시내를 가로질러 갔고, 나는 그에게 어떻게 된 건지 설명해달라고 했다.

"별로 드릴 말씀이 없습니다." 그가 대답했다. "기존의 우리 채널들을 동원해서 그리고 프랑스 경찰의 아주 열악한 정보시스템을 이용해서 따님을 찾은 거죠. 그 이상은 모릅니다. 이제 그녀의 상황이 어떤지 알아내야 합니다. 그래야 앞으로 이 사안을 어떤 방향으로 몰고 갈지 결정할 수 있으니까요."

"제 딸이 아니라 무슨 배 이야기를 하는 것처럼 말씀하시는군요."

"말이 그렇다는 거죠." 올로프 루트게르손이 대꾸했다. "그리고 경찰과의 대화는 저 혼자 하게 해주시는 게 좋겠습니다. 어쨌든 제겐 선생님께는 없는 외교관여권이 있으니까요."

올로프 루트게르손은 휴대폰으로 몇 번 통화를 했다. 그의 손목 위쪽에 작은 문신이 보였다. '엄마'라고 쓰여 있었다.

갑자기 거리가 익숙하게 다가왔다. 나폴레옹 3세 시절 조르주외젠 오스만이 만든 대로들 중 하나였다. 우리는 교통체증 속에 들어와 있었고, 올로프 루트게르손은 휴대폰으로 통화 중이었다.

나는 내가 지금 있는 곳이 어디인지 알고 있었다. 거의 오십 년 전 어느 날 나는 정확히 이곳에서 지하철을 내려 밖으로 나왔다. 그때 나는 주르당 역 근처 작은 공방에서 적은 보수를 받으며 불법노동자로 일하고 있었다. 나는 공방 주인인 시몬 씨의 조용한 지시에 따라 클라리넷 수리하는 일을 했었다. 그 일자리를 어떻게 얻게 되었는지는 더이상 기억나지 않는다. 건물 뒷마당에 위치한 좁고 더러운 공방이었다. 그곳에는 친절한 시몬 씨 외에 다른 악기제작자가 한 명 더 있었는데, 뚱뚱하고 근시안적이고 아주 불친절한 남자였다. 시몬 씨가 일감을 조달하기 위해 자리를 비울 때면 그 남자는 나에게 내가 손이 미숙해서 짐만 된다느니, 아침에 항상 지각을 한다느니 하며 잔소리를 하기 시작했다. 나는 아무런 대꾸를 하지 않았다. 그저 그의 비겁함을 경멸하면서, 그가 자신이 손보는 색소폰 키들 사이에서 죽어버리기를 바랐다.

시몬 씨는 가끔 내게 수리를 마친 관악기들을 악기점에 배달하는 일을 시켰다. 그리고 바로 그 일을 할 때였는데, 악기 꾸러미를 팔 밑에 끼고 지하철 역 밖으로 나왔을 때 나는 갑자기 전혀 예상하지 못한 채 엄청나게 많은 사람들의 무리 속에 들어가게 되었다. 처음에는 무슨 사고가 난 줄 알았다. 그러다가 사람들이 그 도로를 지나갈 누군가를 기다리고 있다는 걸 알게 되었다. 그리고 그때 나는 오픈카에 선 채 저 멀리서 내가 있는 방향으로 다가오고 있는 드골 대통령을 보았다. 내가 배달해야 했던 악기는 아마 새로 깨끗하게 수선한 클라리넷이었던 것으로 기억하는데, 나는 악기를 팔 밑에 끼고 다른 손으로 담배를 꺼내기 위해 재킷 안주머니에 손을 집어넣었다. 그 순간 내 손목과 어깨를 잡는 두 손을 느꼈다. 클라리넷이 든 꾸러미가 땅에 떨어졌다. 나를 잡은 두 남자는 사복을 입은 기동경찰이었는데, 나중에 안 사실이지만, 내가 안주머니에서 무기를 꺼내려 한다고 믿었던 모양이다.

내게 전혀 나쁜 의도가 없었고, 내가 들고 있던 물건이 폭탄이 아니라 클라리넷이라는 걸 확인한 두 경찰은 어깨를 으쓱하더니 나를 놓아주었다.

대통령은 이미 사라지고 없었고 모여 있던 사람들도 뿔뿔이 흩어졌다.

"바로 여기서 드골 대통령을 본 적이 있습니다." 내가 올로프 루트게르손에게 말했다.

그는 문자를 보내는 중이었고, 그래서 내가 하는 말에 귀를 기울이지 않았다.

"드골을 본 적이 있다고요." 내가 반복했다. "바로 여기에서요. 거의 오십 년 전 일이네요."

"그러셨겠죠." 올로프 루트게르손이 웅얼거렸다. "당연히 바로 여기에서 드골을 보셨겠죠. 오십 년 전에."

하마터면 그의 따귀를 후려칠 뻔했다. 아니면 그의 휴대폰을 빼앗아서 자동차 창밖으로 던져버리고 싶었다. 그 순간 내가 그렇게 할 수 있는 사람이었으면 하고 바랐다. 하지만 난 그런 사람이 아니었다.

벨빌 경찰서는 이름이 뭔지 알 수 없는 거리에 있었다. 올로프 루트게르손은 내가 깜짝 놀랄 만큼 에너지 넘치는 모습으로 차에서 내렸다. 차 안에서는 녹초가 된 모습으로 앉아서 하품을 하고 휴대폰만 들여다보고 있더니, 지금은 완전히 다른 사람 같았다. 그는 자기가 말하게 두라고 내게 다시 당부했다.

경찰서의 허름한 입구에서 젊은 마약중독자 한 명이 구토를 하고 있었다. 제복을 입은 경찰관 두 명이 그를 역겨운 듯 바라보고 있었다. 높은 접견대 뒤에 서 있던 사복을 입은 경찰 한 명이 외교관여권을 흔드는 올로프 루트게르손에게 고개를 끄덕였다. 짧은 휴대폰 통화 후에 뒤쪽에 있는 방에서 몸이 불편해 보이는 나이 든 다른 경찰이 나왔다. 우리는 그를 따라 한 사무실로 들어갔다. 서류로 뒤덮인 책상과 꽂혀져있는 책과 서류철 들의 무게 때문에 선반이 아래로 휜 책장들에서 먼지가 이는 사무실이었다. 나폴레옹 시절의 프랑스 법원 사무실들이 아마 이런 모습이었을 것이다.

우리를 사무실로 데리고 들어 간 나이 든 경찰은 힘겹게 책상 뒤에 놓인 의자에 앉았다. 통증이 심해 보였다. 그의 뻣뻣한 손가락을 보고 심한 류머티즘이란 걸 알 수 있었다. 올로프 루트게르손이 책상과 가장 가까이 놓인 손님용 의자에 앉더니 나를 바라보며 문 바로 옆에 있는 스툴을 가리켰다.

올로프 루트게르손은 완벽한 프랑스어를 구사했다. 게다가 말이 아주 빨랐고, 다른 사람이 이의를 제기하는 것을 참지 못하는 사람들의 말투에서 종종 보이는 강한 어조로 말했다. 대화를 쫓아가기가 어려웠다. 그러나 루이제가 정말 이 경찰서에 있는지 확실하지 않다는 정도는 이해할 수 있었다. 아르망이란 이름을 가진 프랑스 경찰이 젊은 동료경찰을 불러 물었지만, 그 역시 확실한 정보를 주지 못했다. 두 경찰이 그들의 대화를 끝내자 올로프 루트게르손이 자리에서 일어나 내게로 왔다.

"프랑스 경찰은 늘 이 모양입니다." 그가 말했다. "어떤 문제에 대해 확실한 정보를 주는 사람이 아무도 없어요."

"루이제가 여기 없습니까?"

"프랑스 경찰은 종종 사람들을 잃어버립니다. 하지만 당연히 포기할 순 없죠. 스웨덴 경찰도 아마 마찬가지일 겁니다."

혼란스러운 대화들이 더 이어지고, 다른 경찰관들이 드나든 후에 밝혀진 사실은 루이제가 정말 이 경찰서에 있었지만 바로 같은 날 아침에 시테 섬에 있는 구치소 중 하나로 이송되었다는 것이다. 그녀가 왜 이송되었는지는 나이 든 경찰이 대답하지 못했다. 그는 진한 커피를 연달아 몇 잔 마셨다. 뜨거운 커피 때문에 그가 얼굴을 찡그렸을 때 지저분한 그의 치아가 보였다. 살짝 역겨움이 느껴졌다.

올로프 루트게르손은 불굴의 의지를 보였고, 왜 루이제가 이송됐는지 그리고 대체 기소 내용이 뭔지 알아야겠다고 강력히 요구했다. 하지만 답을 얻지는 못했다. 루이제와 다른 수감자들을 태우고 간 이송차가 모든 서류들을 함께 가져갔다고 했다.

"혹시 루이제에게 일행이 있었나요?" 내가 물었다.

올로프 루트게르손이 내 질문을 전달했다. 그러나 루이제와 동시에 그리고 같은 범죄로 체포된 사람들 중 누군가와 루이제가 서로 아는 사이였는지도 알아낼 수 없었다.

그렇게 삼십 분이 또 흘렀다. 그 시간 동안 대사관직원은 점점 과민해졌고, 결국엔 이곳에서 아무 것도 얻을 수 없다는 걸 깨달았다. 경찰서를 나섰을 때, 그는 식사를 하고 싶어 했다. 우리는 근처에 있는 카페에 들어갔다. 운전기사는 차에서 기다렸다. 나는 차만 마셨고, 올로프 루트게르손은 커피에 샌드위치를 먹었다.

그러던 중 내 휴대폰 벨이 울렸다. 리사 모딘이었다. 올로프 루트게르손은 나와 리사 모딘의 짧은 통화에 은밀하게 귀를 기울였다.

"따님의 어머니인가요?" 통화가 끝난 후에 그가 물었다.

"그녀는 죽었습니다. 방금 전화는 친구였습니다."

"유감입니다. 부인이 돌아가신 건 몰랐습니다."

"우리는 결혼한 사이가 아니었습니다. 둘 사이에 딸만 하나 있는 거죠."

우리는 다시 차에 올라 벨빌을 떠났다. 도로에는 차가 많이 늘어나 있었다. 올로프 루트게르손은 차에 타자 또 문자들을 보내고 통화를 했다. 그의 오른손에 결혼반지가 보였다. 나는 그의 아내의 모습을 상상해보았지만 잘 되지 않았다.

나는 리사 모딘이 다시 전화하기를 기다리고 있었다. 좀 전의 통화에서는 그녀가 이미 파리에 도착한 건지 아닌지 정확하게 알아듣지 못했다. 그녀와 한방을 쓰고 그녀의 몸에 바짝 붙어서 함께 누워있는 상상을 하다 보면 루이제에 대한 생각이 내 머릿속에서 완전히 사라지기도 했다. 그것 때문에 양심의 가책을 받기에는 나는 너무 늙었다. 나는 내 아버지처럼 되고 싶지 않았다. 아버지는 나이가 들어서 심한 관절통에 시달리게 되자 아버지가 그동안 어떤 사람들에게 고약하게 또는 건방지게 대했는지 골똘히 생각하기 시작했다. 아버지 스스로도 못된 식당주인들과 건방진 손님들에게 괴롭힘이나 무시를 당했었지만 아버지는 인생의 마지막 단계에서 자신이 지은 죄에 대해 용서를 빌고 싶었던 것 같다.

어머니가 돌아가신 뒤 바사스탄의 작고 어두운 집에 있었던 아버지를 찾아갔던 때가 기억난다. 막 의사면허를 딴 상태였던 나는 아버지가 항상 걱정했던 여러 건강상의 수치들을 이제 내가 조절해 줄 수 있다는 걸 보여주기 위해 청진기와 혈압계완대를 가지고 갔다.

그때 나는 아버지 집에서 하룻밤을 보냈다. 다음날 아침 쇠데르말름에 있는 병원에 출근해야 했기 때문에 나는 일찌감치 잠자리에 들었다. 아버지는 고독한 야행성 인간이었다. 웨이터로 살았던 오랜 세월 동안 생긴 습관으로, 아버지는 새벽 세 시 전에 잠이 든 적이 거의 없었다.

나도 모르게 갑자기 잠에서 깼다. 거실로 연결된 문이 살짝 열려 있었다. 갑자기 아버지가 전화를 거는 소리가 들렸다. 이렇게 늦은 밤에 누구에게 전화를 하는지 궁금했다. 나는 조용히 일어나 살짝 열려 있는 문으로 갔다. 수화기를 귀에 대고 앉아 있는 아버지가 보였다. 상대방이 전화를 받지 않자 아버지는 조심스럽게 다시 수화기를 내려놓고 앞에 놓인 손으로 쓴 명단의 이름을 하나 지웠다.

내가 아침에 일어났을 때 아버지는 아직 자고 있었다. 아버지가 전화기 옆에 둔 명단을 보았다. 내가 모르는 사람들의 이름이었다. 몇몇 이름 옆에는 그 사람이 죽었다는 표시가 되어 있었다. 뒤에 물음표가 달린 전화번호도 많았다.

다음번에 아버지에게 갔을 때 한밤중의 전화통화에 대해 물었다. 누구에게 전화를 걸었는지, 명단에 있던 사람들은 누구였는지. 아버지가 말을 돌리지 않고 곧바로 그 사람들이 아버지가 살면서 나쁘게 대했던 사람들이라고 대답했다. 너무 늦기 전에 그 사람들에게 사과하려는 것이라고. 그런데 유감스럽게도 그중 많은 사람들이 이미 죽었다고. 그 사실에 아버지는 괴로워했다. 나는 혹시 그것이 아버지가 옷에 전혀 신경 쓰지 않고 셔츠와 바지에 묻은 얼룩들을 지우려는 수고조차 하지 않는 이유인지 궁금했다.

그 대화가 있은 지 반 년 후 아버지는 돌아가셨다. 아버지가 명단에 있었던 사람들 중 몇 명에게 더 연락을 했는지는 나도 모른다. 하지만 나중에 아버지 집을 정리하면서 나는 그 명단을 간직했다. 그때 이후로 그 명단은 내 책상서랍 속에 들어있었다. 내 집이 불탔을 때 비로소 그 명단도 영원히 사라졌다.

우리는 다리를 건너 시테 섬으로 들어가 벨빌에서 받은 주소로 향했다. 올로프 루트게르손이 십자가처럼 열심히 들어올린 외교관여권 덕분에 아주 짧은 시간에 루이제의 현재 소재에 대한 정보를 얻을 수 있는 사무실까지 갈 수 있었다. 프랑스 법에서는 형사재판에 들어가기 전에 판사가 여러 사건의 조사를 담당하는데, 루이제 사건을 담당하는 여자 예심판사가 우리를 그녀의 큰 사무실로 불렀다. 사무실에 벡스타인 그랜드피아노가 놓여 있어서 깜짝 놀랐다. 예심판사는 우리에게 앉으라고 자리를 권한 뒤 서류철 하나를 자기 앞 책상 위에 올려놓았다. 그녀는 루이제의 아버지인 나와 이야기를 나누려고 했다. 하지만 올로프 루트게르손이 곧장 판사에게 질문을 던지고 대답을 요구하는 역할을 도맡았다. 와인레드 색 정장을 입고 있고 한쪽 뺨에 작은 화상자국이 있는 여판사는 루트게르손만큼 말이 빨랐다. 나는 둘의 대화를 전혀 좇아갈 수가 없었다. 루트게르손에 대해 내가 가졌던 인상이 점점 달라졌다. 그는 자신의 업무를 아주 진지하게 받아들이고 있는 것 같았다. 루이제에게 일어난 일이 그에게도 중요해 보였다. 그는 여판사와의 대화를 가끔 멈추고 내게 대화 내용을 요약해주었다.

마침내 루이제에게 무슨 일이 일어난 건지 분명한 그림이 그려지는 것 같았다. 루이제는 생 쉴피스 성당 근처 승객이 가득 찬 지하철 안에서 누군가의 안주머니에 있는 지갑을 훔친 뒤 체포되었다. 체포된 다음 생 쉴피스 성당에서 멀리 떨어진 벨빌까지 가게 된 것은 시내의 수많은 유치장이 다 찼기 때문이었던 것 같다. 루이제가 절도를 범했다는 데에는 의심의 여지가 없었다. 소매치기를 당한 나이 든 남자는 그 사실을 전혀 눈치 채지 못했는데, 지하철에 있던 다른 승객이 루이제를 유심히 보고 있다가 그녀를 잡았다. 나중에 밝혀진 바에 따르면 그 승객은 프랑스 경찰공무원이었다.

다른 사람이 연루되어 있는지에 대한 증거는 전혀 없었다. 그러나 루이제가 혼자서만 일하는 것 같지는 않았다.

루이제는 체포되었고 규정대로라면 미결구금에 넘겨졌어야 했다. 올로프 루트게르손에 따르면 프랑스 경찰은 작년에 파리에서 점점 증가하는 강도행각과 엄청나게 늘어난 소매치기들에 대해 특별단속을 실시하기 시작했다. 파리의 상황은 거의 유럽 소매치기의 천국인 바르셀로나의 상황과 맞먹었다. 루이제가 프랑스에서 아직 처벌받은 적이 없고, 게다가 임신 중이니 훈방 조치할 수 있는 방법은 없는지 판사에게 물어봐 달라고 루트게르손에게 부탁했지만, 판사는 두 손을 벌리며 말도 안 된다는 몸짓을 했다. 즉각적인 석방은 불가능해보였다.

"벌금을 부과할 수는 없습니까?" 내가 물었다.

"그런 문제에 대해 긴 토론을 하기엔 너무 이릅니다." 올로프 루트게르손이 말했다. "지금 가장 중요한 것은 그녀를 만나서 무슨 일이 있었는지 그녀의 말을 들어보는 겁니다."

"제일 중요한 것은 우리가 여기 있다는 걸 그녀에게 알리는 겁니다." 내가 대꾸했다. "그게 무엇보다도 우선입니다."

제복을 입은 경찰관이 우리를 여러 개의 복도와 계단과 연결통로를 통해 점점 더 깊은 지하로 안내했다. 1968년 경찰에 연행되었을 때 내가 갇혔던 곳이 혹시 이곳이 아니었을까 생각했다. 하얗게 석회를 바른 지하의 반원형 천장, 무쇠로 된 문들, 나무벤치, 멀리서 들려오는, 서로에게 뭔가 소리치며 얘기를 나누는 사람들의 소리, 모든 것이 어딘가 익숙했다. 언제든 길을 잃을 수 있는, 그래서 다시는 밖으로 나갈 수 없을 지도 모르는 미로 같은 공간이었다. 올로프 루트게르손과 내가 마침내 안내된 곳은 어둡게 착색된 나무테이블과 흔들거리는 등받이 나무의자만 몇 개 있는, 창 없는 방이었다. 그 방에 앉아 잠시 기다리는 동안 올로프 루트게르손은 그 시간을 아무렇지도 않게 여유를 가지고 받아들이는 것 같았지만 나는 점점 불안해졌다. 마침내 문이 열렸고, 루이제가 여자경찰의 안내를 받아 방으로 들어왔다. 루이제는 죄수복이 아니라 내가 아는 바지와 블라우스를 입고 있었다.

그녀의 얼굴은 창백했다. 내가 기억하는 한 처음으로 그녀의 눈빛에 나를 보게 된 기쁨이 서렸다. 그녀는 대개는 관망하는 눈빛으로 나를 바라보았었다. 하지만 이번엔 달랐다.

그녀는 다행히 수갑을 차고 있지 않았다. 여자경찰은 내가 딸을 포옹하는 걸 막지 않았다.

"아버지 정말 왔네요." 그녀가 말했다.

"당연하지."

"내 인생의 규칙대로라면 원래 아무도 나를 찾으러 오지 않는 건데."

나는 그녀에게 올로프 루트게르손을 소개했다. 여자경찰은 문 옆에 자리 잡고 선 채 우리에게 전혀 신경을 쓰지 않았다.

함께 테이블에 앉았다. 내가 물어보기도 전에 루이제는 무슨 일이 있었는지 이야기했다. 그리고 나는 당연히 그녀의 말을 믿었다.

그녀는 복잡한 지하철 안에서 지갑을 훔친 것을 시인했다. 그녀가 그런 방식으로 생계를 유지한다는 사실엔 더이상 의심의 여지가 없었다. 그러나 그녀는 이번 딱 한 번뿐이었다고 했다. 나는 그녀를 이해했다. 올로프 루트게르손에게 그녀가 소매치기로 돈을 훔쳐 모으는 것 말고 다른 수입이 없다는 사실을 굳이 알릴 필요가 어디 있었겠는가. 그녀는 이번에 훔친 지갑 때문에 체포되었다. 그 이상은 없었다.

"그렇게 돈이 없으세요?" 루이제가 이야기를 마치자 올로프 루트게르손이 물었다.

내가 그에게서 받았던 인상이 또 바뀌었다. 이전엔 추진력 있고 능률적인 대사관 직원의 모습이었다면 지금은 대단히 냉정한 모습이었다.

"아니면 무엇 때문에 남의 지갑을 훔쳤겠습니까?" 내가 말했다. "내 딸이 임신 중이라는 사실을 좀 고려해주세요. 그리고 이 아이가 나중에 물려받을 스웨덴의 내 집이 몇 주 전에 불타버렸다는 사실도요."

올로프 루트게르손이 의아한 얼굴로 나를 바라보았다. 내가 그에게 화재에 대해 이야기하지 않았다는 사실이 떠올랐다.

그러더니 그가 아무 말 없이 고개를 끄덕였다.

"선생님께 법률 자문할 분을 구해드릴 수 있습니다." 그가 말했다. "유감이지만 그 비용은 선생님이 지불해야 합니다. 하지만 대사관에서 우선 빌려드릴 수 있습니다."

"비용이 많이 들까요?" 내가 물었다.

"그렇지는 않을 겁니다."

"그럼 그냥 제가 지불하겠습니다."

올로프 루트게르손이 고개를 끄덕이고는 휴대폰을 꺼냈다. 하지만 깊은 지하라 통신신호가 잡히지 않았다. 그는 여자경찰과 몇 마디 나누었고, 그녀는 그를 내보내 주었다. 그가 통신신호가 뜨는 바깥으로 나가기 위해 빠른 걸음으로 계단을 올라가는 소리가 들렸다.

내 딸의 손을 잡았다. 익숙하지 않은 느낌이었다. 하리에트가 헬싱에 숲속 캠핑카 문에 서 있던 젊은 여자가 내 딸이라고 말했던, 거의 십 년 전 그날 이후로 처음 갖는 느낌이었다. 하리에트가 살아 있다면 좋았을 것 같다는 생각을 했다. 그랬다면 내 딸과 내가 마침내 서로 가까워진 모습을 보았을 것이다.

루이제에게 몸은 어떤지 물었다. 그리고 뱃속의 아이는 어떤지도 물었다. 그녀는 다 좋다고 낮은 목소리로 대답했다. 그 밖에도 나는 결국 참지 못하고 그녀가 나와의 점심 약속에 나타나지 않고 자동차 와이퍼 밑에 쪽지만 남겨두고 가버렸던 이유가 뭔지, 무슨 일이 있었는지 물었다.

"그냥 갔어야만 했어요." 그녀가 말했다. 그 대답은 그녀가 왜 갑자기 떠났는지에 대해 말하고 싶지 않다는 뜻이었다.

올로프 루트게르손이 위층에서 통신신호를 찾고 있는 동안 루이제와 나는 한껏 가까워졌다. 이곳 지하세계에서 나는 내 딸을 그 어느 때보다 더 잘 이해하게 되었다. 어쨌든 그녀가 도망쳤다는 사실은 이제 이해했다. 하지만 그 이상 알게 된 것은 없었다.

한 가지 질문이 더 있었다.

"네가 나한테 전화를 했었는데 말이다, 나 말고 네가 전화한 사람이 또 있니?"

"아니요."

"왜 내게 전화를 한 거니? 물론 잘한 일이야. 하지만 넌 그 며칠 전에 그냥 사라져버렸지."

"아버지 말고는 도움을 청할 만한 사람이 전혀 없어요."

"항상 친구가 많다고 말했던 걸로 기억하는데?"

"아마도 사실이 아니겠죠."

"사람들은 정말 그런 것도 거짓말을 하니?"

"다른 사람이 어떤지는 몰라요. 하지만 나는 항상 사실만을 말하지는 않아요. 아버지랑 똑같죠."

그녀는 더이상 대화를 계속하고 싶어 하지 않았다. 그녀의 목소리에서 그걸 알 수 있었다. 여기까지는 몰라도 더는 아니었다. 어쨌든 그녀는 다른 누구도 아닌 내게 전화를 했다.

그 순간 올로프 루트게르손이 돌아왔다. 그가 움직이는 모습은 족제비를 연상시켰다. 그는 휴대폰을 무기처럼 손에 들고 있었고 항상 서둘렀다.

"마담 리베리가 이 사건을 담당할 겁니다." 여자경찰이 그의 뒤에서 문을 채 닫기도 전에 그가 말했다. "그분이 예전에도 우리 대사관 일에 아주 유용한 도움을 주셨어요. 프랑스에서 스웨덴 사람들이 기소됐던 비교적 심각한 사건 중 세 건이 기각되는 데 중요한 역할을 했습니다. 한 시간 후쯤 여기 도착할 겁니다. 이제 모든 걸 리베리 씨에게 맡기면 됩니다."

그는 루이제에게 악수를 청하면서 행운을 빌었다.

"유감이지만 저는 그만 가봐야 합니다. 대사관에 제가 참석해야 할 회의가 있어요. 하지만 리베리 씨가 제게 모든 진행상황에 대해 알려주기로 했습니다."

그가 문 밖으로 나갔고, 곧 다시 계단을 올라가는 그의 발소리가 들렸다.

"저 사람이 큰 도움을 줬어."

"저 사람이 내 아이의 아버지가 아니어서 다행이에요."

그녀의 말이 무슨 뜻인지 나는 이해하지 못했다. 아니, 어쩌면 정확하게 이해했는지도 모른다.

마담 리베리는 오십대였고, 옷차림이 우아했으며, 그녀가 자신의 법률적 능력에 대해 얼마나 자신감에 차있는지를 그대로 보여주는 그런 위엄 있는 태도로 움직이고 말했다. 그녀는 결연한 몸짓으로 여자경찰을 접견실 밖으로 나가게 한 다음 핸드백에서 수첩을 꺼냈다. 루이제의 프랑스어 실력이 제대로 된 대화를 하기에는 부족하다는 걸 알고 그녀가 영어로 바꿔 말했다. 이제 루이제가 소매치기할 적당한 대상을 찾기 위해 어떻게 지하철을 타고 이리저리 돌아다녔는지 자세하게 들을 수 있었다. 마담 리베리는 루이제가 어느 역에서 지하철을 탔고, 어디서 갈아탔으며, 왜 하필 그 남자를 대상으로 골랐는지 정확히 알고 싶어 했다. 루이제가 답하는 걸 보면서 그녀가 마담 리베리를 신뢰하고 있다는 확신이 들었다.

두 사람은 태어날 아이에 대해서도 대화를 나눴다. 아이 아빠에 대한 질문은 없었다. 결국 마담 리베리는 루이제에게 소매치기를 한 것이 이번이 처음인지 물었다. 루이제가 그렇다고 대답했다. 마담 리베리가 루이제의 말을 믿지 않는다는 걸 바로 알 수 있었다. 루이제의 손놀림이 그녀가 많이 연습을 했고 오랫동안 실전에 임해 왔음을 보여주었다.

"지금 말씀하신 건 물론 사실이 아닙니다. 하지만 초범이라고 하면 당연히 더 유리하겠죠."

탁 소리와 함께 마담 리베리는 가죽표지로 된 수첩을 닫은 뒤 가방에 넣었다.

"제가 없는 곳에서는 아무런 진술도 하지 말기를 부탁합니다. 이틀 또는 길어야 사흘 안에 여기서 나가실 겁니다. 그것보다 더 일찍은 어려울 겁니다. 하지만 또 모르죠."

그녀가 일어나서 루이제에게 악수를 청했고, 이어서 내게 따라오라고 눈짓을 주었다. 여자경찰이 접견실에 들어와 루이제를 데리고 나갔다. 마담 리베리는 내가 따라가기 힘들 정도로 빨리 계단을 올라갔다. 우리가 밖으로 나오고 무거운 문이 둔중하게 우리 뒤에서 닫히자 그녀는 내게 명함을 건넸다.

"모든 비용은 당연히 제가 부담합니다." 내가 말했다.

그녀가 조롱 섞인 미소를 보였다.

"물론 그렇겠죠. 하지만 그건 지금 얘기할 문제는 아닌 것 같군요."

이제 앞으로 어떻게 되는 건지 그녀에게 물어볼 참이었다. 하지만 그녀는 손짓해 택시를 부르더니 나에게 작별의 악수도 없이 택시를 타고 가버렸다.

나는 호텔로 향했다. 공기가 비를 머금고 있었다. 나는 센강 다리 위에 서서 발 아래로 지나가는 바지선을 보고 있었다. 바지선 위에서 한 여자가 빨래를 널고 있었다. 갑판 위에 유모차 한 대가 움직이지 않게 꽉 매어져 있었다. 누가 내 어깨를 두드리는 바람에 깜짝 놀랐다. 얼른 몸을 돌리니 면도하지 않은 더러운 얼굴이 바로 내 눈앞에 있었다. 돈을 구걸하는 그 남자의 입에서 악취가 확 끼쳐 왔다. 그에게 일 유로를 주고 다시 걸음을 재촉했다.

아버지가 언젠가 내게 털어놨던 두려움이 생각났다. 아버지는 어느 날 갑자기 온갖 고지서의 요금을 지불하지 못해서 길거리에 나앉게 될까 두렵다는 이야기를 했다. 그 이야기를 내게 왜 했는지는 이해하지 못했다. 어쩌면 내게 주의를 주고 싶었던 걸까? 하지만 나는 검소했고 뭔가 예상치 못한 일이 생길 수 있을 것에 대비해 항상 비상금을 준비해 두었었다.

호텔에 도착했다. 무슈 피에르가 자리에 앉아서 예의 그 친절한 미소를 건넸다. 내 방으로 올라가는 엘리베이터를 타기 전에 바에 들어가 차를 한잔 마셨다.

침대에 눕자마자 휴대폰이 울렸다. 마담 리베리가 벌써 바로 다음날 루이제의 석방과 프랑스에서의 추방을 요구하기 위해 재판법원과의 면담을 잡았다는 소식을 알려왔다. 그리고 루이제의 스웨덴행 비행기 표를 살 돈이 있느냐고 물었다. 당연히 있다고 대답했다.

침대에 누워 있다가 금방 잠이 들었다. 꿈에서 아버지가 텅 빈 야외식당 안을 오가고 있었다. 강한 바람이 불었다. 아버지의 한쪽 팔에 걸쳐진 냅킨이 절반이 떨어져 나간 날개처럼 펄

럭거렸다. 아버지를 부르려고 했지만 목구멍에서 한 마디도 나오지 않았다.

아버지가 갑자기 쓰러지면서 나는 잠에서 깼다. 꿈 때문에 심박동수가 올라갔다. 침대 가장자리에 걸터앉아 심호흡을 해 보았다. 몇 분 후 맥박을 쟀다. 구십칠. 너무 빨랐다. 다시 누워서 내 심장에 대해 생각하기 시작했다. 내가 심근경색의 위험이 생길 만한 삶을 살았던 걸까? 그런 생각을 떨쳐버리려고 했지만 쉽지 않았다. 항상 가지고 다니는 작은 통에서 안정제를 한 알 꺼내 먹고 효과가 나타나길 기다렸다.

휴대폰이 울렸다. 리사 모딘이었다.

"저 파리에 도착했어요. 어디 계세요?"

"당신이 예약해 준 호텔에 있소."

"호텔은 좋은가요?"

"좋소. 당신은 어디요?"

"기차역에 있어요. 북역"

"몽파르나스 역이 아니고?"

"그리로 가는 길이에요."

"나와 같은 호텔에 묵을 거요?"

"아니요. 하지만 거기서 가까워요."

"내가 데리러 가리다. 역 어디서 기다릴지 얘기해 주면 내가 그리로 가겠소."

"그럴 필요 없어요. 내가 묵을 호텔 위치가 어디인지 알고 있어요."

"파리에 도착하는 여자를 만나러 가는 게 항상 내 꿈이었소."

그녀가 웃었다. 짧게 그리고 살짝 당황한 듯.

"딸을 찾았소. 그 얘기는 나중에 자세히 해주리다."

"한 시간 후에 데리러 오세요. 전 지금 막 도착했어요. 잠깐 앉아서 쉬면서 제가 파리에 와 있다는 사실에 좀 익숙해져야 해요."

그녀에게 가겠다고 약속했다. 그러고 나서 아래층 바에 내려가 생수를 주문해 마셨다.

무슈 피에르는 야간근무자에게 업무를 인계할 준비를 하고 있었다.

리사 모딘은 반시간 후 전화를 걸어 뒤보네(프랑스의 식전주—옮긴이) 광고 간판이 걸린 작은 카페에 있다고 말했다.

역 대합실에는 저녁 퇴근 시간의 혼잡이 줄어들긴 했지만 여전히 많은 사람들이 오가고 있었다. 뒤보네 간판은 쉽게 찾을 수 있었다. 리사 모딘은 대합실과 카페를 구분하는 꽃이 심어진 양동이 옆에 혼자 앉아 있었다. 검푸른 색 코트를 입은 그녀 옆에 트렁크가 하나 보였고 테이블에는 차가 든 유리컵이 놓여 있었다.

그녀가 너무 아름답다는, 그리고 그렇게 아름다운 그녀가 나를 보기 위해 파리에 왔다는 생각을 했다.

그녀를 향해 가려는 순간 주머니에 있던 휴대폰 벨이 울렸다. 루이제일 수도 있다는 생각에 얼른 전화를 받았다. 얀손이었다.

"제가 방해가 됐나요?" 얀손이 물었다. "선생님 지금 어디 계세요?"

"내가 어디 있는지는 중요하지 않네. 왜 전화했나? 자네가 새로운 상상질환 때문에 전화한 거라면 지금은 시간이 없네."

"그냥 불이 났다는 걸 알려드리려고 전화한 겁니다."

처음에는 그가 무슨 말을 하는지 이해하지 못했다. 그러다가 정신이 번쩍 들었다.

"어디? 내 보트 창고에?"

"셸뢰 섬에 있는 주택이요. 미망인 베스테르펠드트 부인의 집 말입니다."

"완전히 소실되었나?"

"지금 막 불타고 있어요. 그냥 선생님이 아셨으면 해서요."

통화가 끊어졌다. 아마도 얀손이 언제나처럼 충분히 충전을 하지 않은 것 같았다.

얀손이 한 이야기를 생각하면서 베스테르펠드트 부인이 부디 집에서 잘 빠져나왔기를 바랐다. 그녀의 집은 내 집과 비슷했다. 19세기 말 솜씨 좋은 목수들이 같은 설계에 따라 지은 집이다.

나는 가만히 서서 내 휴대폰을 꼭 잡았다. 얀손이 전한 그 사건이 미치는 영향을 이해하기가 쉽지 않았다. 아무튼 내 경우와 마찬가지로 자연적인 발화 원인이 없다면, 이제 사람들이 나를 방화 용의자로 생각하지는 않을 거라는 의미였다.

베스테르펠드트 부인의 집 화재 원인이 자연발화였는지 아닌지 나는 알지 못했다. 그럼에도 다도해 지역에 방화광이나 방화범이 있다는 확신이 들었다.

휴대폰을 주머니에 넣었다. 다시 리사 모딘에게 눈길을 돌렸을 때 그녀도 나를 발견했다. 그런 사실을 숨기기라도 하고 싶은 것처럼 망설이며 그녀가 내게 손을 흔들었다.

나도 손을 흔들었다.

그러고 나서 그녀가 앉은 테이블로 걸어갔다.

17

우리는 마치 우연히 옆자리에 앉은 서로 잘 모르는 사람들처럼 이야기를 나누기 시작했다. 나는 와인 한 잔을 주문했고, 우리는 건배를 했다. 나는 그녀의 손을 가볍게 만지면서 그녀를 보게 돼서 정말 기쁘다고 말했다. 그리고 파리까지 오는 여행이 어땠는지 별 의미 없는 질문들을 던졌다. 그녀의 대답도 마찬가지로 별 내용이 없었다.

그녀가 돈을 내겠다고 했다. 내가 내겠다고 했지만, 그녀가 거절했다. 트렁크를 들어주겠다는 제안에도 그녀는 고개를 저었다.

우리는 함께 그녀의 호텔로 향했다. 그때까지도 여전히 루이제에 관한 이야기를 하지 않았다. 그녀도 묻지 않았다. 나는 무엇보다도 그 순간 불타고 있는 베스테르펠드트 부인의 집에 관한 얀손과의 통화에 대해 생각하고 있었다.

우리는 입을 다문 채 거리를 따라 걸었다.

"파리는 여전히 파리군." 내가 말했다. "항상 그렇죠." 그녀가 대답했다.

그녀의 호텔에 도착했다. 미농이라는 이름의 그 호텔은 내가 묵고 있는 호텔보다 소박해 보였다.

그녀를 따라 안으로 들어갔다. 피부가 거무스름한 젊은 남자가 좁은 리셉션에 서 있었다. 이 호텔은 무거운 열쇠 대신 작은 플라스틱카드를 사용하고 있었다. 나는 리사 모딘이 체크인을 하고 호텔 직원에게 그녀의 신용카드를 건네고 카드키를 받는 동안 기다리고 있었다.

"피곤해서 좀 자야겠어요."

"312호군. 분명히 좋은 방일 거요. 3층이면 길거리 자동차

소리에 방해받지 않을 만한 높이니까."

"내일 만나는 걸로 약속할까요?"

리셉션 옆 바는 막 문을 닫고 있었다.

"몇 분만." 내가 말했다. "잠깐 뭘 좀 마십시다. 새로운 소식이 있소."

그녀가 망설였다. "손을 좀 씻어야 해요. 금방 내려올게요."

그녀가 엘리베이터에 타는 걸 보고 있었다. 리셉션에서는 덴마크어를 쓰는 시끄러운 한 쌍이 카드키를 달라고 요청하고 있었다. 나는 바에 들어갔다. 바 테이블 뒤에 서 있는 여자 바텐더가 불만스러운 얼굴로 나를 보았다.

"잠깐이면 됩니다." 미안한 마음으로 내가 말했다. "레드 와인 한 잔 주세요. 호텔 투숙객 한 명이 금방 내려올 겁니다. 잠깐 뭐 좀 마시고 싶어서요."

그녀가 말없이 고개를 끄덕이며 와인 한 잔을 내 앞에 놓고 바 뒤에 있는 주방으로 들어갔다. 살면서 내가 얼마나 많은 바에 갔었는지 생각했다. 와인잔이나 커피잔을 놓고 앉아 있었던 그 수많은 시간들에 대해 생각했다.

리사 모딘은 머리를 빗고 블라우스를 갈아입고 왔다. 여자 바텐더가 뭘 마시겠냐고 그녀에게 물었다. 리사 모딘은 내 잔을 가리켰고, 곧 같은 와인을 받았다.

"바가 문을 닫을 시간에 우리가 들어와서 바텐더가 별로 기분이 좋지 않은 것 같더군."

"방이 너무 작아서 실망할 뻔 했어요. 그런데 상당히 조용하더군요. 선생님 말이 맞았어요. 차 소리가 잘 들리지 않아요."

"루이제를 찾았소. 그녀를 도와주는 변호사도 구했고. 내일이나 모레 풀려나길 바라고 있소. 변호사가 담당 판사와 이야기가 잘 되면 말이오."

"이제 좀 안심했겠어요. 미안해요, 아까 역에서 이미 물어봤어야 했는데."

"마음이 좀 가벼워졌소. 스웨덴 대사관 직원이 나를 도와줬다오. 그 사람이 없었으면 루이제를 찾을 수 없었을 거요."

여자 바텐더가 계산서를 가져왔다. 리사 모딘이 이번에는 내가 돈을 내도록 두었다. 우리는 잔을 비우고 일어섰다. 우리가 바를 채 나서기도 전에 바의 불이 꺼졌다.

"얘기해 줄 게 또 있소." 엘리베이터를 기다리는 동안 내가 말했다. "당신을 내 섬에 데려다줬던 얀손이 전화해서 말하는데, 이웃 섬의 다른 집에 불이 났다는군. 오늘 저녁에."

"정말이에요? 거기도 방화인가요?"

"모르겠소. 하지만 다도해 지역에 불이 나는 건 드문 일이지. 뭔가 좀 이상해. 섬뜩하다고 할까?"

역 대합실에서 나를 만난 이후 그녀는 처음으로 나와의 대화에 관심을 보이는 것 같았다. 그 사실이 실망스럽기도 했다.

그녀 앞에 서서 그녀에게 가까이 다가갈 수 있기만을 바라는 남자보다 불난 집이 그녀에게는 더 중요한 듯했다.

"내일 더 이야기합시다. 내일 몇 시에 데리러 오면 좋겠소?"

"내가 선생님 호텔로 갈게요. 내가 예약을 잘한 건지 좀 봐야죠."

우리는 열 시에 만나기로 약속했다. 거리로 나설 때 어두운 밤 속으로 들어가 밤이 나를 어디로 데려가는지 보고 싶은 강력한 욕구가 나를 덮쳤다. 나도 모르게 도로변에 서 있던 택시를 집어타고 피갈 광장으로 가자고 했다. 택시기사는 북아프리카 사람이었고 음악을 크게 틀어놓고 있었다. 소리를 좀 줄여 달라고 부탁했지만, 기사는 내 말을 못 들은 척했다.

갑자기 참을 수가 없었다. 나는 그에게 보도 옆에 차를 세우라고 소리쳤다. 그에게 몇 유로를 던져 주고 차에서 내렸다.

"빌어먹을 음악 같으니라고!" 열려 있는 택시 앞 유리창에 대고 소리를 질렀다.

그가 내가 이해할 수 없는 말로 대꾸하는 동안 나는 이미 등을 돌려 자리를 떴다. 기사가 쫓아올까봐 겁이 났다. 그가 나를 공격한다면 나는 꼼짝없이 당할 수밖에 없다. 차가 급하게 출발하는 소리가 들리더니 내 옆을 지나갔고, 택시기사는 나를 돌아보지도 않았다.

몸이 떨릴 만큼 겁이 났다. 호텔로 돌아가는 것이 나을 것 같왔다. 하지만 나는 파리에서 택시운전사로 오랜 전통을 가지고 있는 러시아인 택시기사처럼 보이는 흰머리 많은 남자가 운전하는 다른 택시를 잡아탔다. 라디오는 꺼져 있었다. 택시 안에서 소시지와 강한 차 냄새가 났다. 피갈 광장으로 가달라고 말하자 그는 고개만 끄덕였다. 택시는 나를 물랭루즈 근처에 내려주었고, 나는 곧장 제일 가까운 작은 술집으로 들어갔다.

나는 취하도록 마셨다. 마음이 가벼워졌기 때문이다. 한편으로는 루이제가 곧 풀려날 것이라고 믿기 때문에, 다른 한편으로는 얀손과의 전화통화 때문이었다. 이번에 난 불이 마찬가지로 누군가가 일부러 지른 것이 아니었다면 아마 얀손은 내게 전화하지 않았을 것이다.

하지만 무엇보다도 어떤 이유가 됐든 리사 모딘이 파리에 왔다는 사실 때문에 술을 마셨다. 물론 그 이유에 내가 간절히 원하는 것은 포함되지 않았을 것이다. 그녀에게 나는 인간으로서는 모르겠지만 남자로는 전혀 흥미로운 대상이 아니었다.

나는 계속 술을 주문했고 계속 마셨다. 한 잔을 더 마시고 얀손에게 전화를 걸었다. 한참 있다가 얀손이 전화를 받았다. 그가 날카로운 목소리로 내 귀에 대고 여보세요를 외치는데 술이 많이 찬 것 같았다.

"날세. 자네 지금 어딘가?"

"베스테르펠드트 부인 집의 불이 헛간에 옮겨 붙지 않도록 애쓰고 있는 중입니다. 하지만 오래된 그 멋진 집은 거의 타버렸어요."

"전화기 좀 귀에서 떼 보게."

"왜요?"

"불타는 소리를 좀 들어보고 싶네."

그는 내가 시키는 대로 했다. 정말로 천둥소리처럼 그르렁대는 불길 소리가 들리는 것 같았다.

"부인은 안전하게 구했나?" 그가 다시 전화기를 귀에 댔을 때 내가 물었다.

"사람들이 부인을 오르뫼 섬에 사는 순델 씨 집으로 데려갔습니다. 여기 상황을 보지 않는 것이 좋을 것 같아서요."

"사진을 좀 찍어보게."

"사진이요?"

얀손은 내 말을 이해하지 못하는 것 같았다.

"자네 휴대폰에 카메라 기능이 있나?"

"왜요?"

"자네 말이 맞는지 보고 싶어서 그러네. 지금 바에 앉아서 술을 마시고 있는데 말이야, 여기서 그쪽 사진을 한장 받아보고 싶네."

"왜요?"

"왜 술을 마시냐는 건가, 아니면 왜 사진을 보고 싶으냐는 건가? 그 이유는 나중에 집에 가서 말해주지. 혹시나 해서 다시 얘기하면, 나는 지금 파리에 있네. 사진을 기다리겠네."

얀손은 내 부탁대로 했다. 술을 한 잔 더 마셨을 때 전화에서 메시지 도착음이 울렸다. 사진을 봤다. 사진 상태는 아주 나빴다. 집은 전혀 보이지 않았다. 사진에는 형태를 알 수 없는 불빛만 보였다.

바 테이블 안쪽에 서 있는 남자에게 내 휴대폰을 보여줬다.

"내 집이 불타는 중입니다." 내가 말했다.

그는 나를 보더니 아무 대꾸도 하지 않았다. 그를 이해할 수 있었다.

바깥 밤공기 속으로 나갔다. 우쭐대며 거리를 걷고 있는 여자들에게는 말을 걸고 싶지도, 감히 말을 걸 수도 없었다. 갑자기 하리에트를 만나기 전 어느 해 마지막 날 밤이 생각났다. 당시 나는 철물점에서 일하는 젊은 아가씨와 사귀고 있었다. 성탄절을 전후로 나는 내가 더이상 그녀와 관계를 지속하길 원하지 않는다는 사실을 깨달았다. 하지만 그 사실을 그녀에게 어떻게 말해야 할지 몰랐다. 그녀가 얼마나 큰 절망에 빠질지 잘 알고 있었기 때문이다. 생각할 시간이 필요했다. 그 해 마지막 며칠을 나는 부모님이 잠시 여행을 떠나고 안 계시는 그녀의 집에서 그녀와 함께 보냈다. 그녀의 계획은 12월 31일 밤을 조용히 함께 보내는 것이었는데, 나는 어떻게든 그 상황을 피하고 싶었다.

그녀에게 새 신발을 사러 가야 한다고 말했다. 그 전에 그녀가 밤에 발견할 수 있도록 그녀의 잠옷 밑에 편지를 넣어두었다.

신발가게에 가는 대신 나는 곧장 알란다 공항으로 가서 파리행 비행기에 올랐다. 잠옷 밑에 넣어 둔 거짓말 편지에는 그녀를 당연히 사랑하지만 나 혼자만의 시간이 얼마간 필요하다고 적었다. 사랑이 너무나 강렬해서 버겁다고도 썼다.

파리에서는 클리쉬 광장에서 멀지 않은 곳에 위치한 싸구려 호텔에 묵으면서 낮 열두 시까지 자고 밤에는 피갈이나 알르 구역에 있는 여러 바에서 시간을 보냈다. 그 당시에는 두 구역 모두 파리의 중심부에 있었다. 파리에서 보냈던 시간 내내 나는 매춘부에게 말을 걸 용기를 내보려고 애썼다. 거리의 여자들은 무서웠다. 하지만 바에 있는 여자들 중에는 끌리는 여자가 있었다. 그러나 그 여자들에게도 다가갈 용기가 나지 않았다. 저녁이면 저녁마다, 밤이면 밤마다 나는 겁먹은 고양이처럼 거리를 배회했다. 집으로 돌아가기 하루 전인 12월 31일 저녁에야 나는 용기를 내서 그런 바들 중 한 곳에 들어갔다. 창에는 두꺼운 커튼이 드리워져 있었다. 문손잡이를 아래로 눌러 문을 열 때에는 바 안의 상황을 전혀 알지 못했다. 손님들이 많을까? 여자들도? 실내의 어둠에 눈이 적응된 후에야 나는 그 바가 거의 텅 비어 있다는 사실을 발견했다. 술병들이 거울에 비쳐 반짝이는 긴 바 테이블 뒤에서 한 남자의 그림자 같은 윤곽만 움직였다. 그 남자는 내가 들여놓아도 괜찮을 손님인지 아닌지 나를 훑어보더니 들어오라고 고갯짓을 했다. 빨간 의자들이 있는 빈 테이블에 앉을 것인지 바텐더가 있는 판매대의 가죽시트 스툴에 앉을 것인지 두 가지 가능성이 있었다. 바 안에는 여자가 딱 한 명 있었는데, 그녀는 바 테이블 맨 끝에 앉아 담배를 피우고 있었다. 나는 의식적으로 그녀를 보지 않으려 애쓰면서 와인 한 잔을 주문하고 가능한 한 아무런 근심 없이 편안해 보이려고 노력했다. 어디 있는지 모를 스피커에서 음악이 흘러 나왔다. 와인 한 잔을 더 주문했을 때 바텐더가 내게 바 테이블 끝에 앉아 있는 여성에게 술을 한 잔 살 생각이 없냐고 물었다. 당연히 생각이 있었다. 바텐더가 그녀에게 약한 마티니 같은 술을 한 잔 가져다주었다. 그녀가 나를 보며 잔을 들어 올렸고, 우리는 건배했다. 흐릿한 불빛에도 불구하고 그녀가 삼십대라는 걸 알 수 있었다. 갈색 단발머리에 화장이 과하지 않은 그녀는 내가 상상했던 매춘부와는 매우 거리가 멀었다. 하지만 그녀가 돈으로 살 수 있는 여자일지도 모른다는 생각에 나는 흥분이 됐다. 재킷 안주머니에 삼백 프랑이 들어 있었는데, 그 돈이면 충분할지 알 수가 없었다. 파리의 매춘부 가격에 대해서는 지금도 마찬가지지만 그때에도 전혀 알지 못했다.

바 테이블 안쪽에 놓인 라디오에서 새해가 밝았다는 소식이 흘러나올 때까지 나는 바에 머물렀다. 그날 저녁 내내 남자 손님 딱 한 명만 바에 들어왔다. 그와 여자는 서로 아는 사이였다. 내가 판단한 바로는 그 남자가 그녀의 포주였다. 그가 가려고 할 때, 그녀의 없어진 라이터를 두고 다툼이 일어났다. 여자는 남자가 자기 라이터를 집어넣었다고 생각한 것 같았다. 둘이 목소리를 높이며 싸울 때 나는 그 순간이 그 술집을 떠날 절호의 기회가 아닐까 생각했다. 그러나 라이터가 나타나면서 상황이 정리되었고, 남자는 사라졌다. 문이 닫히고 바깥의 한기를 막아줄 용도로 설치된 커튼이 닫히자, 여자가 갑자기 자리에서 일어나서 내 쪽으로 오더니 내 옆의 스툴에 앉았다. 여자는 자신의 이름을 안느라고 소개했다. 거기에 내가 뭐라고 대답했는지는 기억나지 않는다. 아마도 내 이름을 에릭이나 다른 이름으로 소개했을 것이다. 그녀가 내게 어디에서 왔냐고 물었고, 나는 덴마크에서 왔다고 답했다. 파리에는 왜 왔냐는 질문에, 나는 부은행장이고 그간 업무에 시달려서 좀 쉬러 왔다고 대답했다. 나는 내 본래의 삶을 드러내 주는 모든 흔적을 지웠다. 그녀가 술을 한 잔 더 사달라고 부탁했다. 나는 바텐더에게 한 잔 더 주라고 고갯짓을 하면서 동시에 혹시 술값이 엄청나게 비싼 건 아닌지 걱정을 했다. 12월 31일 밤에 손님이 딱 한 명만 있는 술집이 어떻게 유지되겠는가?

술을 마시면서 스톡홀름에 있는 여자 친구가 무엇을 하고 있을지 궁금했다. 부모님 집에 앉아서 내 생각을 하고 있을까? 알 수 없었다. 하지만 나는 신발을 사러 간다고 나와서는 파리로 떠나오기를 잘했다는 생각을 했다. 돌아가면 우리의 관계에 미래가 없다는 사실을 그녀에게 설명하기 위해 용기를 내야 할 것이다.

안느가 조심스럽게 발로 내 발을 살짝 쳤다. "여기 뒷방에서 사랑을 나눌 수 있다는 거 알죠?"

"네, 압니다."

그런 다음 나는 더이상 아무 말도 하지 않았다. 그녀가 더 요구하지 않아서 고마웠다.

어느새 시계가 열두 시 반을 가리켰다. 밖에서 새해를 축하하는 사람들의 외침과 불꽃놀이 소리가 들려왔다. 나는 안느에게 술 한 잔을 더 사주었다. 그러면서 내내 그녀가 뒷방으로 가자고 직접적인 제안을 해올까봐 두려웠다. 다른 술집에 더 가고 싶은 유혹은 이미 사라진지 오래였다. 이제 내가 찾는 것은 피난처뿐이었다.

우리는 아무 말 없이 바 테이블에 앉아 있었다. 마치 무음의 초인종 신호라도 있는 것처럼 그녀는 십오 분마다 론손 라이터로 담배에 불을 붙였다. 라이터 불이 켜질 때마다 이로 물어뜯은 그녀의 손톱이 보였다.

이웃고 계산서를 달라고 했다. 술값을 계산한 다음에 그녀에게 백 프랑을 건넸다. 그녀는 돈을 받으면서 미소를 지었다. 나는 일어나서 술집을 나왔다.

사람들이 추운 밤거리에서 큰 소리로 떠들며 노래를 하고 있었다. 멀리 몽마르트르 언덕에서 쏘아올린 불꽃이 보였다. 나는 술을 마셨던 바에서 조금 떨어진 곳에 서 있었다. 십 분쯤 시간이 흐르고 그만 가려고 할 때 안느가 나왔다. 그녀는 가장자리에 모피가 달린 스웨이드코트를 입고 머리에는 베레모를 쓰고 있었다. 그녀가 내 앞을 지나갈 때 내가 인사를 건넸다. 그녀는 내가 자기를 귀찮게라도 하는 것처럼 나를 바라보았다. 어쨌든 그녀에게 나는 아는 사람이 아니었다.

그 길고 추운 겨울밤 나는 한참 더 파리를 쏘다녔고, 다음날 집으로 돌아갔다. 새 신발은 사지 않았다. 내게는 여자 친구와의 관계를 당장 끝낼 용기도 없었다. 결국 그녀에게 헤어지자는 말을 꺼내고, 그녀의 절망적인 울음을 견디고, 그녀와 영원한 이별을 한 건 2월 초였다. 삼십 년 후 나는 우연히 그녀를 만났다. 그녀는 결혼을 했고 아이가 셋 있었다. 나를 보자마자 그녀가 꺼낸 말은 이제 와서 보니 내가 자기를 떠난 것이 고맙다는 것이었다. 내가 그러지 않았다면, 그래서 우리가 결혼이라도 했다면 우리 인생이 재앙으로 끝났을 것이라고 했다.

피갈 광장을 돌면서 그 바가 어디에 있었는지 기억을 더듬었다. 모든 건물들이 그때와 똑같은 것 같았다. 그런데도 그 술집을 찾기는 어려웠다. 하지만 결국에는 그때의 문과 커튼이 닫힌 창을 찾았다. 그 술집은 여전히 존재했다. 마치 과거로 가는 문을 여는 것 같아 들어가기 전에 한참을 망설였다. 그 여자가 바 테이블에 앉아서 그때처럼 지탄 담배를 피우고 있을 것 같았다. 현실로 돌아오기 위해 휴대폰을 꺼내 다시 한 번 화재 현장의 사진을 들여다보았다. 안손에게 전화를 걸까 잠시 생각했지만 그러지 않기로 했다. 휴대폰을 다시 주머니에 넣고 술집 문을 열었다.

모든 것이 달라져 있었다. 테이블들은 새 것이었고, 조명은 살짝 더 강해졌고, 텔레비전은 소리 없이 화면만 켜져 있었다. 판매대 테이블에 혼자 온 손님들이 몇 명 앉아 있었고, 젊은 여자 바텐더는 코에는 링 피어싱을, 왼쪽 귀에는 작은 보석 피어싱을 하고 있었다.

바텐더 외에 여자는 없었다. 그 사실이 실망스러운 게 아니라 오히려 다행스러웠다. 하지만 마음이 가벼워서 불안하기도 했다. 나는 이제 내가 원하는 게 뭔지도 더이상 모르는 건가? 술을 견딜 수 없으면 더이상 내 생각도 통제할 수 없는 것 아닐까?

다시 술집에서 나왔다. 피갈 광장 위쪽에서 택시를 타고 호텔로 돌아갔다. 방에 들어가서 옷을 벗고, 벗은 옷을 한데 뭉쳐 바닥에 던져 놓고 이불 속으로 들어갔다. 옆방에서 텔레비전 소리가 들려왔다. 손목시계를 봤다. 두 시 십오 분이었다. 주먹으로 침대 뒤 벽을 몇 번 두드렸다. 텔레비전소리가 사라졌다.

이제 이렇게까지 되었다는 생각이 들었다. 나는 이제 혼자서 그리고 불쾌한 기분으로 호텔방에 누워있는 늙은이일 뿐이다. 딸은 프랑스 경찰 지하 구치소에 있고, 나를 전혀 사랑하지 않는 한 여자는 근처 호텔에 묵고 있다.

얀손이 전화를 거는 바람에 잠에서 깼다. 아침 여섯 시였다. 창틈으로 바람이 들어와 커튼이 가볍게 움직였다. 바람 부는 파리의 아침이었다.

"불이 다 꺼졌습니다. 제가 선생님을 깨웠나보군요."

"아닐세. 화재의 원인이 밝혀졌나?"

"알렉산데르손 말로는 선생님 집의 경우와 같다는 군요."

"뭐라고?"

"집의 여러 지점에서 동시에 불이 난 것 같다고요."

"다도해 지역에 미친놈이 하나 있다는 얘기군. 내 집에 불이 나기 시작했을 때 나는 침대에서 자고 있었네. 이제 그 미친놈이 여든다섯 살 먹은 할머니가 살고 있는 집에 불을 질렀군."

"아마 그 집 개가 부인을 깨운 것 같더군요." 얀손이 신중하게 말했다. "그 개가 아니었으면 부인은 우리가 도착하기 전에 연기에 질식해서 돌아가셨을 겁니다."

"전화해줘서, 그리고 소식을 알려줘서 고맙네. 혹시 경찰이 나에 대해 묻지 않던가? 사람들은 아직도 내가 내 집에 불을 질렀다고 생각하고 있나?"

"사람들이 무슨 생각을 하는지는 저도 모릅니다."

"며칠 후면 돌아갈 걸세."

"전 파리에 한번도 가 본 적 없어요. 가끔 내가 제일 멀리 가 본 곳이 쇠데르셰핑이 아닌가 생각할 때가 있어요."

"자네 오래 전에 카나리아 제도에 가지 않았었나?"

"기억도 잘 안 납니다."

"자네 아직 화재 현장에 있으면 내게 사진을 한 장 더 보내 주게."

몇 분 후 사진이 도착했다. 집은 폐허가 되어 있었다. 불길은 사그라졌고, 불씨와 연기만 남아있었다. 해안경비대가 설치한 강한 조명이 비추고 있는 불탄 집의 모습은 섬뜩한 느낌을 주었다. 사진에는 소방작업을 도운 사람들의 모습도 어렴풋하게 보였다.

나는 침대에서 일어나서 뒷마당을 내려다보았다. 갑자기 불기 시작한 강한 바람에 나뭇잎과 종이들이 이리저리 흩날리고 있었다. 전날 보았던 쥐를 찾아보았지만 보이지 않았다.

열 시에 아래로 내려가니 리사 모딘은 리셉션에 앉아서 나를 기다리고 있었다. 나를 보고 그녀가 자리에서 일어섰다.

"밖으로 나가요." 그녀가 말했다. "맑은 공기가 필요해요."

그녀가 보지라르 거리로 들어섰다. 하지만 길을 알고 의식적으로 그런 것 같지는 않았다. 그녀에게 파리에서 가장 긴 그 도로가 과거 내가 살았던 거리였다는 이야기를 한 적은 없었다. 우리는 포르트 드 베르사유 방향으로 걸었다. 삼십 분 정도 시간이 흐르고 돌풍 같은 바람이 조금 잦아들었을 때, 그녀는 내가 근방에 살던 때부터 알던 작은 식당으로 나를 데려갔다.

주르당 역 근처 클라리넷 수리 공방까지 가는 먼 출근길에 오르기 전, 이 식당에서 아침식사를 했던 어느 날이 갑자기 기억났다. 뜨거운 코코아 한 잔과 샌드위치를 주문했었다. 그런데 아마 식당 주인인 것 같기도 했던 서빙하던 나이 든 남자가 갑자기 신음을 하면서 몸을 구부리더니 아연으로 된 판매대에 머리를 부딪쳤다. 그가 갑작스럽고 강한 통증에 괴로워하고 있는 것을 식당 안에 있는 모든 사람들이 보았다.

이른 아침이었지만 아침식사를 하기 위해 출근길에 들어온 사람들로 작은 식당은 꽉 차 있었다. 아래 위가 붙은 푸른색 작업복을 입고 와인을 마시고 있던 내 옆 남자는 판매대 뒤에 있던 남자가 쓰러지는 순간 놀라서 와인잔을 엎었다.

그 다음에 어떻게 되었는지는 나도 모른다. 그의 신음에 놀라서 나도 마시던 코코아잔을 얼른 비우고 샌드위치를 손에 든 채 작은 플라스틱 접시에 밥값을 올려놓고 식당을 나왔다.

다음날 그 식당에 다시 갔다. 한 달 동안 거의 매일 그곳에 갔다. 하지만 그 나이 든 주인 남자는 더이상 보지 못했다.

그날 아침 이후 한 달도 더 지난 어느 날 식당 종업원들이 하얀 셔츠 소매에 검은 리본을 달고 있었다. 그 이후로 나는 다시는 그 식당에 가지 않았다. 지금까지는. 벽 색깔은 그때와 똑같았고, 의자와 테이블들은 내가 가지 않았던 긴 세월 동안 바뀌어 있었다.

리사 모딘은 베란다로 향하는 전면유리 옆 구석에 있는 한 테이블로 나를 안내했다. 그 구석에는 의자들과 테이블들이 차곡차곡 쌓여 사슬로 고정되어 있었다. 겨울이 오기 전 우리에 갇힌 동물들을 보는 것 같은 기분이 들었다.

"여기서 가까운 곳에 산 적이 있소." 내가 말했다. "당신은 당연히 몰랐겠지만."

"선생님은 아마 내가 왜 여기까지 왔는지 궁금하실 거예요. 우린 서로 아직 잘 모르니까. 선생님은 따님을 찾으러 여기 오셨죠. 그러면 저는 왜 여기 왔을까요? 편집장에게 여행의 이유를 속이면서까지."

"편집장에게 뭐라고 말했소?"

"그건 제 일이에요. 선생님과는 상관없는 일이고요."

대답을 하는 그녀의 목소리가 날카로웠다. 그러고 나서 우리는 침묵했다.

작은 식당에서 짧은 휴식을 취한 후 산책을 계속 이어갔다. 그 길은 내 예전 기억대로 끝이 없었다. 청소년들이 떼를 지어 이 거리를 걸어오던 어느 토요일 오후가 생각났다. 나중에 알고 보니 포르트 드 베르사유에서 열리는 콘서트에 가는 길이었다고 했다. 선풍적인 인기를 끌고 있는 비틀즈라는 영국 팝 그룹의 콘서트라고 했다. 당시 나는 비틀즈의 음악을 알지 못했다. 가끔 생 제르망 데 프레 교회에서 열리는 오르간연주회에 가기는 했지만 그때 나는 재즈의 세계에 푹 빠져 있었다.

끝도 없이 긴 거리를 산책하는 일이 갑자기 무의미하게 느껴졌다. 나는 걸음을 멈췄다.

"지금 어디를 가고 있는 거지?"

"목적지는 없어요. 아니면 다른 카페에 가실래요?"

"당신은 대체 왜 여기 파리까지 온 거요?"

"이제 다시 걸어요." 그녀는 이 말만 했다.

카딕스 거리에 있는 다른 작은 식당에 들어갔다. 점심시간 전이라 손님이 별로 없었다. 우리는 식당 맨 안쪽에 앉았다. 웨이터는 나이가 많았고 다리를 절었다. 리사 모딘이 레드 와인 한 병을 시켰다. 사람들이 하도 만져 다 낡아버린 와인 리스트에 있는 것 중 제일 비싼 와인을 선택했다. 그녀의 선택이 내 불안감을 가중시켰다. 웨이터가 와인과 잔 두 개를 가져왔다. 웨이터에게서 심한 암내가 났다. 리사 모딘도 느꼈는지 미소를 지었다.

"내가 온 이유는 선생님이 뭘 생각하는지 알고 싶어서예요."

"뭘 생각하는지?"

"선생님이 나를 어떤 눈으로 보는지 알고 있어요. 내가 화재에 대해 물었던 그 첫 만남 때부터요. 그래서 선생님이 내 집에서 주무시려고 나타나셨던 그날 저녁 나는 사실 별로 놀라지 않았어요. 내 집 문 앞에 서서 애걸하는 남자가 선생님이 처음은 아니니까요."

"나는 애걸하지 않소. 게다가 내가 당신에게 했던 얘기는 정말 사실이오."

내 대꾸에 혼란스러웠는지 그녀가 이마를 찡그렸다.

"그렇게 태연하게 거짓말을 하시면 안 돼요."

"거짓말이 아니오."

그녀가 와인 잔을 옆으로 밀면서 테이블 위로 몸을 숙여 내게 가까이 다가오며 다시 말했다.

"선생님은 거짓말을 하고 있어요."

"아니오."

"맞아요!"

그녀가 소리를 지르듯 큰 소리로 말했다. 갑자기 내 딸의 목소리를 듣는 것 같았다.

곁눈으로 보니 웨이터가 우리 쪽 상황을 주시하고 있는 것 같았다. 하지만 그는 고개를 돌리고 계속 테이블을 닦았다.

세상이란 게 이렇지, 라고 문득 생각했다. 대부분의 사람들은 그럴 때 그저 고개를 돌린다.

나는 애써 평정심을 유지하며 떨지 않고 와인잔을 들었다. 잔을 비우고 자리에서 일어섰다. 아무 말 없이 돈을 테이블 위에 놓고 자리를 떴다. 거리로 나와서는 할 수 있는 한 빠른 걸음으로 걸었다. 포르트 드 베르사유 역에서 몽파르나스 역으로 가는 지하철을 탔다.

곧바로 그녀를 두고 온 것을 후회했다. 그녀가 내게 하려던 말이 무엇이었을까? 덜컹거리는 지하철에 앉아서 나는 내가 웃음거리가 되었다고 느꼈다. 그녀는 늙은 남자의 곰팡내 나는 생각을 꿰뚫어보았고 결국 내가 대체 뭘 원하는지 알아내기로 결심한 것이었다. 나는 정말로 우리 둘 사이에 사랑이 가능하다고 생각한 걸까? 내 원래 의도를 알고 그녀가 모욕을 느낀 걸 내가 이해하지 못한 걸까?

나는 몽파르나스 역을 지나쳐서 지하철이 오른쪽 강가에 도달했을 때 내렸다. 나는 다시 샤틀레 역에 와 있었다. 역 밖으로 나왔을 때 비가 내리기 시작했다. 신문가게에 들어가 우산을 하나 샀다.

우산을 펼치자마자 휴대폰 벨이 울렸다. 신문가게 처마 밑으로 들어갔다.

올로프 루트게르손이었다. 그는 곧장 내가 어디 있는지 물었다. "빗속에 서 있습니다. 막 새로 산 우산과 함께요."

"마담 리베리가 오늘 세 시쯤에 따님을 데리고 나온다는 말씀을 드리려고 전화했습니다. 아주 능력 있는 분이긴 하지만 그래도 이런 결과는 정말 대단합니다. 마담 리베리는 아무래도 담당 판사와 개인적으로 아주 좋은 관계인 것 같아요. 따님이 정말 풀려나네요. 마담 리베리가 선생님께 전화해서 교환 장소를 정할 겁니다."

"뭘 교환하는 겁니까?"

"마담 리베리가 일한 대가와 따님을 교환하는 거죠."

"루이제는 추방됩니까?"

"그건 저도 모릅니다. 하지만 우리의 친애하는 리베리 부인이 따님이 석방된다고 하면 그런 거죠. 그게 제일 중요한 것이고요."

"지금까지 주신 모든 도움에 진심으로 감사드립니다."

"스웨덴 외무부와 대사관은 저희가 좋은 방향으로 도움을 드릴 수 있는 모든 사안에 대해 기쁘게 생각합니다. 따님과 스웨덴으로 돌아가시면 연락 한번 주십시오. 그리고 따님은 프랑스에서 소매치기로 활동하는 건 아마 앞으로는 피하셔야 할 겁니다. 기록에 이름이 남아 있을 테니까요. 프랑스 법은 그다지 관대하지 않습니다."

우리는 흔한 인사말로 통화를 끝냈다. 나는 휴대폰을 주머니에 넣고 다시는 리사 모딘에 대해 흥분하는 일은 없을 것이라고 다짐했다. 또한 어떤 형태가 됐든 우리가 함께하는 것에 대한 내 꿈과 바람으로 그녀를 귀찮게 하지도 않을 것이라고 다짐했다.

뚜렷한 목적지 없이 무턱대고 빗속을 걷다가 어느 카페에 들어갔다. 지금까지 살면서 이번에 파리에서 지낸 며칠만큼 많은 카페를 방문한 때가 있었나 싶었다.

얀손에게 전화를 걸었다. 화재와 관련해서 새로운 소식이 있는지 물었다. 없다고 했다. 하지만 이번에 일어난 화재와 내 집을 폐허로 만든 화재 간의 연관관계에 대한 소문이 이미 퍼지고 있다고 했다.

"사람들이 이제 더이상 나를 방화범으로 여기지는 않겠지?"

"그런 적 없어요."

"거짓말하지 말게. 그래봤자 소용없네."

"사람들은 또 불이 날까봐 두려워하고 있어요."

나는 그를 이해했다. 두려움은 그 무엇보다 빠르게 확산된다, 특히 나이든 사람들 사이에선. 나는 카페 테이블에 앉아서 다도해 지역에서는 아이러니하게도 내가 젊은 축에 든다는 생각을 했다. 적어도 가을, 겨울, 초봄에는 그랬다.

리사 모딘에 대한 생각이 나를 놔주지 않았다. 그녀를 경멸해보려고 했지만 그녀를 향한 경멸에는 가시가 없었다. 그녀의 말을 다 듣지도 않고 이렇게 오지 말았어야 했다. 안 그랬으면 분명히 그녀가 잘못 생각했다는 걸 인정하게 만들 방법을 찾을 수 있었을 것이다. 나는 그녀가 생각하는 그런 사람이 아니었다.

점심시간이 지날 때까지 나는 카페에 앉아 있었다. 그 시간에 카페에 남아 있는 사람은 나와 몇몇 손님뿐이었다. 눈이 보이지 않는 한 여자가 발밑에 앉아 있는 안내견을 쓰다듬고 있었다. 나이 들어 쭈글쭈글한 손으로 개의 털을 쓰다듬는 모습을 보고 있자니 마치 그 움직임이 영원할 것처럼 보였다.

다도해 지역의 섬에서 보낸 내 어린 시절을 지배한 사람은 할아버지였다. 물론 할머니도 항상 내 곁에 있었다. 그녀가 내게 주었던 보호받고 있는 안전한 느낌을 나는 어른이 되어서야 제대로 깨달았다. 할머니는 돌아가시기 몇 년 전부터 심한 치매로 요양원에서 지냈다. 할머니는 할아버지가 폭풍 속에 바다에 나가 있다며 한밤중에 밖에 나가곤 했다. 완전한 무풍 상태에서도 할머니 내면에는 폭풍우가 몰아쳤고 할아버지에 대한 염려가 절대 가시지 않았다.

할아버지와 할머니는 얼마 안 되는 시간차를 두고 돌아가셨다. 할머니가 먼저, 그다음 할아버지가 돌아가셨다. 상대방이 떠나고 혼자 남게 된 사람에게 삶은 아무런 의미가 없다. 당연히 모르는 게 없는 얀손에게 들은 바에 의하면 할아버지는 할머니가 요양원에서 돌아가신 걸 아침에 알았다. 할아버지는 읽고 있던 신문을 내려놓고, 안경을 안경집에 넣고, 침대에 누웠다. 두 시간 후 할아버지도 눈을 감았다.

휴대폰 벨이 울리는 바람에 생각이 중단됐다. 마담 리베리였다. 그녀는 몽파르나스에서 만나자고 제안했다. 내가 묵고 있는 호텔의 이름과 주소를 가지고 있다고 했다. 한 시간이면 호텔에 올 수 있느냐고 그녀가 물었다. 그러면 루이제를 데리고 그리로 오겠다고 했다.

그녀에게 감사 인사를 하고 전화를 끊은 후에 돈을 내고 카페를 나와 호텔로 향했다. 지하철에서 잠시 정전사태가 발생하는 바람에 약속시간에 늦을까 걱정이 됐다. 만약 루이제와 마담 리베리의 계산서를 제시간에 받지 못하면 어떻게 될까? 비상정지 상태는 다행히 몇 분 만에 끝났다. 나는 제시간에 호텔에 도착했다. 기다리는 동안 무슈 피에르에게 그날 밤 묵을 수 있는 빈방이 있는지 물었다. 빈방이 있었지만, 루이제가 어떤 계획을 가지고 있는지 몰라서 예약은 하지 않았다.

그사이 비가 그쳤다. 루이제를 마중하기 위해 거리로 나갔다. 그 순간 길 건너편에 리사 모딘의 모습이 보인 것 같았다. 나는 그녀를 다시는 보고 싶지 않다고 생각했었다. 하지만 그 생각은 진실이 아니었다. 비록 가망 없는 꿈으로 밝혀지긴 했어도 나는 내 꿈을 포기하고 싶지 않았다.

마담 리베리와 루이제는 택시를 타고 왔다. 루이제의 안색이 아주 창백했다. 우리는 함께 호텔 리셉션으로 갔다. 마담 리베리는 화장실에 다녀오겠다며 갔고, 나와 루이제만 남았다.

"나는 네가 파리에서 어떻게 살고 있는지 전혀 모른다. 하지만 원한다면 오늘 밤은 여기서 자거라. 빈방이 있다니까."

그녀가 말없이 고개를 끄덕였다. 나는 루이제를 아무도 없는 바에 데려다놓고 무슈 피에르에게 방을 예약하기 위해 리셉션으로 갔다.

"딸아이를 위해 방이 하나 필요합니다."

"지금 바에 계시는 그분이 따님이시죠? 혹시 여쭤 봐도 된다면, 그럼 다른 여자분은 부인이신가요?"

"아닙니다. 내 딸의 엄마는 죽었고, 나는 혼자 삽니다."

"죄송합니다. 괜히 여쭤봤네요." 무슈 피에르가 슬픈 얼굴로 말했다. "누구든 혼자 사는 건 참 힘든 일이죠."

화장실에 갔던 마담 리베리가 왔다. 그녀는 바빠 보였다. 나는 그녀에게 감사 인사를 전하고, 루이제를 빼내기가 어려웠는지 물었다.

"그녀가 임신 중이고 전과가 없다는 점을 강조했습니다. 판사와 제가 잘 아는 사이라 설득하기가 어렵지 않았어요. 판사에게 그녀의 아버지가 그녀를 데려가기 위해 파리에 와 있다고 말했습니다."

"루이제가 오늘은 이 호텔에 묵을 겁니다. 그런 다음에 어떻게 할지 결정해야죠."

마담 리베리가 핸드백에서 봉투를 하나 꺼냈다.

"비용 지불은 서두르지 않으셔도 됩니다. 하지만 잊어버리지는 마세요, 불편해지시고 싶지 않다면요."

그녀는 루이제에게 작별인사를 하고 호텔을 떠났다.

나는 루이제를 방으로 데려다 주었다. 내 방과 같은 층에 있는 방이었다. 루이제는 여행가방이 없었다. 돈은 있는지 그녀에게 물었다. 예상했던 대로 없다고 했다.

"옷이 필요해요." 그녀가 말했다.

나는 그녀에게 돈을 주었다. 당연히 그녀에게 파리에서 사는 곳이 어딘지 묻고 싶었다. 그녀의 소지품이 어디 있는지 알고 싶었다. 하지만 그런 것을 묻기에 적당한 때가 아니라는 걸 알고 있었다. 그녀는 내가 그녀를 도와 준 것이 분명 고마울 것이다. 하지만 그렇다고 내게 의존하고 싶지는 않을 것이다.

그녀의 방을 나서기 전에 저녁식사를 함께 하겠느냐고 물었다.

"너무 피곤해요. 우선 구치소의 때를 좀 씻어내야 해요. 그런 다음 잠이 필요하고요."

"내 방은 213호야. 일단 푹 자고, 내일 아침식사를 같이 하자꾸나."

나는 호텔 근처 중식당에서 혼자 저녁을 먹었다. 그런 다음 내 방으로 돌아와 텔레비전에서 방영해주는 페르낭델(프랑스 희극배우—옮긴이) 주연의 흑백영화를 한 편 보았다. 루이제만 피곤한 게 아니었다.

자정이 지나고 얼마 안 있어 누군가 내 방문을 두드렸다. 나는 잠에 취한 채 문을 열었다. 문 앞에는 루이제가 서 있었다. 그녀는 추워보였다.

"여기서 자도 돼요?"

나는 왜냐고 묻지 않았다. 내 침대는 충분히 컸다. 그녀는 내가 사용하지 않은 쪽에 내게 등을 돌리고 누웠다.

나는 불을 껐다. 잠시 후 그녀가 내게로 손을 뻗었다.

나는 그녀의 손을 꽉 잡았다. 우리 둘은 그렇게 잠이 들었다.

18

집이 다시 불타기 시작하는 바람에 잠에서 깼다. 꿈속에서 아래층으로 내려가는 계단이 끝없이 길어보였다. 어렸을 적 하나하나 세면서 오르내렸던 스물세 개의 계단이 아니었다. 한참을 내려가도 계단은 계속 이어졌고, 그 사이 불은 공격하는 적군처럼 나를 향해 다가왔다. 잠에서 깨기 직전 나는 발을 헛디뎌 계단 아래로 굴러 떨어졌다.

루이제는 깊이 자고 있었다. 잠들었을 때와 똑같은 자세였다. 그녀의 손은 여전히 내 손 안에 있었다.

그녀의 숨소리를 가만히 듣고 있었다. 갑자기 내가 평생 사는 동안 귀를 기울였던 많은 숨소리들이 기억났다. 갑자기 들렸다 말다 하던 아버지의 심한 코고는 소리, 어떤 때는 으르렁거리며 정적을 깼다가 다시 조용해지던 그 소리. 아주 집중해서 들어야 겨우 들리던 조용한 어머니의 숨소리. 할아버지는 밤에 주무실 때면 가끔 숨을 안 쉬는 것 같을 때가 있었다. 그러다가 갑자기 크게 숨을 들이쉬고는 했다. 할머니의 코고는 소리에는 가끔 피리소리 같은 소리가 따라왔다. 보트 창고의 썩은 나무판자 틈으로 바람이 들어오는 것 같은 소리였다.

이상하게도 하리에트의 숨소리는 기억이 나지 않았다. 그녀가 내 곁에서 잔 날이 꽤 많았음에도 불구하고. 하리에트는 나의 코고는 소리에 잠이 깼다고 불평하곤 했었다. 그녀는 내게 수면과 관련한 흔적을 전혀 남겨놓지 않았다. 기억 속에서 그녀의 숨소리를 더듬어 보았지만 찾을 수 없었다.

이 사람 저 사람의 잠자는 소리를 생각하다가 다시 잠에 빠졌다. 몇 시간 후 잠에서 깼을 때 루이제는 이미 일어나 있었다. 그녀는 창가에 서서 커튼 틈으로 밖을 내다보고 있었다. 회색의 빛이 그녀의 몸을 밝히고 있었고, 그녀의 볼록한 배가 분명하게 내 눈에 들어왔다. 그 안에 내가 이름조차 알지 못하는 남자의 아이가 자라고 있었다. 그 모습이 내 안에 앞으로 만나게 될 생명에 대한 아주 진한 기쁨을 불러 일으켰다. 언제 그 비슷한 기쁨을 느껴본 적이 있었던지 기억도 나지 않았다.

내가 깼다는 것을 루이제가 알았다. 그녀는 그대로 커튼을 잡은 채 몸을 돌렸다.

"아버지가 코를 골지 않아서 좋았어요. 고마워요. 구치소에서 지냈던 끔찍한 시간을 잊을 수 있을 만큼 푹 잤어요."

"깊이 자더구나. 잠에서 깼는데 네가 옆에 없어서 네가 아주, 아주 멀리 갔다고 생각했다."

"꿈에 개가 한 마리 나왔어요. 온통 젖어 있었어요. 털이 마치 넝마처럼 아래로 축 처져 있었어요. 가까이 다가가려고 하면 내가 놀라게 하기라도 한 것처럼 낑낑댔어요."

그녀가 다시 이불 속으로 들어왔다. 나는 일어나서 면도를 하고 세수를 한 다음 아침식사 식당으로 내려갔다. 그녀는 삼십 분 후에 왔다. 이제 내가 아는 루이제의 모습이었다. 치즈 같은 창백함이 사라졌다. 그리고 그녀는 맛있게 식사를 했다.

"내가 어디에 사는지 왜 안 물어보세요?"

"너는 보통 내가 뭘 물어보는 걸 좋아하지 않잖니." 내가 대꾸했다.

"그건 아버지 생각이에요. 오늘 뭐 하실 거예요?"

"그건 너한테 달렸다. 그런데 우리 집으로 돌아가야 하지 않을까?"

내 말에 놀라기라도 한 것처럼 그녀가 의아한 눈빛으로 나를 보았다.

"아직은 아니에요. 내가 어디 사는지 보여드리고 싶어요. 아버지가 원하신다면."

"물론이다."

루이제에게 리사 모딘이 파리에 와 있다고 말했어야 했는지도 모른다. 하지만 그러지 않았다. 이 순간에 내 딸이 화가 나서 호텔을 뛰쳐나가는 건 절대 보고 싶지 않았다.

루이제에게 안손과 통화했던 내용을 전해 주고 안손이 보내준 화재 현장의 사진도 보여주었다.

"이상하네요. 좀 섬뜩해요. 이 섬은 어디에 있어요?"

그녀에게 그 섬의 위치를 설명했지만 그녀는 알아듣지 못했다. 루이제가 마침내 미망인 베스테르펠드트 부인의 집이 어디에 있는지 알겠다고 말했지만, 나는 내가 말하는 섬이 어딘지 그녀가 모르는 게 분명하다고 확신했다.

어쨌든 그녀는 사람들이 더이상 나를 위험한 방화범으로 의심하지 않을 것이라는 사실에 안심했다.

"너는 혹시 그렇게 믿었니? 내가 내 할아버지와 할머니의 집에 불을 질렀을 것이라고 생각했어?"

"그렇진 않았어요. 하지만 내가 아버지를 그렇게 잘 알지는 못한다는 걸 잊으면 안 돼요."

"손전등 말이다. 너는 왜 네가 손전등을 깜빡였다는 사실을 시인하지 않는 거냐?"

그녀는 처음에는 그 일에 대해 기억하지 못하는 것 같아 보였다. 그러더니 웃으면서 고개를 저었다.

"아버지를 놀라게 하는 게 재미있었어요."

"대체 왜?"

"아마도 아버지가 엄마를 나쁘게 대했기 때문일 거예요."

"하리에트가 아팠을 때 내가 돌봤는데도?"

"저는 옛날 일을 말하는 거예요. 두분이 사귀었을 때요. 엄마가 그때 일을 얘기해 줬어요."

"너는 내가 한밤중에 노를 저어서 네게 가게 만들었다. 그걸로 충분하지 않았던 거니?"

"아니요. 그날 저녁에 나는 아버지와 엄마에 대해서 많은 생각을 했어요."

나는 하리에트가 나에 대해 무슨 말을 했는지 듣고 싶지 않았다. 그래서 시계 얘기를 꺼냈다. "나를 스쳤을 때 내 시계를 가져간 거니?"

"사람들 손목시계 빼가는 건 내가 전문가예요."

"넌 솜씨가 아주 노련한 모양이다. 난 전혀 눈치 채지 못했어. 하지만 나중에 네가 그랬다고 말해주지 그랬니?"

식사를 다 끝내지 않은 것 같았는데도 그녀는 갑자기 일어섰다.

"이제 그만 가요. 집에 가고 싶어요."

우리는 방에서 외투를 챙겨 내려왔다. 이날 나는 하루 전 리사 모딘의 뒤꿈치만 따라갔던 것과 똑같이 딸이 이끄는 대로 따라갔다.

지하철을 타고 샤틀레 역에서 내가 예전에 주르당 역으로 가기 위해 탔던 것과 같은 노선으로 갈아탔다. 과연 옛날 내가 내렸던 역과 같은 역에서 내릴 정도로 세상이 좁은지 궁금했다. 그러나 루이제는 두 정거장 더 지난 텔레그라프 역에서 일어섰다. 그곳에서 내리는 사람들 중에는 북아프리카 사람이 많았다. 내 주위에서 프랑스어만큼이나 아랍어도 많이 들렸다. 지하철역은 허름했다. 벤치마다 마치 항상 그 자리에 있었던 것처럼 알코올중독자들이 앉거나 누워 있었다. 꼭 쓰러진 동상들 같았다.

지하에서 밖으로 나오자 마치 모로코나 알제리에 와 있는 느낌이었다.

루이제가 뜻밖의 미소를 지으며 나를 바라보고 말했다. “여기 오면 겁을 먹는 사람들이 많아요.”

“나는 아니다. 나는 세상이 실제 어떤지 정확히 알진 못할지라도 어렴풋하게는 느끼고 있거든.”

우리는 분명히 아주 오래 되었을 구불구불한 길을 따라 걸었다. 오래 된 집들의 외벽은 회칠이 볼품없이 벗겨져 있었고, 벽에 겹겹이 그려진 낙서는 회색을 밝게 해주는 것이 아니라 오히려 더 어두운 회색으로 보이게 만들었다. 부르카를 입은 여자가 큰 소리로 울어대는 아이를 데리고 우리 곁을 지나갔다. 남자 몇 명이 담배를 피우며 어떤 건물 입구에 앉아 있었다. 어두운 건물 입구 쪽으로 잠깐 시선을 돌렸을 때 한 늙은 남자에게 큰 숟가락으로 느릿느릿 뭔가를 먹이고 있는 다른 늙은 남자가 눈에 들어왔다.

루이제는 빨리 걸었다. 지하 구치소에서 며칠을 보낸 터라 얼른 집에 가고 싶은 것이라고 생각했다.

루이제가 막다른 골목으로 들어갔다. 높은 담장 옆에 있는 마지막 건물 앞에서 그녀가 걸음을 멈췄다. 4층짜리 그 건물은 지하철역에서 여기까지 오는 길에 보았던 모든 다른 건물들처럼 낡고 허름했다.

“여기에 내 섬이 있어요.” 이렇게 말하며 그녀가 문을 밀어 열었다. 계단에서 낯선 향신료 냄새가 났다. 한 집에서 음악소리가 흘러나왔다. 단음이지만 아주 아름다운 플루트 소리였다. 우리는 맨 꼭대기층으로 올라갔다. 겨우 4층을 올라가는데 숨이 가쁘다는 사실이 당황스러웠다. 루이제가 계단 맨 위 칸에서서 나를 기다렸다.

"여기가 내가 사는 곳이에요. 그런데 나만 혼자 사는 건 아니에요."

그녀가 열쇠꾸러미를 들고 문 쪽으로 몸을 돌렸다.

"잠깐만 시간을 다오. 내가 뭘 보게 될지 미리 좀 알았으면 하는데."

"내 집이요."

"너 혼자만 사는 게 아니라며?"

"남편과 함께 살아요."

"네 남편 말이냐?"

그녀가 자신의 배에 손을 얹었다.

"내 아이에게 당연히 아빠가 있지 않겠어요?"

"내가 아이 아빠에 대해 네게 물었었지. 하지만 너는 대답하지 않았어. 그런데 지금은 갑자기 네 아이의 아빠를 만나도 된다는 거냐?"

"네."

"그 사람 이름은 있니?"

"네."

"이름이 뭔지 혹시 말해줄 수 있겠니? 무슨 일을 하는지? 둘이 함께 산지 얼마나 됐는지?"

"이렇게 여기 계단에 서서 얘기해야 해요? 그 사람 이름은 아메드예요."

대답이 더 이어지길 기대했지만 그걸로 끝이었다. 루이제가 문을 열었다. 나는 그녀를 따라 어두운 현관 복도로 들어갔다. 집은 내가 예전에 살았던 카딕스 거리의 집을 연상시켰다.

"아메드는 자고 있어요. 야간경비로 일하거든요. 알제리 사람이고, 알제 출신이에요."

그녀는 작고 좁은 부엌으로 나를 안내했다. 한쪽 벽에 닫힌 문이 하나 있었다. 태어날 아이를 통해 나와 인척이 된 아메드를 상상해보았다.

부엌은 새로 페인트칠을 한 것 같았고, 그래서인지 테레빈 냄새가 났다. 레인지와 냉장고는 오래된 것처럼 보였다. 식탁과 의자 두 개는 어디 컨테이너에서 가져온 것 같았다. 루이제와 아메드란 남자가 가난하다는 걸 알 수 있었다. 야간경비와 소매치기로는 큰 수입을 얻을 수는 없는 모양이었다.

나는 창문 옆에 있는 의자에 앉았고, 루이제는 커피를 끓였다. 창밖으로 채 몇 미터도 안 되는 위치에 다른 집의 방화벽이 보였다. 멀리서 라디오 소리가 들려왔다.

"내가 정말 궁금해서 그러는데 말이다. 너는 정말 소매치기로 생계를 꾸리고 있는 거냐? 그렇게 잡힌 걸 보면 특별히 솜씨가 뛰어난 것 같진 않구나."

"아버지도 알잖아요, 내가 예전에, 우리가 처음 만났을 때 어땠는지."

물론 그때를 잘 기억하고 있다. 얀손이 루이제의 얼굴 사진의 나온 신문을 내게 보여주었다. 지금은 내용이 무엇이었는지 잘 기억나지 않지만 어쨌든 어떤 문제에 대해 항의하기 위해 루이제가 국제적으로 유명한 몇몇 정치가 앞에서 나체시위를 하는 사진이었다. 그때 나는 내 딸이 반항자라는 사실을, 나와는 아주 다른 사람이라는 것을 알았다. 나는 겁이 많고 자신이 없는 사람이라 일부러 용기 있는 척해야 했지만, 루이제는 자기의 이상을 적극적으로 표현하고 자신만의 항거 방식을 통해 그 이상을 실현할 수 있다고 믿는 사람이었다.

이것이 바로 내 질문의 본래 배경이었다. 정치인들과 참을 수 없는 세상에 대해 그녀가 예전에 가지고 있던 그 분노는 어디로 갔을까?

"나도 먹고 살아야 하잖아요."

"그래서 소매치기가 됐단 말이니?"

"내가 훔친 물건이 없으면 안 될 처지에 있는 사람들 물건엔 절대 손대지 않았어요."

"그걸 네가 어떻게 알지?"

그녀는 어깨를 한 번 으쓱해 보였다.

"아메드도 알고 있니?"

"네."

"그러면 그도 소매치기니?"

그녀가 잠시 망설이더니 대답을 했다. "아버지가 모르는 내 인생의 한 부분에 대해 얘기해줄게요. 엄마가 돌아가시고 일 년 후에 바르셀로나에 갔어요. 히치하이크로 거기까지 갔죠. 내가 자기들하고 자려고 차에 탔다고 믿는 남자들하고 치고받은 적도 몇 번 있었어요. 그래서 항상 쇠꼬챙이 빗을 하나 가지고 다녔죠. 피레네 산맥에서는 한번 빗으로 남자 뺨을 찔러야 했죠. 피가 너무 많이 뿜어져 나와서 그 남자가 죽을까봐 무서웠어요. 어쨌든 아무 일 없이 그 차를 빠져나올 수 있었어요.

바르셀로나에 간 건 스페인의 낙태법 반대 시위에 참여하기 위해서였어요. 바르셀로나에 여자 친구가 한 명 있었는데, 포블레 섹에 사는 카르멘 리우스라는 친구였어요. 정말 가난한 사람들이 많이 사는 지역이죠. 함께 시위에 참여했는데, 시위가 끝나고 카르멘이 나에게 람블라스 거리에 같이 가 달라고 하더군요. 람블라스는 관광객들이 많은 거리예요. 카르멘은 거기에 가서 우리가 뭘 할지 설명은 하지 않고 그냥 나보고 근처에 있다가 자기가 주는 물건을 건네받기만 하면 된다고 말했어요. 카르멘은 영어를 잘 못하고, 내 스페인어 실력은 그것보다 더 형편없었죠. 어쨌든 내가 뭘 해야 하는지 정확하게 이해하지 못한 채 그녀를 따라갔어요. 그녀가 일본 여자 관광객에게 다가가더군요. 그녀는 그 여자를 가리켜 기리guiri라고 하던데, 스페인 말로 외국 관광객이란 뜻이더라고요. 그 일본 여자는 배낭을 메고 있었는데, 배낭 바깥 주머니 중 하나가 열려 있었어요. 카르멘이 거기서 재빠르게 지갑을 꺼내더군요. 그 손이 얼마나 빨랐던지 나는 그녀가 뭘 하는지 거의 알아채지 못했어요. 그러더니 그 지갑을 내게 주면서 아주 작은 소리로 얼른 숨기라고 말했어요. 나는 지갑을 내 핸드백에 집어넣었고, 그 사이 카르멘은 사람들 속으로 사라졌죠. 그 일본 여자는 아무 것도 눈치 채지 못했어요. 나는 카르멘이 카르테리스타carterista, 소매치기라는 걸 알았고, 그녀가 얼마나 간단하게 그 일을 해치우는지를 보고 깜짝 놀랐어요. 나중에 그녀에게 그렇게 소매치기를 하는 게 어떤 느낌인지 물었더니, 지갑이나 휴대폰을 잃어버렸다고 망하는 사람은 없다고 주장하더군요. 그녀는 절대 가난한 사람들 주머니는 노리지 않았어요. 여행을 할 정도로 여유가 있고, 그래서 가지고 있는 것 중 몇 개를 잃어버려도 그 손실을 이겨낼 수 있는 관광객들만 노렸어요. 그녀는 나를 납득시켰고 나를 가르쳤어요. 나는 그렇게 반년을 거기에 머물렀고 여자 네 명이 함께 일하는 그룹의 일원이 됐어요. 몇 달 후에 카르멘이 나를 혼자 내보내더군요. 바지 뒷주머니에 돈을 넣고 있던 아시아 관광객이 내 첫 희생자였어요. 깔끔하게 성공했죠. 그 다음에 카르멘이 내게 말하더군요. 진짜 카르테리스타가 됐다고. 이상하게도 그 말이 싫지 않았어요."

루이제가 이야기를 멈추고 내 반응을 기다리더니 덧붙였다.

"이제 어떻게 시작된 건지 알았죠?"

나는 그녀의 이야기를 들으면서 그녀의 말이 진실이라는 것을 바로 알았다. 그녀는 나에게 그녀에게 있었던 일을 정말로 알리고 싶었던 것 같았다.

"아메드가 알제리 사람이라고 했지? 이제 어떻게 바르셀로나에서 그를 만나게 됐는지 이야기해 주겠니?"

"거기서 만난 게 아니에요. 카르멘이 경찰에 체포됐고, 나는 바르셀로나에서 파리로 도망쳤죠. 파리에서 친구들의 친구들을 통해서 아메드를 알게 됐어요. 그리고 어쩌다 보니 함께 살게 됐죠."

"그에게 네가 소매치기라고 얘기했니?"

"처음부터 하지는 않았어요. 우리가 진정으로 함께할 사이라는 걸 확신한 다음에 얘기했죠."

"그가 뭐라던?"

"별 말 안 했어요. 그냥 아무 말도 않더군요. 그 사람은 소매치기 아니에요. 손놀림이 끝내주게 좋긴 하지만."

"네가 그 일을 하는 걸 그냥 둔단 말이냐? 무슨 남자가 그래?"

루이제가 식탁 위로 몸을 숙이더니 손을 뻗어 내 손을 잡았다.

"내가 사랑하는 남자예요. 그 전에 내가 사랑했던 남자는, 물론 좀 다른 방식이긴 했지만, 구두장인 자코넬리가 유일했어요. 아메드를 만나고서야 나는 사랑이 뭔지 알았어요."

나는 깜짝 놀라 몸을 움찔했다. 부엌문에 한 남자가 서 있었다. 아무런 인기척 없이 나타나서 그가 언제부터 거기에 서 있었는지는 모른다. 그는 짧게 자른 어두운 색 머리에 면도를 하지 않은 상태였고, 흰색 러닝셔츠에 줄무늬 잠옷바지를 입고 있었다. 그의 맨 발등엔 털이 무성했다.

"우리 아버지 프레드리크야." 루이제가 영어로 나를 소개했다. "아버지, 내 남편 아메드에요."

나는 자리에서 일어나서 그에게 손을 내밀었다. 딱 보기에도 그는 내 딸보다 훨씬 젊었다. 서른도 안 돼 보였다. 그는 뭔가를 기다리는 듯한 미소로 나를 바라보더니 개수대 아래에 있던 스툴을 꺼내 와서 식탁 앞에 앉았다. 그는 내가 뭔가 말하기를 기다리는 눈빛으로 계속 나를 바라봤다. 나는 내 딸과 관련된 모든 것이 내게는 참으로 이해하기 어렵다는 생각을 또 한 번 했다. 그녀가 어떻게 지금과 같은 사람이 됐는지 나는 절대 알아낼 수 없을 것 같았다.

"듣기로는 야간경비로 일한다던데?" 신중하게 더듬어나가듯 내가 물었다. "잠을 깨운 것 아닌가 모르겠네."

"저는 그리 많이 자는 편이 아닙니다. 어쩌면 이미 늙었나 봅니다. 나이가 들면 잠이 준다고 하더군요."

나는 고개를 끄덕였다.

"마지막 잠을 자기 전에 수년에 걸쳐 점점 덜 자게 되지. 의사로서 왜 그런지 이유를 알아야겠지만, 나도 그것에 대한 만족스러운 답을 줄 수가 없군."

루이제가 우리 잔에 커피를 따랐다. 아메드는 커피를 마시지 않겠다고 거절했다. 루이제가 다정한 눈빛으로 그를 바라보는 것이 보였다. 루이제는 커피포트를 한 손에 들고 그의 곁을 지나가면서 얼른 그의 머리를 쓰다듬었다.

나는 아메드에게 부모님에 대해 물었다.

"아버지는 돌아가셨습니다. 알제 항구에서 일하셨는데 배의 철삭에 맞는 사고를 당하셨어요. 철삭이 너무 팽팽하게 묶여 있어서 끊어졌거든요. 아버지는 그 사고로 두 다리를 잃었고 결국 과다출혈로 돌아가셨죠."

"정말 유감일세!"

"고맙습니다."

“그러면 자네 어머니는?”

“돌아가셨어요.”

“형제는 있나?”

“둘은 이미 죽었고, 남동생 한 명만 살아 있습니다.”

아메드 주변에는 온통 죽은 사람뿐이라는 생각이 들었다. 이야기의 주제를 바꾸기 위해 야간경비로 일하는 게 어떤지 물었다.

“내 형편으로는 절대로 그곳에 있는 물건을 살 수 없을 그런 가게들을 지킵니다. 내가 발을 들여놓을 수 없게 꼭 잠긴 세상으로 매일 밤 들어가는 거죠.” 그가 루이제를 보더니 고쳐 말했다. “우리가요, 그리고 우리 아이도 들어갈 수 없는.”

“아이 가진 건 물론 축하하네. 요즘에는 뱃속 아이가 사내아이인지 계집아이인지 미리 알아볼 수 있다더군.”

아메드가 이마를 찡그리며 말했다. “우리는 절대 그럴 생각이 없습니다.”

“우리는 그냥 다 정상인지만 검사해요. 내가 나이가 좀 있으니까.” 루이제가 설명했다.

나는 지금의 상황이 부담스러웠다. 아메드가 나를 경멸이 차곡차곡 싸인 것 같은 시선으로 바라본다는 의심이 들었기 때문이다. 게다가 루이제가 그에게 푹 빠져 있는 것도 화가 났다. 그를 바라보는 그녀의 눈빛과 끊임없이 그의 짧게 자른 머리카락을 만지는 모습이 뭔가 비굴해 보였다. 내가 지금까지 전혀 보지 못한 루이제의 모습이었다.

무슨 말을 더 할 수 있을지 더이상 떠오르지 않았다. 전체 상황이 어딘가 모르게 내 감정을 상하게 했다. 나는 루이제가 결정한 인생을 이해할 수 없었다. 야간경비 일을 하며 스스로도 희망이 안 보이는 삶을 꾸려가고 있는 알제리 이민자와 동거하는 임신한 소매치기가 내 딸 루이제였다.

아메드가 일어섰다. 언뜻 그가 혹시 내 생각을 읽은 것 아닌가 하는 생각이 들었다. 그가 부엌을 나갔다.

"아주 좋은 사람 같구나." 내가 루이제에게 말했다.

"아버지는 정말 내가 형편없는 사람을 내 아이의 아버지로 골랐을 거라고 생각했어요?"

대답할 말을 찾지 못해 망설이는 사이 아메드가 다시 부엌으로 들어왔다. 하늘색 셔츠와 허벅지를 따라 아랍 문자가 박힌 짧은 바지를 입고 있었다. 손에는 유리병을 하나 들고 있었는데, 고전적인 유리병 속 모형배처럼 나무받침 위에 놓여 있었다.

"아버님을 위한 선물입니다." 그가 말했다. "지금은 야간경비로 일하고 있지만 원래는 이런 일을 하고 싶어요."

그가 조심스럽게 병을 내려놓고 내가 병 안의 내용물을 볼 수 있도록 식탁전등을 비췄다.

병 안에 든 건 좁은 병목으로 부품들을 밀어 넣어 특별한 끈기와 솜씨를 가지고 다시 조립한 그런 모형배, 즉 기존에 흔히 보던 딱딱하게 굳은 파란 파도 위에 떠 있는 범선 모형이 아니었다. 병 바닥에는 진짜 바다가 만드는 파도와는 다르게 부드럽게 물결치는 모래언덕이 있는 모래바다가 있었다. 그 위에 깃발이 달린 베두인족의 텐트가 있었는데, 열린 텐트 입구를 통해 들여다보면 커피나 물 담배를 대접하는 베일 쓴 여자들이 보인다. 텐트 앞에는 검은색 옷을 입은 베두인족 남자 한 명이 말 위에 앉아서 하인에게 고삐를 건네고 있다. 그는 머리에 솜씨 좋게 묶은 터번을 두르고 있다.

유리병 안 모형배를 만드는 일이라면 나도 조금 아는 바가 있었다. 내 할아버지의 아버지는 나중에 결국 육지에 정착해서 어부가 되기 전에 범선으로 북해 해상교통에 종사했었다. 증조할아버지는 다프네Daphne라는 배의 모형을 만들었는데, 그 배는 1862년 12월 어느 날 악명 높은 스카겐 모래톱에 좌초했다. 좌초한 배의 선원들을 구하러 폭풍우를 뚫고 바다로 나갔던 덴마크 어부들 중 여덟 명이 목숨을 잃었다. 내가 어렸을 때 할아버지는 높은 돛대와 다 펴진 채 갈가리 찢긴 돛을 가진 그 모형 배를 눕혀서 좁은 병목을 통해 유리병 안으로 밀어 넣었다고 설명했었다. 가는 실을 이용한 정교한 시스템을 통해 돛대들을 세우고, 돛을 펴고, 색깔 있는 조소용 점토로 만들어진 바닥에 배를 튼튼하게 고정시킬 수 있었다고 했다.

하지만 아메드가 만든 베두인족 텐트는 내가 봤던 그 어떤 유리병 속 배보다도 큰 감탄을 불러일으킬 만했다. 그의 기술과 솜씨는 비할 바가 없었다. 그 재능이면 소매치기 절도로 먹고 살려는 의도를 가진 누군가에게도 훌륭한 선생님이 될 수 있을 거란 생각이 들었다.

"아주 멋지군. 텐트와 말에 타고 있는 사람이 있는 이 장면은 자네가 직접 본 건가?"

"저는 알제 카스바에서 자랐습니다. 사막은 멀리 도시 외곽에 있어요. 하지만 사진과 영화에서 사막을 많이 봤어요. 게다가 제 부친이 베두인족입니다. 어린 시절 내내 유목민으로 사셨어요. 매일 저녁 다른 곳에 텐트를 치며 살았다는 얘기죠."

"뭔가 선물이라도 가져왔어야 했는데, 갑자기 오게 된 거라 빈손으로 왔네."

"루이제를 구해주셔서 감사합니다."

"파리에서 소매치기로 사는 건 앞으로 조심해야 할 걸세."

나는 곧바로 내 어휘선택을 후회했다.

"이젠 다 지난 일이에요." 루이제가 곤혹스러운 표정으로 말했다. "그 일을 상기시켜서 좋을 건 하나도 없어요."

아메드가 손을 뻗어 그녀의 팔 위에 얹었다.

"아버지 말씀이 옳아. 하지만 난 프리데리크가 쓸데없이 당신에게 그 기억을 떠올리게 하진 않을 거라고 보는데."

아메드는 내 이름을 프랑스식으로 발음했다. 아마도 예의를 지키느라 그랬을 것이다. 나는 처음에 내가 그에 대해 가졌던 불신을 후회했다.

아메드가 일어서며 말했다. "아무래도 몇 시간 더 자두는 게 좋을 것 같네요."

그는 살짝 몸을 숙여 인사하고 부엌을 나갔다. 루이제가 그를 따라갔다. 이제 가야 할 시간이었다. 루이제가 돌아왔을 때 나는 이미 베두인족 병을 손에 들고 일어나 있었다.

"아버지가 알아야할 게 또 있어요. 병을 좀 내려놓으세요."

나는 그녀가 말하는 대로 했고, 그녀는 부엌 옆에 있는 방의 문을 열었다.

"여기 있는 것도 내 삶의 일부예요." 그녀가 말했다.

방은 작았고, 흰색 페인트칠이 되어 있었고, 가구는 거의 없었다. 침대가 있었고, 바닥엔 카펫이 깔려 있었고, 천장에 등이 하나 달려 있을 뿐이었다. 그리고 휠체어 하나. 휠체어는 창을 향해 돌려져 있었다. 거기에 앉아 있는 사람의 목덜미와 머리가 보였다. 루이제가 말했다. "무함메드예요. 목소리를 낮출 필요 없어요. 듣지 못하니까."

루이제가 휠체어로 다가갔다. 거기 앉아 있는 사람에게서 곧바로 알아들을 수 없는 소리들이 한바탕 쏟아져 나왔다. 루이제가 휠체어를 돌렸다.

무함메드는 일고여덟 살 먹은 소년이었다. 그 아이의 얼굴은 흙터로 굳어버린 것처럼 잔뜩 찡그려져 있어 흉해보였다. 그 아이의 두 눈이 나를 응시하고 있었다. 비틀어진 그의 입에서 언제든지 두려움에 찬 비명이 쏟아져 나올 것 같은 느낌이 들었다.

"내 아버지 프레드리크야." 루이제가 휠체어 옆 컴퓨터에 연결된 화면에 뭔가 글씨를 쳐 넣으면서 프랑스어로 말했다.

그녀가 가까이 오라고 내게 고갯짓을 했다.

"무함메드는 손을 움직이지 못해요. 이 아이 볼을 만져서 인사하면 돼요."

그녀가 말하는 대로 했다. 아이의 볼이 얼음장처럼 차가워서 나도 모르게 손을 뗄 뻔했다.

나는 피하지방이 없는 만성질환이 여러 가지 있다는 걸 알고 있었다. 그런 환자들은 체온이 낮은데다 종종 심리적인 그리고 다른 신체적인 문제들을 겪는다. 아마도 뇌수종이나 수두증이라고 부르는 병인 것 같았다. 하지만 그 아이의 머리가 심하게 부풀어 올라 보이지는 않아서 내 진단에 확신은 없었다.

"아이 엄마는 없니?"

"무함메드는 아메드의 동생이에요. 엄마는 이 아이가 태어났을 때 정신병에 걸렸어요. 그리고 모두들 이 아이가 절대 정상적인 삶을 살 수 없을 거라는 걸 알았죠. 엄마는 자기 병 속으로 도망가 버렸고요. 그래서 아메드가 동생을 맡아서 돌보기로 결심했죠. 그게 아메드가 프랑스로 온 이유에요. 처음 몇 년은 아메드가 혼자서 무함메드를 돌봤어요. 그러고 나서 내가 온 거죠. 그리고 무함메드는 내가 낳을 아이의 형이나 오빠로 살게 될 거예요."

"이 아이의 진단명은 뭐지?" 내가 물었다.

"무함메드는 여러 가지 질환을 가지고 있어요. 청각장애에다가 뇌가 완전히 발달하지 못했어요. 아버지가 보신 대로 말을 못해요. 게다가 몇 년 후에는 앞도 보지 못하게 될 거예요."

우리는 부엌으로 돌아왔다.

"유리병은 일단 여기 두고 가세요. 깨지지 않게 잘 포장해서 드릴게요."

"보아하니 너는 나와 함께 스웨덴으로 돌아가지 않을 작정이구나."

"지금은 아니에요. 아이가 태어나기 전에는 안 가려고요. 아이가 태어나면 스웨덴으로 갈 수도 있어요. 집이 다시 지어지면 말이에요."

나는 어찌해야 할지 몰랐다. 내 일부는 그녀를 있는 힘껏 꼭 껴안고 놓아주지 않으려고 했고, 그만큼 똑같이 강한 다른 일부는 그저 모든 것에서 도망쳐서 캠핑카로 돌아가고 싶어 했다.

"나는 내일 돌아갈 거야. 이제 너는 풀려났고, 프랑스에서 추방된 것도 아니고, 그리고 네가 어떻게 살고 있는지도 이젠 내가 알게 됐고. 내가 파리에 더 있을 필요가 없다. 게다가 호텔에 묵는 건 너무 비싸."

"여기서 주무시면 돼요."

"나는 더이상 도시에 적응이 안 되는구나. 집으로 돌아가야 해. 내 섬과 불탄 내 집이 그립다."

루이제가 곰곰이 생각하더니 대답했다.

"어쨌든 오늘 저녁에 아버지 있는 호텔로 갈게요. 이 병을 가지고."

우리는 어두운 현관복도에서 말없이 작별을 했다. 아주 젊은 사람처럼 모든 것이 불확실한 느낌이 들었다. 아무 것도 이해할 수 없다는 사실이 마음에 들지 않았다.

밖으로 나와서 가만히 서 있었다. 우리는 한참 시간이 지난 후에야 다시 만나게 될 것이다. 결심을 하지 못한 채 나는 남쪽으로 가는 지하철을 타고, 환승을 하고, 바스티유 역에서 내렸다. 천천히 오텔 드 빌(파리 시청—옮긴이) 방향으로 걸었다. 귀국편 비행기를 예약해야 했다. 무언가가 되돌릴 수 없이 끝이나 있었다. 루이제의 가족을 만나고 나니 우리가 서로 다른 세계에 살고 있다는 사실이 분명해졌다. 그럼에도 나는 어떤 변화가 가능하기를, 그래서 우리의 두 세계가 하나로 합쳐질 수 있기를 바랐다.

나는 다시 거리에서 마주치는 사람들을 관찰하기 시작했다. 가끔 나이 든 사람들을 보게 되면, 그건 늙은 우리가 이 세상의 예외라는 것을 확인하게 될 뿐이었다.

귀국편 비행기를 예약하려고 항공사에 전화를 걸었다. 오랫동안 기다리고 여러 번 다른 곳으로 연결된 다음에야 다음날 열한 시 삼십 분 비행기를 예약할 수 있었다.

나는 몽파르나스를 향해 긴 도보여행을 이어갔다. 거리의 여자음악가가 내 발길을 붙잡았다. 그녀는 바이브레이션이 있는 강렬한 목소리로 옛날 재즈곡들을 불렀다. 거리에 놓인 그녀의 모자에는 꽤 많은 돈이 들어 있었다. 나는 모자 안에 든 동전들에 일 유로를 보탰다. 그녀가 감사의 미소를 보냈다. 이가 여러 개 빠져 있었다.

호텔에 도착했을 때에는 다리가 아팠다. 무슈 피에르가 리셉션에 앉아서 잔돈 교환통을 정리하고 있었다.

"내일 집으로 돌아갑니다." 내가 말했다.

"이걸로 이번 파리 여정이 다 끝나신 겁니까?"

"아마도 마지막이 아닐까요. 내 나이가 되면 앞으로의 일을 알 수가 없죠."

"그렇죠. 늙는다는 건 점점 더 얇아지는 얼음장 위를 걷는 거니까요."

바가 열려 있었지만 손님은 없었다. 나는 커피 한 잔을 주문했다.

커피를 마시고 리셉션을 지나는데 검붉은 색 커튼으로 가려진 뒷방에서 무슈 피에르의 목소리가 들렸다. 내가 아는 멜로디를 흥얼거리고 있었다. 몇 소절 더 듣다보니 그제야 그 멜로디가 오펜바흐의 곡이라는게 떠올랐다.

내 방 침대에는 라셸이 오늘 방청소를 했다는 쪽지가 놓여 있었다. 침대에 눕자마자 잠이 들었다. 한참을 잤다고 생각하고 잠에서 깼는데 시간은 겨우 이십 분이 지나 있었다. 침대커버로 다리를 덮고 침대 상단에 기대어 앉았다. 머릿속에서 아메드가 갑자기 부엌에 나타났던 그 집으로 돌아가 보았다. 장애를 가지고 있는 그의 동생을 떠올렸고, 아메드와 그 소년의 머리를 쓰다듬던 부드러운 루이제의 손길을 생각했다. 그녀는 내가 그녀의 삶을 들여다 볼 수 있게 해 주었지만, 나는 마치 모든 것이 낯설기만 한 방에 발을 디딘 것 같은 느낌이었다.

내 딸은 예를 들어 심한 장애를 가진 소년을 돌보는 책임을 함께 지기로 할 만큼 다른 사람들에 대해 큰 연민을 가진 사람이다. 하지만 렘브란트의 그림을 마지막으로 보고 싶어 하는 중환자들을 돕는 일과 소매치기 활동을 어떻게 조화시킬 수 있는지는 내가 이해할 수 있는 범위를 넘어선다. 그러나 그녀 안에는 내가 존재하고, 내 안에는 그녀가 존재한다. 그녀와 나의 이야기는 아직 제대로 시작되지 않았다. 내가 루이제를 통해 나 자신을 더 잘 이해할 수 있게 될지 궁금했다.

나는 이렇게 멀리까지 왔다. 스톡홀름의 웨이터 집안에서 파리의 호텔방까지. 과거에 나는 성공한 외과의였다가 의료과실을 저질렀다. 이제 나는 가지고 있던 집이 불타버린 늙은이다. 그게 지금의 내 모습이다.

나는 죽음이 두렵지 않다. 죽음은 두려움에서 벗어나는 극도의 자유일 것이다.

침대에서 일어나서 책상 위 갈색 서류철에서 편지지를 몇 장 꺼내 내 생각을 적어보려 했지만 어떤 단어도 문장도 쓸 수가 없었다. 그 대신 장난 같은 지도를 그렸다. 수많은 해협과 신비로운 만들, 그리고 측연이 닿지 않을 만큼 깊은 심해로 이루어진, 내가 상상 속에서 만들어낸 군도가 종이 양면을 채우고 있었다. 내가 평생 유일하게 그린 지도였다.

나는 아메드와 그가 내게 선물한 괄목할 만큼 훌륭한 베두인족이 든 유리병을 생각했다. 다도해 지역은 아마도 그에겐 낯선 세계일 텐데, 내가 상상 속에서 만들어낸 군도 중 하나를 그에게 답례로 선물해야 할까 생각했다.

나는 다시 거리로 나가 목적지 없이 거닐었다. 몽파르나스역 주변을 거닐다가 지하철 출구에서 루이제를 기다렸다. 어둡고 추웠다. 다른 사람들과 눈이 마주칠까봐 얼굴을 돌린 사람들이 서둘러 지하세계로 들어가고 거기에서 나왔다.

아무도 나를 보지 않았고, 아무도 나를 찾지 않았다.

루이제는 일곱 시를 몇 분 앞두고 도착했다. 손에는 신문지와 갈색 포장지로 싼 베두인족이 든 유리병을 들고 있었다. 그녀는 나를 발견하고 놀라서 멈칫하더니 무슨 일이 있냐고 물었다. 그녀가 정말 나를 걱정하고 있다고 느꼈다.

"나는 내일 집으로 돌아가마. 너만큼이나 나도 극적인 작별 같은 건 좋아하지 않는단다."

그녀가 웃었다. 꼭 하리에트처럼 웃는다는 생각이 들어 당황스러웠다. 지금까지는 그렇다는 생각을 해 본 적이 없었다.

"우리가 적어도 한 부분에서는 같은 생각이네요. 극적인 만남이나 작별은 불편해지기 쉬워요."

그녀는 내게 포장한 물건을 건네면서 조심히 다루라고 당부했다. 특히 비행기에서 좌석 위 짐칸에 넣을 때 조심하라고 했다.

"32B. 두 사람 사이에 낀 가운데 좌석이더구나."

더이상 할 말이 많지 않았다.

"집에 갈게요." 그녀가 약속했다. "다른 식구들과 같이 갈게요. 그러니까 아버지는 집에 가서 새 집을 지으셔야 해요. 그 전에는 돌아가시면 안 돼요."

"나는 아직 죽을 생각 없다. 그리고 물론 집을 지을 수 있도록 노력할 테고. 그런 폐허를 물려줄 생각은 없으니까." 그녀가 나를 안았고 나도 그녀를 꽉 안았다. 그런 다음 그녀는 몸을 돌려 지하세계로 난 계단을 내려갔다. 나는 그녀의 뒷모습을 한참 보고 서 있었다. 혹시 그녀가 되돌아오기를 바랐을까?

저녁을 먹으러 근처에 있는 작은 식당을 찾았다. 하얀 종이 냅킨에 내 불탄 집을 그렸다. 기억을 더듬어 아주 자세하게. 다른 집에 사는 건 상상도 할 수 없었다.

호텔로 돌아가려고 식당을 나섰을 때 시계가 아홉 시 반을 가리키고 있었다. 약한 보슬비가 몽파르나스에 내리고 있었다. 많이 걸었으니 잠이 잘 올 것 같았다.

호텔에 도착했을 때 무슈 피에르는 이미 퇴근하고 없었다. 리셉션에서 야간근무를 하고 있는 직원은 처음 보는 사람이었다. 아주 젊은 남자였는데, 말총머리에 귀에는 동그란 링 귀고리를 하고 있었다. 나는 잠깐 무슈 피에르가 그와 일자리를 공유하는 걸 어떻게 생각하는지가 궁금했다.

바로 다음 순간 나는 리셉션 앞에 있는 안락의자 두 개 중 하나에 앉아 있는 리사 모딘을 발견했다. 그녀가 일어나며 자기가 온 것이 혹시 방해가 되냐고 물었다.

"천만에. 방금 딸아이와 작별을 하고 오는 길이라오. 루이제는 다행히 구치소에서 풀려났소만 여기 파리에 남게 되었소." 아메드와 그의 동생 이야기는 하지 않고 말을 이어갔다. "안에 베두인족 텐트가 든 유리병을 받았소. 언젠가 이 병을 진열해 놓을 수 있는 선반이 있는 집에서 살 수 있게 되어야 할 텐데."

그녀는 내 이야기에 별다른 대꾸를 하지 않은 채 그저 꼼짝 않고 나를 응시했다.

우리는 함께 엘리베이터로 갔다. 방에 들어가자마자 나는 일단 갈색 포장지에 싸인 물건을 책상에 올려놓았다. 그런 다음 침대 가장자리에 앉았다. 그녀가 내 옆에 앉았다. 둘 다 한마디도 하지 않았다. 침묵이 너무 길어진다 싶어 내가 먼저 입을 열어 다음날 집으로 돌아간다고 말했다.

"나도요." 그녀가 말했다.

"어쩌면 같은 비행기일지도 모르겠군."

"나는 기차로 가요. 내가 얘기한 적 없었나요? 비행 공포증이 있거든요. 내일 오후 네 시 이십 분 기차예요."

"함부르크, 코펜하겐 그리고 스톡홀름을 거쳐서 간단 말이오?"

"네. 나는 선생님을 만나려고 여기 온 거예요. 왜인지는 나도 모르겠어요. 선생님한테 소리 지른 건 후회하지 않아요. 일어난 일을 없던 걸로 할 수는 없으니까요. 하지만 여기까지 선생님을 찾아온 것이 아주 의미 없는 일이 되지는 않았으면 좋겠어요."

"아마도 우리는 외로움을 공유하고 있는 것 같군."

“감상은 선생님에게 어울리지 않아요. 우리는 기대하는 게 서로 달라요. 나는 기대가 없는데, 선생님은 뭔가 기대하는 게 있어요. 기대하지 않는 것도 하나의 기대라고 생각해요.”

“침대에 누웁시다. 그냥 그것뿐이오.”

그녀가 재킷과 구두를 벗었다. 그녀의 구두는 빨간 색이었고, 내가 전에 보았던 구두보다 굽이 더 높았다. 나는 스웨터를 벗었다.

그녀는 이번 파리 여행에서 나와 함께 침대를 쓴 두 번째 여자였다. 전날 밤 루이제가 무거운 숨을 쉬며 여기 누워있었다. 지금은 리사 모딘이 내 곁에 있다.

나는 모래와 텐트와 베두인족의 말을 생각했다.

깊은 평온의 순간, 자유가 시작되는 순간이었다. 갑자기 화재도, 눈부신 빛으로부터 도망쳤던 일도 내게서 아주 멀어져 있었다.

19

그날 밤 우리는 서로 건드리지 않았다. 오랫동안 깬 채 누워서 우리가 와 있는 도시에 대해 이야기를 나눴다.

리사 모딘이 자기 이야기를 하기 시작했다. 그녀의 어린 시절은 어떻게 그럴 수 있을까 싶을 정도로 평탄했다. 그녀는 인생이 정말 끝없이 단조로운 길일뿐인지 스스로 궁금해 할 정도로 지루했던 순간들에 대해 기억하고 있었다. 그녀는 극복할 수 없었던 비행 공포증에 대해서도 이야기했다. 비행 공포증은 그녀가 스리랑카에서 스웨덴으로 돌아오는 장거리 비행 중에 그녀를 엄습했다. 불이 꺼진 기내에서 좌석에 웅크리고 있던 한밤중에 갑자기 그녀는 자신이 땅에서 일 마일이나 떨어진 공중에 있다는 사실을 분명하게 깨달았다.

"내가 허공의 어깨 위에 실려 있다는 걸 깨달았어요. 언제든지 내가 너무 무거워서 떨어질 수 있다는 생각이 들었죠. 그 인식이 있었던 후로는 다시는 비행기에 탈 수 없었어요."

우리의 자연스러운 대화는 물결처럼 이어졌다. 그녀가 갑자기 목사와 전화통화를 했다는 이야기를 꺼냈다.

"목사에게 브롱셰르에서 발견되었던 곰 이빨에 대해 물었어요. 그런데 내가 무슨 말을 하는지 모르겠다고 하더군요. 자기 집에도, 교구나 교회에도 곰 이빨은 없대요."

"내가 그랬잖소. 나도 그저 들은 얘기일 뿐이라고. 존재하지 않는 곰 이빨도 전설이 될 수 있는 법이지."

우리는 파리의 거리에서 보았던 많은 가난한 사람들에 대해서도 대화를 나눴다.

"가난은 점점 더 가까이 우리에게 다가오고 있어요. 아무도 비껴갈 수 없어요."

"나는 가끔 내가 평생을 살았던 나라와 시간은 다행히도 아주 훌륭한 예외라고 생각한다오. 나는 돈에 쪼들렸던 적이 한 번도 없었소. 내가 스스로 그러길 원했던 때를 제외하곤 말이오. 하지만 우리의 아이들이 살게 될 세상이 어떻게 될지는 우리가 알 수가 없지."

"어쩌면 그래서 나는 아이를 원하지 않았을 수도 있어요. 내 아이들에게 편안한 삶을 보장할 수 없기 때문에요."

"그렇게 생각하면 안 되지. 생물학의 세계에서는 자식이 유일한 의미야. 다른 것은 모두 중요하지 않아."

우리는 두 시 반이 넘어서야 잠이 들었다. 그녀가 먼저, 그 다음에 내가 잠이 들었다. 그녀의 호흡은 빨랐다가 느려졌고, 그러다가 다시 빨라졌으며, 그녀는 조용하다가 가끔 작은 소리로 코를 골기도 했다. 그녀는 마치 깨어 있는 것처럼 잠을 잤다. 나는 조심스럽게 내 머리를 그녀의 어깨에 기댔다. 그녀는 움직이지 않았다.

우리는 거의 동시에 잠에서 깼다. 내가 눈을 뜨고 고개를 돌렸을 때 리사 모딘이 거기에 누워서 나를 보고 있었다.

"지금 막 깼어요." 그녀가 말했다.

일곱 시였다. 그녀가 일어나 앉았다.

"어제 나를 내쫓지 않아서 고마워요."

"내가 왜 그랬어야 하지?"

"선생님에게 소리를 질렀잖아요."

"당신에게 그럴 만한 이유가 있었겠지."

그녀가 다시 누웠다. 하지만 그 전에 뻗고 있던 내 팔을 옆으로 치웠다.

"어젯밤 내게 부담을 주지 않으신 것도 고마워요. 내가 선생님에게 나를 주려고 왔다고 생각하실 수도 있었을 텐데."

"내가 왜 그런 생각을 했어야 하지?"

"그게 자연스러웠을 테니까요."

"나는 그런 사람이 아니오."

그녀가 침대에서 일어나 커튼을 열었다.

"선생님이 다른 남자들과 다른 건 왜 그런 거죠?"

"나는 그냥 나일뿐, 다른 사람들은 개의치 않소."

리사 모딘은 혼란스러운 듯 고개를 흔들며 욕실로 들어갔다. 나도 침대에서 나와 창가로 가서 그녀가 나오길 기다리며 뒷마당을 내려다보고 서 있었다. 그녀가 내가 묵는 호텔에 와서 내 방에서 밤을 보냈다. 내가 아직 이해하지 못하고 있는지도 모르지만 어쨌든 그것이 뭔가 의미가 있을 것이다.

욕실에서 나온 그녀의 모습은 우리가 처음 만났을 때처럼 에너지가 넘쳐 보였다. 나는 그녀에게 함께 아침식사를 하자고 제안했다. 그녀는 미소를 지으며 고개를 저었다.

"선생님이 비행기 예약을 하지 않았더라면 함께 기차에서 식사를 할 수 있었을 텐데요."

방을 나가기 전 그녀는 손으로 가볍게 내 얼굴을 쓰다듬었다. 어떤 이유에서인지 나는 라셸이 그녀를 보지 않기를 바랐다.

그녀의 퇴장은 신속하게 이루어졌다. 배가 고프지 않았지만 나는 아래층에 있는 아침식사 방으로 내려갔다. 무슈 피에르는 리셉션 모니터 앞에 앉아 있었다.

식사공간은 조용했다. 몇몇 테이블에 손님 몇 명이 삶은 달걀과 커피 잔을 앞에 놓고 식사를 하고 있었다.

그곳에 앉아 있기가 지루해질 무렵 나는 체크아웃을 하기 위해 무슈 피에르에게 갔다. 내 신용카드로 숙박비를 지불하면서 갑자기 계좌에 잔액이 충분하지 않을까봐 걱정이 되었다.

그런 걱정은 물론 할 필요가 없는 것이었다. 지금보다 더 많이 소비를 하지 않는다면 계좌의 잔액은 충분할 것이다. 어쨌든 의사로서 꽤 많은 연금을 받고 있으니까.

무슈 피에르에게 십 유로를 팁으로 건네면서 일부를 라셸에게 나누어주라고 당부했다.

"그녀는 아주 좋은 사람이에요." 무슈 피에르가 말했다. "우리는 그녀가 이곳에서 일하는 것을 참 고맙게 생각합니다."

엘리베이터를 향해 발을 떼다가 다시 뒤로 돌며 물었다.

"이 호텔 주인은 누굽니까?"

"마담 페랭입니다. 그녀의 부친이 1922년에 이 호텔을 열었습니다. 마담 페랭은 일흔아홉 살이고 유감스럽게도 많이 편찮으십니다. 마지막으로 이 호텔에 오셨던 것이 십이 년 전입니다."

나는 고맙다는 인사를 하고 엘리베이터로 향했다. 3층에서 내릴 때 그리고 손에 이미 열쇠를 든 채 나는 결심을 했다. 그전에는 그 가능성에 대해 전혀 생각도 하지 않았었다. 나는 비행기를 타지 않고 리사 모딘과 같은 기차를 탈 것이다. 32B 좌석에는 아마 누군가 앉을 것이다. 하지만 그 누군가가 나는 아닐 것이다.

몇 시간 더 잠을 잔 후에 호텔을 나섰다. 북역에서 출발하는 기차 시간까지는 아직 몇 시간 여유가 있었지만 나는 역으로 가기 위해 택시를 잡아탔다. 이 도시에서의 볼일은 다 끝났고, 아마 나는 루이제와 그녀의 가족을 만나기 위해서나 이곳에 다시 오게 될 것이다. 나는 이제 파리라는 도시를 얼른 떠나고 싶었다.

택시기사는 드래드록 머리를 하고 있었고 차 안에는 밥 말리의 음악이 흘렀다. 나도 따라 흥얼거렸다. 차가 빨간불에 섰을 때 그가 뒤를 돌아보며 미소를 지었다. 그의 치아는 아주 하얀 색이었지만 윗니가 몇 개 빠지고 없었다. 지금은 레게음악이 연주되고 있는 옛날의 그 재즈클럽을 찾아갔던 일이 생각나서 기사에게 그 술집을 아느냐고 물었다.

"물론이죠." 신호가 막 초록색으로 바뀌었을 때 그가 대답했다.

나는 버팔로 솔져의 멜로디를 들으며 파리를 떠나고 있다. 기차역에 도착해서 나는 그에게 넉넉하게 팁을 건넸다. 아주 젊었을 때 심한 치통을 안고 거의 빈털터리 신세로 파리에 처음 왔을 때 도착했던 곳이 바로 이 역이다. 나는 이제 이곳에서 파리를 떠날 것이다. 그 당시는 이곳에서 택시에 탔었는데, 지금은 이곳에서 택시에서 내렸다. 그때와 지금의 여행 간의 큰 간극에도 불구하고 나는 그 둘이 연관되어 있는 느낌이 들었다.

기차표를 사면서 리사 모딘이 분명히 이등칸 표를 샀으리라고 생각했다. 표를 산 후 기차역을 돌아다니면서 오십 년 전 이곳에 처음 왔을 때의 모습이 어땠던지 기억을 더듬어 보았다. 당시 내가 타고 왔던 기차가 증기기관차였다는 건 확실했다. 게다가 내가 맨 마지막 차량에 타고 있었다는 것도 기억났다.

얀손에게 전화를 걸었지만 집으로 돌아가는 길이라는 얘기는 하지 않았다. 화재에 대해서는 새로운 소식이 없었다. 얀손은 다도해 섬들을 중심으로 불안이 확산되고 있다는 이야기를 전했다. 아주 음험한 인간이 그곳에서 행패를 부리고 있는 게 아닌가 사람들이 두려워하고 있다고 했다.

그는 정확히 '음험한'이라는 표현을 썼다. 얀손의 입을 통해 들으니 그 말이 진짜처럼 느껴지지 않았다. 그가 아름다운 테너 목소리로 그 표현을 노래했더라면 더 믿을 만하게 들렸을지도 모르겠다. 경찰이 내 집에 발생한 화재와 어떤 유사점을 발견했는지는 묻지 않았다. 얀손은 어차피 대답하지 못했을 것이다. 그는 계속해서 아직 나타나지도 않은 어떤 것에 대한 두려움에 대해 이야기했다.

전화를 끊고 다시 발걸음을 뗐다.

기차 출발 시간 삼십 분 전에 내가 탈 기차 승강장을 찾았다. 역의 큰 천장을 떠받치고 있는 철제기둥 옆에 자리를 잡고 섰다. 리사 모딘이 나를 보기 전에 내가 먼저 그녀를 찾고 싶었다.

출발 십오 분 전에 그녀가 왔다. 기차가 막 승강장으로 들어온 상태였다. 마치 점심식사 후에 약간 술에 취해 비틀거리는 궁색한 탐정처럼 조금 거리를 두고 그녀 뒤를 따랐다. 그녀가 기차에 타는 걸 보면서 내가 적어도 그녀가 어떤 칸에 탈지는 맞췄다는 걸 알았다.

차장이 기차 문을 닫기 직전 나도 기차에 올랐다. 나는 기차가 출발할 때까지 화장실 옆에 서 있었다. 오랜 세월이 지나 다시 기차로 떠나는 귀국길이 시작되었다.

승객들이 드문드문 앉아 있는 객실에서 리사 모딘을 발견했다. 그녀는 눈을 감은 채 머리를 유리창 옆 벽에 기대고 있었다. 다행히도 그녀는 맞은편 자리가 비어있는 좌석에 앉아 있었다. 나는 조용히 맞은편 자리에 앉았다. 일 분 후쯤 그녀가 눈을 떴다. 그녀가 미소를 지었다.

"놀랐어야 하는 거죠? 그런데 별로 놀라지 않았어요."

"처음 파리에 올 때 기차로 왔었소. 그 얘기는 지난밤에 내가 했지. 하지만 그 이후로 한 번도 기차로 파리를 떠난 적이 없소. 이후에는 여러 번 배낭을 메고 파리의 고속도로 출구에서 누군가 스웨덴까지 차를 태워주기를 바라며 서서 기다렸었지. 이제야 처음 파리에 왔을 때 마치지 못했던 집으로 가는 기차여행을 하게 됐네."

"잘 됐네요. 이 기차여행이 별로 기쁘지 않았는데, 이젠 좀 달라질 것 같군요."

"당신은 왜 파리에 온 거요? 그 이유를 알아야 난 이 긴 기차여행을 할 수 있을 것 같은데."

그녀가 대답하기도 전에 기차가 끼익 큰 소리를 내며 멈춰섰다. 그 순간 내가 파리에 처음 왔던 때가 자세하게 기억났다. 그때도 같은 브레이크 소리가 났었고, 사람들은 균형을 잃고 크게 흔들렸으며, 누군가는 욕을 했었다. 마치 어떤 껍데기를 뚫고 더이상 없는 어떤 세상에 머리를 들이민 것 같았다.

파리 교외를 지나면서 기차가 속도를 높였다. 우리가 앉아 있는 곳에는 주변에 다른 승객이 없어서 우리 둘만 있었다. 리사 모딘이 역방향으로 앉아 있어서, 나는 그녀에게 나와 자리를 바꾸겠냐고 물었다.

"처형당할 사람들을 기차에 태워 갈 때 역방향으로 앉혀서 갔었지. 교수대나 단두용 도끼를 보지 않도록 하기 위해서."

갑자기 내 청소년기에 있었던 한 사건이 기억났다. 나는 추운 겨울날 친구들에게 인기가 많았던 빵집 아들 하세가 가져온 아락 술(야자즙 · 당밀 · 쌀 등을 발효시켜 만든 동인도의 화주—옮긴이)을 넣은 펀치를 잔뜩 마신 후에 바깥에서 수줍음 많은 한 여자아이 옆에 서 있었다. 그 여자아이 이름은 아마 아다였던 것 같은데 머리 윗부분을 한껏 올린 파라 디바(모하마드 레자 팔라비의 세 번째 아내로서 이란의 왕비이자 황후였음—옮긴이) 헤어스타일을 하고 있었다. 그녀가 피할 새도 없이 나는 그녀의 흰 구두 위에 먹은 것을 토해 버렸고, 그녀는 달아나 버렸다. 학교무도회 때의 일인데, 술이 취했다고 사람들이 나를 밖으로 내쫓았었고, 그녀는 자기가 내 여자 친구라고 생각했기 때문에 굴욕을 무릅쓰고 나를 따라 나왔던 것이다. 어쨌든 내가 토하는 바람에 그녀는 다시 따뜻한 실내로, 행실이 단정한 학생들이 눈이 보이지 않는 더블베이스 주자가 있던 재즈오케스트라의 연주에 맞춰 짝을 지어 춤을 추고 있던 무도회장 안으로 도망쳤다.

기차가 파리 교외를 지나는 지금, 키 작은 남자가 크고 무거운 트렁크를 끌고 기차의 좁은 중앙통로를 지나고 있는 지금 나는 무슨 생각을 하고 있을까? 이번에는 그때처럼 혼자 남겨지지 않았으면 좋겠다는 생각?

나는 머리를 벽에 기대고 가슴 앞으로 팔짱을 꼈다.

기차는 벨기에 국경을 지나고 있었다. 우리 기차표는 앞 테이블에 올려 있었다. 차장이 차표 검사를 하러 왔을 때 나는 자는 척했다.

차장이 지나가고 리사 모딘이 자리에서 일어섰다.

"식당 칸에 가야겠어요. 배가 고파요."

나도 그녀 뒤를 따랐다. 중앙통로 건너편에 앉아있는 한 남자는 랩톱으로 영화를 보고 있었다. 나는 그에게 우리 짐을 좀 봐달라고 부탁했고, 그가 고개를 끄덕였다. 식당칸으로 가려면 객실칸을 여러 개 지나야 했다. 그녀가 앞에, 나는 몇 발짝 떨어져 그녀의 뒤를 쫓아갔다. 식당칸은 만원이라 우리는 자리가 날 때까지 기다려야 했다. 차창 밖에는 어둠이 깔려 있었다. 자리가 나서 앉은 다음 둘 다 닭요리를 주문했다. 웨이터의 프랑스어에는 동유럽 억양이 섞여 있었다.

"선생님은 어제 밤에 주무시면서 우시더군요." 그녀가 갑자기 말했다.

"내가 그랬소?"

"이유 없이 우는 경우는 별로 없는데, 왜 우신 거예요?"

"글쎄, 기억이 없는데. 꿈을 꾼 기억도 없고."

웨이터가 우리 잔에 음료를 따랐다. 그는 덜컹거리는 열차 안에서 쏟지 않고 음료를 따르는 데 익숙했다. 기차가 흔들렸을 때도 그는 한 방울도 흘리지 않고 계속 잔을 채웠다.

"한번은 야간열차를 타고 스위스를 지나간 적이 있었소. 이탈리아로 가는 길이었지. 식당칸에 갔는데 어떤 젊은 여자와 합석을 해야 했소. 그때는 내가 아주 젊을 때였지. 왜인지는 모르겠지만 그 여자가 펀치 같은 걸 주문하더군. 그녀가 한 잔을 마시는 동안 나는 세 잔을 마셨소. 그녀를 내 침대칸으로 유혹할 수 있을 거란 강렬한 희망을 품었었지. 과대망상에 사로잡혀서, 그리고 그때 돈이 좀 있을 때라 일등칸에 있는 침대칸을 예약했었거든. 그때 돈이 왜 많았는지는 더이상 기억나지 않는데, 하여간 의학공부를 막 시작했을 때였소. 내 기억이 맞는다면, 아마 부활절방학에 갑자기 로마에 가기로 결심했던 것 같아. 물론 그 젊은 여자를 유혹하겠다는 내 비밀스런 계획은 실현되지 않았소. 식당칸 영업이 끝나자 그녀가 고맙다는 인사와 함께 사라지더군. 나는 비틀거리면서 내 좌석칸으로 돌아갔고, 창문을 연 다음 잔뜩 마신 설탕 든 펀치 때문에 의식을 잃고 말았소. 아침에 깨어 보니 열린 창으로 들어온 눈이 침대를 온통 덮었더군. 입 안에는 꼭 굳어버린 설탕용액 같은 것이 가득찬 느낌이었소. 그 전에도 그 후에도 그렇게 심한 숙춰는 경험한 적이 없다오. 그 다음 며칠을 아팠으니까. 그때의 로마여행에 대해 기억나는 건 숨 막힐 것 같은 교통상황과 그 실패한 여행을 위해 낭비한 돈 때문에 잔뜩 화가 나서 돌아다녔던 것뿐이라오. 수많은 펀치 잔과 맞바꾼 경험이었지."

"나도 로마에 대한 기억이 있어요. 내 여행은 선생님 것보다는 좀 덜 실패한 것 같군요. 여자 친구 두 명과 로마에 갔어요. 그중 한 명이 언어를 배우기 위해 숙식과 용돈만 제공 받고 스웨덴 외교관 집에서 가사도우미로 일하기로 했었거든요. 첫 한 주 동안 그녀를 응원하기 위해 저와 다른 친구가 로마까지 따라 간 거죠. 어느 날 친구 두 명이 감기에 걸려 침대에 누워 있는 동안 저 혼자 산책을 하러 나갔다가 마리우스라는 이름의 남자를 만나게 됐어요. 며칠 후 저녁 보르게세 공원에 있는 한 나무 뒤에서 내 순결을 잃었어요. 둘 다 서툰 애무 끝에 생긴 일이었죠. 다음 날 다시 만나기로 했는데 내가 나가지 않았어요. 가끔 그 남자는 어떻게 됐을까 궁금해요. 그리고 그 사람도 가끔 내 생각을 하는지 궁금하고요."

식당칸은 점점 비어갔다. 우리는 커피를 마셨다. 리사 모딘은 후식을 시켰지만 너무 달다며 거의 손도 대지 않았다.

그녀가 갑자기 예전 그 저녁에 내가 왜 자기를 찾아왔는지 물었다.

"당신도 알잖소."

“난 아무 것도 몰라요. 하지만 짐작 가는 건 있어요.”

“뭐지?”

“내가 선생님을 제 옆에 주무시게 하기를 바라셨던 거요. 어떻게 그럴 거라 믿을 수가 있죠?”

“믿은 게 아니오. 그러길 바랐던 거지.”

“선생님은 내 서류도 뒤지셨어요. 내 옷장에 숨어있던 비밀도 발견하셨고요.”

화가 난 그녀가 테이블 위에 놓여 있던 냅킨을 들어 던져버렸다. 그리고 주방설비 앞 스툴에 졸며 앉아 있던 웨이터에게 손짓을 했다. 그는 바로 일어나서 이미 준비되어 있던 계산서를 가져왔다. 그녀는 내가 이미 계산을 많이 했다고 말하면서 자기가 계산을 했고 웨이터에게 부적절하게 많은 팁을 건넸다. 그는 좋아서 놀란 얼굴로 그녀를 바라보았다. 그날 저녁 식당칸에 있으면서 처음으로 본 그의 미소였다.

우리는 객실로 돌아왔다. 이번에는 내가 앞서 가면서 객실 사이마다 있는 빽빽한 문들을 열었다.

우리 짐을 지켜 주었던 남자는 무릎 위에 랩톱을 올려놓은 채 잠이 들어 있었다. 우리 가방은 그대로 있었다.

“지금 여기가 어디에요?” 자리에 앉자 리사 모딘이 물었다. 그녀는 코트를 펼쳐 몸을 덮고 두 다리를 의자 위에 올려 웅크리고 앉았다.

"독일이겠지." 내가 대답했다.

손목을 들어 시계를 보았다. "대여섯 시간 후면 함부르크에 도착할 거요. 항상 거기서 정차를 하지."

"함부르크에 도착하면 깨워 주세요. 난 내가 어디 있는지 아무도 모르는 게 좋아요. 그리고 밤기차도. 내가 소설을 쓸 수 있다면 이 여행 이야기를 쓸 거예요."

"그 이야기에 나도 나오게 될까?"

그녀는 더이상 대답하지 않았다. 이미 눈을 감고 코트를 머리 위까지 덮어 썼다.

나도 잠이 들었던 게 분명하다. 기차가 멈추는 바람에 깼으니까. 창백한 불빛 속에 놓인 플랫폼을 내다보고 기차가 함부르크에 도착했다는 걸 알았다. 랩톱을 사용하던 남자는 자기 짐을 챙겨 기차에서 내렸다. 리사 모딘은 여전히 코트를 뒤집어 쓴 채 자고 있었다. 그녀의 다리 한 쪽이 의자 밑으로 내려와 있었다.

우리는 정확한 시간에 함부르크에 도착했다. 새벽 세 시 십오 분 전이었다. 내가 젊었을 때의 기차 여행과 달리 지금은 기차를 갈아타지 않아도 되었다. 하지만 정차 시간이 삼십오 분이나 되었다. 코트 아래 숨어 있던 그녀의 어깨를 건드렸다. 누가 그녀를 습격하기라도 한 듯 그녀가 놀라서 코트를 휙 벗어던졌다. 잠에서 덜 깬 눈으로 그녀가 나를 바라보았다.

"함부르크에 도착했소. 여기서 삼십 분 정차할 거요."

"깜빡 잠이 들었어요." 그녀가 잠에 취해 중얼거렸다. "잘 잔 것 같아요. 갑자기 큰 구멍이 열리는 꿈을 꿨어요."

"나는 잠깐 바람을 쐬러 나갈까 하는데." 내가 말했다.

그녀가 여전히 잠에 취한 채 신발을 신고 두 손으로 얼른 머리를 매만졌다.

"짐을 여기 그냥 둬도 될까요?"

"보통은 승강장을 돌아다니며 기차를 감시하는 사람이 있지. 우리가 직접 지켜보고 있어도 되고."

승강장에 내려섰다. 추웠다. 우리 열차의 기관차가 상점들과 매표소와 식당들이 늘어서 있는 역 위쪽으로 향하는 계단에 가깝게 서 있었다. 계단 위쪽에서도 열차 전체가 눈에 들어왔다. 게다가 실제로 차장제복을 입은 남자 한 명이 기차를 따라 순찰을 돌았다.

우리는 에스컬레이터를 타고 올라갔다. 그녀에게 배가 고픈지 물어보았다.

"새벽 세 시인데요? 선생님은 시장하세요?"

우리는 밤에도 영업을 하는 한 카페에서 기차로 가져 갈 차를 두 잔 주문했다. 테이블 하나에 더러운 배낭을 멘 긴 머리 남자가 앉아 잠을 자고 있었다. 그는 어쩌면 항상 그곳에 앉아 있는 사람이 아닐까, 항상 새로 태어나고 항상 똑같은 모습으로 있는 시대를 초월한 방랑자가 아닐까 생각했다. 다른 테이블에는 집 없는 아이들처럼 보이는 청소년 몇 명이 무관심한 표정으로 앉아 있었다. 그들의 모습은 또 다른 테이블에 앉아서 애정이 담뿍 묻어나는 손길로 서로의 볼과 머리를 쓰다듬고 있는 삼십대 남녀 한 쌍과 극명한 대조를 이루고 있었다.

우리는 차가 담긴 종이컵을 들고 밖으로 나왔다. 둥근 철제 천장과 그을음이 잔뜩 묻은 유리창이 있는 역사 안에는 새벽 시간이라 거의 사람이 보이지 않았다. 리사 모딘이 모든 승강장이 보이는 난간 앞에 자리를 잡고, 컵을 난간 위에 올려놓았다.

나는 그녀를 껴안는 시도를 감행했다. 그녀는 저항하지 않았다. 하지만 조심스럽게 뒤로 물러났다.

"나를 잡지 말아요. 그냥 지금 그 자리에 서 계세요. 뭐든 너무 빠르면 잘못 되게 돼 있어요."

넝마를 걸친 수척한 약물중독자가 다가와 구걸을 했다. 그에게 일 유로를 줬다. 하지만 돈을 더 달라고 버티고 서 있기에 꺼지라고 소리쳤다. 리사 모딘은 슬그머니 물러나서 사라지는 그의 뒷모습을 바라보고 서 있었다.

"나는 사람들이 어떻게 자식을 낳을 용기를 내는지 이해할 수가 없어요. 그 아이가 기차역에서 거지로 살게 될 지도 모르는데 말이죠."

"냉소적이군. 하긴 인생이 우리에게 보장하는 건 끊임없는 위험부담뿐이지. 그건 아이를 낳아도 마찬가지고."

"항상 그렇게 생각하셨어요? 선생님 딸의 출생을 기다리면서도?"

"나는 그 아이를 임신한 것도 몰랐소. 얘기한 적 있을 텐데."

다 마신 종이컵을 쓰레기통에 버리고 기차로 돌아갔다. 함부르크에서 새로 탄 승객들이 있었다. 둘이 나란히 앉을 수 있는 빈 좌석으로 옮기자고 제안을 할까 생각했다. 하지만 그녀가 원하지 않는다는 것을 알았다. 굳이 물어볼 필요가 없었다. 그녀는 자리에 앉자마자 우리 둘 사이에 보이지 않는 경계선을 긋더니, 내가 그녀의 세계에 절대 발을 들여놓을 수 없다는 듯 눈을 감아버렸다.

기차는 계속 북쪽을 향해 달렸다. 그녀가 자는지는 확실하지 않았지만, 어쨌든 그녀는 다시 코트를 머리 위까지 뒤집어썼다. 나는 가만히 앉아서 어두운 바깥을 내다보고 있었다. 산산이 부서진 기억의 편린들이 잘려진 필름조각들처럼 머릿속을 이리저리 돌아다녔다. 차장이 지나갈 때 기차 안의 바가 혹시 영업 중인지 물었다. 그가 고개를 저었다. 여러 가지 음료가 든 자판기가 열차 뒤쪽에 있다고 했다. 술 종류는 없을 게 분명했다.

기차는 제시간에 스톡홀름에 도착했다. 기차에서 아침과 점심을 먹은 다음이었다. 리사 모딘은 나중에 내 자동차를 타고 집까지 함께 가는데 동의했다. 우리 둘 중 누구도 함부르크 역에서의 짧은 포옹에 대해 내색하지 않았다. 그녀가 혹시 그 장면을 실제가 아닌 꿈이라고 여기는 것 아닌가 궁금했다. 나는 그 반대였다.

나는 우리를 코펜하겐을 지나 스웨덴의 가을풍경 속까지 데려다 준 그 기차 안에서 많은 시간을 그녀의 맞은편에 앉아 있었다. 그러면서 일 미터도 안 되는 거리에 있는 사람을 그리워하는 것이 과연 가능한지 내 자신에게 묻고 또 물었다.

리사 모딘은 나중에는 몇 시간 동안 스웨덴 언론의 역사에 관한 책 속에 빠져 있었다. 나는 내 다이어리 말고는 따로 읽을거리가 없었다. 그래서 다이어리 안에 있는 모든 이름을 점검했다. 그러면서 내 이름이 프레드리크가 아니라 다른 이름이면 어떨까 상상해보았다. 후보작으로 필립 말고 다른 이름은 떠오르지 않았다. 더이상 읽으면서 생각해 볼 이름이 없을 때 나는 펜을 꺼내서 내 이름과 리사 모딘의 이름을 놓고 애너그램(철자의 위치를 바꾸어 새 어구를 만드는 것—옮긴이)을 해보았다. 내 이름보다는 그녀의 이름이 재미있는 애너그램을 만들기가 쉬웠다.

레프리크 닐레프(Refrik Nilew, 주인공의 원래 이름은 Fredrik Welin—옮긴이)는 마스디 올린(Masdi Olin, Lisa Modin의 철자를 바꾸어 만든 이름—옮긴이)만큼 흥미롭지 않았다.

스톡홀름 중앙역에서 다시 알란다 공항으로 가는 기차를 탔다. 스웨덴에는 차가운 비가 내리고 있었다. 나는 차를 가지러 갔다가 리사 모딘을 3번 터미널에서 태우기까지 차를 몰고 모든 출구를 헤매야 했다.

이제 비를 뚫고 남쪽으로 향했다. 교통량은 많았고 도로는 분주했다. 쇠데르텔리에를 지난 다음에야 비가 잦아들었다. 그녀에게 배고프지 않느냐고 물어보았다.

"저는 그냥 결코 끝나지 않기를 바라는 여행을 즐기고 있어요. 아무리 받아도 만족할 수 없는 어린 아이처럼 말이에요."

"뭐에 만족하지 못한단 말이요?"

그녀는 그저 부인하는 몸짓으로 고개를 저었다. 나는 비에 젖은 도로가 헤드라이트 불빛을 받아 반짝이는 것을 보며 나도 같은 마음이라고 생각했다. 이 여행이 끝나지 않고 영원히 계속되기를 바랐다.

캄캄한 콜모르덴 숲에 다다랐을 때 그녀가 갑자기 도로변 휴게소에 차를 좀 세워달라고 부탁했다. 그녀가 차에서 내려 어둠 속으로 사라졌다. 나는 라디오를 켜고 뉴스를 들었다. 그런데 마치 이미 한번 들었던 내용 같았다. 리사 모딘이 자동차 문을 열고 다시 차에 탔을 때 라디오를 껐다. 빗줄기가 이제 더 강해져 있었다. 그녀의 머리카락은 젖어있었다.

"세상에는 무슨 일이 벌어지고 있대요?" 그녀가 물었다.

"별의별 일이 새롭게 반복되고 있지. 항상 같으면서 또 항상 다른 일들."

우리는 계속 달렸다. 노르쾨핑 외곽에서 도로변에 있는 식당에 차를 세우고 식사를 했다. 그녀는 자기가 시킨 음식을 맛보더니 접시를 옆으로 치워버렸다.

"이런 건 주인에게 따져야 하는데. 도저히 먹을 수가 없네요."

"내가 하리다."

"아니에요." 그녀가 거절했다. "내가 직접 따질 수 없으면 하지 말아야지, 다른 사람이 대신 해줄 순 없어요."

그녀가 음식접시를 다시 앞으로 당기더니 생선 그라탱을 조금 먹었다.

우리 뒤쪽에 있는 테이블 중 하나에서 갑자기 싸움이 벌어졌다. 흥분한 젊은 남자 둘이 같이 온 다른 남자들이 말리기도 전에 서로 주먹질을 하기 시작했다.

우리는 어둠 속을 계속 달렸다. 쇠데르셰핑을 지난 뒤 얼마 안 있어 토끼 한 마리가 도로를 가로지르는 바람에 급제동을 해야 했다. 차를 타고 달리는 동안 우리는 말을 하기 보다는 침묵을 나눴다. 적어도 내게는 그 침묵이 부담스럽게 느껴졌다. 무슨 얘기를 해야 할지 모르면서도 나는 그녀와 이야기를 나누고 싶었다.

열 시쯤 우리 마을에 도착했다. 나는 그녀를 집까지 태워다 주었다. 여전히 차가운 비가 내리고 있었다. 재킷을 머리 위로 뒤집어쓰고 차 트렁크에서 바퀴 달린 그녀의 가방을 꺼냈다.

"밤이 늦었는데 어떻게 집에 가세요?" 그녀가 물었다.

"그건 아직 모르겠소."

"주무시고 가세요."

그녀의 목소리에서 이미 마음을 굳혔다는 걸 느낄 수 있었다. 어쨌든 그 순간에 즉흥적으로 한 생각은 아닌 것 같았다. 나는 내 가방을 꺼낸 후 자동차 문을 잠그고 그녀 뒤를 따랐다.

집 앞 자전거 거치대 옆을 지나다가 발을 헛디뎌 넘어졌고 한쪽 다리에 상처가 났다. 그녀 집에 올라가서 보니 피가 제법 나고 있었다. 그녀는 욕실에서 내 상처를 닦아주고 붕대를 감아주었다.

변기 뚜껑 위에 앉아서 그녀가 내 상처를 치료해주는 모습을 보면서 우리가 뭔가 결정적인 것에 다가가고 있다는 걸 알았다.

하지만 그것이 무엇인지는 아직 알지 못했다.

파리여행은 끝났다.

황제의 북

어두운 현관복도에 가만히 서 보았다.
혼자 사는 사람의 고독에 항상 따라붙는
어떤 떫은 냄새가 분명히 느껴졌다.
불이 나기 전의 내 집에서도 같은 냄새가 났었을까?

20

내 상처를 치료해 준 후 그녀는 맨 먼저 발코니 문을 활짝 열었다. 밤의 찬 공기가 안으로 쏟아져 들어왔다.

나는 그녀가 우편물 구멍을 통해 현관 안에 들어와 있던 우편물을 모으는 모습을 가만히 지켜보았다. 그녀가 많은 신문을 읽는다는 걸, 하지만 광고지는 싫어한다는 걸 확인할 수 있었다.

그녀가 내게 무엇을 먹겠느냐고 물었다. 차, 버터 바른 빵, 간 파테, 정어리가 있다고 했다. 그녀는 식탁을 차리면서 내게 소파에 앉으라고 권했다. 돕겠다고 했더니 말없이 고개만 저었다.

나를 집으로 초대한 것이 과연 잘한 일인지 그녀가 혼란스러워하고 있다는 걸 느꼈다. 나는 소파에 앉아서 비슷한 상황에 있었던 모든 경우에 대한 기억을 떠올려보았다. 앞으로 어떤 일이 일어날지 모르는 채 여자와 단 둘이 있었던 경우들.

갑자기 여자와 처음 잤던 때의 일이 떠올랐다. 오십육 년 전의 일이다. 몇몇 친구들이 내게 그 여자애가 좀 난잡하고 항상 몸을 줄 준비가 되어 있다고 말했었다. 그 애의 이름은 아마 잉에르였던 것 같다. 나는 당시 열네 살이었다. 잉에르는 여러 학교의 무도회에 나타나고는 했다. 나는 춤에는 소질이 없었고, 그래서 그것이 여자 아이들을 다른 연애체험으로 유혹하기 위한 좋은 핑계라고 생각했다. 자기 합리화일진 모르지만 어쨌든 내 생각은 그랬다. 한쪽 벽 앞에는 남자아이들이 눈에 보이지 않는 출발선에 대기하고 있었고, 다른 쪽 벽 앞에는 반대쪽에서 남자아이들이 돌진해 오기를 기다리는 여자아이들이 서 있었다. 물론 그중에 잉예르도 있었다. 그때도 역시 나는 빵집 아들 하세가 자기 아버지 창고에서 몰래 훔쳐서 약국에서 산 조그만 유리병에 나눠 담아 비싸게 팔려고 가져 온 아락 펀치를 마신 상태였다. 완전히 취하진 않았지만 용감하게 댄스플로어에 나설 만큼은 취한 상태였다. 잉예르라는 이름의 여자아이는 내가 누구인지 몰랐다. 우리는 땀에 젖은 작은 쇄빙선처럼 때로는 거칠게 서로를 밀치는 빽빽한 사람들 사이에서 몸을 움직였다. 그날 저녁은 댄스시간이 아니라 밀기 시간이었다. 기억에 의하면 우리는 서로 한 마디도 나누지 않았다.

두 곡 춤을 춘 다음 내가 그 애에게 가자고 제안했다. 어디로 가냐고 그 애가 물었다. 나도 몰랐다. 그저 땀 냄새와 청소년 아이들의 떫은 술 냄새와 싸구려 향수 냄새가 나는 끔찍한 무도회장에서 나가고 싶었다. 그때 그 애가 아주 당연하다는 듯 집에 자기 밖에 없다고 말했다.

그 애는 더이상 이름이 기억나지 않는 교외 소도시에 살았다. 우리는 지하철을 타고 가면서 여전히 서로 말을 나누지 않았다. 그 애는 갈색 치마와 흰 블라우스와 검붉은 색 코트를 입고 그녀의 큰 발을 유난히 강조해주는 부츠를 신고 있었다. 옷차림으로는 아무나하고 자는 난잡한 아이처럼 보이지 않았다. 그럼 난잡한 여자 아이는 대체 어떤 모습일까?

잉예르는 1950년대 초에 지어진 조합 주택에 살았다. 방이 세 개인 집이었다. 선반에서 차장유니폼을 입은 그 애 아버지 사진을 보았다. 나는 이런저런 금언이 적혀 있는 쿠션들이 놓인 소파에 앉았다.

잉예르는 욕실로 사라졌다. 물 내려가는 소리가 들렸고, 나는 이제 뭘 어떻게 해야 하는 건지 내 자신에게 물었다. 지금 내 앞에 놓인 거의 필사적인 유혹은 두렵기도 하고 즐겁기도 했다.

그 애가 욕실에서 나와 내 앞에 서더니 내가 예상치 못한 지원을 했다.

"지금 할래, 아니면 조금 더 기다릴래?" 그녀가 물었다.

무엇을 기다려야 할지는 설명하지 않았다.

"지금." 이렇게 말하는 내 얼굴이 붉어졌다.

그 애가 고개를 끄덕이고 작은 자기 방으로 가다가 몸을 돌려 의아한 얼굴로 나를 보았다. 나는 곧장 일어나서 그 애를 따라갔다. 그 애가 욕실을 가리켰다.

"수건은 파란색을 쓰면 돼."

그 다음에 일어난 일은 거의 기억나지 않는다. 그 애가 불을 껐고, 옷을 벗었고, 천 인형들이 이리저리 굴러다니는 침대 이불 속으로 들어갔다. 나도 재빠르게 옷을 벗어던지고 이불 속으로 따라 들어갔다. 서툴게 그 애를 안으며 몸을 더듬었지만, 어떨 땐 내가 더듬고 있는 것이 그 애의 젖가슴인지 곰 인형들인지 헷갈렸다. 어쨌든 그런 서툰 몸짓 속에 나는 그 애 몸에 들어갔고 삽입을 하자마자 곧바로 사정을 하고 말았다. 그 애가 킥킥대며 웃는 소리가 들렸고, 나는 암담함에 짜증을 내며 그 애의 동물 인형 몇 개를 침대 밖으로 던져버렸다.

"봉제 곰 한 무더기 사이에서 그걸 어떻게 하냐?" 반항심 가득한 목소리로 내가 말했다.

그 애가 또 킥킥댔다. 그러나 대답은 하지 않았다.

우리는 더이상 한 마디도 나누지 않았다. 나는 한 시간가량 머물다가 옷을 입고 그 애 집을 나섰다.

"또 보자." 내가 말했다.

"아니, 우린 분명히 다시 보지 않을 거야."

그때로부터 오십육 년이 지난 지금 나는 리사 모딘의 소파에 앉아서 그때 잉예르가 한 말이 무슨 뜻일까 생각했다. 그녀가 원하지 않으니 다시 보지 말자는 얘기였을까? 아니면 그녀는 내가 원하는 것을 얻었으니 더이상 자기에게 흥미가 없을 거라고 확신했던 걸까?

서툴고 비참했던 내 첫 경험에 대한 기억은 리사 모딘이 나를 부엌으로 부르는 바람에 날아가 버렸다. 갈색 치마를 입고 아이들 입에 난잡하다는 표현으로 오르내리던 잉예르는 어떻게 되었을지 궁금했다. 잘 살았을까? 나는 그 애를 그 이후 다시는 보지 못했다.

우리는 식사를 하며 별다른 이야기를 하지 않았다. 식사 후에 리사 모딘은 내게 식탁을 치우고 설거지를 해달라고 부탁하곤 욕실로 사라졌다. 나는 식탁 위 부스러기들을 치우고 발코니 문을 닫고 나서 소파에 앉았다. 그 사이 그녀는 목욕가운을 걸치고 욕실에서 나와 침실로 사라졌다.

"선생님이 쓸 수건을 욕조에 걸쳐두었어요."

나는 잉예르 생각을 했다. 그때와 아주 다르면서도 똑같다는 생각과 함께.

"파란색인가?"

"흰색인데요. 왜요?"

씻고 머리를 말리고 다시 나왔을 때 그녀는 침실 불을 끄고 거실 바닥에 세워져있는 등만 하나 켜 놓았다. 나는 침대로 가서 몸에 두르고 있던 수건을 벗고 그녀가 누워있는 이불 속으로 들어갔다.

우리는 입을 닫고 어둠 속에 누워 있었다. 더듬더듬 그녀의 손을 찾았다. 그녀는 주먹을 쥐고 있었다. 나는 굳이 그 주먹을 풀려고 하지 않았다.

내가 여섯 시쯤 일어나서 옷을 입고 집을 나설 때 그녀는 자고 있었다.

차가 세워져있는 곳으로 걸어가는데 추위가 느껴졌다. 그 동네는 외따로 떨어져 있었다. 하나뿐인 유일한 도로를 따라 차를 몰면서 결코 진짜 영화촬영은 없을 솜씨 좋게 만들어 놓은 세트장을 지나는 것 같은 느낌이 들었다. 이 지역에 사는 주민들은 모두 영화촬영 때 사용되는 슬레이트를 가지고 다니며 언젠가 그 슬레이트를 칠 일이 있기를 바라고 있을 것 같다는 상상을 했다.

바닷가로 내려가 차를 세우고 차에서 내렸다. 날은 추웠지만 나는 나무로 만든 부두 위를 오가며 전날 밤의 일을 이해해 보려고 애썼다. 그렇게 해서 다다른 결론은 리사 모딘에 대해 결국 여전히 아는 것이 없다는 것이었다. 그녀는 왜 파리에 왔던 걸까? 그 질문에 대한 답은 없었다. 다시 차를 타고 항구로 갔다. 가는 길에 반대편에서 오던 차 때문에 급제동을 해야 했다. 운전석에 선박정비사가 앉아 있었던 것 같은데, 아마 술에 취해있었을 것이다. 얀손이 그 정비사가 중증 알코올중독자라고 이야기한 적이 있었다. 하지만 얀손 말을 항상 다 믿을 순 없다. 자기가 싫어하는 사람은 모두 알코올중독자라고 하니까.

항구에 도착해서 오슬로브스키 집 주차장으로 차를 몰았다.

약한 보슬비가 내리기 시작했다. 차에서 짐을 내리고 얀손에게 나를 데리러 와 달라고 전화를 할 생각이었다. 그러다가 우선 오슬로브스키가 집에 있는지 그리고 차고에서 자동차 조립을 시작했는지 살펴보기로 했다. 나는 그녀가 아침형 인간이란 걸 알고 있었다. 그녀의 집으로 올라가는 자갈길의 낙엽은 치운지 얼마 안 된 것 같았고, 창문의 커튼은 모두 닫혀 있었다. 차고에서 소리가 나는지 귀를 기울여보았다. 하지만 바다에서 불어오는 바람소리 말고는 아무런 소리도 들리지 않았다. 그래도 차고로 올라갔다. 집 모퉁이를 돌았을 때 차고 문이 반쯤 열려 있는 것이 보였다. 오슬로브스키가 집에 없다면 차고 문을 그렇게 열어놓지는 않았을 것이다. 그녀는 조심성이 많은 사람이라 항상 차고 문을 잘 잠갔다.

노르딘에 의하면, 오슬로브스키가 한번은 자기 가방에서 돈을 찾다가 노르딘이 그때까지 본 중 가장 큰 열쇠꾸러미를 가방에서 꺼낸 적이 있었다고 했다. 노르딘은 그렇게 작은 집에 사는 사람이 무엇 때문에 감옥 간수처럼 그렇게 많은 열쇠를 가지고 있는지 종종 생각하곤 했다고도 했다.

나는 차고 문을 두드리면서 동시에 문을 밀어 열었다. 안에는 불이 켜져 있었다.

오슬로브스키는 정비대 위에 올라가 있는 자동차 뒤쪽 시멘트바닥에 누워있었다. '알고츠Algots'란 상표가 색 바랜 글씨로 붙어 있는, 항상 입던 아래위가 붙은 낡은 파란색 작업복을 입은 상태였다.

그녀가 죽었다는 사실을 확인하기 위해 굳이 가까이 갈 필요도 없었다. 그녀는 등을 바닥에 대고 누워 있었는데, 마치 어떻게든 넘어지는 것을 막으려 했던 것처럼 한쪽 다리가 등 쪽으로 돌아가 있었다. 오른 손에는 스패너가 들려 있었고, 그녀의 머리가 딱딱한 바닥에 부딪힌 자리에는 머리에서 흘러나온 피가 고여 있었다. 두 눈은 감겨 있었다. 나는 그녀에게 다가가 무릎을 꿇고 맥을 짚었다. 죽었지만 아직 몸이 차지는 않았다. 게다가 피부색도 아직 밀랍처럼 노리끼리하지 않았다. 오슬로브스키가 죽은 지는 기껏해야 한 시간쯤 된 듯했다. 폭행의 흔적은 전혀 없었다. 뇌졸중이나 심근경색이 왔던 것 같다. 어쩌면 동맥이 터져서 어떤 경고나 전조도 없이 죽었는지도 모른다.

나는 공구들이 각각 제 자리에 걸려 있는 벽 옆에 있는 더러운 스툴에 앉았다. 나는 그녀의 죽음을 애도했다. 친한 여자 친구의 죽음만큼은 아니었지만, 내 주변에 산다는 이유만으로도 내게 어떤 보호받고 있다는 안정감을 주었던 사람이었음에는 틀림없었고, 그래서 그녀의 죽음이 안타깝고 슬펐다.

처음에는 노르딘 그리고 이제 오슬로브스키까지, 내 주변에 죽은 사람이 점점 많아지고 있었다. 내 딸의 뱃속에 자라고 있는 아이를 생각하니 그나마 산 자와 죽은 자 간 저울의 균형이 대략 유지되는 것 같았다.

나는 왜 그랬는지 나도 모르게 스툴에서 일어나 오슬로브스키의 작업복 주머니에 든 열쇠꾸러미를 꺼내서 그녀의 집으로 내려갔다. 항구 쪽에서 버스가 힘겹게 시내로 가는 가파른 언덕길을 올라가는 소리가 들려왔다. 엔진소리가 잦아들 때까지 기다렸다. 그런 다음 오슬로브스키 집의 문을 열고 안으로 들어갔다.

나는 한 번도 그 집 안에 들어가 본 적이 없었다. 가끔 오슬로브스키가 막 현관문을 열고 나올 때 현관 앞 좁은 베란다에서 얘기를 나눈 적은 있었다. 그때마다 나는 그녀가 나와 수다를 떨기 위해 거기에 서 있는 게 아닌 것 같은 느낌을 받았었다. 그보다는 관계자 이외의 사람이 집의 문턱을 넘지 못하도록 나름의 경계선을 지키고 서 있는 문지기 같았다.

어두운 현관복도에 가만히 서 보았다. 혼자 사는 사람의 고독에 항상 따라붙는 어떤 떫은 냄새가 분명히 느껴졌다. 불이 나기 전의 내 집에서도 같은 냄새가 났었을까?

전등을 몇 개 켜고 천천히 방 세 개를 둘러보았다. 다락으로 올라가는 가파른 계단에는 신문더미와 여러 식료품점의 비닐 봉지들이 수없이 쌓여있었다. 오슬로브스키가 혼자 사는 외로움 때문에 수집벽을 갖게 되었으리라는 생각을 했다. 방마다 정신없이 어질러져 있었다. 옷가지들, 옷감 무더기, 신발, 낡은 실내화들, 모자, 스키, 고장 난 썰매, 가구, 망가진 전등, 어망. 뒤죽박죽 어질러진 모습은 뭐라고 형용할 수조차 없었다. 침대가 있는 방만 어느 정도 정리가 되어 있었다. 나는 정확히 알 순 없었으나 뭔가 이상한 느낌에 그 침실 문가에 서 있었다. 그러다 문득 깨달은 사실은 그렇게 어질러진 상태에서도 집안 전체가 깨끗하다는 것이었다. 쌓아놓은 신문더미들엔 먼지가 없었고, 침대에는 새 시트가 깔려 있었다. 물건이 가득 찬 부엌에는 세탁기와 건조기가 있었다. 개수대 옆 바닥에 놓인 쓰레기봉투에는 프랑스식 생선 그라탱 포장박스가 들어있었다. 아마도 오슬로브스키의 마지막 식사였으리라. 암녹색 레소팔(씻기 쉽고 저항력이 강한 합성수지—옮긴이) 상판이 있는 작은 조리대 옆에는 앉는 부분이 플라스틱으로 된 빨간색 스툴이 외롭게 놓여 있었다.

의자가 하나 밖에 없는 걸 보면 오슬로브스키 집에는 전혀 손님이 오지 않았던 게 분명하다.

나는 다시 한 번 집안 전체를 살펴보았다. 무질서와 지나치게 꼼꼼한 질서가 공존하고 있었다.

갑자기 걸음을 멈췄다. 내가 반응해야만 하는 뭔가를 본 기분이 들었다. 처음에는 그게 뭔지 몰랐다. 그러다 그게 오슬로브스키의 침실과 연관이 있다는 사실을 깨달았다.

나는 다시 한 번 계단을 올라갔다. 침대가 놓인 그 방에 들어선 순간 이상한 게 뭔지 깨달았다. 침대시트에 별 무늬가 있는 하늘색 테두리가 둘러져 있었다. 바로 얼마 전에 본 것과 같은 시트였다. 회룸에 있는 빈 집에서 본 시트. 확실했다. 그 집 침대시트와 오슬로브스키의 침대시트가 똑같았다.

오슬로브스키가 도로에서 보았던 그 외로운 암컷 여우였을 것이라는 생각이 들었다. 그 여우는 골고다로 가고 있는 게 아니었다. 그런데 그 여우의 굴에는 아마 출구가 두 개였을 것이다. 지금 내가 있는 곳에 하나, 그리고 회룸에 있는 폐가에 또 하나. 어쩌면 그녀는 내가 알 수 없는 어떤 것에 대한 그녀의 두려움이 너무 커지면 그곳에 몸을 숨긴 것이 아니었을까?

오슬로브스키는 오랜 세월 우리와 가까운 곳에 살았다. 하지만 항상 낯선 사람으로 남아 있었다. 우리와 더 가까워지길 그녀가 원했던 적이 있기는 했을까? 그녀가 두려워했던 것이 무엇이었는지는 모르지만 혹시 그 두려움이 너무 커서 출입구가 여러 개 있는 그녀의 굴에 혼자 살고 싶었던 건 아닐까?

그녀가 정말 죽음과 함께 모든 비밀을 안고 갔다는 생각이 들었다. 남은 것은 폐가의 시트가 깔린 침대와 차고에 남겨진 아직 수리가 끝나지 않은 데소토 클래식 자동차뿐이다. 그리고 아무도 풀 수 없는 수수께끼. 고독이라는 수수께끼.

나는 오슬로브스키가 빈집의 침대를 사용한 사람이라고 확신했다. 물론 왜 그런 확신이 들었는지 그 이유는 앞으로도 절대 알 수 없을 것이다.

그녀는 아무 말 없이 사라졌고 해독할 수 없는 차가운 흔적만 남겼다.

숨 막힐 것 같은 공기 때문에 속이 울렁거렸다. 밖으로 나갔다. 베란다에서 얀손에게 전화를 걸었다.

"날세."

나는 얀손이 내 목소리를 단숨에 알아들었다는 걸 알았다.

"어디세요?"

"그래, 난 잘 있네. 염려해줘서 고맙네. 지금 항구에 와 있는데, 오슬로브스키가 죽었네."

얀손이 대답하기까지는 시간이 걸렸다. 그의 목소리에서 그가 아연실색했다는 걸 느낄 수 있었다.

"오슬로브스키 부인도 죽었어요?"

"부인도라니, 무슨 말인가?"

"노르딘 씨 생각을 했어요."

"그래, 오슬로브스키가 죽었네. 그녀 집 차고에 죽어있는 걸 내가 발견했어. 원인은 심한 뇌졸중이나 동맥파열인 걸로 추측하네."

얀손이 한참을 침묵한 후 다시 입을 열었을 때 그의 목소리에는 울음이 섞여 있었다.

"부인은 아주 외로웠어요."

"우리는 모두 외로워. 사람은 누구나 혼자 죽지. 태어났을 때야 혼자가 아니지만."

"대체 무슨 말씀을 하시는 거예요?"

고인에 대한 얀손의 애도가 갑자기 분노로 바뀌었다.

"말 그대로일세. 자네가 태어났을 때 어쨌든 자네 어머니가 자네와 함께 있지 않았나. 산통으로 죽을 맛이긴 했겠지만."

얀손은 대답하지 않았다. 나는 이번에는 그의 침묵을 기다려주지 않았다.

"나를 좀 데리러 와 주었으면 하는데. 두 시간 후에 와주게. 일단 오슬로브스키 문제를 좀 처리해야할 것 같으니까."

"선생님은 차고에서 뭘 하셨어요?"

"평소처럼 차를 놓고 인사하러 들여다봤네. 오슬로브스키가 집에는 아무도 안 들이는데, 옛날 자동차를 조립하는 차고에는 들이거든."

"그 차가 캐딜락이었던가요?"

"데소토일세."

"그럼 부인이 그냥 갑자기 죽었다고요?"

"만나서 이야기하세. 두 시간 후에 와주게. 이제 경찰에 전화해야겠네."

얀손은 마지못해 전화를 끊었다. 나는 차고로 돌아가서 열쇠꾸러미를 오슬로스키의 작업복 주머니에 집어넣었다. 혹시나 해서 다시 한 번 그녀의 맥을 체크했다.

오슬로스프키는 죽었고 달라질 건 없었다.

나는 긴급전화를 걸어 상황을 보고했다. 그녀의 죽음이 범죄와 연관되었을 가능성이 있냐는 질문에 아니라고 대답했다. 오슬로브스키의 자연스럽지 않은 삶은 자연사로 끝났다.

나는 거리로 나가 기다렸다. 너무 추워서 자동차에 들어가 앉았다. 손가락 끝으로 리사 모딘의 어깨를 부드럽게 어루만지는 상상을 했다.

경찰차와 구급차가 도착하기까지는 사십오 분이 걸렸다. 항구에서 오슬로브스키 집 방향으로 난 오르막길을 올라오는 차들을 보고 그들을 맞이하기 위해 도로로 나갔다. 경찰관 두 명은 내가 모르는 사람들이었다. 남자 한 명과 여자 한 명이었다. 여자경찰은 루이제와 닮았다. 단호하면서 동시에 소심해 보이는 눈빛이 그랬다.

경찰보다 나이가 들고 더 건장한 구급대원들과 함께 차고로 올라갔다. 그들에게 오슬로브스키에 대해 그리고 내가 그녀의 허락 하에 그녀 땅에 항상 주차를 한다는 이야기를 했다. 우리는 차고 앞에서 걸음을 멈췄다.

"그녀는 이 안에 있습니다. 나는 의사이고, 그녀는 확실히 사망한 상태입니다."

그들이 안으로 들어갔고, 나는 밖에서 기다렸다. 오슬로브스키가 죽었다는 사실이 나를 점점 더 착잡하게 만들었다. 그녀를 잘 알지는 못했다. 하지만 우리는 같은 시간을 살았다. 그녀는 내가 삶을 함께 나눈 사람들에 속했다. 그런 그녀가 이제 가고 없었다. 내 세상의 일부가 무너진 것이다.

구급대원들이 밖으로 나왔다.

"구급차로는 시신을 운반할 수 없습니다." 그중 한 사람이 말했다.

"영구차를 한 대 호출했습니다." 다른 사람이 말했다. "뇌졸중으로 보이는군요."

나는 경찰들이 있는 차고로 들어갔다. 그들은 거기 서서 시신을 관찰하고 있었다.

"머리에 외상이 있군요." 여자경찰이 말했다.

"넘어지면서 생겼을 겁니다." 내가 설명했다. "심한 뇌졸중의 경우 총 맞은 새처럼 시멘트바닥에 넘어져버립니다."

"집에 들어가서 좀 살펴봐야겠는데요." 남자경찰이 말했다.

"그녀가 보통 주머니에 열쇠를 넣고 있던데." 내가 말했다.

나는 그들을 따라 현관 베란다로 가서 밖에서 기다렸다. 그들은 한동안 집안을 조사하더니 오슬로브스키의 신분증을 찾아들고 밖으로 나왔다.

"어휴, 어떻게 저렇게 해놓고 살 수가 있는지." 여자경찰이 말했다.

나는 그 말에 대해 아무런 대꾸도 하지 않고 내 신상정보만 전달한 뒤 내 차 문을 잠그고 항구 부두로 걸어 내려갔다. 다른 의사가 올 것이다. 얀손을 기다리면서 식료품과 신문을 샀다. 베로니카가 카페를 열었기에 그곳에서 아침식사를 했다.

베로니카가 나를 맞으러 주방에서 나왔을 때 그녀가 오슬로브스키의 죽음에 대해 아직 모르고 있다는 걸 알았다. 경찰차와 구급차가 오는 것을 듣지도 보지도 못한 것 같았다.

"일찍 오셨네요?" 그녀가 미소를 지으며 말했다. "커피 드릴까요? 마자린파이는 아직 준비가 안 됐는데요."

"좀 앉읍시다." 나는 이렇게 말하며 창에서 가장 가까운 테이블을 가리켰다.

그녀가 이상하다는 표정으로 나를 보았다.

"루트가 죽었어요. 루트 오슬로브스키. 그녀가 옛날 자동차를 조립하던 차고에 죽어 있는 걸 내가 발견했어요. 지금 시신을 운반할 차가 오고 있어요."

전혀 예상하지 못한 일이 일어났을 때 사람들이 그러는 것처럼 베로니카가 놀라 몸을 움찔했다. 그녀의 눈이 금세 촉촉해졌다. 그녀는 오슬로브스키가 말을 섞었던 소수의 사람들 중 한 명이었다. 기껏해야 바람과 날씨 얘기였겠지만, 어쨌든 두 사람은 대화를 하는 관계였다.

"어떻게 된 거예요?"

"콘크리트바닥에 쓰러져 있었어요, 손에는 스패너를 들고. 뇌졸중이나 동맥파열인 것 같아요. 어쨌든 범죄의 흔적은 없어요."

우리는 앉아서 조용히 대화를 나눴다. 둘 다 현실을 정확히 받아들이기가 힘들었다. 베로니카가 전날 냉동시켜 놓았던 버터 바른 빵 몇 조각과 커피를 가져왔다.

"그녀는 외로웠어요." 베로니카가 말했다.

"최근에 그녀가 뭔가 무서워하고 있는 것 같다는 느낌이 들었어요." 내가 말했다.

"최근이라니 언제를 말하는 거예요?"

"그녀가 뭔가 달라진 것 같았어요."

"그녀를 처음 봤을 때부터 그녀는 내내 두려워했어요."

"그게 뭐였는지 알아요? 그녀가 뭔가 얘기한 게 있나요?"

"아니요."

"당신 생각은 어때요?"

"모르겠어요. 뭐가 무서운지 모르면서도 두려워할 수는 있잖아요."

"오슬로브스키가 어디에서 왔는지 혹시 아는 거 있어요?"

"아니요. 그녀에게는 항상 뭔가 가까이 다가갈 수 없는 그런 느낌이 있었어요."

"그녀는 다리 공사를 하고 자동차를 조립하고 수리했어요. 그녀는 대체 어떤 사람이었을까?"

"모르겠어요."

얀손이 올 시간이 다 되었다. 가기 전에 베로니카가 다른 생각을 하게 만들고 싶었다.

"매달 이만오천 크로나씩 이십오 년 동안 받는 경품에 당첨된 그 여자는 어떻게 지내고 있어요?"

"젖가슴이 크다고 다 골빈 년은 아니잖아요." 베로니카가 생각에 잠긴 얼굴로 말했다. "그런데 그 여자는 그렇더라고요. 태국에서 겨울을 날 거라고 어찌나 자랑을 하고 다니는지."

나는 베로니카가 그런 식으로 말하는 걸 들어본 적이 없다. 나에게 그녀는 항상 친절한 카페주인이었다. 그런데 이제 갑자기 이런 모습을 보게 되니 좀 당황스러웠다.

얀손의 보트가 항구로 들어오는 걸 보고 자리에서 일어났다. 베로니카는 판매대 뒤에 서서 생각에 잠겨 있었다.

"그녀가 보고 싶을 거요." 내가 말했다.

베로니카가 대답 없이 고개를 끄덕였다

얀손이 부두에서 기다리고 있었다.

"오슬로브스키 부인이 죽었다는 게 정말 사실인가요?"

"내가 그런 걸 지어내서 말할 거라고 믿었다면 자네는 아직도 나를 잘 모르는 걸세."

얀손이 얼굴을 찡그렸다.

"죽는 사람이 너무 많아요. 꼭 전염병 같아요."

"우연일 뿐일세. 죽음은 우리 목덜미 뒤에 늘 도사리고 있네. 언제 그 놈에게 물리게 될 지 아무도 모를 뿐이야."

나는 여행가방과 장 본 물건들을 보트에 실었다. 얀손과의 대화를 더 길게 끌고 싶지 않았다. 얼른 집으로, 내 캠핑카로 돌아가고 싶었다. 얀손은 그런 내 의중을 알아채고 보트를 묶었던 줄을 풀고 어렵게 보트로 내려섰다. 보트에 타는 모습만 봐도 그 사람이 늙었는지 아닌지 알 수 있다. 대략 오 년 전에 나는 내가 더이상 중심을 잃지 않고 가볍게 보트에 타지 못한다는 걸 깨달았다. 관절이 뻣뻣해져 버렸다. 가볍게 보트 안으로 뛰어내릴 수 없다면 늙은 것이다. 이제 얀손이 슬슬 그런 나이가 되어가는 것이다. 얀손이 뻣뻣한 자기 관절을 원망하며 힘겹게 보트로 기어 내려가다시피 해서 부두를 빠져나가기 위해 후진기어를 넣었다.

우리는 입을 꾹 다물고 내 섬으로 향했다. 헐벗은 활엽수들 사이로 내 집이 보이지 않는다는 사실에 나는 다시 놀랐다. 나는 여전히 불타버린 검은 폐허에 익숙하지 않았다.

얀손이 조심스럽게 선착장에 배를 댔다. 부딪히는 느낌이 거의 없이 선착장에 배를 대는 능력은 늙은 전직 집배원에게 아직 그대로 남아있었다. 가방과 쇼핑봉투를 보트에서 내린 후에 얀손에게 막 백 유로짜리 지폐를 건네려고 했을 때, 그가 쓰고 있던 납작한 군모를 벗었다. 그가 뭔가 할 말이 있을 때 하는 행동이었다.

“무슨 일인가? 나중에 하면 안 될까? 긴 여행길 후라 많이 피곤하구만.”

“심장이 좀 이상한 것 같아요. 겁이 납니다.”

얀손이 어딘가 불편하다며 진찰을 해달라고 부탁하면 나는 보통 처음부터 그게 그가 건강염려증으로 만들어낸 질병이란 걸 안다. 하지만 그날은 뭔가 좀 달랐다. 나는 고갯짓으로 그에게 선착장 벤치에 누우라는 신호를 주고 보트에서 내렸다. 얀손이 나를 따라 내렸다. 나는 보트 창고에 들어가서 청진기를 가지고 나왔다. 얀손은 이미 안감이 든 두꺼운 작업복 상의를 벗는 중이었다.

“스웨터와 셔츠도 다 벗게.” 내가 말했다.

얀손이 발가벗은 상체로 벤치에 앉았다. 차가운 바람 때문에 그의 살갗에 돋은 소름을 보며 청진기를 그의 몸에 대고 숨을 깊게 쉬어보라고 했다. 폐는 별 이상이 없었다. 하지만 그의 심장 소리를 듣는 순간 뭔가 문제가 있다는 걸 알았다. 그동안 나는 얀손의 심장소리를 백 번도 더 들어보았지만, 그 소리에 한 번도 내가 느낄 정도의 잡음 같은 건 없었다. 그런데 지금은 달랐다. 그의 심장소리는 불규칙했다.

청진기를 뗐을 때 그의 눈에서 두려움을 보았다. 얀손은 갑자기 노인네가 되어 있었다.

"병원에 가서 심전도 검사를 해보는 게 좋겠네."

"심각한 건가요?"

"꼭 그런 건 아닐세. 어쩌면 별 문제 아닐 수도 있네. 하지만 우리 나이가 되면 가끔 심전도 검사를 해보는 게 좋아."

"치명적인가요?"

"병원에 안 가면 그렇게 될 수도 있네. 이제 옷 입고 집에 가게. 내일 시내 병원에 가면, 거기서 알아서 해줄 걸세."

얀손은 아무 말 없이 옷을 입었다. 나는 청진기를 다시 보트 창고 안에 걸어놓았다. 내가 다시 나왔을 때 그는 몸을 앞으로 숙인 채 벤치에 앉아 있었다. 갑자기 기도라도 하고 싶은 것처럼 두 손을 모으고 있었다. 삐걱거리며 창고 문이 닫히자 그가 고개를 들었다.

"무슨 문제가 있는지 왜 말씀을 안 해 주십니까?"

"말하지 않았나. 병원에 가야 한다고. 쓸데없는 걱정은 하지 말게. 그냥 심장에서 잡음이 조금 들릴 뿐이네. 분명히 큰 문제 아닐 테고, 약 먹으면 괜찮아질 걸세."

"심장에 대한 글을 읽어봤어요. 심장은 사람이 태어나기 한참 전에 이미 뛰기 시작한다더군요. 탯줄을 자르면 그제야 심장이 뛰기 시작한다고 잘못 생각하고 있는 사람들이 아주 많은 것 같아요."

"임신 28일째부터 그 경이로운 근육이 일하기 시작한다네. 종국에 딱 한 번 멈춰 서기 위해, 그렇게 멈춰서 박동과 혈압을 0으로 떨어뜨리게 되는 날까지 쉬지 않고 일하는 거지. 결국 죽음이 최종 목적지인 것이네. 골인 지점에 있는 줄이나 리본을 자르고 지나가서 계속 뛸 수 없는 거라네. 만약 심장이 새라면, 자네의 심장근육은 날개가 쉬어야 할 때가 됐다고 결정하기 전에 달까지 몇 번 날아갔다 왔을 걸세."

얀손이 고개를 끄덕였다. 나는 그가 경이로운 심장근육의 삶과 죽음에 대해 잘 알고 있다고 느꼈다.

우리는 아무 말 없이 벤치에 앉아 있었다. 늙은 남자 둘이 크고 작은 진실에 대한 이야기를 나누며 함께 앉아 있었다. 얀손은 예순아홉, 나는 일흔 살이었다. 우리 둘의 나이를 합하면 백서른아홉 살이었다. 그 세월을 뒤로 돌려보면 1875년이다. 그 당시 외과의들은 스탠드칼라 옷을 입고, 가끔은 연미복을 입고도 수술을 했다.

"우리는 죽는 법을 배우지 않아요." 얀손이 갑자기 침묵을 깨고 말했다.

"무슨 말인가?"

"예전에는 죽음이 삶의 일부였어요. 내 할머니가 돌아가셨을 때 나는 여섯 살이었어요. 할머니 시신은 문짝 위에 놓인 채 거실에 안치되었죠. 그게 전혀 이상할 게 없었어요. 죽음은 삶의 자연스러운 일부였으니까. 지금과는 달랐죠. 이 나라에서는 더이상 죽는 법을 배우지 않아요."

얀손의 말이 무슨 뜻인지 이해했다. 그의 두려움은 진짜였다. 그럼에도 그의 반응이 놀라웠다. 내가 아는 얀손이 놀랍게도 껍질을 벗고 있는 것처럼 보였다.

"어떻게 하면 죽는 법을 배울 수 있을까요?" 하소연하듯 그가 물었다.

해 줄 대답이 없었기 때문에 나는 입을 다물고 있었다. 내가 살면서 봐 온 죽은 사람들 중 그 누구도 죽음을 어떻게 받아들이고 다뤄야 할지 합리적인 설명을 해 준 적이 없다.

누구나 홀로 죽는다. 하지만 그게 다가 아니다. 의학적 진단이 있더라도 우리는 결국 우리가 알지 못하는 방식으로 죽는다.

불안해하는 얀손 곁에 앉아서 나는 오래 전 봤던 흑백사진 한 장을 떠올렸다. 내가 봤던 그 어느 사진보다도 나를 경악하게 했던 사진이다.

때는 1950년대 초 언제인가였다. 스톡홀름의 양철지붕 위에 앉아 있던 한 굴뚝청소부가 자신의 생을 마감해야 할 때가 되었다는 생각을 한다. 사용하던 청소도구에 연결된 철삭을 자기 목에 매듭을 지어 묶고 줄의 반대편 끝을 네모난 굴뚝에 묶는다. 그런 다음 용마루에 서서 균형을 잡는다. 제때 발견된 걸 보면 상당히 오래 그 위에 서 있었던 모양이다. 남자 몇 명이 사다리 위에 올라가 마음을 돌리라고 설득한다. 관찰자인 내게는 보이지 않는 다른 사다리 위에 사진사가 서 있다. 굴뚝 청소부는 예순 살쯤 되어 보였다. 사람들은 결국 그를 막을 수 없다. 그가 갑자기 지붕에서 뛰어내린다. 철사줄이 팽팽해져서 경추가 부러지고 목의 피부와 힘줄이 잘라져서 그 남자가 죽게 되기 직전의 일초도 안 되는 짧은 시간에 카메라의 셔터가 눌러진다. 사진에서 굴뚝청소부는 영원히 그 마지막 허공에 매달린 상태이다. 그의 얼굴은 내가 절대 해독할 수 없었던 방식으로 빛이 난다. 아마 결연함이거나 절망감이었을 것이다. 그 사진을 오랫동안 들여다보았지만 나는 그 비밀을 해독해낼 수 없었다.

그 굴뚝청소부는 내게 죽는 법을 가르쳐주었을까? 그 사진이 죽음이라는 마지막 순간이 감추고 있는 비밀에 대해 우리에게 뭔가 알려주고 있는 걸까? 삶에서 미지의 세계로 뛰어내리는 굴뚝청소부 사진의 어떤 점이 나를 그 오랜 세월동안 계속 경악하게 하고 동시에 매료시킨 것일까?

우리에게 남는 것이 바로 이것이라는 생각을 했다. 무릎을 다치거나 균형을 잃지 않고는 더이상 자기 보트에 가볍게 뛰어내릴 수 없는 다른 늙은 남자와 같은 벤치에 앉아 있는 것. 우리는 이렇게 고요 속에 함께 웅크리고 앉아서 죽을 때가 되면 어떤 태도를 취해야 할지 모른다며 한탄하고 있다.

나는 불안해졌다. 이렇게 얀손과 함께 아무 말 없이 늙어감의 비참함에 대해 한숨 쉬며 앉아 있고 싶지는 않았다. 나는 팔꿈치로 그를 쳤다.

"커피 한잔 하겠나?"

"오슬로브스키 부인 생각을 하고 있었어요. 그런데 선생님은 나를 미워하는 사람처럼 나를 밀치네요."

"나는 자네를 미워하지 않아." 놀란 얼굴로 내가 말했다. "왜 그렇게 생각하나? 나는 그저 가볍게 밀었을 뿐인데."

"선생님은 나를 쳤어요."

"내가 언제 자네를 쳤다고 그러나? 그냥 살짝 옆으로 밀었다니까."

"선생님이 오랫동안 나를 죽일 생각을 했다는 걸 알고 있어요. 편지봉투를 뜯지 않고 내용을 읽을 수 있는 것과 같은 방식으로 나는 선생님이 무슨 생각을 하는지 볼 수 있어요."

그가 자리에서 일어나서 보트를 묶었던 밧줄을 풀더니 그가 할 수 없었던 것을 했다. 보트로 뛰어내린 것이다. 물론 보트가 흔들리면서 그는 넘어졌다. 그러면서 난간에 머리 앞쪽을 부딪쳤다. 작은 상처에서 곧바로 피가 흘렀다. 나는 차고 안 데소토 올드카 옆에 쓰러져 있던 오슬로브스키를 생각했다.

얀손은 한쪽 눈썹 부위에서 피가 떨어지는 채로 보트를 후진시켜 선착장을 빠져나갔다. 나는 혹시 얀손이 치매에 걸린 것 아닐까 생각했다.

나는 그가 곶 뒤로 사라질 때까지 기다리지도 않고 그냥 캠핑카로 올라갔다. 캠핑카 문을 열자 작은 쥐 한 마리가 쏜살같이 튀어나왔다. 쥐들이 대체 어떻게 완전히 밀폐된 공간 안에 들어가는지는 내가 살면서 풀지 못한 수수께끼 중 하나이다.

커피 한잔을 마시려고 막 자리에 앉았을 때 휴대폰 벨이 울렸다. 리사 모딘이었다. 그녀는 곧바로 오슬로브스키에 대해 물었다. 그녀가 수첩을 손에 들고 앉아 있는 모습을 상상했다.

"그 소식을 어떻게 알았소?"

"나도 나만의 소식통이 있죠."

"경찰?"

"가끔."

"구급대원?"

"드물게요."

"소식통이 누구인지 알려주지 않으려고 그렇게 말하는 건가?"

"네."

"내가 시신을 발견했소,"

"그건 몰랐어요."

리사 모딘에게 죽은 오슬로브스키를 발견했을 때의 이야기를 하는 지금에야 무슨 일이 일어난 건지 진짜로 이해가 된다는 느낌이 들었다. 바로 죽음이다. 언젠가 내게도 찾아오게 될 것과 마찬가지로 다른 사람들에게도 똑같이 이해할 수 없이 찾아오는 죽음.

"그녀의 죽음에 뭔가 좀 이상해 보이는 건 없었나요?"

"어떤 걸 말하는 거지?"

"내가 물었잖아요."

"부검하면 사망원인이 자연사로 밝혀질 게요. 뇌졸중이나 동맥파열. 물론 다른 원인일 수도 있소."

"어떤 거요?"

"모르겠소. 부검하면 밝혀지겠지."

"유리의안도 그대로 끼워져 있던가요?"

그녀의 질문에 깜짝 놀랐다. 누가 그녀에게 오슬로브스키의 의안에 대해 말했을까? 내가 했나?

"우리가 외딴섬에 갔을 때 선생님이 그녀 얘기를 했었어요." 내가 질문을 하기도 전에 그녀가 대답했다.

기억이 어렴풋했다.

"눈은 그대로였소."

대화가 끊겼다. 그녀가 메모를 하는 중이라고 받아들였다.

"선생님은 뭐 하세요?"

"커피 마시는 중이오."

그것으로 통화가 끝났다. 물론 나는 더 이야기를 나누고 싶었지만.

몇 분 후 다시 전화가 울렸다. 또 그녀이기를 바랐다. 하지만 전화를 건 사람은 교회관리인이었다. 라르스 튀렌이라고 자기를 소개했다. 그가 내게 노르딘의 관을 들 생각이 있냐고 물었을 때에야 그가 전화한 용건을 이해했다.

장례식이 금요일 열한 시라고 했다. 식순에 대해 논의할 수 있도록 제시간에 가겠다고 약속했다.

"그런데 화장을 하는 게 아닌가요?" 내가 놀라서 물었다.

"가족묘지에 안장하기로 했습니다."

커피를 마시면서 검은색 정장을 사야 한다는 생각을 했다.

리사 모딘은 다시 전화하지 않았다. 나도 그녀에게 전화를 걸지 않았다. 대신 루이제와는 매일 통화했다. 우리는 이제 예전과 다른 어조로 대화를 했다. 그리고 통화할 때마다 잠시지만 하리에트에 관한 이야기도 꼭 나눴다. 그밖에 내가 느낀 것은, 새 집 건축을 시작하기 위해 보험사에게 보험금 지급을 요구하는 문제에 대한 이야기가 나오면 항상 그녀가 나를 재촉한다는 것이다.

나는 시내로 나가서 정장을 한 벌 샀다. 그것도 가장 고급스러운 신사용품 전문점에 가서 검은색 아르마니 정장을 샀다. 장례식 넥타이는 흰색인지 검은색인지 몰라서 둘 다 샀다. 흰 셔츠를 고르면서 중국산이 아니라 토리노에 있는 셔츠공장에서 생산된 것임을 분명히 확인했다.

정장 가격은 육천 크로나였다. 이렇게 비싼 옷을 아무렇지 않게 샀다는 사실이 즐거우면서도 살짝 불편했다.

장례식 날에는 강한 북동풍이 불었다. 이번 가을은 유난히 바람이 강했다. 얀손의 보트는 출렁이는 물결에 앞뒤로 옆으로 흔들렸다. 얀손은 정장에 검은 넥타이를 매고 있었다.

우리가 차를 가지러 갔을 때 오슬로브스키의 집은 잠겨 있었다. 얀손이 오슬로스프키가 쓰러져 있던 곳이 어디인지 꼭 보겠다고 우기는 바람에 그를 차고로 데려갔다. 하지만 차고 문도 잠겨 있었다.

우리는 함께 교회로 갔다. 나는 백미러를 보며 검은 넥타이로 바꿔 맸다.

노르딘의 관은 옅은 갈색이었다. 장미꽃다발이 관 뚜껑에 장식되어 있었다. 목사가 노르딘을 영원한 봉사자라고 일컬었다. 사실과 다른 그 표현에 살짝 불쾌했다. 노르딘은 좋은 사람이긴 했다. 하지만 그가 어려운 사정에 처한 사람들이 돈을 빌려달라고 부탁했을 때 거절한 적도 많다는 것을 다도해 지역 사람들은 모두 알고 있었다. 그를 나쁜 사람이라고 생각하는 사람도 분명히 많을 것이다.

우리는 돌풍 같은 바람을 뚫고 공동묘지 서쪽 구석에 위치한 노르딘의 가족묘지로 관을 운반했다. 가장 오래된 비문에는 농부 알마르 노르딘이 1872년 3월 12일에 사망했다고 적혀 있었다.

하관하면서 얀손과 시선을 교환했다. 얀손은 마치 자신의 관을 내려놓고 있는 것처럼 느끼는 것 같았다.

장례식이 끝났다. 우리는 장례식 커피를 마시기 위해 교회 교육관으로 갔다. 나는 얼른 그 자리를 벗어나고 싶은 생각만 간절했다. 죽음이 가까이 있다는 사실이 갑자기 끔찍하게 느껴졌다.

그런 느낌은 전혀 예상하지 못하게 나타났다.

나는 커피가 기다리고 있는 장소로 발걸음을 재촉했다.

내 몸을 숨길 수 있는 동굴이 필요했다.

21

11월 2일로 넘어가는 밤에는 다도해 지역에 첫눈이 내렸다. 잠에서 깨서 아침 냉수욕을 하기 위해 벌거벗은 채로 캠핑카 문을 열고 나갔는데 땅바닥이 온통 하얬다. 바람조차 없었다. 자연이 숨을 멈춘 듯했고, 가을은 겨울로 넘어가고 있었다. 얇은 눈 이불 위에 내 맨발이 발자국을 남겼다.

선착장 사다리를 타고 물로 내려가서 숨을 멈춘 뒤 머리까지 물속에 담근 채 열을 셌다. 살갗에 느껴지는 추위가 마치 피부가 불타는 느낌이었다. 선착장 위로 다시 올라갈 때에는 이가 마구 부딪힐 정도로 몸이 떨렸다. 하지만 날씨가 얼마나 춥든, 물에 들어가기 위해 깨야 하는 얼음장이 얼마나 두껍든 간에 아침 냉수욕만은 절대 포기할 수 없었다.

얼른 캠핑카로 돌아가서 아침식사를 준비했다. 이날 아침에는 벌써 칼라 부분이 너덜너덜해지기 시작한 파란색 중국산 셔츠를 입었다. 면도거울에 비친 내 얼굴을 보았다. 창백했고 뺨은 점점 더 움푹 들어가는 것 같았다. 이마는 넓어졌고 머리카락은 더 가늘어졌다. 왼쪽 입가에는 낫지 않는 상처가 있었다. 어쩌면 안으로 자라는 사마귀인지도 모르겠다. 눈을 쳐다보니 거울 안에 비친 사람은 온전히 내가 아는 내 모습이 아닌 것 같았다.

시간은 흘러갔고 계속 흘러가고 있었다. 파리에 다녀온 지도, 오슬로브스키의 죽음과 노르딘의 장례식이 있은 지도 벌써 몇 주가 지나갔다. 다도해에서 일어나는 모든 일의 최신 정보를 꿰고 있는 베로니카가 오슬로브스키의 부검 결과와 내 추측이 일치했다고 알려주었다. 심한 뇌출혈로 인해 바로 사망한 것이다. 부검으로 한 가지 더 밝혀진 사실은 그녀가 부신 암에 걸렸고 암세포가 이미 전이된 상태였다는 사실이다.

오슬로브스키의 가족은 한 명도 찾을 수 없었고, 그녀는 생전에 화장을 원했다고 했다. 나는 그녀의 장례식에 참석했다. 교회 장례식장의 자리는 드문드문 채워져 있었다. 얀손이 오지 않은 것은 이해할 수가 없었다. 심지어 그가 오지 않았다는 사실에 화가 났다. 적어도 호기심에서라도 교회에 왔어야 했다.

리사 모딘과는 이따금 통화를 했다. 전화를 끊을 때마다 나는 계속 통화하고 싶은 마음이 들었다. 그녀는 종종 다음날 다시 전화를 했다. 나는 그녀도 나와 똑같이 누군가와 이야기하고 싶은 욕구를 가지고 있다는 사실을 이해하기 시작했다.

얀손은 내 말대로 병원에 갔고, 심전도 검사를 한 결과 내가 추측했던 대로 심장 자극전도계에 약간 이상이 생긴 상태였다. 약을 복용하면서부터는 이상 증세가 사라졌다고 했다. 하지만 내 예상대로 얀손은 계속 이상 증상이 다시 나타날 것이라고 믿고 있었다. 그가 내 선착장에 올 때마다 나는 청진기로 그의 심장 소리를 확인했다. 심장 소리가 아주 정상이라고 말하면 그는 내 말을 믿지 않았다.

얀손은 다도해 바깥 쪽 섬들에 또 새로운 화재가 발생할 것에 대한 두려움이 퍼져 있다고 했다. 그리고 경찰이 아직 아무런 단서도 발견하지 못했다는 소식도 전했다.

얀손은 방화범이 외부인일 것이라고 추측했다. 정확히 이 단어를 사용했다. 외부인. 외부에서 이곳에 와서 불을 지르고 다시 재빨리 사라지는 사람.

시간이 흘렀다. 새로운 야간 화재는 발생하지 않았다. 루이제와 나는 전화통화를 할 때마다 점점 더 가까워졌다. 보험사 직원들이 찾아왔다. 콜비에른 에릭손과 그와 마찬가지로 목공인 그의 친척 한 명이 내 집에 대한 전체 건축 작업 의뢰를 받았다. 이르면 다음 해 봄이나 여름쯤 집을 지을 수 있다.

첫눈이 내린 날 나는 식료품을 사러 마을에 갔다. 언제나처럼 나는 폐쇄된 오슬로브스키의 집에 차를 주차했다. 그 집이 어떻게 처리될지는 아는 사람이 아무도 없었다. 가족이나 친척도 없고 유서도 없었다.

차를 주차하고 문을 잠갔을 때 문득 오슬로브스키의 데소토가 있는 차고에 올라가 봐야겠다는 생각이 들었다.

차고 문이 열려 있었다. 문을 얼마나 힘을 줘 억지로 열었는지 잠금쇠 막대가 나무에서 떨어져버린 상태였다.

자동차가 없었다. 화물차나 견인차가 와서 데소토를 끌어낸 것이 분명했다. 공구는 모두 벽 제자리에 걸려 있었다. 자동차만 없었다.

나는 망설일 것 없이 경찰에 전화해 절도사실을 알렸다. 내 신고전화가 위급한 내용은 아닌 것으로 분류되었기 때문에 신고전화를 접수하는 여직원은 경찰차가 출동하기까지 두 시간

이상 걸릴 것이라고 말했다.

그렇게 오랫동안 기다릴 생각이 없었기 때문에 내 주소를 알려주고 전화를 끊었다.

누군가 차고에 침입해서 올드카를 훔쳐갔다는 사실에 마음이 불편했다. 오슬로브스키의 재산이 침해당했다는 사실이 씁쓸했다. 죽은 사람은 죽은 사람이다. 하지만 그녀가 그렇게 오랜 시간을 들여 수리하고 조립했던 자동차를 훔쳐 간다는 건 명백한 재산침해였다.

마을에 가서 긴 내복 하의, 벙어리장갑, 털모자, 목도리 그리고 두꺼운 겨울외투를 샀다. 그것들 역시 중국에서 제조된 건 아닌지 신중하게 살폈다. 털모자는 희한하게도 인도네시아산이었다. 쇼핑을 끝낸 뒤 식사를 하러 볼링식당에 갔다. 파리에서 돌아온 이후로 술은 한 방울도 마시지 않았다. 생각조차 나지 않았다.

다시 항구로 돌아가는 길에 아직 망하지 않고 유지되고 있는 작은 텔레비전가게를 찾았다.

그 가게 주인은 요한네스 루딘이라는 곱사등이다. 내가 어릴 적에 할아버지를 따라 라디오를 사러 그 가게에 갔을 때도 그 사람이 주인이었다. 얀손 말에 따르면 요한네스는 최근 여든다섯 살이 되었고 가게를 닫을 생각이 아직 전혀 없다고 했다.

캠핑카에 놓을 텔레비전을 한 대 사기로 했다. 낡은 트랜지스터라디오로는 부족했다. 뭔가 볼 것이 필요했다.

내가 캠핑카 이야기를 할 때 요한네스는 한 손을 귀에 대고 내 말을 들었다. 그런 다음 자기 가게에 있는 텔레비전 중 가장 작은 평면 텔레비전을 가리키며 말했다.

"안테나가 필요한데, 그건 아마 혼자서도 충분히 설치할 수 있을 게요."

돈을 내고 텔레비전과 안테나를 들고 가게를 나섰다. 산 물건들을 자동차에 넣고 몸을 일으켰을 때 포스터 하나가 눈에 들어왔다. 볼링식당이 크리스마스와 12월 31일 식사 예약을 받는다는 포스터였다.

그 포스터를 보는 순간 나도 나만의 송년파티를 하기로 결심했다. 캠핑카에서. 얀손과 리사 모딘을 초대할 것이다. 나까지 세 사람이면 캠핑카가 좀 좁고 덥겠지만 캠핑카에서의 송년파티는 뭔가 특별할 것임에 틀림없다. 그리고 볼링식당에서 하는 송년회와도 아주 다른 분위기일 것이다.

음식은 베로니카에게 준비해달라고 부탁하고, 슈납스와 와인은 내가 직접 준비할 것이다.

항구로 차를 몰았다. 송년파티를 하겠다는 결정이 어떤 큰 도전처럼 느껴졌다. 하지만 집이 불타버린 힘들었던 한 해와의 작별이라는, 송년회가 필요한 이유가 충분히 있었다. 동시에 딸과 내가 가까워진 것을 축하하는 것도 조촐한 파티의 이유가 될 수 있다. 게다가 건강한 아이가 태어나기를 바라는 의미도 있다. 물론 루이제와 아메드와 무함메드도 당연히 환영이다. 그들이 오기를 원한다면 그리고 프랑스에서 이곳 다도해 지역까지 올 수만 있다면. 캠핑카가 많이 좁기는 하겠지만 크게 문제될 건 없다.

리사 모딘에게 전화를 걸어 송년파티에 초대를 하자 그녀는 놀랍게도 기꺼이 오겠다고 했다. 그녀는 파티가 기대된다고 말했다. 성탄절을 어떻게 보낼 거냐고 물었더니 크레타로 여행을 간다고 했다. 질투가 났지만 당연히 아무 말도 하지 않았다.

얀손은 조그만 불꽃놀이를 준비하겠다고 약속했다.

베로니카가 간단한 상차림을 제안했고, 우리는 가격과 모든 실무적인 사항들에 대해 합의했다.

이따금 눈이 내렸고 금세 녹아버렸다. 화재에 대한 공포는 안개처럼 계속 다도해의 섬과 그 섬들에 사는 적은 수의 주민들에게 퍼져나갔다. 경찰은 범인에 대한 아무런 흔적도 찾지 못한 것 같았다. 얀손이 계속 수사 진행 상황을 내게 알려주었는데, 아마도 이젠 수사가 완전히 중단된 것 같았다. 나는 대체 누가 내 집에 불을 질렀을까 계속 골똘히 생각했다. 그리고 왜 그런 일이 일어났는지에 대해서도. 그 이유에 대해 내가 알아야만 하는 뭔가가 있는 것 같다는 생각이 가끔 들었다. 물론 그게 뭔지는 알 수 없었다.

오슬로브스키 집의 처리 문제는 해결되지 않은 상태로 계속 남아있었다. 어느 날 갑자기 얀손이 찾아왔다. 그가 손에 신문을 들고 선착장 위로 올라왔고 우리는 함께 벤치에 앉았다. 신문에는 올드타이머 이야기가 실려 있었다. 기사들도 있었지만 광고도 많았다. 얀손이 자동차 사진들과 가격들이 나와 있는 곳까지 신문을 넘겼다.

그가 광고 하나를 가리켰다.

오슬로브스키의 데소토 올드카 판매 광고였다. 게다가 그 사진은 오슬로브스키의 차고에서 찍은 것이었다. 도둑들이 그녀의 차고에서 자동차를 빼내기 전에 찍은 것이다.

오슬로브스키의 1958년 형 데소토 파이어플라이트.

나는 그 모델이 사천백구십이 대밖에 생산되지 않았다고 오슬로스키가 했던 이야기를 아직도 기억하고 있었다. 그 모델의 가장 이상한 특징 중 하나가 배기관이 범퍼를 통과하여 설치되어 있다는 것이었다. 광고에는 그 자동차가 웨지우드 블루와 헤이즈 블루로 도장되어 있다는 내용도 실려 있었다.

가격은 나와 있지 않았고 대신 가격문의를 위한 휴대폰번호가 찍혀 있었다.

"이 광고를 어떻게 찾은 거야? 자네가 오래된 미국 자동차에 관심이 있는 줄은 전혀 몰랐는데."

"내 조카가 전화를 했어요. 조카에게 자동차를 도둑맞았다는 이야기를 했었거든요. 미국 올드타이머에 대해 빠삭한 아이죠. 그리고 광고의 차가 도둑맞은 차일 것이라고 추측을 한 거예요. 조카가 맞았네요."

"자네한테 조카가 있었나?"

내 질문에는 대답하지 않고 얀손이 그의 휴대폰을 내게 내밀었다.

"선생님이 전화하는 게 더 낫겠어요. 나는 긴장하면 목소리가 떨려요."

휴대폰번호를 눌렀다. 여자가 전화를 받았다.

"자동차 때문에 전화했습니다. 데소토 가격을 좀 알고 싶은데요."

"십팔만오천 크로납니다."

그녀의 목소리는 마치 손수건을 대고 말하는 것처럼 멀게 들렸다.

"자동차에 대해 좀 자세히 얘기해 주시겠습니까? 배경이나 지금까지의 소유주나 이런 것?"

"그런 얘기라면 제 오라비와 나누셔야 합니다. 그런데 지금 집에 없습니다."

"언제 오나요?"

"알 수 없어요."

"제가 가서 차를 좀 볼 수 있을까요? 자동차가 있는 곳이 어덥니까?"

여자가 내 속셈을 간파한 듯 거절의 뜻을 밝혔다.

"몇 시간 후에 다시 한 번 전화 주세요."

여자가 전화를 끊었다. 통화내용을 들으려고 얀손이 머리를 내게 가까이 대고 있었다. 마치 눈 내리는 추운 날씨에 벤치에 함께 앉아 있는 늙은 연인처럼.

백조 두 마리가 날아갔다. 우리는 백조들이 시야에서 사라질 때까지 계속 바라보고 있었다.

"죽은 여자의 차를 훔치다니, 어떻게 그런 나쁜 놈들이 있을까요?" 얀손이 말했다.

우리는 캠핑카로 올라가서 커피를 마셨다. 그런 다음 카지노 카드게임을 했다. 얀손이 계속 이겼다.

한 시간 반쯤 지나니 둘 다 카드게임이 지겨워졌고, 나는 다시 한 번 전화를 걸었다. 전화를 받지 않았다. 갑자기 에너지가 샘솟아 신문사의 광고담당부서에 전화를 걸어서 판매광고란에 실린 자동차 중 한 대가 누군가 훔쳐간 자동차라고 알렸다. 나와 통화를 한 남자직원이 놀라서 경찰에 절도사실을 신고하라고 말했다.

나는 그가 말한 대로 경찰에 전화를 해서 절도신고를 했다. 신고를 접수한 경찰관이 내게 경찰서 홈페이지에 해당 정보를 기입할 것을 제안했고, 나는 그 사실에 화가 났다. 그리고 그에게 내가 나 혼자만 사는 섬의 캠핑카에서 생활하고 있기 때문에 인터넷을 쓸 수 없다고 설명했다.

그 경찰이 내 상황을 정말 이해한 것 같지는 않았다. 그는 마치 차량절도 관련 수사가 별 소득이 없을 것이라는 걸 분명히 하고 싶은 것처럼 내 신고를 건성으로 접수했다. 검사가 곧 바로 예심을 종결할 것이라고 했다.

오슬로브스키는 바닷물에 밀려 우리 해변으로 밀려온 인간 부유물과 같았다. 늦가을 동안에는 그녀와 그녀의 소유물과 관련하여 아무런 일도 일어나지 않았다. 얀손이 그녀의 묘비 건립비용을 모으기 위해 주민기부운동을 시작했다. 하지만 사람들을 기부에 동참하도록 만들기는 어려웠다. 결국엔 필요한 금액의 대부분을 얀손이 낸 것 같았다. 묘비가 세워지는 자리에는 나도 참석했다. 오슬로브스키는 베로니카의 친척이었던 다도해 지역의 마지막 수로 안내인과 술만 취하면 추태를 부리기로 악명 높았던 뢰다 푸르홀멘의 한 농부 사이에 묻혔다. 가끔 누군가가 그녀의 무덤에 꽃을 놓았다.

11월 중순 돌개바람이 돌풍처럼 몰아치는 폭풍이 다도해 지역을 찾아왔다. 남동쪽에 있는 발트 삼국에서 올라온 폭풍은 한밤중에 최대풍속으로 다도해 지역을 강타했다. 돌풍이 어찌나 강한지 캠핑카가 마구 흔들렸다. 나는 손전등을 들고 어둡고 눈비가 내리는 바깥으로 나가서 나무토막들과 물을 가득

채운 통 몇 개를 챙겨 캠핑카를 받쳤다. 내가 작업을 막 끝냈을 때 전기가 나갔다. 나는 캄캄한 어둠 속에서 옷을 벗고 캄보디아에서 만든 새로 산 수건으로 젖은 몸을 닦았다. 새벽 세 시 반이었지만 보관해 두었던 가스버너에 커피를 끓였다. 식탁 위에 초를 하나 켰다. 밖에서 새어 들어오는 바람에 촛불이 흔들렸다.

그때 휴대폰 벨이 울렸다. 나는 곧바로 얀손이 내가 있는 곳도 정전이 되었는지 궁금해서 전화했을 것이라고 생각했다. 전화를 건 남자는 서툰 영어로 말했다. 처음에는 잘못 온 전화인 줄 알았다. 그러다가 그 남자가 아메드라는 걸 알았다.

"지금 병원에 있습니다. 루이제가 아이를 낳을 것 같아요."

출산 예정일까지는 아직 많이 남아 있었다. 아메드의 목소리에 잔뜩 긴장이 묻어 있었다. 하지만 그는 내게 염려하지 말라고 말하며 루이제가 내게 전화해 달라고 부탁했다고 했다. 그는 내게 아이가 나오면 바로 전화하겠다고 약속했다.

그날 밤 더이상 잠을 자지 못했다. 계산을 해보니 태어날 아이는 조산으로 인큐베이터에 들어가야 했다. 바깥에서 캠핑카 주변으로 몰아치고 있는 폭풍이 내가 나의 첫 번째이자 아마도 유일한 손주를 기다리고 있는 이 사건의 음울한 무대장치처럼 느껴졌다.

나는 하리에트를 생각했다. 그녀가 다시 보행보조기에 의지해 얼음장을 건너오고 있었다. 그때의 하리에트 모습을 다시 떠올리는 것은 괴로웠다.

하지만 아주 오래 전 우리가 혼란스러운 관계였던 시절의 젊은 하리에트 모습도 떠올랐다. 갑자기 그녀에 대한 강한 그리움을 느꼈다. 아니면 갈망이었을까? 그리움과 갈망이 꼭 같은 것은 아닌 것 같았다.

언젠가 그녀와 나와 루이제가 캠핑카에서 함께 잔 적이 있었다. 캠핑카를 이 섬으로 옮겨오기 전의 일이다. 이제 하리에트는 죽고 없고, 루이제는 파리의 병원에 누워 아이를 낳는 중이다.

식탁 위 촛불이 깜빡거렸다. 기억 속 모습들이 그림처럼, 그리고 불안하게 깜빡거리는 그림자처럼 내 머릿속을 스쳐 지나갔다. 아버지, 어머니, 할아버지와 할머니가 보였다. 또한 나와 관계를 맺었거나 내가 정복할 수 없었던 여러 여자들도 나타났다. 나 자신은 그 그림자들 밑에 숨어 있었다. 어쩌면 빛을 피해 캠핑카 벽들을 따라 스쳐가는 그림자가 나였을까?

여섯 시 십 분에 다시 휴대폰이 울렸다. 아메드였다. 루이제가 딸을 출산했다고 했다. 몸무게가 적기는 하지만 다른 건 다 괜찮다고 했다. 예상대로 아기는 인큐베이터에 들어갔다.

아메드 말이 아기가 나를 닮았다고 했다.

그건 물론 맞는 말이 아니다. 신생아들은, 특히 너무 일찍 태어난 아기들은 자기 자신 외에 누구와도 비슷하지 않다. 신생아들은 다양한 방향으로 발전하게 될 미완성 스케치이다.

캠핑카 문을 열고 바람 부는 어둠 속으로 나갔다. 여전히 전기는 나간 상태였다. 손전등으로 앞을 비추었다. 행복해서 현기증이 났다. 아기에 대한 감정이 이렇게 강할 것이라고는 예상하지 못했다.

보트 창고에 갔다. 바람이 피리소리를 내며 창고 벽 틈새들을 뚫고 들어왔다. 할아버지가 돌아가시기 직전까지 사용했던 오래된 뱀장어잡이 통들 중 하나 위에 앉았다. 통 안 그물은 너무 오래돼서 이제 손가락 두 개로 귀퉁이를 잡아당기기만 해도 그물코들이 부스러질 정도였다.

내게 찾아온 이 기쁜 소식을 누군가에게 꼭 알려야만 했다. 하지만 누구에게? 선택의 여지가 별로 없었다. 얀손 아니면 리사 모딘이었다. 어쩌면 베로니카나 오슬로브스키? 하지만 오슬로브스키는 죽었고, 나는 그녀의 휴대폰번호를 한번도 가져본 적이 없었다.

리사 모딘에게 전화를 걸면서 내 전화로 그녀를 깨웠으면 좋겠다고 생각했다. 실제로 그랬다.

"선생님, 어쩐 일로 이렇게 일찍? 지금 몇 시에요?"

"여섯 시 반이오. 나 할아버지가 됐소."

"축하해요. 남자아이에요, 여자아이에요?"

"여자아이."

"순산했어요?"

"내가 제대로 들은 거라면 그런 것 같소. 하지만 아이가 좀 일찍 태어났소. 조산은 항상 위험부담이 있지."

"인큐베이터에 들어가게 되나요?"

"이미 들어갔소. 솔직히 말하면 기뻐서 말이 안 나오는군."

"그런데 나한테 전화한 거예요? 고마워요."

"전화할 만한 사람이 당신 말고는 없군."

"그럴 리가요."

"혹시 나와 축하주를 한잔 같이 하겠소?"

"지금 이 시간에 하자는 건 아니죠?"

"주말은 어떻소?"

"아마 괜찮을 거예요. 며칠 후에 전화 주세요."

"당신이 내게 전화해요."

그녀는 그러겠다고 약속했다. 그녀를 다시 볼 생각에 그때가 벌써 기다려졌다. 파리에서 돌아온 이후로 벌써 시간이 많이 흘렀다.

그녀와 전화를 끊고 얀손에게 전화했다.

"여기도 정전이에요. 선생님이 혹시 그게 궁금해서 전화했다면요."

"루이제가 새벽에 아이를 낳았네. 여자아이야."

얀손이 놀랐는지 잠시 침묵하더니 말했다. "너무 이른 것 아니에요?"

"맞네. 하지만 별 일 없이 잘 끝났어. 그러길 바라네."

"그렇다면 다도해 전 지역의 이름으로 축하드립니다."

얀손은 가끔 좀 어색한 표현을 쓸 때가 있다. 어색한 과장이라고나 할까. 하지만 지금은 그가 진심으로 모든 섬 주민들이 나와 기쁨을 나누고 싶을 것이라는 뜻으로 이야기했다고 느꼈다.

그는 그 말을 통해서 나를 정말로 점점 그 수가 줄고 있는 다도해 주민의 일원으로 만들어주었다. 나는 더이상 외부인이 아니었다.

"고맙네."

그런 다음 우리는 악천후에 대해 이야기를 나눴다. 얀손이 전기 공급업체와 통화를 했고, 아홉 시에 전기가 다시 들어올 거라고 말했다고 했다. 얀손 말에 따르면 본토에서 다도해 지역 전력 케이블이 분리되어 나오는 지점의 변전소가 고장이 났다고 했다. 게다가 허리케인 같은 돌풍으로 인해 수많은 나무들이 쓰러졌다고 했다.

얀손과의 통화가 끝난 후에 나는 캠핑카로 돌아가 침대에 누워서 동이 트기를 기다렸다. 창문을 통해 회색빛이 스며들 때 다시 밖으로 나갔다. 산 위에 올라가보니 할아버지의 벤치에서 멀지 않은 곳에 떡갈나무 한 그루가 쓰러져 있었다. 뿌리가 마치 짓밟힌 거인버섯처럼 위로 솟아 있었다. 섬을 한 바퀴 돌아보고 폭풍에 뽑힌 나무는 그 떡갈나무 하나뿐이라는 걸 확인했다. 다른 나무는 모두 폭풍을 잘 견뎌냈다. 섬의 흙은 아마 깊지 않을 것이다. 그러나 나무의 뿌리는 갈퀴손처럼 질기다.

톱으로 떡갈나무줄기에서 납작한 나무판을 하나 잘라냈다. 내게 있는 작은 톱으로는 몇 시간이 걸리는 일이었다. 나무판을 다 잘라냈을 때에는 온몸이 땀으로 흠뻑 젖어서 선착장에 내려가 물속에서 땀을 씻어내고 캠핑카에 올라가 물기를 닦아냈다. 그런 다음 돋보기를 들고 보트 창고 안에 앉아서 떡갈나무의 나이테를 세어보았다. 놀랍게도 나무는 추측했던 것보다 더 나이가 많았다. 계산을 해본 결과 첫 번째 나이테가 생긴 건 1847년이었다. 그 일 년 후, 떡갈나무가 아직 연약한 아기나무였을 때 1848년 혁명이 일어났다. 마치 내가 영원의 가장자리에 서 있는 것처럼 손으로 천천히 나이테를 훑었다. 그러다가 손가락을 멈춘 곳은 1899년에서 1900년으로 세기가 전환되는 지점이었다. 1914년에는 제1차 세계대전이 발발했고, 1939년에는 2차 대전이 일어났다. 나는 2차 대전이 끝나기 전인 1944년에 태어났다. 그리고 이 떡갈나무는 태어난 때로부터 백육십칠 년 후인 2014년 12월 폭풍에 쓰러졌다.

나는 나무판을 보트 창고에 두고 바람이 닿지 않는 벤치에 앉았다. 만에는 여전히 거품으로 덮인 높은 파도마루가 보였다. 비가 한두 방울씩 떨어졌다.

전기회사에서 예고했던 시간에 맞춰 전기가 다시 들어왔다. 아침 아홉 시 오 분에 모든 불이 켜졌다. 늦은 오후에는 바람이 점차 잦아들고 있다는 걸 느낄 수 있었다. 나는 다시 한 번 섬을 한 바퀴 돌아보았다. 바다에서는 파도가 해안 절벽에 부딪혀 강한 물보라를 일으키고 있었다.

나는 끊임없이 루이제와 내 손녀딸을 생각했다. 저녁에는 아메드가 다시 전화를 걸어왔다. 그가 서툰 영어로 루이제와 아기 둘 다 잘 있다고 설명했다. 물론 그는 우리 둘 다 알고 있는 사실, 조산으로 태어난 아기가 처할 수 있는 여러 가지 위험에 대해서는 말하지 않았다.

"아기 이름은 지었나?" 다른 할 말을 찾지 못해 내가 물었다.

"아직 결정 못했습니다."

그가 크게 웃었다. 나는 루이제가 그의 무엇이 좋아 그를 선택했는지 여전히 이해할 수 없었다. 하지만 그의 웃음소리를 듣고 나니 루이제가 그를 왜 사랑하는지 그 이유에 아주 천천히 다가갈 수 있었다.

이날 저녁 나는 송년파티 준비를 했다. 베로니카와 협의했던 식사의 그림을 그려 보았다. 내가 사야 할 와인과 슈납스와 맥주의 목록을 작성했다. 하지만 그러는 중에도 계속 인큐베이터에 들어 있는 작은 아기가 눈에 밟혔다.

폭풍이 지나간 후 항구에 가서 베로니카와 식사 관련 목록을 점검했다. 그녀는 그릇은 살 필요가 없다고 했다. 내게 필요한 걸 카페에서 빌려줄 수 있다고 했다. 그 밖에도 캠핑카에 스툴을 제외하면 의자가 하나 밖에 없기 때문에 카페에서 의자도 몇 개 가져다주겠다고 했다.

"식탁보는요?" 그녀가 물었다.

"있으면 좋죠." 내가 말했다.

그녀는 계산서 용지묶음 뒷면에 식탁보라고 메모했다.

그런 다음 우리는 오슬로브스키에 대해 대화를 나눴다. 절도 당한 자동차와 안손과 내가 자동차를 팔려고 하는 남자의 여동생과 나눈 이상한 통화내용에 관한 이야기가 이미 퍼져 있었다. 베로니카도 내용을 잘 알고 있었다.

"범인은 이 근방 사람일 거예요." 그녀가 말했다. "오슬로브스키 부인 차고에 뭐가 있는지 알고 있던 사람이요."

"사람들이 혹시 특별히 의심하고 있는 사람이 있나요?"

"아니요."

내가 그녀의 말을 믿었는지는 모르겠다. 그녀의 대답이 너무 빨랐다. 어쩌면 그녀는 누군가 의심하는 사람이 있을 수도 있다. 하지만 더이상 묻지 않았다. 나는 오슬로브스키의 차를 다시 찾지 못할 거라고 확신했다.

카페의 재정적 어려움에 대한 이야기로 화제를 바꿨다. 나에 대한 친밀감으로 그녀는 이사할 생각을 하고 있다는 얘기를 털어놓았다.

"다른 카페로요?"

"다른 나라로요. 카페는 할 수도 있고 아닐 수도 있고요."

"모두들 보고 싶어할 거예요."

문에 달린 종이 울렸다. 열 명 정도 되는 사람들이 들어왔다.

"지방정부 사람들이에요." 그녀가 속삭였다. "다도해 섬 어디에 새로 공공화장실을 설치해야 할지 계획을 세울 거래요. 그 일에 공무원이 열 명씩이나 필요한 건지는 잘 모르겠어요."

자동차를 가지러가기 전에 선박용품점에 들렀다. 내 장화는 물론 여전히 도착하지 않았다.

차를 타고 마을에 가서 송년파티에 필요한 물품들을 샀다. 쇼핑백이 다섯 개나 되었고, 그것들을 차에 실었다. 그런 다음 은행과 약국에 들러 필요한 현금을 찾고 약품을 샀다. 신발가게 앞에서 걸음을 멈췄다. 가게는 닫혀 있었고 쇼윈도는 비어 있었다.

나는 가끔 경마를 한다. 사실 속보마차경주에 대해서 아는 것도 없고 내가 참여하는 경주나 돈을 거는 말에 대해 자세한 정보를 알아볼 만큼 부지런하지도 않다. 하지만 이십 년 전에 한 번 V5승식을 선택해서 돈을 걸었다가 대략 구만육천 크로나의 배당금을 받아서 놀랐던 적이 있었다. 정확한 액수는 구만육천삼백이십이 크로나였다. 나는 그 순간을 결코 잊지 못할 것이다. 나는 그 배당금을 받아서 남아프리카공화국으로 여행을 갔다. 당시는 아직 남아공에 아파르트헤이트정책이 실행되고 있을 때였다. 넬스프루트 공항에서 차를 한 대 빌려 크루거 국립공원에 갔다. 그곳에서 가능한 여러 숙박시설을 돌아다니며 일주일을 보냈다. 그 시간 동안 나는 끊임없이 흑인들을 대하는 백인들의 오만한 태도를 경험했다. 곳곳에 이상한 침묵이 흘렀다. 백인은 뭔가 명령이나 지시를 할 때만 흑인이나 유색인에게 말을 걸었다. 서로 다른 인종 간에 편안한 대화가 오가는 것을 한 번도 듣지 못했다. 나는 격분했고 그래서 내게 식사를 가져다주거나 내 차에 기름을 넣는 흑인들에게 일부러 더 친절하게 대하려고 노력했다. 하지만 그들은 내 친절을 조심스럽고 의심스럽게 여겼다.

나는 그 광활한 공원을 누비면서 내가 보고 싶었던 모든 야생동물을 보았다. 그러면서 계속 그 동물들이 내가 그들을 보는 것보다 나를 두 배는 더 자주 보는 것 같은 기분이 들었다.

보아 한 마리가 멧돼지새끼 한 마리를 삼켰다. 사자무리가 얼룩말 한 마리를 뜯어먹고 있었다. 나는 그 동물들을 방문한 손님, 조심스럽게 야생세계의 문을 두드린 말없는 손님이었다.

나머지 돈으로는 비싼 정장 몇 벌을 사고 고급 식당에서 식사를 했다. 심지어 골동품경매에서 만오천 크로나에 불상을 낙찰받기도 했다. 그 불상도 집이 불타는 바람에 사라져버렸다.

마을 중심부에 있는 경마사업장을 방문했다. 거기서 솔렝에트에서 열리는 속보마차경주에 몇 백 줄로 이루어진 즉석 승식을 선택해 배팅했다. 경주장 위치가 어딘지는 궁금하지도 않았다. 당연히 말과 기수의 이름도 전혀 몰랐다. 하지만 '늑대모피'라는 이름의 말보다는 '호박벌 형님'이라는 이름의 말이 더 마음에 들어 그 말에 배팅했다.

경마사업장 주인은 대머리에 왼쪽 관자놀이에 움푹 팬 상처가 뚜렷하게 보이는 남자였다. 다도해의 섬과 시내마을에 사는 사람들이 어디가 불편하고 무슨 병이 있는지 다 아는 얀손에 따르면 경마사업장 주인은 수년 전 봄에 오래된 모터보트를 바다로 옮기다가 트랙터사고를 당했다. 얀손은 그가 뇌손상 없이 사고에서 회복한 것이 정말 다행이고 대단하다고 했다. 하지만 나는 의사로 지냈던 오랜 세월 동안 사고를 당했던 사람들이 뇌손상은 없지만 머리모양이 이상해진 경우를 여러 번 봤다. 그중에서도 기억나는 건 교통사고 전이나 후에나 수학 천재로 유명했던 한 젊은 학자의 경우이다. 그의 머리는 사고 후에 초등학교 아이들이 학교에 입학할 때 받는 고깔 모양 과자봉지처럼 변했다.

내 마권을 제출하고 영수증을 재킷 안주머니에 넣은 후 식사를 하기 위해 볼링식당으로 향했다.

눈송이가 하나둘 공중을 날아다녔다. 식사를 마치고 식당을 나설 때 루이제에게서 전화가 왔다. 나는 다시 안으로 들어가 마침 검은색 볼링공을 던지고 있는 사람이 아무도 없는 볼링 레인 옆에 서서 통화를 했다.

그녀의 몸 상태는 좋았다. 물론 아기를 많이 걱정하고 있었다.

나는 아기가 있는 조산아병동에 대해 자세히 물었다. 루이제는 그곳 사람들이 모두 경험이 많고 전문가로 보인다고 했다.

"내가 너를 위해 무엇을 해주었으면 좋겠니?" 내가 물었다.

"기도요."

"기도? 나는 종교가 없는데."

"그래도 기도는 할 수 있잖아요."

"그래. 사방으로, 과거와 미래로, 또 깊은 바다 속으로도 보내는 기도를 하마."

"고마워요."

"그것 말고 또 내가 해주었으면 하는 게 있니?"

"지금은 없어요."

루이제는 아메드가 필요한 모든 걸 다 해주고 있다고 말했다.

그러더니 갑자기 무함메드 이야기를 하기 시작했다.

"나는 그 아이의 눈이 빛과 같다는 상상을 해요. 그 아이의 시선은 빛의 속도로 낯선 세계들을 향해 움직이죠. 언젠가는 그렇게 시선을 통해 내보내는 질문들에 답을 얻게 될 거예요."

"나는 네가 무슨 얘기를 하는 건지 통 모르겠구나."

나는 그녀에게 아기의 이름을 정했는지 물었다.

"아기 이름을 세 개 정했어요. 나중에 아이가 그중에서 직접 선택하게 할 거예요. 라셸, 안나 그리고 하리에트 이렇게 세 개예요."

나는 파리에서 내 호텔방을 청소했던, 그리고 내가 오 유로를 팁으로 주었던 그 라셸을 생각했다. 그리고 하리에트를 생각했다. 우리 집안에는 안나라는 이름을 가진 사람은 없었다. 어쩌면 아메드와 이슬람교와 관련된 이름일지도 모르겠다.

"예쁜 이름들이구나. 지금은 뭐라고 부르고 있니?"

"매일 바꿔가며 불러요."

"아기를 보고 싶구나."

"그래서 아버지에게 전화한 거예요. 휴대폰으로 사진을 한 장 보내드릴게요."

"성탄절에 집에 올 거니?"

"내 집은 여기에요. 아기도 아직 인큐베이터에 있구요."

"혹시 돈이 필요하면 내가 좀 도울 수도 있는데."

"돈은 필요 없어요. 얼른 새 집이나 지으세요."

다시 서로 말을 하지 않는 사이가 될까 두려워 더이상 아무 말도 하지 않았다. 지금 섬에 비가 오는지 눈이 오는지 그녀가 물었다. 결국 유일하게 남는 건 날씨에 대한 대화이다. 날씨 이야기는 우리 둘 다를 진정시켰다. 큰 소리도 안 나고, 말 없는 적대적 신호도 없다.

전화를 끊자마자 라셸 안나 하리에트의 사진이 곧바로 도착했다.

인큐베이터 안에 누워 있는 아주 작은 내 손녀는 오로지 자기 자신만 닮았다. 그 작은 얼굴에서 나는 다른 어느 누구의 모습도 발견하지 못했다. 아메드의 얼굴도 아니었다. 볼링레인 옆에 선 채 나는 내가 크게 감동하고 있음을 느꼈다. 휴대폰 화면에서 나는 한 새로운 인간이 삶의 윤무에 동참하기 시작했음을 볼 수 있었다. 이름이 세 개인 여자아기, 오래 산다면 21세기 말까지 세상을 살게 될 아기.

젊은 남자들 몇 명이 볼링을 치러 들어오기에 일단 휴대폰을 닫았다. 그 남자들은 내가 알지 못하는 언어를 쓰고 있었다. 최근에 이곳 마을로 보내진 난민들 중 일부인 것 같았다.

나는 항구로 차를 몰고 가면서 여우들이 보이지 않는지 살폈다. 하지만 숲에 여우의 모습은 보이지 않았다. 차도에 놓인 죽은 오소리 시체를 뜯어먹다가 푸드덕 날아오르는 까마귀만 몇 마리 보였다.

오슬로브스키의 집은 빈집처럼 외로이 서 있었다. 신중하게 골라 놓은 자갈길에는 그동안 발을 들여놓은 사람조차 없는 것 같았다. 나는 차에서 쇼핑백들을 꺼내 급유기 있는 곳에 대 놓은 내 보트로 내려갔다.

보트에 쇼핑백들을 실어놓고 베로니카의 카페로 올라가서 그녀에게 손녀의 사진을 보여주었다.

"아기가 참 예뻐요." 그녀가 말했다.

"잘 모르겠어요. 예쁜지 아닌지는 아직 좀 더 있어봐야 할 것 같아요."

"생각해봤는데요. 혹시 파리가 내가 이사 갈 만한 곳일까요? 선생님은 파리를 잘 아시잖아요."

"파리는 아주 큰 도시에요. 그래서 그곳에 있는 목적이 뭔지 모르면 금세 자신을 잃어버릴 수 있어요."

나는 다시 부두로 내려갔다. 그러나 보트로 가는 길에 다시 발길을 돌려 선박용품점으로 향했다. 노르딘 부인이 데니쉬 페스츄리가 놓인 접시를 앞에 놓고 커피를 마시고 있었다. 그녀의 심한 비만을 생각하면 의사로서 경고를 해야 했다. 하지만 채 입을 열기도 전에 그녀가 방금 운 사람처럼 눈가가 젖어 있다는 걸 발견했다. 분명히 남편을 그리워했을 것이다.

차마 내 휴대폰에 있는 사진을 보여 줄 수가 없었다. 그래서 손전등에 넣을 건전지를 몇 개 달라고만 말했다.

보트를 몰고 집으로 돌아가는 길에 해가 구름장을 뚫고 고개를 내밀었다.

얀손에게 하리에트가 살아 있을 때 열었던 여름파티에서처럼 내 송년파티에서도 노래를 불러 달라고 부탁할 것이다.

그보다 더 나은 한 해의 마무리와 더 멋진 새로운 해의 시작은 없을 것이다.

혹시 〈아베 마리아〉를 불러달라고 부탁해도 될까?

꼭 그때처럼?

22

어느 날 루이제와 그녀의 남편은 태어난 아기의 이름을 아그네스로 결정했다. 라셸이나 하리에트를 떠올릴 필요가 없게 되었다.

아그네스. 우리 집안에는 없는 이름이지만 참 고운 이름이다. 아주 작은 한 사람을 위한 아름다운 이름.

내 부모님은 돌아가시기 몇 년 전 갑자기 자신들이 각자 어떤 집안의 사람이었는지 너무나 알고 싶어 했다. 두 분 다 자신의 조부모까지만 알고 있었다. 그보다 더 이전 시기 두 분의 과거에는 짙은 안개가 드리워져 있었다. 그래서 두 분은 교회명부와 기록원의 문서들을 조사하기 시작했다. 그리고 아직 생존해 있던 얼마 안 되는 친척들에게 알고 있는 정보를 얘기해 달라고 부탁했다. 내 기억에 두 분은 내색은 안했지만 누가 더 오래 전 친척까지 찾아낼 수 있는지 서로 겨루고 있었다. 두 분 다 상대방보다 더 오래 전 가족사까지 거슬러 올라가야만 자신의 품위를 증명해 낼 수 있다고 생각하는 것 같았다.

그래서 두 분 모두 돌아가시면서는 꽤 방대한 가계도를 남길 수 있었다. 하지만 그중에 아그네스는 없었다. 어머니 집안 가계도를 만들면서 두 분이 너무 부끄러워했던 사실은 어머니 증조부의 남자형제 한 명이 베스테로스 근처 한 언덕에서 참수형을 당한 것이었다. 그는 근위병이었는데 술에 취한 상태에서 동료와 싸움이 일어났고 당시 재판기록에 따르면 그 동료를 스물한 번이나 칼로 찔러 죽였다. 국왕 칼 15세는 사면을 거부했고, 그래서 근위병 칼 에베르트 올라우스 텔은 1867년 10월 어느 이른 아침 목을 잃었다.

그 사실을 발견한 뒤로 두 분의 가계도연구에 찬바람이 불었다. 의대 재학 시절 집에 다니러 왔을 때 나는 작은 개폐식 책상에 잘 간수되어 있던 가계도와 관련한 모든 문서들이 사라진 것을 곧바로 눈치 챘다. 그 개폐식 책상의 서랍들을 빼면 뒤에 비밀공간이 있었는데, 내가 어렸을 때 거기에서 오래된 안경을 찾은 적이 있었다. 물론 진짜 귀한 물건을 찾은 적은 없다. 어느 날 저녁, 어머니는 잠자리에 든 상태였고, 술을 몇 잔 마신 아버지는 처형당한 근위병에 대한 그 굴욕적인 진실을 털어놓았다. 그 사실에는 어머니에 대한 내밀하고, 비열하고, 그야말로 우스꽝스러운 고발이 담겨 있었다.

두 분은 천천히 그들의 연구를 다시 시작했지만 예전의 긴장감과 기쁨은 찾아볼 수 없었다. 그보다는 두 분이 만나게 될 누렇게 변색된 그 낡은 문서들 속에 어떤 것이 숨어 있을지에 대한 염려가 더 컸다.

부모님은 마지못해 계보연구를 이어갔다. 이제는 부끄러움을 느끼게 된 과제를 떠맡은 셈이었다. 부모님이 기록원에서 꺼내 온 것은 결국 그들의 핏속에 주입된 독이었던 것이다.

물론 문서에서 또 다른 살인자가 나오지는 않았다. 하지만 부모님이 놀랄만한 사실이 또 한 가지 밝혀졌다. 두 분이 주민이 아주 적은 베스테르보텐 내륙 지역과 또 마찬가지로 한적한 헤리에달 숲 지역 출신이라는 것이다. 아버지의 가계도에는 핀란드 피가 흐르고 있었고, 어머니의 가계도에는 갑자기 러시아로 넘어간 흔적이 있었다.

그러나 아그네스는 없었다. 파리의 그 여자아기가 아그네스 1세였다.

이따금 경찰이 연락해 왔다. 가끔은 내게 물어볼 것이 있어서였지만, 대부분은 아직도 아무런 단서를 찾지 못했다는 사실을 이야기하기 위해서였다. 경찰에 따르면 화재는 아무 것도 없는 무에서 시작된 것이었다.

루이제와 나는 매일 통화를 했다. 가끔은 아메드가 내게 전화를 하기도 했다. 그럴 때면 우리는 짧게 몇 마디 대화를 나누었고, 그러면 아메드는 전화를 루이제에게 넘겼다. 그게 무엇인지 정확히 말할 수는 없었지만 루이제의 목소리에서 어떤 새로운, 약간은 어두운 분위기가 느껴졌다. 아기가 완전한 기쁨을 주지 못하고 있는 걸까? 루이제가 많이 지친 걸까? 출산을 한 엄마들이 종종 느끼는 불안감에 빠진 걸까? 특히 조산일 경우에 더 심한 그 불안감?

나는 매번 그녀가 필요하다면 언제든 도움을 줄 거라는 말로 그녀를 안심시키며 통화를 마쳤다.

우리는 불탄 집에 대한 이야기도 나눴다. 루이제는 불타버린 집이 잿더미에서 다시 일어나는 꿈을 자주 꾼다고 했다. 그녀는 종종 다시 나타나는 또 다른 꿈은 창피하고 유치한 꿈으로 치부했다. 그 꿈에서 사람들은 매일 아침 목수들이 밤새 낡은 집 모퉁이마다 새 목재를 쌓고, 그렇게 집을 일 미터씩 더 올린 걸 확인할 수 있었다. 밤마다 그 목수들이 어디서 나타났는지를 아는 사람은 아무도 없었고, 그들의 망치소리를 들은 사람도 없었다. 그러나 집은 높아져갔다. 불탄 폐허가 익명의 방화범이 불을 지른 그날 밤 이후와 마찬가지로 여전히 검고 썰렁한 모습으로 그 자리에 있었지만 그래도 집은 높아져

갔다.

나는 루이제에게 집을 새로 지을 것이라고 약속했다. 특히 그녀가 아기 이름을 아그네스로 정했다고 내게 말한 그날 더욱 확실하게 약속했다.

"옛날에는 아이들에게 이름을 여러 개 붙여서 길게 지어줬단다." 내가 말했다. "집이 아무리 가난해도 새로 태어난 아기를 이름 부자로는 만들 수 있었지. 옛날 내 친구 중에는 이름이 일곱 개인 아이도 있었다. 그 아이가 우리 반에서 제일 가난한 아이였는데도 말이야."

"그 친구 이름을 아직 기억하고 있어요?"

"칼 안톤 악셀 에프라임 하그베르트 에리크 올로프가 이름이고, 성이 요한손이었지."

"내 딸은 아그네스라는 이름 하나면 돼요. 자기 진짜 이름이 뭔지 헷갈릴 필요 없게 말이에요."

12월 어느 아침 냉수욕을 하기 위해 얼음처럼 차가운 물에 들어가면서 나는 이 달에 아그네스라는 이름을 붙여주었다. 날씨는 다혈질인 사람처럼 변덕스럽고 고르지 못했다. 눈이 왔다가 날씨가 다시 풀리고, 사방에서 강풍이 불다가도 원래 한여름에 나타나는 무풍상태가 되기도 했다. 나흘 내내 쉬지 않고 비가 내리기도 했는데, 억수같이 퍼붓는 비가 시끄러운 소리를 내며 캠핑카의 얇은 지붕을 두드려댔다.

오슬로브스키의 집을 어떻게 처리해야 할지에 대해서는 아무도 아는 사람이 없었다. 그 집에 가끔 불이 켜 있을 때가 있다는 소문이 퍼지면서 사람들은 그 집에 귀신이나 유령이 있다고 믿기 시작했다. 누군가는 오슬로브스키의 유리안구가 밤이면 어둠 속에서 빛을 끌어 모아 반짝이는 플라스마로 변한다고 이야기했다. 이런 소문 덕분에 그 집은 외부인의 침입이나 어떤 피해로부터 자유로울 수 있었다.

자갈길은 항상 깨끗하게 골라진 상태 그대로였다. 아무도 그 길에 발을 들여놓지 않았다. 사람들이 오슬로브스키가 정말 죽었다고 믿지 않고 있는 것 같았다. 그녀는 어쩌면 목적지가 어디이고 그녀가 왜 그 여행을 하는지 아무도 몰랐던 그녀만의 이상한 여행길에 올라 있는 중인지도 모른다. 지금은 사라지고 없는 그 올드타이머의 부품을 찾기 위해 길을 떠날 때 말고는 그녀가 어디를 왜 갔는지 아는 사람은 아무도 없었다.

"이곳은 겨울이면 꼭 죽은 곳 같아요." 어느 날 얀손이 말했다. "지금이 그 어느 때보다도 더 심한 것 같아요. 텅 빈 곳이 더 텅 빈 것처럼."

그가 무슨 말을 하고 싶은지 나는 알 수 있었다. 다도해 지역의 고요는 겨울이면 훨씬 더 깊어졌다. 시멘트 부두만 풍화하고 쇠기둥들만 녹이 스는 것이 아니었다. 바다마저도 항구에 물을 채우고 싶은 의욕이 없어 보였다.

오슬로브스키의 장례식이 끝나고 이어진 추모다과회에서 기회를 보다가 얀손에게 내가 계획하고 있는 송년파티에서 노래를 불러줄 수 있겠냐고 물어보았다. 그는 내가 뭔가 부적절한 말을 하기라도 한 것처럼 깜짝 놀랐다.

"자네의 노래가 우리 파티를 더욱 완성시켜줄 걸세." 내가 다정한 말투로 덧붙였다.

얀손이 아랫입술을 깨물었다. 그는 갑자기 숙제를 잊어버리고 해오지 않은 당황한 학생처럼 보였다.

"전 이제 더이상 노래를 못합니다."

"무슨 말인가! 자네는 할 수 있어!"

"좋습니다. 하지만 〈아베 마리아〉를 부르진 않겠어요." 얀손이 저항했다.

"꼭 그걸 해주게. 꼭 그 노래였으면 좋겠어."

우리는 더이상 그 문제에 대해 이야기하지 않았다. 하지만 나는 내가 그의 약속을 받아낸 것이라는 걸 알고 있었다. 캠핑카에 모여 즐거운 시간을 보내다가 자정이 가까워지면 그가 노래를 할 것이다.

마지막으로 한 번 더 베로니카와 식사계획을 점검했다. 훈제연어를 주 메뉴로 하고 수프를 전채로 사과케이크를 후식으로 최종 결정했다.

"베로니카도 초대를 해야 하는데 유감스럽게도 캠핑카가 너무 비좁아서 말입니다."

"저는 연말에 아이슬란드로 여행가요."

나는 놀란 눈으로 그녀를 바라보았다.

"아이슬란드? 거기는 여기보다 더 추운 곳 아닙니까?"

"저는 날씨는 아무래도 상관없어요. 제가 아이슬란드 토종말을 좋아해요."

"혹시 그리로 이사할 생각입니까?"

"어쩌면요."

베로니카의 휴대폰 벨이 울렸다. 누군가 생일파티 문의를 하기 위해 전화한 것 같았다. 그래서 나는 재킷을 들고 털모자를 쓰고 그녀에게 작별의 손짓을 했다. 그녀는 내게 미소로 인사를 하고 휴대폰 옆에 있던 터키옥색 수첩에 메모를 하기 시작했다.

카페 테이블에 놓여있던 지난 신문에서 속보경마 결과를 확인해보았다. 당연히 아무 것도 따지 못했다.

나는 집으로 돌아갔다. 파도가 거칠어서 보트가 뒷질을 하고 심하게 흔들렸다. 바다는 금방이라도 얼어붙어서 파도와 거품과 보트와 나를 죽은 돌처럼 굳혀버릴 것 같았다.

회색빛 바다는 이날 특히 시계바늘 없는 시계숫자판 같았다. 벽들이 무너져 내린 방 같기도 했다. 나는 때때로 막연하게 바다가 언젠가는 내 목숨을 앗아갈 존재라고 상상하고는 했다.

넓은 바다를 향해 열려 있는 만을 지날 때에는 심해지는 뒷질을 피하기 위해 안쪽 수로를 따라 보트를 몰았다. 그 길이 거리로는 더 멀었지만 구간의 제일 마지막 부분을 제외하고는 북풍을 피할 수 있었다. 헐벗은 떡갈나무 가지들이 하늘을 향해 팔을 벌리고 선 섬들 옆으로 항해했다. 잽싸게 덤불 속으로 사라진 멧돼지 한 마리를 본 것 같았다. 멧돼지가 다시 나타날까 해서 엔진을 공회전하게 한 뒤 보트를 파도에 맡겼다. 제일 가까운 섬의 이름은 헤스톨멘이었다. 그 섬에는 산드마르크라는 지질학교수가 지었던 낡은 여름별장이 한 채 있었다. 어렸을 적 할아버지를 따라 항구에 갈 때 가끔 그 교수를 본 적이 있었다. 그는 검은색 베레모를 썼고, 항상 늘어진 영국 카키색 군복을 입었으며, 백일곱 살까지 살았다. 당시에는 얀손의 아버지가 우편물 배달을 했었다. 얀손에 따르면 산드마르크 교수는 연금을 수령하러 선착장에 내려왔다가 죽었다. 얀손의 아버지가 막 돈을 건네려고 했을 때 산드마르크가 신음소리 하나 없이 갑자기 쓰러졌고 그 자리에서 죽었다고 했다.

그 후 얀손의 아버지는 그 교수가 아무런 소리도 내지 않고 죽은 것에 대해 특히 더 흥분했다. 교수는 선착장에서 통증이나 공포나 저항의 신음조차 없이 바닥에 쓰러진 것이다.

교수의 집은 부서져 갔다. 확실하진 않지만 내가 알기로 그 집은 이제 교수의 두 손녀 소유이다. 그 자매는 한 명은 부자가 됐고 다른 한 명은 실패한 삶을 살았다는 이유로 서로를 미워했다.

재킷주머니에 들어있던 휴대폰이 울렸다. 얀손이었다.

"틀림없어요." 그가 말했다.

"틀림없다니?"

"방화범이 이 지역 사람이 아니라는 거요."

"이 지역 사람이라고 주장한 사람이 언제 있었나? 내가 의심받았던 때를 제외하고?"

"이곳 섬들에 사는 사람들을 모두 샅샅이 살펴보았어요. 그 중에는 분명히 없어요."

"우리가 다른 사람에 대해 뭘 얼마나 자세히 알겠나. 자네는 나를 잘 아나? 나는 자네를 잘 알아?"

"내 생각을 확신할 수 있을 만큼은 사람들에 대해 잘 압니다."

우리의 대화가 진전 없이 계속 제자리를 돌고 있는 것 같은 느낌이었다.

"경찰은 뭐라던가?" 뭔가 대화에 덧붙이기 위해 내가 물었다.

"경찰도 나와 같은 생각이에요. 그런데 그러면 경찰은 이제 어디에서 범인을 찾아야하죠?"

얀손이 무슨 농담이라도 한 듯 웃음을 참느라 껵껵거리는 소리가 전화 너머로 들려왔다. 그는 그러더니 다시 진지해졌다.

"선생님 의견을 듣고 싶어요. 누가 사람들 집에 불을 지르고 다니는 건지."

"한번 생각해보겠네. 그런데 지금은 보트를 운전하고 있는 중일세. 그리고 많이 춥다네."

"저랑 언제 얘기를 한번 나눠요."

"그러세. 얘기해봐야지. 언젠가."

통화가 끝났다. 휴대폰을 주머니에 넣었다. 갑자기 손이 차갑게 느껴졌다. 통화의 무언가가 나를 불안하게 했다. 얀손의 목소리와 말투가 평상시와 같았지만 뭔가가 이상했다. 하지만 그게 뭔지는 알 수가 없었다.

나는 얀손에 대해 대체 뭘 얼마나 알고 있을까? 그가 오랜 세월 바람과 험한 날씨에도 불구하고 섬들에 우편물을 배달했다는 것 말고. 아니면 그가 바깥 섬들에 사는 모든 사람들에 대해 가장 많은 것을 알고 있다는 것 말고. 다도해 지역의 협력적이고 친절한 집배원 얀손을 모르는 사람은 없었다. 하지만 그를 정말 잘 아는 사람은 누가 있을까?

나는 얀손과 통화한 내용을 다시 한 번 곱씹어보았다. 하지만 내 이상한 기분의 원인이 뭔지는 찾아내지 못했다.

다시 속도를 올려 집으로 향했다. 캐나다기러기 몇 마리가 그들이 가야 할 남쪽 방향이 어디인지 결정을 내리지 못한 것마냥 회색하늘을 이리저리 헤매고 있었다.

집에 도착해서는 지역신문에 나온 체스문제를 하나 풀었다. 아무리 아둔한 아마추어라도 룩과 비숍 간의 이동방법으로 블랙 피스들을 쉽게 이길 수 있다는 걸 계산해 낼 수 있었다. 신문사에 전화를 걸어 독자들을 이렇게 바보 취급하는 것에 대해 항의하고 싶은 마음이 굴뚝같았다. 물론 전화를 걸지는 않았다. 살아오면서 뭔가에 대해 항의하고 싶은 마음이 들 때 실제로 그것을 행동에 옮긴 경우는 아주 드물다.

캠핑카 안은 따뜻했다. 이미 어두워진 상태였지만 나는 옷을 벗고 손전등을 들고 보트 창고로 내려갔다. 물이 찼다. 도저히 견디기 힘들어 다시 사다리를 오르기 전까지 그래도 몇 번 헤엄을 쳤다. 캠핑카로 돌아가는 중에 안에서 휴대폰이 울리는 소리가 들렸다. 캠핑카 문을 조금 열어두었기 때문에 전화벨 소리를 들을 수 있었다. 급히 뛰어가다가 풀 위로 올라와 있는 젖은 돌에 미끄러졌다.

누가 전화를 걸었었는지 휴대폰 화면을 확인하기 전에 일단 옷부터 입었다. 내게 전화를 할 사람으로는 두 사람밖에 떠오르지 않았다. 루이제 아니면 얀손.

전화한 사람은 리사 모딘이었다. 그녀에게 전화를 걸었다. 전화벨이 여러 번 울렸지만 그녀는 전화를 받지 않았다. 그만 끊으려고 할 때 그녀가 전화를 받았다. 내가 전화해서 놀란 목소리였다.

"당신이 전화했었는데 못 받았소. 아래 선착장에서 냉수욕 중이었거든."

"선생님한테 전화하지 않았는데요."

"하지만 분명히 당신 번호였는데?"

"모르겠어요. 난 전화하지 않았어요."

"내가 착각한 건 아닌데."

한참 오르막길을 오르고 있는 것처럼 그녀가 힘들게 숨을 몰아쉬었다.

"다시 전화할게요. 어떻게 된 건지 좀 봐야겠어요."

나는 식탁에 앉아서 기다렸다. 구 분 후에 그녀에게서 전화가 왔다.

"난 전화하지 않았어요. 전화기가 가방 속에 있었는데 아마 버튼이 눌렸던 것 같아요."

"그러니까 당신은 내게 전화할 의도가 없었다는 건가?"

"네. 지금은 아니었어요."

"그렇다면 지금 통화를 끝내면 되겠군."

그녀가 뭔가 말을 하기도 전에 내가 전화를 끊었다. 나는 화가 나서 전화를 침대 위로 던져버렸다. 다시 전화벨이 울렸다. 나는 받지 않았다. 그러나 내가 무슨 짓을 하고 있는 건지도 이해되지 않았다.

한 시간 후에 그녀에게 문자를 보냈다. 나는 그래도 여전히 당신이 송년파티에 와주길 바라오. 당신이 생각을 바꾸지 않았다면.

그녀는 자정이 되어서야 답장을 했다. 나는 그녀가 파티에 올 것이라는 희망을 이미 버린 상태였다. 휴대폰 화면에 딱 한 단어가 떠 있었다. **"네."**

나는 한참을 잠 못 들고 그 한 단어에 대해 생각했다. 네.

동이 틀 때 장딴지에 쥐가 나는 바람에 잠에서 깼다. 혹시 당뇨가 생긴 게 아닌가 싶었다. 장딴지에 쥐가 나는 건 당뇨의 흔한 증상이었다. 하지만 나는 물을 많이 마시지도 않고 밤에 소변을 보려고 자꾸 깨지도 않는다.

약품들을 보관해 놓은 비닐봉투 중 하나에 들어있는 혈당계를 찾았다. 혈당수치는 6.9였다. 당뇨는 아니었다.

갑자기 몸을 마구 움직이고 싶은 욕구에 캠핑카 안을 정리하기 시작했다. 집이 불타서 캠핑카로 옮겨온 이후로 한 번도 정리를 한 적이 없었다. 할아버지가 쓰레기를 태웠던 낡은 기름통에 불을 피운 뒤 캠핑카로 이사한 이후로 쌓인 쓰레기들을 몽땅 그 안에 집어넣었다. 중국산 셔츠 중 하나도 소각했다. 색이 이미 다 바랬고, 소매도 너덜너덜해졌고, 단춧구멍 박음질도 풀린 상태였다. 나는 조각낸 셔츠를 천천히 불길 속으로 던져 넣었다.

어렸을 적 이가 아프면 곤충들의 날개를 떼어버리는 걸로 치통에 대한 복수를 했었다. 퍼렇게 멍이 들어서 아프면 그것에 대한 복수로 예쁜 나비를 익사시키거나 농어를 땅에 내려놓고 괴롭게 질식하게 만들었다.

지금은 생명이 없는 물건을 괴롭히는 걸로 복수를 하고 있었다. 중국산 셔츠를 화형용 장작더미에 올려놓은 것이다.

그날 늦게 바위섬으로 노를 저었다. 말뚝 몇 개가 지난번 바람에 뽑히긴 했지만 텐트는 아직 서 있었다. 누군가 텐트를 사용한 흔적은 없었다. 침입자가 다시 왔는지 알아보기 위해 놓아두었던 돌과 나뭇가지가 그대로 있었다. 내가 모닥불을 피웠던 자리에도 새로 불 피운 흔적이 없었다.

바다가 잔잔해졌다. 내 섬으로 돌아가는 길에 지난 가을에 보았던 주인 없는 유망을 살펴보았다. 그물을 거둬들이는 사람이 없어도 그 그물은 계속 고기를 잡고 있었다.

밤에는 다도해 지역에 많은 눈이 내렸다. 새벽이 밝아올 때 나는 벌거벗은 채로 냉수욕을 하러 갔다. 손전등으로 눈에 그려지는 내 발자국을 비췄다.

겨울이 왔다. 곧 크리스마스가 오고 새해가 밝을 것이다.

눈은 크리스마스까지 계속 쌓여 있다가 사흘 후 남쪽에서 조금 따뜻한 바람이 불어오면서 녹았다. 보트 창고에서 캠핑카까지 줄을 연결해서 색색의 등을 달았다. 베로니카가 여분의 의자와 음식 일부 그리고 부족한 그릇을 챙겨왔다. 연습 삼아 캠핑카 안에 식탁을 차려보았다. 좁긴 하겠지만 큰 문제는 없을 것 같았다.

12월 31일 날씨는 맑고 추웠다. 다행히 바람도 없었다. 오후 세 시쯤 베로니카가 모든 준비를 마치고 내게 손님 접대와 관련한 마지막 지시를 내렸다. 내 일을 덜어주기 위해 그녀는 손님에게 낼 수프를 보온병에 넣어 준비해 주었다. 그 밖에도 그녀는 만약을 대비해 내게 가스오븐을 빌려주었고, 나는 그 가스오븐을 바람을 피해 캠핑카 뒤에 설치해두었다.

우리는 음료수 한 병을 한 모금씩 나눠 마시고 서로 새해인사를 건넨 뒤 선착장에서 헤어졌다. 아이슬란드 여행을 떠나는 그녀에게 잘 다녀오라고 한참 손을 흔들어 인사했다.

일곱 시에 얀손이 리사 모딘을 태우고 왔다. 파티 분위기를 내는 반짝거리는 색색의 등불 빛이 캠핑카까지 이어졌다. 얀손은 우선 삼십 분 동안 불꽃놀이 준비를 했다.

그런 다음 우리 셋은 작은 식탁에 둘러앉아 일곱 시 반부터 열한 시 조금 넘은 시간까지 먹고 마셨다. 세 사람 모두 취했고, 음식은 남김없이 비운 상태였고, 캠핑카 안이 너무 더워서 얀손은 셔츠를 벗고 맨몸을 드러낸 채 앉아 있었다. 리사 모딘이 소변을 보러 나갔을 때 얀손에게 이제 우리를 위해 노래를 할 시간이 된 것 같지 않느냐고 물었다. 그의 얼굴이 환하게 밝아졌다. 아마도 내가 그의 노래순서를 잊었을까 걱정하고 있었던 것 같았다. 하지만 새해가 시작되면 노래를 하겠다고 했다.

"꼭 〈아베 마리아〉를 불러주게."

"그럴게요. 그런데 그것 말고 또 한 곡 더 부르겠습니다."

어떤 곡인지 궁금해서 묻지 않을 수 없었다.

"〈부오나 세라(이탈리아식 저녁 인사—옮긴이)〉요. 리틀 게르하르트('스웨덴의 로큰롤 왕'으로 불린 스웨덴 가수—옮긴이)가 불러서 1950년대 스웨덴에서 유명했던 노래에요."

그가 말한 곡을 알 것 같았다. 내 생각에는 〈아베 마리아〉를 리틀 게르하르트의 노래말고 다른 것과 결합시켰다면 더 좋을 것 같았다.

"좋네. 아주 좋아."

리사 모딘이 문을 열고 들어왔다. 그녀의 눈이 반짝거렸다. 그녀가 들어오다 발을 헛디뎠고 자신의 어설픈 행동에 스스로 멋쩍어 웃음을 터뜨렸다.

냉장고에 뵈브 클리코 샴페인이 한 병 있었다. 언젠가 아버지가 어머니의 예상과 달리 잊지 않았던 결혼기념일에 산 것과 같은 샴페인이었다. 루이제가 아그네스 · 아메드 · 무함메드와 함께 오면 그때에도 나는 뵈브 클리코를 준비할 것이다.

샴페인을 터뜨릴 시간이 아직 되지 않았으므로 우리는 레드와인 병을 마저 비웠다.

나는 밖으로 나가 병원에 있는 루이제에게 전화를 걸었다.

"아버지 취했군요. 정말 기쁜 걸요!"

시계는 자정을 향해 다가가고 있었다.

얀손은 자기 시계가 초까지 정확하다고 주장했다. 우리는 그의 말을 믿고 함께 바깥으로 나갔다. 캠핑카 문에 걸어놓은 온도계는 영상 2도를 가리키고 있었다. 손전등으로 길을 비추며 할아버지의 벤치가 있는 곳으로 올라갔다. 색색의 등이 아주 고요한 바닷물에 예쁘게 비치고 있었다. 군데군데 흩어진 구름덩이 하나가 천천히 우리 머리 위로 흐르고 있었다. 얀손이 앞장서서 걸었다. 나는 그가 거의 밖으로 들리지 않게 조용히 성대를 다듬는 소리를 들을 수 있었다. 리사 모딘이 발을 헛디디는 순간 내가 그녀의 팔을 잡았다. 그녀는 내게 팔을 맡겼다.

우리는 산 위에 가만히 서 있었다. 얀손이 손전등으로 자신의 손목시계를 비췄다. 나는 루이제와 아그네스 그리고 그 가족을 내 눈 앞에 그려보았다. 휠체어에 앉은 무함메드와 온 가족이 함께 창가에 모여 있는 모습을.

우리는 지구의 마지막 생존자들처럼 산 위에 서 있었다. 얀손이 낡은 해의 남은 시간을 거꾸로 세기 시작했다. 나는 리사 모딘의 차가운 손을 잡았다. 이번에도 그녀는 가만히 그녀의 손을 내게 맡겼다. 다른 한 손으로 주머니에 라이터가 잘 있는지 더듬어보았다. 얀손이 폭죽에 불을 붙일 수 있도록 곧 라이터를 그에게 건넬 것이다.

"지금!" 얀손이 흥분과 감동으로 떨리는 목소리로 외쳤다.

새해가 시작되었다. 얀손이 〈부오나 세라〉를 부르기 시작했다. 리사 모딘은 노래를 아는 눈치였으나 그보다는 노래를 부르는 얀손의 강력한 목소리에 놀란 것 같았다. 하리에트의 마지막 한여름 축제에서 내가 그랬던 것과 똑같이. 얀손은 손전등으로 자신의 얼굴을 아래에서 비추고 있어서 얼굴이 마치 유령처럼 하얗게 보였다. 하지만 리사 모딘도 나도 얀손의 모습이 어떤지에 대해서는 신경 쓰지 않았다. 우리의 관심이 온통 집중된 것은 우리에게 미래를 바라보라고 말하는 그의 목소리였다. 그런 다음 〈아베 마리아〉가 시작되었다. 추운 겨울밤이 흔적도 없이 사라졌다. 우리 주위로 여름이 피어났다. 하리에트는 와인 잔을 들고 앉아있었고, 얀손은 벤치 끝에 서서 말 그대로 감동으로 숨이 턱 막히게 노래를 부르고 있었다.

그의 노래가 끝났을 때 나는 리사 모딘의 눈에 눈물이 맺힌 것을 보았다. 나도 마찬가지였다. 그리고 어쩌면 얀손 자신도 그랬을 것이다.

우리는 샴페인을 마셨다. 가까운 친구들끼리 그러는 것처럼 우리는 병에 입을 대고 돌려 마셨고 서로 새해의 복을 빌었고 얀손의 훌륭한 목소리를 칭찬했다. 그런 다음 얀손에게 폭죽에 불을 붙이라고 부탁했다. 폭죽 터지는 소리와 실망스러운 불발탄 소리가 바위들에 부딪혀 메아리처럼 울렸고 꽃불이 산발적으로 타오르는 횃불처럼 하늘로 올라간 뒤 금세 사그라졌다. 그러나 리사 모딘과 나는 악령들을 연기와 불로 쫓아버리려는 얀손의 용감한 시도에 큰 박수를 보냈다.

불꽃놀이가 끝난 뒤 우리는 캠핑카로 돌아갔다. 얀손은 갑자기 피곤해보였고 내가 진을 섞은 그로그주(럼주에 더운 설탕물을 혼합한 것—옮긴이)를 권하자 그만 마시겠다고 거절했다.

"난 이제 집에 가야겠습니다. 노래하는 데 익숙하지 않은 늙은 우편배달부에게는 이미 너무 늦은 시간이에요." 얀손이 말했다.

"그렇게 훌륭한 목소리를 가지고 계신지 정말 몰랐어요." 리사 모딘이 말했다. "여기 다도해 지역 바위섬들의 유시 비요링(스웨덴의 유명한 태너가수—옮긴이)이네요."

"저는 입을 다물고 있을 때가 가장 편안합니다." 얀손이 말하며 자리에서 일어섰다.

얀손은 갑자기 불안하고 어찌할 바를 모르는 사람처럼 보였다.

우리는 그를 선착장까지 배웅했다. 그가 미끄러운 돌들이 있는 길을 따라 보트가 있는 곳으로 내려가는 모습이 이미 술에서 다 깬 사람처럼 보여 놀랐다.

그는 갑자기 급한 일이라도 있는 것처럼 빠른 걸음으로 걸었다. 예전에 그가 예기치 않게 갑자기 이해할 수 없는 행동을 하던 때의 느낌이 되살아났다. 하지만 지금 나에게 중요한 것은 그가 갑자기 생각을 바꾸기 전에 얼른 이곳을 떠나는 것이었다.

"노래가 정말 좋았네." 내가 말했다.

"모차르트와 리틀 게르하르트, 정말 훌륭했어요." 리사 모딘이 덧붙였다.

"슈베르트입니다. 모차르트가 아니라." 얀손이 대꾸했다.

"그럼 그 이탈리아 노래는 누구 곡이에요?"

얀손이 고개를 저었다. 그도 모르는 모양이었다.

"이제 출발하게." 내가 말했다. "〈부오나 세라〉를 누가 작곡했는지는 중요하지 않네."

얀손이 그의 세미디젤 엔진을 점화하기 시작했다. 리사 모딘과 나는 추위에 떨며 선착장에 서 있었다. 얀손이 집배원으로 일하던 오랜 세월동안 항상 쓰고 다녔던 낡은 모피 모자를 썼다.

멀리서 폭죽 터지는 소리가 들려왔다.

"바텐홀멘 섬에서 쏘는 거예요." 얀손이 말했다.

"거기 사는 사람들 이름이 뭐더라? 엘란손?"

"그들은 건강식품 통신판매를 해요." 얀손이 설명했다. "그 사람들은 자기들이 파는 허브와 연고가 습진부터 암까지 몽땅 치료한다는 허위광고를 해서 몇 번 고발당한 적이 있었죠."

"그 사람들이 그 섬에 지은 집은 분명히 싸지 않을 텐데 말이야, 그렇지 않나?"

"네. 하지만 선생님도 아시다시피 누군가 갑자기 부자가 되면 거기선 사기의 냄새가 나게 마련이죠."

얀손이 해치 아래로 들어가더니 플라이휠을 힘껏 돌려 엔진에 시동을 걸었다. 그러더니 다시 위로 올라와 후진으로 선착장을 빠져나갔다. 우리는 얀손의 보트에 달린 빨간색 등과 녹색 등의 불빛이 곶 뒤로 사라질 때까지 그 자리에 서 있었다.

나는 보트 창고로 가서 색색의 등을 껐다. 그런 다음 리사 모딘과 캠핑카로 올라갔다.

"노래를 정말 잘 하더군요." 리사 모딘이 말했다.

"당신을 위한 깜짝 선물이었소. 얀손은 마치 크고 위험한 비밀이라도 되듯 자기 노래실력을 숨기고 다니지."

"그런데 지금 왜 그렇게 급히 간 거죠?"

우리는 캠핑카 앞에서 걸음을 멈췄다. 내겐 적당한 답이 없었다.

얀손은 종종 필요 없이는 움직이지 않는 굼뜬 고양이를 닮았다. 그런데 그러다가도 갑자기 모습을 바꿔 번개같이 빠르게 바위를 타는 다른 고양이가 되기도 한다.

우리는 안으로 들어갔다. 베로니카가 주고 간 검은색 큰 쓰레기봉투와 종이봉투 몇 개가 있었다. 리사 모딘에게 빈병을 색깔 있는 것과 없는 것으로 나눠 종이봉투에 담아달라고 부탁했다. 접시에 남은 음식물은 쓰레기봉투 하나에 모았다. 베로니카에게 왜 쓰레기봉투를 굳이 여러 개 주는지 물었었다.

"토할 경우 봉투가 있으면 좋잖아요." 그녀의 대답이었다.

하지만 우리 중 누구도 우리가 마신 만큼의 술로는 그 정도까지 취하지 않았다. 물론 내가 꼭 장담할 수는 없지만, 우리 중 누군가가 몰래 캠핑카 뒤에서 토하고 들어왔으리라고는 생각하지 않는다.

나는 음식물찌꺼기가 든 쓰레기봉투를 매듭을 지어 묶은 후 밖으로 나가 캠핑카 아래로 밀어 넣었다. 그런 다음 그 앞에 송년파티에서 별로 인기가 없었던 맥주 상자를 세워놓았다.

안으로 들어가기 전 나는 몰래 캠핑카 창문을 통해 안을 들여다보고 싶은 유혹을 뿌리치지 못했다. 리사 모딘이 침대에 앉아 있었다. 불을 붙이지 않은 담배를 한 손에 들고 있었다. 다른 손에는 얀손이 폭죽에 불을 붙이기 위해 사용했던 라이터가 들려 있었다.

그녀가 갑자기 고개를 들어 창을 바라보았다. 나는 제때 몸을 숙이지 못했다. 그녀가 내게 들어오라고 부르는 소리가 들렸다. 그러더니 그녀는 스위치에 손을 뻗어 캠핑카 안의 불을 꼈다.

내가 들어갔을 때 그녀는 바닥에 매트리스를 깔아놓고 자기는 침대에 누워있었다. 그녀를 어루만지기 위해 손을 뻗고 싶었다. 하지만 감히 그러지 못했다. 그 순간 나는 그저 혼자 있지 않아도 된다는 사실에 감사했다. 그녀도 나와 같을까 생각해보았다.

그녀가 갑자기 이야기를 시작했다. 술을 마셨기 때문일 수도 있고 다른 이유 때문일 수도 있다.

그녀의 삶 속에 들어왔었던 그리고 그녀가 여전히 잊지 못한 한 남자에 대한 이야기였다.

"기자가 되기 전이었어요. 그때 나는 내가 뭘 할 수 있을지 결정을 하지 못한 상태였죠. 그리고 내가 과연 뭔가를 하고 싶기는 한지도 모를 때였어요. 생계를 해결하기 위해서 오랫동안 페인트가게에서 일했어요. 그래서 페인트나 붓에 관해 내게 물어보면 다 대답할 수 있어요. 어느 날 한 남자가 가게에 와서 파란색 페인트 한 통을 샀어요. 나는 바로 첫눈에 그 남자랑 살고 싶다는 생각을 했어요. 며칠 후 그 사람이 다시 와서 또 한 통을 샀어요. 우리는 서로 이야기를 나누기 시작했죠. 그 사람은 오래된 옷장을 칠하는 중이었어요. 그 후로 우리는 커플이 되었어요. 그는 지방정부의 하급 공무원으로 끔찍하게 지루한 직업을 가지고 있었죠. 그는 퇴근해서 집에 올 때면 항상 아주 음울한 기분에 젖어있었어요. 아주 잘 생긴 사람도 아니었어요. 하지만 나는 제정신이 아닐 만큼 그를 사랑했어요. 그 사람도 마찬가지였고요. 우리는 사 년을 함께 살았어요. 그런데 어느 날 그가 집에 오더니 먹구름에 둘러싸인 채 말했어요. 나랑 더이상 같이 살고 싶지 않다고. 거의 십오 년 전 일이네요. 솔직하게 말하자면 나는 아직도 그 사람을 잊지 못했어요."

그녀가 입을 다물었다.

"그런데 왜 내게 그 이야기를 하는 거요?"

"선생님이 아셔야 할 것 같아서요."

"난 알고 싶지 않소."

"그러면 원하시는 게 뭐예요?"

"이 순간에는 당신이 여기 있는 것으로 만족하오. 내일은 어쩌면 다른 걸 원할지도 모르겠지만."

우리는 둘 다 잠들지 못하고 깨어 있었다. 대화는 더듬더듬 이어졌다. 그녀는 조심스럽게 그녀가 가진 문들 중 몇 개를 살짝 열어 내가 들여다볼 수 있게 해 주었다.

캠핑카 안은 아주 더웠다. 라디에이터를 끝까지 다 틀어놓은 상태였다. 하지만 그녀도 나도 일어나서 라디에이터를 끄지 않았다.

새해가 시작된 이 밤, 나는 우리가 그럼에도 가까운 관계가 될 수 있을 것 같다고 조심스럽게 믿기 시작했다. 이전의 망상에서 한 단계 더 나간 믿음이었다.

갑자기 내 휴대폰이 울렸다. 루이제이기에는 너무 늦은 시간이었다. 최소한 새벽 세 시는 되었을 시간이었다. 나는 큰 소리로 욕을 하며 얼굴에 난 땀을 닦았다. 리사 모딘이 어둠 속에서 전화를 받으라고 말했다. 새해가 시작된 날 이렇게 한밤중에 전화를 하는 사람이면 아마 통화를 얼른 끝낼 수 있을 만큼 만취한 상태일 것이다.

그런데 전화를 건 사람은 전혀 술에 취해있지 않았다. 얀손이었다. 그리고 그는 겁에 질려 있었다. 그의 몸이 그의 목소리만큼 떨리고 있다는 걸 알 수 있었다.

"불이 났어요." 그가 내 귀에 대고 소리를 질렀다. "세상에! 칼-에베르트 발프리손의 집에 불이 났어요. 완전히 불길에 휩싸여 있어요. 밖으로 나가보세요, 그러면 북서쪽에 불빛이 보일 거예요."

그가 말한 대로 했다. 불빛은 쉽게 발견할 수 있었다. 발프리손 가족의 큰 집이 있는 카르스텐쇤 섬에서 전쟁이라도 난 것처럼 불길이 타오르고 있었다.

"막 잠이 들었다가 무엇 때문인지 모르지만 잠이 깼어요. 어쨌든 지금 여기 와 있어요. 도울 수 있는 사람은 모두 이리로 와야 합니다."

“발프리손 가족은 다 그곳에 있나?”

“없어요. 집은 비어 있어요. 몽땅 타 버릴 것 같아요.”

“무슨 일이 있었던 거지?”

안손은 대답하지 않았다. 내게는 충분한 대답이었다. 방화범이 다시 나타난 것이다.

“가겠네. 우리 둘 다 가겠네.”

나는 리사 모딘이 불을 켜고 기다리고 있던 캠핑카로 돌아갔다. 그녀는 이미 출발할 준비를 마치고 있었다.

“불이 났다는 것 같던데. 내가 생각하는 그게 맞나요?”

“또 방화가 일어난 게 분명하오. 가서 도와줘야 해요.”

“사상자가 있나요?”

“없소.”

우리는 입을 다물고 준비를 한 후 서둘러 보트 창고로 내려갔다.

나는 그녀에게 앉아서 손전등으로 앞을 비춰달라고 부탁했다. 내 보트에는 등이 없었다. 나는 항해도를 무릎 위에 놓은 채 맨 뒤에 앉았다. 이따금 휴대폰 불빛을 비춰 항해도를 보았다. 목적지까지는 2해리가 채 안 되었지만 그곳까지 가는 길에는 내가 잘 모르는 모래톱이 몇 군데 있었다.

하르피에르덴으로 접어들었을 때 발프리손의 집이 한겨울의 유혈 희생제마냥 타오르고 있었다.

우리는 곧장 불빛 속으로 보트를 몰았다.

사방에서 보트들이 몰려오고 있었다.

새해는 또 다른 불타는 집과 함께 시작되었다.

23

나는 다시 한 번 내 집이 시커먼 폐허로 변하는 모습을 내 눈앞에서 보았다.

발프리손의 집은 내 집을 파괴한 것과 똑같은 광기로 타오르고 있었다. 불길은 매우 강력했지만 오래 된 그 집은 끈질기게 저항하고 있었다. 붙잡힌 가젤에게 치명적인 앞발공격을 가하는 사자의 사진을 보는 것 같았다.

지원군은 대략 삼십 명 정도였고 물 양동이와 호스를 들고 이리저리 뛰어다니며 서로 이런저런 지시를 해댔다. 해안경비대가 도착해서 펌프를 작동시키고서야 사람들의 달리기가 끝이 났다. 알렉산데르손은 약간 술에 취해 있었지만 어쩔 수 없이 현장 지휘권을 넘겨받았다. 현장에 온 사람들은 내가 모두 아는 사람들이었다. 그래도 뭔가 도움이 되기 위해 이리저리 돌아다니는 혼란과 무질서 속에서도 우리는 서로 새해 인사를 주고받았다.

나는 리사 모딘이 대단히 추진력이 있는 사람임을 깨달았다. 그녀는 자발적으로 이런저런 제안을 했고 사람들은 그녀의 제안을 기꺼이 따랐다.

그러나 불길을 되돌릴 수 있는 방법은 당연히 없었다. 집은 곧바로 불길에 휩싸였고 초석을 제외하고는 몽땅 타버릴 것이다. 새벽 다섯 시쯤 지붕이 무너지기 시작했다. 뜨거워진 지붕 기왓장들이 바닥에 떨어지면서 박살이 났다. 유리창들이 깨졌고, 깨진 유리창으로 산소가 들어가 불길에 더 힘차게 타오를 수 있는 새로운 힘을 선사해주었다. 집 주변에 서 있던 사람들은 모두 뜨거운 열 때문에 뒤로 물러나야 했다.

짧은 순간 나는 알렉산데르손 곁에 서 있었다. 그의 얼굴 위로 검은 그을음이 섞인 땀이 흘렀다.

"집이 또 한 채 불타버렸군요." 그가 말했다. "누가 이곳 섬 지역의 우리 재산들을 불태우는 걸까요? 대체 우리가 뭘 잘못해서 이런 일이 일어나는 걸까요?"

"여기도 내 집의 경우랑 똑같은가? 곳곳에서 발화했지만 동시에 어디에서 시작됐는지 모르는 화재?"

"아직은 모릅니다. 하지만 우리가 모른다고 해도 분명히 그럴 겁니다. 같은 미치광이가 똑같은 방법으로 저지른 짓이죠."

그가 고개를 흔들며 검고 그을린 뭔가를 뱉었다. 입 안에 있던 씹는 담배였던 것 같다. 그러더니 호스와 펌프가 있는 곳으로 돌아갔다.

리사 모딘은 찢어진 보트덮개로 덮여 있던 야외 그릴 옆에 놓인 낡고 녹슨 썰매 위에 앉아 있었다. 땀에 젖은 그녀의 얼굴이 불길에 비쳐 번쩍거렸다. 파리에서부터 우리 동네 섬에서 일어난 한밤중의 화재 현장까지, 그녀와 함께한 시간을 생각했다. 얀손의 전화가 우리를 이리로 데려오기 전까지 우리 둘은 아주 고요한 밤을 함께 보내고 있었다.

나는 얀손을 찾아 주변을 둘러보았다. 처음에는 그가 보이지 않았다. 그러다가 그가 불길의 불빛이 그의 얼굴에 거의 미치지 않는 곳에 몸을 숨기고 있는 걸 발견했다. 그의 자세가 뭔가 이상했다. 나는 그에게 몇 발짝 다가갔다. 그는 나를 여전히 발견하지 못한 상태였다. 그의 두 눈은 불길에 고정되어 있었다. 그의 자세에 이상한 점이 그때서야 눈에 보였다. 그는 두 손을 몸 앞에 가지런히 포개고 있었다. 자신을 위해서 아니면 이름 모를 불의 신에게 소리 없는 기도라도 올리고 있는 것 같았다. 포갠 두 손 때문에 그의 몸은 그가 나무 조각이나 허수아비라도 되는 것처럼 굳어 있었다.

허수아비 생각을 하는 그 순간에 그가 나를 발견했다. 그는 자신이 뭔가 수치스러운 짓을 하고 있는 순간에 내가 그를 발견하기라도 한 것처럼 곧바로 포개고 있던 두 손을 풀었다.

나는 얀손이 수치를 제일 두려워한다는 걸 알고 있었다. 선착장에서 배달해야 할 우편물을 잊어버리는 것, 연금수령 안내편지를 놓쳐서 물에 빠뜨리는 것 같은 일이 그런 것이다. 아마도 그래서 그가 자신의 아름다운 노랫소리를 사용하지 않는지도 모른다. 어느 날 갑자기 그의 목에서 이상한 소리가 나올까봐 두려워서.

나는 그의 옆에 섰다. 특별한 날에나 입는 고급 셔츠에 검은색 그을음이 잔뜩 묻어 있었고, 그런 그에게서 땀 냄새와 알코올 냄새가 났다.

"어쨌든 집에 아무도 없어서 다행일세." 내가 말했다. "불에 목숨을 잃은 사람이 없어 천만 다행이야."

"그래도 끔찍한 건 마찬가지에요." 얀손이 대꾸했다.

"이번에도 방화였다고 생각하나?"

내가 전혀 예상하지 못한 말을 하기라도 한 것처럼 얀손이 놀라 몸을 움찔했다.

"그럼 뭐라고 생각하세요?"

"그런데 대체 누가 새해 첫날 한밤중에 이곳 섬들을 돌아다닌단 말인가?"

우리는 입을 다물었다. 나는 천천히 불 주위를 움직이고 있는 사람들을 보며 얀손도 나와 같은 생각을 하는지 자문했다. 지금 점점 범위를 넓혀가고 있는 저 화재의 폐허 주위에 모여 있는 사람들 중 한 명이 불을 질렀을 수도 있다는 생각.

나는 곁눈질로 얀손을 보았다. 하지만 그의 얼굴에서 그의 생각을 읽을 수는 없었다.

리사 모딘과 내가 다시 내 보트에 몸을 싣고 화재 현장을 떠났을 때 시계는 일곱 시를 가리키고 있었다. 발프리손의 집은 앞으로도 몇 시간은 더 탈 것이다. 하지만 아무도 그걸 막을 수는 없다. 알렉산데르손은 마르세이유의 한 호텔에 묵고 있는 집주인 가족과 연락이 닿았다. 우리가 출발하기 전에 그가 얘기한 바에 따르면 발프리손 부인이 화재 소식을 듣자마자 전화기에 대고 그의 고막이 터질 만큼 크게 비명을 질렀다고 했다.

나는 발프리손 부인을 알았다. 그녀는 말랐고 내 나이였다. 한번은 그녀가 작은 모터보트를 타고 내 섬에 와서 자신의 목구멍을 좀 봐 줄 수 있는지 물었었다. 목구멍에 혹이 생긴 것 같다고 했다. 나는 그녀를 보트 창고 앞 벤치에 앉히고 목구멍에 불빛을 비추고 혀를 옆으로 밀었다. 혹은 없었다. 아무런 이상이 없다고 그녀에게 말하자 그녀는 갑자기 감정을 억누르지 못한 채 울음을 터뜨렸다. 나는 무척 당황했다. 진단결과가 좋든 나쁘든 결과에 강한 반응을 보일 것이라는 게 예측되는 환자들이 있다. 한나 발프리손의 경우에는 전혀 예상하지 못한 반응이었다.

그리고 그녀는 지금 다시 마르세이유의 고급호텔에서 그녀의 절망감을 밖으로 내질렀다.

나는 어둠 속에서 항구로 보트를 몰았다. 엔진에 시동을 걸기 전에 리사 모딘에게 그녀를 어디로 데려다 줄지 물었다. 항구로 가면서 나는 차를 운전하기에는 아직 혈중 알코올 농도가 너무 높다는 생각을 했다. 하지만 이렇게 이른 새해 첫날 아침 주민도 별로 없는 지역에 음주 운전자를 단속하기 위해 경찰이 돌아다닐 것 같지는 않았다.

우리는 입을 꾹 다문 채 마을길을 걸었다. 주차해 놓은 자동차를 가지고 올 때 보니 오슬로브스키의 집은 여전히 비어 있었고 폐쇄된 상태였다. 나는 발걸음을 멈추고 현관문 왼쪽에 있는 창을 유심히 살폈다. 확실하지는 않았다. 하지만 닫혀 있는 커튼이 예전과 좀 다른 것 같았다. 어떤 점이 내 주위를 끌었는지 정확히 말할 수는 없었다. 착각일수도 있고, 누군가 집 안에 있어서 그 집이 완전히 빈집이 아니기를 바라는 마음이었을 수도 있다.

리사 모딘이 뭘 그리 뚫어지게 보고 있냐고 물었다.

“커튼. 그런데 나도 잘 모르겠소. 그냥 저 안에 누군가 서서 우리를 보고 있는 것 같다는 생각이 들어서.”

“나는 화재만으로도 충분해요. 더이상의 섬뜩한 사건은 사양합니다.”

나는 여기저기에서 숲과 도로를 따라 서 있는 나무들을 집어삼키고 있는 아침 안개를 뚫고 차를 몰았다. 리사 모딘이 뉴스를 듣기 위해 라디오를 켰다.

파리의 몇몇 변두리 지역에서 새해가 밝자마자 소요가 있었다. 소방관 한 명이 관자놀이에 돌을 맞아 중상을 입었다. 모스크바에서는 새해 아침에 러시아의 최대 보석가게 중 하나에 강도가 침입한 사건이 있었다. 그리고 스파이스라는 이름의 마약을 흡입하다 사망한 사람이 있었다.

이제 동쪽에서 천천히 눈구름이 몰려올 것이라는 뉴스도 있었다. 얼마나 남쪽까지 눈이 내려갈지는 알 수 없었다.

리사 모딘이 라디오를 끄더니 차를 세워달라고 했다. 나는 숲으로 난 길에 차를 세웠다. 그녀가 차에서 내렸다. 그녀가 소변을 보려는 것이 아니라는 걸 알고 나도 안전벨트를 풀고 차에서 내려 그녀 뒤를 좇았다. 바람은 고요했고 아무런 소리도 들리지 않았다.

그녀는 숲길을 따라 몇 미터 앞서 뛰어가고 있었고 거의 보이지 않을 정도였다. 몇 미터 더 가면 그녀가 아예 보이지 않을 것이다. 그 사실에 겁이 났다. 나는 그녀가 존재하기를 멈추고 줄기가 굽은 소나무들 사이로 흔적도 없이 사라지는 걸 원치 않았다.

"꼭 내가 다른 이야기 속에 들어가 있는 것처럼 느껴져요."

그녀는 우리 주위를 둘러싸고 있는 고요를 깨뜨리지 않으려는 듯 아주 작은 소리로 말했다. 비스듬하게 뒤에서 그녀를 바라보니 그녀가 꼭 한 마리 동물 같았다. 언제든 공격받을 준비가 되어 있는 노루를 닮아 있었다.

"무엇과 다른 이야기 말이오?" 내가 물었다.

나를 향해 몸을 돌리지 않은 채 그녀가 대답했다.

"내가 항상 속해 있는 이야기요. 나는 가끔 내가 신문에 쓰는 모든 무의미한 기사를 혐오해요. 그 기사에 쓰인 말은 사람들이 읽는 바로 그 순간 죽어버리는 말이죠. 사람들은 카펫이나 자기 몸에 있는 벌레를 잡는 것과 같은 방식으로 신문에 있는 말을 잡아 죽여요."

그녀가 무슨 말을 하는지 잘 이해할 수 없었다. 하지만 그녀가 하는 모든 말이 진심이라는 데는 의심의 여지가 없었다.

"뭔가 다른 걸 쓰고 싶어요. 책은 아니에요. 그럴 만한 능력은 없어요. 정말로 단어들을 선택하고 사람들이 결코 잊지 못하는 글을 만들어내는 작가들에게 한없는 질투를 느껴요. 내가 혹시 아무도 발을 디딘 적 없는 땅에 대한 새로운 지도를 만들고 싶은 걸까요? 옛날에는 사람들이 소를 그냥 자유롭게 풀어놓았어요. 소들이 알아서 제일 짧고 좋은 길로 집을 찾아올 것을 알았으니까요. 나를 자유롭게 놓아줘요, 그러면 내가 잃어버린 길을 찾게 될 거예요."

우리는 가만히 숲 한가운데 서 있었다. 내가 일흔 번째 맞는 새해 아침이었다. 앞으로 내게 남은 새해 아침이 얼마나 될까 생각하자 겁이 났다. 두려웠다. 내가 떨고 있을 때 리사 모딘이 나를 향해 몸을 돌렸다.

그녀가 미소를 지었다.

"커피가 필요해요. 지난 밤 화재에 대해 상세한 기사를 쓸 거예요."

그녀의 집이 있는 건물 계단은 아주 고요했다. 손님을 반기지 않는 것 같은 고요에 항의라도 하듯이 그녀는 세게 발을 구르며 콘크리트계단을 올라갔다. 개 한 마리가 짖기 시작했으나 이어서 화난 남자 목소리가 들려왔고 개도 짖기를 멈췄다. 나는 그녀 뒤에 한 걸음 떨어져서 걸으며 그녀를 향해 내 손을 뻗었다. 하지만 그녀를 만지지는 않았다.

그녀가 커피를 끓였다. 나는 예전에 한번 잠자리로 사용했던 소파에 앉아 있었다.

우리는 부엌 조리대 앞에 앉아 커피를 마시며 버터 바른 빵 몇 조각을 먹었다. 별 말은 하지 않았다.

조리대 위를 정리하며 그녀가 말했다. "잠을 좀 자야겠어요. 그렇지 않으면 모든 게 다 꿈이었다고 믿게 될 거예요."

"내가 당신에게 확실하게 말해 줄 수 있는데, 그 집은 정말 불타버렸소."

그녀는 싱크대에 기댄 채 의아한 얼굴로 나를 바라보았다.

“선생님이 사는 저 섬 지역에서는 대체 무슨 일이 일어나고 있는 걸까요? 한밤중에 집들이 거대한 화형용 장작더미들처럼 불타올라요. 나는 불이 짐승처럼 울부짖는 걸 들어본 적이 없어요. 그런데 어젯밤엔 정말 그랬어요.”

“그건 방화였소. 정확히 아는 사람은 아무도 없지만, 그래도 모두들 방화였다는 걸 알고 있소. 어쩌면 불 끄는 걸 도왔던 사람들 중 한 명이 불을 질렀을 거요.”

“범인을 찾는 게 불가능한 건 아닐 텐데요.” 그녀가 거의 화를 내듯 말했다. “조사 대상이 될 사람이 그렇게 많진 않잖아요. 사람이 사는 섬의 수가 제한적이니까요.”

“내 집에 불을 질러서 이득을 볼 사람은 아무도 없소. 발프리손의 집에 불이 난다고 뭘 얻을 사람이 누가 있겠소? 미망인인 베스테르펠드트 부인의 멋진 어부의 집이 불탔다고 누가 무슨 이익을 보겠소? 내 눈엔 그저 미친 짓으로밖에 보이지 않는다오.”

“원한 관계 같은 거 아닐까요?”

“사람들이 서로 싸우는 일이야 있게 마련이지. 남을 시기하기도 하고. 하지만 살아있는 사람을 불타 죽게 할지도 모르는 위험을 감수할 만큼 시기에 눈이 멀지는 않겠지.”

“복수심에 불타면 아무 것도 보이지 않을 수 있어요.”

“여기 사람들은 그러기엔 너무 단순한 관계로 얽혀 있다오.”

“선생님은 이곳 사람이 아니잖아요.”

나는 놀란 눈으로 그녀를 보았다.

“나는 아니지만 내 가족은 여기 출신이오. 게다가 나는 인정받는 직업을 가지고 있소. 의사이기 때문에 사람들에게 필요한 존재로 여겨지는 거라오. 일종의 명예시민 대접을 받는다 할까. 다도해 지역 사람들이 나를 진짜 토박이로 보지는 않겠지. 뼛속부터 여기 출신은 아니니까. 하지만 나는 인정을 받고 있소.”

이 문제는 그 정도로 해두기로 했다. 그녀의 표정에 전혀 변화가 없는 것으로 보아 그녀가 내 말에 온전히 동의하는 것 같지는 않았다. 하지만 더 많은 시간을 낭비할 만한 가치가 없는 주제였다.

그런 다음 우리는 마치 세상에서 가장 당연한 일인 것처럼 그녀의 큰 침대에 함께 누웠다. 나는 규칙적이고 점점 더 깊어지는 그녀의 호흡에 귀를 기울였다. 처음에는 불길이 춤을 추었고 그 춤추는 불길을 보다가 나도 잠이 들었다.

내가 잠에서 깬 시간은 아홉 시 반이었다. 머리가 무거웠고 입이 바짝 말라 있었다. 부엌에서 라디오 소리가 약하게 들려왔다. 커피잔 부딪는 소리도 들려왔다. 나는 침대에서 짧게 기침을 했다. 의자가 바닥에 끌리는 소리가 났다. 리사 모딘이 그녀의 파란색 아침 가운을 입고 문에 서 있었다. 손에는 물을 한 잔 들고 있었다.

"선생님도 나와 같은 상태인가요? 그러면 물이 필요하겠네요."

그녀가 보는 앞에서 물 한 잔을 모두 마셨다.

"두통약 있소?" 내가 물었다.

그녀가 같은 잔을 들고 돌아왔다. 잔 속에서 발포 두통약이 거품을 내며 녹고 있었다.

나는 약이 녹아 있는 물을 마시고 쿠션에 등을 기댔다.

"신문기사는 어떻게 됐소?"

"아직 시작 못 했어요. 하지만 곧 쓰기 시작할 거예요."

"당신 침대에서 자고 있는 자원봉사 소방관에 대해서도 쓸 생각이오?"

"그건 별로 관심 끌 만한 기사거리가 아닌 것 같은데요."

내 휴대폰 벨이 울렸다. 전기기술자 콜비에른 에릭손이었다. 그는 내가 어디 있는지 묻지 않은 채 그저 내게 짧게 새해 인사를 건넨 뒤 본론으로 들어갔다. 콜비에른은 불필요한 대화를 하는 사람이 아니었다.

보아하니 화재 진화작업을 도왔던 사람들 중 몇몇이 뭔가 실행에 옮기기로 결심을 한 듯했다. 이제 그들은 다도해 지역의 다른 주민들에게 전화를 걸고 있었고, 사람들은 내게 연락을 취할 사람으로 콜비에른을 선택했다.

그의 거친 목소리에서 그가 숙취에 시달리고 있다는 걸 알 수 있었다. 아니면 아직도 취해 있는 상태인지도 모른다. 콜비에른이 주기적 폭음자라는 증명되지 않은 소문이 있었다. 하지만 나를 도와주러 왔을 때에는 한 번도 술에 취해 있었던 적이 없었다. 내 조부모가 살아계시던 시절 그는 루벤이라는 이름의 남자 밑에서 도제로 일하던 젊은 전기기술자였는데, 그 당시에도 마찬가지였다. 그때는 그가 상선대에 채용되기 전이었다.

"교구회관에서 다도해 주민 모임을 열려고 한다네. 주현절에 모이기로 했어. 모이는 시간은 오후 두 시일세. 가능한 한 많은 사람이 와야 해. 연이은 화재사건에 대해 이야기를 나누고 우리가 뭘 해야 할지 의견을 모아보려는 거니까."

"화재를 멈추기 위해서 말인가?"

"그 짓을 하는 놈을 찾기 위해서지. 그러면 화재가 멈추지 않겠나."

"의심 가는 사람이라도 있나?"

"아니."

"모임에 가겠네. 두 시라고 했지?"

내가 콜비에른과 짧은 통화를 하는 동안 리사 모딘은 침실에서 나갔다. 서재로 연결된 문이 살짝 열려 있었다.

그녀는 책상에 앉아서 스프링수첩에 손으로 뭔가를 쓰고 있었다. 아침 가운이 그녀의 허벅지 위까지 올라가 있었다. 나는 성생활에 대한 내 욕구가 이미 말라버린 샘이 아니라는 것을 느꼈다. 내 몸이 그 사실을 말해주고 있었다.

나는 내가 열린 문틈에 서 있다는 걸 그녀가 보기를 원치 않았다. 그래서 물러나서 물잔을 식탁에 소리 나게 내려놓으며 식탁에 앉았다.

그녀가 손에 수첩을 들고 밖으로 나왔다.

"화재 기사를 쓰고 있어요. 섬에서 열린 송년파티에 갔다가 화재 현장에 가게 되었다고만 쓰려고요. 구체적인 이름은 쓰지 않을 겁니다."

"최소한 얀손의 이름은 언급해야 하지 않겠소? 함께 송년파티를 했던 그 나이든 집배원 말이오. 지역신문에 자기 이름이 나면 그 친구가 크게 기뻐할 텐데. 얀손은 성이고 이름은 투레라오."

나는 그녀가 내 말에 전혀 귀를 기울이지 않고 있다는 걸 갑자기 깨달았다. 그녀는 불안해 보였다. 하지만 말할 때의 그녀 목소리는 단호했다.

"나는 혼자 있는 게 익숙해요. 특히 지금은 좀 고독이 필요해요. 기사를 써야 하기도 하고요."

"내가 여기 있는 걸 전혀 못 느끼게 해 주겠소. 나는 꼼짝 않고 있을 수 있는 기술을 배운 사람이라오."

"그런 말이 아니에요. 그냥 나 말고 아무도 없는 공간이 필요해요, 그래서 선생님이 나가시면 문을 잠글 거예요."

나는 현관복도에 있는 의자에 앉아 신발 끈을 묶었다. 그녀는 손에 수첩을 든 채 부엌으로 연결된 문에 서 있었다. 내가 의자에서 일어나서 그녀를 포옹하려 하자 그녀가 뒤로 물러섰다.

"지금은 아니에요. 나쁜 뜻은 아닙니다. 그냥 아직은 좀 그러네요."

나는 집을 향해 출발했다. 기다란 만을 따라 펼쳐진 들에 얇게 쌓인 눈 위로 한 사람이 스키를 타고 있었다. 그의 앞에 정체 모를 먹이를 찾고 있기라도 하듯 개 한 마리가 달려가고 있었다.

차를 같은 자리에 주차했다. 바다에서 살을 에는 차가운 바람이 불어왔다. 유혹을 참지 못하고 오슬로브스키의 차고로 올라갔다. 차고는 잠겨 있었다. 더러운 유리창을 통해 오슬로브스키의 데소토 파이어플라이트가 절도 당한 뒤로 텅 비어버린 내부를 들여다 볼 수 있었다. 목구멍에 뭔가 걸린 것처럼 그녀가 보고 싶었다. 아니면 혹시 내가 제대로 잘 알지 못했던 오슬로브스키라는 이름의 사람에 대한 애도였을까? 잘 알지는 못했지만 그래도 나와 가까웠던 사람에 대한 애도? 그녀의 유리눈은 어떤 다른 눈보다도 나를 더 분명하게 보았었다.

새해 아침에 더욱 텅 빈 항구로 내려갔다. 검은 바다는 나만큼이나 추위에 떨고 있는 것 같았다.

주현절 새벽에는 눈이 내렸다. 교회 아래쪽 만에 위치한 교구회관에 도착했을 때, 보트들이 모여 있는 선착장에서부터 교구회관까지 이어지는 발자국들을 볼 수 있었다. 크루톨멘 섬의 낡은 나무보트와 롯센 홀멘 섬에 사는 페테르손의 보트 사이를 비집고 내 보트를 세웠다. 배의 숫자만으로도 많은 사람들이 모였다는 걸 알 수 있었다. 눈에 찍힌 발자국들이 하늘로 날아올라 사라지기 전까지 오랫동안 땅 위를 헤매고 돌아다닌 까마귀 떼를 닮아 있었다.

교구회관의 큰 방에는 커피가 준비되어 있었고 벽난로 불이 지펴져 있었다. 콜비에른 에릭손이 내게 고갯짓으로 인사하며 다가와서 악수를 청했다. 그의 주먹은 곰의 앞발처럼 컸다.

"와 줘서 고맙네." 그가 말했다.

"사람들이 많이 와서 다행일세." 내가 말했다.

"자네가 뭔가 발언을 할텐가?"

"내가 왜 그래야 하지?"

"제일 처음에 불이 난 집이 자네 집이지 않은가!"

나는 고개를 저었다. 할 말이 없었다.

커피를 마시려고 줄을 서 있는 사람들 사이에서 오랜만에 본 사람들과 몇 마디 주고받았다. 사람들 이름을 기억하는 능력이 늙어가면서 빠르게 쇠퇴한 듯했다. 나는 이따금 내가 두려워하는 문이 천천히 내 앞에서 열리고 있다는 생각을 한다. 나도 언젠가는 망각이 기억을 집어 삼키는 나라에 발을 들여놓게 될 것이다.

막 커피 잔을 손에 들었을 때 루이제가 전화를 했다. 루이제는 또 화재가 일어났다는 걸 이미 알고 있었다. 그러나 오늘 주현절 회합에 대해서는 아직 그녀에게 이야기하지 않았었다. 나는 그녀에게 재빨리 내가 지금 어디에 와 있는지 설명하고 모임이 끝나면 전화하겠다고 약속했다. 루이제는 손녀가 이제 인큐베이터에서 나와도 된다고 말했다. 그 소식에 안도의 숨을 쉬었고 큰 기쁨을 느꼈다.

은퇴목사이고 알뫼 섬에 살고 있는 비만이 손뼉을 치며 조용히 해달라고 외쳤을 때 참석자를 세어보니 모두 쉰여섯 명이었다. 그의 설교를 내가 직접 들어본 적은 한 번도 없었지만 교회에 다니는 많은 사람들에게서 그가 지옥이나 사탄 얘기는 전혀 하지 않는다는 걸 들어 알고 있었다. 그런 이유로 교구의 신도들이 둘로 나뉘었다. 왜 그런지 이유는 알 수 없었지만 다도해 섬 주민의 일부는 목사가 설교에서 지옥과 사탄이 항상 존재한다는 사실을 언급하지 않는 것에 대해 불만을 표시했다. 본토 주민들은 반대로 그가 설교단에 서서 쓸데없이 지옥의 존재를 환기시키지 않아서 훌륭한 목사라고 생각했다.

비만이 우리에게 환영의 인사를 건네고 코를 풀더니 새해 인사를 하고 또 한 번 코를 풀었다. 그런 다음 갑자기 시장에서 큰 소리로 호객행위를 하는 장사치처럼 목소리를 높여 이제 섬에서 벌어지고 있는 끔찍한 화재사건에 종지부를 찍어야 한다고 외쳤다. 우리 이웃들의 집에 무슨 일이 있지는 않은지 더 신경을 써야 하고 주변 수로에 나타나는 낯선 배가 있으면 더욱 관심 있게 살펴야 한다고 말했다. 우리 형제자매들에 대해 더 큰 책임감을 가져야 한다고도 했다. 형식적인 조직은 필요하지 않고 대신 그와 콜비에른 에릭손 그리고 투레 얀손이 함께 위원회를 하나 조성하겠다고 했다. 그래서 의심이나 염려를 불러일으키는 어떤 일이 있으면 항상 주민들이 연락할 수 있도록 하겠다고 했다.

그런 다음 비만은 참석한 사람들에게 발언권을 넘겼다. 사람들은 목사가 다른 사람에게 발언권을 주는 것에 익숙하지 않았기 때문에 방 안에는 침묵이 흘렀다. 비만은 다시 한 번 질문이나 하고 싶은 말이 있는지 물었다. 마침내 다도해에서 가장 작은 어촌 중 하나인 토르프홀멘 섬의 늙은 어부 알라바스테르 베른룬드가 요란하게 의자 소리를 내며 자리에서 일어섰다. 사람들은 모두 그가 귀가 좋지 않고 다혈질이며 자기 섬 주변에서 광범위한 밀수가 일어나고 있다는 착각을 할 때마다 해안경비대에 전화를 한다는 사실을 알고 있었다. 그가 좀 별난 사람이기는 했지만 사람들은 그의 날카로운 이성을 높이 평가했으며, 그가 스스로 충분하다고 생각하지 않는 발언이나 대답으로 쓸데없이 시간을 끌거나 하지는 않는다는 걸 알고 있었다.

그는 머리에 빨간 털모자를 쓰고 도로공사 인부처럼 오렌지색 조끼를 입고 있었다.

"방화광이 여기 이 방에 있는 사람 중 하나로 드러나면 어떡해야 합니까? 또 방화광은 여기 사람일 수도 있지만 덴마크에서 온 사람일 수도 있습니다."

다도해 맨 바깥에 있는 아주 작은 섬 중 하나인 캇셰르스바르펜에 사는 비쩍 마른 목수 폰투스 우르마르크가 곧바로 자리에서 일어났다. 베른룬드만큼의 이성은 없었지만 그만큼 흥분할 줄 아는 사람이었다.

"방화범이 덴마크 사람이라면 대체 무엇 때문에 여기까지 와서 불을 지르고 다닌답니까? 덴마크에는 섬이 없답니까?"

"빌어먹을, 그럼 벨기에라고 해 둡시다." 베른룬드가 소리를 질렀다.

흥분한 두 남자 사이에서 중재를 하기 위해 그리고 둘이 이성을 되찾게 하기 위해 비만이 끼어들 틈을 찾고 있었다. 두 사람은 각각 홀의 양쪽 끝에 서 있었고, 홀 안은 두 사람의 얼굴에 땀이 흐를 정도로 더웠다. 둘은 무대에서 한 문장이라도 더 말할 권리를 놓고 다투는 배우처럼 보였다. 옆얼굴이 스웨덴 국왕 칼 12세와 닮은 우르마르크가 더 날카로운 목소리를 가지고 있었다. 그러나 베른룬드는 어떤 순간에 공격적인 반박을 해야 효과적인지 확실하게 알고 저항했다.

두 남자의 말다툼은 시작할 때만큼이나 빨리 끝났다. 우르마르크도 베른룬드도 더이상 할 말이 없었다. 둘은 언짢은 얼굴로 침묵하며 자리에 앉았다. 그러나 그 침묵 속에서도 둘은 서로를 감시하고 있었고 언제든 다시 공격할 태세를 갖추고 있었다.

다시 기운을 낸 비만이 두 사람의 말다툼이 끝난 뒤 흐르던 정적을 이용해 섬에 사는 우리들이 항구에 나타나거나 배를 타고 다도해 섬에 나타나는 외지인들을 잘 살피는 게 얼마나 중요한지 강조했다. 그 순간 홀에 모인 참석자들이 침묵에서 깨어났다. 많은 사람들이 발언을 신청하거나 아니면 자신들도 논쟁에 참여하고 있다는 것을 보이기 위해 최소한 손이라도 들었다. 다도해 남쪽 섬에 사는 한 이름 모를 젊은 어부가 일어나더니 사람들 앞에 나서는 게 두려워서인지 아니면 자기가 할 말의 내용에 흥분해서인지 떨리는 목소리로 말했다. 그는 스웨덴이 점점 살기 힘들어지는 것처럼 보이는 것이 바로 외지인들 때문이라고 했다. 바다의 물고기들이 다 사라진 것이 어디에서 온지 모르는 그 외지인들 책임이라고까지 말할 수 없을지는 모르지만, 물고기들이 사라진 건 다 '그 빌어먹을 폴란드 놈들' 때문이라고 몇 번씩 강조했다. 어쨌든 발트 3국이나 러시아 사람들 짓은 절대 아니다. 농어가 사라진 건 빌어먹을 폴란드인들 때문이다. 하지만 오토바이 절도, 가택 침입 절도, 방화 등 모든 다른 범죄는 외지인들 짓이다. 스웨덴이 국경을 포기했기 때문이다. 과거 우리 나라였던 스웨덴이 이제 국경을 넘어 쏟아지듯 들어와 나쁜 짓을 하는 집단들 손에 넘어갔다. 이렇게 그가 떨리는 목소리로 열변을 토했다.

나는 구석에 앉아서 흥분한 젊은 어부의 말을 듣고 있었다. 주근깨 가득한 그의 얼굴은 높은 실내 온도에 벌겋게 달아올라 있었다. 나는 그가 자신이 오로지 진실만을 이야기하고 있다는 확신에 차 있다는 걸 알 수 있었다. 그 순간 그는 어느 누구보다도 믿음이 두터운 사람 같았다. 비만 목사도 그렇게 신실해 보인 적은 없을 것이다. 젊은 어부는 계속해서 외지인들과 그들이 우리나라에 들어와 마음대로 휘젓고 다닐 수 있게 만든 정치인들을 비난했다. 그는 통제되지 않는 외지인들의 유입을 강하게 비판했고, 거지가 됐건 소매치기가 됐건 처음에는 스웨덴의 도시들을 점령하더니 이제는 점점 다른 지역까지 특히 우리가 사는 이 다도해 지역까지 나쁜 의도를 가지고 들어오는 모든 사람들의 이마에 다 똑같이 나쁜 사람이라는 낙인을 찍었다.

그러더니 그가 울음을 터뜨렸다. 그의 갑작스런 울음에 홀 안에 있는 모든 사람들이 놀라 숨을 멈췄다. 그는 두 손으로 얼굴을 가렸고, 그가 무너지듯 의자에 앉았을 때 서럽게 우는 그의 몸이 마구 떨렸다. 그는 주민회의에 혼자 왔다. 그를 위로해 줄 부인도 친척도 없었다.

나중에 깨달은 사실이지만, 그의 울음은 결국 사람들의 소동을 촉발했다. 이제 섬 주민들이 연달아 자리에서 일어나 젊은 어부의 말이 다 옳다며 동의를 표하기 시작했다. 전해져 내려온 이야기나 떠도는 소문, 아는 사람이 아는 사람에게서 들었다는, 하지만 절대 본인이 직접 말한 것은 아닌 어떤 이야기들에 기초한 외지인 혐오가 김이 모락모락 나는 불쾌감으로 홀 안에 내려앉고 있었다. 이의를 제기하는 사람은 많지 않았다. 비만이 시도를 했지만, 그에게는 그럴 만한 힘도, 어쩌면 그럴 만한 확신도 없었다. 유일하게 이의를 제기한 사람이 마을 가까이에서 도자기 공방을 운영하는 안니카 발마르크였다. 하지만 그녀는 스스로 정치적 급진주의자임을 드러내놓고 있는 사람이라 아무도 그녀의 말에 귀를 기울이지 않았다. 그녀가 발언을 할 때마다 크게 드러내지는 않았지만 뭔가 불만스러운 듯 중얼거리는 사람들이 있었다.

베로니카는 뭐라고 했을까? 그녀는 아이슬란드에서 승마투

어를 하다가 말에서 떨어져 한쪽 발을 삐어 절뚝거리며 여행에서 돌아왔다. 그녀는 우리가 이미 다 알고 있는 이야기를 했다. 바로 우리가 확실한 것 하나 없이 괜히 안개 속에서 뭔가를 쑤석거리고 있다는 것이다. 우리가 희생양을 찾기 시작할, 그리고 더 많은 악의적인 소문들을 퍼뜨리기 시작할 위험이 크다고 했다.

임신한 소매치기 딸이 파리에 있었던 의사인 나는 뭐라고 했을까? 나는 젊은 어부의 의견에 동의하지 않았다. 그러나 내 의견은 안니카 발마르크와도 달랐다.

나는 침묵했다. 사람들의 목소리는 결국 동시에 위협적이기도 하고 안전하기도 한 미로가 되었다. 이웃집들을 살피기를 게을리하지 말아야 하며, 보통 사냥철이면 바닷새들을 찾는 것에나 익숙했던 우리의 시선으로 낯선 배들을 관찰하고 좇아야 한다고 했다. 교구회관에 모인 우리는 모든 의심을 우리 자신에게서 우리나라에 들어온 미지의 사람들에게 돌렸다.

나는 이의를 제기하지 않았다. 비만이 회의 내용을 요약정리해서 말하기 시작했을 때 나는 입에서 지금까지 한 번도 경험하지 못했던 아주 씁쓸하고 불쾌한 뒷맛을 느꼈다. 나는 루이제와 아메드를 생각했다. 아메드가 여기 다도해 지역에 와서 사람들이 그를 모든 외지인의 대표로 만들어버리는 경험을 했다면 그는 분명 달아났을 것이다. 만약 그렇다면 내가 그를 변호할 수 있었을까?

내게는 내가 아는 외면이 있다. 하지만 그 밑에는 내가 모르는 그리고 지금 나를 놀라게 한 무언가가 숨어 있다.

얀손과 함께 배가 있는 곳으로 내려갔다. 사방이 아주 캄캄했다. 여기저기에서 모임에 참석했던 섬 주민들이 중얼중얼 대화를 나누고 있었다. 그들의 입에서 나온 입김이 내용을 알 수 없는 소식들과 뒤섞이는 연기신호 같았다.

다리 옆에는 향토회가 깃발들과 기 밧줄들을 보관하는 작은 헛간이 있었다. 나는 헛간 문에 서서 얀손이 입고 있던 정장을 벗고 따뜻한 항해복으로 갈아입는 것을 보고 있었다. 그 장면을 보자 어디서 본 장면인지는 알 수 없었지만 머릿속에 종이 울렸다.

얀손은 벗은 정장을 신중하게 개서 비닐봉지에 넣었다. 그가 옷을 갈아입는 장면이 뭘 떠오르게 하는지는 여전히 알 수 없었다.

무엇인지 말할 수는 없었지만 뭔가가 나를 불안하게 했다.

우리는 선착장으로 내려갔다. 다양한 보트들이 반짝이는 등불과 함께 만을 향해 사라졌다. 우리 뒤에서 누군가가 교구회관의 불을 껐다.

얀손과 나는 서로 고갯짓으로 인사를 나눴다. 그가 세미디젤 기관을 점화하기 위해 조타실 해치 아래로 내려갔다. 나는 내 실외기 모터에 시동을 걸고 손전등을 켠 다음 집으로 배를 몰았다.

늦은 오후의 날씨는 아주 차가웠다. 만에 그리고 본토 방향 깊숙이까지 서서히 얼음이 얼고 있었다. 추위가 지속된다면 머지않아 다도해 지역 대부분으로 얼음장이 퍼져나갈 것이다.

온기 가득한 캠핑카 안으로 들어가면서 나는 교구회관에서의 불쾌감을 떨쳐버릴 수 있었다. 그곳에서 나는 내가 잘 아는 사람들이라고 생각했던 그들이 내가 전혀 예상하지 못한 의견들을 피력하는 걸 보았고 들었다.

나는 뭘 상상한 걸까? 다도해 사람들의 세계관이 어떨 것이라고 나는 생각한 걸까?

커피 잔을 손에 들고 앉아서 여전히 그 질문들에 대한 답을 찾지 못하고 있을 때 휴대폰이 울렸다. 리사 모딘이었다. 새해 첫날 아침 이후 우리는 몇 번 전화통화를 했다. 하지만 내가 그녀를 방문한다거나 아니면 그녀를 내 쪽으로 초대하겠다는 제안을 할 때마다 그녀는 별로 그러고 싶어 하지 않았다. 나는 그녀에게 부담을 주고 싶지 않아 더는 조르지 않았다. 그랬다면 그녀가 아예 나와 관계를 끊었을 수도 있다.

"주민 모임은 어땠어요?"

"그런 걸 궁금해 하는 사람도 있소?"

"내가 궁금해요."

"리사 모딘으로서 아니면 기자로서?"

"그 둘은 한사람인 걸요."

나는 그녀에게 주민 모임에서 있었던 일을 설명해주었다. 내가 그녀의 침대에 누워 있던 새해 아침에 콜비에른 에릭손이 내게 전화를 하기는 했었다. 하지만 그래도 그녀는 모임이 이미 지나갔다는 걸 어떻게 알았을까? 그리고 내가 모임을 마치고 지금 막 집에 왔다는 건?

"누구하고 통화한 거요?"

"지금 선생님이랑 통화 중이잖아요."

"하지만 모임이 끝났다는 걸 어떻게 알았지?"

"짐작한 거예요."

나는 그녀 말을 믿지 않았다. 누군가와 통화한 것이 분명했다. 그럴 만한 사람은 누구도 귀를 기울이지 않는 안니카 발마르크뿐이었다.

"당신은 분명히 누군가와 이미 통화를 했소. 그리고 나는 그게 누군지도 알지. 안니카 발마르크!"

"내 취재원이 누군지는 말할 수 없어요."

"그 여자는 자기 자리에서 빠끔히 고개를 내밀고 보면서 쓸데없는 소문을 퍼뜨리고 아무도 관심 없는 주장을 해대지."

"그냥 모임이 어땠는지 얘기해 주시면 안 될까요? 말도 안 되는 질문에 대한 답을 찾으려고 애쓰는 대신에?"

"사람들이 많이 왔고, 모두 같은 의견이었소. 이웃집들에 어떤 일이 있는지 잘 살피기로 했소. 섬 주민들이 십계명에 열한 번째 계명을 추가했지. 모두 감시자가 된다는 거요. 비장하게 들리지 않소? 그런데 실제로 비장하고, 그게 사실이요. 그러자고 말을 한 사람은 비만 목사였고."

"또 뭐 더 해 줄 얘기 없어요?"

"없소."

"분위기는 어땠어요?"

나는 그녀가 그런 척하는 것보다 분명히 더 많은 것을 알고 있다는 느낌이 곧장 들었다. 연락을 취한 사람이 나 말고 또 있는 걸까? 얀손? 그럴 리는 없다. 울음을 터뜨린 그 젊은 어부도 아닐 것이다. 그럼 혹시 비만?

나는 내가 참석자 중 누구도 믿지 못한다는 사실을 깨달았다.

나는 리사 모딘과의 대화를 다른 방향으로 돌려보고자 했다. 언제 다시 내 캠핑카를 방문할지 물었다.

"아직은 아니에요."

"어쩌면 당신에게 나는 너무 늙고 지루한 사람일 수도 있소. 그렇다면 내게 사실대로 말해 주는 게 더 좋을 것 같은데. 늙은 의사들은 보통 진실을 잘 견뎌내거든."

마지막 말은 거짓이었다. 우리 의사들이 다른 사람들과 다른 점이라면 오히려 우리가 더 참을성이 없다는 것이다.

"아니에요. 선생님은 너무 늙지 않았어요. 하지만 우린 둘 다 고독한 유형의 인간이에요."

통화가 끝나고 나는 다시 커피잔을 들었다. 나는 그럼에도 불구하고 리사 모딘과의 만남을 통해 내 고독을 깨뜨릴 수 있는 가능성이 있다고 여전히 믿었다.

나는 기쁨을 느꼈고 그 기쁨은 점점 커졌다. 리사 모딘이 있었고, 루이제가 있었고, 손녀가 있었다. 아메드와 무함메드에 대해서는 아무런 감정이 느껴지지 않았다. 그러나 이 또한 아마 언젠가 바뀔 것이다.

나는 침대에 몸을 쭉 뻗고 누웠다. 라디오는 편안한 음악이 나오는 채널에 맞춰 조용하게 틀어놓았다.

잠이 막 들었다가 나도 모르게 움찔하며 잠에서 깼다. 처음에는 무엇 때문에 잠에서 깬 건지 몰랐다. 그러다가 얀손이 옷 갈아입던 장면 때문이라는 사실을 깨달았다.

새해 첫날 새벽 송년파티를 마치고 집에 돌아간 얀손이 몇 시간 뒤 또 불이 났다고 우리에게 알렸었다. 얀손은 그때 자기가 집에 있었고 자기도 화재 때문에 잠에서 깼다고 했다.

그런데도 그는 내가 나중에 화재 현장에서 만났을 때 여전히 송년파티 때 입었던 셔츠를 입고 있었다. 그때는 더 깊게 생각하지 않았지만 그 사실이 나를 혼란스럽게 했었다.

나는 계속 침대에 누워 있었다. 라디오도 여전히 켜져 있었다. 〈은파에 닻을 올리고〉라는 멜로디가 라디오에서 흘렀다.

안손의 옷에 대한 생각이 나를 불안하게 만들었다. 하지만 내가 발견한 사실이 무엇을 뜻하는지는 여전히 알지 못했다.

지도에 모두 정확히 기입되어 있다고 믿던 수로에서 갑자기 모르는 모래톱을 만난 것 같았다.

24

주현절 다음 주에는 계속 날씨가 추웠다. 만과 피오르에 얼음 면적이 점점 커지기 시작했다. 아침에 냉수욕을 할 때 아직까지는 얼음을 깨기 위한 도끼가 필요하지 않았지만, 점점 더 검은색을 띠어가는 물 바로 위로 짙은 안개가 드리워져 있었다. 머지않아 수면의 잔물결이 얼음으로 바뀔 것이다.

교구회관 모임 이틀 후 나는 캠핑카에 앉아서 카드로 패 떼기를 하고 있다가 위장 문제가 아니라 머릿속 생각 때문에 메스꺼움을 느꼈다. 마치 경련 같았다. 나는 카드를 옆으로 밀어놓고 재킷을 걸치고 밖으로 나갔다. 메스꺼움의 원인이 무엇인지는 알 수 없었다. 전날 저녁 나는 루이제와 통화했다. 모든 것이 다 좋았다. 그녀는 내게 새로 찍은 아그네스의 사진들을 보내주겠다고 약속했다. 혹시 재정적 도움이 필요하지는 않은지 내가 물었을 때 그녀는 그냥 크게 웃으며 그녀의 집에 심각한 상태로 가난이 찾아왔다면 내게 말했을 것이라고 했다.

리사 모딘과도 통화했다. 그녀는 차를 몰고 스톡홀름으로 가는 중이었다. 그래서 통화는 짧게 끝났다. 오랫동안 주저하다가 가겠다고 약속한 동창모임에 가는 길이라고 했다. 그녀가 돌아오면 다시 통화하기로 약속하고 전화를 끊었다.

나는 섬을 한 바퀴 산책했다. 화재 현장과 불에 검게 그을린 잔재들 위에 서리가 유리처럼 반짝였다. 나는 할아버지의 벤치로 올라가 재킷주머니에 있던 벙어리장갑을 꼈다. 겨울이 힘을 받았다. 매년 섬과 만에는 이른바 문이 잠기는 시점이 찾아온다. 그 시점 이후에는 아무도 섬과 만에 들어갈 수도 또 거기서 나올 수도 없다. 가게 문도 닫히고 블라인드도 내려진다. 이미 11월 말이나 12월 초에 그 기간이 시작될 때도 있고, 어떨 땐 그 기간이 2월까지 계속되기도 한다.

몇몇 해에는 다도해가 반대로 전혀 닫히지 않기도 했다. 할아버지는 겨울에 얼음이 얼지 않고 헐벗은 다도해 섬들에 눈이 쌓이지 않으면 다음 여름에 물고기가 많이 잡히지 않는다고 말하곤 했다. 그 말이 맞는지 안손에게 물어본 적이 있었다. 그는 단호하게 아니라고 대답했었다. 하지만 할아버지가 한 말이라고 하자 곧바로 자기 생각을 바꿨다.

좋지 않은 불편한 머릿속 느낌은 막연하고 찌르는 듯한 통증에 자리를 내주었다. 나는 텐트가 있는 바위섬에 가기로 결정했다. 어쩌면 이 불편한 상태가 너무 오랫동안 그리고 너무 자주 캠핑카 안 테이블에 앉아 있었기 때문에 찾아온 것일 수도 있었다. 몸을 움직여야 했다. 그래서 나는 보트 창고로 내려가 조각배를 밀어 밖으로 꺼냈다. 지금은 바람이 없는 상태였다. 나는 힘차게 노를 젓기 시작했고 몸에서는 곧 땀이 났다. 십오 분마다 노 젓기를 멈추고 잠시 쉬었다.

내가 다섯 살쯤 되었을 때 할아버지는 나를 위해 해수욕용 보트를 만들어주었다. 할아버지는 보트 몸체를 합판 판자로 만든 뒤 소나무로 만든 선미와 선수와 결합시켰다. 노는 오리나무로 만들었다. 내 기억에 그 보트는 어린 시절 내가 가장 아끼는 재산이었다.

나도 아그네스에게 비슷한 보트를 만들어줄 수 있을까? 아마도 나는 절대 성공할 수 없을 것이다. 나같이 미숙한 목수가 해내기에는 너무 어려운 작업이다. 하지만 콜비에른 에릭손에게 만들어달라고 부탁할 수 있지 않을까? 그가 보트제작 기술에 대해 놀랄 만큼 풍부한 지식을 가지고 있다는 이야기를 들은 적이 있다.

보트가 땅에 닿았다. 나는 보트에서 내려 땅 위로 보트를 끌어냈다. 텐트는 땅이 우묵하게 들어간 자리 옆 바위에 잘 묶여 있었다. 나는 가을 동안 폭풍우가 왔다가고 나면 항상 바위섬에 가서 확인을 했다. 텐트는 매번 잘 버티고 있었다.

나는 또 미지의 손님이 내 바위섬에 왔었다는 것을 곧바로 알아챘다. 요리를 위해 만든 둥그런 모닥불자리를 구성하고 있는 돌들이 더 커져 있었다. 그리고 커피주전자를 매달 수 있는 장치가 새로 만들어져 있었다. 텐트를 열어보았다. 텐트 내부에서 곧바로 알아챌 수 있는 냄새가 났다. 아세톤이었다. 가끔 몰래 내 바위섬을 찾는 여자가 있었을까? 아세톤 냄새 때문에 곧바로 매니큐어 생각이 났기 때문이다. 하리에트가 매니큐어를 칠했었다. 그리고 루이제도 내가 파리에서 그녀를 만났을 때 손톱에 분명히 매니큐어를 바르고 있었던 것 같은데?

물론 더 암담한 가능성도 떠올랐다. 아세톤은 마약을 제조할 때, 특히 소위 스파이스라고 하는 마약을 제조할 때 사용되는 중요한 재료였다. 혹시 마약중독자가 가끔 내 텐트를 은신처 삼았던 걸까?

그 생각을 하자 화가 났다. 나는 내 평생 자신의 몸을 마약의 노예로 만들어버리는 사람들을 혐오해왔다. 나는 외과의로서 종종 마약에 중독된 사람들을 수술했어야 했다. 사고를 당했거나 비싼 약을 놓고 일어난 싸움에서 칼을 맞은 중독자들이었다. 꼼짝 못하고 수술대에 누워 내 메스에 목숨을 맡기고 있는 그들을 보면서 나는 내 의무를 다할 뿐 그들이 나중에 어떻게 될지는 나와 상관없는 일이라고 종종 생각하곤 했다.

마약중독자들의 수술과 관련한 내 경험에 대해 동료들과 이야기를 하면 아무도 내 생각에 동의하지 않는 것 같았다. 그래서 나는 더이상 이야기를 하지 않았고, 내가 인간의 가치에 대해 갖고 있는 관점으로 볼 때 어쩌면 내 직업에 전혀 어울리지 않는 사람일 수 있다고 생각했다.

아마도 그런 생각 때문에 아세톤 냄새를 맡고 화가 났을 것이다. 나는 텐트 밖으로 기어 나와서 텐트입구 지퍼를 닫은 뒤 텐트를 철거해야 할까 고민했다. 그런 다음 바위섬의 다른 곳도 살펴보기 위해 섬을 돌아보았다. 좁은 바위틈에 작은 쓰레기더미가 놓여 있었고 임시변통으로 이끼를 뜯어 덮어놓은 상태였다. 쓰레기를 뒤져보니 주로 우유와 빵 포장재였는데, 찢어진 검은 고무 조각이 하나 눈에 들어왔다. 처음에는 자전거 타이어에서 떨어져 나온 조각이라고 생각했다. 그러다가 그것이 어쩌면 잠수복에서 찢어져 나온 조각일 수도 있겠다는데 생각이 미쳤다. 하지만 완전히 만족할 만한 답은 아니었다. 겨울에는 아무도 내 섬들 주변에서 다이빙을 하지 않는다. 그렇다고 고무조각이 내가 그 조각을 찾은 바위섬 남측까지 물에 떠밀려왔을 리는 만무했다. 여기 바깥에서는 바람이 거의 항상 바다를 향해 불었다.

그 순간 나는 그 고무조각이 잠수복의 일부가 아니라는 걸 깨달았다. 내가 발견한 것은 서핑하는 사람들이 찬바람과 물의 추위로부터 몸을 보호하기 위해 입는 네오프렌원단으로 된 서핑복 조각이었다.

내 바위섬에 온 사람은 그러니까 가을에 나타났던, 서핑보드를 타고 열린 바다를 향해 나아가던 그 검은색 옷을 입은 윈드서퍼였다.

나는 걸음을 멈추고 수평선을 바라보았다. 그러나 그곳에는 핀란드 만으로부터 천천히 다가오는 구름층 말고는 아무것도 없었다.

나는 바위섬을 한 바퀴 더 돌아보았다. 하지만 새로운 흔적은 발견하지 못했다.

미지의 손님이 누구였는지 고민하느라고 내 시간을 낭비할 수는 없었다. 다시 집으로 돌아가기 위해 조각배가 있는 곳으로 내려가면서 한 가지 결정을 했다. 집을 새로 짓기 위한 절차가 시작될 수 있도록 보험회사와의 싸움을 시작할 때가 되었다는 생각이 든 것이다. 나를 위해서도, 내 딸과 손녀를 위해서도 더이상 기다릴 수는 없었다.

집을 향해 노를 저었다. 이따금 노 젓기를 멈추고 시커먼 물을 내려다보았다. 먹이를 노리는 맹수처럼 소리 없이 저 깊은 물속을 떠돌고 있는 유망을 또 발견할 수 있기를 바랐지만 바다는 텅 비어 있었다. 아무런 빛의 흔적 없이 어둡기만 했다.

섬에 도착해서 나는 폐허로 올라가 머릿속에 새 집이 어떤 모습으로 세워져야 할지 그려보았다. 집에 불이 나면서 내 사진들은 몽땅 불타 없어졌지만, 나는 향토회가 할아버지와 할머니가 살아계시던 시절에 언젠가 사진사를 기용했던 사실을 알고 있었다. 그 사진사가 다도해 지역의 주택과 보트 창고들을 사진으로 기록했고, 그 사진들은 지금 향토회 기록관에 보관되어 있다. 주민회의에 갔을 때 그 사실을 생각해 냈더라면 좋았을 뻔했다. 비만이 향토회의 기록 담당자이니 나를 도와줄 수 있었을 것이다.

나는 여러 번 향토회 이사직을 맡으라는 요청을 받았었고 항상 거절했었다. 거절할 때마다 마음은 점점 더 불편해졌었다. 여러 번 이사직을 수행했던 얀손을 통해서 이사회가 모이는 횟수가 기껏해야 일 년에 네 번뿐이라는 걸 알고 있었다. 일이 부담스러운 건 아니었다. 이사직을 통해 어느 단체보다도 다도해 주민들과 관련된 사안을 대변하는 향토회를 위해 뭔가 유용한 역할을 할 수는 있었다.

하지만 나는 동시에 얀손이 꼭 사실만을 이야기한 것이 아니라는 것도 알았다. 향토회 내부의 여러 회원들과 집단들 간에 극명한 대립이 있다는 소문을 들었던 것이다. 다양한 분파들 간에 주기적으로 노골적인 충돌이 있어왔던 것으로 보인다. 그런 강한 긴장상태를 촉발시킨 요소가 무엇인지는 정확히 이해할 수 없었다. 하지만 여러 가지 상황으로 볼 때 두엄더미는 하나뿐인데 그것을 차지하려고 싸우는 수탉은 너무 많았던 것이 아닌가 싶다.

나는 비만에게 전화를 걸었다. 그가 직접 전화를 받았다. 나는 그가 주민회의를 참 잘 이끌었다는 칭찬의 말을 건넨 후 내 집의 사진들이 보관되어 있는지 물었다. 그는 기록관에 보관되어 있는 것이 있는지 찾아보겠다고 약속했다.

"기록관의 자료 정리 상태가 그다지 좋지는 않습니다." 그가 말했다. "담당자들이 기록관을 혼돈과 무질서 사이의 어중간한 상태로 유지했던 터라 찾고자 하는 자료를 찾는 게 불가능할 수도 있어요."

비만의 목소리가 빠르게 전형적인 설교자의 목소리와 말투로 변화했다. 나는 서둘러 대화를 끝내기 위해 다시 연락하겠다고 약속하고 전화를 끊은 후 휴대폰을 식탁 위에 펼쳐져 있던 카드 사이에 내려놓았다.

다음 한 시간 동안은 나 자신과 포커를 쳤다. 이것은 고독에 대한 표현 중 내가 아는 가장 슬픈 표현이다. 혼자서 포커를 치며 돈내기를 하는 것만큼 심하게 지루함과 피로에 내 자신이 완전히 망가진 것 같은 느낌이 드는 경우는 없다.

이것이 내가 들어갈 수 있는 가장 깊은 외로움이다.

저녁에는 오랫동안 앉아서 지금 마음으로는 이른 봄에 바로 시작되면 좋을 새 집 건축과 관련해 필요한 사항들을 메모했다. 새로 지하실용 공간을 팔 필요가 없으니 우선은 화재 폐허를 정리하고 치우는 일이 급선무였다. 얀손과 콜비에른 에릭손에게 조언을 구할 것이다. 얀손의 의견은 사실 내게 별로 중요하지 않다. 하지만 괜히 얀손에게 상의하지 않았다가 그 이유로 그의 불만과 분노를 사고 싶지는 않았다. 집을 짓는 것과 관련해서 내가 믿을 수 있는 건 당연히 콜비에른의 의견이었다.

밤에는 동굴 꿈을 꾸었다. 나는 캄캄한 어둠 속을 헤매고 다녔는데, 결국 제대로 숨을 쉴 수 없을 만큼 그 어둠이 나를 내리눌렀고, 그 바람에 잠에서 깼다. 캠핑카 지붕 위에 쥐들이 돌아다녔다. 나는 바람소리를 들으려고 귀를 기울였다. 하지만 바람은 없었다. 그러다가 곧 다시 잠이 들었다.

잠이 들기 직전 나는 한순간 내가 지금 잠이 들면 다시는 깨지 못할 것 같다는 생각을 했다. 갑자기 죽음이 성큼 내 곁에 가까이 와 있었다.

그러나 추위를 피하려는 쥐들에 둘러싸여 있는 생각을 하던 중에 다시 잠이 들었다.

다음날 보험회사에 전화를 했다. 마지못해 나를 상대하는 보험회사 직원들과 길고 복잡한 관료주의적 언쟁이 있을 것이라고 예상했었다. 하지만 결국 예전에 이미 통화했었던 직원들과 연결이 되자 모든 게 아주 쉽게 진행되었다. 어찌 보면 너무 쉬운 것 아닌가 하는 생각까지 들었다. 지금은 아무런 문제가 없는 것 같지만 혹시 보이지 않는 문제들이 숨어 있다가 천천히 밖으로 드러나게 되는 것 아닐까? 그러나 일단 그 사람들을 믿기로 결심했다. 새 집 건축은 초봄에 시작하기로 결정되었다.

점심식사를 마친 후 얀손의 보트가 만에서 다가오는 소리가 들렸을 때 나는 콜비에른에게 전화를 하기로 마음먹었다. 얀손을 맞기 위해 선착장으로 내려갔다. 나는 이따금 얀손의 배 엔진소리만 들어도 그의 기분이 어떤지 알아맞힐 수 있을 것 같았다. 물론 나 혼자만의 공상이다. 하지만 그럴 것 같다는 생각만으로도 재밌었다.

얀손은 보트 창고 선착장에 배를 댄 뒤 엔진을 끄지 않았다. 그건 그가 잠깐만 있다 가겠다는 의미였다. 그렇기 때문에 나는 그가 어딘가 또 아픈 것 같다는 착각에 진찰을 부탁할까봐 걱정할 필요가 없었다.

그가 보트에서 내렸고 우리는 악수를 했다. 얀손이 그의 두꺼운 작업복 상의 안주머니에 든 편지를 꺼내 내게 건넸다.

"자넨 이미 은퇴했지 않나. 그런데 웬 우편물 배달인가?"

"비만 목사님이 선생님에게 이 편지를 가져다 달라고 부탁하더군요."

나는 봉투를 건네받았다. 봉투는 밀봉되어 있지 않았다. 그 안에는 할아버지와 할머니의 집을 찍은 오래된 흑백사진들이 들어 있었다. 얀손에게 내용물이 무엇인지 알리지 않기 위해 나는 아주 잠깐만 봉투 안을 들여다보았다. 편지봉투를 주머니에 넣고 나서 생각하니 얀손이 놀랄만한 내용 같은 건 있을 수가 없었다. 그가 당연히 봉투를 열어보았을 테니까. 그를 찬물 속에 밀어 넣고 싶은 마음이 굴뚝같았다. 그가 한 걸음 뒤로 물러나는 걸로 보아 아마도 내 마음을 눈치챈 모양이었다. 나는 미소를 지었다.

"혹시 자네 후임에게 내가 이제부터 우편물을 다시 받았으면 한다고 전해 주겠나?"

"생각이 바뀐 겁니까?"

"지금 생각을 바꿨네. 사진을 가져다 줘서 고맙네."

"무슨 사진이요?"

무슨 말인지 그에게 지금 말해야겠다고 생각했다. 바로 얀손이 우편배달부로 일했던 긴 세월동안 독촉장, 부고장, 협박편지, 우호적 내용이 담긴 편지, 별 의미 없는 편지 할 것 없이 모든 편지들을 다 읽었다는 사실을 다도해 지역에 사는 모든 사람들이 알고 있다는 것 말이다. 그는 모든 편지를 다 들여다보았다. 그런데 지금 여기 서서 마치 비만이 보낸 봉투에 사진이 들어있다는 걸 전혀 모르는 것처럼 하고 있다.

“이제 그만 가보게.” 나는 다정한 목소리로 말했다. “내가 오늘 할 일이 많다네. 편지를 가져다 준 것에 대해 자네에게 사례를 하고 싶은데.”

얀손이 고개를 젓더니 보트에 탔다. 하지만 밧줄로 보트를 묶어 두었던 말뚝에 손을 댄 채 서 있었다.

“오슬로브스키가 그랬을 수도 있을까요?” 그가 물었다.

무슨 말인지 이해가 되지 않았다.

“집에 불을 지른 사람 말이에요.”

“어째서 그녀가 그런 짓을 했다고 생각하는 건가?”

“그녀에 대해 뭔가 아는 사람이 아무도 없었어요. 그녀는 이방인이었어요. 한쪽 눈밖에 없는 사람이 무슨 짓을 했을지 누가 알아요?”

얀손의 기괴한 논리에 놀랐다. 오슬로브스키가 눈이 하나밖에 없었다는 사실과 방화가 대체 무슨 연관이 있단 말인가? 이번에는 예외적으로 반응을 보일 수밖에 없었다. 보통 때는 얀손이 아무리 어리석은 말을 해도 그냥 모른 척 넘어갔었다. 하지만 이번엔 그럴 수가 없었다.

“모든 가능한 그리고 불가능한 방화광들을 통틀어서 오슬로브스키는 가장 가능성이 적은 사람일세. 게다가 그녀는 죽은 사람이야.”

얀손은 내 말에 마음이 상한 것 같았다. 잡고 있던 말뚝에서 손을 떼더니 밧줄을 풀고 조타실 해치 아래로 들어갔다.

그가 후진으로 선착장을 빠져 나갈 때 평상시와 달리 우리는 서로 손을 흔들지 않았다.

나는 다시 화재 현장으로 올라갔다. 검게 그을린 폐허를 돌아다니며 뭔가를 쪼아대던 까마귀 몇 마리가 푸드덕 날아가 버렸다. 집의 기초를 새로 놓게 되면 거기에 자코넬리의 구두골을 묻어야겠다고 생각했다. 과거 그곳에 서 있었던 옛집을 추억하고 기념하기 위해, 또한 구두제작의 장인이었던 한 사람을 추모하기 위해.

한번은 라디오를 듣다가 우연히 세계 모든 큰 무대에서 공연을 했던 유명한 소프라노 가수의 인터뷰를 들은 적이 있다. 그녀는 오페라 가수에게 가장 중요한 것이 무엇인지 질문을 받았다.

"좋은 신발이요." 그 소프라노 가수는 일 초도 주저하지 않고 대답했다.

나는 그녀의 말을 곧바로 이해할 수 있었다. 걷고, 서 있고, 일하기에 좋은 신발은 어부에게나 외과의사에게나 똑같이 아주 중요하다.

지금 이 순간 내게 그 무엇보다도 필요한 것은 오래 전에 주문했지만 여전히 도착하지 않은 고무장화였다.

나는 휴대폰을 꺼내 선박용품점 전화번호를 눌렀다. 여러 번 벨이 울린 후에야 노르딘 부인이 전화를 받았다. 내가 혹시 잠을 깨운 건지 물었다. 손님이 별로 없고 그래서 가게 벨이 드물게 울리는 계절이라 어쩌면 창고에 잠자리를 꾸며 놓고 누워있었을지도 모른다. 내 추측에 노르딘 부인은 눈이 바닥에 쌓이면 겨울잠에 들어가는 다도해 주민들 중 한 사람일 것 같았다.

장화는 여전히 오지 않았다.

나는 캠핑카에 들어가 테이블에 앉아서 비만이 보내준 사진들을 내 앞에 펼쳐놓았다. 가장 오래된 사진은 20세기 초에 찍은 것이었다. 그 사진에는 현관 앞 계단이 아직 없었다. 사진에는 할아버지와 할머니도 있었다. 할아버지는 현관문 옆에 서 있고, 할머니는 그 옆 스툴에 앉아 있다. 두 분 다 젊은 모습이다. 할아버지에게는 콧수염만 있다. 얼굴 아랫부분을 온통 덮은 수염은 아직 전혀 보이지 않을 때이다. 사진의 뒷면에는 사진을 찍은 사람이 아마도 20세기 초반 다도해 섬을 돌아다니던 사진사 로베르트 셰그렌인 것으로 추정된다고 적혀있다.

나는 사진을 한 장 한 장 살펴보았다. 사진 대부분이 집 전면을 찍은 것이었고, 집의 뒷면을 찍은 것은 한 장도 없었다.

누군지 모르는 사람이 '1946년 여름'이라고 뒷면에 적어놓은 사진에는 흰색 정원가구들이 제자리에 놓여 있었다. 현관 앞 계단이 생긴 건 그때로부터 이십 년 전이었다. 할아버지와 할머니는 커피 잔과 케이크가 놓인 접시를 앞에 놓고 등받이에 나무 살이 있는 의자에 앉아 있다. 사진에는 앞에 있는 낯선 사진사가 두려운 듯한 표정으로 약간 가려진 채 같은 테이블에 앉아 있는 한 남자도 보이는데, 사진 뒷면에 그의 이름이 농부 아돌프 순드베리라고 적혀있다.

갑자기 그 남자가 눈에 보이는 듯했다. 처음에는 먼 기억처럼 나타나더니 점점 더 가까이 또렷한 모습으로 다가왔다. 아돌프 순드베리는 백네 살까지 살았다. 1899년에 태어났는데, 그는 이미 젊은 시절부터 자기가 3세기를 살 것이라고 말하곤 했었다. 그가 2003년에 죽었으니 그의 말은 현실이 되었다.

그는 할아버지와 할머니를 자주 방문했었다. 이야기를 재미있게 할 줄 아는 사람이어서 나는 그가 정원에 놓인 흰 의자 중 하나에 앉아 커피를 마실 때면 그 곁에 있기를 좋아했다.

그가 한번은 자기 친척과 관련된 이야기를 했었고, 할아버지와 할머니는 이후 그 이야기에 대해 자주 논쟁을 하곤 했었다. 그 이야기가 사실인지 아닌지에 대해. 나는 그때 채 열 살도 안 된 나이였을 것이다. 하지만 나는 그때를 계기로 거짓말과 진실 사이, 아무도 의심하지 않을 감각계에서 일어난 사건에 대한 이야기와 전설 사이의 헤아릴 수 없이 큰 차이를 진정으로 깨달았다.

순드베리는 옛날에 외지인으로 다도해 지역에 들어왔다. 그는 내륙에 있는 알링소스 시 출신이었는데, 그곳은 멀리 베스테리에틀란드 주, 서해안까지 펼쳐진 점토질 평야에 위치하고 있는 도시다. 그는 목재 개별판매를 위해 다도해 지역을 운항하던 쌍돛 목재화물선의 선원이었다. 베네른 호수를 운항하던 화물선에서 일하다가 깨진 나침반 때문에 선장과 싸운 후에 베스테르비크에서 정박 중이던 블로수트 호의 선원이 되었다. 그 배는 스웨덴 예블레와 코펜하겐 사이 노선을 운항하는 선박이었다. 몇 년 후 선원 일을 그만 둔 그는 칼마르 주 출신 여자와 결혼을 했고, 그후에 아내의 삼촌 소유였던 다도해 섬 하나를 인수했다. 그렇게 베스테리에틀란드 출신 순드베리는 다도해의 섬에 오게 된 것이다. 사람들이 브랜디를 많이 마셨던 한 추수 축제에서 그는 이후에 사람들이 아돌프 순드베리의 신뢰성이 도마에 오를 때마다 끝없이 사실인지 아닌지 궁금해 하는 바로 그 이야기를 했다.

그의 말에 따르면, 그의 할머니와 할아버지는 알링소스에서 약국을 운영했다. 1840년대였던 그 당시에는 거머리가 사람들이 가장 탐내는 치료제였다. 그의 할아버지는 시립공원에 있는 진흙투성이에 물에서는 악취가 풍기는 오래된 잉어양식장에서 잉어 대신 거머리를 키우겠다는 기발한 생각을 해냈다. 비축해 놓은 거머리 양이 줄어들고, 그래서 거머리를 보관해 놓은 유리그릇들이 점점 비어갈 때면 그의 할머니는 그녀가 곧 감당해야 할 일에 대한 각오를 해야 했다. 항의나 저항은 아무런 소용이 없었다. 동이 틀 무렵 두 사람은 집을 나섰다. 할아버지는 긴 막대기를 들고, 할머니는 품이 넓은 코트 안에 잠옷만 입은 상태로. 연못에 도착하면 할머니가 반항의 시도를 하기는 하지만 한 번도 그 저항이 성공한 적은 없다. 그녀는 옷을 다 벗고 뚱뚱하고 볼품없는 그녀의 알몸을 드러낸다. 그런 다음 연못에 들어가 물이 가슴팍에 오는 지점까지 간다. 할아버지는 그녀가 비상시에 잡을 수 있도록 그녀 쪽으로 긴 막대를 들고 있다. 그녀가 만약 물속에서 넘어진다면 그녀는 수영을 못하고 할아버지는 그녀를 물 밖으로 끌어낼 힘이 없기 때문에 그녀는 익사하고 말 것이다. 그렇게 그녀는 연못 물속에 서서 부지런한 거머리들이 살집 두둑한 그녀의 몸뚱이에 이빨을 찔러 넣기를 기다린다. 충분히 물렸다고 생각되면 그녀는 막대기를 잡아당겼고 그 막대를 잡고 밖으로 나온다. 까만 거머리들은 그녀의 몸에, 특히 엉덩이에 포도알처럼 매달려 있다. 할아버지가 소금을 뿌리면 거머리들이 떨어져 나와 유리그릇에 떨어진다.

이런 일은 규칙적인 간격을 두고 반복되었다. 어느 정도 시간이 흐른 뒤에는 알링소스에 사는 모든 사람들이 따뜻한 계절 새벽에 진행되는 이 기이한 연극에 대해 알게 되었다. 호기심 많은 사람들이 덤불과 관목 뒤에 몸을 숨긴 채 벌거벗은 늙은 뚱보여인이 잉어연못 안에 서서 열심히 그녀의 살을 물어대는 거머리들에 대해 분노하는 모습을 음탕한 눈빛으로 구경했다.

이것이 아돌프 순드베리가 해준 이야기였는데, 사람들은 속으로는 모두 그 이야기를 믿으면서도 대부분 밖으로는 어떻게 그런 일이 있을 수 있냐고 불신을 드러냈다. 거머리를 잡기 위한 미끼로 사용하려고 늙은 부인을 발가벗긴 채 그렇게 잉어양식장으로 사용되었던 연못에 전시할 수는 없다는 것이었다. 말도 안 되는 일이었다. 남자들이 아내들을 함부로 대하는 일이 있기는 하지만, 이것은 예절을 모아놓은 마지막 병의 코르크 마개를 뽑아 그 안에 든 마지막 예절마저 쏟아버리는 행위였다.

나는 오랫동안 커피 테이블에 앉아 있는 아돌프 순드베리의 사진을 바라보았다. 멀리서 사진 속 주인공들의 목소리가 들려왔다. 할아버지의 느리고 거의 질질 끄는 듯한 말소리. 말을 많이 하지는 않지만 말을 할 때면 아주 정확한 표현과 아무리 파도 끝이 없는 저장고에서 꺼내오는 것 같은 멋진 은유를 사용하는 할머니의 목소리. 그리고 수염이 무성한 얼굴에 둥근 모자를 쓰고 한 번도 빨지 않아 시간이 지나면서 얼룩들이 천의 일부처럼 딱딱하게 굳어버린 낡은 조끼를 입은 아돌프 순드베리의 목소리.

비록 지금은 모두 고인이 되었고 의자들은 화재에 다 타버렸지만 그들은 영원히 거기 흰 의자에 앉아 있다.

마지막 흑백사진은 할아버지의 일흔다섯 번째 생일인 1957년 6월 19일에 찍은 것이다. 현관 앞 계단과 정원 가구를 중심으로 많은 사람들이 사진을 찍기 위해서, 이번에는 타게 팔름블라드라는 이름을 가진 사진사 앞에 도열해 있다. 맨 앞에는 할아버지와 할머니가 앉아 있다. 그 사진을 더 자세히 살펴보다가 놀랍게도 줄지어 서 있는 사람들 속에서 나 자신을 발견했다. 나는 구숨에 살던 할머니의 여자 사촌 두 명 사이에 끼어 있었다. 덩치 큰 그 할머니들은 사진기 앞에서 포즈를 취하느라 불편하게 그 사이에 끼어 있는 내게는 신경도 쓰지 않았다.

그 사진이 찍혔을 당시 나는 열세 살이었다. 머리카락은 햇빛 때문에 분필처럼 흰색이고, 짧은 바지와 줄무늬 셔츠를 입고, 샌들을 신고, 마른 몸에 많은 사람들 가운데서 뭔가 좀 긴장한 모습이다.

화재의 폐허 위에 새 집이 올라가면 다도해에서 알게 된 사람들을 집들이에 초대해야겠다는 생각이 떠올랐다. 그래서 사진을 찍게 되면 나는 맨 앞자리에 의자를 놓고 앉고, 내 옆에 루이제와 그 가족들을 서게 할 것이다.

나는 비만 목사에게 전화를 걸어 이렇게 빨리 사진을 찾아

보내 줘서 고맙다는 인사를 전했다.

"아마 사진이 더 있을 겁니다." 그가 말했다. "하지만 제가 이미 말씀드렸다시피 자료들이 아주 무질서하게 보관되어 있어서 아직 제대로 다 찾아서 정리해보지는 못했습니다."

"새 집 건축 작업을 할 사람들에게는 이미 보내주신 사진만으로도 충분한 자료가 됩니다."

"혹시 스카르스호멘 섬의 외스테르스트룀 가족의 집이 같은 시기에 지어졌다는 사실을 아십니까? 내가 제대로 알고 있는 거라면, 아마 같은 건축 기술자들이 똑같은 설계로 두 집을 지었을 텐데요."

그렇다면 내가 건축을 맡긴 건축사가 외스테르스트룀 가의 집을 내 새 집 건축을 위한 상세한 모델로 참고할 수 있다는 이야기였다.

"그 생각은 하지 못했습니다. 설계도가 존재하지 않으니 그 집이 있다면 아주 중요한 자료가 되겠군요. 양쪽 집을 지은 사람들이 같은 건축가이고 기술자일 테니까요."

비만과의 통화를 끝낸 다음 나는 다시 할아버지의 벤치로 올라갔다. 그 어디에도 사람의 흔적은 보이지 않았다.

날이 저물었고, 나는 추위를 느꼈다. 캠핑카에 거의 다다랐을 때 캠핑카 안 테이블 위에 올려놓은 휴대폰 벨소리가 들렸다. 서두르다가 캠핑카 옆 바닥에 올라와 있는 나무뿌리에 발이 걸려 넘어졌다. 그 바람에 캠핑카에 둘러진 테두리 살에 턱을 찧었다. 손으로 만져 보니 손에 피가 묻어났다. 턱에서 피가 뚝뚝 떨어지는 채로 캠핑카 내부로 들어가 휴대폰을 집어 들었다. 아무런 소리도 들리지 않았다. 개수대 위에 있던 수건 중 하나로 피를 닦았다. 혀끝으로 느껴보니 오른쪽 아랫니 하나가 비어 있었다. 얼굴에 수건을 대고 손에는 손전등을 들고 밖으로 나가 넘어진 곳 풀밭에 혹시 빠진 이가 있나 찾아보았다. 아니면 나도 모르게 삼킨 것일까?

이는 찾지 못했다. 피가 멈추기까지는 꽤 오래 걸렸다. 냉장고에서 얼음조각을 몇 개 꺼내서 비닐봉지에 넣고 아래턱과 입술에 대 주었다.

출혈이 멈추고 나서 면도거울로 입 안을 살펴보았다. 아랫니는 완전히 부러져 있었다. 흘러나왔던 피에 이뿌리가 가려 잘 보이지 않았다. 손가락으로 잇몸을 누르니 강하고 뻐근한 통증이 느껴졌다. 내일 치과에 가야 할 것 같다. 지금은 시간이 너무 늦었다. 응급 처치는 마을에 나가면 받을 수 있을 것이다. 하지만 지금 마을에 가고 싶지는 않았다.

나는 약효가 강한 진통제를 몇 알 삼킨 뒤 누가 전화를 했었는지 보았다. 루이제였다. 그녀에게 전화를 걸었다. 통화중. 다시 한 번 시도했다. 여전히 통화중이었다. 손에 전화를 들고 침대에 누웠다. 치과에 가서 시간을 보내야 한다는 생각에 화가 치밀었다. 아니면 그냥 피곤했던 걸까? 늙는다는 건 매일 조금씩 원기를 잃어간다는 뜻이다. 언젠가는 원기가 완전히 바닥을 칠 것이다.

나는 그렇게 누운 채로 조용히 잠이 들었다. 전화 벨소리가 나를 깨웠다. 루이제였다. 그녀와 아그네스와 다른 가족의 안부를 묻지도 않은 채 입에서 피가 났다는 것과 이가 부러졌다는 이야기를 했다. 하지만 그녀가 내 말을 자르는 바람에 더 이야기를 할 수 없었다.

"아그네스가 아파요." 그녀의 목소리가 거칠었다. 자리에서 일어나 앉다가 어금니를 꽉 깨물었다. 부러진 이가 아팠다.

"어디가 안 좋은 거냐?"

"모른대요."

"증상이 어떤데?"

"울어요. 통증이 있나 봐요."

"배에?"

"머리요."

"머리?"

"빌어먹을, 나도 모르겠어요. 아무도 몰라요."

그녀의 두려움이 곧장 내게 전염되었다. 원인이 뭐든 간에 루이제의 반응이 괜한 것이 아니라는 데는 의심의 여지가 없었다. 나는 답을 찾기 위해 내 뇌 속을 뒤지기 시작했다. 나는 아이들이나 소아질환에 대해서는 전문적으로 공부한 적이 없었다. 또한 정례적인 외과적 처치 외에는 아이들을 치료하거나 수술해 본 적도 없다. 아픈 곳이 하필이면 머리라는 사실에 당연히 불안감이 클 수밖에 없었다. 아기들의 심장과 뇌는 아주 예민하다.

나는 루이제를 진정시키면서 나 또한 진정하려고 노력했다. 그리고 그녀에게 무슨 일이 있었는지 말해보라고 했다. 아그네스가 정확히 어떤 증상을 보였는지. 의사들이 자세하게 뭐라고 했는지.

그녀의 말에 따르면 모든 게 아주 빨리 진행되었다. 오늘 아침 아그네스가 갑자기 큰 소리로 울기 시작했다. 어떻게 해도, 젖을 물려도 달랠 수가 없었다. 아메드는 무함메드 때문에 집에 있고 루이제가 아기를 병원으로 데려갔다. 소아응급실에서는 아그네스의 상태를 심각하게 받아들였다. 지금은 상태를 지켜보기 위해 그리고 여러 가지 검사를 하기 위해 입원한 상태라고 했다. 루이제는 병원에서 내게 전화를 건 것이다. 나는 호밀비스킷 포장 앞면에 병원 이름을 메모했다.

루이제의 설명으로는 아그네스에게 무슨 문제가 있는지 명백하지 않았다. 신생아가 뇌출혈이 있는 경우는 아주 드물지만 가능성을 아예 배제할 수는 없었다. 그러나 이와 달리 뇌막염은 신생아에게도 나타날 수 있고 치명적일 수도 있다. 뇌종양 가능성 역시 배제할 수 없다. 프랑스 의사들은 지금 확실한 진단을 내리기 위해 노력 중이다.

아그네스에게 열이 있는지 물었다. 열은 없지만 머리 통증은 계속되고 있다고 했다. 지금은 아그네스가 검사를 받아야 해서 기다리고 있는 중이라고 했다.

나는 루이제에게 내가 가야 할지 물었다. 그녀는 아니라고 했다. 하지만 그녀의 목소리에서 언제라도 그녀의 생각이 바뀔 수 있다는 게 느껴졌다.

루이제는 아메드 전화를 기다리는 중이라 나와 통화를 오래 할 수 없다고 했다. 그녀는 뭔가 새로운 소식이 있으면 곧바로 알려주겠다고 약속하고 전화를 끊었다.

"별 일 없어도 꼭 알려 주어야 한다. 휴대폰을 항상 곁에 지니고 있으마. 충전도 충분히 돼 있다."

휴대폰이 마치 묵주라도 되듯 손에 꼭 쥔 채로 나는 갑자기 죽음이 캠핑카 안에 도사리고 있다는 생각을 했다. 나는 죽음을 내몰고 싶었다.

리사 모딘에게 전화를 했다. 혹시 내가 방해가 되지는 않았는지, 아니면 그녀가 지금 어디에 있는지 묻지도 않고 있었던 일을 단숨에 다 이야기했다.

"많이 속상하겠어요. 이리로 올래요?"

"아니오. 하지만 그리 물어봐 주니 고맙소."

"정말 그렇게 혼자서 섬의 캠핑카 안에 있으려고요?"

나는 대답을 하지 않았다. 지금 보트로 내려가서 시동이 걸리기를 간절히 바라며 시동을 걸고 본토로 보트를 몰고 가는 일은 정말 하고 싶지 않았다.

"혹시 당신이 이리로 올 수는 없겠소?"

"그렇게 큰 심려가 있을 때 같이 있기에는 캠핑카 안이 너무 좁아요."

나는 그녀에게 저녁 동안 아무 때나 전화해도 되는지 물었다. 그녀가 그렇다고 대답했다.

"지금은 뭘 하고 있소? 지금 바로 이 순간에?"

"선생님 손녀가 큰 병이 아니기를 바라고 있어요."

"그건 당신이 지금 생각하고 있는 것이고. 무엇을 하고 있는지 묻는 거요."

"장갑을 손에 들고 여기 서 있어요. 식료품이 든 쇼핑백을 하나 들고 있고 집으로 가려는 중이에요."

침묵이 그녀와 나 사이를 오갔다. 돌풍이 지나가면서 캠핑카를 흔들었다.

"고맙소." 이렇게 말하며 전화를 끊었다.

나는 밖으로 나가 찬 공기 속에서 크게 숨을 들이쉬었다. 그런 다음 선착장에 있는 벤치로 내려갔다. 그때 전화벨이 울렸다. 다시 루이제였다. 아그네스가 지금 MRI를 촬영하러 가는 중이라고 했다. 의사들은 여전히 확실한 진단을 내리지 못했다고 했다. 아직 진단이 나오지 않았는데도 그녀의 목소리에서 그녀가 이전 통화 때보다 더 겁을 내고 있다는 게 느껴졌다. 아마 나 역시 절대로 일어나서는 안 되는 일을 생각하면서 나 스스로 느꼈던 공포를 숨기지 못했던 것 같다.

통화는 아주 빨리 끝났다. 촬영하러 들어가야 한다고 했다. 누군가 루이제에게 휴대폰을 꺼 달라고 부탁했다.

추위에 떨며 나는 캠핑카로 돌아왔다. 죽음이 근처에 오면 시간은 언제 끊어질지 모르는 고무줄처럼 팽팽하게 늘어난다. 아그네스에게 일어난 일에 대한 설명은 아주 막연했다. 아그네스를 담당한 의사 중 한 명과 통화를 해야겠다는 생각이 들었다. 하지만 내 프랑스어 실력이 문제였다. 나는 두려움이 루이제 안에 깊은 구멍을 내고 있다는 걸 듣고 느꼈지만 그녀를 돕기 위해 할 수 있는 것이 아무 것도 없었다.

밤을 꼬박 지새우고 새벽이 밝을 무렵에서야 루이제에게서 아그네스가 가벼운 뇌막염에 걸렸다는 소식을 들었다. 일주일가량 병원에서 치료를 받아야 한다고 했다. 그러면 바라건대 다 나을 수 있을 것이라고 했다.

우리는 둘 다 울기 시작했다. 둘 다 많이 지쳐 있었고 이제야 안도의 침대에 누워 쉴 수 있었다.

오전 어느 때인가 보트엔진 소리가 들려 잠에서 깼다. 부러진 이가 있던 자리가 심하게 아팠다. 개수대 바가지에 있던 물을 한 국자 떠 마셨다. 얀손이 이리로 오고 있었다. 그런 엔진 소리가 나는 보트는 얀손 것 말고는 없었다.

얀손이 곶을 돌아오기 직전에 선착장 벤치에 내려가 앉았다. 그는 배를 대고 시동은 끄지 않았다. 다행이었다. 이번에도 오래 있지는 않을 것이다. 밧줄로 기둥에 배를 맨 뒤에 그가 배에서 내렸다. 우리는 서로 인사를 나누고 보통 해야 할 이야기들을 나누었다. 날씨, 풍향, 동쪽 하늘에 깔린 구름층, 기온, 얼음, 그리고 브릿스 군도의 한 섬에서 양치기와 어업을 하는 엔베리 가족의 열 살짜리 딸이 콘트라베이스를 연주하는데 라이온스 클럽으로부터 삼천 크로나가 넘는 장학금을 받았다는 이야기 등.

나는 그가 온 진짜 이유가 무엇인지 빨리 알고 싶어 몸이 달았다. 그가 쓸데없이 오래 머무는 불상사가 일어나지 않도록 내가 밤에 전혀 잠을 자지 못했다는 사실과 파리에서 무슨 일이 있었는지는 이야기하지 않았다.

"남동생을 만나러 가려고요." 날씨 이야기를 충분히 나눈 다음 결국 얀손이 용건을 말했다.

"자네에게 남동생이 있었나? 그런 얘기는 한 번도 못 들은 것 같은데."

"자주 연락하며 살지는 않았어요. 나보다 몇 살 어린데, 선생님이 이곳에 오기 훨씬 전에 여기를 떠났어요."

"하지만 동생이 있다는 얘기조차 한 번도 하지 않은 것 같은데."

"아니에요, 했었어요."

"동생은 어디 사나?"

"후딩에에 살아요."

"스톡홀름이군. 그러니까 그곳에 다니러 간단 말인가?"

"내일 아침 일찍 출발해서 일요일에 돌아옵니다."

며칠인지 세어 보았다. 얀손은 단 사흘 떠나 있을 것이다.

얀손이 일어섰다.

"스톡홀름에 가 본 지 아주 오래 되었어요." 보트를 묶었던 줄을 풀며 그가 말했다. "우리나라 수도가 잘 있는지 한번 보고 올 때가 되었지요."

"잘 다녀오게. 그리고 동생에게 안부 전해주게. 동생 이름은 뭔가?"

"알빈이에요."

그가 후진으로 선착장을 빠져나갈 때 우리는 손을 흔들어 인사했다. 그렇게 오랜 세월 동안 얀손이 한 번도 남동생 이야기를 하지 않았다는 사실이 이상했다. 아니면 내가 듣고도 잊어버린 걸까? 시내에서 나를 치료해 줄 치과의사를 한 명 찾는 데 성공했다. 치과를 오가고 치료하는 데 세 시간이 걸렸다. 집에 돌아왔을 땐 치통이 사라지고 없었다.

다음 날엔 아침 일찍 잠에서 깼다. 꽤 오래 잤다. 밤 열한 시쯤 루이제가 전화를 걸어 의료진이 아그네스의 뇌막염을 잘 잡았다고 했다. 다음 날 다시 전화하겠다는 약속과 함께 그녀는 전화를 끊었다. 나는 내 평생 처음으로 느껴 본 큰 안도감 속에 잠자리에 들었다.

다음 날 아침 일어났을 때 바람은 없었지만 날은 추웠다. 커피 잔을 앞에 놓고 식탁에 앉아 있다가 어떤 생각이 떠올랐고, 처음엔 그 생각을 머릿속에서 치워버렸다. 하지만 그 생각은 다시 돌아왔다.

스통셰르 섬에 건너가 얀손의 집에 가 봐야겠다는 생각이었다. 그가 예전에 자기 집 기초의 움푹 패인 곳에 집 열쇠를 보관한다는 얘기를 한 적이 있다.

왜 그의 집에 가 보고 싶은지는 뚜렷한 이유가 없었다. 어쩌면 발프리손의 집이 불탔을 때 내가 느꼈던 불안감 때문일까?

오전 열 시쯤 나는 내 섬을 떠나 스통셰르 방향으로 보트를 몰았다. 이따금 보트가 큰 얼음장에서 떨어져 나와 흘러 다니는 얇은 얼음판들을 깨고 지나갔다. 일주일만 더 있으면 온통 얼음으로 뒤덮일 것이다.

얀손의 보트 창고와 낡은 진수대는 남쪽을 향해 열려있는 만 안쪽에 놓여 있었다. 그곳에서 그와 그의 보트들은 북쪽과 서쪽에서 불어오는 가장 심한 폭풍에도 피해를 입지 않고 잘 보호될 수 있다. 나는 엔진을 끄고 얀손의 선착장을 향해 다가갔다. 얀손의 보트는 없었다. 정말 남동생을 만나러 간 모양이었다. 나는 배를 대고 선착장에 발을 디딘 후 그가 집에 없는 걸 확인하기 위해 몇 번 그의 이름을 불렀다. 그런 다음 다도해 지역에서 가장 오래된 집에 속하는 그의 붉은색 이층집으로 올라갔다. 문을 두드렸다. 아무도 대답하지 않았다. 열쇠는 집 기초에 잘 숨겨져 있었다. 열쇠를 찾기까지는 꽤 시간이 걸렸다. 열쇠를 열쇠구멍에 넣으면서 나는 다시 한 번 내가 왜 지금 이렇게 얀손의 집을 몰래 방문하고 있는지 스스로에게 물었다. 나는 오슬로브스키의 집과 숲속 한 가운데 버려진 폐가를 떠올렸다. 그리고 이제 나는 깨끗한 유리창과 현관 앞 계단 위에 새로 칠한 나무장식이 있는 얀손의 빨간 집 앞에 서 있었다.

집안에 발을 들여놓았다. 얀손은 집을 아주 깨끗하게 관리했다. 바닥은 반들거렸고, 부엌살림도 모두 반짝거렸다. 그런 모습을 보자 오슬로브스키가 생각났다. 나는 천천히 집 안을 돌며 방마다 들어가 보았다. 얀손의 침실에 들어가니 침대는 정리가 잘 되어 있었고 슬리퍼는 제 자리에 놓여 있었으며 아무데나 놓여 있는 옷가지도 없었다. 그를 찾아오는 손님이 전혀 없기 때문에 다른 방은 모두 비어 있었다. 잘 정돈된 침대들이 쓸모없이 덩그마니 놓여 있었다. 이것이 그리움의 한 표현이었을 수도 있을까?

나는 계단을 내려갔다. 얀손은 거실에 있는 텔레비전에 침대시트를 걸어놓았다. 집은 전혀 얀손에게 어울리지 않았다. 그는 아주 다른 조건에 살아야 했다.

마지막으로 부엌 뒤에 있는 세탁실에 들어갔다. 그곳 역시 집안 곳곳과 마찬가지로 질서정연했다. 창백한 1월의 햇빛이 창을 통해 들어왔다. 깨끗하게 세탁된 옷들이 옷걸이에 걸려 있었고, 속옷은 바구니에 담겨 있었다. 갑자기 얀손이 내 집이 불탄 후에 긴 내복바지를 입고 내게 건너왔던 생각이 났다.

막 세탁실을 나가려다가 빨래바구니에 눈길이 꽂혔다. 송년파티에 얀손이 입고 왔다가 발프리손의 집에 불이 났을 때도 입고 있었던 셔츠와 바지가 보였다.

나는 유혹을 견디지 못하고 그 셔츠와 바지를 바구니에서 꺼냈다. 하지만 그 옷에 내가 이미 알고 있던 사실 외에 새로운 사실을 알려주는 흔적은 아무 것도 없었다. 그 셔츠와 바지를 막 다시 내려놓으려다가 그 아래에 있던 다른 셔츠 하나를 보았다. 셔츠 소매 끝에 검은 그을음 자국이 있었다. 그 셔츠를 들어 올리자 휘발유 냄새가 났다.

내 머릿속에 온갖 생각이 떠올랐다. 갑자기 모든 것이 확실해지는 것 같았다.

내 집이 강한 불빛 속에 불타오르던 그 밤이 내 눈 앞에 보였다.

어떻게 된 일인지 수수께끼가 풀리는 것 같았다.

조금 후에 내 보트가 있는 곳으로 내려가면서 나는 무서웠다. 얀손의 집에 아무런 흔적을 남기지 않았기를 바랐다.

25

내 딸이 나에게 설명했던 일본식 정원을 생각했다.

무의 바다.

얀손의 섬에서 집으로 돌아갈 때 딱 그런 느낌이 들었다. 스통셰르가 얀손이 자신의 모든 비밀들을 숨겨놓은 성채처럼 보였다. 나는 이제 내가 뭘 이해했는지 알았다. 하지만 나는 내가 알고 있는 것이 무엇인지 이해할 수 없었다. 얀손이란 사람이 아주 선명해졌지만 동시에 아주 멀리 있는 사람이 되었다. 내가 손을 뻗어도 그를 잡을 수 없을 것 같았다.

집에 돌아가는 길에 나는 엔진을 끄고 생각을 정리해보려 애썼다. 하지만 생각이 정리가 되기는커녕 자꾸만 빠져나갔다.

그래서 다시 엔진을 켜고 집을 향해 보트를 몰았다. 만으로 접어들었을 때 누군가 텐트가 있는 내 작은 바위섬에서 움직이고 있는 것이 보였다. 바위섬까지 거리가 꽤 멀었지만 확실했다. 나는 내 보트처럼 작은 보트만 통과할 수 있는 좁은 수로를 향해 배를 몰았다. 그 수로를 통해 바위섬의 반대편으로 다가갈 수 있는데, 그 쪽은 높은 절벽 가장자리에 가려서 텐트에서는 보이지 않았다. 나는 사냥꾼처럼 맞바람을 받으며 사냥감에 다가갔다. 엔진을 끄고 노를 꺼냈다. 선외기 엔진을 위로 올렸는데도 노를 저어 배를 움직이기는 쉽지 않았다.

얀손에 대한 생각이 여전히 머릿속에서 돌아다녔다. 그럼에도 불구하고 누가 내 텐트와 바위섬을 사용하는지 알아낼 만큼의 공간은 머릿속에 남아 있었다.

바위에 움푹 팬 곳이 여러 군데 있어서 육지로 기어 올라가기가 가능한 가파른 절벽 가에 보트를 댔다. 언젠가 십대 시절에 방금 보트를 댄 자리 바위에 내 이름을 새겨 넣은 것이 기억났다. 하지만 이름은 남아있지 않았다. 내 텐트 주변에 있는 사람이 누구인지 보기 위해 보트에서 내려서 둔중한 도마뱀처럼 절벽을 기어 올라갔다. 하지만 텐트 바깥엔 아무도 없었다. 미지의 그 인물은 텐트 안에 들어가서 출입구 지퍼를 닫아버렸다. 서로 다른 두 가지 종류의 불편함이 내 안에서 자리를 놓고 싸우고 있었다. 얀손의 광기와 텐트 안에 있는 사람이 폭력적인 사람일 수도 있다는 두려움이었다.

돛이 달린 서핑보드는 내가 평상시 조각배를 땅 위로 끌어

올려 두는 곳에 놓여 있었다. 그 모습이 꼭 육지에 떠밀려 온 곤충 같았다.

텐트 반대 방향으로 한 발짝 물러서다가 실수로 조그만 돌 몇 개를 발로 차는 바람에 돌들이 서로 부딪혔다. 내 보트가 있는 곳으로 채 몸을 숨기기도 전에 텐트 문이 열렸다.

밝은 색의 머리카락을 지닌 소년은 열일곱 살도 안 돼 보였다. 소년은 검은색 고무수트를 입고 있었다. 나는 곧바로 그의 어깨 부분에서 임시로 테이프를 붙여 놓은 찢어진 자리를 발견했다. 그의 눈이 어두웠다. 겁을 먹은 건지 아니면 그저 경계를 하는 건지 알 수는 없었다. 그런데 그의 머리카락에 나를 망설이게 하는 뭔가가 있었다. 염색을 제대로 할 줄 모르는 누군가가 염색을 한 것 같은 느낌이었다. 머리카락의 색을 왜 바꿨을까? 누군가 다른 사람이 되기 위해서일까 아니면 자신을 변화시키고 싶은 조급한 소망에서 그런 걸까?

나는 그에게 밖으로 나오라는 신호를 했다. 왜인지는 모르지만 괜히 그가 스웨덴어를 못 할 거라는 생각이 들었다. 텐트에서 기어 나온 소년은 내가 자리를 잡고 앉은 순간에 똑같이 자리에 앉았다.

두려움은 사라지기 시작했고 그 자리에 점점 호기심이 자라났다.

"아무 것도 훔치지 않았어요." 소년이 갑자기 입을 열었다.

"그냥 좀 쉬었을 뿐이에요."

소년의 스웨덴어에는 뭔가 약간 다른 억양이 섞여 있었다. 북부지역 출신일까?

막 이름이 뭔지 물어보려는 찰나 소년은 급하게 자리에서 일어나더니 서핑보드가 있는 곳으로 뛰어갔다. 내가 기껏해야 자리에서 일어날 만큼 짧은 시간에 이루어진 일이다. 소년이 힘차게 서핑보드를 밀고 가다 그 위에 올라탔다. 그는 아주 유연했고 움직임이 마치 윤이 나는 검은 털을 가진 민첩한 짐승 같았다. 돛이 바람에 부풀었다.

분노와 무기력이 섞인 이상한 기분에 휩싸인 나는 그를 소리쳐 불렀다.

"얘야! 야, 야!"

이보다 더 어리석은 외침은 없으리라는 생각이 들었다.

머지않아 바다는 얼어붙을 것이다. 그러면 그 소년은 더이상 윈드서핑을 하지 못할 것이다.

텐트 입구 천이 바람에 휘날렸다. 나는 쪼그려 앉아 천을 옆으로 젖혔다. 텐트 안에는 빈 플라스틱 물병과 먹다 만 과자봉지와 구겨진 종이 몇 장뿐이었다. 나는 텐트 안으로 기어 들어가 구겨진 종이들을 펴 보았다. 수학계산용 수첩에서 뜯어낸 종이 같았다. 그중 한 장에는 혼자서 한 3목 놓기 게임이 있었다. 보아하니 조심성이 많은 아이였다. 여러 판이 승자 없이 덜 끝난 상태였다.

또 다른 종이 한 장에는 몇 줄 글이 적혀 있었다. 뭐랄까 좀 고풍스럽게 장식이 많은 글씨였다. 그래서 단어들을 해독하는 데 상당히 시간이 걸렸다.

같은 글이 두 번 반복해서 쓰여 있었다.

어떤 시詩는 날日로 넘어가고
그러면 여명과 꿈이 함께
승자가 된다

적혀 있는 단어들은 개별적으로 해독이 가능했지만 전체 글이 말하고자 하는 바가 무엇인지는 이해하기 어려웠다. 시일까 아니면 부치지 못한 편지일까? 혹시 내게 보내는 글이었을까? 텐트를 치고 그에게 쉴 곳을 제공해 준 나에게?

그 종이를 주머니에 넣고 텐트를 나섰다. 아주 힘들게 가파른 바위 위로 올라갔다. 그 바위 위에서 그 소년이 사라진 만이 내려다 보였다.

바다는 텅 비어 있었다. 소년은 보이지 않았다. 어쩌면 해도상에는 이름이 없지만 헬라르나라고 불리는 작은 군도 지역의 섬들 사이에 몸을 숨겼을지도 모른다.

바다를 향해 좀 더 바깥쪽으로 나가면 잘린 돌기둥 모양을 한 사탄스그룬데트('사탄의 떼'라는 뜻—옮긴이)라는 바위가 가파르게 바다 위로 솟아 있다. 소년이 숨으려 했다면 그곳에 몸을 숨겼을 것이다.

나는 추위에 몸이 떨리기 시작할 때까지 그 바위 위에 서 있었다. 텐트로 내려온 뒤 재킷 주머니에서 펜을 꺼냈다. 덜 끝난 3목 놓기 게임이 그려진 종이 중 하나 뒷면에 몇 마디 적었다. **'멋진 시구나! 텐트를 마음껏 사용하렴. 그런데 네가 누구인지는 정말 궁금하구나.'**

그 아래 내 이름을 적기 전에 잠깐 고민했다. 프레드리크. 그리고 내 휴대폰 번호를 적었다. 그런 다음 종이를 텐트바닥 가운데에 놓고 밖으로 기어 나와 입구를 닫은 후에 집으로 향했다.

소년의 이름이 궁금했다. 에리크나 안데르스는 아닐 것 같았다. 아니면 딱 그 이름일까?

그 소년과 똑같이 행동했을 것 같은 사람은 내 딸이 유일하다는 생각을 했다. 왜인지 모르겠지만 루이제에게 남동생이 있다면 꼭 그 아이 같았을 것이다.

그 소년은 내가 그저 잠시 피상적으로만 지나치게 될 새로운 시간에서 온 손님이었다.

그가 내게 연락을 해왔으면 좋겠다.

엔진을 작동시키지 않고 보트가 물결을 따라 내 섬까지 가도록 내버려두었다. 저녁노을이 깔리기 시작했다. 올해는 바다가 늦게 얼 모양이다.

계속되는 추위와 함께 몇 주가 흘러갔다. 얼음은 점점 바다를 향해 퍼져 나갔다. 캠핑카에 누워 바다와 얼음장의 움직임에 귀를 기울이고 있었다. 손을 캠핑카 벽에 대면 손이 시렸다. 라디에이터를 아무리 세게 틀어도 바깥 추위와 캠핑카 안 온기 사이에는 끊임없는 긴장 상태가 지속되었다.

내 머리를 지배하는 것은 당연히 무엇보다도 얀손과 스통셰르에 있는 그의 집에서 발견한 사실에 관한 생각이었다. 의사로서의 내 삶을 파괴한 그 잘못된 수술 이후에도 지금처럼 감정이 혼란스럽고 모순적이지는 않았다. 낮에는 얀손에 대해 골똘히 생각했고, 밤이면 얀손 꿈을 꾸었다. 휴대폰을 손에 들고 앉아 경찰에 전화를 걸려고 한 적도 여러 번 있었다.

하지만 내 안에는 큰 망설임도 있었다. 얀손이 나를 내 집과 함께 태워버릴 수도 있었다는 생각은 도저히 믿을 수 없고, 너무 끔찍했다.

그러나 내가 가장 두려워한 건 아마도 얀손이 그의 비밀스런 여행에서 돌아올 날이었다. 그를 어떻게 내가 알게 된 모든 것과 직면시킬 것인가? 그는 사흘 후에 돌아오겠다고 했었다. 그런데 이미 몇 주가 지났다. 그가 어디서 뭘 하고 있는지 나는 모른다.

정체기에 들어선 추위 속에서 나는 며칠을 새장 속의 새처럼 반복된 일상을 보냈다. 억지로라도 매일 아침 냉수욕을 했다. 하지만 얼음처럼 차가운 바닷물조차도 내 정신을 맑게 하지 못했다. 내 머릿속에서 얀손은 섬을 오가는 친절한 우편배달부에서 괴물이라는 말로밖에 설명할 수 없는 존재로 변해 있었다.

나는 루이제와 매일 통화를 했다. 아그네스는 이제 완전히 건강해졌다. 루이제의 작은 가족의 생활에 대해서는 더이상 질문을 하지 않았다. 예를 들어 생활비는 어디서 나는지와 같은 질문 말이다. 집에 어린 아기를 둔 엄마인 루이제가 길거리를 돌아다니며 소매치기로 생활비를 벌어들이는 상상을 하기는 어려웠다. 하지만 그건 내가 알 수 없는 일이었고, 어쩌면 나는 그걸 알고 싶지도 않았을 것이다.

한번은 루이제와 통화를 하고 난 뒤에 아버지가 너무 일찍 집에 돌아오셨던 어느 날 저녁이 기억났다. 그날 아버지는 비틀거리며 부엌에 들어왔다. 취한 아버지의 머리카락은 마구 헝클어져 있었고, 아버지는 화가 난 만큼 또 절망한 상태였다. 분노가 아버지의 얼굴에 가면처럼 덮어씌워져 있었는데, 그 가면의 모든 근육은 마치 경련으로 얼어붙은 것 같았다. 아버지의 눈에는 절망이 가득했다. 그 당시 나는 열 살 전후였다. 어머니가 부엌문을 닫으면서 완전히 닫지 않고 살짝 열어 놓왔다. 나는 나중에야 부모님이 부엌에서 하는 이야기를 내가 들으라고 어머니가 일부러 그랬다는 것을 알았다. 어쩌면 어떻게 한 인간이 아버지처럼 그렇게 통렬하게 후회를 할 수 있는지, 그러나 동시에 얼마나 위로를 받고 싶어 하는지, 그리고 그러면서도 어떻게 본인이 처한 굴욕을 다시 한 번 극복하고 일어서는지 내가 보기를 바랐는지도 모른다.

열린 문틈으로는 부엌 안이 많이 보이지 않았다. 하지만 부모님이 나누는 말은 분명하게 들을 수 있었다.

그날도 자주 있던 일이 또 일어났다. 아버지와 식당 주인 사이에 갈등이 생긴 것이다. 화해는 있을 수 없는 일이었다. 식당 주방에서 주인과 다툰 아버지는 그 자리에서 해고되었다. 아버지는 서빙용 냅킨을 바닥에 내동댕이치고 나와 버렸다. 식당 주인은 아버지를 쫓아 밖으로 나왔다. 화가 머리끝까지 치민 두 사람은 신음과 한숨과 어쩔 줄 모르고 씩씩대고 으르렁대는 소리 외에는 더이상 할 말이 없을 때까지 서로 욕설을 퍼부었다. 비가 내리고 있었고, 두 남자는 물벼락을 맞은 푸들 두 마리처럼 그렇게 빗속에 서 있었다.

아버지가 그런 극적인 상황 속에 해고되는 건 자주 있는 일이었다. 아버지가 한숨을 쉬며 부엌식탁에 앉아 있고, 어머니가 그런 아버지로 하여금 천천히 인간에 대한 믿음과 특히 자기 자신에 대한 믿음을 회복하게 만드는 모습은 항상 반복되는 장면이었다. 하지만 유독 그날 저녁에 아버지는 평소 본인에게 가해지는 모욕에 대해 쏟아놓는 불평불만과는 다른 이야기를 했다.

아버지는 식당 손님이 빠지고 할 일이 별로 없던 그날 낮에 손님이 테이블에 잊고 두고 간 잡지를 뒤적였다. 그러다가 아주 오래 전 궁 정문에 큰북을 설치하라고 명령한 중국의 황제 이야기를 읽었다. 백성들은 누구나 그 북에 와서 몇 번 북을 두드린 후 황제의 신하에게 자신의 불만이나 고충을 호소할 수 있었고, 그러면 그 신하는 곧바로 황제에게 그 이야기를 전달했다. 그렇게 모든 백성은 황제의 분노를 일으킬 위험 없이 자신의 불만을 표현할 수 있었다.

"여긴 어디에도 그런 북이 없어." 아버지가 한탄했다. "북을 울려서 사람들이 자신의 말에 귀를 기울이게 만들 수 있는, 자신이 겪어야 하는 온갖 불의에 대해 호소할 수 있는 곳이 아무데도 없어."

왜 루이제와 통화하면서 아버지와 그 황제의 북을 생각했을까? 전혀 연관성이 없는데 말이다. 웨이터와 소매치기는 전혀 공통점이 없었다. 어쩌면 두 사람 다 각자의 방식으로 북이 모든 사람에게 똑같이 적용되는 정의의 상징인, 그런 좀 더 합리적인 다른 세상에 살기를 원했기 때문이라고 생각해 볼 수도 있겠다.

캠핑카에 앉아서 쪽지에 몇 가지 단어를 적었다. 황제의 북, 부엌식탁에 앉아 울던 아버지, 둘 사이의 연관성은?

하루 뒤 얀손의 보트가 다가오는 소리를 들었다. 두근거리는 가슴을 안고 캠핑카 문을 열고 귀를 기울였다. 얀손이 틀림없었다.

얀손은 평상시와 똑같아 보였다. 평상시대로 그는 손가락을 쫙 벌리고 손을 흔들기 전에 오른팔을 천천히, 약간 뻣뻣하게 들어올렸다. 언제나처럼 내가 손을 든 다음에야 손짓을 멈췄다. 내가 몰래 자기 집에 갔던 사실을 그가 눈치챈 것 같지는 않았다. 만약 그랬다면 그는 아주 훌륭한 연기자였다.

얀손이 배를 매는 밧줄을 뱃머리에서 조타실 해치 지붕 위로 잡아 당겼다. 선착장에 배를 대면서 멋진 스윙으로 밧줄을 내게 던졌다. 나는 밧줄을 잡아 감아매기로 제일 가까운 기둥에 묶었다.

얀손이 배에서 내렸다.

"동생은 잘 지냅니다." 벤치 한쪽 끝에 걸터앉으며 얀손이 말했다. "그런데 여행기간이 생각보다 길어졌어요."

그가 왼쪽 장화를 벗더니 전나무 솔방울에서 떨어져 나온 작은 조각을 장화에서 털어내고는 다시 신었다.

나는 가만히 서서 내가 아주 오랜 세월 알고 지내온 그 남자를 바라보았다. 어쩌면 복잡하고 분열된 정신을 가진 이 남자에 대해 내가 제대로 알고 있는 것은 정말 적었다는 사실을 이제야 깨달았다. 그렇게 오랜 세월 다도해 섬들을 돌아다니며 우편물을 배달한 이 남자가 뒤에 그렇게 복잡하고 경악할 만한 모습을 숨기고 있다는 사실을 나는 전혀 예상하지 못했다.

얀손은 스스로 자신이 누구인지 알고 있을까? 그런데 자기가 누구인지 아는 사람이 과연 있기는 한 걸까?

나는 이 질문에 대한 답을 모른다. 내가 기준으로 삼을 수 있는 것은 내가 지금 이해할 수 없는 그 대상뿐이었다.

머리가 희끗희끗해진 집배원이자 동시에 양심의 가책이 없는 방화범.

강한 불빛에 잠에서 깨지 못했다면 나는 집과 함께 불타고 말았을 것이다. 불의 가공스러운 힘은 미망인 베스테르펠드트 부인도 삼켜버릴 뻔했다. 발프리손 가족의 경우에는 그들이 섬에 있는지 아닌지 그가 몰랐을 수도 있다.

"자네는 보통 용건이 있어야 나를 찾아오는 걸로 알고 있네만." 내가 말했다.

"그냥 동생이 잘 있더라는 얘기를 하고 싶었어요. 그런데 대도시에서의 삶은 아무래도 많이 불안한 것 같더군요."

"무슨 말인가?"

"항상 다른 사람에게 짓밟힐지 모르는 위험 속에 살아야 한다면 거기서 어떻게 제 정신으로 살아가겠어요?"

어쩌면 얀손에게 남동생이 없을지도 모른다는 생각이 갑자기 들었다. 다른 많은 점들과 마찬가지로 남동생이 있다는 이야기 또한 거짓일 수 있지 않을까? 여기 벤치에 나와 앉아 있는 이 남자는 내 집에 불을 질러 놓고 더이상 내가 살 곳이 없자 자기 집에서 지내라고 제안했었다. 심지어 불타 없어진 내 장화를 대신할 고무장화를 가져다주었다. 내 캠핑카에서 함께 송년파티를 했고 집에 자러 간다고 해놓고는 다른 집에 가서 불을 질렀다. 그리고 또 다른 집에도 불을 질렀다.

더이상은 지체할 수 없었다. 이제 곧이곧대로 말을 해야 했다.

"왜 그랬나?" 내가 물었다.

얀손이 나를 바라보았다.

"나한테 한 말입니까?"

"여기에 자네 말고는 없는데."

"선생님이 뭐라고 했는지 잘 못 들었습니다."

"아니, 자네는 알아들었어."

얀손은 여전히 내가 다 알고 있다는 걸 눈치채지 못한 것 같았다. 어떻게 누구에게도 꼬리를 밟히지 않을 거라고 자신할 수 있었을까? 전혀 걱정하지 않았을까? 아무런 경계조차 하지 않았던 걸까?

"커피를 마시고 싶네요." 그가 갑자기 말했다.

나를 찾아온 그 오랜 세월 동안 그가 내게 커피를 달라고 요청한 적은 한 번도 없었다. 그런데 지금 그런 일이 일어났다. 이것이 어떤 의미일까 궁금했다. 내가 겁을 먹어야 하는 걸까? 사람이 자고 있는 집에 불을 지를 정도라면 언제든 망치를 꺼내 내 머리통을 갈길 수도 있을 것이다.

우리는 캠핑카로 올라갔다. 나란히, 얀손은 언제나처럼 흔들대는 걸음걸이로. 내가 커피를 끓이는 동안 얀손은 침대에 걸터앉았다. 그러더니 루이제와 아그네스의 안부를 물었고 리사 모딘에 대해서도 물었다. 하지만 새 집 건축과 관련한 계획은 어떻게 진행되고 있는지 그가 묻기 시작했을 때, 나는 하마터면 끓는 물을 그의 얼굴과 손에 끼얹을 뻔했다.

그러지는 않았다. 그러나 커피를 준비하던 손길을 멈췄다.

"이제 그만 가 주게. 그리고 앞으로 다시는 여기 나타날 생각 하지 말게."

얀손이 놀라 몸을 움찔했다.

"무슨 말이에요? 선생님이 무슨 말씀을 하는지 통 모르겠어요."

나는 캠핑카 문을 열었다. 하지만 그는 아연한 채 침대에 앉아 있었다.

그는 당연히 무슨 이야기인지 이해했을 것이다. 사실인지 아닌지는 모르지만 그가 남동생을 만나러 간 동안 내가 그의 집에 갔었다는 건 모를 수도 있다. 하지만 그가 불을 지른 사람이라는 걸 내가 알고 있다는 사실은 그도 분명히 알았다.

“선생님이 문을 열었다는 건 알겠어요. 그런데 나한테 원하는 게 뭔지는 여전히 모르겠습니다. 나를 내쫓는 건가요?”

나는 다시 문을 닫았다. 이제는 오히려 그가 도망가는 걸 막고 싶었다.

그는 왜 내 집에 불을 질렀을까? 그것도 내가 그 안에서 자고 있는 동안에. 그가 해치고 싶었던 것이 나일까, 내 집일까? 아니면 뭐 또 다른 것이 있었던 걸까?

“자네가 그랬다는 걸 알고 있네. 내가 알고 있는 것을 경찰에게 말하면 자네는 조사 후에 유죄판결을 받을 거야. 난 증거를 가지고 있네. 자네 빨래바구니에 있는 옷에서 휘발유 냄새가 나더군. 나는 자네가 깊은 내면에서는 내가 진실을 알아내길 바란 것이 아닐까 생각하네. 그래서 나를 찾아와서 동생을 만나러 간다고 말한 것 아닌가? 동생이 진짜 있는지 없는지는 모르겠지만. 내가 자네 집에 가보기를 바랐겠지. 자네가 정말 흔적을 없애려 했다면 화재와 관련된 옷은 당연히 모두 빨았겠지. 자네는 힌트를 주기 위해 경찰에게 편지를 보내는 범인 같은 사람이지. 자네는 대체 정말 어떤 사람인가? 사람들 집에 불을 지르고 어쩌면 사람까지도 해치려고 기회를 기다린 건가? 그게 자네 꿈이었나? 사람들에게 편지와 신문과 연금을 배달하면서 그런 생각을 한 건가? 어느 날 완전히 다른 사람이 되겠다는 생각을? 선하고 친절한 사람에서 악하고 이해할 수 없는 사람으로?"

얀손은 입을 닫은 채 가만히 앉아 있었다.

"어쩌면 빨래바구니에 있는 휘발유 냄새 나는 셔츠만으로는 자네가 범인이라는 충분한 증거가 되지 않을 수도 있겠지. 하지만 경찰이 분명히 다른 증거들을 찾아낼 걸세. 자네가 범죄를 자백하지 않는다면 말일세. 자네는 꽤 무거운 형량을 받게 될 거야. 이미 나이가 있으니 아마도 감옥에서 죽게 되겠지. 아니면 심신상실 상태였다는 판결이 내려질 수도 있을 거야. 그러면 자네는 다른 미친놈들과 함께 무기한으로 정신병원에 갇히게 되겠지. 차라리 감옥에 가는 게 더 나을 수도 있을 거야. 감옥생활은 아마 견뎌낼 수 있을 걸세. 하지만 여기 다도해 주민들이 자네를 혐오한다는 사실을 견딜 수 있겠나? 사람들에게 남은 자네에 대한 유일한 기억이 우편물 배달하는 일에서 은퇴한 뒤에 여기 섬들에 있는 멋진 집들에 불을 지르기 시작한 나쁜 놈 이미지뿐이라는 사실을 참아낼 수 있겠나?"

얀손은 더이상 내 말이 무슨 말인지 모르는 척하지 않았다. 그는 두 손을 힘겹게 무릎 위에 올리고 고개를 숙인 채 녹초가 된 모습으로 침대에 걸터앉아 있었다.

"왜 그랬나?" 내가 소리를 쳤다. "왜 손수건으로 입을 가리고 내게 전화해서 경찰이 올 거란 사실을 알렸지?"

얀손은 대답하지 않았다. 망치로도 깨뜨릴 수 없을 것 같은 확고한 부정의 표시인지 꼼짝도 하지 않았다.

문 앞에 서 있던 나도 얀손 만큼이나 속수무책의 느낌을 지울 수 없었다.

"왜 그랬나?" 다시 물었다. "왜 나를 죽이려고 했지?"

얀손이 몸을 바로 했다. 나를 바라보는 눈빛에는 내 질문에 놀랐다는 표현이 가득 담겨있었다.

"난 선생님을 죽이려고 하지 않았어요. 왜 그런 말씀을 하십니까?"

"집에 불이 났을 때 나는 그 안에서 자고 있었네. 타 죽을 수도 있었어."

"선생님이 잠에서 깨지 않았다면 내가 선생님을 밖으로 데리고 나왔을 겁니다."

"그럼 자네는 거기 서서 집이 불길에 휩싸이는 걸 보고 있었다는 말인가?"

"선생님이 잠에서 깨길 기다리고 있었어요."

그 당시의 모든 광경을 떠올려 보았다. 내가 장화를 짝짝이로 신고 타오르는 불길을 피해 뛰쳐나왔을 때 얀손은 바깥 어딘가에 몸을 숨기고 지켜보고 있었다는 말이다. 내가 밖으로 나온 것을 확인한 다음에야 그는 사라졌다가 소화 작업에 참여하기 위해 다시 돌아왔다는 이야기인 것이다.

얀손이 꼼짝 않고 나를 응시했다. 그런데 그가 바라보고 있는 것은 내가 아니라 저 멀리, 그만 알고 있는 수평선이었다. 나는 그가 왜 그런 짓을 했는지 내가 절대 알 수 없을 것이란 사실을 깨달았다. 답은 없었다. 그가 스스로 알고 있는 답은 더욱 없었다. 그의 머릿속에는 뭔가가 꺼져 버렸고, 그 자리에 생긴 어둠을 그는 밖에서, 불타는 집이라는 횃불로 비추고 싶었던 것이다.

얀손이 일어섰다. 나는 옆으로 비켜섰다. 그는 캠핑카에서 나가서 천천히 선착장으로 내려갔다. 그가 어떤 목적지 없이 움직이는 모습을 나는 처음 보았다.

얀손의 보트는 후진으로 선착장을 빠져나갔다. 나는 할아버지의 벤치로 올라갔다. 벤치에 앉기에는 너무 추웠다. 그래서 거기 선채로 얼음덩이들이 천천히 떠다니고 있는 바다를 바라보았다. 더이상 급할 건 아무 것도 없었다.

내가 뭘 해야 할 지 내 자신에게 물었다. 우선 당연히 해야 할 일은 곧바로 알렉산데르손과 해안경비대에 전화를 하는 것이다. 그러나 그럴 수 없었다. 모든 사태에 대해 다른 사람들이 이해했다고 믿기 전에 일단은 나부터 모든 일이 왜 그리고 어떻게 일어나게 된 건지 이해해야 했다. 무작정 전화를 걸어서 얀손이 범인이라고 말할 수는 없었다. 아무도 내 말을 믿지 않을 것이다.

알렉산데르손을 캠핑카로 불러서 그에게 모든 것을 다 이야기하는 상상을 해 보았다. 그는 아무 말 없이 나를 바라보다가 오랜 침묵 후에 내게 물을 것이다. 내가 하는 이야기를 증명할 수 있는지. 휘발유 냄새 나는 셔츠 하나만으로는 불충분하다고도 할 것이다.

내 머릿속에 있는 이야기는 이해할 수 없는 이야기였다. 모든 개별적 정황들을 살펴 거기에서 한 가지 맥락을 찾아낸다 해도 그건 마찬가지였다.

알렉산데르손에게 전화로 그 이야기를 하면 그가 얀손이 집에 불을 지른 이유가 뭔지 내게 물어볼 것이라는 걸 나는 알고 있었다.

이유가 뭘까?

그 질문에 나는 모른다는 대답밖에 할 수 없을 것이다. 그 질문에 대답할 수 있는 사람은 얀손밖에 없다.

그가 체포된다면 무슨 일이 벌어질까? 처음에는 사람들이 안도할 것이다. 하지만 머지않아 다도해에서 가장 믿을 만한 주민 한 명이 범인인 걸로 밝혀졌다는 사실에 대한 공포도 함께 퍼져나갈 것이다. 얀손이 범인이라면 앞으로 과연 누구를 믿을 수 있겠나? 아마도 여기 다도해에서 무언가가 끝이 나고 말 것이다. 어쩌면 이곳 주민들을 하나로 묶어주던 마지막 무언가가. 죽음이 찾아오면 서로 관을 들어주는 것을 포함해서,

도움이 필요한 사람이면 누가 되었건 간에 돕고자 하는 의지와 신뢰 말이다.

사람들의 모습이 눈앞에 보이는 것 같았다. 선착장이나 항구에 둘씩 또는 삼삼오오 모여 목소리를 낮춰 수군대고 있는 사람들. 일어난 일을 어떻게든 이해해 보려는 시도가 무위로 돌아가는 모습. 분명히 스통셰르에 있는 얀손의 집에 불을 지르자는 이야기를 하는 사람들이 나올 것이다. 그러나 그 일을 하겠다고 스스로 나서는 사람은 당연히 아무도 없을 것이다.

분노와 의아함 속에 얀손을 생각했다. 어쨌든 그의 고독이 내 고독보다 훨씬 컸던 게 분명하다.

시간이 흘렀다. 나는 계속 침묵을 지켰다. 아무도 얀손을 의심하지는 않는 것 같았다. 들은 바에 따르면 경찰은 여전히 아무 단서도 찾지 못했다. 화재사건의 수사는 더이상 진척이 없었다.

얀손을 방화범으로 지목하는 내용의 편지를 익명으로 경찰에 보낼까도 생각했다. 하지만 실천에 옮기지는 않았다. 내 판단이 옳은지 확신이 없었다. 무엇보다도 얀손이 우리가 모두가 생각했던 것과 완전히 다른 사람이었다는 사실을 마음 깊은 곳에서 도저히 상상하고 받아들일 수 없기 때문이었다.

결국 나는 그가 병에 걸린 것이 아닐까 생각했다. 어쩌면 뇌

종양에 걸려서 그의 뇌 일부가 마비되었고 그래서 사고체계에 문제가 생긴 것 아닐까? 대답은 없고 질문만 자꾸 늘어갔다.

나는 며칠 밤 동안 그가 내 캠핑카에 불을 지르고 내가 한밤중에 소리를 지르면서 밖으로 뛰쳐나가는 꿈을 꿨다.

'발푸르기스의 밤'인 4월 30일 저녁 콜비에른이 나룻배를 가지고 왔다. 아들 안톤과 스퇴텐이라는 이름을 가진 안톤의 친구를 데리고 왔다. 우리는 함께 캠핑카를 선착장으로 끌고 내려가서 나룻배에 실었다. 콜비에른은 내 섬과 바위섬 사이에 임시로 전선을 연결해 주었다. 이 모든 게 완전히 불법이라는 말을 하며 그가 딸꾹질을 했다. 하지만 그러면서도 합선의 위험 같은 건 없다고 장담했다.

선외기가 달린 내 보트로 나룻배를 끌었다. 콜비에른은 휴대폰으로 사진을 몇 장 찍었다.

"이 나룻배로 마지막으로 소를 운반했던 게 사십오 년 전일세." 콜비에른이 말했다. "아버지가 고집해서 나룻배를 없애지 않고 계속 가지고 있었지. 앞으로 무슨 일이 있을지 어떻게 아냐고 하셨거든. 아버지 말이 맞았어. 지금 이렇게 캠핑카를 운반하는 데 나룻배가 쓰이는 것을 보니 말이야."

소 운반용 나룻배를 바라보며 가만히 서 있던 콜비에른이 말했다.

"경찰이 좀 이상하지 않나? 어떻게 그렇게 아무런 단서도 못 찾을 수가 있지? 방화범으로 의심 가는 사람이 여전히 아무도 없다는 게 말이 되나?"

"범인을 찾기가 쉽지는 않을 걸세. 화재로 이득을 본 사람이 아무도 없어 보이니까 말이야."

콜비에른이 인상을 쓰며 고개를 흔들었다.

"이 사건을 이해해 보려고 애를 써봤는데 도저히 이해가 안 돼. 다른 사람들도 마찬가지인 것 같더군. 어쩌면 우리 모두 얀손처럼 좀 실용적인 생각을 해야 할 지도 모르겠어."

콜비에른의 입에서 얀손 이름이 나왔을 때 나도 모르게 움찔했다. 하지만 내 반응을 눈치채지는 못한 것 같았다.

"얀손이 뭐라고 했는데?"

"우리 지역 기초단체에 편지를 써서 일 년 내에 여기 다도해 섬에 사는 모든 사람들에게 무상으로 소화기를 지급해 달라는 제안을 한 모양이야."

"얀손이 그런 제안을 했다고?"

"정말 합리적인 아이디어 아닌가!"

이러다가 내가 정말 이성을 잃을 것 같다는 생각이 언뜻 스쳤다. 얀손은 대체 어쩌자는 것일까? 도대체 왜 우리 다도해 주민들 모두를 조롱하는 걸까?

"기초단체에서 분명히 소화기를 지급할 걸세." 콜비에른이 말했다. "하지만 그렇다고 얀손에게 그 공로가 돌아가지는 않을 거야."

"그렇지, 그렇게 되지는 않을 거야."

내 목소리가 떨렸다. 이상하다고 느꼈는지 콜비에른이 나를 바라보았다. 나는 미소를 지어보였다. 아무렇지도 않다는 뜻의 미소였다.

콜비에른은 바위섬 분지로 캠핑카를 올리는 작업을 세심하게 준비했다.

두꺼운 판자들을 깔고 도르래를 이용하고 밧줄로 잡아당기는 복잡한 장치를 준비해 왔다. 모든 과정이 원활하게 진행되었고 캠핑카는 곧 제자리를 잡았다. 콜비에른이 전기를 연결했다. 준비해 두었던 샴페인 한 병을 모두 함께 나눠 마셨다. 브랜디마냥 병을 돌려가며 마셨다.

텐트가 필요 없이 바위섬에서의 첫날밤을 보냈다. 자면서 보트를 타고 있는 것 같은 꿈을 꿨다. 바위섬이 바닥에서 떨어져 나와 나를 싣고 멀리 외레순드 해협으로 향하는 꿈이었다.

다음날 아침 일찍 잠에서 깼다. 5월 1일의 아침 공기는 따뜻했다. 나는 콜비에른과 안톤에게 휴일이 지날 때까지 새 집 공사 시작을 기다려달라고 부탁했었다.

콜비에른은 이유 없이 괜히 미루지 않는 게 좋겠다고 했다.

아침을 먹은 후에 두 사람을 맞이하러 섬으로 건너갔다. 작은 굴삭기와 공사장 간이 숙소와 여러 가지 공구를 실은 나룻배가 아홉 시쯤에 도착했다. 나는 선착장 벤치에 앉아 공사가 시작되는 모습을 지켜보았다. 안톤은 쉬지도 않고 열심히 일했다. 제 아비만큼이나 자기가 하는 일에 큰 기쁨과 즐거움을 느끼는 것처럼 보였다. 안톤은 얼마 안 있어 굴삭기로 화재의 폐허를 다 들어내고 새 집을 지을 터를 깨끗하게 닦아 놓을 것이다.

여섯 시쯤 두 사람은 집으로 돌아갈 채비를 했다. 지빠귀 한 마리가 공사장 가건물 지붕 위에 내려앉았다. 올해 처음 듣는 지빠귀 노랫소리였다.

두 사람을 선착장까지 배웅했다.

"새 집을 위한 기념물 하나를 땅에 묻었으면 하네." 안톤이 나룻배 엔진에 시동을 거는 걸 기다리며 선착장에 서 있던 콜비에른에게 말했다.

"큰 건가?"

"구두골을 넣은 작은 깡통일세."

콜비에른이 갑자기 흥미를 보였다.

"고급 구두골일세. 나한테 특별한 의미가 있는 물건이지."

"안톤에게 집 기초 가운데에 묻어달라고 하겠네. 혹시 바위가 있으면 비폭성 파쇄제를 이용해서 제거하면 된다네."

두 사람에게 손을 흔들면서 산을 없애는데 비폭성 파쇄제를 사용하면 좋지 않을까 하는 생각을 했다.

나룻배가 곶 뒤로 사라지자마자 그곳에서 다른 보트의 선수재가 빠끔히 고개를 내밀었다. 속도가 빠른 알루미늄 보트였는데, 처음에는 무슨 배인지 알아보지 못했다. 보트가 점점 가까워지면서 보트 좌현을 장식하고 있는 카페 광고가 눈에 들어왔고, 베로니카가 왔다는 걸 알았다.

송년파티를 준비했을 때 말고는 그녀가 내 섬에 찾아온 적은 한 번도 없었다. 불안했다. 뭔가 일이 터진 게 분명했다.

그녀가 배를 대고 선착장에 올라왔다. 배를 매는 줄은 손에 든 채였다. 그녀의 눈을 보고 내 예감이 맞았다는 걸 알 수 있었다.

"해안경비대 연락 받으셨어요?" 그녀가 물었다.

"아니."

"그럼 아직 모르세요?"

그녀가 전할 소식이 너무 끔찍할 경우 쓰러지지 않기 위해 벤치에 앉았다. 그녀가 내 옆에 앉았다. 여전히 개 목줄을 잡고 있는 것처럼 보트 밧줄을 손에 잡은 채였다.

"얀손이 사라졌어요. 보트를 타고 바다로 나가버렸대요. 본토 쪽에서 돌아오던 해안경비선이 저 멀리 다도해 바깥 쪽 섬들 사이로 가고 있는 배를 발견하고 아무런 문제가 없는지 확인하려고 다가갔대요. 얀손이 평소랑 다르지 않아 보였나 봐요. 그리고 얀손이 곧 돌아올 거라고 말했대요. 그래서 알렉산데르손이 그를 그냥 놔두기로 했대요. 얀손은 얀손이니까. 그런데 해안경비대가 항구에 배를 대고 사무실에 갔더니 자동응답기에 얀손이 남긴 녹음이 있었대요. 사람들이 자기를 찾지 않았으면 좋겠다고 소리를 질렀다고 하더라고요. 어차피 아무도 못 찾을 거라면서. 그래서 해안경비대가 다시 바다로 나가서 어두워질 때까지 얀손을 찾았대요. 사람들은 모두 얀손이 미친 게 아닐까 생각하더군요."

베로니카의 얘기를 들으면서 나는 내가 전혀 놀라지 않았다는 사실을 깨달았다.

얀손은 죽으러 가는 길이었다. 얀손은 수면제를 잔뜩 먹고 자기 몸을 쇠 추와 닻과 사슬로 묶고 보트가 천천히 가라앉도록 배에 작은 구멍을 낼 것이다. 아무도 무슨 일이 일어났는지 모를 것이다. 아무도 그를 찾지 못할 것이다.

"얀손이야 항상 좀 이상했지." 내가 조심스럽게 말했다.

"나는 여기 다도해 섬에 사는 모든 사람들 중에 얀손이 가장 정상이라고 종종 생각했는데요. 어떤 점에서 그가 이상하다는 거죠?"

"뭐랄까, 좀 별나달까. 결혼도 안 하고, 자식도 없고."

"저도 미혼이에요. 자식도 없고."

"베로니카가 일흔 살은 아니지 않소."

"얀손은 수줍음이 많기는 하지만, 그것 말고는 다 괜찮아요.

혹시 자살을 하려는 거면 어떡하죠? 무슨 일이 있는 게 분명해요!"

그녀가 내게 답을 주었다는 느낌이 갑자기 들었다. 우리는 지금 내가 수없이 얀손을 진찰했던 벤치에 앉아 있다. 수없이 진찰했지만 한 번도 그가 의심하는 병을 확인한 적은 없다. 어쩌면 언젠가는 정말 그런 일이 일어났을 수도 있다.

"내게는 의사로서 환자의 비밀을 지켜야 할 의무가 있소. 내가 지금 하려는 얘기는 다른 누구에게도 한 적 없소. 만약 다도해 지역에 소문이 돌면 당신이 내 믿음을 악용한 걸로 알겠소."

"난 믿음을 악용하지 않아요!"

나는 그녀가 말을 퍼뜨리지 않을 거라는 걸 알고 있었다.

신속하게 기적이 없이는 결국 죽음이라는 한 가지 결과밖에 없는 진단명들 중 한 가지를 선택했다.

"얀손은 암에 걸렸소. 진행도 많이 되었고 치료가 어려운 암이요. 췌장암인데 간까지 전이된 상태이고, 아마 여름까지도 버티지 못 할 거요."

베로니카가 내 말을 이해했다. 의사는 항상 진실을 이야기하니까. 어쩌면 그녀도 얀손이 병에 걸렸다는 추측을 했기 때문에 나와 이야기를 해 보려고 찾아온 것 아닐까? 그것 말고는 얀손이 그렇게 사라진 것에 대한 설명이 될 만한 이유가 없었다.

"통증이 심했나요?"

"지금까지는 어느 정도 통증을 다스리는 게 가능했소. 하지만 앞으로 어찌 될지는 나도 모르겠소."

"전혀 치료할 방법이 없나요?"

"없소."

더이상은 할 말이 없었다. 베로니카는 보트 밧줄을 손에 든 채 몸이 얼어붙은 듯 앉아 있었다.

"정말 견디기 힘드네요." 그녀가 마침내 입을 열었다. "카페를 팔고 떠나야겠어요."

"어디로 말이요?"

"아무튼 무작정 바다로 나가지는 않을 거예요."

그녀가 갑자기 자리에서 일어섰다.

"어쨌든 얀손 이야기를 선생님이 아셔야 할 것 같아서 왔어요. 말씀드렸으니 이만 갈게요."

그녀가 서둘러 선착장을 떠났다.

아무도 얀손을 찾지 못할 것이다. 그가 죽기로 결심했다면 그리고 자신의 방화 사실을 무덤까지 가져가기로 마음먹었다면 그는 그렇게 할 것이다. 유서도 남기지 않았을 것이다.

얀손은 수평선 너머 낭떠러지에서 떨어져 죽으려고 먼 바다로 곧장 나가지도 않았을 것이다. 내가 아는 얀손이라면 알렉산데르손을 속였을 것이다. 아무도 없을 때 항로를 바꿔서 다도해 안쪽으로 돌아왔을 것이다. 그가 배와 함께 물에 빠져 죽자고 했다면 다도해 안쪽에도 깊이가 거의 백 미터에 달하는 깊은 웅덩이들이 많다. 사람들이 모두 그가 먼 바다로 사라졌다고 믿을 테니 아무도 그를 찾지 않을 것이다.

나는 벤치에서 몸을 일으켰다. 지금은 내 생애 여러 순간 중 아주 단순하고 분명한 순간이었다. 선착장 벤치에 차렸던 내 병원은 이제 문을 닫았고 다시 여는 일은 더이상 없을 것이다.

집짓기가 시작되었다. 내가 돕겠다고 나서봤자 대부분은 방해만 되었지만 그래도 나는 잡일 보조로 콜비에른과 그의 아들을 도왔다. 무엇보다도 공사를 진행하면서 집 내부의 여러 세부적인 부분들이 원래 어떤 모습이었는지 확실하지 않을 때 내가 도움이 될 수 있었다. 내 기억 속의 집은 불탄 적 없이 그대로였다.

콜비에른은 이미 6월 말에 8월이면 입주가 가능할 것이라고 말했다.

베로니카는 카페를 이란에서 온 한 부부에게 팔았다. 그래서 내 새집 집들이는 나 혼자 준비하기로 결정했다.

그 사이 리사 모딘은 종종 나를 방문했고 집이 점점 모습을 갖춰가는 것을 지켜보았다. 나는 여전히 그녀가 내게 줄 수 없는 사랑에 목말라했다. 하지만 그녀가 나와 함께 있어주는 것에 대해 점점 더 고마움을 느꼈다. 늙은이인 내게 그녀는 좋은 여자 친구가 되어주었다. 내 안에 시도 때도 없이 찾아오는 우울함을 사그라뜨릴 수 있는 불을 지펴주었다.

나는 다시 거울에 비친 내 얼굴을 볼 수 있게 되었다. 면도도 꼼꼼히 했고 씻고 가꾸는 일을 등한시하지 않았다. 리사 모딘 덕에 기뻐하고 즐거워할 뭔가가 있었다.

그러나 쓸데없는 환상은 갖지 않았다. 그녀는 언젠가 내 곁을 떠날 것이다. 다른 도시에 있는 다른 신문사나 방송사로 갈 것이다. 그 사실에 내가 어떻게 반응하게 될지는 아직 모른다. 하지만 루이제가 있어서 괜찮다. 그리고 그녀의 가족은 내 가족이기도 하다.

루이제는 집이 다 지어지면 집들이에 오기로 약속했다. 그리고 아그네스뿐 아니라 가족을 모두 데리고 오겠다고 했다.

집이 점점 모습을 갖춰가는 동안 물론 얀손과 오슬로브스키와 노르딘 생각도 했다. 그들이 죽었다는 이유만으로 오랜 친구인 그들과 왕래하지 말아야 한다는 건 아무리 생각해도 이해가 되지 않았다.

나는 계속해서 그들과 이야기를 나누고, 그들의 말에 귀를 기울이고, 그들을 기억했다. 나는 또한 얀손이 어떻게 죽었을지, 노르딘의 마지막 순간이 어땠을지, 그리고 오슬로브스키에게 1958년 형 데소토 파이어플라이트와 함께 살던 그 차고에 죽음이 찾아온 것을 인지할 시간이 있었을지 상상하기를 계속 했다.

그 사람들에게서 나는 나 자신을 보았다. 그리고 다른 사람들 역시 내게서 그들 자신을 보아왔다는 사실을 이해 봄과 여름 동안 깨달았다.

올 7월은 예년과 다르게 기온이 높았다. 8월 첫 두 주 동안은 비가 많이 내렸다. 그리고 나는 8월 27일에 마침내 새 집에 들어갔다. 방 몇 개는 아직 가구가 제대로 갖추어지지 않은 상태이긴 했다.

그날 저녁 리사 모딘이 와서 자고 갔다. 물론 다른 방에서 따로 잤다. 다음 날 콜비에른이 루이제와 아그네스 그리고 다른 가족을 항구에서 만나 내 섬으로 데려오기로 했다.

이른 새벽 나는 냉수욕을 하고 이제 영원히 폐쇄된 진료실인 벤치에 앉아 혈압을 체크했다.

나는 늙은이다. 하지만 의사로서 봐도 내가 건강하다고 내 자신에게 말할 수 있었다.

나는 선착장 끝으로 가서 내 오래된 청진기를 물속에 던져버렸다. 청진기가 죽은 뱀처럼 물속 진흙 바닥으로 가라앉았다.

같은 순간 물속에서 뭔가를 보고 처음에는 잘못 본 줄 알았다. 그런데 다시 잘 보니 정말 농어였다. 크지는 않았지만 의심의 여지없이 분명히 놓어였다.

내가 본 것이 맞았다. 물고기가 다시 돌아와 내게 선물이 되어준 것이다.

청진기는 바닥에 가라앉아 영면에 들었다. 며칠 후면 결국 모든 것을 먹어치우고 마는 바닥 진흙 속에 매장될 것이다.

선착장에 서 있는데 갑자기 휴대폰 벨이 울렸다. 마르가레타 노르딘이었다.

그녀가 내 장화가 드디어 도착했다는 소식을 전해주었다.

전화 속 그녀의 목소리에 기쁨이 잔뜩 묻어있었다.

폐허였던 자리에서 다시 일어선 집으로 올라갔다. 그러면서 십여 년 전 옛날 집 거실 식탁 아래에 있던 큰 개미집을 치워버렸던 그날을 생각했다. 홀가분함에 큰 기쁨을 느꼈던 날이었다.

개미들이 집을 지었던 그 방이 있던 자리에 새로 만든 방에 보트 창고 다락에서 죽은 제비들에 둘러싸여 있던 탁자를 가져다 놓았다. 그 탁자 위에는 이제 새 잡는 끈끈이가 들어있던 유리병과 뼈대만 남은 낡은 새장이 놓여있다. 저녁에는 잠이 들기 전에 명금류를 키우는 방법이 적혀 있는 공책을 들쳐보곤 한다. 언젠가는 할아버지와 할머니가 왜 끈끈이로 작은 새들을 잡았는지 이해할 수 있게 될 것이다. 쉽게 포기할 생각은 없다. 나 같은 늙은이에게 딱 맞는 과제니까.

커드비누와 물로 닦아낸 사과나무를 바라보았다. 나무는 본래의 색을 되찾았다. 그러나 열매가 열릴 수 있을지는 모른다.

새 집 기초 아래에는 자코넬리의 구두골이 묻혀있다. 구두골이 그 강한 불길을 이겨냈다는 생각을 하면 마음이 진정된다.

이제 8월도 저물어간다.

곧 가을이 찾아올 것이다.

그러나 이제는 더이상 어둠이 무섭지 않다.

후기

이 이야기에 나오는 많은 섬과 만과 바위섬과 사람들을 어딘가 익숙하게 느끼는 독자들이 있을지도 모릅니다. 하지만 내가 만들어 낸 지리적인 장소와 등장인물의 세계는 세상에 실제로 존재하는 다도해와 꼭 일치하는 건 아닙니다.

나는 글을 쓸 때면 종종 아무도 모르게 조금씩 솟아오르고 있는 산을 생각합니다. 우리가 눈이나 다른 감각으로 지각할 수는 없지만 그 움직임은 지속적으로 진행되고 있는 것이지요. 해안선은 뭔가 완성되지 않은 것, 사라지는 것, 부유하는 것입니다. 이야기에서 허구가 현실에 대해 취하는 태도도 같은 방식입니다. 때때로 유사성이 있을 수 있습니다. 그러나 무슨 일이 일어났는지 그리고 무슨 일이 일어날 수도 있었는지를 판단하는 것은 무엇보다도 유사성이 아니라 차이입니다.

그래야만 합니다. 진실은 항상 일시적이고 가변적이기 때문입니다.

헤닝 만켈

2015년 3월 앙티브에서

스웨덴 장화

첫판 1쇄 펴낸날 2018년 3월 9일
첫판 2쇄 펴낸날 2018년 5월 1일

지은이 | 헤닝 만켈
옮긴이 | 이수연
펴낸이 | 박남희

종이 | 화인페이퍼
인쇄·제본 | 한영문화사

펴낸곳 | (주)뮤진트리
출판등록 | 2007년 11월 28일 제2015-000059호
주소 | 서울시 마포구 토정로 135 (상수동) M빌딩
전화 | (02)2676-7117 팩스 | (02)2676-5261
전자우편 | geist6@hanmail.net

ISBN 979-11-6111-014-1 03890